鷗外・漱石・鏡花

——実証の糸

上田正行

Ueda Masayuki

翰林書房

鷗外・漱石・鏡花——実証の糸◎目次

I 鷗外

II 漱石

III 鏡花

I
鷗外

1 『航西日記』の性格

近年、幕末から明治にかけてさまざまな使命と目的を帯びて欧米の先進諸国に派遣された高官・随員、あるいは留学生等の日記・紀行の類が改めて注目を集めている。それらの内の代表的なものは『遣外使節日記纂輯』全三巻（昭4〜5　日本史籍協会叢書　昭46覆刻）や『万延元年遣米使節史料集成』全七巻（昭36・4　風間書房）、『西洋見聞集』（「日本思想大系66」昭49・12　岩波書店）等に収められており、又、福沢諭吉、渋沢栄一、成島柳北等の渡航日記の類も、全集、その他で容易に目にすることができる。これらの日記・記録が注目されてきたのは言うまでもなく歴史的資料としてである。開国、文明開化へと進む我が国の近代国家成立期に於ける貴重な海外見聞記・報告書であってみれば、その史料的価値は言うまでもないが、近年、これらの史料が再評価されているのは、近代日本の出発期を見直そうとする時代の気運や、国際化（異質文明との出会い）が叫ばれている時代背景とも無縁ではなかろう。しかし、それだけでこれらの史料が注目を浴びているわけではない。今一つの側面としてそれらの史料が持つ文学性・表現（文体）の面がにわかに注目されてきたのである。(1)

言うまでもなくこれらの記録は殆どが漢文訓読スタイルで書かれ、中には日々の叙述に交じって漢詩が書き留められているものもある。一口に言えばこれらの記録の背景には江戸時代から武士階級に脈々と流れ続けている漢文脈の伝統がある。今、この漢文脈の表現が新たに見直されているのである。江戸時代に於いては〈上の文学〉として文学の一方の柱であったものが、近代文学の出発にあたっては完全にその存在を無視され、逆に口語文体確立において逆に作用したと見るのが一般ではなかろうか。又、漢文脈の伝統はある面では（特に文語文体）活かされ、鷗外のような作家は文体的に多くのものを継承したが、それがある特定の作家に限定されて充分な裾野の広がりを見なかったというのが、文学史の常識であろう。しかし、近代文学史はこの漢文脈の伝統をあまりにも無視してきた。幕末から明治中期あたりまでの表現を考えた場合、中心はやはり漢文脈であり、これを抜きにしては近代文学は語れない。又、当然のことながら明治文学を担った大半の人達の幼少期の教養の中心が漢文脈であったという事実も看過できない。今、幕末、明治初期の漢文脈が新たに見直されるのは歪んだ近代文学史是正として当然のことであり、明治文学、近代の文体を考え直す上でその意義は大きい。

このように渡航史料を表現面から捉え直すと時代的に面白い共通性のあることが分かる。個々、別々の表現でありながら、そこには思わぬ表現の類似、スタイルの共通性が浮かび上がってくるのである。嘱目の景を捉え叙述する時の癖、対象に対する感懐、詩の詠みぶり等々、どれ一つを取っても一つの型のようなものが感得される。これは何も漢詩、漢文脈に限ったことではないかも知れない。花鳥諷詠の和歌、雪月花の俳句にも一つの型はあるはずである。型なくしてこれらの詩型はありえない。つまり、自然、人事に対した場合、我々日本人がとる一つの制度化された型のようなものが、それらの詩型の中にあるのである。漢文脈ゆえの型というものを我々は想定せざるを得ない。

これから鷗外の『航西日記』について論じようとするのであるが、これは明治十七年八月二十三日に東京を発ち、十月十一日、ベルリンに到着するまでの僅か五十日足らずの日記にすぎないが、この日記に、先行者である久米邦武『米欧回覧実記』と成島柳北『航西日乗』の影を指摘したのは小島憲之氏である(2)。私も今回、『航西日記』と比較対照させながら両書を読んでみてその感を深くした。鷗外は先行の二書から実に多くのものを学んでいる。この場合、そのことが何を意味するかということが大きな問題となるのである。小島氏は「剽窃か本歌取りか」と、や、センセーショナルな形でこの問題を論じられたが、私にはもう少し別な見方があるように思えるのである。同時代者として、又、同じ海外渡航者という観点で捉えれば、もう少し別の意味づけも可能なのではなかろうか。

一 『米欧回覧実記』『航西日乗』との類似と対応

『米欧回覧実記』の方は現在、岩波文庫に入り容易く手にすることができる。五冊本の巻末にはそれぞれ田中彰氏による適切な解説が付されて、読者の便宜を図ってくれている。それによれば岩倉使節団は明治四年十一月十二日（陽暦四年十二月二十三日）に横浜を発ち、予定を大幅に超過して六年九月十三日に帰国している。その報告書である『実記』（略記）が刊行されるのは明治十一年十二月である（奥付には十一年十月刊行とあり五編五冊が同時に刊行された）。現在、東大の鷗外文庫には同じ奥付のある五編五冊のうち、はじめの三編三冊が架蔵されている。鷗外が西回りでマルセーユまで行く部分に対応するのは五編の第五冊である。米国を経由してヨーロッパに渡った岩倉一行のコースを逆に辿るわけである。時は明治六年七月二十日（マルセーユ発）から九月十三日（横浜着）までで、季節的にも大体合う。残念ながら、この五冊目は紛失しているので、どのような書き込みや傍線、圏点が施されていたかは不明である。あるいは鷗外はこの五冊目を手にしてヨーロッパの旅に上ったのであろうか。そして、マルセーユまで寄港地を同じくしたこの先輩の見聞記を参考にしながら、『航西日記』を綴ったのであろうか。

もう一人の先人成島柳北の方は東本願寺法嗣現如上人（大谷光瑩のこと）に随行して、明治五年九月十三日横浜を発ち、欧米を巡覧して翌六年七月二十三日に帰国している。東本願寺との関係は柳北が現如上人の知遇を得て、当時、浅草本願寺内にあった真宗東派学塾の塾長を勤めていたためであり、洋行中の任務は会計、渉外係であったが、かつて外国奉行を勤めたその識見と語学力も買われたためであろう。東本願寺が海外視察に出かけたのは、言うまでもなく明治新政府になって信教の自由が叫ばれ（明6・2・24、キリスト教禁制の高札撤廃）、教団として新しい事態に対応する必要に迫られたためである。教団近代化のため欧州諸国の宗教事情視察が不可欠の前提であったのである。この時、柳北の外に随行員として本願寺から石川舜台、松本白華、関信三の三人が派遣された。舜台と白華は共に石川県の金沢市と松任市の出身であり、特に舜台は宗門の近代化に貢献した傑僧として知られ、育英学校を開設し近代真宗学の先駆者清沢満之を世に送り出している。今一人の白華は松任市本誓寺の出であり、この時の体験を『航海日記』（書名がないので『航海録』とも）として記録しており、貴重である。原本は今も本誓寺に保管されてあるが、内容は「真宗史料集成」十一巻（昭50・7　同朋会）に収められている。ここで注目すべきは白華が二種類の日記をつけていることである。一種は五年九月十一日から十月二十二日（波爾都最屠《ポートサイト》着まで）までで漢文体である。今一つは出発の九月十三日から単独で帰国の途にある六年六月十三日（地中海）までで、漢文体の本文に書き下しの頭注が加わる。この二種のうち後者はたしかに白華の見聞記ではあるが前者は違う。即ち、九月十三日（漢詩）より十月二十三日までの個所を柳北の『航西日乗』と対照させて読むと、その漢詩はもとより叙述に至るまで『航西日乗』の引き写しと思われる。細部に微妙な異同があり（例えば、漢詩の作られた日のズレ、『航西日乗』に載せられていない漢詩の存在等[3]）、柳北の現『航西日乗』の原本とは断定できないが、極めてこれに近いものではないかと思われる。現『航西日乗』は「花月新誌」掲載の書き下し文であるため、原文がいかなるものであったか全く想定できなかったが、この白華の『航海日記』の存在によって、僅か四十日足らずではあるが、その原文を想定することが可能となった。白華のそれが原文に近いとすれば、現『航西日乗』と対照して最も顕著な特徴は、その叙述が現『航西日乗』では日ましに詳細になるのに対して、漢文体のそれは簡潔な叙述で一貫していることである。このことから、「花月新誌」掲載に当たって柳北がかなり原文に手を加えたことが分かるのである。先に指摘した漢詩の位置のズレなども、やはり表現効果を考えてのことであろう。

　厳密な校訂、検討は今後の課題としたいが、白華がなぜこのようなことを行ったかは、第二種日記の五年九月十九日の条に「成島生示二昨夜詩一云」として柳北の詩が記されていることから、大よその見当がつく。当時の渡航者の常として日記をつけることが一般化しており、旅の徒然にそれらを見せ合うというようなこともあったのであろう。柳北の日記を一読して白華はその才の並々でないことを見抜いたのであろう。当時、『柳橋新誌』は未だ公刊されておらず、文人柳北の名がどれほど白華に認識されていたかは不明であるが、塾長としての風聞や、かつて外国奉行であった経歴については、ある程度、聞き知っていたであろう。その柳北の日記を一読してそれを筆録しておく価値を認めたのであろう。一種日記九月二十八日の条に「騰《ママ》写日誌」と見えるのはこのことを指すのであろう。

　さて、問題の『航西日乗』の方であるが、五年九月十三日の出発より始まり六年六月一日のニューヨーク着で日記は終っているが（横浜までの二十二日分は散逸）、鷗外との対応で言えばマルセーユ発の十月三十日までが重要である。が、鷗外もパリに寄っているのでパリの条（六年一月六日あたりまで）[4]も見逃せない。鷗外がこれを目にするのは言うまでもなく「花月新誌」（明14・11の一一八号から明17・8の一五三号まで）に於てであり、鷗外が「花月新誌」の愛読者であったことは『ヰタ・セクスアリス』や『雁』でよく知られている。[5]このように見てくると鷗外が『米欧回覧実記』と『航西日乗』を目にしていたことは動かない。そして想像をたくましくすれば、航西の日の篋底に『実記』の第五編と「花月新誌」掲載分の『航西日乗』の仮綴じ本（切り抜き）がしまわれていたとも考えられる。あるいは、それが単なる想像にすぎないとした場合でも、鷗外が『航西日記』を浄書するに当たって手元にこの二本を備えていたことだけは明白である。それは内容の明確な類似・対応から言えるのであるが、この日記が掲載された「衛生新誌」第二号から第十一号までが鷗外帰朝後の、明治二十二年四月から十二月にかけて刊行されたという事実において、より決定的である。つまり、メモ風に書かれた日記を両書を参看しながら充分、推敲できる時間があったのである。

以上の前提に立って、今、明確に対応していると思われる箇所を煩をいとわずに列挙してみたい。まず『航西日記』（「日記」と略記）を上げ、次に『米欧回覧実記』（「実記」）、『航西日乗』（「日乗」）の順で掲げる。意味づけは後で行なう。（『航西日記』は鷗外全集第三十五巻所収本文を、『欧米回覧実記』は岩波文庫本の（五）を、『航西日乗』は「明治文学全集」第四巻所収本文を底本とした。なお、旧漢字は新漢字に改めた。）

1（日記）明治十七年八月二十三日。午後六時汽車発東京。抵横浜。投於林家。此行受命在六月十七日。赴徳国修衛生学兼詢陸軍医事也。

（日乗）（明五）九月十二日甲午月曜（即西暦十月十四日也）晴午前東京ヲ発ス（略）横浜ニ抵リ橘屋磯兵衛ノ家ニ投ジ旅装ヲ理ス

（冒頭）本願寺東派ノ法嗣現如上人将ニ印度ニ航シ転ジテ欧洲ニ赴キ彼ノ教会ヲ巡覧セバヤト思ヒ立タレ余ニ同行セヨト語ラレシハ壬申ノ八月中旬ニテ有リキ

2（日記）8/25 風波大起。困臥。

（日乗）9/17 風雨俄ニ起リ船身掀颺シ余モ亦起ツ能ハズ房中ニ困臥スルノミ

3 (日記) 8/27 遠山髣髴耐凝眸。呼起同行上船楼。波際忽埋青一髪。(6) 自斯不復見蜻洲。
(日乗) 9/16 回レ頭故国在二何辺一。休レ唱頼翁天草篇。一髪青山看不レ見。半輪明月大レ於レ船。

4 (日記) 8/30 過厦門港口。有二島並立。詢其名云兄弟島。有感賦詩曰。一去家山隔大瀛。厦門港口転傷情。独憐双島波間立。枉被舟人呼弟兄。
(日乗) 9/19 右ニ遠ク厦門ヲ望ム
唯看漁舟数葉翻。茫々無レ際碧乾坤。按レ図海客呼レ吾語。一抹雲山是厦門。
晩ニ二島ノ船右ニ立ツヲ認ム人ニ問ヘバ曰ク是レ兄弟島ナリト

5 (日記) 8/31 有奴引索揺双扇。自吾頭上送涼来。(七絶の転・結句) 凡西船食堂。当卓之処。弔下二麻簾。包以白布。毎簾繋索。使奴引之。一緊一弛。則麻簾揺動。如揮扇然。詩中所謂双扇即是。
(日乗) 9/22 炎熱甚シキヲ以テ厨奴代ル々々縄ヲ引キ風扇ヲ舞ハシテ席ヲ扇グ快言フ可カラズ(7)

6 (日記) 9/1 家皆石造。皎潔若雪。石香港山中所産云。
(実記)(明六) 8/27 山谷ニ「グラネツト」石〈御蔭石ノ類〉ヲ出ス、英人是ヲ採リテ、石屋ヲ築ク、皎白ニシテ潔美ナリ

7 (日記) 9/1 帰宿舟。恐盗也。盖香港之名。原出葡語。盗賊之義。清人塡以今字。王紫詮(8)曰。山上多泉。甘

洌異常。香港之名或是歟。紫詮不識葡語。故有此説。
（実記）8/27「ホンコン」トハ、葡萄牙ノ語ニテ、海賊ノ謂ナリ、支那人遂ニ塡スルニ、香港ノ字ヲ以テス、
腐木霊菌ヲ蒸シ出セリト謂フヘシ(9)
（日乗）9/20 香港盗賊多キヲ懼レ皆本船ニ還リテ寐ヌ
9/22 香港ニ泊スル両夕地ニ盗児多シト聞キ客館ニ投宿セズ

8 （日記）9/2 出歩市街。見防門招牌。皆筆法婉媚(10)。
（実記）8/27 記号、招牌《かんぱん》、柱聯、漢文字ニテ筆法遒美ナリ、我邦ニ伝フル、清人ノ書態ハ、ミナ坊間ノ俗書
ニテ、所謂ル看板筆工ノ字ナリ、書家ノ筆跡ハ、反テ奇倔瑰偉ニシテ、姿媚ナラス

9 （日記）9/5 海上無所見。（香港・安南間）
（実記）8/26 海上ミル所ナシ（安南・香港間）

10 （日記）9/6 安南即交趾。其俗両足大趾。交曲相向。故取名。説出安南紀遊(11)。
（実記）8/23 此国ノ起源ヲ案スルニ、尚書堯典、羲叔ニ命シテ、南ニ度セシメシハ、南交ノ地ニテ、即チ交
趾ナリトイヘトモ、深ク徴スルニ足ラス、然レトモ交趾ノ名ハ、此故事ニヨリテ与ヘラレタルナリ

11 （日記）9/7 溯塞棍河。両岸皆平沢。草木蓊然。点綴村舍。風景如画。間見椰樹蘇鉄樹甚大。
（実記）8/22 柴棍河ヲ遡リ、（略）柴棍河ハ（略）両岸ノ地ミナ平沢ニテ、（略）沢中ニ大木ナシ、大抵叢樹灌

木ニテ、灌符ノ中ニ錯出シ、蒙葱タリ

(日乗) 9/25 亭午港口ニ入ル両岸緑樹幽草風景画ノ如シ処々ニ蘇鉄ノ大樹有リ

12 (日記) 9/7 寂寞漁村断復連。夾舟深緑鎖軽烟。喜他一陣椰林雨。乍送微凉到客船。

(日乗) 9/25 針路縈回入二港門一。長流一帯不レ知レ源。夾レ舟雲樹奇レ於レ画。誘二得征人一到二塞昆一。

13 (日記) 9/7 屋瓦皆赤。

9/8 街上土色殷赤。

(実記) 8/22 瓦ヲ葺ク、赤瓦ナレトモ、葺キ法ハ我邦ニ同シク、……

(日乗) 9/25 屋舎ノ甍瓦皆赤色ナリ

9/26 街衢ノ土質ハ赤色ニシテ瓦ノ如シ

14 (日記) 9/8 両辺種樹似槐。所謂尼泊爾弗樹也。有牽牛花及芭蕉。[12]

(日乗) 9/26 街上ニ栽ル所ハ大半槐樹ナリ人家ノ簷頭籬下一般ニ牽牛花ヲ植テ花露滴々タリ芭蕉ハ皆実ヲ結ビ累々トシテ園ニ満ツ。

15 (日記) 9/8 民家甚矮小。覆屋編扉。皆用椰葉。

(実記) 8/22 河岸ノ小戸ハ、茅舎矮宇、或ハ椰葉ヲ編ミテ、宇壁戸牖トス

16 （日記） 9/8 室内多土床。與家鴨同居。

（実記） 8/22 屋内ハ多ク土床ニテ、（略）陸上ノ小屋ハ、前後ノ園庭蕪穢ニテ、家鴨《あひる》家猪《ぶた》ノ圏ト相接シ（略）

17 （日記） 9/8 土人皆嗜山子。一枚切為四片。以蔞葉石灰幷嚼之。不復須劉穆之之金柈。(13) 故男女歯牙皆黒。山子者檳榔実也。

（実記） 8/22 小民ハ、男女共ニ檳榔葉ヲ嚙ミテ、歯ノ漆黒ナルコト、鉄漿水《かねみず》ヲ塗タルヲ疑フ

（日乗） 9/25 男女其歯皆黒シ椰子ヲ食フニ因ルカ(14)

18 （日記） 9/8 暮天雨霽人忘熱。如覚舟中一枕安。夜半房奴吹燭滅。虫声喞喞迫窓寒。原聞地多蚊蚋。今殊不然。

（日乗） 9/25 夜舟中ニ眠ルニ両岸ノ虫声啾々トシテ耳ニ盈チ流蛍乱飛スルヲ見ル其ノ形頗ル大ナリ蚊蚋亦多シ(15)

19 （日記） 9/11 過麻陸岬蘇門答臘之間。山脈断続。蜿蜒南北。

（日乗） 9/29 南辺麻陸北蘇門。地勢蜿蜒両蟒奔。（七絶の起・承）

20 （日記） 9/11 波平如席。

（日乗） 9/23 浪静行舟平レ似レ席（七絶の転）

10/10 風微ニ浪平ナル席ノ如シ

21 (日記) 9/11 (星嘉坡) 有児童乗舟来。請投銀銭於水中。没而拾之。百不失一。舟狭而小。如刳瓜。嶺南雑記云。(16) 蛋戸入水不没。毎為客泅取遺物。亦此類。
(実記) 8/1 (亜丁《アデン》) 幼童ハ、普木ノ小艇、僅ニ二三人ヲイル、ヘキモノヲ浮メ来リ、客ヲシテ銀銭ヲ海水ニ投セシメ、皆水底ニ潜游シテ之ヲ拾フ、十ニ一モ失フコトナシ、銅幣ハ看認《みと》メ難シトテ拾ハス、泊舟ノ間、常ニ海中ニアリテ、客ニ挑求ス、蛙ノ水ニアルカ如シ
(日乗) 9/29 港内ノ児童皆裸体ニテ瓜片様ノ小舟ニ乗リ来タツテ文具ノ類ヲ売ル客小銀銭ヲ水中ニ投ズレバ跳テ水ニ没シ之ヲ攫シテ浮ブ蛙児ト也似タリ(17)

22 (日記) 9/11 街上土色之赤、與塞棍同。
(日乗) 10/1 地質ハ皆赭色ナリ

23 (日記) 9/11 土人渾身黧黒。肩腰纏紅白布。女鼻穿金環。皆跣足。奉回教者。戴帽若桶。
(日乗) 9/29 土人皆黒面跣足ニシテ紅花布ヲ纏ヒ半身ヲ露ハス画図ノ羅漢ニ同シ其中少シク財産有ル者ノ如キハ皆回教ノ徒ト見エ桶様ノ帽ヲ戴ケリ女子亦袒シテ跣ス鼻ヲ穿ツテ金環ヲ垂レシ者アリ奇怪極マレリ

24 (日記) 9/11 港口島嶼星羅。
(実記) 8/18 島嶼大小星羅シ

25（日記）9/11 蓋此地麻陸一島。英人開港以扼支那印度両海之咽喉。
（実記）8/17 英人ハ已ニ「カルカタ」ヲ以テ外京トナシ、新嘉坡ヲ開キテ、東南洋ノ口ヲ扼ス
8/18 印度海、支那海、往来ノ咽吭タリ

26（日記）9/11 児童幾個膚如漆。蛮語啾々売彩禽。（七絶の転・結）
（日乗）10/1 幾個蛮奴聚二港頭一 排二陳土産一語啾々。（七絶の起・承）

27（日記）9/18（歌倫暴）激浪触堤。竪立十丈。白沫乱飛。洶動心驚魄之観也。（略）土人眸目隆準。服装與新港同。
（日乗）10/7（ポイントデガウル）港ノ左ニ灯台有リ台下水石相激シ噴散雪ノ如シ土人ハ眼鋭ク鼻高ク印度人種中ニテ最上等ニ位ス衣服ハ新嘉坡ト一様ナリ(18)

28（日記）9/18 三版刳木造之。形狭而小。扁舷縛両木。彎曲如弓。其端挂以浮槎。令無傾欹。二人行之。
（実記）8/9（ポイント、デ、ゴール）船已ニ錨ヲ投スレハ、土民小艇ヲ打テ蟻附ス、此辺ノ土民ハ一種ノ船ヲ造ル、巨材ヲ刳シテ舟トナス、其幅僅ニ人身ヲイル、ニ足ル、長サ二丈余、深サ腰ニ及フヘシ、舟ノ両側ニ茵《しとね》ヲオキ客ニ踞セシム、舟形ハ如此ク狭長ナレハ、水中ニ浮ムニ傾仄シ安カラス、故ニ舟椽ヨリ、二ノ弓材ヲ横ニ縛リ出シ、是ニ浮槎ヲ細縛シテ平均ヲトリ、危キニ似テ甚タ穏ナリ、両人ニテ楫ヲ以テ舟ヲ推ス
（日乗）10/7 港口風浪平カナラヌ故奇ナル小舸ヲ造リ客ヲ載ス其ノ製舟ノ一傍ニ木板ヲ附ケ軽重ノ権衡ヲ取

リ覆没ヲ防グ舟ノ体ハ横甚ダ狭クシテ尺余ニ過ギズ長サハ二丈許ナリ(19)

29 (日記) 9/18 有牧牛場。見牛数十頭。起臥于緑草之上。(略) 呉子所謂可蔽満谷之牛羊者即此。

(実記) 8/10 時ニ乾田アルハ、中ニ牛ヲ飼フヲミル、其牧法ハ、地ニ杙ウチ、牛ヲ繋キテ、田中ノ草ヲ食セシム、(略) 欧洲満野ニ牛ヲ放ツテ牧セルハ、(20) ミナ柔和ニテ、……

30 (日記) 9/18 入一仏寺。有釈迦涅槃像。陶盤供華。香気溢堂。僧貌如阿羅漢像。挂黄袈裟。穿革鞋。

(実記) 8/9 僧ハミナ眉髪、及ヒ髯ヲ剃リ、黄色ノ棉布ヲ以テ、右肩ヨリ左腋ニ結フ、即チ七条ノ袈裟ナリ、(略) 其内一人ノ老僧、其風貌宛然トシテ、羅漢ニ似タルモノ (是ニテ羅漢ノ像モ、此島ノ人種ヲ写シタル骨相ナルコトヲ知ラレタリ)、我輩ヲ延テ、(略)「ボーカハバツト」ハ、是ヨリ較北ナル岡上ニアリ (略) 此内ニ釈迦涅槃ノ巨像アリ

(日乗) 10/7 門ニ入リテ中堂ニ進ム堂ニ釈尊ノ臥像ヲ安ズ其ノ巨大驚ク可シ而シテ陶製ナリ

31 (日記) 9/18 寺蔵貝多経。字用巫来由体。此地釈迦降興之所。方言中猶有檀那伽藍等之語云。

(実記) 8/9 一人ノ老僧、其風貌宛然トシテ、羅漢ニ似タルモノ、我輩ヲ延テ、一室ニ往キ、貝多羅葉ニ写シタル、経簡ヲ示ス、其上品ナルハ漆ヲ以テ金文字ヲ写ス、下品ナルハ鉄筆ニテ写ス、其文字ハ、土耳其文字ノ更ニ彎曲セル如キ状ニテ、梵字ニハ非ス、蓋シ巫来由《マレイ》ノ文字ナリト云、(略) 日本人ヲ「ダンナ」ト云、堂ヲ「ガラン」ト云、ミナ梵語ノ来源、今ニ訛ラサルヲ感セリ、錫蘭島ハ、釈迦修道ノ霊蹟ニテ、土人今ニ至ルマテ、ミナ仏教ヲ信向ス

32 （日記）9/18 鳩啼林外雨淋鈴。(a)為扣禅扉車暫停。挂錫有僧引吾去。(b)幾函畳葉認遺経。（略）
風物何辺似箇幽。(c)紅花緑葉四時稠。遍舟解去多遺恨。辜負(d)清光月国秋。蓋印度者月国之義。説出西域記。

（日乗）10/7 古廟蕭條老蘚青。(a)時看遠客敲ニ幽扃一。椰林深処山僧在。(b)猶写当年貝葉経（略）

三千年古刹。(b)一万巻遺経。試問ニ往時事一。(d)山風吹レ月青。

将ニ去ラントス老僧別レヲ惜ンデ悵然タリ又馬車ニ乗リ市街ニ出ヅ(c)此港ハ草花多ク其色殊ニ艶ナリ(21)本邦
秋草ノ七種ハ遠ク及バザルニ似タリ

33 （日記）9/24 晩望速哥多喇島。山骨峆岈。作鋸歯状。
（実記）8/1 （亜丁）海岸ノ東ニ山岬アリ、岩石鋸ノ如シ

34 （日記）9/26 （亜丁）港英人所開。紅海之咽喉也。西南面海。赭山繞焉。四時少雨。満目赤野。不見寸緑。土
人褐色。頭髪黄枯。鼻穿金環。衣掩半身。操亜刺伯音。雑以英語。所奉皆回教也。土人来売貨物。駝鳥
羽最美。聞此地有貯水池。以貯天水。速爾門王所創。欲往観而不果。
（実記）8/1 亜丁ハ、也門部《イエメン》ノ良港ニテ、紅海往来ノ咽喉ニアリ(22)……海湾西南ニ向ヒテ開ケ（略）。
土人ハ……亜刺伯語ヲ操ル、亦英語ヲ解スルモノアリ……其衣ハ大抵半身ヲ裸ニシテ、腰ニ長幅ノ棉布
ヲ巻ク……頭髪ハ散髪多シ、黄土ノ如キモノヲ塗リ、或ハ之ヲ染メタルモアリ……鼻孔ノ右ヲ穿チテ、
之ニ金環ヲ穿チタルモノ多シ、（略）
貧民集リ来リ、物ヲ売リ銭ヲ貫フ、蟻附蠅散シテ厭フヘシ、駝鳥ノ羽ト毛トヲ売ル（略）。紅海ノ周囲

ハ、鑠金ノ酷熱ニ、終年ヲ度リ、地ノ枯燥スルハ、極目ミナ赭山赤野[23]ニテ、年ニ数回ノ驟雨アルノミ
（略）
此地ノ壮観ハ、溜水池ナリ、紀元前ニアタリ、此地ノ王「キンク、オフ、ソルモン」ナル人、此辺ノ山勢ヲ按シテ、此渓壑《けいがく》ハ、雨溜ヲ蓄フヘキ地勢ナルヲミテ、岩洞ニ石灰ヲ鞏固シ、池ヲ造リテ、其水ヲ受ケシメタリ

（日乗）10/15 亜剌比亜ノ海岸ハ概ネ砂礫ノミニテ青草ヲ見ズ（略）土人舟ニ来タリ豹皮及ビ駝鳥ノ毛羽ヲ鬻グ……山上ニ古来ノ大沼有リ以テ雨水ヲ貯ヘ飲料ニ充ツ此沼ハ羅馬人ノ造ル所ニシテ英人之ヲ補理スト云フ（略）

10/20（スエズ）両岸赤地[24]渺茫トシテ寸草ヲ見ズ

35

（日記）9/26 童山赤野無青草（七絶の転）

（実記）7/28（紅海）童然タル死山ナリ

8/1 沙漠赤野多シ（略）極目ミナ赭山赤野ニテ

（日乗）10/15 四望難レ看寸草青。山容洞態[25]赭而獰。（七絶の起・承）

36

（日記）10/1 埃王鴫礼所鑿開。而督工者為仏国学士列色弗氏。其成功在十五年前云。

（実記）7/27「ポルトサイド」ヨリ蘇士マテ、百英里ノ地峡ヲ、郵船ニテ駛行スルヲ得ルハ、僅ニ四年前ヨリノコトニテ、是ハ仏国ノ学士「レツセフス」氏ニ向ヒテ、謝スヘキナリ（略）

「アリー」王殂《し》シ、事遂ニ中止シタリ、当王「イスメール」王ハ、初メ仏朗西ニ遊学ヲナシタル人ニテ、

即位ノ後ハ、仏国ヨリ政事顧問ノタメ、大学士数人ヲ聘シタリ、「レツセフス」氏ハ其一人ニテ、埃及国ニ赴キ、王ノ礼遇ヲウケタリ

37
(日記) 10/1 濬河功就破天荒。地下応驚仏朗王。喜望峰前人不到。名虚十有五星霜。初拿破崙一世征埃及。欲開河道。不果。第二故及。
(実記) 7/27 一千八百年ノ初メ、仏朗西帝拿破侖第一世、埃及ヲ伐従《うちしたが》ヘシトキ、此地峡ヲ開鑿シテ、河道ヲ通セント、地勢ヲ測量ナサシメシニ、其時ノ測量ニテハ、両海ノ水面ハ高低ノ差百「メートル」ニ及ヒ[26]、開鑿スルモ其功ナカラントノコトナリキ
(日乗) 10/20 閑却南洋喜望峰。（七絶の結句）

38
(日記) 10/2 至午望綿楂《ママ》勒湖。見漁父挽罟。自蘇士至卜崽。有四湖。緜楂勒湖一也。午後二時。至卜崽港。則湖北之一沙嘴也。買舟上陸。街上多「尼泊爾弗」樹。土人牽驢勧乗。
(実記) 7/26 「ポールトサイト」……此地ハ「メンザレ」湖水ノ東北岸ニテ、海ト湖トヲ隔テタル、一帯ノ沙嘴上ニ位セリ
7/27 運河ノロハ「メンザレ」湖ヨリ入ル、此ハ四湖中ノ最大湖ナリ
7/26 土民驢馬《ドンキー》ヲ牽ヒ来リ、迫リ勧メテ騎セシム
(日乗) 10/21・22 (「テムザ」「イスマリア」「バラア」「メンザレ」の四湖の名が見える[27])
10/22 路上一樹ノ「ニサルプ」ト名ヅクルヲ観ル葉ハ槐ニ類シテ刺アリ枝幹ハ柳ニ似タリ土人驢ヲ牽キ旅客ヲシテ乗ラシム

39 (日記) 10/2 水狭沙寛百里程。月明両岸草虫鳴。客身忽落繁華境。手挙巨觥聞艶声。
(日乗) 10/22 新浦頭開海色妍。南来北去万帆懸。千年砂磧無人地。築起楼台数百椽。

40 (日記) 10/5 (メッシナ海峡) 晩過細々里海峡。……蒲帆両々又三々。一帯潮流隔紫嵐。多少楼台燈未点。暮烟深鎖墨西南。
(日乗) 10/25 夜ニ入リメシナヲ過グ雨気冥濛燈台ト人家ノ燭影トヲ認メ得ルノミ
江山咫尺水烟含。明滅篝燈一二三。涼雨凄風人不レ語。征帆夜過墨西南。

41 (日記) 10/6 哥塞牙者拿破崙一世所生之地。而泊第尼一島噶爾耙日之故宅。今過此境。不能無感。賦詩二首。曰。(略) 赫々兵威及米洲。平生戦闘捨私讐。自由一語堅於鉄。未必英雄多詭謀。
(実記) 7/21 「コルシカ」島ハ、……第一世拿破侖ハ此ニ生ル、(略)「サルヂニヤ」島ノ海浜ニ一島アリ、一宇ノ白堊屋ヲミル、是以国ノ民権家「ガルバルヂー」氏ノ住宅ナリ、「ガルバルヂー」氏ハ、嚮ニ以太利一統ノ乱ニ、民間ニ起リ、大勲業ヲ立タル、当世ノ偉人ナリ (略)
猶依然ト共和論ヲ主張シ、退テ此島ニ帰リ、欧洲ノ民権論ヲ維持シ、常ニ帝王ヲ廃シ、僧権ヲ廃スルヲ己ノ責任トナセリ、米国ノ南北相戦フトキ、「カルバルヂー」氏曰ク北部論正シト、往テ之ヲ助ク、米人群起シテ其隊下ニ従ヒ、大功ヲ建タリ、事綏《やすん》スルノ後ハ直ニ去テ此島ニ帰ル(28)

42 (日記) 10/7 贈仏人某曰。聞説多年官税関。殊郷憐汝改容顔。飄然又作全家客。手拉妻児向故山。
(日乗) 10/4 (印度洋) 和蘭ノ士人二歳瓜哇ニ滞留シ這回本国ニ帰ル者有リ為メニ賦ス

拉レ児拉レ婦太多情。試問移レ家何処行。印度三秋于役畢。今年帰向海牙城。

43 (日記) 10/7 回首故山雲路遙。四旬舟裏歎無聊。今宵馬塞港頭雨。洗尽征人愁緒饒。

(日乗) 10/28

望二馬耳塞港一作

四旬経過怒濤間。報道今宵入二海関一。雲際遥看燈万点。満船無二客不一レ開レ顔

44 (日記) 10/7 行人絡繹欲摩肩。照路瓦斯燈万千。驚見凄風冷雨夜。光華不減月明天。

(日乗) 10/28

夜歩二街上一口占

枕レ海楼台十万家。西来始是認二豪華一。気燈照レ路明レ於レ月。佳麗争馳幾輛車[29]。

45 (日記) 10/8 (火輪車でリヨンを過ぐ) 清輝凛々秋天月。影自塔尖遷樹梢。熱市冷村塵一瞥。無由詩句費推敲。

(日乗) 10/30 坐看万水又千山。数日行程転瞬間。何事往来如レ許急。火輪不レ似客身閑。

46 (日記) 10/9 (巴里) 夜観「夜電」部劇場[30]。客五千人。設座四層。俳優有男有女。多伊太利人。所演之戯。名「宮中愛」。凡四齣。曰名姝謁王。曰壮士決闘。曰英雄凱旋。曰夜宴簪花。女優扮名姝者。媚態横生。使人銷魂。別有一齣。名「騒擾夜」。戯謔百出。観者絶倒。場中器具。極其精緻。或借鏡影。或用彩光。若明月照林。噴水籠烟。殆不可弁其真仮也。

（日乗）（明六）1/6 晩来米田子来訪ス共ニ「ロテーオン」ノ劇場ヲ観ル場ノ荘麗驚ク可シ演ズル所ハ女子ノ怨恚シテ死シ厲鬼トナリシ昔物語ナリト云ヘド能ク言語ヲ解セネバ分明ニ記載シ難シ

以上が『航西日記』と『米欧回覧実記』『航西日乗』との主な対応箇所である。中には10のように交趾の地名起源説を異にしているので、ここは厳密な意味で対応していないと見るべきかも知れない。又、漢詩の場合、語句・詩句の類似・対応でない場合は、詩の持つ雰囲気を考えたが、これも個人により解釈が異るかも知れない。四十六箇所という数え方にも少々厳密さに欠けるところがあるかも知れない。

さて、これらの類似・対応箇所の意味づけであるが、二つのことが考えられるように思われる。一つは叙述のスタイル、文体について鷗外は二人の先輩から多くを学んでいるということである。特に語句、言いまわし、事物の形容において採るべきところは採っている。又、漢詩については『実記』には記されていないので、専ら文人柳北から多くを学んでいる。漢詩の力量についてはこの先輩に一目も二目も置いていたようである。『実記』の方は記録、報告ではあるがその文章には注目すべきものがある。田中彰氏も文庫本の解説で「文章自体、簡にして要をえ、歯切れよく格調も高い」「明治記録文学の傑作」と呼んでいるが、けだし至言であろう。漢文脈の持つ簡潔さ、正確さ、力強さが遺憾なく発揮されて、この種のものとしては最高度に文学性が活かされている。その意味で久米邦武と柳北の叙述スタイルと柳北の漢詩における表現技巧が『航西日記』に流れ込んでいると見るべきであろう。つまり文体的に二人に負う所が大きいように思われるのである。しかし、そのことを認めた上で、なお顕著な鷗外の文体上の特色は、二人よりもはるかに文章が簡潔なことである。これは出発からベルリン到着まで変らない。『実記』はその性格上、止むを得ないが柳北も時には饒舌になり説明過多となる場合がある。又、二人には時々、「唯ダ土人狡猾無恥人ニ迫テ物ヲ売リ囂々蚊蝻ノ如クナルハ極メテ厭フ可シ」（『日乗』明5・10・7　ゴール）とか「尤モ厭フヘキハ、『ゴール』近傍、村々ノ童幼、客ヲ認ムレハ、集テ銭ヲ貰ヒ、覥《てん》トシテ恥ナク、追ヘトモ亦来リ、遊観ヲ妨ケ、殆ト堪ヘカラス」（「実記」明6・8・10　ゴール）という具合に、自分の感情を露にしている箇所がいくつかあるが、鷗外にはこれがない。概して鷗外の方がより禁欲的な叙述で一貫している。そして、一見、淡々として起伏のないこのスタイルにこそ、より文学性が感じられるのである。『独逸日記』やドイツ三部作に至る抒情の質はこの『航西日記』で既に決定されているかの如くである。

次に今一つの注意すべきことは各寄港地で触れた風景、風俗（言語・容貌・服装等）、習慣、施設、建物、動・植物、あるいは海岸の地形や歴史上のエピソード等の類似である。これはすべて実景を基にして書かれる渡航記に共通するもので、描写が似通うのは無理のないことである。サイゴンの屋根の瓦は赤く、スエズ、紅海両岸が「満目赤野」であるというのは誰が見ても変らない事実であろう。『実記』と『航西日乗』にも似通う描写が多く、更に溯って渋沢栄一の『航西日記』[31]（慶応三年）を参看しても同様のことが言える。大体、同じ物を見、同じ描写をし、よく似た感懐を催しているのである。従って、以上の二つの特質から推して、『航西日記』を剽窃呼ばわりするのは穏当を欠くように思われる。これは小島氏も指摘するように先輩二人に敬意を表した本歌取りと見るべきであろう。漢詩、漢文、あるいは紀行文で取られた当時の一般的慣行の範囲を出ないであろう。このことは『航西日乗』を見た場合、柳北も『実記』を参看した節が充分に窺えるからである。そしてより強調したいのは、列挙した対応箇所は最後のパリ・エデン劇場の部分を除いては、『航西日記』を考える場合、それほど重要な意味を持たない部分であるということである。『航西日記』の独創と鷗外の強烈なモチーフはこれら対応箇所には全く見当たらないのである。つまり、月並の風景描写や叙述の箇所で鷗外は二人の先輩に敬意を表しているのである。

しかし、本歌取りを言いながら、そのことを『舞姫』の「セイゴン」の条と絡めて小島氏が論じられる時、少し疑問を感じざるを得ない。『舞姫』冒頭、「セイゴン」の一節は私もかねがね疑問に思っていた所であるが、今、あえて初出文を引用してみる。

五年前の事なりしが平生の望み足りて洋行の公命を蒙ふりこのセイゴンの港まで来し頃は目にみるもの耳に聞くもの一として新しからぬはなく筆に任せて書き記したる紀行は日ごとに幾千言をやなしけん当時の新聞に載せられて世の人にもてはやされしかど今日になりて思へば穉なき志操、身の程しらぬ放言、さらぬも世の常の動植、または民俗などをさへ珍らしげに細叙したるを心ある人は奈に見しやらん（『国民之友』第69号付録　明23・1）

ここでの問題は二つある。一つは「当時の新聞に載せられて世の人にもてはやされしかど」が事実か否かということであり、今一つはそれがフィクションだとした場合、この条をいかに解釈するかということである。まず前者の方であるが、太田豊太郎が鷗外と重なると見た場合、新聞への寄稿が全くフィクションであるとは直ちに断定できない。近年、宗像和重氏が「投書家時代の森鷗外」（『文学』昭61・10、11）を発表され、明治十四、五年にかけて十編（存疑二）の投書文を「読売新聞」投書欄に発表していたことを突きとめられた。これで鷗外に投書家時代と呼ばれる一時期があったことがはっきりしたわけであるが、その鷗外が始めて航西の途に上り、目にした「動植」「民俗」の類を故国の新聞に報告するということは可能性としては大いにあり得る。このところを、新聞以外の雑誌にも当たってきちんと調査された方があるのであろうか。残念ながら私の方も未だ充分に検索していない。「読売新聞」「郵便報知新聞」「東京日日新聞」三紙の明治十七年九月から十二月まで当たってみたが該当記事はなかった。十七年九月七日にサイゴンに到着し十月十一日のベルリン到着で日記が終わっているので、九月から十二月に限定して調査したが、あるいは十八、九年にドイツから送っていることも考えられる。当時、新聞が海外通信の類を載せていたことは、例えば「郵便報知」の十七年九月に矢野文雄の「龍動通信」が何回か、又、十月には尾崎行雄の「特別通信」（のちの「遊清記」）が連載されていたことで分かる。従って、鷗外がその通信文を新聞に送ったとしてもさして不思議はないのである。このことから特に数年にわたる新聞の徹底的調査が必要と思われる。もしそれが見つかれば、この条の疑問は大方、氷解するはずである。

未だ調査を了えていない段階で、こういう仮定は不謹慎であるが、一歩譲って、もしこの条がフィクションであった場合どうなるか。小島氏は「当時の新聞に載せられて」を必ずしも「衛生新誌」（明22・4～12）に掲載されたこととは取っていないが、次の「世の人にもてはやされしかど」を「衛生新誌」の長瀬時衡評と重ね、又、「心ある人は奈に見しやらん」を『航西日記』の読者（中の具眼の士）と取っているから、結果的には「衛生新誌」に掲載されたことのカモフラージュとなってしまう。鷗外は『航西日記』が公表され、慧眼の士に『実記』との類似を指摘されることを、それほど恐れていたのであろうか。たしかに内心、忸怩たるものが全くなかったとは言えないが、この小島氏の読みは余りにも鷗外のモチーフや裏の読みに力点を置くもので、作品の文脈からは少々、外れた解釈と言うべきであろう。

作品の文脈から言って豊太郎が最も内心、忸怩たる思いをしているのは自分で書き送った文の「穉なき志操」「身の程しらぬ放言」でなければならない。そして次に来るのが「動植」「民俗」のことどもである。ところが、これを『航西日記』のことだとすれば、前者の「穉なき志操」「身の程しらぬ放言」は、これを指摘するのがきわめて困難になる。そして、次の「動植」「民俗」に至っては、確かに類似・対応の所でも見てきてその存在は確認できるが、特にそれが「珍らしげに細叙したる」と言えるかどうか。香港、サイゴンでは共に「花苑」（動物も飼ってある植物園）に入っているが記述はきわめて一般的である。「民俗」の方は幾分か珍らしさは伴ってはいるが、それは渡航記にしばしば見られる現象で驚く程のことではない。あるいは小島氏はそれらは凡てカモフラージュであって、つまるところ、「動植」「民俗」の描写の類似を気にしていたと言うのであろうか。もし『航西日記』と重ねるならば私には九月七日の「此日報軍医本部。以香港観病院之事」が重要な意味を持つように思われる。衛生学を修め、陸軍医事を詢うことを主要目的として出発した鷗外は、早くも九月三日、香港で使命感に燃えた行動を取っている。即ち英軍の許可を得て停歇病院（軽い患者用の療養を主とするものか）と浮動病院[32]を見学してその様子を書きとめている。罹病者の数、病気の種類（熱症、花柳病の類）、設備等を書き記して最後に英人医師に脚気の有無を問い「甚稀」の答を得ている。しかし、新聞広告から香港在住者にも脚気を患う人の多いことを書きとめることを忘れていない。いずれにしても脚気対策がわが陸海軍にとって重要な課題であったことは言うまでもなく、翌年の五月「徳停府ニ負傷者運搬演習ヲ観ルノ記」で鷗外は緒方正規が脚気の「バチル、ス」を発見したという報を驚きを以て書き記している。これらから推して鷗外が香港で目にした英軍の病院の様子をかなり詳しく報告したであろうことは想像に難くない。残念ながらこの時の報告書は全集（三十八巻）に収められていないので想像の域を出ないが、病院の様子を述べながら、例えばその設備、あるいは英国軍人の罹っている花柳病、又は絶無に近い脚気等について鷗外はかなり感慨を込めて自説のようなものを開陳したのではなかろうか。又、後にも詳しく触れるが、長瀬時衡がいみじくも指摘したように、『航西日記』には「慷慨悲壮」の思い、「一種の風濤の気」が充満している。言うまでもなく植民地化されつつある東洋の現状を目のあたりにして、激しい危機意識を持ったことであろう。清仏戦況のことが記され、英人に付与された香港のことがうたわれている。ここから推しても陸軍への報告書に「一種の風濤の気」が漂っていておかしくないのである。豊太郎が最も内心忸怩としたものを鷗外その人と重ねた場合、その「羈なき志操」「身の程しらぬ放言」とは『航西日記』には具体的に書かれていない、これら報告書の類の内容に関することではなかったであろうか。そうであってはじめて「心ある人は奈に見しやらん」が落ち着くのである。ここはやはり「若気の至り」という感懐と取るのが最も適切なように思われる。そうすれば中心はやはり「穉なき志操」「身の程しらぬ放言」であり、「世の常の動植」「民俗」などは二の次になってしまう。鷗外が真に恥じたのは「穉なき志操」「身の程しらぬ放言」であったであろう。「動植」「民俗」の『実記』との類似をそれ程、気に病んでいたとは思われない。

二　『航西日記』の独自性

既に見てきた通り、『航西日記』には『実記』や『航西日乗』と類似した箇所がいくつか見られたが、それは『舞姫』の表現を借りれば主に「動植」「民俗」に関するものが大半を占めた。そしてそれは、くり返しになるが、『航西日記』を考える場合、特に独自な意味を持つ箇所ではない。『航西日記』の真に独自的な所は、それ以外の箇所にいくつかあるのである。今、それをいくつか列挙して『航西日記』の独自性に迫りたい。

1　明17・8・23　漢詩

一笑名優質却孱　依然古態聳吟肩　観花僅覚真歓事　題塔誰誇最少年
唯識蘇生愧牛後　空教阿逖着鞭先　昂々未折雄飛志　夢駕長風万里船

2　同8・29　日東十客歌

泛峨艦兮渉長波　日東十客逸興多　田中快談撼山嶽　飯盛痛飲竭江河

穂也長也如処女　清癯将不勝軽羅　宮崎平生多沈思　與他片山是同科
隈川学操法国語　孜々唯惜日如梭　丹波何曽無豪気　毎遭風濤即消磨
底事老萩情未尽　滑喉唱出子夜歌　独有森生閑無事　鼾息若雷誰敢訶
他年欧洲遊已遍　帰来面目果如何

3　同8・30　過福建。望台湾。
(ア)青史千秋名姓存　鄭家功業豈須論　今朝遥指雲山影　何処当年鹿耳門
(イ)絶海艨艟奏凱還　果然一挙破冥頑　却憐多少天兵骨　埋在蛮烟瘴霧間

4　同9・3　香港で英軍の停歇病院と浮動病院を見学

5　同9・4　漢詩二首
(ア)開釁当年事悠々　滄桑之変喜還愁　誰図莽草荒烟地　附與英人泊万船
(イ)家書草罷意凄然　坐見層巒烟霧起　日落余光猶在波　扁舟来売芭蕉子

6　同9・6　過安南山下。
安南山下盪舟過　顧望不堪応接多　回首遠征千古事　烟雲何処吊伏波

7　同9・11　蓋此地麻陸一島。英人開港以扼支那印度両海之咽喉。其盛固不待言也。（於シンガポール）

聞説蛮烟埋水郷　埔頭今見列千檣　英人応有点金術　塊鉄之頑乍放光

8　同9・13　閼珍の戦役に参加した林紀を偲ぶ

万里泛舟過蘇門　閼珍府城渺烟氛　憶曾林君奉明詔　奮身来従和蘭軍
由来為医道非易　知期愆期事紛々　況在兵馬倥偬際　措置従容建殊勲
林君生為名閥子　気象英邁自超群　西人手段看既透　条理井然胸裏存
帰来披図奏天子　弁論称旨官禄尊　自此屢閲辺陲変　君無遺策世所聞
我来慷慨遥決眦　水煙茫々罩夕曛　如今誰起紹雄志　当時医林猶有君

9　同10・1（スエズ運河で）

濬河功就破天荒　地下応驚佛朗王　喜望峰前人不到　名虚十有五星霜

10　同10・2　ポートサイドで管弦合奏を聞く

水狭沙寛百里程　月明両岸草虫鳴　客身忽落繁華境　手挙巨觥聞艶声

11　同10・6

コルシカ島を臨んで

(ア)往事如雲不可追　英雄故里水之涯　他年席捲欧‖洲志　已在小園沈思時

サルジニア島を臨んで

(イ)赫々兵威及米‖洲　平生戦闘捨私讐　自由一語堅於鉄　未必英雄多詭謀

12　同10・7　マルセーユで

(ア)氷肌金髪紺青瞳　巾幗翻看心更雄　不怕萍飄蓬転険　月明歌舞在舟中

(イ)鵬翼同披海外雲　談兵未已又論文　奇縁何日曾相結　不是人間燕雀群

(ウ)行人絡繹欲摩肩　照路瓦斯燈万千　驚見凄風冷雨夜　光華不滅月明天

13　同10・9　パリのエデン劇場で観劇

見られる通り、詩に鷗外の独自の思想、感慨が多く盛り込まれていることは明らかである。これは言わば当然かもしれない。動植・民俗等の実景を写しても型通りのものになってしまい、いきおい独自の思想となれば多く感慨が盛り込める詩の形を取るのが一般であるからである。その意味で鷗外の『航西日記』は典型的な日本の和歌、俳句を中心とした紀行文の伝統を踏まえるものである。旅の途次、嘱目した景物を書き留めながら、時にはそれに触発され、又、ある時は他の要因から卒然と起こりくる感慨をうたうというあの方法である。これら、主に詩に込められた鷗外の感慨とは何であったのであろうか。

少し図式的にはなるが、十三箇所を類別すれば次のようになろうか。

㈠述志（留学の期待と決意）　1、2、12(イ)
㈡使命感　4、8
㈢主に東南アジアの現実と危機意識（愛国心）　3(ア)(イ)、5(ア)(イ)、6、7、8
㈣英雄への思い　3(ア)、6、9、11(ア)(イ)
㈤西洋への憧憬　10、12(ア)(ウ)、13

はじめの述志を見れば、これは当然のことであるが明治初期のエリートの上昇志向と国家有用の材たらんとする気概に満ちている。1は明治十四年七月、大学を卒業した時の感懐を賦したものであるが、海外留学の条件には遠く及ばない成績であった悔しさを述べながら、「雄飛の志」を持ち続けていることをうたったものである。2は同じ船に乗った十人の仲間をユーモラスにうたってはいるが、12(イ)同様、「燕雀安んぞ鴻鵠の志を知らんや」の大気概、満々たる野心が充溢している。この野心、気概は時代を考えれば当然で、「日東十客」の凡てに共通していたものであろう。㈡の使命感も同様である。鷗外に衛生学を修め陸軍医事を詢うという明確な使命と目的があったように、他の友人にも国家より課されたそれぞれの使命があった。既に陸軍軍医本部に課僚として三年間勤めた鷗外は、この使命感にきわめて忠実であった。先に見てきたように香港で早速、その使命感を発揮し英兵屯舎を見学しようとして時間がなく、病院施設を見て回っている。そして軍医本部宛の報告書をサイゴンから投函している。[33] この鷗外の使命感が更にいや増すのはスマトラ島西北端、アチエを望見して亡き先輩林紀《つな》（明15・8　パリで客死、三十九歳）を偲んだ時である。林紀については小西謙、長谷川泉両氏の研究に詳しいが、[34] それによると林紀研海は鷗外が陸軍入りした時の軍医本部長であり西周ときわめて親しかった。即ち共にオランダに留学した仲であり西周の養子紳六郎は林紀の弟であった。ために鷗外の陸軍入りには、小池正直や石黒忠悳の尽力の外に林の力もあったことはその西周宛書簡でも知られる。従って、その林が鷗外が陸軍入りして僅か八カ月で客死したため、鷗外の驚きが如何ばかりであったかは想像に難くない。しかし、その驚きは個人的な情実からのみ来たのではない。逆にその部分は小さく、多くは林紀の大先輩としての力量、識見共に偉大なるを亡くした悲しみに起因するであろう。その林の偉大さであるが詩で見る限り軍医として極めて有能な働きをしたことが窺える。即ち和蘭軍に従軍してアチエで亜珍軍と戦闘に及ぶが（明治六年末から七年にかけてか）、その時の活躍がうたわれている。恐らく、鷗外も熟読したと書いている『閼珍紀行』にその様子が詳しく書かれているのであろうが、これは現在、鷗外文庫にも国会図書館にも収蔵されていない。ただ小西氏が引く「日新真事誌」（明7・1・18）の記事で僅かにその様子が知られる。伝染病流行時とは言え兵士がいかに軍医を信任し、又、将帥がいかに軍医を重んじているかを肌で知り、「平素術ヲ研究シ此依頼ニ答ヘザル可カラザル」ことを再認識しているのである。軍医の責務重大であることを鷗外は林紀を通して追体験しているのである。加えて、その「気象英邁」を賞揚するも、これよりしばしば「辺陲の変」に従軍し（明治十年西南の役では征討軍団軍医部長）、客死の原因となる宿痾（腎臓疾患）を募らせて行く。鷗外がここに来て慷慨し眦を決して水煙茫々たる辺を眺め、林の雄志を紹がんとしていることは明らかである。志半ばで仆れた偉大な先輩への哀惜の情と、その雄志を紹がんとする鷗外の決意とは手に取るように分かるのであるが、ここで林紀が和蘭軍に加わり閼珍軍と戦ったそのことに、鷗外が全くと言っていい程、関心を示していないのが不思議と言えば不思議である。いや、これは何も遠い鷗外の時代に限ったことではないかも知れない。小西論文にも「蛮地」「蛮地従軍」という言葉が使用されている。オランダ軍から植民地戦争をしかけられるスマトラのアチエはなぜ蛮地なのか。ここには端なくも鷗外と同じ目でオランダとアチエの関係を見ている目があるのである。陸軍省がなぜ軍医監林紀をオランダ軍に編入させたのか、その意図もしかとは分からぬが、恐らくは軍医学の必要に迫られた実地検分（実習）のようなものであったのであろう。(35) このあたりの事情は『鬭珍紀行』が発見されればはっきりするであろうが、それにしても林の方にもどれ程、植民地戦争という認識があったであろうか。ただ文明国が蛮地を攻める、富国強兵の意味もそこにあるという認識であろうか。日本が文明国になることは欧米の列強に伍して植民地を獲得して行くことだというきわめて単純な図式が、この時代のエリートにはなかったであろうか。鷗外の『航西日記』を読んでいて漠然とした不安を感ずるのはここである。

　鷗外のアジア認識が如何なるものであったかは㈢の詩編でおおよそ見当がつく。そして、この部分にこの日記の最大の独自性があるわけであるが、詩の分析に入る前に日記に窺われるアジア情勢全般を見ておけば、ホンコン（英）、サイゴン（仏）、シンガポール（英）、スマトラ（蘭）、セイロン（英）、アデン（英）、スエズ（英）と寄港地やその周辺は完全にヨーロッパ列強の支配下にあった。更に領土と権利の拡大を狙って列強は虎視眈々とその機会を窺っていた。九月一日、香港の領事館で中尉島邨干《たて》雄(36)から清仏戦争（明17・9・6より公式の戦闘開始）の戦況を詳しく聞く。九月八日、サイゴンで仏軍兵舎の前を通り、途中、左足義足の兵士に遭ったことを書き留めている。九月十三日、スマトラ沖を航行しながら和蘭人と現地人との間に未だ戦闘が続いていることも記している。又、英国がいち早くシンガポール、アデン両港を開き海上の要衝を押さえ、軍事・貿易上、海上権を制覇し着々とアジア支配を押し進めて行ったその跡をつぶさに実見したわけである。ここからは当然、福沢諭吉を持ち出すまでもなく、列強の支配を逃れ一国の独立を願う気概と使命感が生まれて不思議ではない。幕末から明治にかけて欧米に渡航した多くの人達の共通した思いであり、愛国心（自立・自尊の心）であろう。それ故、支配されたアジア同胞への同情となんらかの感慨があって然るべきであるが、この面での鷗外の叙述は意外と素っ気無いのである。

寄港地での現地人の風俗や生活を点綴しながら、鷗外はこれに一切、批評を加えていない。水中に潜って客の投じた銀銭を拾う少年（シンガポール）、彩禽を売りに来る児童（同）、鼻に金環を穿つ女性の風習（シンガポール、アデン）、その他の描写に見られるものは風習の違いを別にすれば、大方はアジアの貧しさであり、未開の地の後進性であろう。これに対し鷗外が如何なる感慨を持ったかは憶測の域を出ないが、久米邦武や成島柳北とそれ程、隔たっていたとは思われない。「貧民集リ来リ、物ヲ売リ銭ヲ貰フ、蟻附蠅散シテ厭フヘシ、駝鳥ノ羽ト毛トヲ売ル、価ヲ眩スル数倍ナリ」（実記、アデン）「尤モ厭フヘキハ、『ゴール』近傍、村々ノ童幼、客ヲ認ムレハ、集テ銭ヲ貰ヒ、醜トシテ恥ナク、追ヘトモ亦来リ、遊観ヲ妨ケ、殆ト堪ヘカラス」（同、ゴール）という『実記』の叙述と、「賤民婦児ノ狡黠喧噪ナル実ニ厭フベキヲ覚ユ」（日乗、香港）「女子亦袒シテ跣ス鼻ヲ穿ツテ金環ヲ垂レシ者アリ奇怪極マレリ」（同、シンガポール）「土人狡猾無恥人ニ迫テ物ヲ売リ囂々蚊蝱ノ如クナルハ極メテ厭フ可シ」（同、ゴール）という『航西日乗』の叙述の何とよく似ていることか。そして、このアジアの厭うべき状態の原因を『実記』は「人民ミナ游惰ニシテ只驕陽ノ下ニ起臥シ、生命ヲ偸シ、曾テ営生ノ苦ヲシラス、児童ヲ育スルモ、逸居教ナク之ヲ放テ、客ヲ逐ヒ銭ヲ乞丐セシムルニ至ル、沃土ノ惰俗、此ニ至テ極ルト謂ヘシ」と、気候・風土にその多くを見ている。「沃土ノ惰俗」―豊かな風土が人間を駄目にしていると見ているのである。この自らを自覚しない民、それを漱石は「亡国ノ民」と呼び「亡国ノ民ハ下等ナ者ナリ」（明33・10・1　日記　於コロンボ）と極め付けている。恐らく邦武、柳北、鷗外の底に流れているものは、漱石のそれと同じであったろう。言葉がきつければ、「亡国ノ民（未開ノ民）、哀レム可シ」という憐憫の情と言い替えてよい。このことの意味は鷗外の詩に当たることで、いっそう明らかになるであろう。

3(ア)(イ)は共に福建を過ぎる時、台湾を望んで詠んだものである。(ア)の方は『国性爺合戦』で有名な鄭成功の鹿耳門（ラクエモス・カナル）での活躍を偲んだもの。父芝龍の志を継ぎ本土で抗清復明の闘いを展開していた成功は、一六六一年（寛文元）、オランダ人に占拠された台湾奪回のため三月に台湾に赴き、十二月にゼーランンジャ城を陥れる。ゼーランジャ城は安平（台湾の西南、台南の近く）にあり、湾内には他にプロビンシャ（赤嵌）城と鹿耳門があった。「鹿耳門は、航海の危険区域で、とおく浅瀬がつらなり、大船はとうてい入港できない。オランダ側は、むしろこれを天然の要害とし、両城を中心に守備をかためていた。成功は、何斌を水先案内とし、深さ一丈余の大満潮時をみはからって、一夜のうちに一挙に船隊をのりいれた。そして、まずプロビンシャ城を急襲した」[37]。バタビアからオランダの援軍が来たが暴風に遭って大敗に終るというのが史実である。その成功も翌年の五月、台湾で没する。享年三十九歳。ここで鷗外が共感をもって鄭成功を称えているのは、言うまでもなく母が長崎の田川氏の出であるという日本との縁と、明朝再興という大目標を掲げていることに依る。日本人の血を享けた人物が祖国復興（明朝再興）のため、まずその拠点の地で外敵の侵入を打ち破るというのは、明治十七年当時の青年森林太郎の愛国心に訴える所が大きかったであろう。ここに、ヨーロッパの列強対アジアの植民地という構図を読み、列強からの独立を主張するナショナリズムの高揚を指摘するのは無理であろうか。これは当時のアジア人一般については無理であったかもしれないが、少くとも森林太郎にはこのような視点が可能であったはずである。しかし、ことはそのように単純には行かないのである。

3(イ)は、明治七年のいわゆる征台の役（台湾事件、台湾出兵）を回想したものである。維新後、最初の海外出兵であり、翌年五月の千島・樺太交換条約調印と並び国民のナショナリズムを煽った事件である。出兵の契機は明治四年十一月、琉球人五十四名が台湾に漂着し現地人に殺害されたことによる。出兵の七年五月まで二年半ばかりあるが、この間、征韓論が絡み、又、琉球の帰属問題や台湾原住民の統治について清国と意見が合わず出兵は延び〳〵になっていた。明治六年十月、征韓派が敗北するや、「内務卿大久保利通らは当時高まっていた士族の不満をそらすため、征韓論に代わって台湾出兵計画をすすめた」(38)。諸外国の反対で中止を決定したが、西郷隆盛の弟従道を都督とする三六〇〇名の兵の勢いを押さえ切れず、出兵の止むなきに至った。清国との間に和議が成立し日本軍が撤兵したのは七年の十二月である。これで見る限り、台湾出兵はそのきっかけは兎も角、琉球の領土権主張（琉球処分は明治十二年）と征韓論の一変形にすぎなかった。士族の不満はくすぶり続け明治十年の西南の役につながって行くのは誰の目にも明らかである。

さて、この征台の役を詠む鷗外の視点であるが、「冥頑」を破ったことを讃え、異国の「蛮烟瘴霧の間」に埋もれている「天兵の骨」を憐れむというものである。言うまでもなく日本国側に立って戦死者を悼み、戦勝を寿いでいるのである。これは必ずしも鷗外一人の感懐ではなく、当時一般の日本人のそれであろう。そしてここに注意すべきは日本軍が闘った相手がいわゆる「生蕃」（高砂族、現在、高山族の呼称）(39)と呼ばれる原住民であったことである。漢民族に従った熟蕃に対して抵抗した原住民の呼称であるが、この原地人を見る鷗外の目には明らかな偏向がある。即ち「冥頑」と呼び、その棲む地を「蛮烟瘴霧間」と形容しているこ とである。日本国家に服従しないその頑さを頑冥とし、その棲む地を蛮烟瘴霧（毒気を含んだ霧）の立ち込める野蛮な未開地としている。そのような現地人が日本軍に平定されるのは当然とする意識であり、これはそのまゝ明治二十八年の台湾統治につながって行くものであろう。つまりこの詩には、一方では列強のアジア支配に憤りながら、他方では列強と肩を並べるために大陸進出と植民地政策を押し進めようとする新政府の意図を先取りするものがある。鄭成功がオランダ軍を蹴散らしたことに拍手する気持と、日本軍が台湾現地民を平定したことに拍手する気持と、両者、ナショナリズムに於て矛盾しないのである。そして、このナショナリズムを煽る格好の書が当時（明7・12）、出版されていたのである。それは染崎延房の『台湾外記』（一名、「国性爺」）と呼ばれる書物で征台の役にちなんで出版されている。注目すべきは国性爺と台湾出兵がそのま丶重ねられていることである。国性爺の偉業がそのまま台湾出兵の口実になるというこの論理を、鷗外は台湾を詠んだ二首の詩で踏襲している。又、出兵の理由如何にかかわらず、この戦いに実際に参加した人達には別の感慨があったというのは頷ける。『航西日記』を評した長瀬時衡もその一人であるが、3(イ)について「実に明治七年の役は三軍、ことごとく瘴毒に罹り余も亦病む。幸いに生還して今日此の詩を読む。竦然として涕下る」と述べている。従軍者には「蛮烟瘴霧の間」が実感として理解できたのであろう。従って、その感想も、現在我々が表現のみを通して理解するそれとは余程、異るであろう。香港で会った島村干雄も従軍の経験者であるから、鷗外の回りの軍関係者にはかなりの数の関係者がいたのかも知れない。それらの人達からその時の模様を聞き及んでいたものか。しかし、体験だけでは詩は語れない。体験者にいかに切実であっても、その詩が客観的に読者に送り続けているメッセージについて、我々はこれを正確に理解しなければならない。

九月四日、香港で作られた二首もその意味するところは複雑なものがある。5(ア)はアヘン戦争（一八三九～四二）もはるか昔のことになってしまったが、「滄桑之変」の言葉通りこの地もすっかり変ってしまったことを、喜ぶべきか、はた悲しむべきか。誰かこの草深い荒地が英人に与えられて、このような賑いを見せることになろうと予想しえたであろうか、というものである。南京条約（一八四二・八）の結果、香港は英国に譲渡されたわけであるが、言うまでもなく帝国主義の植民地支配の一環であった。この立場を肯定すれば殷賑はめでたく、中国の独立を尊重すれば悲しむべきことである。しかし、問題はもっと複雑である。植民地支配は肯定できずとも目のあたりにした文明の圧倒的な力に鷗外は愕然としているのである。ここからは文明の西洋と後進・未開の東洋という対比も出てこようし、これから文明の恩恵に与ろうとしている鷗外にとり、眼前の景を無下に否定しきれない複雑なものがあったであろう。簡単に帝国主義者の立場にも、又、愛国主義者の立場にも立てなかったのである。

この複雑な思いが次の5(イ)に投影していないだろうか。「家書草し罷んで意凄然たり」には鷗外の個人的感慨があるのかも知れないが、二句の「坐《そぞろ》に層巒烟霧の起こるを見る」とつなげてみると、ぼんやりと茫然自失している様が目に浮かぶ。家書を書き了えた気持と何かそぐわないものを感じる。ここは香港で実感した前詩の複雑な思いの余韻と取りたい。かすかに揺れ動く思いが、「日落余光猶在波」にも、バナナを売る声にも聞こえる。鷗外は憂鬱な気分に襲われている。

九月六日作の6は安南山下を過ぎる時、伏波将軍の馬援を弔ったものである。馬援については『後漢書』に馬援伝があり詳しい。それによれば馬援は後漢の光武帝に仕えた武将であり辺境民族の平定に力があった。安南との縁は交趾郡に徴側・徴弐の姉妹の反乱があり、これを討つために伏波将軍を拝命し、十九年これを降した。その後、匈奴、烏桓の攻撃にも参加している。従って、交趾で命を落としていないので、ここで鷗外が馬援を弔おうとするのは史実に反するが、そのことはとも角、ここで何故、馬援が出てくるかが問題であろう。辺境の服《まつろ》わぬ人々（いわゆる蛮族）を討つ馬援はそのま、征台の役で原住民を討った日本軍と重なる。史実はどうあろうと彼を弔うことは征台の役で戦死した兵士を弔うことと重なる。「埋在蛮烟瘴霧間」と「烟雲何処吊伏波」とが呼応している。鷗外にはいわゆる蛮民と呼ばれた原住民に対して、何か本能的な恐怖のようなものがあるのではなかろうか。「蛮烟」や「烟雲」という言葉は恐らく東南アジアの気象条件と密接に関わる言葉ではあろうが、「水煙」「烟霧」の彼方に何か得体の知れない恐るべきものが隠されている、というイメージにもとれるのである。未開の獰猛、野蛮への恐れとこれを平定し文明に導かねばならないとする使命感が鷗外の中にある。そのためには未開がある程度犠牲になるのも止むを得ないとする論理がある。

その意味で鷗外は、当時の西洋の学問をいち早く身につけた人がそうであったように、典型的な開明主義、近代主義の立場に立っていると言えよう。

九月十一日のシンガポールでの作（7）は香港での作と基本的には変らないが、そこには香港で感じたような躊躇《たゆたい》の気持（喜還愁）は最早ない。かつての「蛮烟水郷を埋む」地を一挙に繁華にした英人の「点金の術」（錬金術）に、ただ感嘆し瞠目しているのである。香港でのショックはここでは薄れ、イギリス文明の圧倒的な力の前に、ただ脱帽するばかりである。

前にも触れた九月十三日作の林紀を悼む詩について一言すれば、そこには抑圧される側への思いというものが全くないということである。閼珍軍の奮闘、スマトラの抵抗が何を意味するか、鷗外の詩からは窺えない。逆に「聞く其の土人との闘い、猶、未だ止まざる也」に、はっきりと相手側への無関心が窺える。大先輩林紀が蘭軍に従軍し、その林を悼む詩であってみれば、それも当然なことかも知れないが、それまで植民地化されつつあるアジアを見てきた人間にとって、この余りにも素っ気ない切り棄てはやはり気になる。オランダ軍を敗った鄭成功を讃えた鷗外は、ここでオランダ軍に抵抗するアチエ軍の側にも立てるのである。しかし、そうはならなかった。列強によるアジア支配を目の当たりにして、鷗外の危機意識は自国の独立にのみ注がれ、アジア全体の民族の独立にまでは及ばなかったということであろうか。時代が早すぎたのであろうか。ここで鷗外も序文を寄せたあの『浮城物語』（明23）を想起したい。『浮城物語』は発表は二十三年であるが発想は既に十七、八年にあり『経国美談』と踵を接していたと言われる[40]。従って作品世界の現実は二十三年時の世界情勢と必ずしも一致しないが、そこは作品世界の時間が明治十一年三月以降の数カ月であるという設定で旨く切り抜けている。意図する所は主人公作良義文を中心に「まづ南洋貿易によって兵備を整へ、印度洋に乗り出し、一無人島を占領し、そこを根拠として、当時フランスの有となって間もないマダガスカル島（明18のこと）を取り、更にアフリカに入って、中央アフリカに一大版図を伐り拓かうといふもの」[41]であった。その南進主義、国権主義は誰の目にも明らかであるが、作品はインド洋に乗り出すまでのボルネオ、スマトラ、ジャワ島を中心とした活躍で終っている。問題は主人公達がジャワ島の王室と組みヨコカルタ、ソラカルタを拠点に蘭軍と闘いこれを島から追い出そうとして、バタビア攻略寸前にまで漕ぎつけるという構想である。計画は王室の寝返りにあい失敗に帰するが、列強の植民地支配を打破しようとする意図は明らかである。これに日本男児が加担するという構想は自国一国の独立のみならず、広くアジア全体を解放しようとする意図に支えられている。その意味では龍渓のアジア全体を見る視野は大きいのであるが、悲しいかなこの視野はアフリカ侵攻と裏腹の関係にある。アジアの独立に加担しながら、一方では他の未開の地を犠牲にするというこの論理は両刃の剣である。こういう矛盾したものが当時の啓蒙家、開明派に共通してあったということは記憶に止むべきことである。龍渓が改進党員であり、政治小説を書き、かつ、自由民権の嵐が過ぎた時点ということを考慮に入れても、この小説に於けるアジア認識と鷗外のそれを比較する時、興味深い対比がなされる。両者が列強のアジア支配に危機意識を募らせていたことは言うまでもない。そして、共に自国の独立を願っていたことも共通する。そのために西洋文明を輸入することが不可欠であるとすることも共通していた。しかし、アジアの解放という視点は鷗外にはない。未開、野蛮な地は外圧によって文明化されるしかないという「優勝劣敗」の論理が、そこにはほの見える。鷗外にあるのはヨーロッパと対等になり、列強がアジアで手にしている利権を日本も行使することにあるとする考えであったと言えば言い過ぎであろうか。林紀を悼んだ詩中、「西人の手段、看て既に透し、条理、井然として胸裏に存す」とあるのは何のことか必ずしも明確ではないが、蘭軍に参加してその意図を明確に認識し、帰国後、天子に奉じたともとれる。西人のアジア支配の意図を正確に見抜き、これに対する対抗策を講ずると取れば、林紀の認識はそのまま鷗外に重なるであろう。軍医として両者のアジアを見る目にはそれ程の隔たりはない。一方、龍渓の方はアジアの独立・解放の意図を持ち乍ら、他方にアフリカ侵略という矛盾を孕んでいた。これを合わせれば解放に名を借りた侵略という、あの太平洋戦争の論理につながって行くのである。そのような危険性を孕みながらも、ジャワ解放をうたった当時の龍渓の真意はアジア侵略になかったことを確認しておきたい。それはアジアを未開、野蛮視する鷗外の認識とやはり際立っている。改進党の政治家と軍医、ヨーロッパの立憲制を見た者と見ざる者との違いであろうか。

さて、以上で「主にアジアの現実と危機意識」をモチーフとした詩を見てきたわけであるが、このグループに『航西日記』の独自性が特に顕著であることは既に述べた。この独自性が何であるかを最も的確に言い当てているのは、同時代人で、かつ、『航西日記』を評注した静石長瀬時衡である。「衛生新誌」最終回（十一号　明22・12・16）の末尾に静石の全体評が載っている。

近世、泰西に航する者、各《おのおの》紀行有り。皆、政教風俗より草木虫魚の微に至るまで詳紀して遺す無し。諸国の事情以て見る可し。然るに森林太郎君の航西紀行は行文作詩、慷慨悲壮の余より出で、一種風濤の気、紙上に溢る。人をして一読、神《しん》、馳せしむはまことに紀事の上乗と為す。古人謂へらく、詩は心の声と。猶ほまことなり。誰か又、以て文雅、事を済さずと謂はんか。予、自ら揣《はか》らずして評語を加ふ。亦、風濤に激せらるるため也。

明治己丑一月　　　　　　　辱知静石長瀬時衡題

明治二十二年一月の評であるから、前年の暮れあたりには既に読了しているのかも知れない。ここで注目すべきは言うまでもなく、「慷慨悲壮の余より出で、一種風濤の気、紙上に溢る」である。小島氏は「迅風《はやて》と大波とがぶつかりあうような気迫が紙面にあふれ出た逸品であると評したものである」と注しながら、これが当時一般の誇張された讃め言葉、常套句であるとされるのは合点がいかない。外交辞令が全くなかったとは言わないが、静石の丁寧な評注を読み、かつ、最後の「予、自ら揣らずして評語を加ふ。亦、風濤に激せらるるため也」を参看すると、『航西日記』に共感する所大で、とても通り一遍の讃め言葉とは思えないのである。静石は同時代者として、又、台湾の役に参加した者として『航西日記』に充満する「慷慨悲壮」「一種風濤の気」が痛いように分かった筈である。『航西日記』からこの二つの気を読み取れない人は読者として失格である。

そして、この「慷慨悲壮」「一種風濤の気」が最も顕著に出ているのが㈢のグループの詩である。見てきたようにそれは東南アジアの厳しい現実と、そこから自国を衛ろうとする気概と使命感に満ちている。西洋の学問と技術を身につけ、西洋に追いつき西洋と対等たらんとする激しい意志が切迫したリズムの中に見透かされる。「慷慨悲壮」「一種風濤の気」とはヨーロッパ列強より自国の独立を衛り、列強と対等たらんとする意志の別名であった。そしてこれが『航西日記』を独自たらしめているものの実体であった。

この独自性とも関連するのが、「英雄への思い」をうたった㈣のグループである。ここには鄭成功、馬援（伏波将軍）、ナポレオン、ガリバルディの四人が登場する。鄭成功は外敵を破った台湾の英雄、馬援は未開の民を平定した中国の英雄で共に鷗外のナショナリズム（愛国心）に訴えるものがあったのであろう。後者の英雄は共にヨーロッパ人ではあるが、これもナショナリズムと密接に関わるであろう。この内、ガリバルディを詠んだ11(イ)に注目したい。「平生の戦闘、私讐を捨つ。自由の一語、鉄より堅し」とあるが、鷗外にはこの「自由」の一語がどれ程、明確に認識しえたのであろうか。ここで想起したいのは『実記』の当該箇所である。「往時仏国革命ノ乱ヨリ、帝王専治ノ威権漸ニ衰へ、民権自由ヲ展ル気運トナリタレトモ……（略）乱定テ後ニ、以国ノ公論ニヨリ、『サルヂニヤ』王ヲ奉シ、一統ノ治ヲ創メ、立憲ノ政治ヲ建ル、固リ

『カルバルヂー』氏ノ意ニアラス、猶依然ト共和論ヲ主張シ、退テ此島ニ帰リ、欧洲ノ民権論ヲ維持シ、常ニ帝王ヲ廃シ、僧権ヲ廃スルヲ已ノ責任トセリ」（圏点引用者）とある「民権自由」「共和論」に注目したい。久米は歴史学者であり、欧米を実見しただけにそのガリバルディ理解は正確である。自由民権、共和制の立場からこの英雄を理解している。のちの自由民権論者につながる理解である。例えば、このような理解を持てばスマトラで蘭軍と闘珍軍が対峙する時、どちらの側にその人が立つかは明白であろう。鷗外が闘珍軍につかなかったのは、その「自由」「英雄」理解が多分に観念的なものであったことを物語るであろう。自由民権の洗礼を受けていない鷗外の英雄論は、所詮、明治初期のナショナリズムに結びつく単純なものであった。

最後の(五)「西洋への憧憬」は今までの詩群とは性格を異にする。ここにはこれから鷗外を待ち受けている華やかな未来＝西洋がある。十月二日のポートサイドの作（10）は楽堂で男女二十名編成の管弦合奏を聞いた後、ビアホールででも杯を挙げた時の作であろう。この時の音楽が西洋音楽か民族音楽かはっきりしないが、とも角、始めて耳にする西洋音楽に近いものと思われる。紅海、スエズ運河と両岸、満目赤野の砂漠地帯を通って来た人間にとって、耳にする音楽も女達の華やかな声も、共に心蕩かすような甘美で心地よいものであったろう。これから地中海、いよいよ西洋という気持の昂りがあり、西洋へのあくがれ心はいや増さる。

マルセーユ入港まで七編の詩を作っているが、その第二首目（12㋐）に注目したい。「氷肌、金髪、紺青の瞳。巾幗、翻って看れば心更に雄なり。萍飄《へいひょう》、蓬転の険を怕れず。月明の歌舞舟中に在り」というのがそれである。透き通るような肌、金髪、紺青の瞳、その婦人が通り過ぎるのをチラッと振り返って見れば、髪飾りが揺れている。心が奮い立ち、この身がどうなろうと知ったことではない。今宵、月明の下、舟中で歌舞の宴がたけなわである。何とも激越な詩であるが、若き鷗外の真情がほとばしり出ている。全体に抑制された筆致の『航西日記』の中で、この作は特筆に値する。地中海に入り、鷗外はそれまでの東洋世界を全く忘れたかの如く、西洋文明へのはやる心を押さえかねている。それまでの抑圧された感情が一気に解放されて心は西洋にひた向かう。ここで氷肌、金髪、碧眼の西洋女性への熱き思いがうたわれたことは象徴的な意味を持つ。この場合の西洋女性とは言うまでもなく、西洋文明そのものを意味する。ポートサイドの音楽、マルセーユの瓦斯燈の光、ストラスブールへの汽車、パリのエデン劇場が西洋文明そのもののシンボルであったように、舟中の西洋女性も西洋文明そのものであった。以後の鷗外の西洋文明との関係が女性を通して展開するであろうことは想像に難くない。女性を通して感情の解放を知り、「まことの我」に目覚めて行く過程は『舞姫』はじめドイツ三部作に詳しい。その意味でこの詩はそのまま、『独逸日記』とドイツ三部作に直結するものである。それにしても女性を通して感情の全解放を図ろうとした鷗外のドイツ三部作のモチーフが既に航海中にあったということは記憶されてよい。ただ舟中で感じた文明のはなやかさ、ときめきの実質は何であったかとなれば、話は別である。

十月九日、パリ・エデン劇場での観劇も、これから始まる西洋での自由な生活と、感情・感覚の解放を見事に予見している。「宮中愛」を観ながら、「女優の名妹に扮する者、媚態横生、人をして銷魂せしむ」と書き止めているが、女優とは言え、その仕草に心動かされている点、事情は舟中詩と同じ。

地中海に入り西洋への憧れが際立ち、それまでの部分とは鮮やかなコントラストをなしている。前半部も鷗外の真実の声であろうが、マルセーユに到着して日記は華やかな未来を約束するかのように終っている。そして、事実、それは『独逸日記』に現実のものとなっている。従って後半部にも『独逸日記』とのつながりで大きな特質があるわけであるが、見てきたように日記にはいくつかの大きな特質、独自性があった。中でも鷗外のアジア認識を問題にしてきたのであるが、その独自な認識においてやはり際立っていると言えるのではないか。『実記』にもその視点がないわけではないが、『航西日乗』と比較した場合、両者の違いははっきりしている。『航西日記』が『実記』や『日乗』を参照しながら、その中心となる部分においては鷗外の全くの独創で成り立っていることが、これで明白であろう。

三　『航西日記』の注解二、三

川口久雄編『幕末明治海外体験詩集』（昭59・3　大東文化大学東洋研究所）は幕末から明治にかけて海外に渡航した人々の漢詩を集めたアンソロジーとして画期的な意義を持つことは、諸家の指摘するところである。収録詩人六十二名、詩数八百四十五首というその数もさることながら、このような試みが今まで皆無であったところにその先駆的な意義がある。今、話を全体に及ぼさず当面の問題である『航西日記』について限定し、特に注解を中心に二、三気づいた点について論じてみたい。

日記のはじめに位置する大学卒業時（明14・7）の詩「一笑名優質却孱」の注解と口語訳を見る限り、かなり不安を感ずるのは私だけではないであろう。「名優」とひっかけてであろうか、「私は医学部を卒業して晴れの恩賜賞にあずかったが」と口語訳しているが、担当者は鷗外をトップ卒業者と捉えてかかっている。これでは「空しく阿逖をして鞭先を着けしむ」の解釈が不可能になってしまうが、案の定、苦しい解釈をしている。鷗外が二十八人中八番の成績で卒業したことは、簡単な鷗外年譜にはすべて載っている。正確を期したければ「明治十四年七月の文部省公報の東京大学新医学士」の写真版が長谷川泉『森鷗外』（「写真作家伝叢書2」昭40・4　明治書院）に掲載されている。[43] つまり、基本文献にも当たらない、鷗外についておよそ無知な人が担当になっているということである。ここの無知がたたり「唯だ、蘇生の牛後を愧じしを識るも、空しく阿逖をして鞭先を着けしむ」の解が全く意味をなさなくなっている。トップ卒業は三浦守治であり、彼が阿逖らしいことは卒業生一覧表を見れば、おおよそ見当がつくところである。こゝで又、注釈者はまことに単純なミスを犯している。「鶏口となるも牛後となるなかれ」の蘇生を蘇東坡と解しているのである。「語注」で『戦国策』のことわざとしているから蘇秦（戦国時代）のことでなければならないのに、なぜか北宋の蘇東坡になるのである。全く繋がらないものが繋がるのであるが、それは蘇軾の詩に「牛後」の一語があるためのようだ。即ち、「蘇軾が鳳味《ママ》硯の銘に『坐《そぞ》ろに竜尾たるとも、牛の後《しり》たるを羞《は》づ』とあるに拠る」と注しているが、この訓み自体に問題がある。蘇軾の詩「龍尾硯歌并引」に「余旧作鳳咮《チユウ》石硯銘、其略云：蘇子一見名鳳咮、坐令龍尾羞牛後」とある。龍尾硯、鳳咮硯はその名の通り、硯石の名である。龍尾硯の方は龍尾山に産する硯石である。従って、牛後と対比して「竜尾たるとも」という訓み自体出てこない。ここは「坐ろに龍尾をして牛後たるを羞かしむ」とでも訓むべきか。意はあの龍尾硯よりも鳳咮硯の方がはるかに勝っていたということである。こう解したところで、例のことわざとも蘇東坡とも無関係であることは言うまでもない。次の「阿逖」を注解者は不詳とするが、先鞭をつけるの故事の祖逖から来ていることは既に神田孝夫氏の論考にある[44]。ここで決定的な断を下すことになるが、『航西日記』劈頭のこの詩については、既に神田氏の訓み・解釈とそれを踏まえた小堀桂一郎氏の『若き日の森鷗外』（昭44・10　東大出版会）があるにもかかわらず、注釈者はその存在をすら知らなかったということである。不思議なのは担当者の中に小堀氏の名前の見えることである。加えて『航西日記』の初出に関して氏の手をわずらわせたことが注記されている。

　一事で万事は推し量れないが、学問的良心、厳密さを考えた場合、やはりかなり問題があるのではなかろうか。担当者の能力の問題であり、怱卒の間にできたものというような言い訳は通らないであろう。なお、この一首については小島憲之氏が『ことばの重み』で従来の説を踏まえながら評釈を加えている。

引用詩の次に「盖神已飛於易北河畔矣」とあるが担当者にはこの「易北《エルベ》河」が訓めていない。ドイツの著名な河であり、かなりポピュラーな宛字であるが訓めないからと言って非難する気持はない。『航西日記』の如き明治期の漢詩文を扱っていて、最も厄介なものの一つが外国の地名、人名を中心とする宛字であるからである。『航西日記』にもかなり出てくるが、地名は別として「貝屈」「末克耶烏殷」等の人名、フランス船「楊子」号、「羅約児客館」「厄涅華客館」「設哩路速家」「咩児珀爾客館」等のホテル名、写真館名はおよその見当はつくものの自信はない。江戸、幕末、明治期を通して日本人が外国の国名、地名、人名、その他の物名をどのような漢字で宛てたかは典拠、用例、ケースがさまざまであって、なかなか一筋縄では行かない問題である。単純化すれば中国の漢訳書、蘭学の伝統と系譜に加えて明治新政府になってからの新訳が加わり、問題を複雑にしている。殊に明治になって外国への渡航者が多くなるに従い、著名でない地名や人名については各自、新しい宛字を工夫しているようである。例えば、セイロンのポイント・デ・ゴールは『航西日記』では「波殿徒噶児」、『白華航海日記』では「彼印土泥俄宇爾」という具合である。但し、漢字ではない片仮名表記でも「ピント・デ・ゴール」（福沢諭吉『西航記』）「ポイントデルカル」（岩松太郎『航海日記』）「ポアン・ド・ガル」（柴田剛中『仏英行』）「ホアントドガール」（渋沢栄一『航西日記』）「ポイント、デ、ゴール」（『実記』）「ポイントデガウル」（『航西日乗』）と一定しない。従って漢字表現でもさまざまな表記となるのは当然である。

さて、エルベ河の宛字「易北」であるが、最初に使用したのは誰かということになる。小島氏はこれを鷗外の創作した宛字と考えて、『史記』「刺客列伝」に見える有名な「風蕭々兮易水寒」とからめて、「刺客ならぬ明治の留学生としての鷗外の決意をみる」と読まれたが、その説の非なること、又、小島氏の「深読み」であることを指摘したのは神田孝夫氏である。(45) 氏は『輿地誌略』に既に「易北」が宛てられていることを指摘された。たしかに『輿地誌略』巻之六（二篇三）に「易北《エルベ》河ハ波希米《ボヘミヤ》ヨリ薩索尼《サキソニー》普魯士ヲ経」とある。面白いことに鷗外が参照したと思われる『実記』の方は「エルフ河」、もしくは「エルプ河」で漢字を宛てていない。とすれば、鷗外はやはりこの書に依ったのであろうか。又、「易北」の宛字は『輿地誌略』を以て嚆矢とするのであろうか。

その問題に入る前に神田氏の解説に若干、誤解を招く節があるので補説しておきたい。氏は「書物は明治三年、南校から官版として出されたものだが、頻りにその版を重ね、明治十年代に入ってもその勢いは衰えず、大版もあれば小版も出ていた。全十二巻から成り、地図や絵図も多数入った立派な本だ。内容もまた信頼できる」とされるが、この記述からでは明治三年に十二巻すべてが刊行されたことになり、又、その内容の信頼性も著者内田正雄一人の手柄になってしまう恐れがある。まず、後者から見て行けば、十巻までは内田正雄纂輯（もしくは編輯）になっているが、十一、二巻は西村茂樹の編輯である。(46) 又、重要なことは両人は訳者、編輯者であり原作者、原本は別にあるということである。一巻の「凡例」に内田は次の如く記している。

此書原本ハ「マッケー」氏及「ゴールド、スミス」氏ノ地理書共ニ英板及「カラームルス」氏ノ地理書蘭板等ニ拠テ抄訳スト雖𪜈《マヽ》間類ニ触レテ他書ヨリ抄出スル所少ナカラズ然レ𪜈煩ヲ厭フテ今尽ク其書名ヲ挙ケズ

最後に「庚午臈《ママ》月」の日付があり、明治三年十二月に認めたことが分かる。又、これで内容が正確で地理書として汎く読まれたことの原因が、内田の語学力、編纂能力もさることながら、何よりも西洋の地理書を基にしているところにあったことが分かる。次に十二巻の構成と刊行年月を記せば次の如くになる。

巻	内容	刊行年月	
一	総論・亜細亜洲上	明治三年	大学南校
二	亜細亜洲中		大学南校
三	亜細亜洲下		
四	（二篇一）欧羅巴洲之部	明治四年	文部省
五	（二篇二）欧羅巴洲之部二		文部省
六	（二篇三）欧羅巴洲之部三		
七	（二篇四）欧羅巴洲之部四	明治六年	文部省
八	（三篇上）亜非利加洲之部上	明治八年三月三日	修静館
九	（三篇下）亜非利加洲之部下	明治八年三月三日	
十	（四篇上）亜米利加洲上　（内田正雄遺稿）	明治十年二月八日	修静館
十一ノ上	（四篇中）亜米利加洲中　（西村茂樹編輯、以下の巻同じ）	明治十年二月八日	修静館
十一ノ下	（四篇中）亜米利加洲下	明治十年二月八日	修静館
十二	（四篇下）阿西亜尼亜洲	明治十年二月八日	修静館

確実に言えることは、これが十二巻十三冊本であるということである。はじめ、一巻の「総目」では全八冊の予定であったものが結果的に十三冊になったのであろう。又、五大州を四篇に分け、十一巻を二冊にしている所にやや無理がある。私が参看したのは大阪府立図書館本（十冊本）石川県立図書館本（十一冊本、十三

冊本）金沢市立図書館本（三冊本、十一冊本）であるが、発行年月日、監修、発行の形態については不明な部分が多い。大阪府図本の一巻見開きには明治三年庚午刊行、大学南校の外に「岐阜県翻刻」の活字が見える。これは大学南校が版元であり各県、各書肆がその版権を譲り受け刊行したということであろうか。この書が売れ出して、しばらくすると石川県学校用出版会社翻刻、山梨県師範学校等の印が見えるので、その流布形態は大よそ想像がつくが、初版（たいてい五千部限の文字がある）の時からそうであったのかどうかが分からない。石川県図本の十二巻の奥付では明治十年二月八日版権免許、十三年十月出版となっているので、版権取得から出版まで時間がかかったようだ。又、大学南校、文部省が版元だとすれば修静館もその系列であろうか。私が当たったのは一本を除けば他はすべて端本であり、見開きや奥付に何も書かれていない本も多く、必ずしも正確に推定できないのであるが、四編は各編ごとに同時刊行されたのではないか、又、監修あるいは責任は一〜三巻が大学南校、四〜七巻が文部省、残りは修静館ではないかと考えられる。ただ、ヨーロッパの四冊は大部で、大阪府図本七巻の「明治六年刊行、文部省」（岐阜県翻刻）の印も捨て難く、あるいは四年から六年にわたるのかも知れない。こういう不確定な要素の多い中で、一つ確実なことは、これは明治三年にすべて刊行されたものではないであろうということである。それは十巻に内田正雄遺稿の文字があり、以下を西村茂樹（当時、文部省五等出仕編書課長、三等侍講を経て宮内省御用掛）が引き継いだことではっきりしている。内田は明治九年三月に三十四歳で亡くなっている。このような刊行時期にこだわるのは、たとえば、『米欧回覧実記』や『航西日乗』が刊行、発表された時、既に『輿地誌略』は出回っていたが、彼らが航西の途に上った明治四年十一月や明治五年九月には未だ全巻が出揃わず、彼らはその時、何を参考にしたかということである。尤もアメリカの部は完全に未刊ではあるが、ヨーロッパの部が出ていたか否かは微妙な問題である。又、久米、成島より以前に渡航した人は何を参考にしたのかということも大きな問題である。(47)

少し書誌的なことにこだわりすぎたが、本題に戻せば久米、柳北、鷗外らは『輿地誌略』を参考にしているかも知れないが、それだけではないだろうということである。そのことは例えば『航西日記』の表記と『輿地誌略』のそれを比較しただけでもはっきりする。『日記』の法国（法郎西）、徳国（徳意志）に対して『輿地誌略』の方は仏蘭西、日耳曼であり、未だ独逸を使っていない。他に少し気付いた名詞を上げれば（先ず日記、カッコが誌略）、麻陸《マラツカ》（馬剌加）・榜葛剌《ベンガラ》海（孟加拉海）・阿剌伯海（亜拉比亜海）・歴山府《アレキサンドリア》（亜勒散得黎）・卜嵬（ポールト、サイド）・葉多肜《エトナ》山（埃徳納山）・泊第尼《サルジニア》山脈（撒丁《サルジニヤ》島）・骨喜（珈琲）といった具合である。たしかに、「易北河」は『誌略』にはあったが、地名・物名を見る限り鷗外はもっと別のものを見ていた可能性の方が大きい。これは『実記』を見ても言えることであるが、彼らが参看したのは同時代の類書ではなくそれ以前のものであったようである。

『輿地誌略』は明治に入ってからのものだけが有名であるが、実は同名の書は文政年間に既に出ているのである。これは現在、『文明源流叢書第一』（昭44・4　名著刊行会。大正二年十月、国書刊行会版の復刻）で見ることができる。しかし、解題が不完全なため、正確なことは分からないが「日本国語大辞典」では「江戸後期の地誌。八巻。青地林宗訳。文政九年（一八二六）成立。ドイツ人ヒュブナーの著を、オランダ語訳したカラメルフの『一般地理学（Alegmeen Geographie）』から重訳した『与地誌』の抄本。世界各国の地誌を記したもの」とある。スタイルは内田正雄のそれと大きく変わるものではない。外国の国名、地名が漢字表記されているのでその異同も知られる。現在の国名と合わない無理な読み、宛字もあるが、佛郎察《フランス》、独逸都《ドイツ》、撒而地泥亜《サルジニア》、蘇門答剌《スモタラ》、満剌加《マラツカ》等、その後、通行のものもある。原著者がドイツ人であることもあるのであろうか、ドイツについての記述は少なく、「孛漏生《プロイセン》」について僅かに言及があるが「易北河」の宛字は見当たらない。しかし、ここでの漢字表記がその後、淘汰選択されて明治の地理書に活かされていると見るべきである。
その他、幕末の著名な地理書を上げれば、箕作省吾著『坤与図識』全三冊（弘化二～四、一八四五～四七）『坤与図識補』全四冊（弘化三～四）、合衆国褘理哲著、箕作阮甫訳『地球説略』全三巻（万延元年、一八六〇）あたりが考えられる。(48)前者の方は、はじめに引用西書名が記され、それが天保年間に刊行されたオランダ人のものであることが分かる。又、『地球説略』の方は漢文であるが、中巻の欧羅巴大洲之部を見る限り、現在、通行のものに近い宛字が多い。問題の「易北河」は「伊拉皮河」になっている。この書で注目すべきは（石川県図饒石《にぎし》文庫本）、見開き左頁に書名がありその下に「寧波華花書房刊　一八五六」の文字が見えることである。つまり、この書は既に中国で漢訳されたものに箕作阮甫が訓点を加えたものであることが分かるのである。江戸期、幕末に刊行された地誌、地理書（この部門に限らないのであるが）の多くは一度、漢訳されたものを元にしている場合が多いことが、この一事からでもよく分かるのである。(49)

そのことを更に裏付けるのが本邦に於ける万国地誌書の濫觴とされる白石の『采覧異言』（正徳三年、一七一三　将軍に献上）である。「凡例」に「西人山海与地全図。明儒所訳」とあり人名不明であるが、漢文の『采覧異言』を平易にした『西洋紀聞』中巻（正徳四）では、それが大明呉中明の『万国坤与図』であることが分かる。蘭書を漢訳したものであろう。『西洋紀聞』ではしばしば、典拠としてこの『万国坤与図』が引用されている。又、アジアに関しては主に元明の史書から取り入れていることが明記されている。残念ながらこの『万国坤与図』を見ることはできなかったが、明、清代の地理、地誌は四庫全書「史部」の部でもかなり採られている。それらを手にして日本の地誌の源が漢訳書にあることを改めて認識した。気付いた表記の対応で言えば「法郎西」（鷗外）「拂郎察」（采覧異言）、「麻陸」「満剌加」、「榜葛剌」「榜葛剌」、「蘇門答臘」「蘇門答剌」あたりである。又、『采覧異言』の「斎狼島《セイラン》」では「隠然足跡尚存。長可二一尺一。仏足至レ此也。寺有二臥仏榻一」「多二椰子一。果有二芭蕉子一」「檳榔。蔞葉。不レ絶二其口一」と、『実記』、『航西日乗』、『航西日記』とよく似た表現が見られる。

これらのことから言えることは、明治の翻訳語、宛字、漢語等を考える場合、先行の蘭学と、時にはその元にもなっている中国での漢訳書についての知識が不可欠ということである。特に鷗外については、医学専攻ということもあり、又、回りにオランダでポムペの指導を受けた西周や林紀のような先輩もいたことから、蘭書についても相当、造詣が深かったと見るべきではなかろうか。[50] 我々、近代を専攻する人間の盲点であり、又、小島憲之、神田孝夫両氏のような碩学にもこの分野への視点が欠落しているというのは不思議なことである。蘭学についての大よその見取図は杉本つとむ氏の大著『江戸時代蘭語学の成立とその展開』全五巻（昭51・3〜57・2　早大出版部）で知ることができる。

さて、問題の「易北河」について言及しておかねばならない。残念ながら江戸時代刊行の書にもこの宛字を発見できなかったが、だからと言って、これは内田正雄の創作ということにはならないであろう。恐らく、中国での漢訳書が嚆矢と思われる。理由は発音である。「易北」は現行中国音では〔Yìběi〕となる。カナ表記すれば「イーペィ」である。原語のElbeの発音に近いのは言うまでもないであろう。[51]「徳意志」は〔Déyìzhì〕、「法蘭西」は〔Fǎlánxī〕、「尼泊爾《ネパール》」が〔Níbóěr〕、「榜葛剌」が〔Bǎnggélà〕、「卜崽」が〔Bǔzǎi〕となれば、これらの宛字は殆ど中国で作られたと見るのが自然であろう。特に地誌の国名、地名、山河名に関しては中国での漢訳が日本に入ってきたと見るべきであろう。

同じことは小島氏が問題にされる「骨喜」「珊篤尼」についても言える。氏は『海外体験詩集』の訓みを踏まえながら「『骨喜』（骨非）は今のコーヒーに当たることはいうまでもない。訓読した『骨を喜ぶ』とは『明治語』もしくは『鷗外語』を知らなかった甚だしい誤読である」[52]と言われるが、「骨喜」が明治語、もしくは鷗外語かと言われれば、私にはかなり抵抗がある。鷗外が『独逸日記』で多用したことから鷗外語とされるのかも知れないが、「骨喜」の宛字は鷗外以外にも、又、明治以前にもあったことを強調しておきたい。コーヒーはよほど珍しく、又、美味と見えて、例えば益頭尚俊の『亜行航海日記』（万延元）には「骨喜」「骨喜蔵」と多出し、又渋沢栄一の『航西日記』（慶応3・1・12日条）には、「食後、カツフヘェーといふ豆を煎じたる湯を出す。砂糖、牛乳を和して之を飲む。頗る胸中を爽にす」とある。『輿地誌略』では専ら「咖啡《カツヒー》」で、「骨喜」は用いられていないが、杉本つとむ氏の前記書では蘭書に早くから「骨喜、歌兮、珈琲、架非」が用いられていたようである。『和蘭字彙』（安政二〜五）ではKoffijの綴りに「コッヘイ」と宛てているが、『波留麻和解』では「コッピ」、他書では「コッペイ」もある。はじめ、薬用と考えられていたようで、そのため、この語への関心も早かったのかも知れない。このコーヒーの場合の宛字は完全に音訳語であるが、「骨喜」を宛てたのは日本人かと言えば、カナ表記と照し合わせて、やはり中国人であろう。「骨喜」は現代音では〔Gǔxǐ〕で「クーシー」と読むが、時代を溯れば「喜」〔xǐ〕は限りなく「ヒー」に近いと言う。喜を「ヒ」と訓ませるのは日本の漢字の読みにはないが、例えば「喜馬拉」（『輿地誌略』）を「ヒマラヤ」と訓ませているのは、明らかに中国音で読ませているのであろう。ということになれば「骨喜」は蘭書でよく使用された、中国伝来の宛字と言うことになり、何も明治語でも鷗外語でもないと言うことである。蘭書に鷗外が目を通しておれば、きわめて自然に出てくる宛字であったろう。

又、虫下しの薬「珊篤尼」の宛字を鷗外の創作とする『独逸日記』（明18・8・25）の記述をそのまま肯定されているが、これも如何なものであろうか。やはり蘭書に当たるべきと思うが、私の当たった宇田川榛斉『遠西医方名物考』（文政五、全10冊　金沢市図本）では「珊篤里《サントリー》」なる薬草名が出てくる。薬効は健胃の外に「蚘（蛔に同じ）虫ヲ殺ス」とあるので、サントニンとも近い。「按ニ此薬和漢産未ダ詳ナラズ舶来ノ品ヲ用フベシ」とあるので未だ編者もその実態がよく分かっていないふうである。ほんとにサントリーという薬草があるのか知らないが、とに角「珊篤里」という宛字からは容易に「珊篤尼」もしくは「珊篤寧」は作れるのである。蘭書に通じた鷗外のいたずらのように思える。(53)

回り道をしてしまったが、要は明治の翻訳、宛字等の漢語表現を考える時、明治以降の文献だけでものを言うのはきわめて危険であると言いたかったのである。

なお、本節では『航西日記』の注解を問題としていたので、『海外体験詩集』で気付いたいくつかの点について列挙しておきたい。

○晩過遠洋…遠洋落日旅愁生（8/24）—この遠洋は一般名詞のそれではなく、遠洲灘のこと。

○丹波何曾無豪気。毎遭風濤即消磨（8/29）—「丹波何ぞ曾ての豪気無からん」と訓む。今までは元気だったのに、その元気はどこへ行ったのかの意。

○滑喉唱出子夜歌（同）—ここは一般的な子夜歌とするより李白の「子夜呉歌」とした方がふさわしい。

○領事署二記室来会（9/2）—原文にない「秘書官」の三字を「二記室」の次に挿入している。

○坐見層巒烟霧起（9/4）—「坐して見る」と訓んでいるが「坐《そぞ》ろに見る」と訓むべきである。

○扁舟来売芭蕉子（同）—「芭蕉の実」とするが紛らわしい。バナナとすべき。

○安南山下蘯舟過（9/6）—「蕩《あそ》べる舟」とするが「蘯舟《とうしゅう》」で手こぎの舟のこと。

○猶有待於三版（9/7）—「三度歩輿をのりかえて待たなければならない意か」と珍説を述べているが、三版は三板・舢舨・舢板のこと。既に九月一日の条に出てきていながら、そこで注せずここで注するのは担当者が複数のせいか。

○以蔓葉石灰幷嚼之（9/8）—「蔓葉石灰を以て並びにこれを嚼む」と訓んでいるが、ここは「併せて」と訓む。
○原聞地多蚊蚋（9/8）—原文「蚊蚋」を「蚊虻」に誤る。
○毎為客泗取遺物（9/11）—原文「泗」を「泅」に誤る。
○自此屢閲辺陲変（9/13）—「その後、しばしば辺境の変事調査に従事した」と口訳されるが意味をなさない。「辺陲の変」は辺境での戦争で具体的には林紀が参加した西南の役、その他をさす。
○如今誰起紹雄志（同）—「如今、誰か起ちて雄志を紹がん」と訓みながら、なぜ、「今、誰か起ち上がって彼の雄志を紹介するものがあろうか」となるのか理解に苦しむ。訓読者と口訳者は別人なのか。紹ぐは継ぐで説明不要。
○以有微恙也（9/26）—「微恙」に「びけい」と振る。「びよう」の誤り。
○気候漸北漸冷（9/27）—原文の「漸北」が脱落。
○濬河功就破天荒（10/1）—「河を濬へ功を就して天荒を破る」と訓むが、「功は就く破天荒」「功は破天荒に就く」と訓むべき。
○手挙巨觥聞艶声（10/2）—「艶声」を「なまめかしい音楽」とするが不可。女性のなまめいた声。
○媚態横生。使人銷魂（10/9）—「媚態ほしいままに生じ、人をして魂を鎖《ママ》さしむ」と訓むが、上句はいいとして下句は「人をして銷魂せしむ」で、悲しんで魂が消え入るよりも、心をとろかすようだの意が適切と思われる。
○期爾依然在徳州（同）—「期《き》爾《すす》むれども」と訓むが無理。「期す、爾《なんじ》、依然として徳州に在るを」が無難。

少しこまかくなったが、大部で見事な装幀の本にしてはやはり杜撰である。最もいけないのは校正がキチンとなされていないことである。誤字、脱字はもとより行が飛んだり、括弧がつけ忘れられたり、原文にない文言が挿入されたり、又、落とされたりで、この本造りの姿勢が一番問題であろう。学問的良心、学問的厳密さを云々されても致し方あるまい。

『航西日記』を離れて言えば、私に最も不可解なのは『還東日乗』の扱いである。どういうわけか「衛生新誌」二十号（明23・5・2）に掲載された前半部だけが採られて、二十二号（明23・6・2）掲載分の後半部が採られていないことである。詩の方は後半部が多いので尚更、不思議である（そこには、かつての「日東十客歌」に対する「日東七客歌」がある）。巻末に二十号の影印が載っているが、そこにはっきりと◎還東日乗（其一。）とあるので（其二。）のあることは誰でも気付く。現に当該誌は金沢大学医学部付属図書館に架蔵されてある。単純なミスという問題ではなかろう。

又、鷗外で言えば『独逸日記』の十八首（付録の「詠柏林婦人七絶句」を含む）が無視されている。特に『うたかたの記』の舞台であるシュタルンベルク湖で、主にルードヴィッヒ二世を悼んだ五首などは見落とせないものである。担当者、編纂者は鷗外全集を見ていないのであろうか。

収録詩人については、それぞれ、簡単な経歴が付されているが不明のものも多い。私にも始めて目にする名が多くて、その点でも労作であることを充分に認めるが、それにしても十四人が未詳であるという詩人紹介は如何なものか。私も未だ詳しく当たったわけではないが、たとえば、足立忠八郎・谷謹一郎・高橋義雄(54)は『大日本人物誌』（大2・5　八紘社）に掲載されている。これらの人物を知るには明治、大正期に刊行された人名辞典の類に当たる必要がある。ここでも不可解な一事は禾原永井久一郎（荷風の父）という著名人について一言も述べられていないことである。最後の詩の〈参考〉に「禾原は明治四十三年重ねて中国への旅に出た」とあるので、担当者に永井禾原が全くの未知の人であったとは思われない。
次に採られた詩人の選択と詩の選択（数も含めて）が当を得ているか否かということがある。『海外体験詩集』と銘打たれているので該当者ならば誰でも良いという考えもあろうが、しかし、単なる風景描写や事実のみを追う詩では、いかにも類型的でつまらない。こちらが無知でその詩人を知らないということも与っているのであろうが、詩人の選択にやや不満を覚える。
幕末の海外体験では、その評価はともかくとして、あの夥しい漢詩（約二四〇首）を残した柴田剛中の『仏英行』（慶応元〜二「日本思想大系66　西洋見聞集」所収）が全く無視されているのは、やはり奇異である。
次に明治の元勲達とそれに次ぐ人達の扱いがやや寂しい。木戸孝允（松菊）、大久保利通（甲東）、陸奥宗光（福堂）、副島種臣（蒼海）、西園寺公望（陶庵）、尾崎行雄（咢堂）といった人達である。未だ未調査で不確定な部分もあるが、木戸、大久保は岩倉使節の主要メンバーで『松菊詩文』（明11）、『大久保利通日記』（昭2）がそれぞれある。前者は未見であるので、その時のものがあるか否か分からない。[55] 後者の日記には回覧中の部分が欠落していて詩作があったか否かははっきりしないが、他の部分にはかなりの数がある。鷗外との関連で言えば征台の役に関わり、北京会談に参加し帰途、戦跡を巡視して詠んだものがある。

明七年十一月十七日

（於石門）

王師一至懲二兇（頑）酋一　戦克（貔貅）三千兵気雄
請見皇威及二（覃）異域一　石門頭（堡）上旭旗風

（於亀山麓）

大海波鳴月照レ営　誰知万里遠征情

孤眠未レ結還家夢　　　遥聴中宵喇叭声

（「」は後に改める）

副島蒼海にも征台の役に触れたものがあり、鷗外の『航西日記』と比較した時、征台の役の持つ歴史的な意味が改めて思い起こされるのである。

西園寺陶庵は明治四年より十三年までパリに遊学しており、その間、かなりの詩を残したことは安藤徳器『西園寺公と湖南先生』（昭11・4　言海書房）などによっても知られる。「巴黎客中書感」「入仏京口占」などの作が引用されているが、最も興味深いのはその後二十年経って、再びパリを過ぎた時の詩「星旗楼題壁」であろう。これは『明治漢詩文集』（「明治文学全集」62　昭58・8　筑摩書房）にも陶庵作として採られているたった一首のそれであるが、共にパリで遊んだ莫逆の友、光妙寺三郎の不遇を傷んだものである。光妙寺三郎は本名満田三郎（三田《みつだ》とも）、山口県三田尻の光明寺（人名辞典はこれを採る）の出で西園寺より一足先にパリ大で学んでいた。星旗楼とはパリにあったカフェ・アメリカンのこと。そこで二人はたまたま邂逅したのである。その時、光妙寺はテオフィル・ゴーチェの娘ジュウジット・ゴーチェ（マンデース夫人）といい仲であった。夫人の若き燕と噂されていた。帰国後であるが西園寺はこの夫人の扶けを借りて、古今集の仏訳『蜻蛉集』（一八八四）を出している。いかにも後の文人宰相らしい。ジュウジットはその MITSOUDA KOMIOSI への献辞で、綿々たる思いを述べている。その光妙寺であるが、のちに「十五年十二月フランス公使館書記官としてパリに赴任し、当局と意合はず、十七年九月怏々として国に帰った」（「大人名事典」平凡社）とある。ここで我々が想起するのは言うまでもなく『航西日記』十七年九月二十六日、アデンの条「邂逅光明寺三郎。三郎為外務省書記官。自巴里帰者。午後六時開行」である。この素っ気ない記述の背後に思いがけない人間のドラマがあったのである。あるいは、光妙寺のパリを離れた理由の一つにジュウジットとのことがあったのであろうか。失意の人と希望に燃える人はアデンですれ違ったのである。十八年四月、西園寺が駐墺公使として赴任の途次、パリを過ぎる時詠んだのが前《さき》の詩であった。三郎、二十六年九月、四十五歳で没。こう見てくると一編の詩の背後に、意外な人間のドラマのあったことが分かる。留学生や渡航者は各々孤立して存在していたのではなく、それぞれ、いろんな形でのつながりがあったことにも留意すべきである。

鷗外ばかりで気が引けるが、鷗外がロンドンで逐客尾崎行雄に会い（『還東日乗』明21・7・10）、『退去日録』（明21・4）を贈られ（7・18）、パリより四編の詩を賦して尾崎に贈った（7・19）ことはよく知られている。問題の「逐客相遭話杞憂」については『退去日録』の「逐客」とからめて、小島氏に明解な解がある。私が言おうとしているのはそのことではなく、逐客としてロンドンにある以上、又、咢堂（愕堂、学堂）の号からして漢詩がなければおかしいということである。咢堂には『咢堂詩存』があり、二十一、二年に二十二編の詩がとられている。(56) 残念ながら、二十一年には鷗外の詩に応えたものはないが、「送末広鉄腸帰朝」（十二月一日）「一夜月明、客窓無聊、遥寄鉄腸在巴里」というのがある。鉄腸とは朝日新聞で同僚であり、『退去日録』でもしばしばその名が見えるが、ここは外遊で立ち寄った時の離別である。『還東日乗』にも名が見える高橋義雄も「倫敦送末広鉄腸帰日本」をうたっているが、こちらの方は『海外体験詩集』に入っている。この鉄腸にも留意したい。二十二年の作は本田大吉、原亮一郎とイギリス西南地方に旅した時の十四首である。

陸奥福堂には『福堂詩存』があり、これは明治十一年九月より十五年五月までのものしか収められていない。四年間の禁獄時代のものである。『航西日記』では陸奥を送って帰る今村清之助と福原允にシンガポールで会っているが、この時の外遊時（明16・1〜19・10）の詩は無いのであろうか。『福堂遺稿』（明40・8）『陸奥宗光遺稿』（昭4・1）という本には『福堂詩存』しか収められていない。

副島蒼海には『蒼海全集』全六巻（一～五・詩、六・文　和　大四）があり、これを見る限りでは質量においても、明治の元勲中、群を抜いている。清国を舞台に多数の作があり、『海外体験詩集』の二首はいかにも寂しい。

次に、明治の啓蒙家、文人、思想家への目配りが必ずしも充分でないのが惜しまれる。例えば、福沢諭吉、栗本鋤雲、福地桜痴、末広鉄腸、新島襄、中江兆民、岡倉天心といった人達である。

諭吉のものは共に文久二年のものが二首、全集に採られているが、詩としてどうこう言うほどのものではない。が、洋学一辺倒の諭吉に漢詩があったというだけでも特筆に値する。

露都滞留中作

起来就食々終眠　飽食安眠過一年　他日若逢相識問　欧天不異故郷天

潤八月伊斯把《イスパニー》洋舟中

朝漂斯把洋　暮漂斯把洋　十日又十夜　漂盪斯把洋

栗本鋤雲には『匏庵遺稿』（明33・11初版　裳華房）があり、それには「匏庵詩集」（「橘黄吟稿」「匏庵詩」より成る）が収められている。慶応三、四年の渡航詩と思われるものは次の二首である。

丁卯八日船航㆓印度海㆒

勁風日日自㆓西天㆒　逆駛偏憑一縷煙　印度洋遥紅海遠　我船以外不㆑看㆑船

巴里牛祭

巧写二殊風一扮二五洲一　満街鼓吹送牟牟　欧天月令無豺獺　唯見仲春人祭レ牛

この他、日本の地で「火輪船」を詠んだものが三首、「読二勃那抜爾的《ポナパルト》伝二」が二首ある。福地桜痴（明治四年、岩倉使節と米欧へ）には「星泓詩稿」（「明治文学全集11」の柳田泉氏の解説では〈私のもの〉とある）なるものがあるが未見である。

末広鉄腸に詩才のあったことは尾崎行雄の『退去日録』でも知られるし、尾崎と高橋義雄が明治二十一年十二月、ロンドンを去る鉄腸に共に詩を贈っていることでも知られる。恐らく返しの詩があったものと思われる。その「詩文の才の天性であること」（「明治文学全集6」）は柳田泉氏も指摘している。柳田氏は「優然集」（詩集か、未見　十七年刊か）を挙げているが、その後の詩作も多いはずだ。「北征録（附北遊草　二十六年十月）」の「北遊草」とは漢詩であろうか。

新島襄には『航海日記』（元治元年五月五日より慶応元年十月まで、全集五巻による）があり、八首ばかりの詩が採られている。新島の憂国の思いは例えば次の詩に窺える。

不堪慨然偶然得一詩（元治元・六・廿一）

自従辞函楯　空被役洋人　憂国還憂国　憤然不思身

全集では五十一首が採録されている。

森春濤について漢詩を学んだ天心には『三匝《そう》堂詩草』『痩吟詩草』なる詩集がある。前者は東京大学在学中のもの、後者はそれ以後（明13～24頃）のもので、夫々、三十三首、十七首ある。海外渡航詩は現在、全集七巻（昭56・1　平凡社）の「詩文集」に入っている。『欧州視察日誌』（明19・10～20・10）所収のものが「渡太平洋」以下五首、「支那旅行日記」分が十九首、その後のたび重なる中国、欧米旅行での作が十六首収められている。通観してみて文人詩中の逸品であることを思い知った。

渡太平洋
一酔抛杯笑上船　一酔　杯を抛げ　笑いて船に上る
鯨波浩蕩大洋天　鯨波　浩蕩たり　大洋の天
中原大勢幾時定　中原の大勢　幾《いずれのとき》時か定まる
六国連衡猶未全　六国の連衡　猶　未だ全《まった》からず
急雨驚風雲在水　急雨　驚風　雲は水に在り
怒潮駆月影如煙　怒潮　駆月　影は煙の如し
桑扶蘭港何辺是　桑扶蘭《サンフラン》港　何れの辺か　是
征艦斜臻北斗前　征艦　斜に臻《いた》る　北斗の前

（全集の竹内実氏の訓みに従う）

明治十九年十月、フェノロサらと欧米の美術調査に出発する時のものであるが、三、四句はもちろんのこと、全体にみなぎる気迫は美術生のそれというよりは、憂国の士のそれと一見、見紛うものがある。天心の詩には文明史家としての鋭い批評精神が全編に流れている。

これらの文人、思想家の中で不思議なのは中江兆民に漢詩が見当たらないことである。パリ留学中（明4・11岩倉一行と渡米、六年四月より約一年間滞仏）に西園寺、光妙寺らと知りあい、又、ロンドン（明6秋）で馬場辰猪と会っている。そういう友人との交流もさることながら、その抜群の漢文力から言って（幸徳秋水「兆民先生」に詳しい）、兆民に渡航時の漢詩が無いというのは頷けない。全集には採られていないが兆民には漢詩は全くないのであろうか。

その他、気付いた点では森有礼に『航魯紀行』（慶応2・8）があるが漢詩はない。内村鑑三、幸徳秋水にも数編の漢詩はあるが渡航時のものではない。又、プロイセン号で漱石と同時に留学した芳賀矢一には乗船より帰国まで十三首の漢詩がある（『芳賀矢一文集』による）。近年の刊行では堀口九萬一著・堀口大学訳の『長城詩抄』（昭50・3　大門出版）がある。長く外交官の任にあった堀口長城の漢詩に子の大学が洒落た口訳詩を付したものであり、『堀口大学全集』四巻（昭和57・12　小沢書店）に収められている。

このように見てくれば、幕末から明治にかけて、『海外体験詩集』で採られた以外の多くの渡航者と漢詩の存在が考えられる。これらの人達と作品をより多く視野に入れることで、海外体験の意味づけと、その詩作品の文学的な意味づけとがなされなければならない。そのための基本文献的性格を『海外体験詩集』は負っている。

四　鷗外を取り巻く文学圏

今回、始めて「衛生新誌」に当たってみて「詞藻」欄にかなりの数の、渡独に際して鷗外に贈られた詩歌のあったことを知った。その主要なものである十三号（明23・1）掲載分と、十七号（明23・3）の依田学海

「送森軍医遊伯林序」については『海外体験詩集』に影印資料として掲載されているが、それらを含めたすべての資料については既に長谷川泉著『続森鷗外論考』（昭42・12　明治書院）に収められている。今、題・詞書と作者名をあげれば次の如くである。

十三号（明23・1・16）すべて漢詩

贈森医学士　故天山松田蔵雄
送森君鷗外游欧洲　同　人
寄鷗外在独逸　竹南小史
寄森林太郎先生　高野寛一郎
寄森鷗外詞宗　津城宮崎道三郎
題紅葉寄峯舟賢契在独逸国　応渠佐藤元萇
次森鷗外先生過涙門韻　鷗外斎藤勝壽
呈森鷗外先生　同　人
歩斎藤勝壽韻寄森君　孤松佐藤益太郎

十四号（明23・2・2）すべて和歌

森高湛の外国にゆく餞に　佐藤元萇
森林太郎君みことのりをかゝふりて外国に留学なし給ふと聞て　関澄桂子
森氏のこと国にわたらせ給ふおん馬のはなむけに　西　升子

おなじ心を　長瀬夫人
年の始に　森きみ子
君か位のほらせ給ふをきゝて　おなし人
消息のはしに　佐藤元萇
我宿の君か常に居賜ひし所に優曇華のいてき侍れは　森きみ子

十六号（明23・3・2）　すべて和歌
月のあかき夜森ぬしの独逸にあるを思ひ出てゝ　佐藤元萇
擬勢語一則（二首）
　むかし女ありけりみやこの中とはいへと田舎ちかき千住の里になんすみけるそのせうとは大みことかゝふりてこと国に行てありけりいてたちしよりよとせはかりを経てその月日にはし居してその折を思ひ出て
　その母なんきゝ今一とせを過きなはかへり来むといふに　星の家てる子
尺牘のはしに　佐藤元萇
今年は遠近にかへり花も匂へりときゝて　関澄桂子

十七号（明23・3・16）　漢詩
送森軍医遊伯林序　学海依田百川

二十二号（明23・6・2）　漢詩

送鷗外森君之徳国　　　　　　　　　　鷗外斎藤勝壽

これらの詩歌について長谷川氏は「それらの詩が丹念に保存されていたのも森家の系族の、鷗外に寄せる期待に出たものであろうが、後日、数年前の作品をおのれの自由になる雑誌に、次々に載せているところに、鷗外の性癖を見ることができる」と評するがそれも確かに一面であろう。しかし、これらの詩歌の背景には又、別の側面がなかろうか。

十三、十四、十六、十七、二十二の五号を通して出てくる名前は松田蔵雄（天山）、竹南小史、高野寛一郎、津城宮崎道三郎（津城は号）、佐藤元萇（応渠）、斎藤勝壽（鷗外）、佐藤益太郎（孤松）、依田学海、関澄桂子、西升子、長瀬夫人、森きみ子、星の家てる子という人々である。これに『航西日記』に評を加えた長瀬時衡（静石）を加えると十四名となる。これだけの人が鷗外渡独に際し、又、滞独中に詩を賦したということは注目に値する。餞別のこれらの詩歌は、当時の教養人の作としては何程のものでもないかも知れないが、ここに、既に渡航前から鷗外をとり巻く文学圏のあったことを想定してもよいのではなかろうか。

中心人物は言うまでもなく依田学海であり、佐藤元萇であった。この二人について鷗外は「徳富蘇峰氏に答ふる書」（明23・6・23「国民新聞」）で、「寔に文学はわが好む所なれど、明治の初年に依田学海先生に漢文を学び、佐藤応渠先生に詩を学びし外には、師とたのみし人なし」と述べている。『ヰタ』では予科三年の明治九年に学海がモデルと覚しき文淵先生が登場するが、それが事実と合わないとする神田孝夫氏の指摘がある。[57] 氏は大学の本科時代（明10～14）を漢詩文愛読時代と規定し、ここから鷗外の漢詩文修業が開始されるとする。その最初の師が友人の伊藤孫一（『ヰタ』の尾藤裔一）であり、彼の指導は十二年八月（「自紀材料」）、学業を断念して郷里石見に帰るまで続いたとみる。そしてこの伊藤に代って登場するのが、学海であり、元甚であったとし、その年を共に十二、三年とする（根拠としては「石見郷友会雑誌」創刊号―明24・2―に載った鷗外の漢詩「詩以代柬復松渓子」を上げる）。しかし、『ヰタ』の記述も一概に虚構と決めつけてしまえない重みがある。一点は「裔一と漢文の作り競をする。それが困じて、是非本当の漢文の先生に就いて遣つて見たいといふことになる」の条。二点は「その頃向島に文淵先生といふ方がをられた。二町程の田圃を隔てて隅田川の土手を望む処に宅を構へてをられる」の条。三点は「度々行くうちに、十六七の島田髷が先生のお給仕をしてゐるのに出くはした。帰つてからお母様に、今日は先生の内の一番大きいお嬢さんを見たと話したら、それはお召使だと仰やつた。お召使といふには特別な意味があつたのである」の条である。まず、第一点であるが、「是非本当の漢文の先生に就いて遣つて見たい」というのは自然の情で説得力がある。この点に関して神田氏は「学海ほどにも名のある大家に漢文を見て貰うには、当人もある程度自信がなければならぬものだが、明治九年現在では、鷗外の漢文を作る力はなお充分とは思われず、自分でも自信があったとは考えられぬ」と言われるが、林太郎と学海との間には特殊な関係があったと見るべきである。それは森銑三氏が引用する無窮会文庫蔵『学海日録』の明治十五年一月七日の項に、「森林太郎来る。近頃陸軍々医副に任ぜらる。年まだ十七八に過ぎず。才子の聞あり。余が墨水にありしとき、その父静男の治療を受けたりし縁をもて、文章など刪潤せし事ありき」[58]とあるによって知られる。まず父静男と学海の縁があって、それに本当の漢文の師に就きたいという林太郎の希望が重なり、「僕はお父様に頼んで貰つて、文淵先生の内へ漢文を直して貰ひに行くことにした」となるのである。ここには特に「大家に漢文を見て貰」おうという気負いはない。その教授法は『ヰタ』に「先生は『どれ』と云つて受け取る。朱筆を把る。片端から句読を切る。句読を切りながら直して行く。読んでしまふのと直してしまふのと同時である」とある如く、少年を扱う如く気さくである。その洒脱で淡白な人柄は「詩以代柬復松渓子」にもよく出ている。又、学海は塾を開いて弟子を取るということはしなかった。[59] 従って、明治九年、数え十五歳の少年がその門に出入りしても不思議ではないのである。又、先程の日記の引用で注目すべきは、林太郎の年齢を三、四歳若く見積っていることである。年より若く見えたのかも知れないが、これは此の度、今井源衛氏によって発見された『依田学海墨水別墅雑録』の明治十七年一月六日の項についても言える。「偶《たま》ま森林太郎来訪して云はく（略）。此林太陸軍医為り、幼時余に従ひ文章を学ぶ。歳時往来絶えず、篤実嘉すべき也[60]」の「幼時余に従ひ文章を学ぶ」の部分である。この「幼時」も明治九年のこととすれば、十五歳より、三、四歳若い、十一、二歳となって旨く照応する。もっとも「後光明天皇論」（明24・3・23「国民之友」一一三号）の端書きで鷗外は「左の一篇は明治六七年の頃作りしものにて、（略）。当時これを依田学海先生に寄せて政を乞ひしに」と言っているので、額面通り受け取れば「幼少」は文字通り、幼少とも取れるが、これは諸般の事情で少々、無理のようである。それが第二点以下と関わる。

第二点の「二町程の田圃を隔てて隅田川の土手を望む処に宅を構へて」居たという記述であるが、学海が日本橋北島町の家を引き払い向島須崎村に自邸を構えるのは明治八年の四月である。[61] 従って、鷗外が始めてここを訪うのはこれ以後のことでなければならない。この時、林太郎一家が住んでいたのは学海とは目と鼻の先（二町程の田圃を隔てて）の向島小梅村二丁目三十八番地であった。[62] のちに一家は明治十二年六月七日に千住に転居するので、向島に居て学海に出入りしたという『ヰタ』の記述が正しければ、二人の出会いの下限は十二年の前半あたりとなる。しかし、当時の医学校は全寮制であったので、『ヰタ』の記述の如く夏休みに実家に帰り、そこから学海の下に通ったと見るべきであろう。とすれば、二人の出会いの可能性は八、九、十、十一年の夏休みということになる。しかし、学海の家が八年四月に建てられたとすれば八年の可能性は少いように思われる。八年の夏休みに伊藤孫一と知り合ったという『井夕』の記述が正しければ、当然、九年頃ということになる。ここで登場するのが第三の問題点である「十六七の島田髷」を結った「お召使」である。今井源衛氏の解題ではそれは「明治十年以来婢の身分で仕えている愛妾山崎瑞香」のことであるという。学海より三十一歳下で、明治十年ならば十四歳である。この明治十年以来、仕えていたというのが事実であり、初めて学海宅に伺った時に「お召使」がいたとする『井夕』の記述が事実であるならば、二人の出会いは十年の夏以降ということになろうか。しかし、これが確定できない以上、明治九年説を否定する決定的な根拠は見出し難い。あるいは、今井氏は根拠を示されないが、無窮会日記の明治十年に山崎瑞香の名前が出てくるのであろうか。それにしても十四年六月四谷塩町に本宅を移すまで夫人や子供達も居たわけで、十年に来たばかりの少女が特別な意味を持つ「お召使」になるというのも不自然である。二、三年後の関係を繰り上げて述べているのであろうか。今のところ決定打はないが通説に従っておきたい。その根拠は『井夕』以外では「後光明天皇論」の前書き、学海日記での若さの強調、両者が共に向島に居た頃等である。

それにしても鷗外の師を遇する態度は特筆に値する。次の佐藤元萇の場合もそうであるが、事あるごとに両者を訪い挨拶を怠らない。「歳時往来絶えず、篤実嘉すべき也」という『墨水別墅雑録』の記事は事実であったようだ。このような関係を保ち得たから、のちの創作合評「雲中語」（二十九年一月創刊の「めざまし草」掲載の「三人冗語」―巻之三より―を九月、巻之八より改題）にも学海が加わることとなったのであろう。鷗外留学に際して学海が贈った「送森軍医遊伯林序」については、『墨水別墅雑録』明治十七年八月九日の条に「森林太郎の為に伯林に遊学するの序を作る。林太郎頴敏にして沈毅、尋常の年少に同じからず、選択人を得たりと謂ふ可き也」とある。

佐藤元萇については「大日本人名辞書」（大10　経済雑誌社）に「明治維新千住に隠居し十五年茨城県下妻

温知病院長に聘せられ後又千葉県野田に遷る三十年八月七日歿す年八十」とあり、医家であり又「詩文集」のあることから詩人であることが知られる。鷗外の千住時代の師となっているので、森家と千住との関わりが問題となる。父静男が南足立郡々医となり千住に借家を借りて診療所（橘井堂医院）を開くのは明治十二年七月である。鷗外が大学を卒業して千住に籍を移すのが十四年八月二十七日（自紀材料）である。しかし、一家が既に十二年六月に移っているので、しばしば実家に帰っていたものと思われる。又、父は明治十年より千住に置かれた区医出張所の管理を託されていたので、同じ医師仲間の佐藤とは面識があったものと思われる。そのように考えれば伊藤孫一と別れた十二年八月頃より交際があったとしても不自然ではない。ただ人名辞書の記述が正しいとした場合、十五年以降のつき合いはないわけで、両者の関係も三年に充たないということになる。これを裏付けるのが『北游日乗』の冒頭である。明治十五年二月十三日、徴兵検査のため北越に赴く時、佐藤応渠より詩歌を一首ずつ贈られるが、その歌に、

心こそ離れざりけれ旅衣ひたちこしぢとたち別るとも

とあり、これに鷗外は「師の君は常陸へゆき玉ふべき頃なりけれは然か云はれしなりけり」と注している。留学以前にこの師弟の別れがあったのである。「大日本人名辞書」の記述が正しければ、この年応渠は六十五歳である。

さて、この応渠先生について鷗外は「訪応渠先生千住居」「呈応渠先生」「書感」「訪応渠先生居。偶作」（共に明治二十四年五月「衛生療病志」第十七号）の漢詩四作を作り、その人となりを称えている。もっとも、人柄については殆ど同時期の作と思われる「詩以代柬復松渓子」に、文の学海と対比させて明快に述べられていた。即ち、「詩格匹陶韋　不屑競麗縟　青雲笑官途　白頭閲世局　興到酌濁醪　高歌撼坤軸……高風不可攀　余裕何綽々」（陶韋とは陶淵明と韋応物のこと）と。どう見ても清逸の隠士の面影である。詩格が陶韋に匹

敵するというのもそのことと関係があろう。あるいは鷗外はたまたま知り得た学海、応渠の生き方に将来の理想を見ていたのかも知れない。

先の四詩で注意すべきは、前後関係から見て、はじめの三詩が明治十三年に作られ、最後の作が十五年二月の作であるということである。この点を重視すれば二人の出会いは十三年で別れは十五年二月ということになろうか。「訪応渠先生千住居」で問題は最後の二句（尾聯）である。「幸得凡身登碧舘　遭僊翁又遇仙郎」とあるが、「僊翁（仙翁）に遭い、又、仙郎に遇う」とある以上、これは応渠先生とその義子斎藤勝壽（元甚に再嫁した夫人の連れ子）のことであろう。苦木氏の年譜では十年の条に「のちに交際した斎藤勝壽」とあるが、この十三年の時点で佐藤家に入っていたと見るべきではなかろうか。というのは、応渠先生の先妻の子に駦次郎がいたが、彼の名は鷗外の文に見当たらず、「桂林一枝」三十六号（明13・7）に載った斎藤勝壽の「泛品海」には「佐藤応渠曰。合作」とあり、十三年の時点で両者は同居していたと思われるからである。（この項、茂吉の「鷗外の号に就いて（三たび）」参照）又、苦木年譜では「斎藤勝壽は、明治十五年頃（推定）から、朝、昼、晩と森家に出入りし、寝泊りすることもあった。これは、応渠の内証が苦しいので、学資の助けになればと林太郎が言い出して、隔晩妹きみに漢学を教えに来たからである」とあるが、あるいはそういう理由もあったかも知れないが、この年から応渠は茨城県下妻の病院長として赴任しているので、勝壽が千住に残り何かと森家の厄介になっていたと見るべきであろう。(63)「呈応渠先生」「書感」は共に一度会って、たちまち肝胆相照らす仲となり、その快男児ぶりを称え（杏林未遇一奇男）、これを当年の「独嘯庵」（山脇東洋先生の目の前で井戸茶碗を砕いてその度量を試した永富鳳の号）に譬えた詩である。最後のものは『北游日乗』の旅に出かける時に詠んだもので、人のよく集まる佐藤家を当年の「桃李蹊」に譬え、その徳を称えたものである。いずれも応渠先生への傾倒ぶりが窺えて、鷗外の絶大な信頼感が読み取れる。その応渠先生が鷗外に贈った詩歌は茨城県下で詠まれたものであろうか。

さて、この二師に先立つ伊藤孫一との交わりであるが、これについては『ヰタ』はじめ、「石見郷友会雑誌」一、二号に載った「詩以代柬復松渓子」と「石見郷友会雑誌第一号を評す」（特にその中の文「伊藤子遂書画帖題言」「別子遂」）に詳しい。伊藤は学を途中で廃し郷里の石見津和野に帰り、母の再嫁した有美氏を名告るが[64]、「衛生療病志」十二号（明23・11・9）に次の詩を寄せていて注目される。（長谷川泉『続森鷗外論考』より引用）

寄鷗外詞兄　原二首　　有美孫

欽君功大又名隆　一旦決謀還海東　夜月孤舟一天水　暁霜匹馬千里風

五瀛洲静徐々転　双眼界明歴々通　奇境奇詩在嚢裡　拆来千丈見長虹

帰国後、鷗外より有美宛書簡（明22・10・12か）があり、有美が訳詩集『於母影』に注目していたことが分かる。これは『舞姫』や『うたかたの記』が出てからのものであろうか。日本に帰ってからの活躍を欣び、暁に千里を駆ける匹馬の気概を寿ぎ、異境に作られた詩がこれから発表されて、きらびやかな虹を千丈の天に架けることを期待したものであろう。「別子遂」に曰く。「殊不知雁魚往復品詩評文。與子遂既有其約也」と。ここで、別れて十一年、有美孫一は「詩を品し文を評す」とした「其約」を果たしたのであろうか。

先に佐藤応渠のところでも触れたが、その義子斎藤勝壽は「鷗外」の号を有している。「衛生新誌」でもこの号を使用しているが、勝壽はこれを「かもめの渡しの外＝千住」の意で使用しているが、他に「吉原」の意もあったらしい。森林太郎はこれらを踏まえ、鷗外に歐外を掛け「歐州に在ってその風に染まらぬ」意を込めて、帰国後、斎藤勝壽に了解を取って公に使用したようである。その斎藤勝壽の「送鷗外森君之徳国」が二十二号に載ったのは、それが鷗外の手元に見つからなかったことによるものであろうが、十三号掲載の二詩は共に鷗外帰国後の作である。「次森鷗外先生過涙門韻」の方は言うまでもなく『還東日乗』明治二十一年八月九日の条で、紅海からインド洋に入る「涙門」（バブエルマンデブ海峡）を通過した時に詠んだ鷗外の詩に次韻したものである。鷗外の詩は一、二、四句の「根」「恩」「門」が韻を踏むが、勝壽はその漢字をそのまま踏襲している。これは九日の条で石黒忠悳が次韻しているのをまねたものであろう。ただ、勝壽は涙門が小龍門に過ぎないことを強調し、学海の荒浪を乗り超え帝恩に報いることを期待しているが、鷗外が涙門を過ぎた時に感じた複雑な悔恨の情には思い至っていない。さて、『還東日乗（其二）』が「衛生新誌」二十二号に載るのは二十三年六月である。十三号（明23・1）の時点では未だ活字になっていないのであり、勝壽は鷗外より直接、『還東日乗』を見せてもらっていたのであろう。活字になる前に『航西日記』や『還東日乗』は仲間うちで回覧されていたのであろう。津城宮崎道三郎の「寄森鷗外詞宗」に「対月空吟十客歌」とあるが、これは二号（明22・4）に発表された『航西日記』の「日東十客歌」を指すのであろう。

『航西日記』の評者、長瀬時衡（静石）についてはよく分からない。「日本人名事典」（平凡社）で拾う限りでは一八三六年備前の生まれ、幕末から明治中期（一九〇一年没）の医家、一等軍医正。征台の役、佐賀の乱、西南役に軍医として出征し、十八年広島鎮台軍医長、二十一年第五師団軍医長、二十四年陸軍省第一課長心得となり、『航西日記』が発表された二十二年四月には第五師団軍医長ということになる。これでは接触の機会もないようであるが、鷗外が帰国した二十一年九月から二十二年の初めにかけて、二人の接触がなければ『航西日記』の評は有りえない。帰国後、鷗外は陸軍軍医学校の教官であったからそのつながりであろうか。あるいは、「衛生新誌」十四号に留学の餞として長瀬夫人が歌を贈っているので、長瀬家とのつき合いは留学以前からあったということになろうか。夫人の歌のグループからか、あるいは軍医関係で知り合ったのであろうか。鷗外より二十六も上の先輩である。鷗外はよくよく年長者から目を掛けられたということであろうか。

残る和歌グループの方であるが、関澄桂子は小金井喜美子の『森鷗外の系族』にも出てくる喜美子の和歌の師匠である。千住の北組に住み、本名は泰《たい》子、明治十五、六年当時、二十五、六であったと言う。彼女の縁で橘東也子と知るが、のち福羽美静（津和野藩出の国学者、歌人）に和歌を習ったという。鷗外も伊藤孫一の母貞子の実弟である加部厳夫に和歌の添削を請うたという。福羽、加部ともに桂園派の歌人であった。西升子は西周の夫人である。長瀬夫人と言い、西升子と言い、ここでも年長の夫人達が若き鷗外を見守っている。漢詩文のグループと違った和歌のグループが鷗外の回りに存在したことに留意すべきではなかろうか。

このように見てくると留学以前に鷗外をとり巻く文学圏（文学的雰囲気と言ってもいいが）の存在したことが知られる。伊藤孫一、依田学海、佐藤元萇、斎藤勝壽、長瀬時衡らを中心とした漢詩文の世界と、妹喜美子につながる和歌文学の世界とである。留学以前にこの和漢の世界に充分、親しんだことが後の鷗外文学の開花につながって行くのは言うまでもない。『於面影』やドイツ三部作は留学だけによって得られたものではなかった。その底には鷗外のゆるぎない和漢の教養があったと見るべきであろう。そして、学海、元萇の二人が持っていた清逸の趣は青年林太郎の底に深く沈潜し、時にその意味を反芻させるがごとき痕跡を残したことを記憶に止めるべきであろう。

『於母影』『舞姫』を中心とする鷗外文学の出発期を考える場合、我々はくり返し、漢文脈、和文脈という表現の問題に立ち返って行かねばならないことを確認しなければならない。

注

（1） ドナルド・キーン『続百代の過客』上・下（昭63・1、2　朝日新聞社刊　昭61・10・13〜62・10・29「朝日新聞」連載）はその観点から近代日本人の日記を見直した先駆的な仕事である。ことに上巻に収められた多くの渡航者の日記がこの論考と時代的に重なる。

（2） 『ことばの重み』（昭59・1　新潮選書）。なお、前田愛『成島柳北』（昭51・6　朝日新聞社）には既に、『航西日記』を書くにあたって鷗外が『航西日乗』を参看したことが指摘されている（六　パリの柳北）。

（3） 両者の違いを例えば明治五年九月二十一日（香港）の条で見てみる。

（航海日記）

過㆓英華書院㆒、買㆓新旧約書㆒。観㆓種字局㆒途上撞㆓着一大宇㆒。掲㆓示昇平戯園四字㆒者乃劇場也。投㆓二元㆒而観焉。壮麗可㆑見也。蓋音調極㆓高峭㆒。

（航西日乗「明治文学全集」による）

英華書院ニ過ギ書籍ヲ購ヒ種字局ヲ観ル途上一劇場有リ昇平戯園ト掲題ス入テ観ルニ頗ル荘厳ナリ其音吐ハ頗ル峭急ニシテ……

『航海日記』では「買㆓新旧約書㆒」とあるものが、『航西日乗』ではただの書籍になっている。新旧約書とは漢訳聖書のことと思われるが、これを単なる「書籍」としたところに柳北の改稿における趣味が現われている。

（4） 太陽暦が採用され、明治五年十二月三日が明治六年一月一日となるが、柳北らはヨーロッパ到着後、すぐ太陽暦に合わせて日時に留意している。これはパリ到着後の十一月二十一日に大使館より川路寛堂が来て「本邦暦法改革ノ事」を知らせたためである。幸いに十一月一日が西洋暦の十二月一日に相当するので、読み替えに不自由せず約一カ月早くパリで新年を迎えた。

新暦で行くと柳北が出発した九月十三日は十月十四日となり、鷗外が出発した八月二十四日とはおよそ二カ月近くの差がある。

（5） 『ヰタ・セクスアリス』の「十四になつた」条と『雁』の「壱」に出てくるが、既に神田孝夫「若き鷗外と漢詩文上」（「比較文学研究」13号　昭42・11）に指摘がある通り、十四歳を明治八年とすると「花月新誌」（明10・1創刊）

は未だ刊行されておらず、明治七年に出版された『柳橋新誌』二編・初編を指すと考えた方が妥当であろう。

(6)「青一髪」の典拠については『ことばの重み』に詳しい。

(7)「快言フ可カラズ」については鷗外も八月二十八日の条で「舟行甚穏。終日臥艙板上。布蓋遮日。竹床支体。快不可言」と使用している。

(8)王韜のことか。「中国人名大辞典」(一九二一・六　商務印書館、一九三〇年七版)より掲げる。

清洲人。字紫詮。号仲弢。晩号天南遯叟。官粵省。以偏祖太平軍去職。遠適重洋。同治間帰自泰西。主講上海格致書院。能詩。工駢文。有弢園文集。普法戦紀。瀛壖雑詩。淞隠漫録。甕牖余談。

香港についての該当記事は「普法戦紀」を除いて、「弢園文集」以下の書のいずれかに収録されているのかも知れないが、「百部叢書」「四庫全書」いずれにも未収であり確認できなかった。

(9)岩波文庫の注解では「ホンコン」=ポルトガル語説を「編者の錯誤だろう」として、ホンコンが「香港」の広東方言語音である旨を記している。ポルトガル語で盗賊はLadrão、海賊はPirataであり、この語源説が誤りであることは明白である。

なお、なぜこのような誤解が生じたかについては次の「大百科事典」(昭60・6　平凡社)「香港」の項が明らかにしてくれている。

香港の名は当時、越人により九竜で香木が栽培されており、その積出港が現在の香港仔であったことから、移住した漢人により香港とよばれるようになったという。香港島は海賊にとって絶好の根拠地の一つで香港仔と筲箕《しょうき》湾の二カ所は元代には海賊の巣窟として中央政府にも知られていた。

鷗外は「海賊」を「盗賊」と書き替えてはいるが、この部分をそっくり『実記』から失敬しており、更に念を押すためにペダンチックに王紫詮などを引用しているのであろう。

(10)「斌媚」と「遒美」が対応する。「斌」は文・質がよく調和してりっぱな形容。「遒美」は強く美しいこと。なお、「坊門」は市中に設けた門、町の門の意であるが、『実記』の「皆筆法斌媚」や「坊間ノ俗書」と考え合わせると、「坊門」ではなく「坊間」(まちの中、市中)の方が適切なように思われる。初出の「衛生新誌」では「坊門」である。

(11)交趾の地名起源説に対して香港の時のように鷗外は『実記』の説に拠っていない。『安南紀遊』(清・潘鼎珪　百部叢書所収）の該当部には「其俗男女披髪両足大趾交曲相向故取名交趾」とあり、鷗外がこの書を横にしていたのは明らかである。なお、『安南雑紀』（清・李仙根　百部叢書）には「交阯之地即安南即交州即日南西北自交岡来故曰交阯」とあり、地名起原説の一筋縄ではいかないことを物語っている。

(12) 「尼泊爾弗樹」は「尼泊爾」が『輿地誌略』では「ニッポール」（ネパール）となっており、「弗樹」が「佛樹」（菩提樹）ならば「ネパール菩提樹」のことかと思われたが（『日本国語大辞典』には「天竺菩提樹」があがっている）、十月二日の条に「『尼泊爾弗』樹」とあるので、「尼泊爾弗」で「ネパール」と読ませるのであろう。ネパールにはこの四字を宛てたものは珍しい。なお、「牽牛花」はアサガオ、「芭蕉」はバナナのことである。

(13) 「劉穆之之金柈」の出典は『南史』巻十五列伝第五「劉穆之」である。貧乏していた穆之には檳榔の実のことで妻の実家で苦い思い出があったが（消化を促進するというので食後、それを所望したが、常に飢えている人には必要なかろうと妻の兄弟たちに辱しめられる）、自分が任官した時、そのことを根に持たず、金柈（金盤）に貯えておいた一斛《こく》（十斗）の檳榔の実を招待した妻の兄弟たちに饗したという。この故事から言えば、貯えておいてめでたい時に食べるというのではなくて、毎日食するので歯が黒ずむということになろうか。それにしても、檳榔からすぐに劉穆之を想到するというその博識に驚嘆せざるを得ない。あるいは当時の教養人にとって常識であったものが、今の我々にはそうでなくなっているというだけのことか。

(14) 『日乗』のこの前後をもう少し引用すれば「四時塞昆ニ達ス是レ安南ノ都邑ニシテ近年仏国ノ所領トナレリ人種ハ支那ニ類ス男女其歯皆黒シ椰子ヲ食フニ因ルカ屋舎ノ甍瓦皆赤色ナリ始テ椰樹林ヲ見ル」ということになるが、『白華航海日記』第一種が柳北の原文だとすればこの箇所は次のように対応する。

達二柴昆一。楼閣頗壮、瓦皆赤色。始見二椰樹一。土人皆畜レ髪、人種与二支那一同。男女歯皆黒、而多赤脚。

言うまでもなく漢文体が簡潔で書き下し文は引き延ばされている。漢文体では歯の黒い理由が示されていないが、書き下し体では示されている。椰子と檳榔では異るが、「花月新誌」掲載にあたり『実記』が参看されたのであろうか。もっとも『輿地誌略』、「暹羅」の項に「檳榔ノ実ヲ嚙ムニ因リ口唇皆赤黒ニシテ」とあるので、『実記』ばかりを想定できないが。

(15) サイゴンでの『日乗』との類似については前田氏の（注2）の前出書に指摘がある。

(16)『嶺南雑記』上巻（清・呉震方　百部叢書）「蛋戸」の項には「数入水不没毎為客泅取遺物」と鷗外の引用文そのままの箇所がある。『航西日記』にはこの書からの引用が随所に見られることを小島憲之氏は指摘している。

(17)水中に潜って銀貨を拾うこの景はシンガポールの子供達の風物詩であり、漱石も明治三十三年九月二十五日の日記に書き留めている。同じ景は十月十五日のアデンの条にも見られる。

(18)『日記』はコロンボであるが、『実記』『日乗』では共にポイント・デ・ゴール（今日のガル。当時、一般にゴールと呼ばれていた）の景である。両都は距離的にかなり離れているが、『日記』の叙述は奇妙に『実記』『日乗』と対応している。やはり、鷗外が大幅に両書の記述を取り入れたものか。

(19)『白華航海日記』では、この部分は「以㆓港口浪不㆒㆑平作㆓奇舟㆒載㆑客。舟狭小長二丈余、横尺余」となっている。このあたりを見ると柳北も『実記』を参照しているように思える。

(20)両者の傍線部が対応していると思われるが『呉子』にはこれに相当する所がない。「谷戦」「谷戦之法」が出てくるが牛羊を利用するというものではない。あるいは『孫子』『六韜』かと思い調べてみたが該当する所はなかった。

(21)それぞれ(a)と(a')、(b)と(b')が対応しているという意味の傍線である。なお、「印度者月国」の出典は『日記』にあるように、『大唐西域記』巻二の「印度者唐言月」による。

(22)『輿地誌略』でも亜丁は「欧州ヨリ東洋ニ往来スル飛脚船ノ碇泊場ニシテ紅海咽喉ノ地ナリ」とあり、慣用的用法と思われる。

(23)「赤野」の語に注目されたのは小島氏であり、氏の指摘の如く九十五巻「紅海航程ノ記」に頻出するが、この語が実記ではじめて出てくるのは九十四巻「地中海航程ノ記」のようである。「亜剌比亜地方赤野ノ余脈、此ニ至リテ纔ニ生気ヲ帯フト謂テ可ナリ」とある。なお、『実記』との対比で小島氏は特にこのアデンとコロンボの条を重視している。

(24)この「赤地」が実記からの借り物でないことは『白華航海日記』の原文「両岸赤地、千里不㆑見㆓一草㆒」で明らかである。

(25)『白華航海日記』では「洞然」（がらんどうの様子）になっている。

(26)岩波文庫の校注では水位差十メートル説、平凡社「世界大百科事典」では九・九メートル説を採る。

(27)『白華航海日記』ではそれぞれ、「底武坐」「伊斯麻利亜」「馬羅亜」「緬坐列」となっている。

(28) 恐らく鷗外はこの『実記』の記述を基にガリバルディの詩を詠んでいると思われるが、岩波文庫の注にある通り、史実は本人ではなく配下の志願兵、若干名を北軍に派遣したのである。

(29) この詩の直前に「瓦斯燈夜ヲ照シ白昼ニ異ナラズ真ニ安楽国ナリ」の記述が見える。鷗外もこの瓦斯燈に目を瞠った。

(30) 「朝日新聞」(平1・1・23)の紹介記事によれば「夜電」部劇場はエデン劇場と訓ませるらしい。『独逸日記』の明治十九年十二月二十五日の条に「夜電《エデン》戯園 Edentheater を観る」(在ミユンヘン)の記がある。

(31) 渋沢の『航西日記』は慶応三年一月十一日より始まり同十一月廿一日で終っているが、『渋沢栄一伝記資料』(昭30・4 刊行会)によれば、『航西日記』の表題の下にカッコで渋沢栄一・杉浦愛蔵共著とくくられ、明治四年から六年の整理期日と思われるものが記入されている。この杉浦愛蔵については幸田成友「杉浦愛蔵外伝」(『史話東と西』昭15・1 中央公論社)に次の如き記述がある。

杉浦愛蔵は甲府勤番同心杉浦七郎右衛門の長男で、名を良譲また単に譲といひ、靄山と号した。文武の材に勝れたため外国奉行の下役に擢んでられ、文久三年及び慶応三年両度まで仏国に渡航した人である。幕府瓦解後一時駿府に逼塞したが、二度目の洋行の際に知己となった渋沢篤太夫後の栄一子爵と相前後して明治政府に徴され、公務の余暇両人で航西日記六冊を出版した。不幸にして愛蔵は四十歳そこそこで歿したため、事業は多く残らないが、駅逓権頭前島密洋行中、逓信制度を創始したは実に彼の功である。

(32) 名村元度の『亜行日記』(万延元年)の香港の条に見える「療病船三隻アリ」の療病船のことであろう。又、香港の条で一つ不可解なことは、大抵の渡航者が必ず英華書院に立寄って漢籍や辞書、漢訳書の類を購っているのに、鷗外にはその記述がないことである。これは病院視察のためその暇がなかったことに因るか。

(33) 鷗外は軍の衛生制度には熱心であったが、アジア各地の人民の衛生については意外と無関心であった。『実記』の「支那人種ノ不潔ヲ厭ハサルハ、怪ムヘキホドナリ」(明6・8・22 サイゴン)や『日乗』の「支那人ノ不潔ナル概ネ此類ナリ」(明5・9・21 香港 食事をした楼の屋上に厠があった)と二人が注記していることにも、一向、平気であったものか。「日東十客歌」の「鼾息若雷誰敢呵」という豪放な性格であったのであろうか。

(34) 小西謙「若き鷗外関心の人間像―林紀について述べ鷗外陸軍入りの実情に及ぶ―」(「学習院女子短大紀要Ⅳ」昭42・2 『日本文学研究資料叢書・森鷗外』所収)。長谷川泉『「キタ・セクスアリス」考』(昭43・7 明治書院)。他に

「大人名事典」(昭28・12 平凡社)に掲載。

(35) 林は長崎とオランダで共にポムペの指導を受けているので、明治初期の陸軍医事がオランダと密接な関係にあったことは予想できる。

(36) 「衛生新誌」「鷗外全集」共に島邨千雄とするが「大人名事典」三(昭28・12)所収の島村干《たて》雄(一八五六～一九一〇)のことか。日記に土佐人とあるが当該項目でも土佐の人となっており、明治七年の佐賀の乱、台湾征伐に従軍し日清凱旋後第三師団参謀長となり、日露戦役では第十二師団参謀長として武勲を樹てた。陸軍少将。同郷の先輩谷干城を頼り兵士となる。又、明治十年に陸軍少尉に任ぜられているから、明治十七年に中尉というのは可能性としても自然である。

(37) ここをはじめ、鄭成功の記述は石原道博『国姓爺』(昭34・4 吉川弘文館)による。

(38) 清沢洌『外交家としての大久保利通』(昭17・5 中央公論社)によって、大よその経緯と戦況はつかめる。この戦役には米国もからんでいたようであるが、七年五月二十二日、西郷都督は社寮港に着き(台南南端、琉球人の漂着も南端に近い東岸の八瑶湾である)、牡丹社を三方より攻め六月二日にはほゞ平定する。出征人数三六五八名の内、戦死者は十二名にすぎないが、病死者が五六一名も出た。これは、雨期・霖雨・暑熱が重なり九月に入ると全員、罹病しマラリア・腸チフスの類に罹ったためである。

他に「大百科事典」(平凡社)の「台湾出兵」の項を参照。「明治ニュース事典」1(昭58・1 毎日コミュニケーションズ)にも事件の経緯は詳しい。

(39) 「明治ニュース事典」の新聞報道では牡丹人《ボークン》、牡丹社、牡丹地の呼称が頻出するが、これは高砂族の中の一種である。

(40) 越智治雄「『浮城物語』とその周囲」(『近代文学成立期の研究』所収 昭59・6 岩波書店)参照。

(41) 柳田泉「『浮城物語』について」(昭15・11 岩波文庫解説)による。

(42) 初出の「衛生新誌」では「洋紀無遺」となっているが、これでは意味をなさず、ここは小島氏が指摘するように「詳紀」の誤植だと思われる。なお、訓みは小島氏のそれを参照した。

(43) 恐らく「写真作家伝叢書」の方が正しいと思われるが、『東京帝国大学一覧』では若干、順位、人数が異る。それによれば一位から十二位までは文部省公報と同じであるが、十四位から二十八位までは必ずしも一致しない。又、二名増の三十名卒業になっている。

(44) 神田孝夫「若き鷗外と漢詩文　上」(「比較文学研究」13号　昭42・11)

(45) 「書評『ことばの重み』」(「比較文学研究」46号　昭59・9)

(46) これは大学南校、文部省、修静館と受け継がれた官版の編輯者であるが、石川県図十一冊本では十巻(明10・5　富修館)の纂輯者が岩崎直邦、十一巻(明10・5　同)が岩崎直邦、鈴木重遠の纂輯となっている。十巻は「亜米利加洲之部」上巻一であり、十一巻は同上巻二である。

(47) 述べる機会を逸したが、『輿地誌略』は『西洋事情』『西国立志篇』と並び明治の三書と称され、青年に大きな影響を与えたという(「教育人物事典」上　昭59・4　ぎょうせい)。漱石は小学時代、成績優秀で「勧善訓蒙だの輿地誌略だのを」貰ったという(『道草』三十一)。又、鷗外の『かのやうに』には「西洋事情や輿地誌略の盛んに行はれてゐる時代に人となつて」という記述がある。集英社版漱石全集の注解者も先の三書を「明治初期三大出版物」としているが、諭吉の場合、『学問のすゝめ』でなく『西洋事情』であるのが少し気になる。

(48) 国名、地名を挙げて漢字を宛てたものには森島中良『蛮語箋』(寛政十)がある。

(49) この『地球説略』はよく利用されたと見え、森田清行『亜行日記』(万延元)に、この書の国名、地名の表記がメモ風に多く書きとめられている。清国版の原本は金沢市立図書館に架蔵。

(50) 「自紀材料」には明治三年十一月(九歳)「是月父に和蘭文典を学ぶ」、四年(十歳)「夏室良悦に和蘭文典を学ぶ」とある。又『サフラン』には「父は所謂蘭医である。オランダ語を教へて遣らうと云はれるので、早くから少しづつ習つた」とあり、その時の蘭和字書には「音訳に漢字が当て嵌めて」あり、その中に「泊夫藍《サフラン》」のあったことを印象深く書き留めている。『蘭語訳撰』(文化七)あたりがそれに当たるか。なお、長谷川泉『続森鷗外論考』(昭42・12　明治書院)のグラビア写真には津和野藩校養老館で用いられた蘭学の教科書「和蘭文典　後編　成句論」(嘉永元・九)が載っている。

(51) 『輿地誌略』では他に「エルバ島」に「易北」を宛てている。これはエルベからの類推でそうなったのであろうか。

(52) 「日本文学における漢語的表現V—誤読を中心として—」(「文学」昭60・5)。『日本文学における漢語表現』(昭63・8　岩波書店)に所収。

(53) 加賀の人横井璨纂輯の『薬名早引』（天保七・一二　二冊　金大薬学図）では、「サントリー・セム」の訳名として「駆虫子」をあて、「サントリ」の代用例として日本名「野艾《がい》蒿」「當薬」をあてている。
他に宇田川榛斎訳述・宇田川榕庵校補『新訂増補和蘭薬鏡』六冊（文政十三）にも「珊篤里」はよく出てくるが、「珊篤尼」は出てこない。

(54) この高橋義雄とは『還東日乗』、明治二十一年七月八日（ロンドン）の条にある「高橋義雄先生。義雄嘗著拝金宗。行於世。」と同一の人物と思われる。

(55) 木戸孝允には明治元年四月から同十年五月までの詳細な『木戸孝允日記』三冊（昭7）があるが、渡米欧中の漢詩は載っていないようである。

(56) 三好行雄「『妄想』の地底—漢文体の世界—」（「文学」昭50・2）では次の詩が引用されている（明21・7）。
天涯地角托浮生　孤剣蕭條無限情　回首家山幾千里　鉄車衝雨入英京

(57) (44) に同じ。

(58) 森銑三『明治人物夜話』（昭44・9　東京美術）による。

(59) (58) に同じ。

(60) 原文漢文。今井氏の訓みに従う。今井氏の「解題」に詳しいが、学海はほゞ同時期に無窮会本の十八冊（全四十四冊の内）の日記と韓国本の五冊（六冊ある内、一冊目欠）の日記を併行して書いていた。前者は神田小川町の本宅で書かれた日常的な和文体、後者は向島の別宅で書かれた漢文体である。

(61) 今井氏の解題に従う。『近代文学研究叢書10』（昭33・10　昭和女子大）の記述と若干、異る。関良一氏の「依田学海の日記」（「國文学」昭39・8）では明治八年四月二十八日、須崎村に転居、同地に新居を構えたのは同年九月十日、同地から四谷塩町に転じたのは同十四年六月二十一日とある。氏の小文は『学海日録』紹介の基本文献である。

(62) 年譜は苦木虎雄氏の現在も進行中の労作「鷗外研究年表」に拠る。

(63) 斎藤勝壽に「森博士の片影」（「新小説臨時増刊・文豪鷗外森林太郎」大11・8　『国語国文学研究史大成14』所収）なる文章があるが、応渠先生を含めてつき合いの期間が明確ではない。十四、五年に記憶が集中しているようである。

(64) 有美孫《ありよしゆずる》については岩町功「有美孫（伊藤孫一）小伝」（「鷗外」42　昭63・1）に詳しい。

（65）『鷗外印譜』（昭63・6　森鷗外記念会）の解説による。筆者は長谷川泉氏か。なお、雅号についてはこの通説に反論する茂吉の説があり（「鷗外の号に就いて」全六回、『斎藤茂吉全集』第十二巻　昭27・12）、これを支持する小堀桂一郎氏の解説（『鷗外選集』第二十一巻）がある。

（付記）

『幕末明治海外体験詩集』の収録詩人の偏りは、「あとがき」にもあるように高橋省吾編『海外観風詩集』（明25）を基礎資料としたことによるものと思われる。

2　航西と還東の間

鷗外の留学最後のベルリン時代と日本に帰り着くまでの『還東日乗』を読み解く重要な補強資料として『石黒忠悳日記』（原資料は『日乗』）があり、両者の比較対照から浮かび上ってくるいくつかの重要な問題については既に竹盛天雄氏に重要な論考がある。(1) しかし、『石黒忠悳日記』の翻刻は鷗外関係のごく一部に限られており、又、竹盛氏の論考も主に漢詩に焦点が当てられているので、日記全体の持つ意味と鷗外の関係が凡て解明されたわけではない。そのためにも石黒日記全体の翻刻が切に望まれる。私も明治二十一年六月からの半年分のコピーを所持するがすらすらと読み解けるようなものではない。そのクセ字に手を焼き、改めて鷗外全集月報で翻刻された竹盛氏らの大変さが分かった次第である。

今、『還東日乗』に焦点を絞って『石黒日記』との関係を見て行きたい。始めに気になるのは日付のズレである。船の発着場所・日時については当然のことながらズレはない。ズレが生じているのは主に鷗外の漢詩を収録した日時である。『還東日乗』で特に重要と思われる「負笈三年歎鈍根」の七絶は八月九日の条に出てくるが、『石黒日記』では八月六日の所に掲載されている。『還東日乗』の九日の条には「九日。泊于亜丁。過紅海。入印度洋。此処名涙門。」として次の詩が載る。

負笈三年歎鈍根　　還東何以報天恩

関心不独秋風恨　一夜帰舟過涙門

「涙門」（バブエルマンデブ海峡）を過ぎて船はアデン港に入るわけであるから、この漢詩は涙門で詠まれなければならない。『石黒日記』に徴しても「八月九日、午前八時船達亜丁」とあり、八日深夜から九日早朝にかけて船が涙門を通過しているのは間違いがない。では八月六日の『石黒日記』の記載は間違いなのか。八月五日、午前五時に船は「スヰス」（スエズ）を発ち紅海に入っている。八月六日の条。

朝取浴散歩甲板上　午前九時三十三度
○有詩（一昨日ノ事ニ入ル可シ）
　阱溝所見
平沙渺々望不窮　唯見一帯運河通
蛮人向晩帰部落　駱駝群辺夕照紅
　夕陽有東似銅

スエズ運河を詠んだものであるが、この詩に続いて先程の森の詩とそれに次韻した石黒の詩が並んでいるのである。場所は言うまでもなく紅海である。「涙門」の所で石黒は「即紅海接印度海之処」と注しているので、その場所がどこかを充分に弁えていることになり、どう見てもここにあるのはおかしいとなれば、竹盛氏のように「日記をどんな具合につけたのか疑問をもたせる一件となっている(2)」という解釈もされよう。しかし、私はここは『石黒日記』通りに八月六日に詠まれたものと思う。根拠はいくつかあるが単純な根拠の一つは「日東七客歌」の位置である。『還東日乗』では横浜到着前の九月三日に位置するが、『石黒日記』では八月二十八日に録されている。これが正しいのは『還東日乗』の九月三日の条にも「航間作日東七客歌」とあることでも分かる。

日付のズレが問題になるのは、あくまでも九月三日に置いたのはあくまでもこの日記のまとめとしての意味からであろう。日付のズレが問題になるのは、あくまでも詠まれた漢詩の位置についてである。日付通りの場所で詠まれたかどうかであるが、これについては日付が変ることは大いにありうることを述べておきたい。そのことは鷗外が『航西日記』を作するにおいて参考にした柳北の『航西日乗』についても指摘できる。柳北と同じ船で西洋の宗教事情視察に出かけた松本白華の『航海日記』[3]に照らせば明らかなことである。例えば『航西日乗』の明治五年九月二十二日（香港）に次の漢詩が録されている。

亜刺羅《アラヽツト》山在《ハル》二那辺《ニ》一　風濤淼漫碧涵《ス》レ天《ヲ》
艙間併載《セス》牛羊豕　彷彿《タリ》千秋諾亜《ノアノ》船

しかし、これが『航海日記』では十月八日の条に採られている。船はセイロンを発ち亜丁に向う途中である。地理的にはノアの箱船が乗り上げたアララット山に近く、こちらの方が自然である。これが何故、香港の条に移ったかと言えば、恐らく「艙間併載牛羊豕」のイメージからではなかろうか。『航西日乗』にも『航海日記』にも香港で牛羊豕を積み込んだという記録はないが、恐らく香港の条にある「支那人ノ不潔ナル概ネ此類ナリ」という柳北の認識が〈牛羊豕〉のイメージにつながっているのではなかろうか。このように『航西日乗』を『航海日記』と対比させた場合、その詩の掲載位置がかなりズレていることが分かる。これは漢文体の『航西日乗』を「花月新誌」（明14・11〜17・8）に書下しに改めて掲載した時に、その効果を考えた上での措置であろう。又、二つの日記を対比した時、当然のことながら『航西日乗』には文字、文言の加除、訂正があり、日記と雖も表現を考えた場合、それなりの注意を作者が払っていることは充分に窺える。『還東日乗』も又然りである。

鷗外は「涙門」という地名に早くから興味を抱き、帰路、そこで「涙門」を読み込んだ詩を作ろうと思っていたに違いない。この「涙門」は手持ちの「新英和大辞典」（一九八二年、研究社）にも「Bab el Man-beb Arab. Babul-Mândab（原義）the gate of lamentation：しばしばそこで難船したことから」とあり、「歎きの門」あたりが直訳として正確であろうか。海峡が狭く流れが速いため、しばしば船が難破したことからこの名がついたようであるが、かなり即物的な地名縁起である。小島憲之氏の『ことばの重み』では『新説八十日間世界一周』（明11〜13）で「涙ノ関」と出ているのが早い例らしい。『輿地誌略』や『米欧回覧実記』には見えない。『航西日記』では「亜丁」が印象に残ったと見え、「港英人所開。紅海之咽喉也。」（明17・9・26）とあるが、これは『実記』の「紅海往来ノ咽喉ニアリ」（明6・8・1）をそのまま踏まえているに過ぎない。帰路の鷗外は「涙門」という呼称を心にとめ、それに感慨をこめるだけの体験を身につけた人であった。彼はスエズを越してすぐに「涙門」を読み込み、自己の感懐を詩に賦そうと考えていたのであろう。

このスエズからアデンに至る紅海上で鷗外にとって忘れられないもう一つの記憶があった。それは四年前にここを通り過ぎた時、一人の人物に逢っていたからである。言うまでもなく、それはアデン港で逢った光妙寺三郎のことである。『航西日記』では「邂逅光明寺三郎。三郎為外務書記官。自巴里帰着。午後六時開行。」（明17・9・26）と素っ気なく書かれている。しかし、ここに大きなドラマのあったことはかつて指摘したことがある。[4]「十五年十二月フランス公使館書記官としてパリに赴任し、当局と意見合はず、十七年九月快々として国に帰った」（「大人名辞典」平凡社）とあるが、背景に当局との関係のみならず恋人ジュウジット・

ゴーチェ（マンデース夫人、テオフィル・ゴーチェの娘）とのこともあった。そのいきさつは西園寺公望の仏訳古今集『蜻蛉集』（一八八四）のマンデース夫人の光妙寺への献辞にもくわしい。その間の事情を逢ったばかりの希望に燃える人、鷗外がどれ程知っていたかは不明であるが、失意の人、光妙寺の怏々として楽しまない姿だけは目に焼きついていたのではなかろうか。それがアデンでの素っ気ない表現に読み取れるのであるが……。その後、欧州にあっての情報で鷗外は光妙寺の苦悩についてある程度、知りえたと思われる。その失意の人、光妙寺のことを鷗外はこの涙門で思い起こし、一種の感慨に耽っていることは明らかである。

さて、その詩であるが解釈が今一つ定まらない。問題が転句の〈秋風恨〉にあることは言うまでもない。これについては神田孝夫氏に次の如き読みがありよく知られている。

漢の武帝の名高い作に「秋風辞」というのがあるが、その中頃に「懐佳人兮不能忘」とあり、末尾には「歓楽極兮哀情多。少壮幾時兮奈老何」とある。これを踏まえて鷗外は、ここではエリスの来日という今や確実な事実となった自分の個人的問題を考え、エリスが再びドイツに戻ればともかく、さもないと自分は或いは陸軍を退かざるを得なくなるかも知れぬと予想し、そうなると自分をドイツに留学させてくれた、直接には陸軍、窮極的には天皇の好意に報いられず、公人として申訳もないことだと、「涙門」の地名を活かしながら、心から悩み苦しんでいるのではないか。(5)

〈秋風恨〉はエリスとの関係で捉えられてはいるが、具体的に何が〈恨〉なのかの説明はない。「秋風辞」で言えば、「懐佳人兮不能忘」が具体的な〈恨〉であろうか。とすれば佳人を懐うて忘れられないことがどうして〈恨〉につながるのか。ここの所が今一つはっきりしない。しかし、そこの所を置くとして詩全体の解釈で行けば神田氏の説は心に関るのはエリスのことだけではなく、今後の陸軍に於ける自分の身の処し方、行末であって、そのことが今、最も気掛りなのだと言っていることになる。天恩に報いるという使命感や陸軍における立身出世ということへの関心が鷗外の心を占め、エリス問題という私的関心が後景に退いたということであろうか。とすればエリス問題は鷗外の中で一応の結論（断念）を見たことになるのであるが、逆に神田氏はサイゴンあたりでエリスとの結婚を決意したと取り、この結論と矛盾してくる。

やや、曖昧な〈秋風恨〉に対して明快な解釈を出したのが小島憲之氏である。[6]『文選』の「怨歌行」（班婕妤）や『玉台新詠』の「代旧姫有怨」（邵陵王綸）を引用して寵を失った女の恨みと取った。「大漢和」にも「秋風団扇」の語があり、「秋風の立つ頃になると扇が棄てて顧みられないこと。失寵の婦人をいふ。班婕妤の怨歌行から出た語」とある。『佩文韻府』にも李白の「誰憐団扇妾独坐怨秋風」が採られており、これで〈秋風恨〉の典拠は動かない。としても解釈の方は神田説を大きくは出ない。心に掛るのはドイツに置いてきた（実は後を追っかけてきているのだが）エリスのことだけではないのだ。いかにして天恩（国家）に報いるか、今後の東京での身の処し方が気掛りなのだ。とは言うものの、あれやこれや考えると心は千々に乱れ、気がつくと船は我が心を見すかすように、その名も悲しい涙門を通り過ぎた、ということになろうか。

一見、公的な関心の前にエリス問題はかき消された如くであるが、それでもこの詩から鷗外の一掬の涙を読み取ることは可能である。その時はこの詩を一種の反語として読まなければならない。〈公〉と〈私〉に引き裂かれた人間の苦衷は『舞姫』に詳しいが、この詩でも同様のことが指摘できる。一見、公的な気掛りを前面に出してはいるが、私的なエリスのことをより多くこの詩に込めていると考えるべきであろう。

〈秋風恨〉はこれで決まりかとも思えるが、ただ、気になる点がいくつかある。一つはこの解で行くと〈秋風恨〉は失寵の婦人の恨みであって、鷗外自身の恨みではないことである。文脈から言って詩の詠み手である鷗外自身の恨みである可能性も大きい。二つめは〈秋風恨〉をエリスの恨みとすると、ここで鷗外は間接的にエリスのことを詩に詠んだわけで、巧みに『還東日乗』からエリスのことを排除しようとしている意図に反することになる。しかし、これについては石黒が次韻しているので、事情を知っている上司にそれとなくエリスのことを洩らしたという反論も充分成り立つ。石黒は鷗外の心を知ってか知らずか、その応えた詩ではエリスのことに一言も触れてはいないが。

鷗外自身の恨みと取った時、〈秋風恨〉とは何か。それは神田氏が指摘した「秋風辞」の最後にある「歓楽極兮哀情多　少壮幾時兮奈老何」に通じる思いではなかろうか。即ち、秋風が吹くと共に誰もが感ずる万物凋落の思い、人生無常の思いから来る一種の心ふさぎ、嘆かいのようなものでなかろうか。「還東何以報天恩」と私の心が気弱くなっているのは、必ずしも秋風が立ち心がふさいでいるからばかりではない。問題はここからであるが、ここで私はどうしても『舞姫』に出てくる「人知らぬ恨」に引きつけて読みたくなる。心に関るのは人生無常の思いだけではない。実は私には「人知らぬ恨」があるのである。それは捨ててきたエリスの事以外にない。私の苦衷を見すかすように船は涙門を過ぎて行く。この解で行くとエリスの事が最大の関心事になる。天恩に比重を置くかエリスの事に比重を置くかで〈公〉〈私〉の軽重に差は出てくるが、いずれにしても〈公〉〈私〉に引き裂かれた鷗外の苦衷は変らない。建前として国家のことを前面に出してはいるが、鷗外の最も気掛りなのはエリスのことであると取りたい。それは〈秋風恨〉をどう解釈しても同じことである。

この詩に対して石黒が和した詩はエリスのことを自明のこととして触れず、起句、承句にのみ反応したものである。『石黒日記』（八月六日）所載のものと『還東日乗』（八月九日）所載のものとでは字句に異同があるが、これは石黒が訂正したものか、鷗外が勝手に手を加えたものかは分からない。藤川正數氏によれば『還東日乗』の方が平仄の法則に合致するのに対して『石黒日記』の方は平仄に乱れが見えるという。(7)石黒と森とではどちらに漢詩の才能と作詩上の知識が豊富であったかは私には分からないが、『石黒日記』の結句、「有三親日倚門」とその注、「森子有双親及祖母故及焉」は意識的に「三親」としているわけで、これを「双親」に変更する必要は石黒にはなかったはずである。このことより『還東日乗』の石黒の詩には鷗外の手が入っているものと取りたい。それにしても石黒がエリスのことに一言も触れず、ひたすら三親が君を待っているではないかと慰めたのは、それが石黒にとって精一杯の思いやりであったのであろう。一時の気休めよりも触れないことが思いやりであったのだ。逆に冷く言えば林太郎自身が解決すべきことであって吾が事ではなかったのである。

話は少し外れてきたが論の中心は復路のアデンの条と往路のアデンの条を見ると、そこには何とも言えないコントラストの妙があり、鷗外自身、感慨深い思いに捉われていたのではないかということであった。四年前、失意の人と希望に燃える人はアデンですれ違ったわけであるが、四年後に鷗外は光妙寺の心中を充分に察し得る人になっていた。「東に還る今の我は、西に航せし昔の我ならず」。この感慨と思いが『還東日乗』と『航西日記』を隔てるものであろう。

このような鮮やかな対比ではなくても、往路と復路は同じコースを通っているわけであるから、二つの日記がそれぞれ対応している箇所を持つのも頷ける。以下、列挙してみる。

一、「日東十客歌」(『航西日記』明17・8・29)と「日東七客歌」(『還東日乗』明21・9・3)

「日東七客歌」は「日東十客歌」と殆ど同工異曲であり、ここには四年の歳月は感じられない。言ってみれば成長の跡は見られず、「他年欧洲遊已遍　帰来面目果如何」という問いへの回答にもなっていない。最もいけないのは鷗外自身の形容であろう。

独有森生閑無事　　鼾息若雷誰敢訶（『航西日記』）

別有狂客森其姓　　玉樹叢中着蒹葭
四十余日多鼾睡　　不関狂風折檣斜
笑曰慳嚢無一物　　齎帰蕪辞献阿爺（『還東日乗』）

ここには四十日間、ひたすら鼾をかいて寝ている豪傑が描かれているが、これが実景ならばエリス問題など起ころうはずがない。それほど森林太郎は豪胆な人物であったのであろうか。今回、マルセーユ港の写真館で撮影した日東十客の写真が発見されたが（「朝日新聞」平6・6・29）、後方に立つ鷗外の服装、容貌からは「鼾息若雷誰敢訶」というイメージは浮かんでこない。「船酔いや炎暑で疲れ果てており、ほおがこけ、やつれて見える」とした朝日の紹介記事に軍配を上げたい。「日東十客歌」と「日東七客歌」は共に鷗外の真実を伝えているとは思われない。友人達をおもしろ、おかしく紹介している詩の性格から言っても、漢詩特有の誇張表現が見え、これを額面通りに受け取るわけには行かない。日記中には形式的、歌枕的な漢詩と〈秋風恨〉のようにかなり心中を吐露したものとがあり、これを充分に見分ける必要がある。

二、林紀の記述（『航西日記』明17・9・13、『還東日乗』明21・7・26）

往路で充分に林紀に言及したからであろうか、『還東日乗』では「帰途拝林軍医総監墓」（モンパルナス墓地）と簡潔に記されているにすぎない。『石黒日記』では「鮫島公使弁林氏ノ墓ニ詣デ……」とあり、鮫島尚信《まさのぶ》駐仏公使（明13・12・24パリで客死、三十四歳）の名が見えるが鷗外には関心外の人物であったのであろう。

三、コロンボの寺院での詩

鳩啼林外雨淋鈴　為扣禅扉車暫停
挂錫有僧引吾去　幾函畳葉認遺経（『航西日記』明17・9・18）

　賦詩贈興然
飛錫天涯意太雄　苦修何日到神通
畳花樹葉渾無用　真法期君伝海東（『還東日乗』明21・8・16。他に二詩あり）

『還東日乗』に「畳花樹葉。出乎楞厳」とあるように、「貝多経」が珍しかったものか二度ともこれを詠んでいる。『還東日乗』転句の「畳花樹葉渾無用」は悟りを開いた期には（到神通）貝葉に書いた経も無用となり、早くその日の来るのを待っているの意であろう。石黒の詩に和した二作もあるが、〈秋風恨〉からは程遠い感懐を述べたものである。(8)

四、アデン港での感懐（既出）

五、同船の客に詩を贈る

贈仏人某曰
聞説多年官税関　殊郷憐汝改容顔
飄然又作全家客　手拉妻児向故山（『航西日記』明17・10・7）

夕発香港。舟中有長崎好眺楼主和蘭人某妻。挈二女赴郷。皆美。戯賦詩曰。
束髪垂髫各様嬌　果然瓊浦出瓊瑤
如今九国無豪傑　遺恨春風老二喬（『還東日乗』明21・8・30）

船旅の徒然で挨拶代りに詠んだものであろうが、前作については柳北の『航西日乗』に既に先例のあったことはかつて指摘しておいた。(9)『還東日乗』のものも同工異曲であろう。

六、マルセーユでの記念撮影

初八日。午餐罷。至設哩路速家撮影。（『航西日記』明17・10・8）

着馬塞。投日烺圯客舘。（Hôtel de Genève）壁頭懸大写真幅。就而見之。則航西日記所載日東十客図也。余等堂々七尺軀。徒使髯奴為奇禽異獣之観。悲慨何堪（『還東日乗』明21・7・28）

四年前の自己に対面してこれを抹殺したい衝動に鷗外は駆られている。「彼は昔の彼ならず」とする自負が前面に出ている。

このように対比してみると復路で鷗外は四年前の自己を確認している如くであるが、大方は通り一遍の儀礼的なもので新味に欠ける。『還東日乗』制作時に手元に『航西日記』のあったことは言うまでもないが、詩においてさして見るべきものもなく、又、往路で見たアジア認識とそれに伴う感慨の如きものも一切なく、実に素っ気ない記述に終始していると言わざるを得ない。『舞姫』で言う「人知らぬ恨」のせいか、あるいはヨーロッパ生活で身につけた「ニル・アドミラリィ」の気象のせいであろうか。

その中にあって唯一、エリス問題で我々の琴線に触れるのは先の〈秋風恨〉だけであるが、この他に今一つ、『還東日乗』に採られていないが『石黒日記』に録されている「酔太平——呈況斎先生」のあることは竹盛氏の研究で知られており、「詞」として九月四日の条に採られている。この「詞」が『還東日乗』に収められなかったことの意味は大きい。ここで鷗外ははっきりと自己の肉声でエリスの事を詠んでいる。

（略）
吾命蹇
何須哭
猶有一双知己目
緑於春水緑

今後、自分の運命がどう決するかは全く予想はつかないが、たとえ禍と出ようが福と出ようが、自分を知る唯一の人間がいることで自分は充分だと鷗外は詠んでいる。ここで「一双知己目」たるエリスの存在は何ものにも替え難く重い。横浜到着四日前であるが、この「詞」が若し鷗外の真の肉声だとすれば『還東日乗』の詩は殆ど鷗外の真意からは遠いと言わざるを得ない。鷗外は後に『独逸日記』でエリスの事を抹殺したように、『還東日乗』でもこれを殆ど抹殺していると言ってよい。ただアデンでの〈秋風恨〉に僅にエリスのことを感じさせるが、それもかなり控え目であり巧みなカモフラージュがあると見るべきである。とすると、『還東日乗』を蔽うかなり楽天的な詩群は、あくまでも通り一遍の儀礼的な作詩態度から来るもので、言わば漢詩作成のパターン化された形式を踏んだものにすぎないと言うことになる。

その意味で〈秋風恨〉以外で従来、唯一問題にされたのが「逐客相遭話杞憂」であったこともそれなりに納得されるのである。尾崎に贈った四首のうち特に問題になるのは三首、四首目である。

小犬不妨頻吠影　蟄龍何必独知槐
勧君休踏蘇高跡　至竟多言是禍媒
莫触何逢蝮蛇怒　待機箝口是良謀
黐思海嶋孤亭夜　逐客相遭話杞憂（明21・7・19）

一首、二首目が尾崎の『退去日録』を具体的に踏まえていることは既に武内卓也氏の指摘に詳しいが、[10]「新橋第一人」や「翡翠」の詩句があったように、『退去日録』に見える紅一点の京妓蘭芳のことを少し揶揄気味に諷したのに対して、後の二首は「逐客」尾崎そのものの生き方を批評したものである。見れば分かるように「勧君休踏蘇高跡　至竟多言是禍媒」と「莫触何逢蝮蛇怒　待機箝口是良謀」とが明確に対応している。殊に「至竟多言是禍媒」と「待機箝口是良謀」とは同じことの別の表現であり、この二詩の主張の眼目となっている。従って、神田氏の言うようにロンドンからパリに至る道程で『退去日録』を読み、その結果、ロンドンでの一夜の尾崎への忠告が無用の「杞憂」であったことを知ったという意見には与し難い。[11]この時点で鷗外の中に「待機箝口是良謀」という思いがあったことは重要であろう。そのことは神田論文に明確に指摘されていることである。即ち、「大和会」で行った二度の演説（原文ドイツ語、明21・1・2と6・30）を比較し、後者の方に前言を翻し陳弁にこれ努める鷗外の姿を指摘したのは外ならぬ神田氏自身である。それがエリス問題に関わると推測したのも神田氏である。神田論文を読めば「待機箝口是良謀」という感慨は何よりも鷗外の実体験を踏まえていることが明らかである。その体験を踏まえて、同じ友、尾崎にこの苦言を呈したと取るのが最も自然な読みではなかろうか。『退去日録』を読んで「待機箝口是良謀」の苦言が「杞憂」であったという風には読めない。鷗外は尾崎に自己を重ねてこの詩を賦しているように思われる。同じ体験の共有者であるという思いが強い。これが「逐客相遭」の解釈につながって行く。

　まず「相遭」の解であるが、これは小島氏が言うように（神田氏もこの立場であるが）「相」は無意味の助字で「共に遭う」意ではないと断定できるのであろうか。その同じ例として引かれる明治二十年四月十五日の詩。

万里離家一笈軽　郷人相遇若為情
今朝告別僧都酒　泣向春風落羽城

承句の「郷人相遇」を小島氏は「郷人に相遇《あ》ひて」と読み、「私鷗外が故郷の人に逢う意に解してよかろう」とされるが、これは不可。これは「郷人、相ひ遇《あ》ふて」と読まなければならないことは『独逸日記』に徴すれば明らかなことであろう。中浜東一郎関係をピックアップすれば次の如くである。

明19・2・22　中浜東一郎の書伯林より至る。(鷗外、在ドレスデン)
明19・2・28　中浜来責に赴く。(鷗外、在ドレスデン)
明19・11・1　中浜東一郎来責府より至る。余とペツテンコオフエル師の試験場を分つ。(鷗外、在ミュンヘン、以下同じ)
明20・4・11　中浜、浜田、岩佐とスタルンベルヒ湖に泛ぶ。
明20・4・15　午前中浜に逢ふ。別を告ぐ。

こう見てくると中浜とは約半年間、ミュンヘンのペッテンコーフェル師の下に共に学んだ仲であり、問題の詩がその別れに際して詠まれたことが分かるのである。[12] とすれば、「郷人に相遇《あ》ひて若為《いかばかり》の情《こころ》ぞ」(小島氏解「国びとに逢ひてわが心ちぢなり」)では意味が通じない。これでは異郷で偶然、郷人に逢って心乱れるさまを詠んだことにしかならない。そうではなく、半年ともに学んだ仲であり、その別れに際してである以上、ここは「郷人相遇《あいあ》ひて若為の情ぞ」と読まなければならない。異郷の地で学んだ半年を思えば、別れに堪え難い情、切なるものがある、ということであろう。「相遇」は郷人が互いに相逢ったことでなければならない。

十九年九月一日、ベルリンよりやって来た三浦守治との別れの場合も同様である。

相逢不忍還分手　一去従斯路更賒（明19・9・2）

「大漢和」引用の『説文』『爾雅・釈詁』の例では「逢、遇也」とあり、共に「期せずして会ふ」の意である。「相逢」も「相遇」も同じ意味であろう。この場合も二人がミュンヘンで「相ひ逢」ったのである。他の鷗外漢詩の例では「柳村遺稿題辞」（『大正詩人』大6・7）に「夐出方罫間　相逢各言志」の詩句が見えるが、この場合の「相逢」も字義通り「相ひ逢ふ」であろう。鷗外漢詩の例で見る限り「相逢」「相遇」は共に同じ使われ方がなされている。この例から見ても「逐客相遭」は小島説の如くではなく、従来説の通り「逐客相ひ遭ふて」と読むのが自然である。では何故、鷗外が「逐客」なのかという疑問が出てくる。

この「逐客」の意であるがこれをそれ程、重く取る必要はないように思われる。『退去日録』にも「逐客」は頻出するが、その自序にも「然れども身逐客と為て其境遇詩中に入れば」とある通り、尾崎はたしかに保安条例で「江戸払い」になったことで「逐客」には違いないが、そのことを逆手に取って「詩中の人」となってそのことを楽しんでいる節が窺える。既に指摘があるように自己を政治小説の主人公になぞらえ、別れを告ぐるに蘭芳という政治小説風の佳人を配したところにそのことがよく現われている。

誤受風流逐客名　佳人有約自京城

の詩句が見えるが、「逐客」を風流（詩文）の次元で受けとめていることが重要である。それ程深刻な政治追放者のような趣はない。東京追放者が五七〇名であってみればそれも当然と言える。尾崎は神奈川の出身であったので東京を退き神奈川に居を移せばそれでこの難を逃れることができたはずだが、あえてこの機会を利用して予ての希望でもあった西欧歴訪の旅に出たわけであるから、純粋な「逐客」とは言えないことは尾崎がよく承知していたわけで、その事実をやや自嘲気味に「誤受風流逐客名」と洒落たものであろう。

鷗外が自己を「逐客」と受けとめたとすれば、これ又政治のレベルではなく風流（詩文）の次元で受けとめたと見る方が賢明であろう。そして注目すべきは鷗外の方が風流の次元でありながら思いはより深刻であるという事実である。表向き尾崎は「逐客」であるが、それほど深刻ではなく楽天的であるのに対して、鷗外は表向きは「逐客」でもないのに心により深い傷を負っているということである。精神的に鷗外の方がより「逐客」に近いのである。そうするとこの場合、「逐客」とはやはりヨーロッパ社会から追われる者、という以外の解釈は成り立たない。三好行雄氏がいみじくも指摘した「故国へ帰る鷗外に、〈逐客〉を自覚する感慨がもしあったとしたら、まずは自由や美を価値の基準とする文化体系から確実に遠ざかりつつあるという、うしろ髪を引かれる思いの裏返しだったのであろう[13]」という解釈に尽きる。尾崎を逐う日本へ帰らねばならないというため息はそのまま「待機箝口是良謀」につながり、ヨーロッパと日本の落差がそのまま文明より追われるという意識を生んだとしても不思議ではない。「物言えば唇寒し」（多言是禍媒）は大和会の演説で既に実感したところであり、今その「多言」が「禍」となる国へ帰らねばならないという思いは、「逐客」尾崎を目の前にしていよいよ現実のものとなり、自分もヨーロッパを追われるのかという思いに鷗外は駆られているのである。「逐客」を目のあたりにして已れの「逐客」であることをより強く認識したということであろう。ここを無理にエリス問題に引きつける必要はないが、〈自由と美〉のシンボルとしてエリスがいたとすれば、それをわが物となし得なかった悔しさが逆にヨーロッパから追われるという意識を生んだとしても不思議はない。そしてヨーロッパとの別れの途次、これから帰り行く国の未来について、「逐客」同士、あれこれ「杞憂」を語り合ったとしても、これ又何の不思議はない。

小島氏は従来の説を〈深読み〉とするが、ここはこれだけの読みをしなければならない所であり、そうしなければこの詩は実につまらないものになってしまう。その代表が小島氏や神田氏の読みであろう。ここでヨーロッパと日本の落差に鷗外が思いを致していることに気付かない解釈は、やはり文学的想像力に欠けると言わざるを得ない。

それにしても『還東日乗』で僅かに垣間見られたエリス問題はさまざまな角度から論じられるが、日記を見ても詩を見ても鷗外の真意はなかなか摑み難いというのが真相ではなかろうか。『石黒日記』に見られるように二人でエリスのことを語り合ったり、ブレーメンよりの乗船を知らせたり、鷗外の真情を吐露した「詞」に石黒が戯れて応じているのを見るとますます鷗外の真意が分からなくなってくる。しかし、この不可解なエリス問題もつきつめれば次の如き論点に整理される。

1 鷗外はベルリンでどのような形でエリスと別れたのか。結婚を断念したのか、あるいは明確な意思表示をしなかったのか。(本名は「エリーゼ・ヴィーゲルト」であるが、従来の「エリス問題」の呼称に倣う。)

2 エリスは鷗外の態度から望みを持って日本までやってきたのか。あるいは鷗外の意思を無視して強引に後を追いかけてきたのか。

3 明治二十一年七月二十七日、エリスがブレーメンより出発したという報を得た時(本人、友人たるを問わず)、鷗外にはこのことが自明であった可能性が大きい。

4 日本に着くまで鷗外はどのような決断をしたのか、あるいはしなかったのか。

5 エリスが日本にやって来た時、何故、この問題を独力で解決できなかったのか。何故、家族親族に全面的解決を委ねたのか。

これらを要約すれば鷗外にはこの女性と結婚する意志があったのか、なかったのか、そのことを明確に一度は決断した時があったのか否かということに尽きる。

その結論の前に鷗外のヨーロッパ体験としての女性について触れておく必要があろう。『航西日記』の終りの方に地中海航行時の作として次の詩が載る。

氷肌金髪紺青瞳　　巾幗翻看心更雄
不怕萍飄蓬転険　　月明歌舞在舟中（明17・10・7）

ここに青年鷗外のヨーロッパに対する姿勢が端的に出ている。このこともかつて触れたことがあるが、「氷肌」「金髪」「紺青瞳」に象徴されるヨーロッパ女性はそのままヨーロッパ文明そのもののシンボルであることは贅言を要しない。以後の鷗外の西洋文明との関係が女性を通して展開するであろうことは想像に難くない。そのことは『独逸日記』やドイツ三部作に徴しても明らかである。又、それが一人、鷗外においてのみでなかったことは『独逸日記』の証明するところである。いかに多くの日本人留学生が「氷肌」「金髪」「紺青瞳」に迷ったことか。多くの留学生にとりヨーロッパ女性は文明の花であり、ヨーロッパそのものであった。そこに日本人の文明コンプレックスを指摘するのも容易であるが、憧れとコンプレックスは盾の両面である。しかし、鷗外はついにヨーロッパそのものを吾が物とすることができなかったのである。鷗外最大の挫折はエリスその人をわがものとしえなかったことにある。最後まで明確な決断を下し得なかったところにある。その悔しい思いがストレートに出ている点で『舞姫』は鷗外の私小説たりえている。又、日本人の留学生の声をも代弁している。太田は明確に自己の意志で以て決断を下し得ない人物であり、エリス問題を追って行く限りこれはそのまま鷗外に重なる。鷗外はエリスのことで明確に決断を下さなかった。たとえ一度、結婚を断念したとしてもそれを最後まで押し通せず、そのことを自力で解決できずに家族の意向に従ったというのが事の真相であろう。

『舞姫』は国家と「私」の間に苦悩する太田の姿を描いて哀切ではあるが、結局、自ら最後まで明確に決断を下し得なかったという太田の悔いが全編を重く蔽っている。自らの不決断でヨーロッパは〈見果てぬ夢〉として永遠に鷗外の中に封じこまれてしまったのである。

注

（1）「石黒・森のベルリン滞留と懐帰をめぐって」（上）（下）（「文学」昭50・9、昭51・2）

（2）（1）に同じ。

（3）原本は松任市本誓寺にあるが「真宗史料集成」十一巻（昭50・7、同朋会）に収録されている。書名がないので仮に『松本白華航海録』とされている。

（4）本書Ⅰの*1*。他に光妙寺に触れたものに中川浩一「鷗外　光明寺三郎に会う」（「鷗外」34、昭59・1）がある。

（5）「鷗外森林太郎帰国前後の欝屈と憂悶」（「東洋大学大学院紀要」第十八集、昭57・2）

（6）『ことばの重み』（昭59・1、新潮社）

（7）『森鷗外と漢詩』（平3・9、有精堂）

（8）コロンボでの詩は（鷗外の三作）『還東日乗』では凡て八月十六日の条に記されているが、石黒の「錫蘭崑崙浦贈僧興然」の二首は『石黒日記』では八月十七日に録されている。但し、前日にその草稿の二詩が載せられているので十七日のものは定稿であろう。船は八月十七日午前八時にコロンボを発っているので、十六日に興然に贈られたと思われる。鷗外も石黒も即興の詩を贈り後で手を加えているのであろう。

（9）（4）に同じ。

（10）「『逐客相遇』をめぐる幻想」（「愛光学園詩　AMOR LUMEN」昭56・3）
（11）（5）に同じ。
（12）『中浜東一郎日記』第一巻（平4・3、冨山房）が刊行されたが、残念ながら留学時代（明18～22）のものは未収録である。この前後が極めて几帳面につけられているので留学時代も日記をつけていたと思われる。この日記が発見されれば鷗外との交遊その他がかなりはっきりするものと思われる。
（13）「《舞姫》の背景」（「国語展望」二九、昭46・10）、後に『鷗外と漱石』（昭58・5、力富書房）所収。

（付記）

班婕妤の故事は例えば『和漢朗詠集』では「班婕妤団雪扇　代岸風兮長忘」（巻上「夏」）「班女閨中秋扇色　楚王台上夜琴声」（巻上「冬」）と歌われ、平安朝の漢詩人にも好まれた題材であるが、この中には直接、〈秋風恨〉の語はない。この語が出てくるのは謡曲の「班女」であり、地謡のところで「風の便りと思へども、夏もはや杉の窓の、秋風ひややかに吹き落ちて、団雪の扇も雪なれば、名を聞くもすさましくて、秋風恨みあり。」と使用されている。

この「班女」のところを重視すれば、〈秋風恨〉とは捨てられた女の恨み（秋風を恨みに思う）の意味となろう。古典のコンテクストの中ではこの読みが一般と見て間違いないようで、これを鷗外自身の恨みと取るのはやや無理ということになろうか。

3 松本白華航海録

鷗外の『航西日記』を調べている内に、たまたま松本白華の『航海録』というものに行き当たった。これは明治五年九月に東本願寺法嗣現如上人（二十一世嚴如の子で後に二十二世を嗣ぐ）につき従って、西洋の宗教事情を視察に出かけた時の白華の日記であり、帰国の途にある明治六年六月十三日まで綴られている。白華は言うまでもなく松任本誓寺の二十六世住職であり、教団近代化に努めた郷土の先覚者である。なぜ、ここに行き当たったかと言えば、鷗外が日記を綴るに当たって参考にしたと思われる成島柳北の『航西日乗』にその名が出てきたためである。柳北は当時、浅草本願寺にあった真宗東派学塾の塾長を勤めていた関係と、かつて幕府の要職にあったその識見と語学力を買われて上人に請われて随行することになるが、一行は他の石川舜台、関信三の二人を加えて五人であった。舜台は言うまでもなく金沢出身の傑僧、関信三は三河安休寺の出でのちにわが国幼稚園教育の先駆者となった人、この年三月に受洗しているというから何やら奇妙な取り合わせではある。が、はじめ『航西日乗』を見ていてもこの白華の名は全く記憶に残らなかったが、「北国新聞」連載の「続・真宗の風景」（昭63・4・4）で、白華とその『航海録』を目にし、改めて『航西日乗』の冒頭に注目した次第である。早速、現三十世住職松本梶丸氏にお聞きしたところ、内容は既に「真宗史料集成」第十一巻（昭五十・七）に所収済みということであった。現物もご好意で拝見することができたが、それらを踏まえて気付いた二、三の点について述べてみたい。

日記は明治初期のものの常として漢文体で書かれており、中に備忘録風に実際の見聞が、日記の日付とは別に書下し文で挿入されているという体裁である。

まず驚いたのはどういうわけか二種類の日記が書かれていることである。正確に言えば出発の明治五年九月十一日から十月二十二日（ポートサイト着）までのものと、五年九月十三日から六年六月十三日（帰国途上の地中海）までのものとである。なぜこのようなことが起こったのか不審であったが、よくその叙述と漢詩を眺めている内に、はじめの日記（仮りに第一種と呼ぶ）は紛れもなく柳北の『航西日乗』と重なることが分かったのである。はじめの数日分こそ白華のものであるが、十三日の詩から『航西日乗』と重なってくる。その漢詩であるが、

誰図豪気駕㆓鯨鯢㆒　一曲離㆑歌酒到㆑臍
最是横湾明月夕　片帆直指㆓仏郎西㆒（第一種日記）

誰《カ》知《ラン》　豪気掣《シテ》㆓鯨鯢《ヲ》㆒　一曲《ノ》離歌酒到《ル》㆑臍《ニ》
好《シ》是《レ》横湾明月《ノ》夕　片帆直《ニ》向《フ》仏蘭西（航西日乗）

と字句が微妙に異ることも分かる。このこと一つからもさまざまなことが分かってくるのである。『航西日乗』は原文は漢文体であったが「花月新誌」に連載されるに当たって（明14・11～17・8）、書下しに改められたとされる。原本は散逸して見当たらないので、今回の白華第一種日記は僅か四十日ばかりではあるが、『航西日乗』の原本が如何なるものであったかを想定させて貴重である。一種日記と現『航西日乗』を比較

して言えることは、まず、『航西日乗』の方は日によって叙述に精粗がありながら、日を追って詳しくなって行くのに対して、漢文体のそれは大体簡潔な叙述で一貫していることである。このことから、後年、「花月新誌」掲載に当たって柳北が原文にかなり手を加えたことが分かる。又、その記述は日によって微妙に異なっている。漢文体では「過英華書院　買新旧約書」(香港)が『航西日乗』では「英華書院ニ過ギ書籍ヲ購ヒ」となり、柳北の趣味の一端を窺わせるものとなっている。

最も問題なのは漢詩であろう。殆どが七絶であるが、その記載日が一種日記と『航西日乗』とでは微妙にズレているものがある。これも表現効果をねらったものであろうが、中にはなぜ、日付をずらしたのか不明なものもある。例えば、一種日記では十月八日の条にノアの箱船を連想しアララット山(トルコ東端)那辺に在ると詠っているが、場所はセイロンからアデンへ航行中で無理はない。しかし、『航西日乗』ではこれが九月二十二日、香港の条に置かれているのである。「艙間併載牛羊豕」と転句にあり実景だったかも知れないが、場所的には不自然のように思える。このこと以上に問題なのは一種日記中、三十三首の漢詩が載っているが、『航西日乗』に採られているのは二十三首である。後の十首をどう考えるか。又、二種日記(白華自身のもの)でも五年九月二十日まで不明のものが六首載っている。併せて十六首の不明詩は果して柳北のものか否かということである。

外枠から押さえて行けば、五年十月以降、白華自身の日記(二種)には全く漢詩が登場しない。『航西日乗』では五年十月二十二日まで三十四首の詩が書き留められ、その後、アメリカ行まで漢詩は途絶えない。又、二種日記には自作のものの如く詩が載りながら実は柳北のものがあり、又、日記欄外に柳北の詩もメモ風に書き留められている。これらの状況から押して十六首のかなりの部分が柳北のものかとも思えるのであるが、あるいは白華自身のものかという疑いも棄てきれない。というのは一種日記の冒頭に「将航欧州留別東京諸君」という七律があり、これは明らかに白華のもので、なかなかの力量と知られるからである。それも道理、白華は早く京に出て漢籍を学び、明治四年には東京で広瀬淡窓の門人、長三州について漢詩文を修めているからである。漢詩文、和歌、書画をよくしたという経歴と日記の漢文体から、白華が漢詩にも長けていたであろうことは容易に想像されるのである。従って十六首については留保し、今後の課題としておきたい。

では、なぜ白華が柳北の日記を転写したかと言えば、船旅の徒然に柳北から漢詩を見せられ（このことは二種日記に記述がある）、その力量をたちどころに見抜き、日頃、詩文に心掛けている者として書き留めておく価値を見出したのであろう。『柳橋新誌』は未だ公刊されてはいなかったが、文人柳北の名は当時、東京にいた白華には既に親しかったのではなかろうか。

次に白華自身の綴った日記について触れなければならない。

洋行の表向きの目的は宗教事情視察であったが、明治初期の洋行者の常としてその目的のみにとらわれず、寺院の外にパリを中心に議会、裁判所、監獄、博物館、盲聾唖学校などの建物・諸施設をはじめ博覧会も観、夜は観劇、音楽会となかなか華やかな半年間であった。それら全体から貪欲に西洋近代を学び取ろうとしたわけであり、その体験の意味づけはそれとして押さえねばならないが、概ねは「噫英国ノ制度ハ真ニ良制度ナルカナ」と感嘆した柳北のそれとさして変わらなかったのであろう。西洋に圧倒されそれらを受容するのに精いっぱいの半年間であったと言えよう。これらの表の意味以外に特に興味深く感じたのは次の二点である。一つはパリを中心にしてさまざまな目的を持って集まって来る日本人の群像であり、今一つは一行の代表である大谷光瑩と白華との人間関係である。これらは日記に隠されたもう一つの意味である。

パリを中心に集まる人間の群像とは言うまでもなく鮫島尚信（公使）、長田銈太郎（柳北の養子謙吉の実兄）、栗本貞次郎（鋤雲の養子）らを中心にパリ留学中の西園寺公望、ドイツ公使青木周蔵（鷗外の『独逸日記』に見える）等の外交関係者を筆頭に、たまたまパリ入りした岩倉使節の一行（明治五年十一月十六日、ロンドンより到着。翌年二月十七日にパリを発ちヨーロッパ各地を巡り七月二十日にマルセーユより帰国）、特に木戸、大久保、伊藤らの新政府の首脳との接触、そして何よりも同門で一足先に渡欧していた赤松連城（金沢出身の僧、英国）、島地黙雷（ヨーロッパ各地を視察）との邂逅、他に目についた西洋人では平文《ヘボン》（『和英語林集成』の編者）、羅尼《ロニイ》（諭吉の『西航記』にも出てくる有名なパリの日本通、奇書生）という所がその主なものであろうか。

これらの名前を見るだけで近代日本のもう一つの出発が異国のパリを中心に展開されていたことが分かる。各々の目的を持ってパリに集い、そこでの活発な交流がさまざまなドラマを生み、帰国後のそれぞれの活動に大きな意味を持つに至ったであろうという風に日記では読める。ことに黙雷、連城らとは西洋の宗教事情を踏まえながら教団近代化の理想が、教育制度・海外布教等を含めて熱っぽく語られたであろうことは想像に難くない。又、一行が特に頭を悩ませたのは滞在費の問題であり、会計係はいつしか白華の担当になったようで白華は金策に奔走している。六年五月一日には光瑩に代って全権大使に随行三名の帰国費用として三千円を申し出ている。新政府と本願寺とのその後の関係を知る上でも、ヨーロッパでの両者の出会いには大きな意味があったのではなかろうか。又、『航西日乗』を見ると使節に随行した福地源一郎の名前が見えたり、ロンドンでは菊池大麓、大鳥圭介に会っている。明治の政商大倉喜八郎の名も見える。これだけの役者が揃えば明治五、六年パリを舞台に維新の群像のドラマが展開しなかったとする方がおかしい。中村光夫の名作『パリ繁昌記』（昭35）は残念乍ら戦後が舞台であり明治五、六年のそれではない。この時期を舞台にもう一つの『パリ繁盛記』があってもよいと思うのだが……。(1)

白華日記の白眉は何と言っても光瑩上人との葛藤のドラマである。少し摘出すれば以下の如くである。

11/26（明五）藤原君頗有僻論、予上諫触逆鱗命見放。
1/17（明六）忠告藤君行事渉人口。
1/30　為藤君製一文。
2/19　納諫于藤君。
2/22　上諫于藤君々々愧且謝。
（上人を藤原・藤君と言っているのは上船時の偽名を踏襲しているものと思われる）

これでは何を諫めて一文を製したのか、又、その行動が人の口の端に上るとは何を指すのか漠然としているが、その一文中に「身ヲ以テ門徒ノ模範トナリ、如法修行ヲ本トシ」とあることより大凡の見当はつくであろう。謎は四月二十四日の条（別記）ではっきりする。

一友人貴客なり。余徒百方保護して善ニ導んとするに聴たまはす。故郷の愛鐘《ママ》を写真して衆に示し、衆これを愚弄するに近し。近頃巴黎ニても婦人の遊ありて、聞苦しき事限なし。婦人艶書と其姿を画きて贈る。貴客恍惚たること限なし。其書を亦《ママ》の友人に読ことを乞ハれたり。鳴呼これ何事そや。余断腸の苦迫れり。余は曾て容られされと、近頃苦言すること屢なれハ寵ハ秋風梧桐零落して、露ニなく虫声より外なし。我之路なにゝたとえん。

上人のお遊びにほとほと手を焼いてすっかり白華は参っているのである。しかし、ここは上人を詰るよりも先ずその年を考えておきたい。明治五年とすると満で光瑩は二十歳である。ついでに言えば柳北三十五、白華三十四、舜台三十、信三二十九、黙雷三十四、連城三十一という、いずれも男盛りである。白華には九歳の佐登と十一歳の義児厳然がいた。光瑩は五月六日に結婚したばかりであるが、その身は独身に近く、その人間的臭さに私などかえって好感を覚えるのであるが、お守り役の白華には面倒であったであろう。この点、柳北と舜台は実に利巧に思われる。お荷物を白華に任せ二人を独逸に見送り、自分達はロンドン、アメリカ経由でさっさと帰ってしまう……という風に私には読める。これだけ白華が困っているのに柳北の日記にはそのことが一行も出てこない。「現如師松本小野二子ト独逸ニ赴ク余送テ停車場ニ到ル離情ニ堪ヘザルナリ」(4/25)とあるが、白華にお荷物を預けた後ろめたさが、「離情ニ堪ヘザルナリ」と言わしめているのではないか。白華は会計係と上人という重荷を背負ってドイツへ行くが(当初は留学の予定か)、たちまち両者の関係は破局を迎える。「藤公無情使人愁殺。小野氏誘藤公散策、夜十二字帰館、雷鳴雨怒」(5/12ウィーン)。白華のやるせなさと怒りが手に取るように分かるのである。十七日、パリに戻ると光瑩は白華より会計権を奪い、関と白華用に二千三百五十フランを与え更に「一紙放逐書」を白華に貽る。白華は早速、ロンドンの三名に報らせるが柳北、舜台の二人は二十日にロンドンを発ちアメリカに向かうため、関一人がやってきて相談し共にロンドンに赴く。白華は金策を考えどうにか六月六日にマルセーユに着き帰国の途につくが、木戸一行もそこに来合わせた。このようにして白華は気まずく一行と帰国するわけであるが、帰国後にも借金で路銀を調達したため返済を督促され、窮状を東本願寺度支に訴えるというおまけまで付くのである。若き上人のため良かれと思った諫言がこのような結末になったのであろうか。二人の性格の違いもあったであろうが、この二人の間にあったドラマはさまざまなことを我々に想像させる。その真相は測り難いが、ここには一人の人間と一人の人間とのきわめて人間臭いドラマがあったことだけはたしかである。光瑩が女性に執着するのも、白華が教団の未来を思うのも、二人にとって譲り難い真実であったであろう。

人間臭さと言えば白華にも柳北にも舜台にもあったであろう。パリ生活にも漸く慣れた頃であろうか、三月十五日の白華日記には連れの三人と「遊仙境小桃源」とある。柳北の方は少し早く前年の十一月八日に「安暮阿須《リウドアンボアス》街ノ娼楼ニ遊ブ」とあるが、娼楼に遊んだのはここしか記述がなく以前から怪しまれていた。粋人柳北ともあろうものが、ということでこれ又、中村光夫氏が小品「パリ・明治五年」（『虚実』所収）で見事にその姿を喝破・活写した。『航西日乗』はたしかに公表された日記である。都合の悪い所を削っていると見るのが自然であろう。五年十二月二十六日の条に「女教師ラグラン来タリ諸子ニ英語ヲ授ク余モ亦就テ学ブ」とあり、以後三月まで習うことになるが、なぜパリで英語なのであろうか。これは一行に頼りにされていた柳北の仏語の能力がそれほどでもなく、あわてて仏語の教師を雇う破目になったと見るのが真相ではなかろうか。白華日記ではただ女教師が来て教えたことになっているところからも、そう見るのが自然なように思える。英語を習ったというのは柳北の見栄であろう。

逆に公開を意識しない白華日記は正直である。一行は三月十六日より四月七日までイタリア旅行に出かけるが、「夜与諸子散歩、探伊国花柳」（ミラノ）「夜深探春不得花」（フィレンツエ）「夜探春買以斯斑亜《イスパニア》花」（ナポリ）という記述が数箇所あり、イタリアでの遊びが正直に書き留められている。男盛りで旅の空、明治初期というよりは幕末から遠くない時代を考えれば、きわめて健康な人間の反応であろう。煩悩具足の普通の人間であることを白華日記は正直に語っている。そこが私などにはありがたい。

最後に仏教のことは分からないが、ある日原田某に「因明」について説いている所があり私の興味を惹いた。白華の専門は倶舎論のようであるが、仏教の論理学である因明についても関心が深かったようで、『白華文庫目録』では二十冊余りの因明関係の書目が上がっている。なぜ文学畑の人間がこれに関心を寄せるかと言えば、明治二十四、五年に逍遙と鷗外との間で交わされた没理想論争にこのインドの論理学が応用されるからである。論理学の伝統のなかった日本で論争を始めている内に注目されたのがこの因明なのである。

明治初期における因明の理解者・研究者として白華を考えたいと思っている。

白華日記には思わぬ人間のドラマが潜んでいた。若き大谷光瑩とその後の白華、柳北、舜台との関係、又は教団近代化の理念をめぐってこれらの人達との間に、どのようなドラマがあったのであろうか。

（本誓寺の原本は表紙のいたみが激しくタイトルは不明である。「真宗史料集成」は「航海録」としているが、当時、判読が可能であったのであろうか。仮の名称とすれば、「航海日記」又は「白華日記」の方が自然なようにも思われる）。

注

（1） 同じ中村光夫に「パリ・明治五年」（『虚実』所収　昭45・5　新潮社）と「雲をたがやす男」（「すばる」25号　昭51・9）があるのは断るまでもない。

（付記）

「柳北『航西日乗』の原型」の入った『前田愛著作集』第一巻（筑摩書房）が刊行されたのは一九八九年三月であり、私のこの短いエッセイが発表されたのはその二カ月前の一九八九年一月の図書館報「こだま」であった。『航西日乗』をめぐって同じことを考えていたので驚きは大きかった。しかし、前田氏が既に一九七七年の「立教大学日本文学」にこの論文を発表されていることを知り、プライオリティーの前田氏にあることを了解した。

従って、この一文は不要かと思えたが、結論の部分で前田氏が「『航海録』は、白華の教団への忠誠を証明する証拠物件であり、それゆえにその傍証として第三者である柳北の日記が必要とされたのである」と書かれているのを見て違和感を覚えた。柳北の日記が私的なら、白華の日記も同じモチーフで書かれている。その柳北の日記の一部を白華が筆写したのは、あくまでも柳北に見せられて興味を覚えただけの純粋な動機からであり、それ以上の意味はない。前田説への訂正の意味をこめてあえてこの一文を載せることとした。

4　没理想論争小解

没理想論争は明治二十四年から二十五年にかけて逍遙と鷗外との間に交わされた文学の根本に関わる論争である。これを小説論略論争、文学極衰論争をはじめとする明治二十年代初期に闘わされた種々の文学論争の総決算とする見方があり(1)、事実それはそうには違いないが、それらの論争を踏まえずともこの論争だけで充分、考究の対象となるだけの独立性を持っていることも事実である。今、あえて前後のつながりを無視してこの論争を読む時、逍遙と鷗外という際立った個性の位相の差違がけざやかに見えてくるのである。一般的に言われている現実主義と理想主義、客観主義と主観主義、記実と談理の対立という図式では捉えられない両者の内面のドラマが浮かび上ってくる。そしてそれらは究極のところ、文学にいかに関わるかという作家主体の問題に行きつくのである。

没理想論争は現在のところ前哨戦・第一論争・第二論争・第三論争の四つの段階に分けるのが一般のようである(2)。従ってこの論争を追って行く場合には各段階毎に両者の論理の展開を跡付けねばならないことは言うまでもない。例えば「理想」という一語をとってみてもそのことは言えるのである。「我が当初の理想は、幾分か漁史が教へによりて変移したり」(「烏有先生に答ふ」其三)と逍遙自身で明言する如く、論争の始めと終りとではその意味が微妙に異っているのである。鷗外も始め主観や挿評に近いものと理解していたが最後には「哲学上の所見」と見なしている。その没理想についても鷗外はこれを「(前)没理想」→「没却理想」

↓「後没理想」と三段階に位置づけ、それぞれ無理想↓不見理想↓没却哲理と捉えている。特に最後の後没理想を造化・無限に対する立場のみならず人間の相対界に対する立場をも含むものと理解し（「今までの出世間法に世間法を加へたり」）、それまでの主張と異るものとしている。即ち、従来の出世間法の形而上学に相対主義という世間法を加えることで、それまでの没理想と意味が違ってきた、そのことを指して後没理想と呼んだのである。たしかに、始め対造化・詩文との関係で没理想を論じていた逍遙が、これを対人生にまで拡大させ、その没理想の概念を曖昧なものに拡散させてしまったきらいがある。

このように二人の論争を体系化するには段階毎の整理が不可欠であるが、これを行うといつゴールに到達するか覚束ない。そこで今回は両者の対立、対比が明確になるように中心的な問題に焦点を当てて、この論争を論じてみたい。論争文の引用は時に前後するが、年譜的なことは山内祥史氏作成のものを参照されたい(3)。

一　前　提

没理想論争を始めから丁寧に見て行くと早々にハルトマンをふりかざし、因明の学（仏教の論理学）まで動員し(4)、論争を有利に展開しようとする鷗外に対して、自ら造り出した「没理想」という語に拘泥しひたすら釈明につとめている逍遙に自然とある種の同情と好意を寄せたくなってくる。同情は圧倒的論理の構築の前にその名の如く「小羊子」然と彷徨う逍遙への判官びいきのようなものが働くからであり、好意の方は鷗外の如く威丈高にならず自分の頭で考え、自己の論理を展開しようとしている姿勢に依るものであろう。ハルトマンのような強力な後楯もなく孤軍奮闘している逍遙が健気に見えてくるのである。しかし、逍遙に全く後楯がなかったわけではない。言うまでもなくリチャード・グリーン・モールトンである。彼の主張する「科学的批評」「帰納的批評」を支持し、「演繹的専断批評の世は逝かんとす。帰納的批評の代近づけり。就中没理想の詩即ちドラマを評するには、没理想の評即ち帰納評判を正当とす」（「梓神子」）と断言している。表面的には記実・談理、客観・主観の争いともみられ勝ちな没理想論争であるが、その表面的意味を重視すれば逍遙の記実・客観尊重の背後にモールトンのいたことは動かない。そしてこのモールトンが逍遙の唯一の後楯と思いながら読み進めて行くと、最後に至って我々は思いがけないドンデン返しに逢うのである。「没理想の由来」にはモールトン以外にダウデン、テーヌ、ハドソン、ポスネット、(5)未詳氏などの名前が見え、「雅俗折衷之助が軍配」にはエヴレットという西洋の文学史家、研究家の名が見える。そして我々はそれまで逍遙の独創と思っていた「没理想」の考えが実はこれら文学史家、研究家の説を集大成したもののようであるということに気付く。

逍遙は「そも〱我が没理想といふ語を用ひはじめしは、二十四年の春のことなり。そはシェークスピヤの研究に倦みはてたる小絶望の結果なりき。即ち『底知らずの湖』といふ一文章は、造化を湖に喩へ、シェークスピヤを沼に喩へたるにて、(6)我が没理想論のはじめなりき」（「没理想の由来」）とその独創性を主張しながらも、没理想に触れた「梓神子」では「『梓神子』に見えたる翁は、其の実、逍遙に非ずしてテーヌ、ダウデン、モールトンなどいふ最も多く我れを動かし、新批評家を代表せる仮作的人物にして、逍遙は単に戯文を草したる作者なりき」と断っている。没理想の思想的背景にこれら新批評家の存在したことを自ら認めているのである。具体的に指摘すれば例えばダウデンの「ひとりシェークスピヤは、仮令理想家《アイデアリスト》なりきとするも、美術上にては、他にぬきんでて写実家なりき。彼れはほと〱窺ひがたきまでに、そが著作の背後にひそめり、*The secret of nature have not more gift in taciturnity*」という批評（ダウデンの「文学の解釈」は二十四年二月下旬に読んだと断っているが）。又、「シェークスピヤは猶ほ造化の如し、演繹の法のみによりて釈すべからざるや、まことにダウデンが言の如し」等がそれである。更に「シェークスピヤの没理想を、最初何故かと疑ひける頃、作中の人物おの〳〵作家の性情（*idiosyncracy*）を離れて活動すればなるべし、即ちハドソンの所謂*disinterestedness*（無私不偏）といふことが、彼れが作の全局を没理想ならしむる由縁なるべし」と述べていることから、没理想にハドソンの「無私不偏」が作用していることが考えられる。又、没理想を他の言葉で言い換えた「活差別相」「活平等相」はポスネットの『比較文学』中の*individuality*と*generality*から思いついたと述べている。「即ち没理想を他語をもて解せるに外ならず」と述べていることで明らかである。[7]

その他「模倣」の概念や「虚」「実」の概念に対応するものとして*real unreality*（実にして虚なるもの）を未詳氏のシェイクスピア研究から引き出している。「シェークスピヤの作は、実にして虚なり、かくいはゞ逆説の如く聞こえんが、人生の本相の虚にして実なる以上は、かくいふことを止むを得ざるなり。語逆理順的に成れるものが、造化の本体なり」（注　語逆理順はパラドックスの意）とある。虚実は言うまでもなく儒教から来ているがこれを未詳氏のリアル、アンリアリティに対応させてシェイクスピアを読み解こうとしているのが注目される。元々、未詳氏はプラトン論者でありシェイクスピアを想実、理想顕象で解き明かそうとしているようであるが、逍遙はこの想実をそのまま虚実につなげて未詳氏の言う理想を鷗外のそれと一致させようとしている。そして両者をシェイクスピアの主観を論ずるもの、自己をその客観を論ずるものと整理している。そして鷗外との論争で問題となる「没主観」の概念も米人エヴレットの説に典拠を求めているようである（「雅俗折衷之助が軍配」参照）。

このようにみてくると「没理想」という概念そのものをはじめ、論争で使用される重要な概念・語彙の多くが外国の新批評家の研究に拠っている、あるいはそれらに裏付けを求めているということが分る。[8]特に没理想の概念はハドソンの「無私不偏」の考えにかなり近いように思われる。あるいはそれらの新批評家の意見を踏まえながら、それまで言い古された *our thousand-souled Shakespeare, our myriad-minded Shakespeare*（「没理想の由来」には「千魂の詩人」、「万心の作家」の語が見える）を逍遙なりに裏返して言った表現ではなかろうか。「シェークスピヤの研究に倦みはてたる小絶望の結果なりき」という証言がそのことをよく物語っている。この没理想をはじめ他の概念・語彙がどれだけ逍遙の独創であるか否かは厳密な比較文学の方法に拠らなければならないが、言えることは逍遙には鷗外に於けるハルトマンの如き確固たる後楯はなかったと言うことである。強いてあげればモールトンの帰納法と、没理想という形でしかシェイクスピアを捉えられない懐疑主義がその唯一の方法であったと言うことである。従って諸々の研究家の意見を断片的に寄せ集めてしか使えず、これを一つに体系化できなかったという弱さを持つ。この点を重視すれば没理想論争の逍遙の論理の構築の方法は『小説神髄』のそれによく似ていると言える。

ただ見方を変えて言えば弱点ともなる逍遙の唯一の方法が強固な論理的構築を誇る鷗外に立ち向う時、それは強さにもなるのである。逍遙の没理想という懐疑主義が同一地点をグルグルと回りながら、結果的には文字の本質的な問題に触れているのである。鷗外の明晰な論理の展開からは表現主体の苦悩というものが一向に聞こえてこない。逍遙の懐疑は紆余曲折しながらつまるところここに帰ってくるのである。逍遙にもし独創があるとするならば懐疑的に没理想を語りながら、自己の主体を関わらせて行ったことであろう。没理想はシェイクスピアを計る客観的な尺度や手段ではなく、いかに自己を表出するかという作家主体に関わる表現の問題であったのである。

二　問題点

逍遙の没理想を追って行くと不明な箇所がいくつか出てくる。例えば没理想ということでシェイクスピアと並んでゲーテがあげられているが（「文界名所底知らずの湖」）、シェイクスピアはドラマとの関連で以降暇なく登場するがゲーテは殆ど登場しない。没理想としてゲーテは評価を受けてはいるが、それが叙情詩、叙事詩、小説、ドラマのいずれを指してなのかは不明である。恐らく『ファウスト』あたりを中心としたドラマを指しているのであろうが（「新作十二番のうち既発四番合評」参照）、他のジャンルが全く含まれないのか否かについては不明である。論争を通じてドラマ主義の立場に立った逍遙であるが、あらゆるジャンルについてドラマ主義を主張しながらも叙情詩と叙事詩に対して冷淡であったことは否めない。[9] 小説は「小説三派」で人間派がドラマに対応させられて一応の説明と評価を与えられているので問題はないが、叙情詩、叙事詩については全くと言っていい程触れられていない。この点が鷗外につけ込まれる弱点になっているばかりではなく、逍遙自身の文学観をも歪にしていると言える。彼の眼中には戯曲、人間派の小説しかなく他の詩のジャンルはあって無きが如くである。『小説神髄』が小説《ノベル》至上主義であったように没理想論争ではドラマ至上主義に立っていると言える。詩の絶対的価値が既に決定され、それが前提になっているというのが最大の問題点かも知れない。

又、没理想を作品評価の最大条件としながらその実現度の度合（広狭・深浅等）については一切触れられていないので、同じ没理想の作家でも優劣をいかにつけるかが必ずしも明確ではない。例えばシェイクスピアと近松は没理想で共通するが作家・作品の優劣となるとどうか。これに関して逍遙は「美術家としての伎倆の上には、其ころの予とても、二者を同じさまには見ざりしなり」（「シェークスピヤ脚本評註緒言」）と明言している如く、作家の技量を作品評価の重要な要素とみなしている。没理想が作品評価の絶対的尺度ではなく、作家の技量その他が当然、考えられているのである。鷗外が「詩の質《ヱエゼン》」「詩人の技倆」（「逍遙子と烏有先生と」）と指摘しているところのものである。[10] ところが論争が進むにつれ逍遙はこの問題から遠ざかり、あえて触れようとしなくなる。そこで読者には最後まで逍遙の評価基準が不分明なまま残されてしまう。これ又鷗外が指摘する如くあくまで一面相《ワン・アスペクト》(11)とする没理想が絶対視されて、逍遙の所論が唯一面相美学であるという誇りは免れ難い。他の面相に触れれば当然、評価が関ってきて「褒貶優劣はせずもあれ」とする批評態度と矛盾することを避けたためであろうか。逍遙の言に歯痒い思いをするのはこのあたりに原因があるのであろう。

それにしても没理想そのものについても分りにくい所がある。例えば「没理想必ずしも大理想なるにはあらず、小理想もまた没理想と見ゆることあり」（「シェークスピヤ脚本評註緒言」）という一条。これは二つの別のことを言っているか、同じことを角度を変えて言っているかということである。例としては後者が挙がっているようである。即ち「嬰児の欲の極めて小なる是れ有欲（悪）とも見るべく、無欲（善）とも見るべし、鬼貫が一句、『なんで秋の来たとも見えず心から』此の十七字、強ひて解釈の辞を作らば、或ひは仏教をも掩ふべく、或ひは東西哲学の幾体系をも埋むべし」とし、他に木内宗吾（佐倉宗吾）の実伝を挙げ「鬼貴ら俳人の作には、当人の註釈無く、木内宗吾の義挙には詳伝無く、嬰児の口には言語無きゆゑ解釈見る者の心次第なり」と結論づけている。嬰児の所作と、短詩型文学、実伝というジャンルも次元も異るものを同一平面に並べているのは穏当を欠くが、逍遙はこれらを一まとめにして「解釈見る者の心次第なり」の例としている。同じ論法で作者自らが評論の詞を編中に挿んでいないため自由に解釈できる例として『キング・リーヤ』、芭蕉の「古池」の句、『源語』が挙がっている。「烏有先生に答ふ」（其三）では東西の俚諺も挙がっている。これらは凡て「解の自在なるべき例」として同一線上に並ぶが、没理想との関わりではどうなるのであろうか。「嬰児の欲」以下の三例は「小理想もまた没理想と見ゆることあり」の直後に位置するのでその具体例だと思われるが、『キング・リーヤ』以下の三例が「没理想必ずしも大理想なるにあらず」の例とは思えない。なぜならば「シェークスピヤ脚本評註緒言」の初めで『キング・リーヤ』を没理想の傑作とみなしているからである。[12]『キング・リーヤ』を没理想かつ有大理想とみなすのが自然のようである。芭蕉、『源語』の場合も断定はできないが『キング・リーヤ』と同様の例であろうと思われる。逍遙の傑作か否かの判断は意外と通念に従っているからである。とすればここでは「没理想必ずしも大理想なるにはあらず」の例がなく、この部分が浮いてしまうようであるが、これはやはり次の「小理想もまた没理想と見ゆることあり」と同工異曲と見るべきであろう。つまり没理想と言っても大理想とは限らず小理想の場合もあり、小理想と言っても見ようによっては没理想と見えることもあると言うのである。没理想にも段階があることを認めたものである。又、没理想の必要条件として当人の註釈、評論のないことを挙げているが(鷗外の言では「没揷評」)、それが没理想の充分条件であるとは逍遙は言っていない(「烏有先生に答ふ」参照)。

没揷評が没理想の前提ということは作家主体の表出に関わる問題である。作家はいかに作品に自己を表出するか、表現と主体の関係という古くて新しいテーマが蘇ってくるのである。ここで逍遙は表面上、作家主体の没却をねらっている。つまり作家が作品の中に埋没して見えないということである。しかしこれは表現における没主体を意味しない。逆に殺すかに見える主体をいかに活かし普遍化するかということである。作品に自己を普遍化するその方法を没理想で問うているのである。

この逍遙の問題提起に対して鷗外の行った反論はきわめて真っ当で逍遙の弱点に鋭く迫っている。今、鷗外の論をいちいち辿ることはしないが、はじめの「逍遙子の新作十二番中既発四番合評、梅花詞集評及梓神子」(のちに「逍遙子の諸評語」と改題、以後、本論文ではこれを使用する)、次の「早稲田文学の没理想　附録其言を取らず」、三番目の「エミル、ゾラが没理想」あたりを対象にして考えてみたい。ハルトマンを援用しながら鷗外が展開する論理には啓蒙期特有の臭気が感じられる。ある一つの権威を立てて理路整然と美学の体系を開陳するその方法は、明らかに蒙昧なる者を啓蒙しようとする意図に満ちている。鷗外はこの段階でとに角ハルトマンを紹介したくてたまらなかったと思わせる論理の展開になっている。[13] それは言わば御愛敬のようなものであるが、滔々と論述しきたって第二の反論である「早稲田文学の没理想」の「附録」(のちに「附記」)で一つの結論に達している。「没理想は没理想にあらずして、没主観なればばなり」「没挿評なればなり」「没成心なればなり」という結論であり、共通して「主観の情を卑みて、客観の相を尊む」と結論づけている。ここに没理想論争の根本的なものは出てしまっている。言わば没理想論争はこの鷗外の評の当否にかかっていると言っても過言ではない。

それにしても没理想は没理想に非ず、没主観、没挿評、没成心と言い条、裏返せば没理想は無理想なりと見ている鷗外が透けて見える。逍遙の主張をよく読めば没理想が無理想でないことは瞭然であるのに、聡明な鷗外があえてこれを無理想と見ようとしている。これは何故か。次のように解釈すべきであろうか。

まず、没理想という用語そのものの問題。既にある定まった意味がありながら別の意味をある語に付する場合、これを「論理の失」(両義の語を用いる)「談理の病ひ」(浪りに語を造る、共に「没理想の語義を弁ず」)としてその不穏当なることを逍遙自ら認めている。鷗外もこれを「一語数義」の弊(「逍遙子と烏有先生と」)として指摘している。没理想は文字通り解釈すれば無理想となるのである。論理学の手順に従って論理を展開する鷗外であるから、相手の弱点を素早く見抜き用語の問題で先制攻撃をかけたのであろう。しかし、だからと言って鷗外が没理想イコール無理想と信じていたとは思われない。にもかかわらず鷗外が没理想イコール無理想と見ようとしたのは、単なる論争術の問題ではなく、逍遙の批評態度にある種の危惧の念を抱いたからであろう。それは作品評価、批評の基準に対する逍遙の批評態度に関わることであった。

没理想論争は表現における主体の問題と批評における主体の問題が錯綜するので時には紛らわしくなるが、共通して言えるのは表現と批評における客観主義と言うことであろう。今、問題となっている後者に目を注げば小説に三派を立てながらその間に優劣はないと主張し、批評では演繹的批評を専断批評として斥け、帰納的批評を科学的批評として採用する。「理想詩《アイデアル・ポエトリー》」「理想評判《アイデヤル・クリチシズム》」を有害無益として斥け、「没理想の詩」＝「ドラマ」を批評するのに帰納評判を必然とする。評釈では「インタープリテーション」を否定し字義、語格の評釈を専らとする。ここからは作品の毀誉褒貶というものは生まれてこない（尤も小説では人間派を買い詩では没理想の詩を買うという前提は動かないが）。ただ客観的に語釈・評釈を加え作品を分類するだけである。鷗外言うところの「記実」(14)が中心になるのである。これに対して鷗外は「凡そ世の中にて、観察《ベオバハツング》と云ひ、探究《フオルシユング》と云ふ心のはたらきには、一つとして帰納法の力を藉らざるものなし。人の著作を批評せむとするときも、先づ観察し、探究せではかなはじ。是れ科学的手段なり。是れ帰納的批評なり。然はあれど観察し畢り、研究し畢りて判断を下さんずる暁には、理想なかるべけむや、標準なかるべけんや。理想とは審美的観念なり。標準とは審美学上に古今の美術品をみて、帰納し得たる経験則《エムピリイ》なり」（「逍遙子の諸評語」）と反論する。逍遙の客観主義批評の最大の盲点である評者の価値判断を示さない点を突いているのである。客観主義を隠れ蓑として自己を隠蔽する態度（批評家の主体放棄）を批判しているのである。

この理想なき、標準なき没理想の批評を無理想の批評と鷗外は捉えているのである。鷗外の目に逍遙の態度が批評における主体の放棄と映ったのは間違いない。そして多くの人がこの鷗外の見方に賛同するであろう。しかし逍遙に理想や標準が全く無かったかと言えばそうでないのは明らかである。小説三派で人間派を評価し詩では没理想の詩＝ドラマを評価していることは明白である。このような理想・標準がありながら没理想の詩を評するには帰納的批評でなければならないと言う。では没理想であるか否かは何によって判断するのかとなれば逍遙の主張の矛盾は蔽い難くなる。この矛盾に「肝積《ママ》を起してあばれたのが、所謂没理想の争論の起りであつた」と後に鷗外は述懐している。(15) 逍遙が理想評判の存在を認めながらそれに消極的であった理由は改めて考えなければならないが[16]、鷗外が逍遙の批評態度を指して無理想の批評と捉えたのはそれなりの必然があったのである。

　没理想を無理想と鷗外が見たがっている今一つの理由は、想実の対立の構図で逍遙との関係を捉えようとしているがためである。シェイクスピアと没理想との関係について逍遙は「シェークスピヤが傑作の全局に彼れが理想あらはれたり、といふか。他の異説を容れざること、ミルトン、バイロンらが叙情詩の、他の異説を容れざるが如くに、若しくは尋常多数の戯曲家が、理想を著しく其の作の全局に現じたるが如くに、理想を現じたり、といふ義なるか」（「烏有先生に答ふ」其㈢）という質問を行っているが、これに対する鷗外の回答は皆「然り」であり（「逍遙子と烏有先生と」）、その理由づけに想実論が巧みに使われている。即ち、ミルトン、バイロンらの叙情詩には能感の情（主観の情）が現われ、シェイクスピアのドラマには能観の相（客観の相）が現われるのを指して、前者に理想が現われ後者に理想が現われないとすれば、能感の情は想で能観の相は非想となると鷗外は主張する。そうではなく能感の情、能観の相共に理想であり（「感情は主観の理想にして、観相は客観の理想なり」）、シェイクスピアのドラマにも理想は現われているとするのである[17]。又、シェイクスピアの没理想を個想として衆作家の見理想を類想とすれば、同じ論法で類相が想となり個想が非想となるというのである。言うまでもなく想と非想の対立は想と実の対立であり、この場合、能感の情・類想が想となり能観の相・個想が実となるのである。つまり、シェイクスピアの没理想は実となり無理想とならざるを得ないのである。これに対し鷗外は能観の相、個想の共に想なることを主張し「かるが故に吾人比量の見を以て逍遙子が非想論即没却理想論をみるときは、是れ現実主義のみ、自然主義のみ。図らざりき、逍遙子は覆面《フエルカツプト》したるゾラならむとは」と結論づけるのである[18]。ここから現実主義の逍遙、理想主義の鷗外という図式が浮かび上ってくる。しかし、ここに至る過程には論理の詐術があり、かなり強引な極め付けがあるようである。

第一に主観の情が想とすれば能観の相は非想（実）となるというのはハルトマン美学に拠ることで、逍遙の与り知らないところである。又、類想が想ならば個想は非想であるというのも同様な鷗外の勝手な極め付けである。能観の相や逍遙の分類による人間派は、あくまでも没理想の別名であり理想が没却して見えないということを言っているだけである。「そが没理想とは即ち有大理想の謂ひにして、そが没理想を唱ふるは、その大理想を求めかねたる絶体絶命の方便なり」（「烏有先生に謝す」）を引くまでもない。しかし、鷗外は始めから逍遙を実界の側に位置づけようとして、「世界はひとり実《レアール》なるのみならず、また想《イデエ》のみち〳〵たるあり」（「早稲田文学の没理想」）と述べているが、これには逍遙が「われ未だ曽て世界はひとり実なるのみといひし事無し。没理想の義は無理想の義にはあらざればなり」（「烏有先生に答ふ」其二）と抗弁している通りである。

鷗外は逍遙の想にあえて目をつぶり、彼を「現実主義」「自然主義」「覆面したるゾラ」と極めつけるのである。ゾラとの関係、類似については「エミル、ゾラが没理想」で触れるところである。まず、「実際主義といひ、極実主義といひ、自然主義といふ、その言葉はおなじからずといへども、熟か没理想ならざる」と両者を共通項でくくり、「共に客観を揚げて主観を抑へ、叙事の間に評を挿むことを嫌ひたり」と断定する。更にゾラに関しては「奉ずるところは唯真のみ。真は実なり、造化なり。美は実の一面に過ぎずと」と述べているが、これはゾラと同一視したがっている逍遙その人にも当てはまる批評と考えて良いであろう。ここに抜き難い鷗外の偏見を感ずるわけであるが、ゾラと重ねて逍遙を見た場合、奇妙な矛盾も出てくるのである。鷗外はゾラを極実主義と極め付けて能事終われりとはしていない。即ち「ゾラは天のなせる詩人」「ゾラは没理想論を唱へつゝも大理想家の業をなしたり」としているのである。このゾラ理解は「小説論」（明22・1・3　読売新聞）と比較した場合、長足の進歩でありゾラ論としても穏当なところではないであろうか。

とすれば鷗外のゾラ理解は極実主義と言いながら天成の詩才を発揮して大理想家の業をなしたと見ていることになろうか。しかし逍遙を指して「覆面したるゾラ」と言う時、このゾラからは大理想家が抜け落ちるのである。なぜ鷗外は「没理想論を唱へつゝも大理想家」たらんとする姿を逍遙に見ようとしないのであろうか。未だ作家としての逍遙を測りかねたところがあったのであろうか。それにしても逍遙を極端な現実主義に仕立てようとする鷗外に抜き難い偏見のあったことを指摘せざるを得ない。[19]

三　主観・理想

ここでいよいよ「没理想は没理想にあらずして、没主観なればなり」「没挿評なればなり」「没成心なればなり」の当否という本題に入って行く。ここまでで没理想は無理想に非ずということがはっきりしたわけで、次に没理想が没主観、没挿評、没成心と同じであるかどうかが問われる。

鷗外にあっては主観、挿評、成心ともかなり近い意味で用いられているが微妙な違いもあるようである。主観は「主観の情を卑みて、客観の相を尊む」とあるように主観情とも言われバイロン、スウィフト等の作に現われるもので、ドラマの能観の相と対照をなす。挿評は「馬琴が叙事の間に評を挿みしを以て」とある如きものであるが、「逍遙子と烏有先生と」で「評」を「感情によれる言葉」と定義している。馬琴の挿評と少し違うようにも思えるがこの定義で行くと叙情詩は挿評を免れないという。没挿評はドラマの「体」であり叙事詩、戯曲、小説はいずれもこの条件を満たすが、叙情詩はこれに与らない。が、この没挿評はドラマの評価には関係しないと言う。没成心は先入主のことであるが前二者ほど説明は施されていない。この三者は共に詩における客観主義を保証するものとなっている。この段階で鷗外の言う主観はやや曖昧ではあるが挿評とイコールではないことだけは確かである。

鷗外の主張に対して逍遙は没主観に非ず、没理想は没揮評に非ずと反論している。没理想論争では主観と客観が重要な語になっているが、特に没理想との関係で主観の意味をおさえておかなくてはならない。

逍遙は鷗外に答えて、「未だシェークスピヤの主観を審かにせざるがゆゑに、彼れが作の客観のみを評せり、即ちその本を明めざるものなり」（「陣頭に馬を立て、敵将軍に物申す」）と述べ、シェイクスピアの主観を究めることが究極の目的だと言っている。そのことは「シェークスピヤの主観は、即ち、如何にして彼れはか丶る活造化を描き得たるか、（略）わが更に十余年を期しても究めまく思ふは、正に此の主観なればなり」（「没理想の由来」）でも裏づけられる。この主観は没理想の背後にある作者の思想のようなものと考えてまず間違いないであろう。この前の部分ではドラマの不可欠の条件として活差別相と活平等相が共に客観的なるものとして捉えられている。没理想の客観相（能観の相）に対してシェイクスピアの主観が考えられているのは明らかである。この主観について逍遙が定義を下している所があるが、それは作家の思想というものとかなり違う。即ち、主観は「作家の感情・感想」（「雅俗折衷之助が軍配」）であり、「上乗の詩は叙情、叙事、ドラマの区別を問はず、おしなべてそが私の情を没せざるべからず」と説明している。更には私情、愛憎怨念とも言える「直現の情感」とこれを定義している。すぐれた詩歌に現われる情感はこれら「直現の情感」ではなく「再現の情感」であり、直現情感を主観とすれば後者は主観の影《イメージ》ということになるという。米人エヴレットが「詩人が私の執着を消失し、そが一個の感動は、件の普遍的表白《ユニワルサル・エキスプレッション》の中に幷呑し去らる丶、なり」と言ったのは再現情感の謂で、これが所謂「没主観」ということの説明であろう。叙情性豊かな詩人、シラーやミルトン、バイロンのものは理想は見えるが主観見えたりとは言わない。上乗の詩歌は主観が没却されている。しかし主観（直現情感）を没却した場合でも理想は現われるのであって、没主観にして見理想は「算ふるに遑なかるべし」という状態である。「ひとりシェークスピヤの如くに、没主観にして能く差別相を描破し、兼ねて没理想ならんものは、五指を屈するがほども無かるべし」ということである。ここまでも主観（直現情感）と理想（「雅俗折衷之助が軍配」の定義では「作家が造化人間に関する極致の観念」）が異るものであることが分る。没理想は没主観ではないのである。

さて、主観を「直現の情感」と定義してしまうと、逍遙が「わが更に十余年を期しても究めまく思ふは」シェイクスピアの主観であるというその主観と合わなくなってくる。若し直現の情感とした場合、シェイクスピアの私情、愛憎怨念を明らめることにどのような意味があることになるのか。作品が成立した背景やシェイクスピアの具体的なモチーフは分るかもしれない。しかし、それらを明らかにすることが逍遙の究極の目的とは思われない。客観の相の背後にある主観とは、つまるところシェイクスピアその人の人生観や世界観、思想と言われるものではないのか。ドラマを没理想たらしめている究極のXを、逍遙はこの主観に見ているのである。そうすると逍遙の言う主観には一、直現の情感の意と、二、思想（人生観、世界観）という二つの意味があることになる。ここでも逍遙は「一語数義」の誤りをおかしていることになる。そして主観を「思想」（人生観、世界観）と取ると、今度は彼の言う「理想」とも重なってくるという奇妙なことになる。理想の意味も又二つに割れている。一つは先の引用の如く「造化人間に対して、作家が極致と思惟する所の観念」であり、鷗外言うところの「想《イデエ》」「理想」の実現された「極致」と同じと見てよいであろう。[20] もう一つの理想は「作家一個の理想にして、必ずしも当代の理想にあらざることあり」「所詮は作家が平生の経験、学識等によりて、宇宙の大事を思議し、此の世界の縁起、人間の由来、現世間の何たる、人間の何たる、此の世界を統治する勢力、人間の未来の帰宿、生死の理、霊魂、天命、鬼神等に関して覚悟したるところあるを、多少いちじるくその作の上に現示したる、これをおしなべて理想といふなり」（「没理想の由来」）というものである。岡崎義恵はこれを「個人の人生観・世界観の如きもの」と言っているがその通りであろう。[21] これは作品の上に実現された極致とは異るであろう。極致の背後にあるこの理想をこそ逍遙が明らかにしようとした当のものであろう。すると思想としての主観と人生観・世界観としての理想は一致するのである。没理想は没主観と重なるのである。「一語数義」の曖昧さが鷗外に突かれるところとなるのである。

鷗外は「早稲田文学の後没理想」で「没理想の由来」を以下の如くにまとめている。「逍遙子が所謂理想は作者の哲学上所見にして」、これが「あらはるべからざるは詩の本性なり」。これに対して詩に現われる主観とは審美感であって実感ではない。ところが逍遙の言う「直現情感」とはこの実感であって、これ又詩に現われないのが詩の大前提である。再現情感こそが詩における主観であり審美感であるとする。ところが逍遙の言う主観とは実感であり哲学上所見である。そのような主観を明らめるには伝記に拠るべきであり、それは審美学者のすることではなく歴史家、又は伝記作家の仕事であるというのがその結論である。

しかし、逍遙の側に立てば必ずしもそうではなく、シェイクスピアに於て究めようとする主観は実感ではなく、人生観、世界観としての思考であり、同じ意味での理想であった。その意味でならば逍遙の没理想は没主観と言えるのである。しかし、逍遙は主観を直現情感と定義しているので没理想は没主観とはならないのである。こういう意味の二重性については「一語数義」の誤りを冒した逍遙に責任があるのは言うまでもない。

さて、それよりも重要なのは没理想の背後に人生観・世界観がある場合、これを究めようというのは正当な要求であるのに、鷗外はこれを歴史家、伝記作家の仕事と一蹴していることである。ここに鷗外と逍遙の決定的な違いがあるようである。逍遙はあくまでも没理想という理想を実現した作家主体を問題にしているのである。没理想というものを可能にした作家の表出主体を究めようとしているのである。いかなる思想が没理想を可能にしたか、又、複雑な思想を有しながら表現に於てそれらが殆ど窺えないのは何故か等々の問いかけがその背後にある。創作主体と表現というところに究極には行きつく。鷗外にはこの強烈なモチーフがなかなか理解できなかったようである。従って、理想「見えたりといふ将軍に向ひて、何物か見えたると問ひつるに」（「陣頭に馬を立て、敵将軍に物申す」）、返って来た答えが「我は唯その第十九基督世紀の形而上論の理想なりと答へしならむ」（「早稲田文学の後没理想」）であったというのは象徴的であった。鷗外にとってはあくまでも一般論にすぎない形而上論の理想であったが、逍遙の理想とはシェイクスピアという具体的詩人の思想であったのである。

逍遙がこれほど創作主体の思想に拘泥わった背景には、この期における逍遙の不可知論、懐疑主義のあったことは言うまでもない。(22)

逍遙の主張の全体を通して窺えるのは、その論の底に相対主義、懐疑主義を潜ませているということである。そもそも論の中心となる理想の概念にしても、「そが没理想とは即ち有大理想の謂ひにして、そが没理想を唱ふるは、その大理想を求めかねたる絶体絶命の方便なり」（「烏有先生に謝す」）とも、「我が没理想といふ語を用ひはじめしは、二十四年の春のことなり。そはシェークスピヤの研究に倦みはてたる小絶望の結果なりき」（「没理想の由来」）とも述べている。「絶体絶命の方便」として没理想を措定していることを重視したい。つまりこれは理想を究められないその反動として消極的に提出された概念なのである。従ってこれが造化に対しては「方便」、詩文（ドラマ）に対しては「目的」（それもドラマの本体の一面にすぎない）とされる時、その消極主義の性格がよりはっきりと露呈する。特に造化に対する没理想は鷗外の指摘の如く逍遙の形而上学であり、そこに逍遙の懐疑主義がよく出ている。即ち、造化を指して没理想と言う時、それは「理想本来空の意」（「没理想の語義を弁ず」）でもあり「大思索家の理想すらも」「無底無辺」の大造化を掩いえない。「此の無底無辺のもの、これを名づけて何と呼ばん。大なる心と名づけんか。神在すといふにひとしからん。然れでも我れ頑愚未だ神在すと信ずることを得ず。これを名づけて大理想といはんか。我れ不学、未だ其の大理想とは如何なるものなるかを證することを得ず。此に於てか、右に角あり、左に角あり、仮に名づけて没理想といふ」とある。「神在すと信ずることを得ず」「大理想とは如何なるものなるかを證することを得ず」にもその懐疑主義は明瞭であるが、ここからは造化の本体は謎であるという懐疑がはっきりと読み取れる。従ってこの造化を「無限の絶対」と捉えて、それに達するため「一理想を固執する欲有限の我を去つて」「欲無限の我」を立て、その方便を没理想としても造化の本体が謎である限り、この無限の絶対には永遠に到達できないという構図になる。言い換えれば造化を絶対無限とした場合、没理想はこれを認識する方便であるが、「絶えず絶対に対しては、迷惑の境にあ」(「雅俗折衷之助が軍配」)る以上、この絶対には到達できず造化の本体は謎として残る。

他方、逍遙は「廿三年の秋」に、「無限生涯」と「有限生涯」の別を立て(「没理想の由来」)、自己の立場を鮮明にしている。「雅俗折衷之助が軍配」では「絶対に対する位置」と「相対(現世)に対する位置」と言い換え、究極には絶対に対する位置が目標であると位置づけている。このように二分するのは「没理想が、未だ本体と得ならずして、方便の境界にあればなるべし」、「没理想の一変して、有理想となるか、しからざれば方便の没理想が大進化して、本体の没理想とならん時来たらば、我れ竟に二生涯を打成統合して、一生涯となし、絶対に対する覚悟をもて、相対に対すること或ひはこれあらん」とする。しかし今は「夢想」することもできない境界にあるという。この二つの生涯の分離は絶対に対する懐疑主義に由来するであろう。絶対が永遠の謎である場合、現世のみならず絶対に対しても相対主義に陥るのは見易い道理である。(23)

このような根深い懐疑主義者の逍遙が、先験的実在論(あるいは具象的観念論)とは言い条、本質的にはドイツ観念論の流れを汲むハルトマンの形而上論に拒否反応を示したのは当然である。形而上論の根本のところで逍遙は躓いてしまっている。「先生は、先天の想といふもの宇宙にみち〳〵たり、と信じ、われはこれを断ずること能はず」「先生の謂ふ無意識の精霊は、客観の実体か、そが全世界《ユニヷース》を造りし究竟の目的は何ぞ」(「烏有先生に答ふ」其三)と鷗外に迫っている。これは存在論の根本に関わることで、存在の究竟の目的は不可知とする逍遙の認識がはっきりと読み取れる。これに対する鷗外の答えは「ハルトマンの烏有先生これを聞かば、唯わが無意識の哲学を読めといはむ」(「逍遙子と烏有先生と」)と素っ気ない[24]。この答えぶりに憤った久津見蕨村の「逍遙子汝に問ふところありしに、汝は顧みて他をいひ、思想の化石になりたる書籍に問へなど、いへるは、討論の常法を失ふものなり」という批評を鷗外自ら「早稲田文学の後没理想」で引用している。鷗外にも存在論の根本は答え難かったであろうが、二人のやりとりを見る限り最も根源的なことになると蕨村の指摘の如く、なんともチグハグな結果に終ってしまうというのが、この論争の大きな特徴であった。鷗外は最後まで逍遙の懐疑主義に冷淡であり、逍遙の苦悩を理解することができなかった。明晰な理知の人に懐疑は無縁であったのであろう[25]。

逍遙の形而上の不可知論は当然、審美学にも連動する。造化の本体が謎であるように、逍遙にはその造化に最も近いと思われるシェイクスピアの本体(主観・理想)は謎であった。没理想を生み出すシェイクスピアの究極の理想が不明であった。従ってドラマに現われた個々の具体的な理想(「作家が造化人間に関する極致の観念」)を論じてみても、究極の理想にはつながらないし、それが分らなければ個々の批評などは無意味であるとする懐疑があった。シェイクスピアの主観・理想が分らないのにある価値を以てこれに臨む「理想評判《アイデヤル、クリチシズム》」への根本的懐疑がここにある。逍遙の主張した没理想の批評＝帰納的批評は見方によれば主体の放棄ともとれるが、そうではなくドラマの表出主体の理想を解明できなかった者の懐疑の表白ととるべきであろう。ドラマの表出主体の謎を解明できずに、どうして批評主体の表出が可能であろうや、という懐疑を聞くべきであろう。

四　挿評・想実

次に挿評についてであるが、これについて鷗外はドラマの定義との関連で次の如く整理している。

「ドラマ」の三義
一、没却理想詩（旨の上より）
二、没挿評詩（体の上より）
三、戯　曲（歴史上に）

逍遙の使用する「ドラマ」の意味が多様で曖昧なため右のように定義づけたわけであるが、この場合のドラマの「体」と「旨」とはFormとInhaltあたりに相当するものであろう。この整理で行くと没挿評の詩とは叙事詩、戯曲、小説であり、挿評の詩とは叙情詩ということになる。そして挿評の有る無しは詩の評価に関わらないと鷗外は言う。例えば大叙情詩とは旨は没理想であるが体は非没挿評であるという。没理想は詩の評価に関わるが没挿評は詩体の分類に関わるだけである。この基準で鷗外は詩の評価を行いこれを図表化している。しかし、挿評の語の解釈（鷗外は「感情によれる言葉」としている）と挿評の有無は詩の評価に関わらないとする捉え方は、逍遙の主張を正しく理解したことになるであろうか。

逍遙が挿評について触れているのは「シェークスピヤ脚本評註緒言」で『八犬伝』について論じている所である。蟇六夫婦の性格を自在に描きながら、叙事の間に「勧懲の旨に成れり」と作者自らが評を加えている。この「作者みづからが評論の詞」が挿評であり、この有無は没理想と密接に関わると逍遙は見ている。即ち没理想の大前提として没挿評はあるが、没挿評だからと言ってそれは直ちに没理想にはつながらないという関係である。没挿評であって一見没理想に見えるものとして（正確には「小理想もまた没理想と見ゆることあり」の例であるが、この場合殆ど同じと見ていい）、嬰児の無欲のさま、鬼貫の句、木内宗吾の伝の例が挙がっている。そして「鬼貫ら俳人の作には、当人の註釈無く、木内宗吾の義挙には詳伝無く、嬰児の口には言語無きゆゑ解釈見る者の心次第なり」と説明している。特に鬼貫の句の場合、句自体に批評の詞がなく又、当人の註釈もないので完全に没挿評の例であろう。しかし、だからと言ってこれを没理想とは見ていないようである。というのはこの鬼貫と対照されて芭蕉の「古池」の句が挙がっているからである。逍遙はこれを没挿評でかつ没理想と見ているようだ。断定はできないが芭蕉と並んで『源語』が挙がっているのでそう取ってよいだろう。

「当人の註釈無く」「作者みづからが評論の詞」のない没挿評の例として俳句が挙がっている以上、叙情詩にも没挿評があると考えるべきである。叙情詩は非没挿評であるとする鷗外の説は当らなくなる。没理想論争を見る限り概して逍遙が叙情詩と叙事詩に冷淡であったことは明らかであるが、それでも「叙情詩人の極大なるは、我れ今も尚ほ予言者と信じ、ドラマチストの極大なるをば、はた旧に依りて、不言の救世主と信ぜり」（「烏有先生に答ふ」其三）とある如く、大叙情詩人の存在を否定していないのである。その時の詩とは没挿評でかつ没理想であることは言うまでもない。この大叙情詩人として逍遙が具体的に誰を想定していたかは論争を見る限りでは明らかでない。ゲーテは『ファウスト』が挙がっているのでドラマチストと考えていたであろうし、ミルトン、バイロン、シラーらは理想家（没理想家に非ず）と見なしているので大叙情詩人とは言えない。が、言葉の上にしろ大叙情詩人を想定している以上、没挿評にして没理想の叙情詩が存在するということであろう。

鷗外は挿評を「感情によれる言葉」と定義し、逍遙は「評論の詞」と言っているので両者間にズレがある。

が、鷗外の言う挿評は逍遙の言う「直現情感」（主観・実感）に当るようであり、これが没却されるのは詩の前提であるから叙情詩も時には没挿評の詩となるのではなかろうか。これに対し逍遙の挿評は作者自身の登場人物や作品自体への批評であり、これ又没却されるのが詩の前提であるから、両者、意味の微妙なズレがありながら共に詩として没却されるべきものという点で共通している。「感情によれる言葉」「評論の詞」の没却が没理想の前提となるのである。なぜなら、前者は審美感として主観が普通化され、後者は私批評の没却ということで、共に叙述の客観性を保証するからである。とすれば挿評の中に批評も直現情感（感情によれる言葉）も含まれると考えた方がよさそうだ。これで行くと没挿評は没理想の必要条件であり、没理想を上位概念とすると没挿評は下位概念となる。両方共、大ドラマの必要条件である。この二つを組み合わせて逍遙の主張を図示すれば、鷗外の図表は次頁のように訂正されなければならない。

　普通、これらの図表は上位概念が上に位置するようだが、没理想の前提条件として没挿評があるので、それを上に置いたままでである。ここで逍遙が抱いていたであろう作品評価を前面に出せば、非没理想は問題外であるから(B)(C)は評価外となるであろう。残る(A)の中で没理想の度合や段階、その他で作品の評価が決まるのであろう。逍遙は没理想をドラマの一面相《ワン・アスペクト》と捉えているので、他にもドラマとしての種々の条件があり、それが充されなければ大ドラマということにはならないのであろう。詩人の質や技量も当然、問題となるであろう。でなければ同じ没理想でもシェイクスピアと近松の優劣はつかないだろうし、同じシェイクスピアのドラマでもどれが傑作かの判断がつかない。しかし、くり返しになるが作品の具体的評価になると逍遙は一言も触れていない。大ドラマの必要条件として没理想という概念を考えるのに精いっぱいで、次の評価の問題にまで手が回らなかったのが実情かも知れない。[26] それにしても小説三派の人間派、折衷派、固有派はそれぞれ(A)(B)(C)の小説に対応するのであろうか。

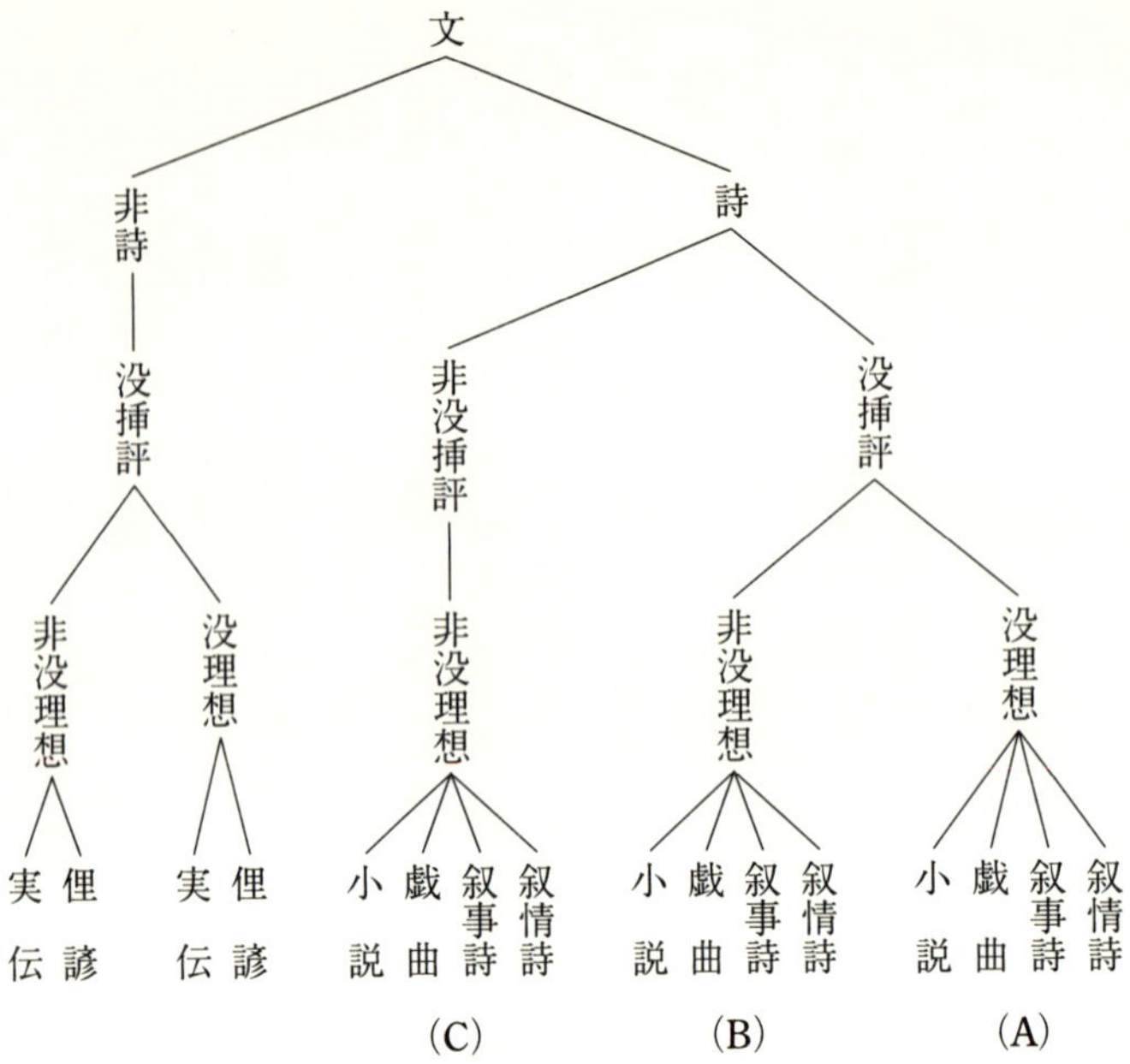
文
非詩
詩
没挿評
非没挿評
没挿評
非没理想
没理想
非没理想
非没理想
没理想
実伝
俚諺
実伝
俚諺
小説
戯曲
叙事詩
叙情詩
小説
戯曲
叙事詩
叙情詩
小説
戯曲
叙事詩
叙情詩
(C)
(B)
(A)

最後に「さまざまな想実論の一つの決算として、両者の戦いは始まろうとしていた」とされる想実論に少し触れておきたい。

逍遙は「梅花詩集を読みて」で詩人を二種類に分け、「心の世界」（虚）をうたう理想派の叙情詩人《リリカル、ポエト》と「物の世界」（実）をうたう造化派の世相詩人《ドラマチスト》とに分類した。この分類は早速、鷗外から「叙情詩」と「叙事詩」に訂正すべきだとの批判を受ける（「逍遙子の諸評語」）。そして又、叙情と世相はゴットシャルの理想と実際とに対応するが、ハルトマンは理想派、実際派の別を認めなかったとし、理想主義が叙情詩の、実際主義が叙事詩の専有でないことを強調した。逍遙はこの言を容れ世相詩という語の不穏当さ、叙情＝虚、世相＝実という分類の非なることを認めた（「烏有先生に答ふ」其三）。しかし、この詩人の分類で図らずも逍遙の虚実二元論と詩の評価の問題が出てしまった。リリカルポエットとドラマチストだけを捉えてみても、逍遙がドラマチストを高く評価していることは動かない。このドラマチストが実を歌い、リリカルポエットが虚を歌うと言う時、自然に実＞虚という不等式が成り立つ。鷗外もこの関係を見逃さず、虚実という古い概念ではなく想実という言葉に言い換えて、逍遙は想を軽視し実を重視しようとするリアリストであると極め付けた（「逍遙子と烏有先生と」）。たしかに虚実を用いて詩人の分類に使用したのは不用意であったが、ここから直ちに虚・想を軽視する逍遙という読みのできないのは見てきた通りである。ただ、逍遙は虚実に代る想実という概念を鷗外から教わり、ために理想の観念も始めと変ってきたと述べているが[27]、どれだけ新しい認識として想実の概念を理解できたかはかなり疑わしい。それは想実から簡単に虚実に戻ることによってもそのことが知られる。

想実の具体的な説明がハルトマンの美学によってなされたということも逍遙にとって不幸であったかも知れない。「先天の想といふもの宇宙にみち〳〵たり」というその哲学の根本がまず不可解であった。何よりも不可知論、懐疑主義に立つ逍遙にとってハルトマンの観念論の中核が謎であった。「われいまだハルトマンに通ぜざるがゆゑに、所謂想と実との関係を審かにせず」という溜め息が洩れるのも当然である。鷗外との論争を通して逍遙が想世界の実体を認識したという風には思えない。抽象論をくり返す鷗外に「如何なる理想か見えたる」と問いつめる逍遙には未だ理想の何たるかは見えていない。想世界の実体は依然として闇であったのである。

理想を想として充分、把握できず、これを自己の美学の中心に捉えられなかった今一つの原因は、その根強い虚実の観念にある。未詳氏のシェイクスピア論の中心となる *real unreality* の概念を逍遙は「実にして虚なるもの」と訳し「シェークスピヤの作は、実にして虚なり、かくいはゞ逆説の如く聞えんが、人生の本相の虚にして実なる以上は、かくいふことを止むを得ざるなり」(「没理想の由来」)とこれをまとめている。これに対し鷗外は「われは『アンレアル』を虚と訳せずして、非実と訳す。こは虚実の対の我国及支那の談理者に濫用せられたるを嫌ひてなり」(「早稲田文学の後没理想」)と反論している。ここにも両者の認識の相違が明確に出ている。更にプラトン論者である未詳氏についての説明で両者の相違は決定的なものとなる。即ち、プラトンのイデアは理想と虚に対応し、現実は幻影と実に対応するという時、逍遙はこれに鷗外の理想を重ねて見ている。しかし、鷗外は「無名氏はプラトオ論者なりといへば、その実を幻影とし、其非実を本体とすべく、われはプラトオ論者にあらざれば、我実を実在せしめ、わが非実の想を実在せしめず」とはっきり、その非なるを断定している。プラトンのイデア論のみならず鷗外の想実をも虚実と同一視しようとするところに逍遙の抜き難い固定観念がある。

いずれにしても、想世界を充分に措定できずに懐疑している逍遙の姿のみが鮮かに浮かび上ってくるばかりである。しかし、だからと言って逍遙が想世界の側に居ないというのではない。彼も同じ想世界の人間であって、その想の何たるかを求めかねて彷徨しているだけなのである。

少し錯踪したが整理をすれば以下のようになろうか。逍遙が理想を言う時、造化に対する場合と文学上に於ける場合の外に人生観上の理想も入ってきてその概念に混乱をきたしたように、想実論の場合もこの三つの範疇で想実が同時に論じられて、文学に於ける想世界の意味づけが最後まで明確にならずに終って了っている。この最大の原因は人生観上の懐疑主義の介在にあると言っていいだろう。

その事はそれとして逍遙の側に立って文学との関連で没理想論争を捉えれば、それは主観や挿評や理想という言葉に関する問題ではなかった。それは作家主体の表出と同時に批評主体の表出に関わる問題であった。

注

（1）十川信介「文学極衰論前後」（「文学」昭51・6）に「明治二三年の暮、さまざまな想実論の一つの決算として、両者の戦いは始まろうとしていた」とある。二十年代の想実論をめぐっては他に十川信介「文学と自然――想実論をめぐって――」（「日本近代文学」7集　昭42・11）、越智治雄「想実論序章」（「文学」昭47・1）等がある。
（2）吉田精一「逍遙・鷗外の論争とその立脚点」（「明治大正文学研究」16号　昭30・5）による。厳密な区分の諸説については山内祥史「逍遙・鷗外の『没理想論争』における文芸理論――その研究序説として、文献について――」（「日本文芸研究」昭42・6）に詳しい。
（3）（2）の山内論文。
（4）三好行雄氏もこれについて「文学のひろば」（「文学」昭58・10）で触れている。しかし、なぜ因明なのか。論理学の伝統のない我が国であえてそれに近いものとして選ばれたのか。
（5）明治二十二年頃に読了、講義したと言われるポスネットの『比較文学 *Comparative Literature*』（1886）と逍遙との関係については、斉藤一寛『坪内逍遙と比較文学』（昭48・11　二見書店）に詳しい。
（6）「シェークスピヤ脚本評註緒言」に「予嘗てドラマの本体を底知らぬ湖に喩へしことありしが、近ごろダウデン氏の論文を見れば、シェークスピヤとゲーテを大洋に比したるがあり」とあり、これによれば沼の喩えは逍遙の独創となる。

(7)「ゼネラリチー」と「インヂヴヰヂユアリチ」は既に「新作十二番のうち既発四番合評」（のちに「小説三派」）で使われている。

(8)野中涼氏はジョン・キーツの「消極的能力」(Negative Capability)に酷似していると見ている（「坪内逍遙とシェイクスピア」「早大比較文学年誌」19号　昭58・3）。

(9)越智治雄「逍遙における『ドラマ』の問題」（「國語と國文學」昭35・11）によれば、逍遙がドラマという名によって否定しようとしたものに叙事詩があり、それを物語（伝奇）と並んで近代以前のジャンルとみなしていたと言う。

(10)既に「梓神子」で逍遙は「批評は須らく其の作の本旨の所在を発揮することをもて専とすべし。『源氏物語』を評せんとならば、紫式部の理想と技倆とを発明して、彼れが本体を明かにせよ。（略）褒貶優劣はせずもあれ」と述べている。ここの論旨で行けば技量は評価と関わらないことになっているが、近松の例を考えてもそれは無理のようである。あまりにも客観主義に立とうとする逍遙の姿勢が、かえって多くの矛盾を生む結果となっている。

(11)誤解なきように言っておけば、「一面相《ワン・アスペクト》」を最初に使用したのは逍遙である。「烏有先生に答ふ」（其三）に「われ、已に没理想をもてドラマの本体を評し尽くしたる詞とせずして、寧ろシェークスピヤの作の一面相《ワン・アスペクト》の特質としたり」とある。

(12)「シェークスピヤ脚本評註緒言」では「リーヤ」を含む四大悲劇の時期を全四期のうちの第三期に分類し、第二期を「伎倆も、着想も、第三期のに劣りたり」と位置づけ、第三期の傑作より注解をはじめると断っている。

(13)神田孝夫「森鷗外とE・V・ハルトマン――『無意識哲学』を中心に――」（島田謹二教授還暦記念論文集『比較文学比較文化』所収　昭35・7　弘文堂）によれば、鷗外が本格的にハルトマンを読み始めたのは帰朝後の明治二十三年に入ってからだと言う。これは鷗外の所持していた「ハルトマン選集」が一八九〇年版（明23）であることから知られる。そしてハルトマンの「審美学」に依拠して発言するのは明治二十三年三月の「報知異聞に題す」（小説の刊行も同時で「志がらみ草紙」に載るのも四月）を以て嚆矢とするという。このことから没理想論争開始直前の時期に鷗外がハルトマンを熟読したことが知られる。

(14)「早稲田文学の没理想」中の鷗外の言葉であるが、既に「『早稲田文学』発行の主意」（「早稲田文学」創刊号　明24・10・20）で逍遙は、「『時文評論』の欄を置きて苟も明治文学に関係ある百般の事実を報道し云々」と述べている。

（15）「坪内逍遙君」（「中央公論」明45・4）

（16）「シェークスピヤ脚本評註緒言」では「評釈といふにも二法ありて、有りの儘に字義、語格等を評釈して、修辞上に及ぶも一法なり。作者の本意もしくは作に見えたる理想を発揮して、批判評論するも評釈なるべし」とし、第二の評釈を取ろうと思いながら第一の評釈になったと述べている。その理由として「第二義の評釈、即ち『インタープリテーションヨン』は若し見識高き人に成れる時は、読みて頗る感深く、益もあるべけれど、識卑き人の手に成れる時は徒らに猫を解釈して虎の如くに言ひ做し、迂闊なる読者をして、あらぬ誤解に陥らしむる恐れあり」と説明している。つまり評者の力量不足では作者の本意、理想を正確に把握、評釈することが困難であり、それ故あえて批評に価値判断を持ち込まないという消極主義がここにはある。これで行けば作者と同等の高みに居らなければ評判批評は不可能ということになる。ここに逍遙の評判批評に対する根本的懐疑がある。

（17）「逍遙子は美の主観情のみを指して想とし、美の客観相を指して非想とすれども、ハルトマンは主客両観想を立つ」（「逍遙子と烏有先生と」）とあり、この背景にハルトマン美学があるのは明らかである。

（18）「逍遙子の諸評語」によれば「ゴツトシヤルのいはく。造化を摸倣し、実を写すことより出づるを実際主義といひ、理想の世界、精神の領地より出づるを理想主義といふ」「ハルトマンは理想派、実際派の別を認めず。彼は抽象を棄て、結象を取り、類想を卑みて個想を尊めり」とあり、両者の関係を「われ嘗てゴツトシヤルが詩学に拠り、理想実際の二派に分ちて、時の人の批評法を論ぜしことありしが、今はひと昔になりぬ。程経て心をハルトマンが哲学に傾け、其審美の巻に至りて、得るところあるもの、如し」と説明している。これによれば、もはや理想派・実際派の区分は鷗外にとって余り意味をなさなくなるはずであるが、相変らず鷗外はこの区分を踏襲しているようである。

（19）重松泰雄「鷗外の『烏有先生』」（「文学論輯」3号　昭30・12）に「所謂『没理想』論争においては、鷗外は殆ど終始一貫して、逍遙の中に存活の値なき『自然派』『ゾラ』を見るの過ちを脱しきれなかった。論戦が畸形性を帯びざるを得なかった大いなる所以である」とあるが、この意見に賛意を表したい。

（20）「早稲田文学の没理想」に「烏有先生既に理性界を観、無意識界を観て、美の理想ありといひ、又これに適へる極致ありといへり」とある、その「極致」である。尤もこれに関しては「鷗外はIdeeを理想と訳し、IdealをIdeeの実現したものという意味で極致と訳すわけだが、かならずしもこの区分はげんみつではなく、時として両者をおなじく『理想』の語で呼ぶこともあり、従って『鷗外が「イデエ」と「イデアアル」との間に十分用語の区別をしなかったのは、自身にも責がないとは言へまい』（岡崎義恵『芸術論の探究』）」という批評がある（『日本近代文学大系11　森鷗外集I』昭49・9　角川書店　の三好行雄氏の注解）。なお、「アイデアル」を「極致」と訳したのは三好氏の注釈にもある通り逍遙が先で（「梅花詩集を読みて」）、そのことは鷗外も「鷸翮掻」（『めさまし草』巻之四　明29・4・25）で「時に極致（早稲田派の訳）とも記す」と記していることで明らかである。尤も訳語として最初に使ったのは兆民の『維氏美学』下（明17・3）のようで、最後に付録として付せられた「プラトンノ美学」に「イデアール」《即チプラトンノ所謂極致》とある。

(21)　岡崎義恵「鷗外と逍遙との論戦」（『文学』昭15・12）

(22)　逍遙の懐疑主義は直接には明治十九年一月の二葉亭四迷との出会いに胚胎している。これは「二葉亭の事」（『柿の蔕』昭8・7　中央公論社）を見れば明らかである。「真摯ではあるが窮屈な、謙遜ではあるが狷介な、懐疑の結晶で、もあるやうな二葉亭といふ理想家《アイデヤリスト》」に逢い、「切に自己改造の必要を感じはじめた。主義なき自分を愧ぢた」とある。更に余丁町に移ってからは（明23・2）著しく神経家、気むづかし屋になって行ったと述べ、「先づ、作家としての、又処世人としての理想の体得を要望し」「作家としての立場、いや、足場だけは、シェークスピヤの研究によつて、二十四、五年ごろまでに、粗末ながら、ともかくも組み上げ得たのであつたが、其頃流行語の人生観らしいものは、一通り宗教や哲学の書も読んで見たもの、、——或人々のやうに、或一学説を基儘に受け入れることの出来ない頭だから——迚も四年や五年の煩悶や自修で獲得されよう筈がなかつた」とまとめている。そしてこの変化は必ずしも二葉亭の感化だけではなく遺伝もあったとつけ加えている。この視点から両者の関係を踏まえて没理想を論じているものに越智治雄「逍遙における『ドラマ』の問題」（『國語と國文學』昭35・11）がある。

(23)　越智治雄氏の前掲論文（22）に「このようにあるがままの現実を肯定し容認する態度が、無限生涯を一種の『方便』とし、彼がひそかに抱いていた危機感を緩慢なものにした」とある。たしかに見方によればそうに違いないが、無限生涯を一種の「方便」とせざるを得ない背景に逍遙の根深い懐疑主義を私は見る。

(24)　この素っ気なさの原因の一つに「逍遙子は早くよりハルトマンが無意識哲学を帳中の秘となしたるをば、我に語りしものあるをや」（「早稲田文学の後没理想」）が考えられる。当時、ハルトマンがかなり読まれていたことは例えば子規が『美学』を持っていたことでも知られる（全集22巻の年譜によれば明治二十三年九月に叔父加藤拓川から贈られたもの）。没理想論争当時、「早稲田文学」（13号　明25・4）でも尾原亮太郎が「美とは何ぞや」でハルトマンに触れている。しかし、逍遙がこれを「帳中の秘」としたという確証は河竹繁俊・柳田泉著『坪内逍遙』（昭14・5　冨山房）でも得られなかった。

少し後になって樗牛の「現今我邦に於ける審美学に就いて」「美学史及び美術史」（「太陽」明29・5・20）あたりを契機に鷗外との間にハルトマンをめぐり論争がおこる（鷗外のものは「めさまし草」巻の六　明29・6、巻の十　明29・10、樗牛のものは「太陽」明29・6・5、7・20、8・5に掲載）。論争は更に樗牛「『審美綱領』を評す」（「哲学雑誌」「帝国文学」同時掲載　明32・8）、鷗外「審美綱領の批評に対する森鷗外氏の書簡」（「読売新聞」明32・9・1、2）「審美綱領の批評に対する森鷗外氏の第二書」（「読売新聞」明32・9・10）に発展する。樗牛のハルトマン理解は『近世美学』（明32・9　博文館）となってあらわれる。

(25) 岡崎義恵は前掲論文(21)で「逍遙は幼稚ながらも自身の体験から言を発した点が多く、鷗外の鋭鋒もこの切なる体験に対しては、十分これを截断する事もできなかったやうである」と論争全体を批評しているが、この批評は存在論をめぐるやりとりに最もよく当てはまる。逍遙の問いには肉声が響いている。

(26) 「畢竟、わが没理想は発程の数学点《マセマチカ・ポイント》なり。*starting point* なり」（「『城南評論』城主と逍遙子とのパーレー」）とある。

(27) 「烏有先生に答ふ」（其三）に「我が当初の理想は、幾分か漁史が教へによりて変移したり。われもはや虚実といふ漠然たる詞をもて二者を分かたず、大いに我が見処を改めたり」とある。

なお、本文は鷗外全集本（二十三巻）と逍遙選集本（別冊三）に拠った。それぞれ『都幾久斜』（明29・12　春陽堂）、『文学その折々』（明29・9　春陽堂）を底本としている。初出との校異は例えば鷗外全集の後記を見ても分かるように決定的な異同はない。逍遙選集の場合も同じである。

5　因明の論理――鷗外の戦術

明治二十四年から二十五年にかけて逍遙と鷗外との間に交わされた没理想論争は、日本の近代文学論争史上、記念すべき論争であった。内容的には二十年代初頭に闘わされた小説論略論争や文学極衰論争等の諸論争の総決算の意味合いが強く、文学の理想や作家主体の表出をめぐる文学の根本に関わるものであったが、その形式、規模に於いても以後の諸論争を圧倒するものであった。それぞれ、「早稲田文学」「柵草紙」に拠りながら、モールトン、ダウデン（逍遙）、あるいはハルトマン（鷗外）を後楯にして展開された論争は、その時点での両者の総力戦であり、各々、文学者としての存在を賭けていたはずである。〈戦闘的啓蒙家〉は鷗外を指しての言であるが、その鷗外に対抗するだけの論理と持続力を逍遙も持ち合わせていたのである。

文学論争に限らず論争はえてして両者の主張が嚙み合わず、各々が自説を主張したまま曖昧の内に終結に向かうことが多いが、逍鷗論争の場合もその気味がある。しかし、大筋においては逍遙の提出した「没理想」の概念をめぐり鷗外が反論し、それに逍遙が答えるという形を取っているので、論争の展開そのものはロジカルである。この場合、逍遙の提出した命題、概念の曖昧さをつき、自己の論理、主張の正当性を立証するところに鷗外の狙いがあったと言える。そのためにはそれなりの論争術が鷗外にあり、又、これに反駁する逍遙にもそのことは言える。論争を有利に導くための論争術、いわば知的論理性の優劣が勝敗を決するわけであるが、当時、そのための論争術というようなものが具体的にあったわけではない。それぞれ外国文学の教養を背景に必要な論理を構築して行ったというのが事の真相であろう。「偏へにアングロ・サクソンの著実なる常見を師」(「我にあらずして汝にあり」)とした逍遙と、ハルトマンの哲学を背景にした鷗外との違いが論争にも出たということであろう。

この両者の後楯から見ても鷗外の方がドイツ観念論によく通じ、その論理構築術において逍遙よりはるかに上手であったのは誰の目にも明らかであろう。その論争術は、はじめの「逍遙子の新作十二番中既発四番合評、梅花詞集評及梓神子」(のちに「逍遙子の諸評語」)や「早稲田文学の没理想」で明らかであるが、「早稲田文学の没却理想」(「柵草紙」30号　明25・3)において新しく仏教の論理学である因明を持ち出しているのが注目される。これは「逍遙子と烏有先生と」(同30号)にも、又、最後の「早稲田文学の後没理想」(同33号　明25・6)にも使用されている。論争に勝つための手段として切り札の如く、突如としてこの因明が出てくるわけであるが、なぜこの期において因明なのであろうか。このあたりから始めたい。

因明は仏教の論理学として伝統のある専門分野であるが、専ら仏教の中でのみ学問の対象とされてきたのはその性格上、止むを得ない。その学問の伝統は明治に入ってからも継承されて、例えば、明治五年に東本願寺法嗣、現如上人につき従って西洋の宗教事情視察に渡航した松任本誓寺の住職、松本白華の蔵書目録にも多くの因明関係の書が見える。(1)『因明正理門論本』『因明入正理論』『因明入正理論疏』『三十三過本作法』等の代表的な因明の書名が、江戸時代だけで二十二冊、上がっている。明治になってからのものは次の三点だけである。

○『因明活眼』二巻　雲英晃耀　明治十七年五月
○『東洋新々因明発揮』　雲英晃耀　明治二十二年三月
○『活用講述因明学全書』村上専精　明治二十九年十月(三版　東京哲学院)

僅か三点であるが、この雲英晃耀と村上専精が明治の代表的因明学者であり、特に明治の因明学は雲英晃耀から始まったと言ってよい。旧四高蔵書には雲英の次の四点が上がっている。

○『因明初歩』　　明治十七年（二版　明十四・十　初版）

○『因明大意』　　明治十七年（二版）

○『因明活眼』二巻　　明治十七年五月

○『因明三十三過本作法科本』　明治十七年

村上専精（明治二十三年九月より文科大学講師・東洋哲学）の『活用講述因明学全書』（明24・11　哲学書院）の「題言十条」のはじめに雲英との師弟関係に触れつつ次の如き記述がある。

㈠余ハ明治十年雲英晃耀氏ニ就テ因明ヲ学ヒ明治十二年門人某ノ為メ初メテ因明大疏ヲ講読シ明治十四年真宗大学寮ニ於テ再ヒ因明大疏ヲ講シ明治十八年ニ曹洞宗福山黙童和尚ノ講ノ請ニ応シテ三タヒ因明大疏ヲ講シ明治二十二年東京哲学館ニ於テ因明学一斑ノ講義ヲナセリ其筆記ハ載セテ哲学館講義録ニアルカ如シ

これで分る通り雲英晃耀が明治因明学の先達であり、彼の影響下に以後の因明学の展開はあったようである。雲英は明治十七年に啓蒙書を含めて因明関係の書を多く刊行しているが、『因明活眼』を中心に彼の活動が漸く学界の注目を集めるようになり、その結果、次のような記事の出現となるのであろう。

「東洋学芸雑誌」四十八号（明18・9）

〈雑報〉欄

○因明　近頃因明の学少しく流行し其書物の公告も新聞紙なぞに見え之れを修むる人も有る由なるが西洋には「ロジック」と称する学科有りて因明に較れは古の火縄筒と今の村田銃よりも大なる差あることなる

可し然れ共昔し印度にも斯の如き学科有りたるは実に感心なりと識者も驚きたるを以て因明程の学科は世にあらじと思ひ大得意と成らるゝ人も有る由笑止にこそ又「ロジック」の如く精密なる学科有るを捨て顧みす古き因明を無上のものと一途に思ひ込み専ら講究せらるゝはちと物数寄と申す可きか

当時の因明流行に対する開明、洋学派からの痛烈な皮肉であるが、その批判対象の中心に雲英が居たのは間違いないようである。ここで西洋のロジックと対比されて因明が捉えられているが、この視点は雲英以下の因明学徒にも共通するものであった。明治に入り新たに西洋の論理学が紹介され、それとの対比で改めて東洋の論理学である因明が見直され、両者の類似、相違に注目し、相互補完的に両者を見たり、両者の融合を図ったり、あるいは優劣でどちらかを取るというのが一般的であった。従って、以後の因明の論壇での言及はこの範囲を大きくは出ない。そのような当時の論壇の状況を最もよく伝えているのは「哲学雑誌」[2]である。次に「哲学雑誌」掲載の主要なものを上げる。

七号（明20・8）
　雑録　印度論理因明緒言　雲英　晃耀
二十八号（明22・6）
　論説　因明トろじつくノ対照　村上　専精
二十九号（明22・7）→三十一号（明22・9）→三十二号（明22・10）
　批評紹介　因明につきて　大西　祝
三十三号（明22・11）
　雑録　帰納法倫理学《ママ》—雲英晃耀氏東洋新々因明発揮
四十一号（明23・7）

論説　読哲学会雑誌因明論　雲英　晃耀
四十二号（明23・8）→四十四号（明23・10）
雑報　雲英晃耀氏の読哲学会雑誌因明論　大西　祝
五十五号（明24・9）→五十八号（明24・12）
論説　因明学ノ起原《ママ》　村上　専精
六十三号（明25・5）
批評　活用講述因明学全書　村上専精氏著　狩野　亨吉
六十四号（明25・6）→六十八号（明25・10）→七十一号（明26・1）→七十四号（明26・4）→七十七号（明26・7）→七十九号（明26・9）
論説　形式的論理学ノ三段論法因明ノ三支作法幷彌兒ノ帰納則ヲ論ス　大西　祝
一二五号（明30・7）
論説　因明論の著者陳那に就て　南條　文雄
一六六号（明33・12）
論説　因明学と形式論理学との比較　北澤　定吉

これで分かるように因明は二十二年から二十五年あたりにかけて積極的に言及されたが、三十年以降は殆ど論壇からは忘れ去られたようである。今、簡単にこの流れを概括しておきたい。

はじめの「印度論理因明緒言」で雲英は「西洋路日克ノ三段論法ト大同少異ナレトモ因明ハ宗因喩ノ三支作法ヲ用ユレハ自悟々他ノ両益ヲ具シ己カ持論ニ条理ナクンハ止ン苟モ条理アラハ何タル多人衆中ニテモ何タル賢哲者ノ前ニテモ言辞屈スルコトナク弁才滞ルコトナク反対論者ニ対シテ他ノ邪義ヲ破シ自ノ正義ヲ主

張シウル法則ナレハ目今ノ如キ会議ノ盛ナル世界ニ於テハ一日モ欠クヘカラサル尤モ有用ノ学ナリ殊ニ領ヲ引キ手ニ唾シテ明治廿三年ノ国会開設ヲ待ツ学士論者ニ於テヲヤ」と、その今日的有用性を強調している。因明を時代に合うように改良して社会に有用たらしめようとするこの発想は、言うまでもなく啓蒙家の改良主義、功利主義を示すものであり時代の空気を正確に反映している。

村上専精の「因明トろじつくノ対照」（二十八号）は西洋論理学と因明との類似点と相違点について言及したものである。類似点については大前提、小前提、断案より成る三段論法と、宗・因・喩からなる因明（新因明のこと）の論理の組立ての類似と、「大ヲ以テ小ヲ推シ既知ヲ以テ未知ヲ測ル」点の類似を指摘している。相違点として西洋の論理学が「思想ノ方規ヲ主トスル自身研究ノ自悟的ナルモノ」に対して、因明が「他人ニ対シテ持論ヲ悟了セシムル説明主義ノ悟他的ナルモノ」である点、又、三段の論法の順序が東西では逆であることを特に上げている。

注目すべきは「此頃或ル因明学者アリテ一ノ新機軸ヲ発明スト称シ東洋論法ヲバ西洋論法ニ混和シテ大前提ノ頭ラニ喩依ヲ加ヘテ何々ノ如クト云ヘル語辞ヲ添ヘントスル者アリ」として、自ら東洋論法の長所を否定しようとする者があるとしていることである。これは村上の師である雲英の『東洋新々因明発揮』（明22・3）を念頭に置いてのことである。この新々因明については大西祝も「因明につきて」（二十九、三十一、三十二号）で批判的に触れている。即ち、「氏が東西両洋の論理法を折衷して茲に一大新法を発揮せんとしたる」志を壮としながらも、それが「因明固有の特性を棄て、西洋論理の方式に化し去らんと」し、「西洋の論理学に降参せん」とするものであると極めつけている。新々因明と言い条、純然たるアリストテレスの論法であるという。アリストテレスの三段論法が推知《インフエレンス》的の論式であるのに対して、因明は證明《ヴエリフイケーシヨン》の論式（既知を立案して之を慥むるの式）であり、その優劣となれば、「スペンサー氏ハ三段論法を評して若し之を既知より未知に移るの推知的論法と思はゞ毫も価値なき論法なり若し之を価値あるものと為さんと欲せば之を證明的（即ち既知を慥むるの）論法と見做すの外なしと云へり」とのスペンサーの言を援用して、證明の論式ならば陳那の因明がはるかに優れていると結論づけている。

これに対して雲英の反論（四十一号）があり、三段論法は必ずしもアリストテレスの創見ではなく古因明の五段論式中（合結の二段）に含まれること、又、西洋ロジックを改良して悟他的證明の論式にしようとしたことを強調している。つまり東西論法の折衷であることを自ら認めているのである。更に大西はこれに反論を加え（四十二、四十四号）、新々因明がアリストテレスの論式であることに変りはないが、三段論法も因明も既知より未知を推知する論法ではなく、むしろ既知を慥かめる證明的論法であることを強調し、従来の因明家の既知より未知を推知する論法という見方を否定している。

これだけでは大まかすぎるが、雲英とは世代の異なる村上、大西（二十二年九月から二年間、文科大学大学院に在籍、二十四年九月から東京専門学校講師）が雲英の折衷主義を駁し、東洋因明の西洋論理との相違、特質を明らかにしようと努めていたということはこれらの記事からも窺われる。大西は明治三十三年、三十六歳で急逝するが、没後、『大西博士全集』が刊行され、その第一巻に『論理学』（明36・2　警醒社）が充てられ、そこに「因明大意」の項があり手際よく因明の論理をまとめている。そこで強調しているのは因明は立者・敵者が相対する時の論法であり、あくまで悟他を旨とするのに対し、三段論法は自悟、悟他の別を立てず理由と断案との関係を表示するのを特徴とするとしている点である。ここに論争の術としての因明の論理が強調されていることを確認しておきたい。又、因明、三段論法ともに演繹論法と見られているが、因明には一面、帰納法に渉る所のあることを指摘している。

このように見てくると因明は西洋のロジックとの対比で注目され、新しい時代への転換、応用を迫られたが雲英の説は受け入れられず、新進の学徒はその学問的意味づけに追われ、充分にこれを新時代に活かせなかったという所が実情であろうか。因明は新時代に生き返らず三段論法の形式論理と帰納法が論理学の世界で定着して行くのである。

没理想論争に移らねばならない。初めに因明を持ち出すのは鷗外であるが、鷗外蔵書に釈無相『因明入正理論科註』（文化二）と村上専精『因明学全書』の二冊あるのが注目される。共に傍線、圏点、書き込みの類はないが、特に後者の存在は大きい。逍遙と論争を始めて改めて論争術の必要を痛感した時に、きわめてタイムリーに出たのが村上の著であった。もちろん、論壇の動向に絶えず注意を払っていた鷗外にとって、因明に意識的であったのは言うまでもない。

鷗外が因明に注目したのは、それが自悟（自ら真理を悟る道を講ずる）よりも悟他（他をして我が論旨を悟らしめる）に重点を置くものであり、そのために立者《りっしゃ》（立論者）と敵者《じゃくしゃ》（対論者）を立て、立者の矛盾や弱点をついて行くという論理の進め方に共鳴したがためであろう。つまり、相手を論難して自説の正当性を主張するのに、うってつけの論争術であったのである。[3]

鷗外が逍遙に鋭く迫った第一点は、「現量」（感覚智）「比量」（推理智）「聖教量」（聖典、古来の伝承、聖人のことば等による智）とある因明の三つの認識方法のうち、新因明では否定された聖教量に逍遙は立っているという非難である。「早稲田文学の没却理想」（明25・3）で逍遙の主張する衆理想皆是、皆非を捉えて次の如く責める。

> さらば同一の事物を是とも非とも見るべきは果していかなる境界なるか。答へていはく。是もなく非もなき境界なり。絶対の境界なり。大宗教家と大哲学者とのごとき自在の弁証《ヂャレクチック》をなさむとするものは、大抵絶対の地位にありて言ふ。（聖教量、「スペクラチオン」）

あるいは又、次のようにも言うのである。

逍遙子の時文評論は果して絶対の地位（聖教量）にありて言ふか。さらば逍遙子は衆理想皆是なり、衆理想皆非なりといふことを得む。われは唯その一切世間の法に説き及ばざるを惜む。

逍遙子の時文評論は果して相対の地位（比量）にありて言ふか。さらば逍遙子は空間に禁《いまし》められ、時間に縛られ、はては論理に窘《くるし》められむ。

ここで逍遙が絶対の立場に立てば世間法に及ばないという難点があり、相対主義に立てば衆理想皆是、皆非と矛盾してくるというジレンマを鷗外は巧みについたのである。逍遙は早速、絶対の立場に居ないことを主張し、加えてそれまでの出世間法に世間法を加えて、没理想を対人生にまで拡大してしまい、その概念を曖昧にして行くのは周知の事実である（後没理想）。うかうかと鷗外の術中にはまるのである。又、相対主義に対しては、元々、逍遙の立場は懐疑主義・相対主義にあると思われるが、鷗外の追及を避けるためか、意味をずらして「相対」を使っている。即ち現世の意味で使用し、没理想の本体が不明なため絶対に対する位置（出世間法）と相対に対する位置（世間法）という二つを便宜的に持ち出したまでだと言う。従って、絶対に対する態度はあくまでも「タブラ、ラザ」であることを強調する。このように絶対に対して懐疑を表明しているにもかかわらず、鷗外はどういうわけか逍遙を絶対の位置に居るものと見たがっている。その結果、逍遙は相対界にまで没理想の範囲を拡大して行くのである。ここには逍遙の主張の背後に理想主義が透けて見えるのに、これを「覆面したるゾラ」「現実主義」と極めつけたと同様な強引な論理の運びと巧みな論争術があったと言えるであろう。

因明の用語にも注意しておきたい。元来、認識の方法である「聖教量」「比量」を鷗外は、絶対、相対の意味で使用している。聖教量はたしかに聖典、聖人のことばによる智であるから、これを絶対視すれば絶対の意味も出てこようが、比量は推理智のことであるから、これを相対（界）の意味に取るのは極めて強引な用語法と言わざるを得ない。同様な用例は他にも多い。

次に自比量と共《ぐう》比量が問題になる。逍遥はその記実優先、談理後廻しを「早稲田文学」・時文評論の方針とするが、鷗外はこれを因明の「自比量」（自分が承認していることだけについて述べる論式）としながらも、その没理想の談理が全文学界を対象としている点、これを「共比量」（立論者も反対者も共に承認している概念のみを用い、ただ宗依のみを争っている論式）とみなすと言う。つまり、談理と記実との間の矛盾を巧みについているのである。その矛盾に気付き逍遥はその談理も自比量であると釈明するが、「没理想」をめぐって二人の間に既に論争は始まっているわけで、旨く逍遥は論争の場に引き出されたのである。ここでも自比量に籠もろうとする逍遥が、やや逃げ腰のように思われて損な役に廻っている。

因明の論理が最も際立つのは立論者と対論者に分かれて両者が論争形式を取るところにある。この際、立論者の立てた命題（宗）が正しいか否かは、論証の根拠（因）と例証（喩）とによって決まる。宗・因・喩の三支作法にかなっておれば真能立（正しく主張された立論）、誤りがあれば似能立（誤って主張された立論）となり、命題は否定される。それを見分けるのが敵者であり、没理想論争では逍遥が立者に、鷗外が敵者になっていることは言うまでもない。「没理想」の命題が果して真能立であるか似能立であるかというのが、この論争の最大の争点であったことも言うまでもない。

夫れ逍遥子が能立の没理想は一語数義なりしこと、その能立の「ドラマ」の一語数義なるが如し。われ若しよの常の敵智を以てこれに対せむか。われは唯随処に立者が自語相違の過に陥りたるを示しゝならむ。さるをわれ一歩を立者に譲りて、われ其意を取りて、其言を取らずといひき。こはわが逍遥子を敬するこゝろより出でしなり。されば一語数義の没理想はみづから違ひたり。（自違）是れ立者の似能立ならむのみ。一語数義の没理想をばわが違へたるにあらず。〔非他違〕是れ敵智の真能破にはあらざるか。（「逍遙子と烏有先生と」明25・3）

鷗外が指摘するように論争が噛み合わずに紛糾した原因の大きなものに用語の問題があった。特に没理想の概念をめぐり、逍遙はそれを没主観、没人生観とも取れるように言い替えており、この点を厳しく鷗外から追及されることになる。この一語数義の誤りを因明の「自語相違ノ過」と規定し、ために逍遙の立論が成立しないこと〔似能立〕、それを敵者が見破ったため敵者の勝〔真能破〕であると鷗外は主張するのである。ここで言われる「自語相違ノ過」は似能立の「三十三過」と呼ばれるものの一つで、村上専精の『因明学全書』にも上げられている。鷗外が〈論理の失〉〈談理の病ひ〉としてくり返し逍遙を非難するのは、この一語数義の問題であった。それでは立論の不可能であることを強調するために、因明が効果的に使用されるのである。そして、それは効を奏した。逍遙は絶えず論難され、鷗外が逍遙を論破したと一般には見られたからである。勝ち負けの論理で言えば、逍遙は負け鷗外は勝ったのである。そのような印象を与えるのは鷗外が論争術に長けていたからであろうが、その論争術を支えていた一つに因明の論理があったのである。

しかし、その因明に問題がなかったわけではない。一つは西洋論理学との対応である。「早稲田文学の没却理想」では「聖教量」は「スペクラチオン」とも書かれていた。又、次のような箇所もあった。

蓋し新聞雑誌などに見ゆる談理は、現量智《インツイチイフ》より出づるもの〔露伴子が批評の類〕少くして、比量智《ヂスクルジイフ》より来たるもの多し。（「逍遙子と烏有先生と」）

現量智、比量智という因明の用語がそのまま、インツイチイフ（intuitiv　直観的）、ヂスクルジイフ（diskursiv　推理的）というドイツ語に読み替えられているのである。因明の三つの認識方法がそれぞれ西洋の概念で捉えられているところに、明治啓蒙期の特質もよく窺えるのである。よく言えば西洋の論理学と東洋の論理学の対応、接点を見ようとするものであるが、他方より言えば、東洋の論理学をその骨格を骨抜きにして西洋論理学で合理化しようとするものでもあった。この点を力説すればハルトマン美学のみならず、論争すべてにおいて西洋の論理を優先させようとする鷗外の好みが透けて見える。しかし、現量智、比量智はともかくとして、聖教量に「スペクラチオン」をあてる論法はどう見ても強引である。この問題に関しては三好行雄氏に次の如き指摘がある。

> 鷗外は没理想論争の過程で、哲学的概念の訳山にあたって仏教あるいは因明（インド論理学）の用語を借りた。テオーリアとしての Spekulation を聖教量と訳し、Diskursiv を比量と訳したのである。擬似的、もしくは比喩的な概念の移行であり、その間のずれの問題について、逍遙や鷗外がとくに意識的であったとは思えない。（〈文学のひろば〉「文学」昭58・10）

私はまず因明の論理があり、それに対応させる意味で西洋の論理が使われたとみるが、氏は西洋論理の訳出に当たって因明の用語を借りたと見る。これは当時の因明の流行を見れば私見のように思われるが、それはとも角として、テオーリア（theōria 理論、思弁）としての Spekulation（思弁、瞑想）に聖教量をあてるのは穏当を欠くという点では異論はない。ただ、そのことに鷗外が「意識的であったとは思えない」というのは、やはり引っかかる。鷗外は「絶対の地位」の意味で聖教量を使用しているわけであるから、その意味に対応する西洋の用語を当てなければならない。スペクラチオンに聖人の教え、聖典の言説等の意味が無い以上、意識的に鷗外がそのような意味でスペクラチオンを使用したとしか思われない。ここは東洋論理の西洋論理による強引な合理化と取りたい。

当時の論壇が専ら西洋論理学と因明との類似、相違を考えつつ、これを何とか対応させて因明の近代化を図ることに熱心であったのに対して、鷗外はひたすら因明の用語と論理を戦術として使った節が窺える。ただ啓蒙家鷗外としては因明の根拠づけとして、やはり西洋論理学が必要であったのであろう。そのための横文字での書き替えと思われるが、見方によれば鷗外の変らぬペダンティスムも指摘できよう。

一方、逍遙には因明についての知識がなかったせいか、「雅俗折衷之助が軍配」(「早稲田文学」明25・4)で僅かに興味を示したのみで、あえて因明の中でものを言おうとしなかった。しかし、いつの間にか誘導訊問に引っかかり、鷗外の術中に陥ちて行ったという印象は免れ難い。

没理想論争以降、この因明を使用していないところを見ると、鷗外の関心も一時的なものであったのであろう。あらゆる知を総動員しての論争で、たまたまタイムリーにめぐりあった論理と言えようか。西洋の論理ではなく、あえて東洋の論理に着目したところに鷗外の卓見があったのであろうが、それも論争に有利なテクニークとしての側面であるというところが味噌である。しかし、その面も含めて日本の論壇からは因明は忘れ去られて行く。以後、専ら形式論理の三段論法が幅を利かして行くのであるが、これも「あらゆる値踏を踏み代へ」た明治という時代の産物であろうか。

注

(1)『松任本誓寺白華文庫目録』(昭63・4　松任市中央図書館)

(2)明治二十五年六月の六十四号より、それまでの「哲学会雑誌」を「哲学雑誌」と改める。内容も改良される。

(3)以下、因明については各種の「仏教辞典」の外に、「近代文学注釈大系『森鷗外』」(昭41・1　有精堂)「日本近代文学大系『森鷗外集1』」(昭49・9　角川書店)の三好行雄氏の注解を参考にした。

6 『徂征日記』に見る鷗外の戦争へのスタンス

一

日清戦争後十四年、『大発見』（「心の花」明42・6）には次の如き記述がある。

旅行は僕はめつたにしない。北海道は箱館より先を知らない。九州は熊本より先を知らない。満州や台湾は戦争をする兵隊に附いて歩くので、職務の為めに行かねばならない処まで行つたに過ぎない。欧羅巴は学問修業を申附けられて、独逸へ行つて、帰りに倫敦と巴里とを見たばかりだ。

この短編の主人公を鷗外その人に結びつける必要はないが、ドイツ留学時の青木周蔵公使（作品ではS.A.閣下）との初対面の一言を元に小説が展開しているので、鷗外にきわめて近い人物であることは動かない。ただ、小説がかなり諷刺性の強いものであるので、そのレベルで作品全体を理解する必要はあろう。鷗外のドイツ留学と日清、日露両役の従軍を考えれば、これらの体験が鷗外に如何なる意味を齎したかは今更、言うまでもないことであろう。しかし、たとえ小説ではあっても、職務柄、止むなく従軍したというような言い方は鷗外の実際の体験と照らし合わせてみても、やはり違和感が残る。作品発表の明治四十二年は文壇復帰の年であり精力的に次々と作品が発表されて行き、十二月には「予が立場」（「新潮」）が出て、「あそび」「かのやうに」につながるような思想表明がなされつつあった時でもあり、その立場（ここではResignationと考えて良い）から逆照射すれば『大発見』での物言いも、ある程度、納得が行く。その態度は一見、意気地のないものに見えるかも知れないが内には強烈な自恃の精神を潜めているのである。とすれば、引用の箇所もアイロニカルな表現ということになる。そういうアイロニーとして読む立場と、やはりそこに一種の軽い挫折か蹉跌を見ようとする立場があるように思われる。鷗外にとって、日清戦争は如何なる意味を持ったのであろうか。

鷗外が日清戦争について書き遺したものは『徂征日記』『日清役自紀』『能久親王事蹟』が主たるものである。前二者は日記、戦役報告書で公刊されたものではないが、『能久親王事蹟』は棠陰会から依頼を受けて鷗外が執筆し、明治四十一年六月、春陽堂から刊行されたものである。それぞれ私的な性格の日記、上官で当時野戦衛生長官であった石黒忠悳宛の報告書、近衛師団長で台湾で行を共にした北白川宮の落命に至るまでの事蹟と、当然のことながら性格が異るので同日に論ずることはできないが、一応、私的な日記に対して公的な戦地報告書、伝記と言うことはできるであろう。しかし、『航西日記』や『独逸日記』、あるいは『還東日乗』がそうであったように、私的な日記とは言え、又、公表の如何を問わず、鷗外の日記に私的な側面が凡と出ているわけではない。鷗外日記の基本は漢文体であり、簡潔さ、事実重視がポイントでこれに得意の漢詩が加わるのが大きな特質である。その意味で『徂征日記』も従来の日記と大きく変るものではない。

『徂征日記』を見る限り、この日記の中心は妹喜美子との贈答歌（圧倒的に喜美子作が多いが）、早川峡南との漢詩の贈答、神保濤次郎との連詩・連句、野口寧斎との贈答、横川悳郎の漢詩で成り立っていると言っても過言ではない。勿論、鷗外自身の独詠の和歌、漢詩もあり、この点を中心にすると次の日露戦争の『うた日記』的性格が強くなってくる。鷗外は戦争そのものを記述するよりも、戦争の過酷さを一時、忘れて詩歌の世界に遊んだということになる。文雅の徒として従軍したかに見える。しかし、この見方は一面の真理は衝いているが正確ではない。

鷗外は中路兵站軍医部長（次いで第二軍兵站軍医部長、台湾総督府陸軍局軍医部長となる）として先ず釜山に上陸しているので、職務上、重要な任務があった。兵站部は文字通り「作戦軍のために、後方にあって車輛・軍需品の前送・補給・修理、後方連絡線の確保などに任ずる機関」（『広辞苑』）であって、釜山より漢城に至る東路、中路、西路の三条の内の一つが中路で、そこの兵站部所属であった。この間の任務遂行の報告書が『日清役自紀』であり、殊に道路事情、旅程、水質、病院施設、罹病者の病気の種類等が克明に記述され報告されている。朝鮮、中国大陸の約八カ月間（明27・9・5〜明28・5・19まで。日付は執筆の期日）で報告書が四十通、台湾での約四カ月間（明28・6・16〜明28・9・12まで）で八通となっている。大陸時代は平均して六日に一度の報告を行っていることになる。もちろん、鷗外一人での調査、見聞によるものではなく、部下の多くの軍医による調査報告に基づいているのは言うまでもない。

そんな報告の中で注目すべきいくつかの事例について考えてみたい。

まず、「中路兵站軍医部別報第三」（以下「中路別報」と略す。明27・9・10於釜山）の「下、役夫ノ争闘及創痍」によると、八月二十三日に役夫六人が朝食時に韓人と格闘し負傷したこと、九月四日には「我役夫韓人ト大邱ニ挑争ス」とあり、「遂ニ我兵ノ射撃ニ遭」い負傷者を出している。「国人ノ傷クモノ二」「韓人ノ傷クモノ四卒倒スルモノ一」と正確にその数まで書き留めているが、当然のことながらこの種のトラブルは各地で相当数あったものと思われる。一八九四年（明27）五月に甲午農民戦争（東学党の乱）が起こり、直接、この農民蜂起が引き金となって日清戦争が始まったわけであるから韓国民衆の日本に対する敵意は当然のことであり、「中路別報第十」では「下、中路ノ匪徒」としてこのことにも触れられている。貨物（物資）を奪った賊十数人は単なる盗賊か否かは分からないが、「明治二十七年九月二十二日安保可興間東学党出没スルヲ聞ク頗ル兵站ノ事ヲ阻礙ス兵站監鎮圧ノ令ヲ下セリ」とある東学党に至っては明らかに日本軍の輸送妨害を狙った犯行であろう。同様の記事は他にもある。「中路別報第十四」（明27・9・27於釜山）に「安東醴泉間乱民数千アリ自ラ義兵ト称シテ事大ヲ唱道ス台封司令部副官騎兵大尉竹内盛雅殺サル頸部ニ截創一アリ別ニ渾身挫傷アリ」とある乱民は東学党であるか否かははっきりしないが、農民一般に広く支持されたのが東学党と考えれば、その乱民もその系統に属するものであろう。釜山滞在は一カ月だったので韓土全体の動きは掌握できなかったが、各地で散発する農民の蜂起や小競り合いを通して、蹂躙された人々の怒りは充分に肌に感じられたであろうが、鷗外の彼等を視る目は「匪徒」であり「乱民」であった。日本帝国陸軍の兵站軍医部長としてはきわめて自然な見方で、この陸軍の立場からは大きく出ることはない。

次に注目したいのは日本赤十字社関係である。「中路別報第一」に「領スル所ノ訓令中……赤十字社人員派遣ノ事アリ派遣ノ期已ニ熟セルコト発電スル所ノ如シ」とあり、これ以外に赤十字社のことは次の如く散見する。

・柳樹屯兵站病院ハ十二月十四日日本赤十字社救護員緒方惟精等三十八人ノ立山号舶ニ乗リテ大同江漁隠洞ヨリ来ルニ会ス即チ委ヌルニ第一営内ノ患者及病虜ノ医療ヲ以テス（「第二軍兵站軍医部別報第二十二」以下、「第二軍別報」と略す）

・患者入退ノ劇シキ方今此院ヲ最トナス故ニ赤十字社救護員ノ此ニ在ル者ノ如キモ決シテ逸予セズ（「第二軍別報第二十六」　柳樹屯兵站病院の繁忙のさま）

・別ニ俘虜四人市人一人ヲ収療ス赤十字社救護員ノ我兵站ニ来レル者ハ今ニ迄ルマデ皆是院ニ駐セリ十五日其半部ニ令シテ金州兵站病院ニ赴カシム（「第二軍別報第二十八」　同じく柳樹屯兵站病院）

・一等軍医永井琢蔵ハ三月四日第一師団第一野戦病院ニ附セラレテ去ル五日赤十字社救護員ノ柳樹屯ニ在ル

者ヲ此院ニ派遣ス（「第二軍別報第三十四」）

特に赤十字社に注目するのは、明治十九年十一月に日本政府がジュネーブ条約に加盟後の最初の戦争が日清戦争であり、その「戦時傷病兵ヲ救護スルヲ唯一ノ目的ト為シ其国籍ノ如何ハ固ヨリ問フ所ニ非ス[1]」とする博愛の精神が実地に試されたからである。そしてこの精神は若き日の鷗外が明治二十年九月にカルルスルーエで開かれた第四回国際赤十字会議で上官の石黒忠悳と共に確認したものであった。『独逸日記』の九月二十六日と二十七日の条に概要が書かれている。「欧州の諸会は欧州外の戦あるに臨みて傷病者の救助を為すべきや否の問」がオランダの委員から出された時、鷗外は石黒の許可を得てその欧州中心の排他主義を批判し、「若し夫れ本題に反対せる場合即ち亜細亜外の諸邦に戦あるときは、日本諸社は救助に力を尽すこと必然ならんと思考す。」と答えて喝采を博した。[2]加えて鷗外らは「ジュネフ盟約に注釈を加へ士卒に頒ちたる報告をなし、其印本数部を会に示」したり、石黒の起草と鷗外の翻訳になる「日本赤十字前紀」を配布して日本のジュネーブ条約遵守の立場を強調することで、文明国の開明性を印象づけようとした。そして、その真価が問われる事態が意外にも早く訪れたのである。

しかし、実際に戦地に赴いた救護派遣員は意外と少い。『日本赤十字社発達史』（明39・7　尚文社）によれば第一救護員が医長心得、調剤員、書記、看護人合せて三十九名（二十七年九月十二日仁川港着）、第二救護員が四十二名（十月二十八日仁川着）、第三救護員が四十名（二十八年二月一日柳樹屯着）で合計一二一名である。尤も、「此戦役ニ於テ、陸軍省ハ看護婦ヲ戦地ニ派遣スルコトヲ許サレズ、悉皆男子タルベキコトヲ命令セラレタリ」（『日本赤十字社発達史』）とあるため看護婦が参加できなかったことも原因しているかも知れない。しかし、看護婦は内地での勤務を許され広島の予備病院（陸軍病院）で看護に当たったことは当事者であった石黒忠悳の『懐旧九十年』にも詳しい。戦地から送られて来る傷病兵の看護ではこちらの方も大きな働きをした。[3] それにしても陸軍病院で看護婦が勤務することも簡単ではなかった時代である。

野戦衛生長官石黒忠悳名で訓令が出されている（明27・11・30日付）。その「十二」に「陸軍病院ノ看護婦人ヲ用フルハ今回ヲ初メトス故ニ最モ注意ヲ要ス即チ之ヲ使用スルニ方テ医官ハ患者ニ向テ充分其注意ヲ演達シ常ニ患者ト看護婦人ノ間ニ敬意ヲ忘レシム可ラス殊ニ将校ノ患者タル者此看護婦人ニ対シテ互ニ恭敬ノ実ヲ表シ以テ下士以下ニ示サ、レハ遂ニ言フヘカラサル弊ヲ生スヘシ」とある通り、特に病院での風紀上の問題を恐れたようであるがそれは杞憂であったようだ。

看護婦は戦地に行けなかったので勢い救護員に負担がかかってくる。しかし、その数にも限界があり、現地では「特志看護婦」「雇看病人」「雇看護婦」を雇っていることが「中路別報第五」（明27・9・12於釜山）で分かる。「特志看護婦　九人　右釜山ニ於テ採用ス」として「姉川サト年二十二」以下九名の姓名と年齢が書かれている。「特志看護婦」とある以上、ボランティアであろうか。「雇看護婦　十五人」は給与を出しているのであろうか。国内にも「篤志看護婦人会」があったが、これは傷病兵慰問や消毒繃帯材料の調達が主な目的で所謂、篤志看護婦派遣の会ではない（『日本赤十字社発達史』）。「中路別報第五」では軍医林の報告として「ソノ看護者ノ如キモ看護手二人ヲ除ク外一ノ看護法ヲ錬習シタルモノアラズ以テ百五十乃至三百ノ患者ニ当ル其難言ヲ須タズ」とあり、いずれも素人集団であることを思わせる。それでもこの特志看護婦（篤志看護婦の表記もあり、同じ意味で使用されていると思われる。）や雇看護婦の需要は大きかったと見え、「中路別報第七」「中路別報第九」にもそのことが触れられている。しかし、釜山を離れてからは看護婦の文字は見えないので、比較的平穏であった釜山の兵站病院で看護婦達が勤務についていたということであろう。

鷗外と日赤救護員との関係は第二救護員が第二軍に属することとなり、これを指揮する立場にあった。

・（明治廿七年十一月）十五日森第二軍兵站軍医部長ヨリ我宿舎ヲ柳樹屯兵站病院第一分院ト称シ明十六日開

院スヘキノ命アリ（『日本赤十字社史稿』）

・明治廿八年一月十五日兵站病院長ハ我救護員半部ヲ金州ニ進ムヘキ森軍医部長ノ命ヲ伝ヘラル（同右「第二軍別報第二十八」に対応）

・三月五日森軍医部長ヨリ命令アリ曰ク柳樹屯ニ駐在スル赤十字社救護員ヲ旅順口兵站病院ニ差廻スヘシト（同右「第二軍別報第三十四」に対応か）

これらより鷗外が第二軍兵站軍医部長として日赤救護員に適切な指示を出していたことが分かる。そして、この赤十字社の博愛精神が日赤救護員のみならず陸海軍指導部にも浸透していたことは各種の訓示を見れば分かる。日本軍は始めての対外戦争で文明国の軍隊であることを世界に証明して見せる必要があったのである。

陸軍大臣ノ訓示

戦ハ国ト国トノ戦ニシテ一個人互ノ恨アルニアラ子ハタトヒ敵ナレハトテ傷ヲ受ルカ病ニカヽリタル者ヲイタワリ救フハ人ノ常ナリ故ニ文明ノ国々ニテハ戦時敵味方ノ別チナク負傷者病者ヲ救ヒアウヿヲ平時ニ於テ約束ス所謂ゼ子ース条約（一ニ赤十字条約トモイウ）是ナリ我国ニテモ明治十九年六月此条約ニ加盟セラレ(4)我軍人ハ此約束ニヨリテ敵ノ負傷者病者ニ対シテ愛敬ヲ加フヘキ義務ナルコトハ常ニ教ヲ受ケシコトナレハコレヲ心トスルハ勿論ナレトモ清国ノゴトキ文明ノ化未タ洽子カラサル国ノ兵ハ是等ノコトヲ知ラサル故ニ我負傷者病者ニ対シテ暴戻ノ所行アランモ測リカタケレハ此方ニテハ充分ノ用心ナカルヘカラス又敵ハイカニ残暴ニシテ悪ムヘキ所行アルニモセヨ此方ニテハ文明ノ公法ニヨリ傷病者ヲハ救護シ降者俘虜ヲハ愛撫シ仁愛ノ心ヲ以テ之ニ対スヘシ啻ニ負傷者ノミナラス我ニ敵セサルモノハ皆之ニ対スルニ仁愛ノ心ヲ以テセサルヘカラス又敵ノ屍ニ対シテモ此心ヲ以テスヘシ故ニ文明国ノ戦ニ敵将ノ屍ニ対シテモ其官相当ノ礼ヲ以テ之

ヲ敵ニ引渡セシ美談アリ抑我軍人ハ天皇陛下ノ御仁恵ヲ心トシテ勇剛ニシテ仁愛ナルコトヲ汎ク海外ニ表彰スルハ此時ナリ一層此ニ注意スヘシ

明治廿七年　陸軍大臣伯爵　大山　巖

最後の部分は我が国の赤十字活動が皇室の庇護の下に展開してきたことを物語るもので、明治天皇国家にこの運動もつながることを語っているが、戦場における兵士の心構えはジュネーブ条約の精神を充分に踏まえているように思われる。この精神がどれだけ一般の兵士にまで浸透していたかは分からないが、文明国の戦いを果たして国際社会に認知されようとする陸軍指導部の意図は充分に伝わってくる。そのことが具体的に表われたのが清国軍の俘虜への扱いであろう。

「中路別報第三」を見ると俘虜ではないが、九月四日、大邱での格闘で「韓人ノ傷クモノ四卒倒スルモノ一」の名前が日本人の四名と共に上がっている。俘虜が上ってくるのは旅順が落ちた十一月二十一日以降（「第二軍別報第十四」）である。「俘虜六人清人四人アリ」（「第二軍別報第十四」）「俘虜三十八人清人四人」（「第二軍別報第十七」）「俘虜傷者三十四人市民傷者四人アリ俘虜及市民ノ傷者ハ十二月十日ヨリ第一師団第二野戦病院ノ軍医ニ委嘱セリ」（「第二軍別報第二十二」）という如くである。その扱いについては、例えば、明治廿七年十二月の柳樹屯兵站病院第一分院日本赤十字社救護員派出所では「清兵捕虜ノ救療ヲ命セラレ十二月十八日軍医ト共ニ和尚山中砲台及西砲台ニ出張シ営中ニ拘置セル捕虜患者ヲ検シ其二十六名ヲ我分院ニ収容ス捕虜患者ハ営中ニ在テハ健康者ト狭隘ナル室内ニ雑居シテ艱苦ヲ嘗メタルニ我分院ニ入ルヤ直ニ汚穢ナル弊衣ニ換フルニ新衣ヲ以テシ食餌薬剤寝具等至ラサル所ナク捕虜皆悦服セリ」（『日本赤十字社史稿』）とある。金州城内野戦病院での負傷捕虜三十名の写真は亀井茲明の『明治二十七八年戦役写真』[5]（明30・5　二冊本）でも確認することが出来る。日本軍は俘虜傷病兵の救護に熱心であった。清国への宣伝効果もあったであろうが国内の東京、名古屋、豊橋、大阪の日本赤十字社病院や陸軍予備病院に俘虜患者を入院させ、その数は一四八四名（柳樹屯の三十名を含む）に上った。送還は明治二十七年十月十五日に始り、二十八年八月十一日を以て終っている。その際、「救護員ガ送リテ鉄道停車場ニ至レバ、別ニ臨ンデ叩頭恩ヲ謝シ泣涕低徊去ル能ハザルノ状アリ」という有様であったという（『日本赤十字社発達史』）。理想的な俘虜の取扱いと言っていいであろう。しかし、俘虜に対する態度は複雑である。鷗外の「第二軍兵站軍医部別報第二十六」（明27・12・31付）には次の二つのエピソードが載っている。

・病虜ノ一人両足凍傷シテ後壊疽ヲナス乃チ之ヲ截断ス一夜此虜繃帯ヲ開鬆シ其一片ヲ裂イテ纏絡シ自ラ縊レント欲スル者ニ似タリ其故問ヘバ則チ云ク既ニ両脚ヲ失フ何ニ縁リテカ活ヲナサン死スルニ若カズト慰諭シテ僅ニ止ム其性命ヲ重ンゼザル固ヨリ笑フ可シト雖国俗此ノ如キヲ致ス所以ノ者アルニ想ヒ到レバ亦洵ニ憫ムニ足ルモノアリ

・俘虜ニシテ創全ク愈ユル者一人夜ニ乗ジテ逃レ去ル我軍其ノ恩ヲ忘レ徳ニ背クヲ嫉ム

先の「国俗此ノ如キヲ致ス所以ノ者」とは明確に特定できないが、両足切断で生活の方法が立たないということであれば日本もさして違わなかったように思われるが、日本の場合、傷痍軍人は国家から生活が保障されていたということであろう。明治二十三年六月に制定された「軍人恩給法」には傷痍軍人に増加恩給が給される旨が記されている。

第九条　増加恩給ハ戦闘及戦時平時ニ拘ハラス公務ノ為メ傷痍ヲ受ケ若クハ疾病ニ罹リ左ニ掲クル事項ノ一ニ当ル者ニ退職恩給、免除恩給ノ外特ニ給スルモノトス

一　両眼ヲ盲シ若クハ二肢ヲ亡シタルトキ（『帝国法規』昭11・4　第三十四版による）

以下、六項にわたり規定がある。戦闘、公務、階級により支給額は異る。軍人恩給法の有無が両国の差で

あり、清国人に対して「憫ム二足ルモノアリ」の情を抱いたのであろう。又、俘虜が脱走した時の反応は人情として分かるが、俘虜の立場になれば脱走する気持ちも分かる。傷が完治したので、又、日本軍と戦おうとしたかも知れないし、将来に不安を覚えたのかも知れない。この二つのエピソードから感じられるのは勝者の敗者への憐れみと勝者のエゴイズム（身勝手さ）のようなものである。日清戦争時の赤十字運動にもこのようなものが全くなかったと言い切れるかどうかは微妙なところがある。

二

以上、かなり詳しく赤十字社の活動を見て来たのは次のことを念頭に入れていたがためである。

十七日。雪ふる午前九時小樽号船に乗りて大連湾を発す午後四時旅順口に抵る兵站病院を訪ふ所謂北洋医院なり庄田《ママ》（荘田）喜太郎に面し各房を歴覧す日暮に至り船に帰る途新西街を過ぐ岸辺屍首累々たり（『徂征日記』十二月十七日）

最後が問題なのは言うまでもないが、この「岸辺屍首累々たり」には大きな意味があった。「明治二十七年十一月二十一日薄暮旅順ハ我有トナレリ」（「第二軍別報第十四」）と鷗外が記した二十一日から二十五日にかけて、所謂、「旅順虐殺事件」が起こった。(6) 中国側資料では無辜の老幼婦女子を含めて一万八百余名とも一万八千余名とも言われる。この事件に関与したのは第二軍であり軍司令部の下に第一師団（師団長山地元治）と混成第十二旅団（本来は第六師団に属する）が入り、他に臨時攻城廠、野戦電信隊、兵站部が付属した。この事件は十一月二十九日に長門丸で宇品に帰港した外国人特派員によって「ワールド」（ニューヨーク）「タイムズ」（ロンドン）「ル・タン」（パリ）等の世界各紙に打電され、全世界の知るところとなった。有名な「ザ・グラフィック」（明28・2・2付　ロンドンで発行の週刊誌）に載った「旅順陥落」の図（写真）は、「ザ・グラフイック」誌の通信員として日本から従軍したフランスの画家ジョルジュ・ビゴーによって送られたものである。ビゴーは十一月二十六日に朝鮮から帰国しているので、本人が撮影したものではなく日本人の従軍記者から借用したもののようである。「ザ・グラフィック」には釜山での帰還兵の姿や負傷兵の運搬、朝鮮人のスケッチや笞刑の様子等が載っている（10月27日号）。このビゴーのことは『日清役自紀』にも載っている。「中路別報第四」（明27・9・11付）に「因ニ云フ画世界 Monde Illustré 及画報 Illustration ノ共業者タル画工ジョルジュ、ビゴオ Georges Bigot ト云フ者アリ瑞西赤十字中央社ノ請ニ依リテ釜山兵站病院及其分舎ノ図ヲ撮影シ仁川ニ向ヒテ去レリ」とあり、釜山で鷗外とすれ違っている。そのビゴーにより旅順虐殺の証拠写真が配信されるとは鷗外も思い及ばなかったであろう。

虐殺に至った経緯としては十一月十八日に土城子付近の戦闘で生け捕りにされた日本兵の死体が凌辱され、無惨な姿で晒しものになっているのを目撃した日本兵が過剰な反撃に出たことが考えられる。これは外国特派員も書いており日本側資料でも確認される。このような行為に出た中国側の理由としては日本兵の首級や身体の各部に懸賞金がかかっていたためである。しかし、これだけが原因で過剰に反応したことを説明するのは困難で、井上晴樹氏は第一師団長山地元治の指令で婦女老幼以外は殺害しても良いという暗黙の了解があったのではないかと推測している。

この虐殺事件を写真に撮りかつ日記に書きとめていた人物が鷗外と関係の深い亀井茲明であった。亀井茲明は津和野藩十一代藩主茲監の養子となって亀井家を継いだ人物であるが、明治十年から三年間、イギリスに、又、十九年から二十四年までドイツに留学し普通学と美術の学を修め、傍ら写真術をも学んだ開明の士である。鷗外の『独逸日記』では明治二十年四月二十一日に「亀井子を訪ふ。楠秀太郎と相識る。亀井子は痩癯、顔色蒼然、人をして寒心せしむ」とあるので、この日が初対面であろう。美学を修めたいと言う亀井に対して「ミユルレル」氏を紹介しているのが両者のつながりの始めである。その後、七月二十八日、十月十一日、二十一年一月四日と旧藩主に対する如く御機嫌伺いに司候している。その亀井が従軍カメラマンとして二十七年十月十六日に宇品を発って、一時帰国を挟んで二十八年五月二十四日に宇品に帰り着くという体験を有した。二人は十月十六日に亀井が横浜丸で鷗外が宗谷号で同日に宇品を出発してもいる。前日の十五日に鷗外が亀井に挨拶に訪れている。同じ第二軍ではあるが亀井が第一師団司令部付（師団長山地元治）で従軍しているので、戦場では余り会う機会がなかったようだ。「十月二十一日。横浜号舶に至る亀井伯主僕あり夜舟に帰る」「十一月二十九日。山地師団長等旅順より至る亀井伯も亦此斑《ママ》に在り」「明治二十八年一月三日。亀井伯帰郷の途次来り訪はる」の三カ所位が『徂征日記』に見えるところである。十一月二十九日の段階では惨劇が終ったばかりの時であったが、両者の間でこれについて意見が交換されたか否かは不明である。たゞ、亀井の『従軍日乗』と『写真帖』には、その時の惨劇の様子が生々しく書かれ、又、撮られている。

十一月廿一日　（略）第二連隊ハ其命ヲ受クルヤ直ニ猛進突撃先ツ旅順市街ニ潜伏セル敵兵ヲ屠ル是ヨリ先清将旅順附近ノ店民ニ諭シ十五歳以上ノ男子ハ皆我カ軍ニ抵抗セシム故ニ民家毎戸多小《ママ》ノ兵器弾薬ヲ蓄ヘサルモノナシ是ニ於テ苟モ我カ兵ニ抗スル者ハ悉ク戮殺シテ遺スコトナシ第二連隊第八中隊ノ人員渾テ二百三十三人中敵兵十五人以上ヲ斬殺セシ者十八名三十人以上ヲ斬殺セシ者二人アリキトソ又第三連隊ノ宿衛地ニ於テモ七百人余ヲ斬殺セシト云以テ其ノ戮殺ノ多キヲ知ルヘシ

十一月二十二日　（略）余ハ此ノ日先ツ集合地ナル練兵場ニ至リ其レヨリ隅元憲兵中尉ト共ニ旅順市街ニ入ル（略）路上ニハ伏屍堆ク流血川ヲ為シ両側ノ民家ハ襤褸或ハ陶磁器ノ破片紙屑支那靴等散乱シテ狼藉タリ

屋内ニモ亦伏屍アリ鮮血淋漓足踏ム所ヲ知ラス細ニ其ノ屍ヲ検スレバ或ハ頭脳ヲ中断シテ脳漿ヲ出タシタルモノアリ或ハ腹部腰部等ヲ切断セラレテ腸胃ヲ露出セルモノアリ其ノ状惨澹怨鬼啾々ノ声ヲ放ツガ如キヲ覚ユ真ニ酸鼻ノ極ト為ス

十一月二十四日（略）隅元憲兵中尉ト倶ニ北方郊野ヲ徘徊ス因テ我掃除隊カ土人ヲ役シテ横死ノ敵屍ヲ埋瘞スルヲ見ル累々其数ヲ知ラス或ハ脳漿流迸シ或ハ腹膜露出シ或ハ身軀半ハ焦爐セシモノアリ西風腥クシテ怨鬼啾々ノ声ヲ聞クカ如シ則チ写真器ヲ装シテ其ノ状ヲ撮影ス

この三日間の記述でもその惨劇のさまは充分に知られる。この惨劇に対する亀井の立場は「附記」として書かれている。「旅順口市街戦ニ於テ我軍隊カ無辜ヲ殺害シ残虐ヲ極メタリト為シ外国新聞記者等或ハ我ヲ目シテ野蛮ト倣ス者アリト聞ク」と始まっているので、この批判に対する弁明の調子が強い。清兵の被服は脱ぎ捨てれば常人と変らず、又、商人に変装して潜伏しているので敵兵と特定するのが困難であったこと、商家、民家を問わず弾薬、武器を貯蔵していたこと、市民には十五歳以上の男子は日本軍に抵抗するように訓令が出ていたこと等が書かれており、日本兵が見境なく殺戮したことを正当化している。それを補強するような形で「東京日々新聞」に載ったジャパン・メールの記事が全く改変されずに引用されているのかどうか、又、日本でのインタビューのためコーウェンが配慮したかどうかは分からないが、かなり日本軍に同情的な立場を取っている。日本軍への抵抗、日本兵捕虜に加えられた拷問等により惨劇に至った理由を推し量り、惨劇自体は英軍にも仏軍にもあったことだと一般化している。しかし、コーウェンが許せなかったのは「旅順口略取ノ日ノ事ニアラスシテ総テノ抵抗絶ヘタル後ニ及ンテ猶ホ清国人ヲ殺シタル事」であった。「余ハ都府陥落ノ後清国人ハ毫モ抵抗セザリシコトヲモ断言スベシ」と明言している。旅順陥落後も無抵抗の一般市民に殺戮を繰り返したことが許せなかったのであり、人間として当然の反応であろう。殊にコーウェンにとって「日本軍は、これまで西洋でも行われたことのないような称賛に値するやり方で戦争をしてきたことで、文明国からの支持を正当に獲得してきた」(「タイムズ」'95・2・1)だけに、裏切られた気持ちは強かった。

この旅順虐殺を見たかも知れない文学者の一人に国木田独歩がいる。「國民新聞」の従軍記者として千代田艦に乗り込んだ独歩は『愛弟通信』の清新な文章で読者を惹きつけた。その第二十一回の「旅順陥落後の我艦隊」(其二)(十二月八日付)の条に、「昨日(二十五日)一寸と上陸したり。勿論旅順港内には非ず、饅頭山砲台の海岸なり」とあり、その目的を「食牛を生捕らんためなり」としている。そして次の文章が続く。

愛弟、吾れ始めて『戦ひに死したる人』を見たり。剣に仆れ、銃に死したる人を見たり。無論そは清兵なりき。見たるうち一人は海岸近き荒野に倒れ居たり。(略、死体の描写)吾れ之れを正視し、熟視し、而して惘然として四顧したり。凍雲漠々、荒野茫々、天も地も陸も海も、俯仰顧望する処として惨憺の色ならざるなし。

『戦』といふ文字、此の怪しげなる、恐ろしげなる、生臭き文字、人間を咀ふ魔物の如き文字、千歳万国の歴史を蛇の如く横断し、蛇の如く動く文字、此の不思議なる文字は、今の今まで吾に在りて只だ一個聞きなれ、言ひ慣れ、読み慣れたる死文字に過ぎざりしが、此の死体を見るに及びて、忽然として生ける、意味ある文字となり、一種口にも言ひ難き秘密を吾に私語き始めぬ。然り、吾れ実に此の如く感じたり。

素直に読めば饅頭山下の海岸で見た清兵数人の死体と言える。饅頭山下は旅順口から少し離れているので(「饅頭山ノ位置タル旅順港の西岸市街ヲ距ルコト一里許ニ在り」と『従軍日乗』にある)、旅順の市街を見てはいないことになる。後に驚異の哲学を説く独歩であれば清兵一人の死体からだけでも充分、哲学的思弁、意味づけは可能であろう。出だしでも「我が艦隊は今日只今まで尚ほ旅順口の港外に在りと知り給へ」とあり、旅順港に入港したという記述はない。十二月三十日に催された海上忘年会も大連湾のことであり、旅順が陥落した以上、入港の必要もないかも知れない。しかし、想像を逞しくすれば二十八年一月元旦に長崎に向け出港するまで、旅順の市街に一歩も足を運び入れていないというのはどう見ても不自然である。一人の清兵の背後に累々たる市街地の死屍の山があるのではなかろうか。この清兵一人の死の描写はそのことを充分に感じさせる重みがある。独歩には従軍記者としての自己規制が働いたのではなかろうか。新聞に載る以上、日本軍の不名誉となることは書けなかったのではなかろうか。特に旅順陥落では「勇敢なる日本人《ブレーブジャパニーズ》！」という外国軍人、特派員の賞賛が繰り返し書かれており、次に虐殺という不名誉は書けなかったであろう。しかし、ここが詩人の想像力の凄さであろうか。独歩の文章力は清兵一人の死を描きながら、その背後の凄惨な虐殺を想像させて余りある。

　さて、この虐殺が何故起こったかについては、これまでの少しずつの引用からでも類推されるところであるが、それにしても、一旦、戦争となれば軍部がその都度発していた訓示、告諭などが全く役に立たないことが分かる。政府は今度の戦争を文明国の野蛮に対する戦争と位置づけ、この戦いにおいて文明国であることを立証するのに懸命であった。（もちろん、背景に英米露を中心とする新通商条約の調印を控えていたことがある。経緯は陸奥宗光の『蹇蹇録』に詳しい。）

「我軍は仁義を以て動き文明に由て戦ふものなり故に我軍の敵とする所は敵国の軍隊にして其一個人に非す」で始まる明治廿七年十月十五日付の第二軍司令官大山巖名の訓示一六四号は格調高く、俘虜傷者、一般人民には仁愛の心を以て接すること、決して掠奪してはならないこと、人夫等教養の低い者が規律に反した時は厳罰で臨むこと等が記されている。無論、第一軍司令官山縣有朋の訓示も同様で「仰モ今日ノ戦タル国ト国トノ戦ニシテ我軍ノ敵トスル処ハ即チ清国ノ軍隊ニ止マリ蚩々タル黎民ニ至テハ基ヨリ歯牙ニ掛クル所ニ非ラス而シテ人民ノ家屋ヲ焼棄シ財産ヲ剽掠シ及ヒ婦女ヲ羞辱スルカ如キハ現ニ万国公法ノ厳禁スル処ニシテ又文明国軍隊ノ決シテ為サヽル処仮令敵兵ニシテ公法ノ規矩ニ従ハス文明国軍隊ニ反スル挙動アルモ苟モ我軍隊ニ属スル者ハ決シテ暴ヲ以テ暴ニ代ユルノ所業アル可ラス」と格調高い。後の焼き尽す、奪い尽す、殺し尽すの三光作戦の芽のようなものを摘み取ろうとする意志は既に明確に出ている。人夫（軍夫）への注意は同様で、後に甚しい掠奪や婦女強姦があった時は「斬殺シ以テ他ノ人夫一般ノ戒メト為スモ可ナリ」としている(7)。

更に赤十字憲章を充分に徹底するため、繰り返し「仁愛ノ心」（博愛の精神）が説かれている訓示が陸軍大臣大山巖名で二十七年に出されたことは既に述べた。

敵の傷病者、俘虜に対して、又、敵の屍に対しても仁愛の心を以てせよというのがその内容である。ジュネーブ条約に加盟して始めての対外戦争であり、その精神が試されると共に文明国に仲間入りするための文明国の戦争であることを実証して見せなければならなかった。その意味で軍指導部の姿勢は一致していた。しかし、これらの多くの訓示や訓令の類いが兵士にどこまで徹底していたかは疑問である。徴兵令で召集された兵士達にどこまで教育が施されていたのか。指導部はひたすら教育のない軍夫(8)の野蛮な行為を恐れたが、結果的に旅順では兵士達が皆、この軍夫のレベルにまで落ちたのであった。やはり軍人教育が充分でなかったせいであろうか。それもあろうが訓告、告諭には矛盾したところもあった。仁愛の心を以て俘虜に対せよと言いながら、陸軍は俘虜となることを極端に嫌った。それは相手が野蛮だからと言うのである。

敵国ハ古ヨリ極メテ残忍ノ性ヲ有セリ戦闘ノ際若シ誤テ其生擒ニ遇ハヽ酷虐ニシテ死ニ勝ルノ苦痛ヲ受ケ卒ニハ野蛮惨毒ノ所為ヲ以テ其生命ヲ戕賊セラルヽハ必然ナリ故ニ万一如何ナル非常ノ難戦ニ係ルモ決

シテ敵ノ生擒スル所トナル可ラス寧ロ潔ヨク一死ヲ遂ケ以テ日本男児ノ気象ヲ示シ以テ日本男児ノ名誉ヲ全スヘシ（明治二十七年九月　第一軍司令官陸軍大将　山縣有朋）

敵は野蛮残酷であるというメッセージは中国の史書や文学作品から得たものか、あるいは実見によるかは分からないが、捕虜として受ける苦痛、凌辱を避けるため自害を説くこの精神は、そのまま「戦陣訓」の「生きて虜囚の辱めを受けず」につながるものである。ここで日本軍はひたすら「野蛮との戦争」という枠組み《パラダイム》を作り上げ、それに対する「文明国の戦争」を強調した。このことが兵士に過剰な防衛意識を生み、逆にそれが攻撃性となって表われたのかも知れない。防衛と攻撃は盾の両面で「野蛮との戦争」というパラダイムに暴発の原因が既に内在していたのかも知れない。虐殺に至る集団心理は永遠の謎でここを解明しようとすると、いつも親鸞のあの言葉、「わがこゝろのよくてころさぬにはあらず。また害せじとおもふとも、百人千人をころすこともあるべし」に落ちつくのである。人間の不可解な心の闇の部分としか言いようがないところがある。

文明対野蛮の戦争で日本はその両面を見せてしまったと言える。赤十字であれ程、博愛の精神を実践して見せた日本軍が旅順では何故、これ程、残虐であったのかというのが外国特派員の捉え方であり疑問であった。「赤十字と虐殺」のタイトルで「タイムズ」記者は社説で日本政府を非難している。(9) たしかにこの矛盾を解消するためには、日本政府はその非を認め正式に清国と世界に謝罪し、処分を決定すべきであった。しかし、遂にそれは行われずにこの事件は闇に葬られて行った。文明と野蛮という矛盾するものが有耶無耶にされたため、この悲劇は又、南京で繰り返されることとなったのである。日本は未だ野蛮を克服する方法を見出していなかったし、又、見出そうともしなかったのである。

それにしても赤十字社の国際会議であれ程、見得を切った鷗外が、一カ月近く経っても未だ放置されてある死体の山を目にして何の感慨も催していないのはどうしたわけだろうか。いち早い文明の体現者はこの非文明の出来事に対して一言あって然るべきであったのに彼は一言も書いていない。鷗外は非戦闘員であったため具体的な戦闘の場にはいなかったが、独歩が洩したような表現はいくらでも可能であったはずだ。

海岸の屍体に無反応であった鷗外を象徴するのが翌十八日の集仙園での観劇である。劇場の様子、演目等が詳しく記されているが、同様の内容は「旅順口の芝居」（「歌舞伎新報」明28・8）でも述べられている。

旅順口に劇場あり、集仙園と云ふ。園主機智あり。曩に我軍旅順を陥るゝの際、戯子をして従容演戯せしむ。これに由て免るゝことを得たり。事は新聞紙に詳なり。

十一月二十一日の旅順陥落の時、「中新衛の劇場集仙茶園の俳優は糸竹笙鼓の音を絶やさず、悠然と演技していて難を免れた」と亀井の『明治二十七八年戦役写真帖』写真解説にもあるとおり、休まずに演ずることで清兵の変装者ではないことを証明することになり助かったわけだ。鷗外の説明からも園主の機転で虐殺を免れたことが知られる。演者は「十余歳の児童」と『徂征日記』にもあり、亀井の写真帖からもそのことが確認できる。鷗外の記述からは旅順の虐殺と、相手が男子ならば十余歳の児童（「役者は皆十余歳の男児なり。能く女子に扮す」とある）たりとも、日本軍は容赦しなかったことが知られる。戦いも一段落し久しぶりに兵士達も娯楽にありつけた為でもあろうか、「出、引込等中々えらいものなり。女子に扮し、敵手《あひて》を投げて目を『くりくり』と見張りて見得をなす。大請《おほうけ》なり。女子に扮したるものは、例の小さき足にて『とことこ』と歩く真似をなす。観客哄笑す」という描写にリラックスした様子が窺える。しかし、虐殺と哄笑の落差、あるいは両者が簡単に結びつく叙述にも凄さを感じる。鷗外にとっても旅順の虐殺は戦場での一齣に過ぎなかったのであろうか。勝利者の哄笑が旅順の虐殺を押し潰している。

たしかに『徂征日記』の性格からして個人的感慨などを読み取ること自体、無理であるという反論はあろう。日常の業務の外に『日清役自紀』にまとめられた詳細な報告書を書かねばならず、これ以上、詳しい日記を綴ることは不可能であり、勢い『徂征日記』が限定された叙述にならざるを得ないということはよく分かる。加えて鷗外は第二軍兵站軍医部長の立場であったわけで、軍に関わる機密事項や知り得た情報を簡単に洩らせないという自己規制は当然、働いたであろう。現在我々が目にすることが出来る『日清役自紀』も野戦衛生長官黒岩忠悳に宛てた戦役報告書であり、公開されたものではない。その中にも旅順虐殺は一切触れられておらず、軍に不都合なことは書かない、あるいは自己の権限外に関わることは触れないという姿勢は貫かれているように思う。『徂征日記』の性格が自ずと限定されるのは止むを得ないことである。

三

鷗外は戦闘員ではないのでその日記に戦闘の有様が書かれることはない。かと言って、中路兵站軍医部長、第二軍兵站軍医部長としての毎日の業務が書かれるわけでもない。書かれるのは毎日の最も基本的な行動、即ち、何時、何処で何をしたか、誰を訪うたか、誰が来たのかということと、状況の説明や感想めいたものが中心である。所謂、日次の日記である。これに色を添えているのが妹喜美子からの和歌とそれへの返歌、又、単独で、あるいは友人と贈答される漢詩、即興的な俳句と連句である。『徂征日記』の文芸性はこれら短詩型文学にかかっているので、ここを中心に日記を見て行くと文雅の人、文人として戦争に参加したと取れないこともない。しかし、『日清役自紀』の報告を見れば、敵兵の抵抗、傷病兵の扱い、他に腸窒扶斯や赤痢、虎列拉、瘧（マラリア）という伝染病に加え陸軍を悩まし続けた脚気に対しても有効な手立がなく、ただ罹病者の数だけを報告しているかの如き印象は拭えず、気苦労の多い日々ではなかったかと思う。薬も充分ではなく、又、伝染病治療に対する研究も充分ではなかった当時としては医師を責めるわけには行かない。例えば、マラリアに対しては鷗外が「台湾守備兵ニ諭ス」（「公衆医事」明36・2）で述べているように、麻刺里亜蚊（ハマダラ蚊）の三種類の形態上の特徴を教え、それに刺されないように呼びかけるのが精一杯であった。それが当時のレベルであってみれば、多くを医療に期待するのは無理である。とは言え責任者としての鷗外の苦悩が軽減されるわけでもない。このような公的業務から解放された息抜きとして『徂征日記』はあるであろう。私的な心遣りと言っても良い。

始めに妹との贈答歌から見てみよう。出征の日の明治二十七年八月二十九日に書き留められた妹の歌にこの戦争に寄せる兄妹の共通の思いが隠されていよう。

大君のみことかしこみいくさに
　いて立つ君は勇き哉

を筆頭に四首が掲げられている。出征する兄を言祝ぐ歌と言えばそれまでであるが、この歌には万葉集以来の伝統が流れている。「大君の命かしこみ」という上の句の書き出しは万葉集では常套句であり、『万葉集各句索引』でも二十八例の用例が見られる。大君の御言葉を謹んで戦に征くというこの表現が、タイムスリップして万葉集にそのまま繋がるというのは考えて見れば恐ろしいことである。大和歌の伝統が大和男子の丈夫ぶりという共通項で奈良時代と明治時代を難なく結びつけるのである。喜美子が関澄桂子や橘東世子から手ほどきを受けて万葉調を会得したのかも知れないが、この妹の万葉調からは家持の「海行かば水漬く屍山行かば草生す屍　大君の辺にこそ死なめ　顧みはせじ」（四〇九七）がすぐに連想されてしまう。代々、朝廷の警護に当たった大伴家の誇りはそのまゝ天皇を絶対化しこれに仕える帝国陸軍の軍人精神に繋がっている。次の「多くの国々、特にヨーロッパの国々を見てきた貴方には、高麗、唐土は物の数ではないでしょう」という歌い方もなかなかのものだ。雅語として、「こま」「もろこし」を使っているのであるが、その古称によって新しいヨーロッパの外つ国の文明が際立つことになっている。こういうアジアへの差別の視線が既にあるということも注意してよい。この妹の二首はそのまゝ鷗外の『徂征日記』の名称と通底している。『徂征日記』は二十七年十一月二十三日の条に『徂征余録第一』（「衛生療病志」五七号）の名称も見えるので鷗外自身の命名であろう（現在、鷗外記念本郷図書館所蔵の『徂征日記』は浄写稿本で鷗外の自筆ではない）。「徂征」とは「徂いて伐つ」ことであり、服わぬ人々を平定しようとする姿勢がその言葉にある。これはまさに侵略戦争そのものを肯定しようとする立場であり時の帝国陸軍の姿勢でもあった。

今一つ注目すべきは妹喜美子の戦争に寄せる思いである。初めての対外戦争ということもあり国民のナショナリズムはいやが上にも高まったが、それは男女を問わなかった。その中で従軍もすまじき勢いに駆られた女丈夫がいたことは日清戦争に材を取った鏡花の『予備兵』（「読売新聞」明27・10・1～10・24）でも知られる。風間直子という女丈夫であるが、この女性に山本直子という実在のモデルがいたことが今日知られている[10]。これらの女丈夫の代表者となるのが奥村五百子であり、明治三十四年に軍事援護を目的とする婦人団体、「愛国婦人会」を結成している。金玉均らとも交わり明治二十七年に渡韓もしており愛国の思いはそれらの経験とも関わるであろう。総裁に皇族を置き上流婦人達を中心とした愛国、報国の運動は昭和十七年二月に政府主導の大日本婦人会に統合されるまで続いた。女性が自ら軍国主義を支える運動に積極的に関わろうとしていた[11]。日本赤十字社の場合もそうであるが皇室の庇護の下、皇族を総裁に頂き「万世一系」の国体思想を支えて行こうとするものであった。

ついでに指摘したいのは妹の兄に寄せる思い、兄妹愛についてである。喜美子が林太郎を如何に尊敬していたかは『森鷗外の系族』（昭18・12　大岡山書店）を読んでも知られるところであるが、戦地に居る兄の身を気遣う、その思いで歌は歌われていると言っても良い。このような麗しい兄妹愛の先例は万葉集でも見られた。言うまでもなく弟大津皇子の身を案じ、悼む大伯皇女の絶唱である。姉と弟、兄と妹と立場は異なるが姉弟（兄妹）愛の美しさで共通する。又、共に女性が弟や兄を思いやるという点でも似通うが、やはり男性が並外れた才能を有していたことが大きな理由かも知れない。このように見てくると喜美子の歌は万葉集の伝統を踏まえつゝ手弱女ならぬ丈夫ぶりで兄を激励するのがその基本のようだ。

以下、注目すべき和歌を上げ、必要に応じてこれに言及したい。

明27・12・10　郷書至る妹の歌

すむ人も青柳の葉もちりはてし
　里のゆふべや淋しかるらむ

御恵をしりて柳の里人も
　おほみいくさやうちまねくらん

皆余が柳樹屯に在るを聞きて詠めるなり

柳樹屯の兄を思いやっているが、当然のことながら日本人の立場で詠んでいるわけで、戦場となった柳樹屯の村人の立場を思いやるものではない。戦争のために人が逃げ出して寂しくなった村と、僅かに残った村人がそれでも「皇軍」の恵を期待してこれを歓迎しているだろうというのは虫のいい話である。しかし、このような形で戦争の思いを共有することが、日本国内で女性ができる唯一の協力の仕方であったろう。妹に応えた鷗外の歌も妹の気持を汲み取り、二人の間には齟齬がない。

明28・1・19　午後一時舟大連湾を発して　山東の龍睡島を指す

剣太刀いざちぬりてんみいくさの
　ゆくての道に龍ねむるてふ

龍睡島は龍鬚島の誤りであったことが翌日に判明するが、「龍ねむる」には清国国旗である龍旗と「眠れる獅子」が含意されているのであろう。その龍を剣の太刀で血祭りに上げようというこの歌は「皇軍」の意気込みと陸軍軍医部長の立場を明確に表明している。

明28・1・31　微く雪ふる妹の書戊辰の昔がたりと共に至る

閲覧の余

みこしぢの昔話はあはれいま

もろこし人の上にざりける

かてるだにいくさのにはゝ悲きを

落ちゆく人はなに心地せん

妹の『戊辰の昔がたり』は星新一著『祖父・小金井良精の記』（『星新一の作品集18』昭50・11　新潮社）によれば、喜美子が夫良精の母幸から聞き取った長岡城落城の悲話から、子供達をつれて会津、米沢、仙台と落ち延び七カ月ぶりで帰郷するまでの経緯を書き留めたものである。明治維新悲話の一つであろうが亡国の民の悲哀が全編に漲っているのであろう。この悲哀を唐土人の上に重ねて見ているが、さすがに妹の書き留めた長岡藩の惨状の残響のせいであろうか、「落ちゆく人」に中国の民の姿を重ねて詠んでいると取りたい。小金井家の人達のみを思っているという解釈も当然、成り立つ。

明28・2・22（略）丁提督の故宅に入る梅花の初て開けるあり歌を詠ず

軒近くさくやかたみの梅の花

あるじのしらぬ春に逢ひつゝ

むかしうゐし其人あはれ今年さく

この花あはれあはれ世の中

威海衛の戦いに敗れ二月十二日に自殺した北洋艦隊提督丁汝昌の死を悼んだ歌である。故宅は劉公島の山腹にあった。この歌は言うまでもなく大宰府に流された時の菅原道真の「こちふかばにほひおこせよ梅の花あるじなしとて春な忘れそ」（『大鏡』）を踏まえている。咲き出しても元の主人は居らず、有為転変の激しい世の中に世の無常を感ずるしかないというのが趣意であろう。敵将への哀悼が道真という貴人を介して表明されるところがこの歌の眼目であろう。直接に丁提督を悼むのではなく日本の貴人の故事を踏まえていることで、その哀悼の意は間接的となる。

明38・5・15　朝開航す午旅順に至る野戦衛生長官を見る長官の云く吾将に卿をして台湾に赴きて以て其風土を観ることを得せしめんとす

ゆけといはゞやがてゆかむをうた枕

見よとは流石やさしかりけり

これは野戦衛生長官石黒忠悳への皮肉なあてこすりの歌である。「台湾へ征け」と命令されるならば素直に行こうが、「うた枕を見てこい」とは余りにも武人としての自己を蔑ろにする言い方である。森軍医監を風流人、風雅の人と見なし軍人として見ていないということにもなる。勿論、このような皮肉を石黒が言う根拠は充分にあった。明治二十六年五月から「衛生療病誌」に「傍観機関」欄を設け石黒忠悳を中心とする乙酉会に敢然と立ち向かい、医学界主流の前近代性、非学問性を攻撃したのが鷗外その人であり、日清戦争出征までそれは続いた。この鷗外に対して石黒が快く思っていなかったのは当然であり、皮肉の一つも出るのは頷ける。

俳句も少し書き留められている。

明27・11・3　午後天長節を賀す長谷川少将以下尹家の前に会して食す

　目ざましやこゝの枯野に日の御旗

花園口で天長節を迎え、日の丸に天皇の齢を寿いでいる句であると共に大陸に日の丸のはためくのを寿いでもいる。天皇の威光を祝福する句である。

明28・1・1

　もろこしを綻びさせて梅の花

これは元日の祝宴のテーブルに置かれた瓶梅を詠んだものだが普通の瓶梅ではない。枯枝に玉蜀黍を爆ぜて黄色い部分を蕚とし、白い部分を花に見立てた造花である。句意は玉蜀黍を弾けさせて梅の花が綻んだという表の意に対して、清国を破ってめでたく白梅の咲く正月を迎えることができたというのが含意である。鷗外も戦勝に祝杯を上げている帝国陸軍の一員にすぎない。

明28・5・4　正岡常規来り訪ふ俳諧の事を談ず夜神保と歌仙一巻を物す

二等軍医神保濤次郎との歌仙であるが、鷗外は高湛の号を使用している。戦争に直接、関わるのは次の句ぐらいである。

一オ4　分捕船の並ふ沖合　濤

一オ5　君が代のしらべは月と澄わたり　湛

二オ9　日清の媾和談判まとまりぬ　濤

二ウ6　里は長閑に歓迎の声　濤

神保の作が多いが全体として日清媾和（明28・4・17）が成立しているので、戦勝国日本の祝勝気分と余裕が漲っている。ここで、〈生面の人〉[12]正岡子規との一週間が気になるところであるが、これについては池内央著『子規・遼東半島の三三日』（平9・12　短歌新聞社）が詳しいのでそれに譲るが、子規の戦争に対する姿勢も含めて表現レベルでこのことが検証できる作品があるので触れておきたい。これも既に池内氏が指摘しているのであるが、同じ事象を散文と漢詩と詩で表現した作品である。金州城外を散歩していて遊んでいる小児達に声をかけ白い花の名を尋ねるところがある。「帰り来る道すがら五つ六つ許りなる児の二三人菜摘めるを何処の子ぞと立ちよれば各籃をさし出だして菜を買はんやといふ。不要といへば又うつむきて菜を摘む手のみいそがはし。此国の人は天性商買《ママ》にさかしきものなるべし」（『陣中日記』明28・4・27）というのが初発の感想であった。中国人の商売上手は子供の頃からであるという驚きでは詩にならない。この光景が詩になるのは漢詩と新体詩に於てであった。先後関係ははっきりしないが「金州城外散策」（漢詩）では、柳の緑と杏花が村を覆い、年寄りたちが立ち話をし軍服が遠くに群れている様子を叙した後に「児女不知戦　採菜在田園」と結んでいる。戦いを知らずに児女たちは田園で菜を摘んでいるという客観的な描写で終えている。これが文学的昇華の第一段階であろう。これが更に物語性を帯びて再生されるのが「若菜」である。

若菜摘む　うなゐをとめ、
汝が家は　いづくの程ぞ、
汝が年は　いくつになれる。

「うなゐをとめ」という古語を使い、その乙女に呼びかけるというスタイルそのものが既に優雅な古典性を帯びてくる。言うまでもなく、これは『万葉集』劈頭の「籠もよ　み籠持ち　ふくしもよ　みぶくし持ち　この岡に菜摘ます子」（雄略天皇）を踏まえているのは明らかである。天皇の若い娘への呼びかけがそのまま子規の女児への呼びかけとなっている。もちろん子規は天皇の如く自己を権威づけてはいないが、当然の如く保護者の位置に自己を置いている。国の亡びたことを知らないのは小さな子供達ばかりではない。そこには中国の民衆の姿も重なっていよう。勝者が敗者に抱く憐れみ、「亡国の民は憐れなるものなり」という勝者の奢りがなかったとは言えまい。このように単純な一つの事象から詩が生まれる時、そこに書き手の意識が自ずと反映されることに注目したい。鷗外の何気ない作についてもそのことが言える。

四

次に漢詩に移らねばならない。和歌も重要でないとは言えないが、これまでの『航西日記』や『還東日乗』に見られるように、その日記が基本的に漢文で書かれており、その中で書き留められた鷗外のいくつかの漢詩を見る限り、鷗外の面目がこの分野にあったことは動かないであろう。その特質については「『航西日記』の性格[13]」に於いても論じたところであるが、一言で言えばさまざまな思いを込めた「述志」というところにその特色を捉えることができそうである。殊に『徂征日記』は日清戦争という特殊な状況で書かれているため、その時々の状況に敏感に反応している鷗外の心情を捉えるのに最適な資料となっている。

まず十月十二日に書き留められている早川峡南への次韻について触れたい。

峡南早川君有詩見贈乃次韻却寄

一掃韓山不見難　天兵逐北戦将闌
賊情纔恐攖鱗怒　士気応忘堕指寒
期我痩骸埋異域　欽君孤剣謝騒壇
艨艟解纜知何日　且賞湾頭月正団

『徂征日記』では患者輸送部の三等軍医である早川峡南[14]（本名は恭太郎であるが『徂征日記』では恭次郎と誤っている）との贈答が大半であるので、早川が詩を贈らなければ鷗外も漢詩を作らなかったかも知れないという類推は成り立つ。又、贈答であるため早川の詩に呼応しなければならず、勢いその詩が早川の詩の持つ雰囲気に引きずられる所があるのは止むを得ないところであろう。峡南の「呈森鷗外先生」には「満清群賊驕膽砕　箕子山川朽骨寒」の二句があるが、朝鮮を舞台とした始めての対外戦争で予想に反して容易に清国軍を撃破できた思いがこの二句に込められていよう。「箕子」は「中国伝説上の人、殷の紂王の叔父。箕は国名、朝鮮の王にもなる。平壌に箕子陵あり」（「大漢和」）とあるので朝鮮のことを指すのであろう（「広辞苑」にも「箕子」「箕氏朝鮮」の語がある）。韓土に敵兵の朽骨が堆いということであろう。

対する鷗外の次韻は良く早川の思いに呼応している。「一掃韓山不見難」から「賊情纔恐攖鱗怒」までは峡南の三句に正確に対応している。韓土から清兵を駆逐するのにそれ程、困難はなかった。天皇の兵士は敵を北に逐い戦いは将に闌きようとしている。日本の逆鱗に触れてその怒りの程を知ったことであろうというのがその内容である。続いて士気は寒さをものともせず、我が痩骨をこの異境の地に埋めても悔いはないと勇ましい。これは前線に立つ日本兵の気持ちを代弁しながら鷗外自身の気持ちを込めたものであろう。初めての対外戦争に寄せる思い、その述志の姿勢ははっきりしている。日清戦争時に凡ての国民を捉えたあの高揚したナショナリズムの中に鷗外もいる。『徂征日記』全体を通して窺えるのはこの範疇を鷗外は一歩も出ていないということである。鷗外は日本陸軍そのものの代弁者であるという言い方もあるいは可能であるかも知れない。

明27・10・31

夜第二軍指令官の許にて談話会あり山本芳翠譃話す詩あり贈を為す

贈芳翠画伯

踏破韓山戦血腥　刀光幟影入丹青

軍営一夜無聊甚　余事還為柳敬亭
明27・11・5
途上所見
黍圃連千里　望林知有村
人逃雞犬逸　空屋逗斜曛

日清戦争には多数の従軍記者の外に画家も参加していたことは先のジョルジュ・ビゴーや黒田清輝の日記でも知られるが山本芳翠も勅命で画家として従軍していた[15]。その山本が談話会で諧話（ふざけ咄）を試みたので、それに応じたのであろう。さぞかし「戦血腥」い様は君のカンヴァスの上にも描かれたであろうが、戦いが終れば夜は静かで無聊に苦しめられる。何時か又、今日のように諧謔話（「柳敬亭」[16]）をやってもらいたいというのが趣意である。戦場での娯楽は言わば自然なことであり、これを咎め立ては出来ないが、〈血〉と〈諧謔〉のパラドックスにどれだけ鷗外が意識的であったかと言うことであろう。この詩からは戦場での残酷さは笑いで紛らすしかないという、通り一遍の解釈しか出てこない。つまり、いかにも軍人らしい反応しか鷗外はしていないということである。戦場にいてそれが極めて一般的なことであることを否定するのは難しいことであるが。

恐らく中国民衆の姿と戦争の荒廃をシンボリックに捉えた秀作は次の「途上所見」であろう。見渡すばかりの黍畑[17]、木々がまばらにあるので村が有ると知られる。しかし、村に入って見れば人っ子一人いず、鶏犬も走り去っていない。空家に晩秋の日射しが斜めに射しているばかり。村人の逃げ去った後の空漠さを捉えて巧みである。『桃花源記』では至り着いた村には鶏犬の声がした。そこがユートピアでありそのシンボルとして鶏犬の声があった。しかし、ここでは鶏犬もいず、それはユートピアと対極にある姿である。ここでもパラドックスはよく利いている。この作品に戦争の惨禍を見る所以である。詩人鷗外が捉えたきわめて自然な感情の発露した五言絶句である。

十二月一日にも鷗外の漢詩はあるが（「擬寄内」）、論旨の展開上、十二月十一日の早川峡南の詩に注目してみたい。

次前韻呈鷗外文宗二首

仗剣従軍歴万難　金州城外歳将闌
海辺氷合龍潭冷　月下霜飛虎帳寒
平虜何時休戍《ママ》（戎）旅　操觚相伴上文壇
不堪戦後荒涼境　徧野屍骸徧地団

注目すべき句が頸聯と尾聯にある。頸聯の「平虜何時休戍《ママ》（戎）旅」と尾聯の二句である。前者はこの戦いに臨む将官の姿勢であるばかりではなく日本陸軍そのもの、姿勢を示す。「平虜」は恐らくは李白の「子夜呉歌」にある「何日平胡虜　良人罷遠征」を踏まえるであろう。「虜」とは「胡虜」のことであり北方の野蛮人の意味で使っているのであろう。始めにも見たように日本陸軍はこの戦いを「野蛮」に対する「文明」の戦いと捉えており、この考えは一兵卒に至るまで徹底していた。従って早川のこの語句はきわめて自然に出てきたもので鷗外、野口寧斎とて変らない。台湾の戦いを二人とも「平蛮」「征蛮」と捉えている。蛮民を平定するというのが日本軍の基本姿勢であった。東夷、西戎、南蛮、北狄として中華思想を誇った国に対して、今度は日本が中華として周辺国を征圧しようとする思想である。

尾聯の二句は戦場の荒涼たるさまを描写して、日露戦時の乃木希典の「山川草木転荒涼　十里風腥新戦場」に匹敵する。死屍累々とした地に旅団が満ち〳〵ている様が戦争そのものを物語っている。「旅順ハ我有トナレリ」と鷗外が報じた「第二軍兵站軍医部別報第十四」(明27・11・22付)では早川軍医は沙家屯にあり、旅順で起きた虐殺を目にしていたか否かは不明であるが、鷗外に書を送るまでには二週間余りの余裕があるので尾聯にはそれを実見したことを窺わせるものがある。ナショナリズムでいくら敵愾心を煽っても、又、それに応ずるような漢詩を作ったとしても、実際に戦場に立って敵、味方の別なく横たわった死骸を見れば、「転荒涼」の思いに捉われるのが一般であろう。厭戦の思いがこの尾聯からは伝わってくる。その思いは二首目の「軍旅生涯堪痛惜　詞人気骨転清寒」という早川の感慨につながるものであろう。医に就き詩を、風流を談じておれば良いものを、軍に従いこのような憂き目を見ようとは。詩人の気骨もこれではうすら寒くなるばかりである。ここには「風流」と「戦争」との間に激しい乖離がある。戦争を厭いながら風流の道に逃れようとする姿勢がほの見える。

これに対して呼応する如き詩が鷗外にある。明治二十八年一月二日の条であるが、直接には「原作旅順口進撃所見」(大和剣禅)の峡南の作に次韻したものである。

旅順戦後書感次韻

朝抛鴨緑失辺彊　暮棄遼東作戦場
陰火照林光惨澹　伏屍掩野血玄黄
雄軍破敵如摧朽　新政施恩似送涼
天子当陽徧威徳　何須徒頌古成湯

同じ戦場の描写は頷聯に見えるが鷗外のそれは客観描写に近い。「光惨澹」が主観に近いが峡南の如く「不堪戦後荒涼境」という主観性からはや丶遠い。言わば「戦後荒涼境」に堪える鷗外と、堪ええない峡南の違いであろう。鷗外詩の眼目は戦場の景を見据えながら、友軍の活躍と新政の威徳を強調していることであろう。その威徳は殷の聖君湯王をも凌ぐものであるとするこの主張は明治天皇制を絶対化するものである。鷗外の詩には峡南にあった「戦争」と「風流」の乖離は見られない。

最後に鷗外の詩が高ぶりを見せるのは台湾の地に於てである。明治二十八年五月三十日に台湾側（清国の正規軍と台湾の民兵からなる軍）の激しい抵抗に遭いながら台湾の東端三貂角近くの洩底（正しくは澳底）の浜に上陸してから九月二十二日に台湾を去るまでの四カ月間、殆んど台北の総督府陸軍局を動くことなく過ごしたが、この四カ月は鷗外にとり余り心地よいものではなかったようだ。それは二十八年九月二日付で「台湾総督府陸軍局軍医部長を免ぜらる。軍医学校長事務取扱を命ぜられる」（「自紀材料」）という人事に関わる部分が大きい。『徂征日記』九月十二日の条には「石坂惟寛至る蓋し我職に代るなり」とあり、この時点では未だ辞令が届いていないのではっきりしないが（十六日に判明）、人事をめぐる件で鷗外が快く思っていないことだけは確かなことのようである。このことにも関係するのであろうか、台湾では虎列拉、赤痢、腸窒扶斯の外に瘧（マラリア）に罹る兵士が続出し、伝染病が猖獗を極めるという事態に対して責任者として充分、対応できなかったということもあるようだ。あるいは、そのようにしか陸軍軍医部の上層が自己を評価しなかったというのが不満の実態かも知れない。但し、このことは台湾を去る直前に一気に噴出するので、それまで鷗外が台湾の四カ月を不快に思うような事態は日記からは確認できない。

台湾時代に鷗外を喜ばせたのは詩友早川峡南（明28・6・15の条）と野口寗斎（一般には寧斎であるがここでは『徂征日記』に従う）からの詩筒であった。寗斎のものについて触れる。

明28・8・19　辞令至る云く第二軍兵站軍医部長を免じ台湾総督府陸軍局軍医部長を命ぜらると野口寗斎詩を寄せて云く

寄懐森国手在台湾

炎風朔雪去来閑　奏凱鳳城何日還
流鬼潮通天水外　大宛暑入皷笳間
従軍児女文身地　立馬英雄埋骨山
颯爽英姿酣戦後　又揮健筆紀征蛮[18]

鷗外の凱旋する日のことを心待ちしている詩であるが、当時の日本の対外意識の窺える詩ともなっている。「流鬼潮通天水外」とはカムチャッカ半島（明治八年の千島・樺太交換条約で日本領）の潮は天水の外（ここでは台湾のことであろう）にも通じるようになり、日本の領土が南北に拡がったことを指しているものと思われる。その台湾[19]は炎暑となり、地には原地人が吹く笛や鼓の音（戦争のための軍楽の意か）が囂しい。従軍者の中には児女も交じり、彼らも文身をしている地である。[20]「立馬英雄埋骨山」とは明治七年の台湾出兵で異郷の骨となった多くの日本軍兵士を弔うものであろう。[21]その地で颯爽と闘い、勝利の後に「征蛮の記」を健筆を揮って書いてほしいというのがその内容である。台湾を見る当時の文人の目は明らかである。「皷笳間」（胡人の吹く笛や鼓）「文身地」は凡て「征蛮」に収斂する。蛮民という捉え方は中国大陸の時と変らないし、この見方そのものは早くには『航西日記』に「蛮烟瘴霧間」として出ていたものである。この捉え方は十年後にも踏襲されており文人のみならず、日本人一般の南方を見る目であったであろう。

明28・9・7　少閑あり寧斎《ママ》が詩の韻を次す

台湾軍中野口寧斎有詩見寄次韻
征袍不礙一身閑　幕府名流日往還
戦迹収来詩巻裏　羈愁銷得酒杯間

昨聞鼉皷鳴貂角　　今見龍旌指鳳山

好是天南涼気到　　桂香飄處賦平蛮

昨日、三貂角に鬨の声を挙げたと思ったら錦の御旗はいつしか高雄近くの鳳山に翻っていて、涼しくなれば台湾は平定され「平蛮」を賦す時があろうと寧斎に応えている。鷗外の姿勢は終始一貫して変らない。蛮民を平定しようとする治者の論理、征服者の姿勢であろう。

この姿勢はこれとして終始一貫しているのであるが、思わぬ方角から鷗外を揺さぶったのが突然の帰還命令である。鷗外は九月十六日に台湾総督府陸軍局軍医部長を免ぜられ、軍医学校長事務取扱に任命されたことを知るが、帰還の噂は既に東京にも流れていたものと見え、八月二十四日には「郷書至る妹の書に東京の新聞多く余が帰期の迫れるを伝へしことを記して」[22]とある通りで、大方の予想は立っていたであろうと思われる。しかし、この前後には既に指摘があるように不可解な人事が行われている。

八月十九日。第二軍兵站軍医部長を免じ台湾総督府陸軍局軍医部長を命ぜらる（八月八日付）

九月十六日。軍医学校長事務取扱を命ぜらる（九月二日付）

僅か一カ月でこのような目まぐるしい人事の発令に遭っているが、これは何を意味するのであろうか。その前に事実確認をしておかねばならないが、始めの「軍医部長」については書により「軍医部長補任」とするものと「軍医部長補佐」とするものがあり、鷗外の自紀材料とは異る。[23]「補任」と「補佐」と異っているのも気になる。「補任」ならば「任に補され」たことで軍医部長となったということであろう。ここでは自紀材料のまゝにとりたい。九月二日の軍医学校長事務取扱は十月三十一日に免ぜられ学校長になっているので、建前としては降格人事であろう。しかし、当時、学校長の席が埋まっておれば止むを得ない措置かも知れない。この人事に関して鷗外がどのように受けとめたかの資料はない。しかし、九月十二日の「石坂惟寛至る盖し我職に代るなり」という記述には第一軍軍医部長であった石坂が自分の後任に来た戸惑いのようなものが感じられる。石坂は天保十一年生まれで陸軍軍医部創設者の一人と言われ、既に軍医学校長も経験している大先輩[24]。そのような大物が自分の後任となる不可解さはあったであろう。石坂とは一軍と二軍の違いもあり戦地で親しく交わった形跡のないことは『徂征日記』でも確認される。軍医や軍人の任官については上層部の人事権に属するので本人には不可解で納得し難い点も多々あったかと思われるが、鷗外、石坂の交替もこれに近い事例かも知れない。

九月十六日

寄懐早川峡南次其送別韻

携手河梁往事悠　南荒歎我久淹留
接天波浪風雲急　満地干戈草木愁
方技與期三折臂　世間誰怒一虚舟
峡中烟樹秋揺落　此際相思似旧不

二句目を見ればこの荒撫の地に久しく留まったことを嘆じているわけだから、自らの意志でこの地に来たわけではなく、行けと言うから来たまでだという開き直りの強弁も頷けないことはない。しかし、頸聯の二句をどう理解するかがこの詩の鍵である。医術と言うものは何度も失敗を重ねることを旨とするものである。世間の誰がこの一虚舟を怒ろうか、のこの一句が問題である。その「一虚舟」(からっぽの舟)とは何を、誰を指すのであろうか。素直に読めば医術に従事する者、すべてであり、狭くは鷗外自身を指そう。若し空っぽの舟が鷗外自身であったとすれば、それは軍医監として従軍し、軍医部長という責任ある立場にいながら、必ずしも充分な成果を上げえなかった反省の思いと言うことになろうか。その読みが正しいとすれば最後の

「送鷗外漁史之台湾」に感ずる思いにはかなりの隔たりがあるようである。やはり鷗外の孤影が際立っているように思える。

（続）

「此際相思似旧不」が含蓄を帯びたものになってくる。もちろん、この詩自体、峡南の「送鷗外漁史之台湾」を踏まえているので、ここは峡南の「河梁一別双垂涙　蘇李当年如是否」に対応している。鷗外との別れを蘇武と李陵の「河梁の別れ」に譬え、その思いを同じくしようとする峡南に対して、今、台湾の峡中に秋が来て木の葉が落ちようとしている時、互いに思うことは昔に似るや否やと応じているわけで、万物凋落の秋に感ずる思いにはかなりの隔たりがあるようである。やはり鷗外の孤影が際立っているように思える。

大きな原因として考えられるのは、やはり、伝染病で多くの兵士達を失ったこと、つまり有効な処置を取れなかったことと、脚気対策も充分ではなかったことが上げられるのではないか。日清戦争従軍者約二十四万の内、戦闘死・病死は合わせて一三、三〇九名、内、伝染病等による病死者は一一、八九四名、脚気による死亡者は四、〇六四名であった。[25]この数に対して陸軍はこれと言って有効な手が打てなかった。例えば、マラリアに対して鷗外がなしえた唯一の指示は「台湾守備兵ニ諭ス」（「公衆医事」明36・2・12）の一編だけであった。しかし、これは言うまでもなく鷗外一人の責任ではなかった。当時の伝染病研究の遅れと予防対策の遅れに起因することであった。又、脚気対策については海軍が早く高木兼寛の意見を容れ米麦混合食にして患者を減らしていたのに対して（明治十七年二月に実験済み）、陸軍は頑迷で軍医総監石黒忠悳を中心に中毒説、病菌説を取っており、森もその熱心な主張者の一人であった。それは又日本医学界の主流の立場でもあった。ビタミンB1不足によることがはっきりするのは鷗外死亡の大正十一年前後であり、[26]これも医学の立場から見れば止むを得ないことであったと言えるかも知れない。とは言え、多くの伝染病患者、脚気患者を前に有効な手立てもなく傍観せざるを得ない状態に無力感も大きかったのではなかろうか。その意味では当時の医学のレベルを思い知らされた戦いでもあったと言える。その心境は正に「世間誰怒一虚舟」と言ったものであったろう。そして、残る思いはその無力感に加えて突然の降格命令を受けた人事への不満であろう。

そのような二つの思いを胸に鷗外は台湾の地を去ろうとしていた。『大発見』にいくらか鷗外の心情が反映していたとすれば、この二つの思い以外に考えられない。

『徂征日記』を見てきて、改めて風雅の世界と戦争の世界が、文人と武人、私と公が鋭く鷗外の中で抵抗し対峙しているかに見えた。しかし、その和歌、漢詩を見て行く限りでは彼は国家の側、ナショナリズムに身を置いているると断言できる。その意味では二つの世界に乖離はないと言える。一見、矛盾するかに見えた両者が矛盾なく鷗外の中で統一されていると言って良い。風雅の世界は血腥い戦争からの逃避場ではなかった。矛盾を矛盾と意識せずに現実を見る仮借なき心、そのような強靱な意志は後の「諦念」や「あそび」という言葉とは無縁な精神のようにも思える。『妄想』で指摘された「内には嘗て挫折したことのない力を蓄へてゐた時」の精神に近い。毫も妥協を許さない積極的な精神で戦争に対した武人鷗外の姿を確認すれば良いのかも知れない。武人・文人は不可分の関係で鷗外の中に同居していた。

注

(1)「赤十字事業ノ主旨」(『日本赤十字社史稿』第一編第一章第一節　明44・12　日本赤十字社)

(2)石黒忠悳も『懐旧九十年』(昭11・2　博文館　但し引用は一九八三年版の岩波文庫による)で、「そこで私は奮然起って、独逸語精通の森林太郎君を通訳として抗議しました。『われわれ日本帝国の代表は本来赤十字事業なるものには、地理的もしくは人種的差別を設けるものでないと確信してこれに加盟し、ここに出席しているのである。しかるに、かくの如き議が神聖なる議場に提出せられるとは真に意外である。もしこの提案が議題となるならば、われわれは遺憾ながら議席を退くほかはない。』と抗議したので議場は騒然となってしまいました。」と述べていて両者、大体符合している。

鷗外文庫所蔵のフランス語による議事録と比較した小堀桂一郎の『若き日の森鷗外』(一九六九・一〇　東京大学出

版会）によると、両者に少しの齟齬はあるがそれで鷗外らの主張の信憑性が揺らぐというものではない。

（3）　看護婦不足を解消するため速成看護婦教程を作成し、概数六六八名が勤務についたと『日本赤十字社発達史』にはある。直、陸軍予備病院は広島が最も大規模であったが、他に東京、松山、名古屋、豊橋、熊本、仙台、福岡、小倉、丸亀にもあった。この内福岡、小倉、丸亀の患者数はゼロであった。七病院での総患者数は九四三二名である。

看護婦の活躍は『懐旧九十年』にも詳しいが、そこには京都支部派遣の岩崎ユキ（十九歳）のエピソードが紹介されている。窒扶斯に感染して亡くなったのであるが荷物の中から遺書が出てきて、そこに「万一感染して自分も死ぬかも知れぬ。もし死んでも軍人が名誉の戦死を遂げたと同様であるから、御両親は決してお悲み下さるな。娘は国家の御役に立って命を棄てたことをお喜び下さい」とあったというものである。忠君愛国思想が浸透していたわけでその心意気は男性と変ることがない。ここからは愛国、報国運動に婦人も積極的に参加しようとする奥村五百子の「愛国婦人会」（明治三十四年三月二日設立）結成はすぐである。直、広島予備病院で感染で亡くなった看護婦は四名である。（『日本赤十字社発達史』）

（4）　明治十九年六月五日は特命全権フランス公使蜂須賀茂韶（もちあき）がジュネーブ条約加盟の手続きをした日であり、正式の日本の加盟日は勅令が公布された十九年十一月十五日である（日本赤十字社本部担当者の言）。中国（清国）の加盟は一九〇四年六月二十九日である。直、『旅順虐殺事件』によれば、「十一月二十八日に清国商船が国旗と赤十字旗、それに白旗を掲げて旅順港に入港しようとした〝出来事〟があった。乗船したのは天津の私立赤十字の人々で、公的な数々の証明書を携えており、なかには英国陸軍軍医等も混っていた。入港の目的は負傷した清国兵を引き取り、天津で治療したいというものであった。大山巖は、これを拒否した」とあるが、これが正しければ天津には私立赤十字があったことが分かる。

（5）　『従軍日乗』（明32・7）と共に、復刻されて『日清戦争従軍写真帖――伯爵亀井茲明の日記――』（一九九二・七　柏書房）として刊行された。

（6）　旅順虐殺については井上晴樹『旅順虐殺事件』（一九九五・一二　筑摩書房）が最も詳しい。巻末に使用文献も上っている。外国特派員のものは『外国新聞に見る日本』②一八七四―一八九五（一九九〇・一一　毎日コミュニケーションズ）に大体網羅されている。

(7) 以上の訓示等は金沢市立図書館蔵『遠征日誌附録』(第三師団歩兵第七連隊第七中隊 出版年月不明)による。
(8) 『明治廿七八年日清戦史』(第一巻 参謀本部編纂 一九〇四・三)によれば、日本軍は兵卒十五万千八百余名、「雇役軍夫十万以上ヲ使用セリ」とある。
(9) 「國民新聞」(明28・2・26)社説「外人の眼に映ずる日本」での引用。(『旅順虐殺事件』による)
(10) 弦巻克二「『予備兵』の素材など――観念小説への道――」(「光華女子大学研究紀要」21 昭58・12)参照。それによれば明治二十七年七月五日、八日、廿六日の「北國新聞」に山本直子のことが載り、この五十余歳の婦人は軍部に二百円を寄附し、従軍の許可を願い出たとある。
(11) 明治二十六年九月より二年間、欧米の教育事情を視察に出かけた下田歌子に「そとの浜づと」(「太陽」明30・3・5~9・30まで十四回)があり、日清戦争に一喜一憂する様がよく描かれている。「日清戦争の報知。新聞紙とく見んと思ふに、朝寝せられで、其頃よりぞ、早起する人には成りにたるよ。(「速く床しきもの」)」
(12) 五月四日に巻いた歌仙の発句、「生面の人も親しき春日哉」(湛)の「生面の人」が子規であるか否か定かでない。池内央氏は二人の出会いを明治二十六~七年と推定しているが、そうであれば「生面の人」は子規ではないことになるが、これも確証がない類推である。たゞ「生面の人」は金州城内の風物を擬人化して、その風物に対して鷗外が自身を「生面の人」と名告りを上げたと取れないことはない。そうすれば金州城への挨拶となろう。
(13) 本書Iの*1*。
(14) 野口寧斎纂の『大纛余光』(明28・7 新進堂)には早川の漢詩が二首採られている。『大纛余光』は日清戦争に材をとった漢詩集であり、各詩に寧斎が解説を加えている。作者紹介の項では「早川峡南 名龔、通称恭太郎、甲斐福井人、今在蓋平」となっているが、「甲斐福井人」では通ぜず、どちらかのミスであろう。あるいは「角川日本地名大辞典」の「山梨県」の巻に「福居村」が存在するので、福居のミスであろうか。なお、『日清戦争実記』第三十五編、四十二編に漢詩が八編採られている。
(15) 黒田の従軍日記は『黒田清輝日記』第二巻(昭42・2 中央公論美術出版)に収められている。明治二十七年十一月二十四日から二十八年二月十六日までのもので、フランスの『モンド・イリュストレー』誌の通信員として派遣された。

二十九年に「白馬会」を設立した仲間の山本芳翠の名もよく見える。山本芳翠については佐々木鑛之助『明治洋画の快男児　山本芳翠』（平6・5　里文出版）がある。
(16) 陳生保『森鷗外の漢詩』下（平5・6　明治書院）では「柳敬亭」を「明の時代の有名な『説書人（日本の講談師に当たる）』。江蘇省北部の泰州の人」としている。「大漢和」の「明末、秦州の人。名は逢春」と同一人物であろうか。そこには説書人という説明はない。なお、「大漢和」では「説書的」の項に講釈師の解があった。ここでは陳説に従っておく。
(17)「黍圃」を陳生保氏は「玉蜀黍畑」と捉えているが、ここは「きび畑」で良いのではないか。『第二軍兵站軍医部別報第二十五』（明27・12・26付）に「独リ役スル所ノ清人黍餅ヲ帯ブルアリ皆凍結セズ恐クハ団飯中水多ク黍餅中水少キノ致ス所ナラン」とあり、黍が食糧として大きな位置を占めていることが分かる。
(18) この寧斎の詩は『日清戦争実記』三十五編（明28・8・7　博文館）と四十二編（明28・10・17）に採られているが、最終句の「紀征蛮」が前者では「紀征蛮」、後者では「記平蛮」となっていて異同がある。
(19) 陳生保氏の「大宛」を「台湾の別名」と捉えているのに従うが、「大漢和」や「漢語大詞典」にはこの語は見えない。
(20)『徂征日記』明治二十八年九月九日の条に「大姑陥の守兵生蕃人を拉し来る三男二女皆文身なり」とある。
(21) 注(13)参照。
(22) 白崎昭一郎『森鷗外　もう一つの実像』（一九九八・六　吉川弘文館）
(23) 前者は大石汎『日清戦争中の森鷗外』（平1・3　門土社総合出版）、後者は注(22)に同じ。
(24)『陸海軍将官人事総覧（陸軍篇）』（昭56・9　芙蓉書房）『日本陸海軍総合事典』（一九九一・一〇　東京大学出版会）等を参照。
(25)「国史大辞典」十一（平2・9　吉川弘文館）の「日清戦争」（中塚明）の項による。辞典類によりかなりの差があるので実数を確定するのは困難である。但し、脚気による死亡者数は『明治二十七八年役陸軍衛生事蹟』第三巻下（大13　陸軍省編）による。それによれば伝染病死亡者数はコレラ—五二九八名、赤痢—二〇二九名、腸チフス—一三二五名、マラリア—七三〇名である。又、陸軍死者は九七七名となっている。海軍編がないので、これだけでは実数とはならない。
(26) 経緯に関しては山下政三『明治期における脚気の歴史』（一九八八・九　東京大学出版会）や注(22)が詳しい。

7　エリーゼは「伯林賤女」であったのか――山崎國紀氏に反論する

小池正直の石黒忠悳宛書簡（明治二十二年四月十六日付）が発見され紙面を賑わせた。エリーゼ・ヴィーゲルトの正体如何に関わる情報が隠されているかに思われたがためである。この女性の謎に迫ろうと既に数冊の研究書が刊行されているが、研究者以外にもこの女性に惹かれる人は多く、やはり『舞姫』の持つ強烈なインパクトのせいであろうか。

今回の騒ぎで残念だったのは、そこに書かれていた「伯林賤女」「手切」「天狗之鼻」の三つの文言が三題噺のように結びつけられてしまって、あたかもエリーゼが「伯林賤女」であったかの如き先入観を読者に与えてしまったことである。いけなかったのは平成十七年二月二十四日の「朝日新聞」（大阪版）に載った「『舞姫』モデルの消息記す」の記事と、同じく十七年六月号の「文藝春秋」に載った「鷗外の恋人は『賤女』だった」の一文であった。共に山崎國紀氏の執筆である。

そもそもの事の発端は書簡発見者の高橋陽一氏による「軍医小池正直の一書簡」（「日本醫事新報」平16・6・12）の一文にあった。不円文庫所蔵の問題の書簡は皇學館大學の上野秀治教授の指導によって次の如く翻刻されている。

益御健勝奉賀上候軍醫雑誌ハ正ニ
ロッツベッキ君へ相渡申候去十一日菊池

軍醫當地へ參り拙寓ニ一泊翌日チューピ
ンゲンへ帰り申候○當地留学生中帰朝ノ
者ヤラ轉学ノ者又目下休業中ニ付他ヨリ
遊ニ参シ者モ有之日々押掛ラレ候テハ
當惑ニ御座候橋本春君モ烏城ヨリ被参
十四五日間逗留之積ニ御座候兼而小生
ヨリヤカマシク申遣候伯林賤女之一件ハ
能ク吾言ヲ容レ今回愈手切ニ被致度候是
ニテ一安心御座候右ニ就テハ近日総監閣下へ
一書可差出候○別紙森へノ書ハ御一読之上
御貼附被下同人へ御轉送被下候様希
上候同人ト争フ氣ハ少モ無之候得とも天
狗之鼻ヲ折々挫キ不申候而ハ増長候歟之
恐も有之朋友責善之道ニも有之候ニ付
斯ク認候者ニ御座候不悪思召可被成下候
尚後日細報可仕候早々如此御座候也

廿二年四月十六日

小池正直

石黒公閣下

読みで気になるのは十二行目の「一書可さし出候」である。「一書可差出候」と読めるのでこれに改めた。

この書簡の読みの基本について問題を提起したのは『仮面の人・森鷗外』（二〇〇五年四月　同時代社）の著者、林尚孝氏であった。平成十七年七月六日付の「朝日新聞」に「『鷗外と手切れ』に異論」という記事が載り、そこで林氏は原文には「〇」が二つ付いているので、この書簡は三つの区切りで読むべきだと主張している。これは著書でも既に指摘されていた。事実、始めにロッツベッギ（小池の他の書簡ではロッツベッキ）と菊池常三郎のことが触れられ、次に橋本綱常の息、春（長男長勝の幼名）の話題となり、最後に森林太郎のことに及んでいるのであり、この文脈（三段落）で書簡は読まれねばならない。この三段落説で読めば「伯林賤女之一件」は橋本春との関係で読まれるべきであり、森林太郎とは直接の関係はないことになる。

問題は第二と第三段落にある。まず、前者であるが、烏城（ヴュルツブルグ）からやって来た春がベルリンの「賤女」と続いていた関係を、小池の度重なる忠告で漸く断念し、これで手切れになりそうで一安心だと、その経緯を春の父親に報告しようとしているのが趣旨である。綱常も息子と女性との関係を常に気にしていたのであろう。

ここで押さえなければならないのは橋本春のことである。高橋陽一、山崎國紀、林尚孝の三氏ともこれを橋本綱常の息春規のこととしているが第何子とも書かれていない。ここのところを説明してくれるのは『橋本綱常先生』（昭11年刊　日本赤十字社病院編　一九九四・一一　大空社の復刻版による）である。巻末に付された「橋本家系図」によると綱常には四男四女があった。長男より長勝、長俊、春四郎（早世）、春規の順である。春規はのちに綱規と改名し綱常の兄綱維（明11　没）に男児がなかったのでこの嗣子となっている。長男長勝は慶応三年の生まれで幼名を春と言った。明治二十二年現在、満年齢で二十二歳である。四男春規は第七子であり、年子と計算しても、父綱常に三年の留学のブランクがあるので、精々、十一、二である。当時、ヴュルツブルグにいたとは考えられない。そこで春は幼名を春と言った長男長勝のことになるが、この長勝にも問題はある。

綱常は明治十七年二月十六日に大山陸軍卿の欧州各国兵制視察の随行員として横浜を発っている。その時、「同行者中には先生の長男長勝」も加わっていたと『橋本綱常先生』にはある。一行は巴里、倫敦を経て七月十三日に伯林に着している。伯林を中心に各地に調査活動を行い、九月一日から六日まではジュネーブで開催された第三回万国赤十字総会にも出席している（大山巖は欠席）。そして、十一月、米国経由で帰国の途につき、十八年一月二十五日に横浜に着している。この四カ月の間の長勝の動向は書かれていないので推測するしかないが、五年後にはヴュルツブルグにいたであろうことは疑いがない。長勝がヴュルツブルグにいたのは父の跡を追ったものである。年譜によれば綱常は明治五年十月に伯林自由大学に入学し、翌六年九月にヴュルツブルグ医科大学に移り、八年八月、維也納大学に転学したのち、再び九年四月にヴュルツブルグ医科大学に帰っている。最も長く籍を置いたのはヴュルツブルグ医科大学であった。従って、長男が父の跡を追うようにヴュルツブルグで恐らく医学の勉強をしていたであろうという想像は成り立つ。

ただ、その時、長勝が伯林から直ちにヴュルツブルグを目指したか否かは資料がないので断定はできないが、伯林には十七年九月当時、小金井良精、緒方正規、三浦守治、榊俶、青山胤通等、多くの医学生を中心に留学生がいたので、便宜を考え、父綱常がそうしたように、暫く伯林にとどまり勉学の下準備をしていたことは充分に考えられる。そして、半年後か一年後にヴュルツブルグに移ったという可能性を考えたい。が、ここで『橋本綱常先生』の中に、この推測を覆す重要な記述があるので触れたい。

長男長勝氏は明治十二年十四歳にして、領事竹添氏に従ひ、先づ漢学を修むる為めに天津に行き滞在二年の後一旦帰朝、更に先生渡欧の際、独逸に留学されたが、数ヶ月後脳病の為め帰朝され、或は入院し或は小磯の別荘などで養生された。

この記述が正しければ、当時、ヴュルツブルグにいたのは長勝ではないことになる。では次男の長俊か。彼は騎兵将校となり明治四十年に欧州に留学とある。三男春四郎は早世しているので四男綱規（幼名春規）が考えられる。たしかに「綱規氏は医を学びて、伯父綱維の跡を継がれ」とあり可能性はないことはないが、早くに伯父の跡を継いでいることと、何よりも年齢からみて無理である。とすれば、やはり、長勝に還ってくるのである。

長勝の叙述には執筆者も気を使っているようである。明治四十年の長俊留学時には学費調達のために小磯の別荘を売り、東京府下大井町に地を求め長男の保養所とし、綱常死後、夫人は長勝と同居しながら彼の長患いに心を苦しめたとある。その長男も明治四十五年に没している。橋本家としては余り触れられたくない部分のようであり、長男の留学そのものが抹消されかかっている。ここのところは遺族に質せば明らかになるかも知れないが、現在のところ怠っている。

しかし、『独逸日記』の明治二十年九月十六日の叙述からみて、「橋本軍医監の子春」とは、やはり幼名を「春」と言った長勝以外には考えられない。「春余と書を寄せて相慰問すること已に久し。今其人を見る。倜儻愛すべし。石君曰く。綱常君よりは寧ろ左内君に似たりと」。林太郎は明治十七年十月十二日、伯林到着の翌日、橋本綱常に面会し、十三日には彼に伴われて大山陸軍卿に挨拶している。橋本父子より三カ月遅れで林太郎は伯林に到着していることになるが、長勝と直接に会うのは三年後のことであった。綱常から息子のことを言われ気にかけていたのであろう。但し、林太郎の伯林滞在は僅か十一日間であり、すぐにライプチヒに移っているので長勝とは伯林で会う機会はなかった。その後、文通する仲となり、明治二十年に会った時には林太郎は数えで二十六歳、長勝は二十一歳であった。「倜儻愛すべし」とは「才能と力量が衆人にかけ離れて優れている」の意味もあるが、この場合は「さっぱりして世俗の礼法に束縛されない」(『全訳漢辞海』)意の方が適切のように思われる。林太郎もその性格を愛したのであろう。

この春(長勝)に一時期、ベルリンで馴染みになった女性がいたのであろう。山崎國紀氏は「鷗外の恋人は『賤女』だった」(「文藝春秋」平17・6)の中でいくつかのミスを冒している。春を春規と捉え、春は民間人であり、ベルリンに住んだ証拠はないとしている。民間人である根拠が示されていないが、そもそも、春規がドイツにいることに無理がある。ここは長勝と取るべきであり、暫くベルリンに在住したと考えれば女性との関係は大いに有り得ることである。山崎氏は当時、列車で十二時間もかかるベルリンの女性との関係は無理があるとしているが、かつてベルリンで結んだ関係を文通や、時々の逢瀬で続けることは不可能ではない。ヴュルツブルグ移住後も二人の関係は続いていたと考えるべきである。従って、長勝が留学後、すぐに帰国したとする『橋本綱常先生』の記述は暫く存疑としたい。

さて、今一つ、橋本春と「伯林賤女」を繋ぐ重要なものとして小池正直の石黒忠悳に宛てた、明治二十一年十一月三日付の書簡がある。これは「烏城紀行」のタイトルで「中外医事新報」二二二号、二二三号(明22・1・25、2・10)と「東京医事新誌」五六六号(明22・2・2)に同時に公表されたものである。その書き出しで小池(ミュンヘン在住)は「明治二十一年十月廿六日、私事ヲ以テ烏城ニ赴ク」と書いている。二十六、七日と橋本春の寓居に泊まり、二十八日にミュンヘンに帰っている。二十七日にはヴュルツブルグ医科大学と病院を春の案内で見学し、日本人の北川、里見両人を訪うている。二十八日には橋本父子の旧寓であったKnaub夫人を訪い、橋本、北川、里見の三人と会飲して別れている。この行程を見る限り、小池の私的旅行の大きな目的が春と会うことにあったのは間違いのないところである。

小池は前もって烏城行きを橋本に告げていたが、郵便の事情で十月二十五日までには春の手元に届いていなかった。小池は当然、届いていると思っていたので、二十六日午後一時に駅に降り立ったのに春が出迎えていないことに不信を抱き、春の寄寓先に至るが会えない。王宮の庭園を散策して夕方に帰るが未だ春は帰っていない。「余心之ヲ怪ム余ノ書ヲ寄セテ来ヲ報スルヤ、一昨夕ニ在リ、橋子之ヲ知ラザルノ理ナシ、知テ而シテ停車場ニ迎ヘサル、猶是可ナリ、朝ニ出、夕ニ及ンテ皈ラサル其意解スベカラス廼チ憤然トシテ家鑰ヲ乞フテ而シテ又出ツ」(読点は原文のまま)とある。春の無礼を責めているが、小池の側にすれば春のことで相談にやってきたのに、春がそれを嫌って逃げ回っているのではないかと取ったとも考えられる。外で夕食を済ませ寄寓先に戻ったが暗くて鍵穴が見つからない。そうこうしている内に足音が近づき春が帰ってきて事の次第が明らかになる。時に九時二十分であった。直ちに部屋に入り「是ヨリ机ニ対シ肱ヲ交ヘ談論幾ント宵ヲ徹ス」有様であった。こゝで当然、春と「伯林賤女」の話が話題の中心になったものと考えてよい。

小池はミュンヘン大学でペッテンコーフェル教授に就いて衛生学を学んでいたが、明治二十一年六月にミュンヘンに留学してきたばかりである。数えで三十五歳ではあるが、身分は陸軍省医務局課員兼陸軍医学舎教官陸軍大学教官の一等軍医でしかなかった。ミュンヘン着後、四カ月で行動を起こしているわけであるが、ここはやはり、当時軍医総監であった上官橋本への気配りがあったものと思われる。橋本から依頼を受けたかどうかははっきりしないが、一件を落着させ総監に報告したいという思いは二十二年四月十六日付書簡からは充分に伝わってくる。橋本家でもこの長男について種々、頭を悩ませていたであろうことは先の『橋本綱常先生』の記述からも窺えるところである。その橋本家の意を体するように「兼而小生ヨリヤカマシク申遣候伯林賤女之一件」となるのであろう。先ず、手紙で諭し、次に烏城まで出かけて説得し、ついに春がミュンヘンまでやって来て最終的な「手切」の話になるのであろう。そこに至るまでの経緯を総監に告げ知らせることで彼を安心させ、かつ、小池株の上昇をも期待したものであろう。「伯林賤女之一件」は橋本春との関係で読む以外にないのである。

次に考えなくてはならないのは森と小池との関係である。明治二十二年に入って二人の関係は急速に冷え込む事態になりつゝあり（特に小池が森のことを快く思っていない）、とても小池が森のために一肌脱ぐような心理状態ではなかったことである。又、二十二年四月の時点では既にエリス事件は決着をみており、ここで「手切金」など出ようはずがない。ベルリンに戻ったエリーゼが（恐らく明治二十一年十一月下旬）、今更、「手切」などと言い立てたところで誰が相手にするのであろうか。エリーゼが日本を発つ前に、滞在費や旅費を含めて某かの手切れに相当するものが森家から支払われたと考えるのが大人の常識であろう（小金井喜美子の「次ぎの兄」には「旅費、旅行券、皆取り揃へて、主人が持つていつて渡したさうです」とある）。

小池とエリーゼとの間にも接点がない。小池がベルリンに入るのは明治二十一年五月二十日であり（「中外医事新報」二〇〇号　明21・7・25）、翌二十一日に林太郎と会っている（『隊務日記』）。二十二日にも森を加えた医学生仲間五人と石黒の家で会っている。僅か二回の邂逅の後、小池は六月にはミュンヘン大学に移り衛生学の研究に従事している。五月は森とエリーゼの関係が進行中ではあるが、仲間から某かの情報を得たとしても、二人のプライバシーを小池が詳しく知ったとは思われない。小池がミュンヘンで気にしていたのは上官の息子のプライバシーであり、彼が鳥城に出かけた頃はエリーゼが日本を発ってドイツに向かいつゝあった時期に重なる。十一月下旬にベルリンに帰ったエリーゼとミュンヘンにいる小池とはどのように結びつくのであろうか、想像することすら困難である。

既に結論は出ているのであるが、それを決定付けるのが第三段落である。

小池は森宛の書簡をわざわざ開封して石黒に読ませ、読了後に貼附して森に転送するように頼んでいるのである。何のためかと言えば森の「天狗之鼻」を挫くためであり、これには石黒も同意してくれるだろうという読みがあった。何をさして「天狗之鼻」というのであろうか。それは直前の「同人ト争フ気ハ少モ無之候得とも」と関わる。

二人の間には争いがあったのであり、森の余りにも傲慢無礼な態度に小池は怒っているのである。「天狗之鼻」とはそのやり取りから出てきた言葉である。この二人の争いを知るには明治二十二年前半の「中外医事新報」と「東京医事新誌」の両誌を見なくてはならない。争いの契機は二つあり、初めのそれは「中外医事新報」二一一号（明22・1・10）掲載の「在独逸国医学士小池正直氏書簡」（明21・10・18付）に端を発する。主文ではなく追伸が森の反論を招くことになった。

日本にて仕事する人は日本の益を為さんかためなり。然るに其仕事を日本人に知らせずして直に独逸文にて独逸国へ送り日本人は再ひ之を翻訳して始めて之を知る様の事は生には尤も不服に候。日本人は日本文を以て書くを正則とし日本人に知らするを以て目的とすべし。尚外国人の批評をも仰んと欲せは英仏独何れの文にても勝手に訳して送るべし。徒らに名声を得んと欲するよりは一心に国益をなさんことを務むべきなり。（句点を付した）

というのが小池の主張であった。これに間髪を容れずに噛みついたのが森であった。「小池学士ノ中外医事新報社員ニ与フルノ書ヲ読ム」（「東京医事新誌」五六五号　明22・1・26）がそれである。日本人には日本文を以てせよという正則説に対して森は変則説の止むなき理由を上げている。日本人民のレベルや医事（学問）の程度を考えた場合、変則は必然であり、自らも独逸時代に独文で兵食論を発表したことを述べている。又、学問のプライオリティから言っても、欧文で書かねば欧米人に研究を横取りされてしまいかねず、日本語で書いても日本語の認知度は低い。国際学界の通用語は英独仏伊語であり、国際間の競争力をつけるためにも今は変則の時代であり正則は時期尚早である。独語が世界語になるまでにも随分と時間がかかったことであり、そのことも念頭に置いて時機を待つべきだというのが森の主張の中心である。真っ当な正論であるが、些細な追伸記事を基に相手を完膚なきまで攻撃するそのやり方は、既に戦闘的啓蒙家の面目躍如と言ったところである。

この記事を送られて小池も驚いたのか書簡を中外新報社原田宛に寄せている（明治廿二年三月三十日付「中外医事新報」二二〇号掲載　明22・5・25）。先ず自分の私信が雑誌に載ったことに驚きを表し、それが基で他人の反論を誘発したことにも戸惑いを見せている。しかし、主張は前の文と同じで、先ず日本人民や医師が研究の成果に与るべきであり、外国語への翻訳はその次でかまわない。ドイツでの成果が始めに英仏語で世に問われることはないと強調している。これは学究的な鷗外の立場と臨床医的な小池の立場の相違によるところが大きいと言えるかも知れない。啓蒙期における学問のあり方に関わる矛盾が両者の主張に端無くも出てしまったとも言える。これが二人の対立の第一の契機である。

第二の契機はこれも森宛の小池書簡にあった（明治二十一年十二月十日付「東京医事新誌」五六六号掲載　明22・2・2）。短い漢文で書かれているが、内容は二人の共通の師であるペッテンコーフェルの七十賀の記事が新聞に載り、その中の小伝の訳載を森に依頼したのが事の始まりであった。「ペッテンコーフエル師ノ七十誕辰」（「東京医事新誌」五六八号　明22・2・16）は問題なかったが、いけなかったのは「ペッテンコーフエルノ逸事」（「東京医事新誌」五七〇号～五七二号　明22・3・2、3・9、3・16）であった。始めに「学士ノ寄スル所ハ独逸日刊ノ一新聞ヲ截リ抜キタルモノニテ紙ニ首尾ナク其何新聞ナルヲ知ラズト雖モ想フニ民顕府刊行ノモノナランン」「小池学士ガ新聞ヲ截リ抜キシ際、誤テ截リ落シタル所、頗ル多ク行間ノ意義或ハ連続セザルヲ奈如セン是レ余ガ之ニ題スルニ『逸事』ノ字ヲ以テシ之ヲ此ニ録スル所以ナリ」とその掲載に至った経緯が述べられているが、小池の学識に関わる部分もあり小池は心穏やかでなかったはずだ。殊に「逸事」がいけなかった。ここは「先人の優れた業績」というよりは「記録漏れ等で世に余り知られていない事柄」の意であろう。この「記録漏れ」と小池の新聞記事の切り抜きが不完全なことが掛けられているのであろう。かなり嫌味な洒落と言うしかない。小池は憤然として「与森林太郎書」（明治二十二年四月一日付「東京医事新誌」五八三号掲載　明22・6・1）を書いた。

吾兄オ変リハナイカ。近来新聞屋ヲ御兼職ト見エテ、中々出スゼ。例ノ該博快筆ニハ感ジ入ル。医事新誌モオ蔭デ花ガ咲イタ。再読ノ価値モアル様ニナツタ。

「東京医事新誌」は五六二号（明22・1・5）より森が主筆となり健筆を奮うようになってから誌面が一新した。その事を一応、寿ぎながら新聞に物を書いていることを快く思っていない節が窺える。この事は小池の石黒宛書簡でも繰り返されている（明治二十二年六月十一日付「中外医事新報」二二六号掲載　明22・8・25）。書き出しから嫌味が混じるが、やはり、「逸事」の一語にクレームをつけている。「逸詩」の逸ではなく「逸群」の逸であろう。それなら一つや二つは有るだろうが「ソレデハ全篇ノ題トスルハ出来ヌニ極ツテ居ル。然ラバ吾兄ノ表題ハ違ツタ々々。アレハ『ビオグラヒー』ニ相違ハナイゼ。」と極めつけている。森の皮肉を承知で述べているのかは分からないが「伝」とすべきところを「逸事」では通らないというのは小池の言う通りであろう。

記事の載った新聞名についても、一年余をミュンヘンで過ごした森ならば「新報」と書けば「民顕新報」ぐらいは分かりそうなものをと不審がっている。「此新聞ヲ切抜ク際ニ、滅茶々々ニ切テ、意義ノ通ゼサル所アル様ニ公告シタハ、大不承知ダゼ」と抗議を申し込み、「粗鹵ノ罪ヲ天下ニ公布サレタハ、何ノ因果ダラウ、何ノ応報ダラウ」と悔しがっている。冤罪を主張してはいるが、ここは先輩としての度量の見せ所と考えたのか、中浜東一郎と並んで将来を嘱望される衛生学の俊秀二人に「両兄共ニ今ガ売出シニテ、一言一行皆人ノ嘱目スル所ユヘ、成ルヘク膽大心小、細謹翼々、煉リニ煉テ間然スル所ナキ様ニシテホシイ」と注文をつけている。中々の大人の手紙になっているが、この手紙の公表されることを充分、意識したものであろう。小池の本当の腹の底はそんなに穏やかではなかったであろう。それが今回の書簡の「天狗之鼻」という言葉に繋がるのであろう。

ここで注意したいのはこの書簡の日付の四月一日である。新発見の書簡の日付は二週間後の四月十六日である。恐らく新発見の書簡に同封された森宛書簡とは、この四月一日付の書簡か、あるいは殆ど同じ内容のものを指すものと思われる。四月一日に書いたものを暫く出さずにいて、四月十六日付の書簡に同封したことも充分に考えられる。とすれば、帰国後早々、日本食論争や統計論争を始めとする医事論争、市区改正案等で次々と戦闘的な啓蒙評論を発表しつつあった森林太郎の出発期と小池とのやり取りの時期はピッタリ重なることになるので、その先輩や権威を無視した倨傲不遜な態度が皆の顰蹙を買っていたことの反映がこの小池書簡からも充分に窺えるということになる。小池は森の意気軒昂とその危うさを充分に知っていたはずで、表面は大人の立場からそのラジカリズムをやんわりとたしなめながら、裏ではその〈天狗之鼻〉の増上慢を控かなくては益々つけ上がるであろうと警戒感を強めていた。今回、発見の書簡はこの間の事情を物語るもので〈天狗之鼻〉の具体的背景はこれで明らかであろう。

以上で分かる通り、小池とエリーゼとは全く繋がらない。エリーゼの名も知らず、一度も会ったことのない人物と友人とのトラブルに小池が口を挟む余地など全くなく、たとえ、そのような機会があったとしても、小池の感情を考えれば仲介の労など取り得ようはずもない。

今回の書簡の読みのミスは高橋、山崎両氏とも「伯林賤女」「手切」「天狗之鼻」という三つの語彙に激しく反応してしまい、文脈を無視してこれを強引に森林太郎と結びつけてしまったことにある。エリーゼについて何か新発見はないかと目を皿にしている研究者達の盲点を突いた形になった。

更にいけなかったのは、この一書簡を読み解く上での決定的な実証不足である。小池、森の書簡は初出誌や全集でも一部拾えるが、殆どは『男爵小池正直伝』（昭15・6　陸軍軍医団）に収録されている。この書を繙けば第三段落の「天狗之鼻」の意味も正確に理解できるのである。実証研究に携わる者の自戒としたい。

（追記）

「与森林太郎書」（「東京医事新誌」五八三号）の終りを小池は次の一文で締め括っている。

コレデ先ヅ止メヤウト思ツタガ今一ツアル。彼ノ独逸文鶏林医事ノ一件ダ。和蘭陀ノシメルツ氏カラノ手紙ニ『延々ニナツテ申訳ナイガ既ニ出版ニ掛ツタカラ近々送ツタトキ校正シテ呉レ。図ハ出来タカラ見セル。森ノ居ル所ヲ知ラセロ』トアツタカラ返事ヲシテ置イタ。図ハ美事ニ出来タ。吾兄ニモ屹度送ルダラウ。

明治二十二年四月一日於繆顕　　正直拝

森盟兄

（句点を付した）

これは小池の『鶏林医事』（明20・9刊）を森がドイツ語に翻訳し、さまざまな曲折を経た後、ついにオランダのライデンから出ている「国際民学記録」に掲載が決まり、印刷が進行していることを知らせる内容である。森がベルリン滞在時に翻訳し出版を計画していたわけであるから森の小池への友情は疑えない。しかし、見てきたように僅か一年ばかりで両者の友情には大きな亀裂が入っている。あるいは森には小池への友情に変化はなかったかも知れないが、小池の側には森への不信感が急速に芽生えていたと見るべきであろう。陸軍に於ける権力闘争と友情の間には、やはり余人には窺い知れない複雑なものがあったのであろう。

なお、『鶏林医事』の訳文 Zwei Jahre in Korea 刊行に至る経緯については鷗外全集第二十八巻の「後記」に詳しい。

又、「ペッテンコーフエルノ逸事」について小池が不満を述べた書簡は、同じく二十八巻の「後記」に部分引用がある。全集の懇切な「後記」を調べるだけでも今回のミスは防げたはずである。

II 漱石

1 「哲学雑誌」と漱石

漱石と「哲学雑誌」[1]との関係については、これまで「文壇に於ける平等主義の代表者『ウオルト、ホイツトマン』Walt Whitman の詩について」「英国詩人の天地山川に対する観念」という二つの論文と、「催眠術」「詩伯『テニソン』」という二つの翻訳が確認されていたが、その後、大久保純一郎氏の研究によって六十七号（明25・9）の雑報欄に掲載された小文「身一つに我二つ」が漱石のものかと推定された。[2] しかし、この外にも丁寧に見てゆけば漱石執筆かと思われる雑報記事も一、二あり、この面での確認が急がれる。又、それ以上に重要なことは「哲学雑誌」の性格の解明と、漱石が編集委員時代に「哲学雑誌」から受けた様々な影響を検討、解明することである。この面からのアプローチは既に大久保氏が行っておられ貴重な報告があるが、後者についてはそれが主にホイットマン論との関連でなされているきらいがあり、やや一面的であるように思われる。もう少し総合的に「哲学雑誌」を捉えると、漱石とのつながりがより緊密になってきて両者の関係がより鮮明になってくるはずである。今回はそのような観点で「哲学雑誌」を取り上げてみた。

一　米山保三郎のこと

本論に入る前に第一高等中学校、帝国大学、大学院を通じて親交を結び、漱石の建築科志望を文学科志望に転じさせ、漱石をして「同人の如きは文科大学あつて文科大学閉づるまでまたとあるまじき大怪物に御座候」（明30・6・8斎藤阿具宛）と畏敬の念を起こさせた米山保三郎について少し触れておきたい。

漱石と米山は明治二十三年七月、同時に第一高等中学校を卒業し、同二十六年七月、これも同時に文科大学を卒業し共に大学院に進学している。そしてその間、二十五年七月から翌年十月まで共に「哲学雑誌」の編集委員を勤めたが、(3) その米山は明治三十年三月二十九日に忽焉と亡くなる。その死亡記事が「哲学雑誌」に載っている。

一二四号（明30・6）雑報欄

○米山文学士の易簀　大学院にありて空間を専攻しつゝありし文学士米山保三郎氏は去三月廿九日腹膜炎の為めに溘然逝去せられたり、氏は明治二年一月加賀金沢に生れ、仝じく十六年より東京に遊学し、文科大学哲学科を卒業せられしは明治二十六年にして爾来孜々として専ら其所定の題目に就て研究を凝らし、来年九月を以て正さに大学院の定期を終らんとする筈なりしが一朝病魔の為めに奪ひ去られしは誠に惜むべし、氏は嘗て哲学会に書記となり尽瘁する所ありしにより仝会よりは特に霊前に於て吊詞を朗読せり。

一二五号（明30・7）雑報欄

○米山文学士。過般易簀せられし文学士米山保三郎氏は大学院にありて空間なる題目の下に研究せられしが、今氏が研鑽の梗概をきくに、唯に空間のみならず、哲学上より心理学上よりはた数学上よりして、時間、空間、及実在の根本的概念の生起、範囲及び相互の関係を確定せんとするにありし由、是が為めには元良教授指導の下に心理的研究に熱中せしのみならず、亦理科大学の藤沢教授をも其指導教授とし、所定の学科に必要なる数学的知識を得るに余念なかりきと云ふ、かくて大学院にあること四年にして粗修得する所ありしを以てこれより一年間に於て其研究の結果を纏めて卒業論文をものし、哲学会に於ても其大要を論ずる準備をなしつゝある中、卒爾として病魔の奪ふ所となりし由、豈痛悼の至りならずや、尚氏は資性極めて磊落かねてより禅学を好み明治二十二年よりは今北洪川師に就きて参得し、師より法号をも授かりきとぞ。

この記事で分かることがいくつかあるが、その一つは漱石との関連で言えば、従来、曖昧とされてきた大学院での研究制度である。記事によれば米山は四年間大学院で研鑽を積み、残り一年間で「卒業論文」をまとめ所定の課程を了えようとしていたのである。指導教官の制度もはっきりしている。この大学院制度を裏付けるため漱石、米山が共に進学した時の『帝国大学一覧 従明治廿六年 至明治廿七年』（明27・1刊）に当たってみた。第十七章に「大学院」があり主な規程が次の如く掲載されている。

大学院規程

第二　帝国大学総長ハ大学院学生ノ攻究セント欲スル学科ノ主管分科大学長ニ諮詢シ教授ノ中ヨリ其指導ヲ担当スヘキモノヲ指定シ学生ハ其指導ニ従ヒ攻究ノ業ニ従事スルモノトス

第三　大学院学生ハ学術若クハ技芸攻究ノ為メ入学ノ初メ二ケ年間分科大学ニ於テ研究生タルヲ要ス

第四　大学院学生ノ学位試験ハ大学院入学後五ケ年ノ後帝国大学総長特ニ委員ヲ選定シテ之ヲ行フ

第六　大学院学生ハ授業料ヲ徴収セス

これによれば指導教官制度、二カ年の研究生制度、学位制度、授業料免除の制度が謳われており、米山はこれら凡ての条件を充たして業を了えようとしていたことが分かる。この規程から漱石の大学院時代を見るとどうなるのか。指導教官は言うまでもなく「オーガスタス、ウッド」(明25・9〜29・7在勤)であり研究テーマは「英国小説」である。[4]が、このウッドに対して漱石が余り良い印象を持っていなかったことは友人松本文三郎の証言で知られる。[5]ウッドの実力は漱石が訳した「詩伯『テニソン』」でおおよそ見当がつく。米山と比較した場合、漱石は指導教官に恵まれなかったと一応、言えようか。又、米山には空間論という明確なテーマがあり、学位論文提出寸前という研鑽の過程があったが、漱石にはこれに匹敵するものが見当たらない。何よりも一年半しか在籍しなかったことが先ず考えられるが、そこには哲学と英文学という学問の性格の相違や、漱石自身の「明治二十七年から二十八年にかけて、神経衰弱の症状著しい。幻想や妄想に襲われる」(『漱石研究年表』)という精神的危機も大きく作用しているものと思われる。しかし、それにしても大学院時代を通して見るべき成果を上げていないのが、やはり気になる。大学最終学年の二十五年に意欲的に研究の成果を世に問うたことを考えると、その感が一層深い。やはり研究の意欲を一年半で断念したことと併せて、在籍した一年間半の意味について改めて考えねばならないであろう。[6]

さて話を米山に戻せば彼が心魂を傾けた空間論についてはその内容を窺い知ることはできない。これは重野安繹撰の養源寺の墓誌(旧駒込蓬莱町、現文京区千駄木町)にある通り、「空間論を草するや、反覆沈潜し、肯て筆を下さず」「病革まり、元良博士は蓐に就いて論文を見んことを請ふも、猶ほ未だ成らざるを以て辞す」(大久保氏の訓み)とあることから、未だ不完全な草稿の段階であったことが知られる。これに匹敵するものとは到底思われないが、米山の遺稿として「哲学雑誌」に掲載された「『シオペンハワー』氏充足主義の四根を論ず」について少し触れておきたい。一二五号(明30・7)と一二六号(明30・8)の論説欄に二回に亙って発表されたものであるが(全六十六頁)、はじめに松本文三郎による次の如き付記がある。

左の一篇は余か最も親愛し、畏友、米山文学士の遺稿なり。此稿は元と明治二十六年君か尚ほ文科大学に在学せられしときの作に係る。爾来君か篤実英明の質を以て螢雪の功を積まれしこと茲に四年。君か学殖幾多の博きを増し、君か識見幾層の深きを加へたりしやを知らす。而して未た其の成見を発するに暇あらす僅かに此小篇を遺して逝けり。豈に学海至恨の事にあらすとせんや。

論文中シオペンハワーの充足主義を批評せるところ、間々其の立脚の地を異にし、枘鑿相容れさるの観なきにあらす。蓋しシオペンハワーは素と先在的唯心論者、而して君は全然是れ実在論者。乃ち此を以て彼を規せんとす、勢此に出てさるを得さるなり。然りといへとも是れは之れ他山の石、唯心論者の喜ひて以て見んと欲する所たるのみならす、亦以て君か抱持し、見解の一斑を窺ふに足るものあり。君か見解を窺ふに足ると雖も、君か学は固より此に尽きず。読者の君を誤解せんことを恐れて敢て一言す。

明治三十年七月

松本文三郎識

この説明が正しいとすれば大学卒業の二十六年七月以前に書かれたことになる。漱石も卒業間際にかなりの数の論文をまとめていることから、米山の場合も大学三年間の研鑽の成果と考えて良いのではなかろうか。この論文を正確にまとめる自信はないが、最後に「総括」があって結論が四カ条に箇条書きされているので、米山のショーペンハウアー批判の大凡を知ることができる。中でも次の三カ条が中心である。

㈠余は時間空間「エーテル」「エ子ルギー」を以て客観的に存在するものと為し、論理的法則の如きも亦余輩の心に関係なく、客観的に真実なりとす。故に、時間空間物質（因果律）は余輩の心を離れて存する者に非ずとなせる「ショッペンハワー」氏の所説に反するものなり。

㈡客観世界の観念及び智力の内部構造は祖先よりの生存競争の結果として之を得たるものと為す。故に「ショッペンハワー」氏の先天説の如きは未だ学理的説明を為せしものに非ずと断す。

㈣精神作用中に別種の能力を分つは今日心理学の許さゞる所なり。智力の中に感覚悟性理性等を絶対的に区別し従ふて抽象的概念と具体的写象とを絶対的に区別するも亦今日心理学の容れざる所なり。（略）

㈠は松本が解説する如く唯心論と実在論との対立である。この米山の時間・空間実在論に対してすぐ連想されるのが「文芸の哲学的基礎」（明40・4）で漱石が展開した時空論である。言うまでもなくW・ジェームズの「意識の連続」が論の下敷きになっていて、これを措いて時空は存在しないとする主張である。時間も空間も「発達した抽象を認めて実在と見做した結果」にすぎず、「空間と云ふものも時間と云ふものも因果の法則と云ふものも皆便宜上の仮定であつて、真実に存在して居るものではない」としている。この主張は明確な唯心論ではないが、どちらかと言えばショーペンハウアーに近いように思われる。明治二十六年の米山と四十年の漱石とでは同日に論ずることはできないが、哲学の根本概念である時間・空間について両者が明確な認識の相違を見せているのが注目される。漱石の認識の本にW・ジェームズがあったことは触れたが、時空認識という哲学の根本に関わる命題は、あるいは若き日の米山の空間論と響き合うものがあるように思われる。米山の未完の空間論の残響を漱石の中に見たいのである。

㈡の認識は言うまでもなく進化論であり、本文では「人類が不変真理に対する観念の客観的にも真実なる所以のものは客観的に真実なる真理を真理なりと思ふもの丶子孫が生殖せしを以てなり。経験の規定として余輩の心に存するが故に客観的に真実なるには非らざるなり」と明確に極めつけている。これは漱石とて同様で、二十五年に同時に書かれた「老子の哲学」やホイットマン論、「中学改良策」に進化論の痕跡、著しいことは言うまでもない。時代の影響もあろうが外山正一から受けた社会学の講義の重要さはここで繰り返すまでもない。

(四)の理性・悟性・感性の区別についてはショーペンハウアーが理性は抽象作用で人類に固有のもの、悟性・感性は具象作用で人類、動物に共通するものと捉えるのに対して、この区別を無意味とするものである。この三者の意味づけについては特にドイツ観念論ではうるさく、カント以前とカント以後とでは悟性と理性の位置が逆転したりするが、この区別に敏感だったのは鷗外のようである。(7) しかし、この区別に批判的であった点では米山のそれは漱石と共通する。漱石の「文芸の哲学的基礎」を見ても理性・悟性・感性の区別は見られず、その精神作用を専ら知・情・意の観点で捉えているのが特徴的である。この点から見ても明治の代表的二つの知性を対比しながら考えるのも意味深いことだと思われる。

このように見てくると米山の遺稿は直接、空間論そのものを窺わせるものではないが、二十六年時点に於ける米山の関心の在り処と哲学の時代性を窺わせて興味深い。同時期、あるいは後年の漱石の認識との類似、異同も知られて、その意味でも貴重である。

さて、今一つ米山のことで触れておかねばならないのは『吾輩は猫である』（二）「四」）で描かれた米山像（曾呂崎）についてである。これについては既に大久保氏や原武哲氏の研究に詳しいが(8)私なりに確認しておきたい。作品では「天然居士」こと曾呂崎は苦沙弥によって、はじめ「天然居士は空間を研究し、論語を読み、焼芋を食ひ、鼻汁《はな》を垂らす人である」と形容されながら、これが撤回され、「空間に生れ、空間を究め、空間に死す。空たり間たり天然居士噫」と書き改められる。言うまでもなく天然居士の墓誌を撰するためであるが、以下で天然居士の死因が「腹膜炎」であること、居士名（戒名）は苦沙弥の命名であることが述べられる。これを初め目にした時、漱石の天然居士への愛情を感じながら、「焼芋を食ひ、鼻汁を垂らす人である」「余り勉強し過ぎて腹膜炎で死んで仕舞った」等を漱石独特のユーモアと解した。ことに後者は小宮豊隆の『夏目漱石　一』（昭28・8）で死因が「チフス」になっていたので余計にその感が深かった。(9) しかし、前記「哲学雑誌」の記事をはじめ、『狩野亨吉日記』（明30・5・29条、但し大久保書による）でも死因は腹膜炎であり事実であったことが知られる。又、「論語を読み、焼芋を食ひ、鼻汁を垂らす人」の方も、墓誌に「常に魯論を懐き」とあり、狩野の回想に「何しろ大学生で鼻汁を平気で垂してゐ」たとあるので、(10) これ又事実であることが知られる。この短い文言でも天然居士その人が髣髴としてくるから不思議である。天然居士号は苦沙弥（漱石）の命名になっているが、これは松本文三郎の「漱石の思ひ出」や原武氏の研究で円覚寺の今北洪川老師から授けられたものであることがはっきりしている。(11) 又、今回の「哲学雑誌」の記事でもそのことが確認される。とすれば「僕がつけてやつたんだ。元来坊主のつける戒名程俗なものは無いからな」という苦沙弥の言は一見、もっともらしく見えるが、現実に還元すれば坊主がつけた雅な戒名となる。尤も禅士号と戒名という違いはあるが、ここは漱石の茶目っ気、いたずらと考えておけばよいか。ただ、ここで少し注意を要したいのは苦沙弥が夭折した天然居士のために墓碑銘を撰しようとする行為についてである。現実に還元すれば明治三十八年の時点で何故、漱石は米山の墓誌ということを連想するのかということである。米山の墓誌は重野安繹の撰になって既に明治三十一年に養源寺の墓に刻まれている。尤もこの撰者はかつての文科大学教授であるから、親しい友人から見た墓誌はあってよい。そして、これを裏付ける証言が二人の親しい友人によってなされている。菅虎雄の「夏目君の書簡」（「漱石全集月報」7号　昭3・9）によれば、「傑物の米山君は早く死んで、夏目君が其伝記を書く筈であつたが、それも果さずに逝つて了つた」

とあり、狩野亨吉の「漱石と自分」（「東京朝日」昭10・12・8夕刊）でも、「米山は奇人であるが研究すべき奇人であると思つてゐる。若くして死んでしまつたので、後年友人達が話して、彼の伝記を夏目君が書き、その遺稿は自分が見ることになつてゐたが、伝記は出来ずに終り、手帳の中には世に出す程まとまつたものもなかつた」とある。狩野が言う「後年」とは何時のことかはっきりしないが、亡くなった明治三十年からそれほど離れているとは考えられず、『猫』執筆時点では「伝記」のことが気になっていたのではなかろうか。それが『猫』（一二）で前記のような表現になったのではなかろうか。伝記執筆の約束も回りの情勢で思うように行かず、つい、『猫』の中で簡便に済ましてしまったとも取れる。しかし、短くはあるが『猫』での天然居士の描写は愛情にあふれていて、簡潔に米山の人となりを言い尽している。「空間に生れ、空間を究め、空間に死す。空たり間たり天然居士噫」という墓銘は共に禅に遊んだ人間として、又その友人への手向けとして、これ以上に適切で要を得たものはない。「この墓銘を沢庵石へ彫り付けて本堂の裏手へ力石の様に抛り出して置くんだね。雅でいゝや、天然居士も浮ばれる訳だ」という迷亭の言は、けだし漱石の本音であろう。伝記は果たされずに了ったが、『猫』で漱石は一応、米山への追善供養の意を果したと言える。しかし、そのことが滑稽小説でなされたということが、やはり気が引けたのであろうか、大久保氏が言うように「坊つちゃん」で「米山の霊を弔うレクイエム」が完成したと見るべきであろう。このように見てくると『猫』には米山の霊を弔う外にも、もう一人の友人の霊を弔う意図があったことが分かる。言うまでもなく子規である。『吾輩は猫である』中編自序（明39・10執筆）には「無聊に苦しんで居た子規は余の書翰を見て大に面白かつたと見えて、多忙の所を気の毒だが、もう一度何か書いてくれまいかとの依頼をよこした」として子規の書簡（明34・11・6付）が引かれ、その約束を果たすため「余も亦『猫』を碣頭に献じて、往日の気の毒を五年後の今日に晴さうと思ふ」と述べられている。明らかに『猫』には子規との約束を果たし、彼に書を献ずるという意図が窺える。子規へのレクイエムになっていることは言うまでもない。処女作『猫』の背景に二人の親しい友人の死があったということは記憶さるべきことである。

二 「哲学雑誌」と編集委員

さて、漱石が一時期、「哲学雑誌」の編集委員を勤めたことはよく知られているが、従来の研究では明治二十五年七月、三年生になった時点で就任したことになっており（六十七号の「学校及び学会」欄）、『漱石研究年表』はじめ、諸書皆、この説を踏襲している。しかし、今回調査してみて、これが一年早い明治二十四年七月であることを確認することができた。五十四号（明24・8・5）の「記事」に次の如くある。

○今般新に雑誌編纂委員を左の如く定む但し委員長は書記之を兼ぬ
　小屋　保治　　藤代　禎輔　　芳賀　矢一　　松本亦太郎　　夏目金之助

七月十日が学年末であるから新年度で計算すれば、小屋・藤代は共に大学院研究科一年、芳賀（国文学科）三年、松本（哲学科）二年、夏目（英文学科）二年ということになる。新二年生になったばかりで編集委員に任命されているわけである。雑誌を見て行くと学年末の七月が委員の改選期で、任期は一年であるが原則として二期勤めたようである。一年毎に委員の半分が交替する、言わば半舷上陸の制度を取っている。この五人の委員とは別に二名の書記がおり、同じ「記事」でそれが立花銑三郎（哲学科三年）薗田宗恵（哲学科三年）であることが分かる。書記は委員長を兼ねた。「今後本会に関する一切の文書は帝国大学寄宿舎内両名に向けて送付せらるべし」とある。これより一年前の四十二号（明23・8）を見ると新編集委員は大西祝、大瀬甚太郎、牧瀬五一郎、立花銑三郎、薗田宗恵の五名で書記は小屋保治、藤代禎輔の二名が当たっている。内、大瀬が第五高等中学赴任のため途中で抜け、芳賀矢一がこれに替っている（四十九号参照）。なお、五十四号記事では松本亦太郎（哲二）と狩野亨吉（研一）の入会申込みに対して、規則により投票を行わずに入会を許可した旨が見える。文科大学の学生は無条件で入会が許可されたらしく、米山保三郎は入学間もない二十三年九月に入会している（四十四号記事参照）。但し文科大学でも撰科生は投票で入会が決定された。二十四年九月、撰科に入学した西田幾多郎はその十月に投票で入会を許可されている。このように見てくると哲学科の学生は早くから哲学会に入会し雑誌を購読していたことが分かるし、(12)他学科の学生も含めて大学二年頃から編集委員に選出されていたことが分かる。文科大学の学生と「哲学雑誌」との緊密なつながりが改めて確認される。以下、編集委員の動向を追ってみる。

六十七号（明25・9・5）「学校及ビ学会」
〇哲学会及ビ史学会ハ軌則ニヨリテ八月ハ休会セリ。
〇哲学会ハ同会軌則第七条ニ従ヒ、去ル七月書記立花銑三郎、薗田宗恵ノ二氏ハ其職ヲ退キ、文科大学第三年生米山保三郎、松本亦太郎ノ二氏其後ヲ襲ヒタリ。而メ編纂委員ハ藤代禎輔、立花銑三郎、松本文三郎、夏目金之助、大島義脩ノ五氏ニ定メラレタリ。但シ委員長ハ書記之ヲ兼ヌルトノ事ナリ。

『帝国大学一覧 従明治廿五年 至明治廿六年』（明25・12）によれば、米山（哲学）三年、松本亦太郎（哲学）三年、藤代（独文研究科）二年、立花（哲学研究科）一年、松本文三郎（哲学）三年、夏目（英文）三年、大島（哲学）二年ということになる。ここで注目すべきは委員の顔ぶれの大半が哲学科の学生であり、文学畑は藤代と夏目の二名だけであるという事実である。これは既に大久保氏の指摘にもあるが、当時の学問の哲学偏重という傾向と時代性とを如実に物語るものであろう。漱石が入学した二十三年の本科学生で見ても、三学年合わせて哲学科十五名、国文学科四名、漢文科一名、国史科四名、史学科六名、博言学科一名、英文学科二名、独逸文学科二名で哲学科の優位は動かない。三年後の「哲学雑誌」第七十八号（明26・8）の雑報欄を見ても、「文科大学の近況」として「同大学前学年末の景況を聞くに、在学々生総数七十三人にして内哲学科二十人あり、外に研究科に在るもの五人の中三人は哲学専問《ママ》なりといふ。又本年七月に卒業せし学生は凡て十五人にして、哲学科卒業生五人の中四人は大学院に入りて学術の蘊奥を攻究せらる丶目的なりと」として、松本文三郎、松本亦太郎、米山保三郎らの名前が挙がっている。ここでも哲学科は約三割弱を占め、その優位は変らない。従って、「哲学雑誌」は既に理科系の専門誌になっていた「東洋学芸雑誌」に代り、総合誌を目指そうとしたことになってはいるが[13]、この編集委員の顔ぶれだけから見ても、勢い「哲学」中心の雑誌としての性格を具えて行くのは止むを得ないことであった。又、「論説」の執筆陣の顔ぶれから見てもその事が言える。

七十八号（明26・8・10）

○哲学会　例により七月は休会せり。又本月より旧書記退任し、大島義脩、岩元禎の二氏代て就任せし由。

　六十七号記事では七月に委員の交替を済ませ八月が休会になっていて、その方が自然に思われるが、七十八号記事では逆になっている。あるいは「本月」とは七月のことかも知れない。とすれば書記の交替は事後承認であろうか。前任の書記は米山、松本（亦）の二名であるが、委員の一人大島が書記になっているので、次の八十号の記事を参看すると松本（亦）が辞め、米山は五名の編集委員に残ったようである。

八十号（明26・10・10）

○哲学会　去月廿二日午後三時半より文科大学楼上に於て第八十一例会を開き、久松定弘氏「霊魂実有の説に付きて」講演ありたり。同会にては今回雑誌編纂委員を定め、松本文三郎、米山保三郎、夏目金之助、小谷重、熊谷五郎の五氏就任せり。

雑誌の刊行は七十一号（明26・1）より毎月十日を発行日にしたが、実際の発売はこれよりかなり遅れていたようである。従って、「去月」は九月と考えてよいのではなかろうか。そこで松本、米山、夏目の三人は留任となり、もう一年続けることになる。三人は共に大学院に進学したばかりであるが、小谷は哲学科三年、熊谷は哲学科二年である。書記の岩元、大島は共に哲学科三年である。委員の任期は二期二年が原則のようであり、これからすれば松本、米山が二期目に入りこれに該当するが、漱石は三期目ということになる。松本、米山らとの友情もあろうが、それよりも雑誌の執筆、編集に漱石が意欲を持っていたことの現われであろうか。ところが、そのようにもう一期続けるかに見えた漱石であるが、次号八十一号（明26・11）に突然、辞任の記事が見える。

○哲学会。十月廿五日文科大学に於て例会を開き、小林光茂氏「哲学問題の焼点」に付て講演ありたり。又同会編纂委員夏目金之助氏は辞任せられたるにより、松本亦太郎氏代て就任せられたり。

九月二十二日に就任したとすれば約一カ月後の辞任である。三期目を引き受ける時は積極的でなかったかも知れないが、それにしても突然である。この原因を探ると就職活動との関連が考えられる。七月から八月にかけては学習院就職をめぐりゴタゴタしている。この間の経緯は原武氏の研究に詳しいが、それによると八月二十三日の時点で漱石は学習院不採用の情報を得ていたと思われる。折角、誂えたモーニングも無駄になるかに見えたが、十月に一高と高師から同時に就職の口がかかり、高師の英語嘱託（年額四百五十円）となることに決定し、十九日より週二回出講することになる。恐らく、この高師就職（他に東京専門学校や国民英学会にも出講していた）が直接の契機となって編集委員を辞任したのであろう。又、内的動機としては米山や松本らがいるので三期目を引き受けてはみたが、既に二年の任期の中《うち》で論文二本、主な翻訳二本を発表しているので、一応、漱石としては編集委員としての役目は元より、自己の表現欲もある程度は達成されたと見ていたともとれる。今回の雑報記事の発見で従来、何となく明治二十五年七月から約一年間、編集委員を勤めたのではないかという予測は、下限に関する限りそれ程、大きく隔っていなかったことが判明した。以上の検討で漱石が「哲学雑誌」の編集委員に就任したのは明治二十四年七月で、辞任したのが明治二十六年十月であることがはっきりした。そのことから漱石が実際に編集に従事した号数が確定されることになる。今それを第五十五号（明24・9）から第八十号（明26・10）と推測しておく。

ここで一つ注意しておきたいことは、漱石が就職のことを気にして大学院進学と同時に運動を開始していることである。米山の如くひたすら研究に没頭できる条件の学生は、むしろ例外であったのかも知れない。事実、漱石は高師の月給三十七円五十銭のうちから、奨学金返済に七円五十銭、父への送金に十円を充てている（『漱石研究年表』による）。これでは研究一筋という生活は思いもよらない。漱石はまず稼がねばならなかった。しかし、それでも漱石の身分は大学院生であるわけで、院生であることと稼ぐことのジレンマに追われた一年半ではなかったかと想像される。先に大学院時代の漱石に目ぼしい研究のないことを指摘したが、その理由の一つはここにあったかも知れない。
漱石は編集委員を十月で辞めるが、友人の米山、松本文三郎、松本亦太郎らは更に委員を続け、二十七年七月まで勤める。

九十号（明27・8）
○哲学会書記及び雑誌編纂委員。哲学会に於ては例に由て今月より旧書記代はりて三好愛吉、熊谷五郎の両氏に其任を受け、また旧編纂委員職を解きて大島美脩《ママ》、岩元禎、和田規矩夫、溝淵進馬、桑木嚴翼の五氏編纂委員に任ぜられ、編纂主任は書記之れを兼ぬと云ふ。

とすると、この九十号までが米山、松本らの携わった雑誌ということになる。以上、くどくどと編集委員の交替時期を問題にしてきたのは、当面の批評対象とする無署名の「雑録」（時には署名もある）及び「雑報」欄が、大方これら編集委員の手になるものだからである。時期を確定することで、ある程度、執筆者の予測も可能となり、各編集委員の思想傾向を知る便にもなるからである。

三 「雑録」「雑報」欄の意義

以下、主に「雑録」「雑報」欄を中心に「哲学雑誌」の性格と編集委員の知的関心が自ずと出るように、注目すべき記事をピックアップして行きたい[14]。漱石に焦点を絞れば五十五号から八十号までということになろうが、目的上、その前後にも少し目配りをしたい。又、「雑録」「雑報」欄が拡張され精彩を帯びてくるのは、言うまでもなく六十四号の改良号からであり、それまでは誌面も小さく、頁数も少なく、編集委員もその才能を充分、発揮することができなかったようである。その意味では漱石も五十五号から六十三号までは、さしたる活躍をしなかったというのが実情のようである。

四十八号（明24・2）
雑録　「ヘーゲル」氏弁証法（十頁）　中島　力造
五十五号（明24・9）↓五十六号（二十二頁半）
論説　思想三大理法ノ適用（十三頁半）　清野　勉
五十八号（明24・12）
論説　強迫観念ニ就キテ（十四頁強）　呉　秀三
六十一号（明25・3）↓六十二号（七頁）
雑報　願望《デザイア》及ひ厭悪《アヴァーション》の性質（五頁強）
六十二号（明25・4）
雑報　「セス」教授の開講演説（四頁）
六十三号（明25・5）
雑録　催眠術（「トインビー院」演説筆記）（未完、十三頁弱）　Ernest Hart M. D.（漱石の訳とされている）
六十四号（明25・6）
本誌改良ノ趣意（六頁）　本号より「哲学会雑誌」を「哲学雑誌」と改題
六十五号（明25・7）
雑録　「エモルソン」の楽天主義（ユニテリアン、レビュー抄訳　九頁弱）

雑報　催眠術に罹る人の国別統計（一頁強）
六十六号（明25・8）→六十七号（十頁弱）
雑録　天才と狂気（四月発行の「心学雑誌」Journal of Mental Science に載ったアーサー、マクドナルド論文の抄訳四頁強）
雑報　実験心理学の国際会（二頁）
六十七号（明25・9）
雑報「ロムブロゾー」氏著書ノ翻訳（大久保氏の推定では米山か　二頁）
雑報　身一つに我二つ（大久保氏は漱石の執筆か、もしくは松本亦太郎の翻訳に漱石が加筆したかと推定。三頁）
雑報　催眠術ニテ為セル治療（九行）
六十八号（明25・10）
雑録　文壇に於ける平等主義の代表者「ウオルト、ホイットマン」Walt Whitman の詩について（無署名だが漱石　二十頁強）
雑報　独逸国諸大学ニ於ル実験的心理学攻究ノ近況（五頁）
雑報　米国コーネル大学哲学院略況（三頁弱）
雑報　新任文科大学英文科教師「オーガスタス、ウード」氏（八行の紹介記事）
六十九号（明25・11）
批評　宗教哲学骸骨ヲ読ム（九頁強）　　立花銑三郎
雑録「ヘーゲル」ノ弁証法（Dialektik）ト東洋哲学（大久保氏は米山と推定　八頁弱）
雑録　夢中の想像（コンテムポラリーレウィヱー抄訳　十月二十四日　三頁）

雑録　美術の新生面〔一頁〕↓七十号〔三頁〕
雑報　感覚相互の影響〔一頁強〕
雑報　気候と人の行為〔一頁強〕
七十号〔明25・12〕
論説　国詩ニ就キテ〔十頁弱〕　　　　　　　　　　米山保三郎
史伝　詩伯「テニソン」〔七頁弱〕↓七十一号〔四頁弱〕↓七十三号〔八頁強〕オウガスタス、ウード〔漱石訳〕
批評　デビニチーを読む〔六頁弱〕
雑報　実験的心理学大会ノ概況〔三頁半〕
雑報　「エル子スト、ルナン」氏〔一頁〕
雑報　「ドクトル、ブッセ」氏〔米山か　十二行〕
七十一号〔明26・1〕本号より毎月十日発兌を決定
雑録　「ブラジル」の詩人〔アントニオ、ゴンサルヴェス、ディアスの詩についての解説　五頁強〕
雑録　「ルナン」の小話〔四頁半〕
雑録　学問上国民の特質〔二頁強〕
雑報　「スペンサー」氏倫理学原理第一巻〔五頁強〕
七十二号〔明26・2〕
雑報　ジョージ、メレヂス氏〔三行記事〕
雑報　ミュンステルベルグ教授〔ハーヴァード大のゼームス教授の名あり　四行〕

雑報　ドクトル、コェーベル氏（六月に赴任するケーベルの紹介記事　十行）

七十三号（明26・3）

論説　英国詩人の天地山川に対する観念（七頁半）→七十四号（十一頁弱）→七十五号（十一頁弱）→七十六号（十四頁）　夏目金之助

雑録　無意識の脳髄作用（既視経験等に触れる　四頁半）

雑録　「マーシャル」氏の美論に就いて（四頁）→七十五号（七頁）　米山保三郎

雑録　ショッペンハワー氏の女子論（五頁強　米山か）

雑報　接神教《セオソフイー》の流行（一頁）

七十四号（明26・4）

雑録　厭世教（十頁強）

七十五号（明26・5）

雑報　米国心理学者の会合（一頁強）

七十七号（明26・7）

雑録　ゼームス氏自我論（大久保氏は松本文三郎と推定　八頁半）

雑報　テニソンの小話（雑誌センチュリーに載ったものの抄訳　五頁強）

雑報　ドクトル、ケーベル氏の来着（九行）

雑報　ハートマン氏の新著（Das System der Soziologie 社会学の紹介　二行）

七十八号（明26・8）

雑録　文学批評ノ実験的基礎（ドクトル、シャーマンの「文学ノ解剖学」を紹介した「サイエンス」掲載文、ロンエー

氏「文学批評の実験的基礎」の訳　十一頁弱）
雑報　文科大学の近況（哲学科の盛況　七行）
雑報　ブッセ氏中島氏の「カント実体論」を評す（三頁強）
雑録　心理学に於ける無意識作用の発達（マインド誌掲載のヘレン、デンチー氏論文の抄訳　六頁半）
八十号（明26・10）
雑報　「スペンサー」氏倫理学原理の完成（十行）
雑報　文科大学（八月に敷かれた講座制について触れられ、哲学科の七講座が紹介されている　八行）
八十二号（明26・12）
雑録　人生の危機（米国「心理学雑誌」十月号に載った「新生命」に基づく　九頁強）
雑録　思想行為の合一並に其進化（ウエストミンスター、レビュー抄訳　六頁弱）
八十三号（明27・1）↓八十四号（四頁半）
雑録　ハルトマン氏ノ宗教哲学論（四頁強）
八十五号（明27・3）
論説　はるとまん氏ノ宗教哲学論ニ就テ（明治廿七年二月廿一日哲学会講演　八頁弱）↓同じ号の雑録欄に続き
が掲載（六頁弱）↓八十七号（五頁強）↓八十八号（三頁）
村上　専精
八十七号（明27・5）
雑録　天才狂者と気候の関係（ロンブロゾーの研究に多くを負う　九頁半）
八十九号（明27・7）
雑録　ジェームス氏関節感覚及筋肉感覚論（ジェームズ『心理学原理』の該当部分抄訳　八頁）

雑報　故教授ヘンリー、モーレー（英文学界長老の死　一頁）

右の雑録、雑報の中で漱石の執筆したもの、あるいは翻訳したものはどれかと推測する前に、これら「哲学雑誌」の記事が同時代の漱石の論文とどのように関わるのか、又、これらさまざまの論考が以後の漱石の思想形成にどのように結びつくのかについて、まず考えたい。はじめにヘーゲル、エマーソンあたりから触れると、ヘーゲルの名が漱石の文章に出てくるのは「老子の哲学」（明25・6稿）とホイットマン論（「哲学雑誌」明25・10）が最初である。どのように引用されているかについては既に触れたことがある[16]が、くり返せば前者ではヘーゲルの絶対的イデーが、老子の道の無意識なるのに対して意識的であることが強調され、後者ではホイットマンの霊魂進化の説がヘーゲルに負っていることが強調されている。老子を批判するために、あるいは逆にホイットマンの思想を肯定するためにヘーゲルは引用されている。この期の論文にはスペンサーの進化論の影響が濃厚であるが、ヘーゲルの名の見えるのが注意される。この両者の思想は無論、同一ではなく、その点は漱石が論じているホイットマンがスペンサーを棄て、ヘーゲルを介しながら霊魂進化の説を受け容れたことに端的に表われている。しかし、漱石のヘーゲル理解には疑問があり、この二人の思想の明確な相違を認識していたというより、同一のレベルで理解していたととる方が穏当のようである。両者を矛盾なく接木していたものと思われる[17]。ここに進化思想を基にした漱石の積極的、肯定的人生観が明確になるのであるが、このヘーゲル理解には米山が大きく関わっていたと従来、見られてきた。則ち、大久保氏は「『ヘーゲル』ノ弁証法（Dialektik）ト東洋哲学」（六十九号）を米山執筆と断定し、「これは、老子とヘーゲルとの哲学の差違を主張した漱石の所見と関連する。漱石の所見を、哲学専攻の米山が批判し、修正を試みたと考えられる」と類推している。たしかに米山の論はヘーゲルの弁証法（「正」「反」「合」を「有」「無」「転化」

と理解している」[18]の萌芽がギリシヤ哲学にも、又、東洋哲学（仏教と中国哲学）にもあったとするもので、特に東洋哲学との関連でそのことが述べられ、「弁証法カ東洋ノ天地ニ於テ既ニ久シク発芽シ、生長シ来リタルモノト全ク別ナラサルヿヲ一言スルノミ」と結論づけている。ここからは老子とヘーゲルの異質性より同質性（弁証法的思考の類似性）が説かれるのは当然である。その弁証法の理解、東洋哲学との関係については漱石と米山とでは認識に相違があるが、この時点で漱石がヘーゲルを知っていたことは注目してよい。そのきっかけとしては清沢満之『宗教哲学骸骨』の存在や米山のことがこれまで考えられてきたが、「哲学雑誌」を見る限りでは四十八号に中島力造の「ヘーゲル氏弁証法」が既に載っているのである。又、清野勉「思想三大理法ノ適用」（五十五号）の始めにも「へーげる」の名が見える。『帝国大学一覧 従明治廿三年至明治廿四年』によれば中島力造は文科大学講師で倫理学の担当である。哲学科、英文学科では共に一年で倫理学はなく、中島に直接、教えられた形跡は少ない。ただ第一学年で履修の哲学概論、哲学史及論理学の後者の方は「ルドウイッヒ、ブッセ」が担当ではっきりしているが、哲学概論の方ははっきりしていない。中島は「ドクトル、オフ、フヒロソフヒー」（エール大）の称号を持つので、可能性としては概論を担当したとも考えられる。そして何よりも四十四号記事によれば、米山は入学と殆ど同時に哲学会に入会しているので、この中島の論説は二十四年一月二十日の哲学会で講演したものの掲載であるから、実際にこれを聞いていたはずである。ヘーゲルの名は大学入学時にはかなり一般化していたと考えてよい。その中島の論であるがDialecticを「弁証法」と訳していて注目されるが、この訳語を何時、誰が使用し出したのかは未調査である。[19]はじめに「『ヘーゲル』氏論理的唯心説ハ『フィヒテ』氏ノ倫理的唯心説（Ethical Idealism）及ビ『セリング』氏ノ格物的唯心説（Physical Idealism）ノ欠ヲ補ヒ『カント』氏ノ唯心説ヲ発達シタルモノナリ」とあるのは、そのまま米山の『カント』カ復《ママ》雑ナル臓腑ノ中ヨリシテ唯心論ノ種子ヲ選択シ来リ之ヲ培養セシモノハ『フィヒテ』ナリ、之ヲ発達生長セシメタルモノハ『セーリング』ナリ、其秋天ニ際シ之ヲシテ巨大ナル美菓ヲ結ハシメ、之ヲ深ク己レニ味フヿヲ得タルモノハ即『ヘーゲル』ナリ」につながる。又、弁証法の理解については「『ヘーゲル』氏弁証法ニヨレバ純粋実在ノ変遷スル方法ハ反対法ナリ而シテ此反対法ナルモノハ拒否及ヒ拒否ノ拒否ナル二者ヨリ成立スルモノナリ」「例之ハ実在ハ無在ニ化シ無在ハ又無在ノ拒否ニ化シ（即チ拒否ノ拒否）転化トナルガ如シ」という中島の理解と「有、無、及ヒ転化、此三ノモノ一ニシテ三、三ニシテ一、其一ヨリシテ他ニ転化シ去ルヤ、同発倶起ノモノナリト云フニアリ」とする米山の理解は基本的に同一である。又、漱石が老子と比較してヘーゲルを「一は Absolute Idea が発達して最上の位地に到るときは遂に絶対的に意識を有するとす」と認識しているところは、中島の「純粋実在ノ無在ニ化シ此両者合シテ転化トナリ其レヨリ順ヲ逐フテ絶対的観念（Absolute Idea）ニ達スル変遷ハ……」という認識と見合うものである。そして、この弁証法的進化論が適用されたのがホイットマン論の霊魂進化の説（「霊魂は進んで止まる所を知らず常在にして滅する事なし其の之くや何処に之くを知らず最善に向つて行くのみ」）で、ここではスペンサーの進化論とヘーゲル弁証法が見事に結合しているのである。この両者を梃子に漱石が消極主義、厭世的態度を打破しようとしたことは前論文でも述べた。こうみるとヘーゲル哲学の米山や漱石に与えた影響については看過できないものがあるが、二人のヘーゲル弁証法を絶対視しているかに見える態度と、これを批判的に見ようとしている中島のそれには大きな径庭があると言わざるを得ない。特に漱石がそれを絶対視した原因、必然性については、これに充分、留意すべきであると思われる。

「『ヘーゲル』氏弁証法」と並んで重要と思われるものに、「ユニテリアン、レビュー」誌からの抄訳「『エモルソン』の楽天主義」（65号）がある。言うまでもなく三カ月後の六十八号に載った漱石のホイットマン論と密接に関わるのである。訳文は達意流麗、例えば「句は句を結び、章は章を畳み、論は論に繋ぎて彼が著述を調じ和するの一大脉絡玆に在り」ときわめてリズミカルで一つのスタイルを具えている。又、思想的にも「米の開化は重に身形の開化なり、十九世紀の文明は重に物質的の文明なり」という表現などには、後の漱石の思想と符合するものがあり、あるいは漱石の訳かとも考えたが、「エモルソン」「ウオルヅウオルス」(エキスコルション)等の固有名詞の表記が漱石の「エマーソン」「ウオーヅウオース」と異るので彼のものではないようだ。とすると他の編集委員、小屋(研二)藤代(研一)芳賀(国文三)松本(哲二)のいずれかとなるが、藤代か松本の可能性が大きい。固有名詞をドイツ語風に読んでいることに注意すると藤代のようにも思えるが断定はできない。内容は「近世米国有為の青年間に、強大の感化を有する者『エモルソン』に若くは無かるべし」という書き出しで分かるように、エマーソンの楽天主義の依って来たる所以と思想の中心である大霊主義について説かれ、併せて文学との関係や米国でエマーソンが必要とされる理由について述べられている。ここで注目すべきは人生の悲哀に触れないという批判に対して、実は若年に散々その悲哀を体験し、それを突き抜けた地点に現在あることが強調されていることである。このエマーソンの楽天主義を継承しているのがホイットマンであり、漱石の論の中にも「余は只『バイロン』の厭世主義を悲しんで『ホイットマン』の楽天教を壮とするのみ」という批評が見える。これ又、周知のことであるがホイットマンを逸早く認めたのはエマーソンであり、その事は漱石の論の始めにも触れられており、エマーソンとホイットマンが新生アメリカを代表する思想家として当時の人々に認識されていたことは言うまでもない。その文脈で理解すれば「エモルソンの楽天主義」と漱石のホイットマン論は順序から言っても直接に結びつくのである。漱石のホイットマン論の下敷きにダウデンやリースのあったことが今日知られており[20]、本人も認めているが(但し、ダウデンのみ引用)、やはりその外に、エマーソンやホイットマンが受け容れられる同時代性のあったことが考えられる[21]。又、ここで漱石がホイットマンの楽天教に与したことについては、スペンサーやヘーゲルを介してその進化思想を受け容れようとする積極的態度のあったことは既に見てきたが、同じ位相にあった詩人として少し時代は下がるが、『エマルソン』（明27・4）を著わした透谷の存在を忘れることはできない。透谷も厭世と楽天の間で苦悩した詩人であるが、『エマルソン』では「妄りに厭世と楽天を談ずる勿れ、凡俗の厭世は忽ちにして楽天たるを得べし、凡俗の楽天は忽ちにして厭世たるを得べし」（第六章其六）と、両者の単純な対比の図式に注意を促している。ここで凡俗ではない、厭世、楽天のいずれに透谷が与しているかは判然としないが、エマーソンの楽天を「唯心的の楽天主義」と捉えているところから見て、その「楽天主義を肯定すべく努力している」（勝本解題）かに見えるが、透谷の生涯はそれを裏切っていると見るべきであろう。もちろん漱石もホイットマンの楽天教の立場に立ったが、簡単にその厭世観から抜け切れなかったのは言うまでもない。透谷もエマーソンの楽天主義に与するかに見えて、その方向で自己の生を全うすることができなかった。二十年代の厭世と楽天は透谷の言の如く単純にいずれかを選択するという類のものでなかったことは明白であり、詩人達はこの両者の間を揺れ動いていたと見るのが妥当のようである。[22]

ついでに「哲学雑誌」で厭世について触れたものを拾ってみると、「『ハルトマン』氏の厭世主義《ペッシミズム》」（38号　雑録）「ショッペンハワー氏の女子論」（73号　雑録）「厭世教」（74号　雑録）「人生の危機」（82号　雑録）といったものが挙がる。時代的にみてショーペンハウアーの厭世主義流行の兆しが窺える。漱石も「老子の哲学」（明25・6）で blind　will を使用しているので、流行に敏感に反応していると見られる。蔵書目録に Essays of Schopenhauer があるがいつのものか不明である。「ショッペンハワー氏の女子論」は厭世と少し性格は異るが、シニカルで辛辣なその女性論はショーペンハウアーの厭世観と表裏一体であり、それはそのまま『猫』の厭世、辛辣な女性論と符合するように思える。『猫』の女性論にはニーチェの『ツァラトゥストラ』の影が指摘されているが、ここにショーペンハウアーを加えてよいかも知れない。なお、この小論には「シヨッペンハワー氏の女子論は余輩東洋人にはさほど不思議にも非ざれども女子崇拝の欧州に在りてか丶る説を為すは亦一奇といふべし。蓋し亦氏が一身の悲酸なる経験に基くもの少なからず。今左に氏が女子論の一斑を挙げん」という前書きがあるが、筆者は米山と思われる。一人称に「余輩」を使用していることと（これについては既に大久保氏の指摘がある）、「ショッペンハワー」の表記が決め手である。二十六年執筆かと推定される「シオペンハワー氏充足主義の四根を論ず」では、表題は「シオペンハワー」となっているが、文中には所々に「ショッペンハワー」が散見するからである。「厭世教」はこれらの中で最も本格的に厭世について論じたものである。バイロン、ショーペンハウアーから説きおこし、厭世の意義を押さえながら（「厭世教の長処は主として人をして仁愛の念を長し、寛容の情を抱かしむるにあり」）、「浅薄なる主快論は卑近なる厭世教と何ぞ擇はん、其国家を害するや一なり」として、「両者の真理に非さる」ことを強調している。そして、詩歌ではバイロンの時代は去り、ブラウニングの世となり、哲学界では「ショッペンハワーの学は次第にカントに地を譲れり。吾人か漸に昇らんとする天国は将に近からんとす」として厭世教の凋落を予言している。これも米山と覚しく、そうすると編集委員全体の空気として厭世教より楽天教へという思想傾向、雰囲気があったと言えるかも知れない。「人生の危機」は米国の「心理学雑誌」の記事を基にしたものであるが、そこでも厭世教について触れられている。

次に興味深いのは新しい学問の成果や学界の動向が雑録・雑報欄を通して精力的に紹介されていることである。二十五、六年のところで拾ってみると、強迫観念・催眠術・天才と狂気というテーマが多く見られ、学会では実験心理学会の動向が丁寧に追われている。固有名詞ではロンブロゾー、W・ジェームズ、呉秀三などが注目される。六十六号では実験心理学の第二回国際学会が八月上旬、ロンドンで開催されることが報ぜられ、出席者にビ子ー、ピェール・ジャー子ー（仏）、ロムブロゾ（伊）、ダブリユ・ジェームス（米）等の名が挙がっており、ロンブロゾーは「尋常発狂及び犯罪の婦人の学性」という講演タイトルまで紹介されている（「心学雑誌」に拠るとしている）。大会報告は七十号に載っており、神経学及び精神物理学を中心とする第一部と、催眠術及び之に関する第二部とに分かれて開催されている。特にフランスを中心とした催眠術による精神・神経療法が一部をなしていることが注目される。その他、六十八号では「独逸国諸大学ニ於ル実験心理学攻究ノ近況」が詳しく報ぜられ、七十五号では「米国心理学者の会合」が報ぜられている。哲学界の動向よりも実験心理学の動きに編集委員が敏感に反応している。新しい学問の花形として実験心理学は注目を集めていたのである。この点、哲学界もこの動きに注意しており、六十二号の雑報にはエディンバラ大学教授に就任したアンドリュ・セスの開講演説の紹介があり、その中でセスは哲学者も心理学の最良書に通暁しなければならないことを説き、「ワルド氏の不利顚事彙《エンサイクロピディア、ブリタニカ》（注　ブリタニカのこと）に於ける名作並に一年前にハーヴァートのジェームス教授が公にしたる富贍《ふせん》にして刺激的なる書冊の如きは（注　『心理学原理』全二巻のこと）心理学に於て企てられたる新門出の標章ともいふべく即ち純粋なる心理的立論を批評的に持し一層広く材料を求め並びに一層精細に又実験的に分析せんとする新傾向を顕せるものといふも敢て不可なかるべし」と高く評価しながらも、実験心理学への過大評価を哲学者として戒めている。そのジェームズであるが、漱石は専ら催眠術という無意識の心霊の領域でその学説に興味を抱いていたように思われる。大久保氏が松本（亦）の翻訳に漱石が手を加えたのではないかと推定する「身一つに我二つ」（67号）は、所謂、離魂病・ドッペルゲンガーなる現象を扱っていると思われるが（小説で言えば、E・A・ポーの『ウイリアム・ウィルソン』か）、そういう心霊上の不可解や無意識の領域に漱石が早くから興味を持っていたのは注目すべきことである。漱石自身、「催眠術」（63号）を訳し、その冒頭を「幽玄は人の常に喜ぶ所なり幽玄の門戸を開いて玄奥の堂を示す者あれば衆翕然として起つて之に応す」と格調高く書き出している。他に催眠術を扱った記事としては「催眠術に罹る人の国別統計」（65号）「催眠術ニテ為セル治療」（67号）「心理学に於ける無意識作用論の発達」（80号）等がある。雑誌全体としても当時、流行の催眠術に注意を払っていることは分かるが、ジェームズ自身と関係づけたものは「身一つに我二つ」以外に見当たらない。ジェームズ自身の学説紹介は「ゼームス自我論」（77号）「ジェームス氏関節感覚及筋肉感覚論」（89号）の二編である。前者は自我の中心点は霊魂なりと一般に考えられているが、その活動の実態は眼球、喉頭等を中心とした身体活動にすぎないと結論づけたものであり、後者は空間知覚には筋肉感覚ではなく関節感覚が重要な働きをなしていることを、『心理学原理』から紹介したものである。実験心理学の成果の紹介であるが、こちらの方に漱石がどれだけ関心を示していたかは疑わしい。蔵書目録を見ても漱石がジェームズの著書を購読するのはロンドン留学以降と思われる。『心理学原理』全二巻は明治三十四年版のもの、『宗教的経験の諸相』は明治三十五年の初版本、『多元的宇宙』は明治四十二年の初版本を購入しているからである。又、「哲学雑誌」の論説欄で本格的にジェームズが論じられるようになるのは、明治三十年代に入ってからのようである。即ち、

一五七号（明33・3）「ジェームス氏の信仰論」　桑木　嚴翼
二〇一号（明36・11）→二〇二号（明36・12）「ジェームス氏の『宗教的経験』に就て」　姉崎　正治
二二七号（明39・1）→二二八号（明39・2）「『プラグマティズム』に就て」　桑木　嚴翼

あたりが目ぼしいところである。従って、明治二十五、六年の時点で漱石が『心理学原理』（明23刊）を購読したということは考えにくいのではないか。「書簡集」に当たっても無駄である。恐らく「哲学雑誌」、外国雑誌の情報や友人達から得た知識・情報でジェームズの心理学に関心を寄せていたものと思われる。そし

て、その関心の寄せ方も催眠術を中心とした深層心理・心霊研究にあったということが注意される。そして、この深層心理研究が活かされているのが、初期の『猫』『漾虚集』はじめ『夢十夜』等であると言いたい。『猫』二章では〈首掛の松〉と寒月の欄干身投げ事件にジェームズが引用されている。「ゼームス抔に云はせると副意識の幽冥界と僕が存在して居る現実界が一種の因果法によつて互に感応したんだらう」とも、「矢張りゼームス教授の材料になるね。人間の感応と云ふ題で写生文にしたら屹度文壇を驚かすよ」とも述べられている。共に『宗教的経験の諸相』に潜在意識について述べられ、他に Lang の Dreams and Ghosts を読んだことが（明34・3・9「日記」）指摘されている。従って、『猫』にはジェームズの著書読了の跡がはっきりしているので、二十年代半ばの関心をそのままストレートには繋げないが、その萌芽が「哲学雑誌」時代にあったことを強調しておきたい。夢、無意識、夜という人間の深層心理に測鉛を下ろそうとする漱石文学のライトモチーフはここにあったのである。（六十九号の「夢中の想像」は抄訳であるが、夢に関するもので『趣味の遺伝』に通うものがあるようだ）

　次に注意すべきはロンブロゾー、クラフト・エビングあたりを中心とした異常心理の記事がかなり目立つことである。呉秀三「強迫観念ニ就キテ」（58号）「天才と狂気」（66、67号）「『ロムブロゾー』氏著書ノ翻訳」（67号）「天才狂者と気候の関係」（87号）あたりである。「天才と狂気」は翻訳であるが、ロンブロゾーの説を敷衍しながら著名な芸術家、哲学者、科学者の天才と狂気の関係について、詳しく事例を挙げながら述べている。[23] そして両者の関係に相関々係のあることを結論づけている。漱石ではなく透谷の『厭世詩家と女性』（明25・2）あたりが連想される。狂気への関心も漱石文学を考える場合、看過できないものがある。『猫』で見ても〈首くくりの力学〉や〈蛸壺峠の蛇飯〉の話、女の子を籠に入れて売り歩く話などは出典もあるが、やはり尋常とは言えない。作品には立町老梅や理野陶然というキ印も登場し、陽性のカンシャクを爆発させる苦沙弥にも内面にうごめく暗い狂気を感じさせるものがある。狂気、精神病への言及もあり、何より『猫』の執筆が漱石の神経衰弱の対症療法的意味合いを持った以上、作品に暗い狂的なものが潜んでいるとみるのが、むしろ自然と言わねばならない。ロンブロゾーを中心として紹介された異常心理についての考察を、図らずも漱石自身が身を以て体験することになるのである。

あと目ぼしいものを挙げて行けば、七十八号の「文学批評ノ実験的基礎」はシャーマンの「文学の解剖学」を翻訳・紹介したものである。分析にはかなり問題はあるが、文学を文体（主に語数、文の長さという修辞面から）から科学的に分析しようとする試みである。それも生物進化の原理を文学に応用したものであるから無理があるが、科学的方法で文学に迫ろうとする試みは評価される。言うまでもなく『文学論』序の「余は心理的に文学は如何なる必要あつて、此世に生れ、発達し、頽廃するかを極めんと誓へり。余は社会的に文学は如何なる必要あつて、存在し、隆興し、衰滅するかを究めんと誓へり」を連想するわけである。『文学論』は心理学、社会学の方法を応用して文学を解明しようと努めているわけで、言わば科学の方法の文学への応用である。やはり時代の科学主義、分析主義というものの影響を抜きにしては考えられない。そういう科学の方法への信仰を学生時代を通して漱石が身につけて行ったのは、きわめて自然なことである。

次に美学については「美術の新生面」（69、70号）と「『マーシャル』氏の美論に就いて」（73、75号　米山）があり、後者のマーシャルに関連するものとして先に「願望《デザイア》及ひ厭悪《アヴァーション》の性質」（61、62号）があった。「美術の新生面」はスイスの画家アーノルド・ビョックリンの新傾向を中心に紹介したものであるが、その中に「詩歌ト絵画トハ其性質ニ自ラナル差違アリテ各特別ノ規則ニ従フコト『レッシング』ガ其『ラオコオン』篇ニ於テ、逐一論ジタルガ如クナレド……」とあるが、言うまでもなくこの『ラオコーン』の絵画・詩歌区別論は『草枕』の重要なテーマになっている。明治二十五年十二月の時点では漱石、米山ともに大学の三年次で「美学及美術史」の講義があった。[24]が、それと直接結びつけなくとも美学、美術への関心は特に米山に早くからあったようで、この一文も米山のものと推定される。米山を介してか、あるいは他のきっかけから か、大学時代に知りえた『ラオコーン』が三十九年の『草枕』に結びついたのであろうか。

「『マーシャル』氏の美論に就いて」は「マインド」誌に載った「快楽主義の美学」について紹介し、批評を加えたものである。その際、「苦楽説自身が既に進化論の助けを要する所あるが如く、美を論ずるにも少くも《ママ》と進化論は度外視する能はざる所あり」と米山が進化論に立って発言していることが注意される。漱石の場合同様、帝国大学全体に浸透していた進化論の根強さを感じさせる。具体的には「特に動物に於ては雌雄淘汰が其声音羽毛を婉麗ならしめたるは著しき事実なり。頃者クラフトエーブ《ママ》ング氏の如きは美術的感情は色欲より起れりと迄にいへり」という条にそれが指摘できる。又、注意すべきは最後に「この論の大欠点ともいふべきは高尚なる美術に在りては最大なる道徳上の観念の如きを再現せる美感に衝突すると否との単に二流的消極的の用を為すに止まるもの、如く見ること是なり。氏は遂に最上の美は純潔潤大なる精神に存するを知らず。氏は毫も宏壮を説かず」と結論づけていることである。この美術論は漱石のそれに殆ど直結していることは言うまでもない。周知の如く「文芸の哲学的基礎」(明40)では文芸の理想として、真、善(愛・道義)、美、壮(荘厳)の四つの理想が謳われ、わけても漱石が善と壮に力点を置いていることが窺われる。それが漱石文芸の中心的理念となりつつ、「倫理的にして始めて芸術的なり。真に芸術的なるものは必ず倫理的なり」(大5・5・4「日記」)という芸術観につながって行くことは言うまでもない。その意味でこの時期に友人の米山が最上の美は宏壮なりと主張していることは記憶に止めてよい。

その他、米山の博学多識、関心の多岐さには目を見張るが、新体詩にも言及し、それについて論じた「国詩ニ就キテ」(70号)はリズムなどの形式よりも内容(思想)を重視し、「高雅ナル詩歌ヲ作ラント欲セバ、先ツ基本ニ反リ、心ヲ正シ意ヲ誠ニセザルヘカラズ」と述べている。先のマーシャル批判とも通じ東洋的芸術観を思わせるが、漱石で言えば『草枕』画工の非人情の境を獲得するための修養論と通ずる。

文学関係では翻訳ではあるがウッド（「ウード」よりこちらを採る）の「詩伯『テニソン』」（70、71、73号）が注目される。終末部に「聞く『ミルトン』嘗て『アーサー』及び其『ラウンド、テーブル』の勇士を種とし一の史詩《エピック》を作るに意ありしが、如何なる訳にや、手を下すに及ばずして死せりと。『テニソン』も亦此問題に意を注ぐ事久し。嘗て『マロリー』の『モルト、ダァーサー』（千四百八十五年出版）を得て其材料を蓄へ、又此を題にして『ゼ、（レディ）欠オフ、シャーロット』及び『モルト、ダァーサー』を賦せる事ありしが、千八百五十九年に至り始めて此長作の一部なる、『イニイド』『ヴィヴィエン』『エレイン』及び『ギニヴィヤー』の四篇を著せり。他の六篇は程経てポツ〳〵と世上に見はれぬ。此等の篇は皆古代尚武の気風を写す者にして、試合の様、決闘の状、或は愛情の具合に至る迄叙し得て妙に入るのみならず、其下には深き寓意の存するものあり。作者『アーサー』王に藉つて、精神と肉体と相闘ふの意を見さんと欲す。されば王は感情を抑制して自ら不惑の境界に達し、理想的の国家を創立せんと欲せしかど、将士共其欲望を抑ゆる事能はず、遂には女皇に不貞の挙動さへあるに至り、切角の企ても水泡となり、王は志を得ず俗界に還るに至れり」とある。この『アーサー王の死』が『薤露行』につながるのは言うまでもない。ウッドの挙げているテニソンの詩が漱石の蔵書目録に入っており、それがマクミラン版の著作集であり、早いものは一八九一年（明24）一八九五年（明28）刊行であることが分かる。大学院時代に入手している可能性もある。テニソンの関連詩と『薤露行』との関係については、江藤淳『漱石とアーサー王伝説』（昭50・9　東大出版会）が詳しい。漱石のアーサー王伝説との出会いは何時、何によったかは詳らかにしないが、ウッドの講義やこの論考も与っているのではなかろうか。松本文三郎の「漱石の思ひ出」によれば漱石はウッドを余り買っていなかったようであるが、やはり学問的恩恵を蒙っていたと見るべきではなかろうか。

テニソンについては「テニソンの小話」(77号)があり興味深いエピソードが載っている。「センチュリー」誌に載ったサイモンヅなる人の遺稿とあるが訳者は誰であろうか。英文関係者は漱石一人しかいないので漱石とも考えられるが、訳文が今一つこなれていないので漱石とするには躊躇される。又、そのエピソードの内容も文学的なものではなく、グラッドストーンとの会話を中心にかなりテニソンの保守性、偏奇性が窺えるようなものである。「テニソンは蛮民を撲滅するにはどんな苛刻なことにても許すべしと云へり」「黒奴は虎なり黒奴は虎なり」などという不穏当な言を吐き、グラッドストーンの進取・開明性を批判するという類のものである。アーサー王伝説とは全く異るイメージで驚かされるが、これも又詩人の一面か。

文人のエピソードと言えば、「エルネスト、ルナン」(70、71号)が明治二十五年十一月に亡くなり、二回にわたり紹介記事がある。特に一回目は『耶蘇伝』の画期的意義について触れられ、二回目は専らエスプリの利いたエピソードが紹介されている。文学関係の編集委員は藤代と漱石であるが、「ヒューグル、ルー」氏の文とあるので(仏文)、著者は米山であろうか。

特異なところでは「ブラジルの詩人」(71号)アントニオ・ゴンサルヴェス・ディアスが紹介されていることである。「新潮世界文学小辞典」にも掲載されている詩人であるが、ポルトガル系のこの詩人に注目しているところに編集委員の識見も窺われる。筆者は誰であろうか。

他に気付いた記事を挙げれば、外国の大学(院)のカリキュラムの紹介、新任教師の紹介、新刊紹介等が目につく。新任紹介ではケーベルのことが載っているが(72、77号)、その中に著書として Das System Ed. v. Hartmanns. が挙がっており、「氏は又シュウェグレル氏哲学史を増補してショッペンハワー及びハートマンの哲学要領を加へられたり」と紹介されている。ハルトマンの弟子でシュヴェーグラーの『哲学史要』

に増補改訂を加えたことが述べられているが、これが鷗外のハルトマンのみならず西洋哲学理解の種本であったことは今日よく知られている。

これは新任ではなく退官する「ドクトル、ブッセ」氏（70号）について論評したものであるが、その中に「氏ハ哲理ヲ講スル丁寧反覆、初学ノ者ヲシテ緊要ノトコロヲ明了ニ会得セシメラレタリ。然レドモ、氏ハ唯霊論者ニシテ、何事ヲ説明スルニモ皆コノ起点ヨリ論下セラル、ガ故ニ余輩ヲシテ偏固窮屈ノ感ヲ起サシメタリ。又氏ハ自ラ講義ノ要領ヲ書シテ之ヲ余輩ニ与ヘ、以テ復習セシメラレタルモ、間首尾貫徹セザルトコロアリ。又他書ヨリコ、カシコ引キ来リテ以テ補綴章ヲ為シ、為ニ了解ニ苦ム箇所ナキニ非リキ。氏ハマタ稍精確ヲ欠ケリ」という厳しい評価がある。筆者は言うまでもなく米山である。こういう批評眼は当時の大半の学生が持っていたようで、桑木嚴翼は『明治の哲学界』（昭18・3　中央公論社）の中で「苟くも間違つて居ることは承知しないと云ふ態度で即ち学問的でないものはどんな偉い――山田法学士と云ふのは其の専門上立派な人でしたが、さう云ふ人のものでも構はず、一介の大学学生、若しくは大学を出たばかりの人が批評したのであります。即ち其の時分の学徒の意気軒昂であつたと云ふことを示す訳であります」と述懐している。権威主義を認めない自由さ、批評精神があったと言うべきか。

新刊紹介ではスペンサーの『倫理学原理』第一巻（71号）第二巻（80号）、ハルトマンの『社会学』（77号）、内容紹介ではハルトマン『宗教哲学論』（85、87、88号）等が目ぼしいところである。

以上、「哲学雑誌」を雑録、雑報欄を中心に見てきたわけであるが、新しい学問の動向に逸早く敏感に反応している学生の知的好奇心の旺盛さに驚かされる。その興味、関心も哲学はじめ心理学、社会学、美学、文学と多岐にわたり、その幅広さにも驚かされる。学問の初期における知的エネルギーの凄さとでも形容してよいものであろうか。この中で学生達は科学への信頼と学問相互が緊密に関わり合っていることの認識を深めて行ったようである（尤もその科学万能主義的な態度には問題もあるので、例えば漱石の「老子の哲学」などは悪しき科学主義、分析主義の見本とも言える）。現在の如く学問が細分化されず、専門化されない時代の学問の可能性を肌で感じ取っていたように思われる。そのことが誌面からひしひしと伝わってくるのである。このことと深く関わるのが友人同志の人間関係であった。少人数ということもあるが生活を共にし互いに影響し合いながら切磋琢磨して行くその様子が手に取るように分かる（教官、学生を問わず相互の間に知的共同体とでも言うべき雰囲気のあったことは言うまでもない）。漱石で言えば、やはり米山の存在の大きさが「哲学雑誌」を通して改めて感じ取られる。漱石が明治の文学者としては珍しい位に哲学、美学、心理学、社会学等に通じていたのは、時代の学問の性格・雰囲気や自身の気質による所も大きいであろうが、米山からの影響の部分も大きいように思われる。今回、雑誌を通してみて米山の存在の大きさを改めて知ったわけである。その意味で大久保氏が既に指摘された「漱石は彼の文学が、今後とも、米山の哲学からの支持によって展開されうるという可能性を信じていたのである」「狩野と米山との間に醸成される哲学的にして、科学的な思想が、若き漱石の思想の形成に不可避の影響を及ぼしたのではなかろうか」という推定を強く支持したいのである（狩野については不勉強のため留保するが）。そして、結語として漱石文学の核《コア》、母胎となるものが「哲学雑誌」にあると断言したいのである。

なお、漱石執筆と思われる雑録、雑報については、今回、断定するまでには至らず、他日を期したい。

注

（1）はじめ「哲学会雑誌」として明治二十年二月に創刊、同二十五年六月、六十四号より「哲学雑誌」と改題。発行所は前者は哲学書院、後者は哲学雑誌社となっているが、住所が共に本郷六丁目五番地となっているので社名が変更しただけの同一出版社と思われる。

(2)『漱石とその思想』(昭49・12 荒竹出版)による。正確に引用すれば「漱石の執筆ではなかろうかと考えられる。あるいは一歩ゆずって、心理学専攻の松本亦太郎による翻訳に、漱石が仕上げの加筆をしたのでなかろうかと思われる」とある。なお、大久保氏の論考は凡てこの書に拠る。

(3)後に詳しく述べるが、今回の調査で漱石の雑誌編集委員の就任は明治二十四年七月、辞任は同二十六年十月であることが判明した。米山は二十五年七月から二十七年七月まで勤める。

(4)増補改訂版『漱石研究年表』(昭59・6 集英社)によれば、明治二十七年六月に研究事項変更の願書を出し、七月にそれが認められたとあるが、どのような内容の変更であろうか。又、これは何に拠るのであろうか。

(5)「漱石の思ひ出」(『漱石全集』第十七、月報十六号 昭12・2)によると「漱石のいふところによればウッド氏は呑んだくれで頗る不真面目な人物であつたらしい」「彼の如きは宜しく鼓を打つて之を攻むべきである」と言っていたという。

(6)『漱石研究年表』では「大学院を何時やめたかは記録がない」としているが『帝国大学一覧 従明治廿七年 至明治廿八年』(明28・3刊)によれば夏目金之助の名は「研究生」として見えるので、松山へ赴任する直前の二十八年三月まで在籍したと考えられる。なお旧版『漱石研究年表』では大学院に「卒業論文の制度があったかどうか分らない」としているが、学位論文の制度があったことは「大学院規程」で明らかである。

又、大学院での授業の実態は『東京大学百年史 部局史I』(昭61・3)に「旧制大学院には独自の授業がなく、大学院生は必要に応じて学部の講義や演習に出席した。ロレンスや斎藤(注 共に英文学担当)が大学院生のために研究会を主催したのは、全く個人的な熱意と好意のあらわれにすぎない」とあるが、そのようなものであったのであろう。

(7)「妄人妄語」(初出 明37・2「萬年艸」の項、大4・2単行本)の「Romantik派の所謂青い花」の項でSchlegelの、悟性は「身体を離れた方面」、理性は「身体に即いた方面」という区別を紹介している。

又、小説では、例えば「純一はそれを問はないで、何等かの方法を以て、直接に知りたいと、悟性を鋭く働かせて、対話に注意してゐたのであつた」(「青年」二十三、明43~44 圏点引用者)という表現がある如く、「悟性」という語に意識的であったと思われる。この場合、カント以後の悟性の意で使用されていると思われる。

（8）『夏目漱石と菅虎雄—布衣禅情を楽しむ心友—』（昭58・12　教育出版センター）

（9）集英社版全集第一巻（昭45・6）の「注解」（九八　8の項）もこの説を踏襲している。

（10）森銑三「『猫』に出て来る天然居士の墓」（昭14・12「掃苔」）。のちに『月夜車』（昭18・12　七丈書院、昭59・11　弥生書房より新版）に所収。

（11）『夏目漱石と菅虎雄』のグラビア写真に「蒼龍窟（今北洪川）会上居士禅子名刺」（明22・10・24）が載っており、米山の氏名の上に「天然」の居士号と「死去」の書き込みが見られる。

（12）哲学会の会員名簿は六十一号（明25・3）の付録としてある由であるが、本学（金沢大）、東大、国会のいずれの図書館でも確認することができなかった。六十二号（明25・4）記事では前号の会員総計を一二一名としたのは手違いで、一二二名である旨の訂正が行われている。なお、次回の「哲学会職員及会員姓名録」は九十六号（明28・1）の付録として出されており、総計一八九名となっている。ここには夏目金之助の名は見当たらない。

（13）その性格が強くうち出されるのは六十四号（明25・6・17）からである。誌名を「哲学会雑誌」から「哲学雑誌」と改題し、雑誌の内容を「文学歴史教育美術博言学等の諸科をも包含」するように決定されたのは、それぞれ四月二十日の例会、四月二十三日の特別委員会に於てである（六十三号「記事」参照）。六十四号巻頭に載った「本誌改良ノ趣意」には次の如き記述がある（大久保氏は筆者を井上哲次郎と推定している）。

　今日学術ニ関スル雑誌ニシテ広ク世間ニ伝播セルハ蓋シ東洋学芸雑誌ナラン、該雑誌ハ初メハ文学上ノ事項ヲモ多ク載セタレ𪜈、漸次ニ変遷シ来リ、今日ニアリテハ殆ド理学諸科ノ雑誌ノ如キ体裁ヲナスニ至レリ、然レバ我ガ哲学雑誌ハ今日ヨリ文学諸科ニ関スルヿヲ載スベキヲ以テ必ズ東洋学芸雑誌ト相対立シテ互ニ其不足ヲ補フノ勢ヲナサン（中略）哲学ト同ジク永遠ニ渉リテ世人ノ同ジク注意スルモノハ文学ナリ、然ルニ哲学雑誌中ニハ啻ニ哲学上ノ事ヲ載スベキノミナラズ、又文学研究ノ結果ヲモ載スルヿナレバ、将来我邦ノ文学上ニ多少ノ裨益ナシト謂フベカラザルナリ

（14）「哲学雑誌」の目次は「哲学雑誌」五百号（昭3・10）に附録「哲学雑誌総目録」として載っている。これは「雑誌総目次・総索引一覧」（国会図書館所蔵『和雑誌目録』昭和六十年現在）や、〈書誌書目シリーズ・21〉『明治雑誌目次総覧』第四巻（昭60・10　ゆまに書房）に収録されている。

（15）誌面の大きさは六十三号まではB六判、六十四号からはA五判である。頁数は一定しないが六十三号までは「論説」

「雑録」とも一頁十三行、六十四号以下は「論説」一頁十四行、「雑録」「雑報」一頁二十二行である。

(16) 拙稿「『力《フォース》』としての自然と『美』としての自然―透谷・漱石・独歩と『自然』―」(『金大国語国文』12号 昭62・3)

(17) 漱石より少し前のヘーゲル引用者として二葉亭がいる。ヘーゲリアンであったベリンスキーの「美術の本義」(明19年以前の訳か)の訳では、そのヘーゲル理解に問題のあったことは今日知られている。時代を考えれば当然で、パトリックの「偏見心理論」(明23・5、6「出版月評」)の訳では「正」「反」「合」が「題目」「対句」「総合」と訳されている。これは『哲学字彙』(明14・4)の Thesis 題目、Antithesis 対句、Synthesis 総合法をそのまま使用したものと思われる(同字彙では Dialectic は敏弁法となっている)。その理解に問題はあるとしても、ヘーゲル哲学を「神の絶対的イデー」という「超越真理」の故に、又、弁証法という絶対的原理の上にうち樹てられた体系であるが故に、「絶対哲学」であるとして批判したその視点は注目されてよい。同様の観点でスペンサーも批判されている。

(18) 大久保氏の著書にも触れられているが、ヘーゲルの弁証法を「正」「反」「合」と訳したのは清沢満之『宗教哲学骸骨』(明25・8)が始めのようで、その書を批評した立花銑三郎の「宗教哲学骸骨ヲ読ム」は米山論文と同じ六十九号に掲載されている。

(19) 惣郷正明・飛田良文編『明治のことば辞典』(昭61・12 東京堂)の「弁証法」の項によれば『明治英和字典』(明22)の訳語が最初のようである。なお、『哲学字彙』によれば Discourse 弁証、Dianoitic 弁証的、Discursive 弁証的、という形で「弁証」は使用されている。

(20) 逍遙は「早稲田文学」(明25・10)の「文界彙報」欄でホイットマン論に触れ(無論、筆者不明のまゝ)、「吾人も嘗てドウ《ママ》デン氏が紹介によりて此民主的詩人の面影を知り得たることありしが哲学記者詳にダウデンの論を参考してホイットマンの精神を発揮しそれが懐抱せる主義を解剖して余す所なし」と述べている。逍遙にもホイットマンの名が既に親しかったことが、ここからも分かる。

(21) 「デビニチーを読む」(70号)にもエマーソンの名が見える。

(22) ここで考えられるのは明治三十六年五月、華厳の滝に投身自殺した藤村操のことである。漱石は「水底の感」(明37)や『草枕』(明39)で藤村の死に深い理解と同情を示したが、その理由は単に自己の教え子であるということだけではなくて、そこに紛れもない、かつての自己の青春の苦悩を見たからであろう。殊に「既に巌頭に立つに及んで、胸中何等の不安ある無し。始めて知る、大なる悲観は大なる楽観に一致するを」という「巌頭之感」最後の一節は、漱石の厭世と楽天に引き裂かれた青春の苦悩とそのまま重なっていたはずである。

(23) これらの小論は殆どロンブロゾー『天才と狂気』(一八六四年)の紹介、解説と言っていい。時代は下がるが辻潤の翻訳『天才論』(初版大3・12 植竹書院、大15・12 春秋社)でその事を確認できた。

(24) 美学担当は「ルードウィッヒ、ブッセ」であったが、明治二十五年十二月二日付で退官している。後任のケーベルが着任するのは翌二十六年六月である。

(追)「哲学雑誌」一二四号の雑報欄では米山の死は(明治三十年)三月廿九日になっているが、『狩野亨吉日記』や養源寺の墓誌では五月廿九日となっていて、これが正しいと思われる。

(付記)

越智治雄氏の『漱石と文明』(昭60・8 砂子屋書房)の中に「狩野家文書のこと」(「群像」昭49・8)という短いエッセイが載っている。そこで氏は『狩野亨吉日記』に触れながら「米山保三郎の重さを感じないではいられない」とも、又、狩野家文書中の米山の三冊のノートに触れて「米山が漱石に落としている影について、あらためて思いを誘われずにはいない」とも述べている。氏の視界に米山が早くから入っていたことを改めて知った次第である。(なお、同書所収の「倫敦塔再訪」には「狩野亨吉の日記に描かれる若き日の漱石は、哲学的な知的雰囲気の中にいるのだが……」と注記されている。)

又、「ジャン=ジャック・オリガス氏の指導を受けたR君という漱石専攻の学生が来日しているが、彼の調査の方法は、『哲学会雑誌』(「哲学雑誌」)と『ホトトギス』を読破するということから始まっていて、なるほどと思わせられた」と述べられているが、このR氏の研究はその後、どうなったのであろうかという思いにもかられる。そして、氏が「私には依然として若い漱石の世界は十分には分かって来ていない」と述べる時、改めてその言葉の持つ意味の重さを思い知るのである。氏の言う狩野家文書をはじめとして、若き日の漱石には何回となく立ち戻らなければならないことを我々は改めて確認しなければならない。

2 夏目金之助の厭世――虚空に吊し上げられた生

一 近代への入口

作家以前の漱石を知る上で貴重な資料である正岡常規宛書簡を読んでいると実にさまざまな興味が湧いてくる。周知のごとく現在残る漱石書簡は明治二十二年五月十三日付の子規宛書簡に始まるが、二十五年までの二十八通は凡て子規に宛てたものであり、二十六年に至り漸く子規以外の宛名が登場してくる。子規が書簡を保管していた几帳面さもさることながら、捨て難いものを漱石書簡に見出した所が重要であろう。これは漱石も同じで、特に明治二十三年の子規書簡の保存率はきわめて高い。もちろん、人格的に共鳴し合うものが両者にあったことが前提になろうが、特に大学入学一年前の二十二年から大学院中退と同時の松山赴任の二十八年という時期が重要な意味を持っているのは言うまでもない。第一高等中学から大学へ、更に大学院へという人生で最も重要な一時期に書簡が集中しているわけで、思想、人格形成期のさまざまな心の葛藤、苦悩、あるいは喜びが表明されていて我々の興味を惹くのも当然であろう。

内容が多岐にわたり、その青春彷徨の軌跡を簡単に要約することは不可能であるが、敢て思いつくままに要点を上げれば次のようになるであろうか。

金之助を「郎君」に見立て自己を「妾」とふざける常規の洒落に対して、「ひよつとこの金さんは顔に似合ない実のある人だよ」(明22・9・27付)と応ずる金之助とのやりとりを見ていると、未だ『当世書生気質』(明18・6〜同19・1)の世界からそれ程、遠く離れていないという印象を受ける。[1] 紺足袋党と白足袋党の二種に分類された『当世書生気質』の世界を地で行くような洒落とふざけ、江戸戯作臭を感じさせるものが多くあることに驚かされる。両者、落語、講談の寄席好きとあって、その江戸下町趣味が端なくも初期書簡に散見するが、時代を考えればこれは当然なことであり、両者の趣味、教養の基に言わば前近代的な江戸があったことを忘れてはならない。「菊井之里野辺の花」「明治の神谷うたゝ殿」(明22・6・5付)は歌舞伎仕込みの洒落であるが、「女の祟りか此頃は持病の眼がよろしくない方で」とか、「昼寐して夢に美人に邂逅したる時」(共に明23・7・20付)などに、恋愛以前の色恋としての男女の仲という想定も、充分、可能である。『当世書生気質』に恋愛が不在であったように、その流れを汲む青年期の金之助、常規の恋愛観に江戸戯作の残滓のあることは不思議ではない。

次に注目すべきは文学科の学生として(子規の哲学科より国文科への転科は明24・2・7)、当然のことながら文章論や文学的実践とそれらへの言及が見られることである。実践としては常規の『七草集』(明21〜22)とそれへの金之助の「七草集評」(漢文　明22・5・25)、金之助の『木屑録』(明22・9・9)とそれへの常規の「『木屑録』評」(漢文　明22・10・13)が特に有名であるが、これらは書簡の範囲外であり書簡では専ら漢詩が制作されている。『七草集』にも『木屑録』にも漢詩は見られるが、今、話を金之助に限定すれば金之助がまず、漢詩、漢文で自己表現したことの意義は大きい。『木屑録』を見た子規がその「天稟の才」に一驚し、その英文の才と併せて「吾兄の如きは千万年に一人のみ」(如吾兄者千万年一人焉耳)と激賞したことはよく知られている。既に明治二十二年という時点で漱石の「左国史漢」から得た文学の教養は、充分に花開くだけの素地を形成していたのである。この漢文学の教養と相俟って見え隠れするのが金之助の文章観である。明治二十二年十二月三十一日付の書簡では「オリヂナル・アイデア」と「思想」の必要を説き、子規の文章にそれが不足していると指摘したことで両者の間に文章論が闘わされ、二十三年一月のやりとりとなる。

金之助の文章論はレトリックとアイデアの二側面から論じた単純なものであるが、ここで繰り返しレトリックに傾斜する子規をたしなめアイデアを強調する所が注意される。この文章観は左国史漢の中国文学からの影響もあるのであろうが、やはり西洋近代文学、あるいは西洋哲学の影響下にあるものと思われる。例として「厳粛ナル」「端麗ナル」文章という表現を用いて、そのアイデアがまず、「厳粛」「端麗」であることを必須条件としている。これで連想するのは『草枕』の「端粛」というアイデアである。ギリシア彫刻の理想としてこの二字が用いられているのであるが、これは「端麗」と「厳粛」とを合わせた言葉であり、西洋美の一つの極点が示されている。未だ正確には確認していないが恐らくレッシングの『ラオコーン』中の言葉かと思われる。しかし、見方を変えればアイデアの一つの極点として西洋の美が考えられてはいるが、それを表現する言葉が古い漢語である点に、アイデアが必ずしも西洋一辺倒でないことも知られる。特に二十三年一月書簡の「別紙」は英語と漢語が交互に使用されていて、西洋近代文学の理念と漢文学のそれが微妙に交錯していることが知られる。しかし、ここではレトリックの文章として恐らく紅葉流の美文脈が意識されていると考えられるので、それを否定し新文学（脈）を樹立しようとして西洋文学の理念が強調されていると思われる。その時、その理念を支えるものとして幼少年時に培った漢文学の理念が作用していると考える方が妥当であろう。

同じような考えが二葉亭にもあったことは「小説総論」（「中央学術雑誌」明19・4）を読めばはっきりする。ベリンスキーの「美術の本義」を下敷きに「形」（フォーム）と「意」（アイデア）という現象・本質論を展開し、「形」より「意」を重視したことはよく知られている。ここに西洋哲学（特にヘーゲルの観念論）の影響は明らかであるが、形・意の形式二元論的捉え方の背後に理気二元説の朱子学的思考方法が潜んでいることも、従来、指摘されてきた。西洋近代文学理念の受容で思想（アイデア）の重要性を両者とも強調しつつ、その背後に儒教哲学、漢文学の伝統がちらつくのも見逃せない事実である。

以上のことと密接に関わるのが学生時代の金之助を襲う厭世観、憂鬱病である。書簡では二十三年八月九日で語られ始め、同じ八月末、次いで二十四年四月二十日、十一月七日、十一月十一日と続き、少し間を置いて二十七年九月四日に出てくるが、『漱石研究年表』では「明治二十三年八月初めから翌年（何時頃までか分らぬ）にかけて、厭世的な気分に陥り、落ちつかなくなる」「明治二十七年から二十八年にかけて、神経衰弱の症状著しい。幻想や妄想に襲われる」と整理されている。この厭世観との関わりで鎌倉円覚寺参禅も考えられるのであるが、この厭世観が何に起因し金之助の青春においてどのような意味を持ったかについて、これを正確に規定するのはきわめて困難であるが、今、見てきた所からだけでも大凡の輪郭はつかめるのである。

大きく見れば近代国家形成という時代の転換点と夏目金之助の青春がピッタリ重なった所に大きな原因があると言えるのではなかろうか。古い自己のある所へ新しい自己をうち立てる必要に迫られ、それに充分、対応できないでおこるジレンマ、それは前近代と近代のせめぎ合いとも、あるいは東洋と西洋の葛藤のドラマとも言え、自己のアイデンティティを求めて激しく揺れ動く内面のドラマの表われが、この期の厭世観の根本的な要因を形成しているように思われる。

例えば、その書簡を読み進めて行くと始めあった江戸戯作的なふざけ、洒落、滑稽が次第に影をひそめ〈真面目〉に変貌して行こうとする金之助の成長は手に取るように分かる。それが青年の成長の一階梯であり当然なことであるが、この〈当世書生気質〉から〈近代書生気質〉への脱皮について、友人の正岡常規は意外と鈍感であった。

明治二十三年七月二十日と八月九日付の金之助の書簡に対して常規は八月十五日付で長い返事を書いている。「何だと女の祟りで眼がわるくなつたと、笑ハしやァがらァ」で始まるこの書簡は七月二十日付の金之助書簡のユーモアを踏まえるとは言え、八月九日の真面目な厭世吐露（「小生箇様な愚癡ッぽい手紙君にあげたる事なしかゝる世迷言申すは是が皮きり也苦い顔せずと読み給へ」）をもこの調子で洒落のめしたからたまらない。

二度目の御手紙ハ打つて変つておやさしいこと、あゝ眼病ハこんなにも人を変化するや物のあハれもこれよりぞ知り給ふべきといとゆかし、鬼の目に涙とハ此時ヨリいひならハしけるとなん（中略）「此頃ハ何となく浮世がいやで〳〵立ち切れず」ときたから又横に寐るのかと思へバ今度ハ棺の中にくたばるとの事、あなおそろしあなをかし。最少し大きな考へをして天下不大瓢不細といふ量見にならでハかなハぬこと也　けし粒程の世界に邪魔がられ、うぢ虫めいた人間に追放せらるゝとハ、ても扨も情なきことならずや　南船北馬ハ愚か、難船落馬の間に日を送つたとて何の事かあらん　雪中に肘をきつた恵可を思へバまだ若い〳〵。百年も二百年もいきていたいからとて生きられる人間にあらず　今が今死なうとしても毒薬ハ一寸手に入らず　摺りこぎにハ刃がなく吾妻橋にハ巡査がをつて中〻思ひ通りに行く人間にもあらず（中略）見よや人間の最期も一時代の最期も世界の最後も同じく両極中の一点に過ぎざるべし。それを長いといふハ狭い量見也　短かいといふも小さい見識也。悟れ君。（明23・8・15）

たしかに厭世観にとり憑かれた金之助を励まし、これを勇気づけようとする意図が窺え、その点では子規の親分肌、兄貴風を吹かせる（漱石「正岡子規」）気風のようなものがよく出ていて面白いのであるが、このきついふざけと冷やかしは金之助に相当こたえ、又、彼の怒りを買ったであろうことは想像に難くない。八月末の子規への返書は『筆まかせ』からの引用で省略があり全文ではないが、「悟道徹底の貴君が東方朔の囈語に等しき狂人の大言を真面目に攻撃してはいけない」と言い訳しつつも、「悪魔に魅入られたかと思ふ様な悪口あり」「滑稽の境を超えて悪口となりおどけの旨を損して冷評となつては面白からず」とか、「(悟れ君)なんかと呶鳴つても駄目だ(狐禅生悟り)抔とおつにひやかしたつて無功とあきらむべし」とかなり手厳しい。この反論に驚いた子規は早速、「一笑を博せんと思ひて千辛万苦して書いた滑稽が君の万怒を買ふたとハ実に恐れ入つた事にて小生自ら我筆の拙なるに驚かざるを得ず」「狐禅生悟りが君をひやかした抔とハ余つぽどおかしい見様じゃないかねへ変てこてこへんだわい」(明23・8・29)と返事をしたためているが、生真面目な金之助に少々辟易しながらも、あくまでも滑稽の次元で金之助に対しようとしている所が注目される。つまり、金之助の内面の変化(真面目)に目をつぶり、その伝達《メッセージ》を正確に受け取ろうとしない子規と金之助の落差がこのあたりから顕著になるということである。真面目な金之助に滑稽で対しようとした子規は、『筆まかせ』第三編に両者のやりとりを「大学者の喧嘩」として収録しているが、この喧嘩は見かけ以上に金之助の内面の変化に気付いていないことに起因しているようである。あるいは見方を変えれば、地方から出てきた子規には未だ江戸の香りの残る東京の文化にどっぷりつかり、毎日、面白おかしく、粋とか通とか言って洒落のめして生きて行くのが都会人(江戸っ児)だと錯覚していた部分があるかもしれない。粋がって江戸っ児を演じていた節(それはそのまま『当世書生気質』の世界を演じることであったが)が多分にあるように思える。これは何も子規に限らず地方から上京した青年一般に通じることであったようである。三島由紀夫が鏡花を論じて「金沢人の鏡花は、都会人とは、侠気に富んで、朗らかで、つまらない理窟は言はず、駄洒落ばかり飛ばしてゐる人種だ、と思ひ込んでゐた傾きがある。(2)」と評したのは一面の真理を突いている。殊に鏡花の場合、通人紅葉の下で生活していたのでこの感は強い。

始め金之助もこのレベルでつき合っていたのであるが、次第に時代と教育の感化でこの江戸臭より脱化し、近代人としての個我に目覚めて行くのは説明を要しない。その点、子規の場合、金之助と同様の内面の変化は、例えば『七草集』にも見え、それへの讃辞は金之助の批評にも顕著であるが、実生活ではその金之助との関係でも知られるように（弟分扱い）、かなり古い江戸文学臭味を残していたようである。「あの時分から正岡には何時もごまかされてゐた」と漱石が回想しているのは（あるいは「にくい男である」とも言っている）、こういう内面の変化を漱石がおし殺して弟分としてつき合わざるをえなかった口惜しさの反映であるかも知れない。いつも目眩まされ、はぐらかされていた漱石の本音のようにも思える。自分が裸の本音でぶつかっているのに、それに応じようとしない子規に苛立ち、ついに嚙みつくのが二十四年十一月七日の書簡である。鈴木光次郎編輯の『明治豪傑譚』（全三巻、明24・10、12 東京堂）[3]に添えて自説を開陳した気節論を金之助は受け取ったようであるが、その書物にも気節論にも従えなかった。『筆まかせ』第四編に『明治豪傑譚』をまねた「常盤豪傑譚」（明24・11より書初ム）があるので、子規が幕末・維新の傑物たちのエピソードにそれなりの関心を示したことが窺えるが、金之助には子供騙しに等しかった。特にそれを気節との関係で論じられたことで金之助の堪忍袋の緒は切れる。ここに思いの外、深くなった両者の人間観、教養の相違が露呈してしまう。

小生元来大兄を以て吾が朋友中一見識を有し自己の定見に由つて人生の航路に舵をとるものと信じ居候其信じきりたる朋友がかゝる子供だましの小冊子を以て気節の手本にせよとてわざ〳〵恵投せられたるはつやく〵其意を得ず

『明治豪傑譚』は殆どが頓智かその場の激情に駆られての行為、あるいは失策話にすぎないと極めつけ、一切、気節とは無関係と断定している。「気節は情に属せず意に属せずして智に属す而して大気節は人生を掩ふ大見識に属す」と述べ、暗に子規の気節論が意、情の範疇で捉えられていることに反発している。大気節＝大見識という認識から言っても明治の豪傑のエピソード類はこれから大きく外れているし、そもそも幕末・維新の豪傑というものが金之助の関心外であったであろうことは想像に難くない。日本男子に生まれたことを喜んでいる子規との落差は決定的で、金之助は人生の大思想を「蛮夷」より教えられ、「僕をして若し一点の節操あらしめば其節操の一半は鴃舌の書中より脱化し来つて余が脳中にあり」と明言している。彼の思想、気節が西洋近代思想に負っていることをここで宣言しているのである。ここが、どちらかと言えば前近代に目の行く子規との大きな相違であろう。文科大学二年生になった金之助の西洋文学と近代思想の受容は思いの外、速いスピードで進んでいたのである。『明治豪傑譚』には諭吉・兆民・柳北らの名も見えるが、彼らが抱え込んでいた近代と反近代の葛藤は青年金之助の充分、与り知らないところであった。

次に四民平等主義に反する子規の士族意識に批判を加え、最後の止めは峻厳な子規の善悪論に対する批判となる。極端な善悪説は善悪いずれかの一元から人間を見るもので、相対界に住する人間を捉えるのに適切ではなく、特に〈慈憐の心〉に乏しい憾みがあるとして子規を論難する。

先年僕が厭世の手紙の返事に天下不大瓢不細の了見で居るべしと云ひ給へり其了見で居る君が斯る狭隘なる意見を述べて（得意となす）抔云ふに至つては実に前後の隔絶せるに驚かずんばあらず先に云ふ処のものは単に壮言大語僕を驚かせしなれば僕向後決して君を信ずまじ又冗談ならば真面目の手紙の返事にかゝる冗談は廃して貰はんと存ず

前後相矛盾する子規の真意を疑い、かつての忠告が冗談であるならば真情を吐露したことへの侮辱であると金之助は受け取ろうとする。この金之助の反応は重要で首尾一貫しないことを不真面目と取り、それならば今後、信を置けないという絶交寸前のものである。端なくも真面目な厭世観を茶化された口惜しさが、時間を経てなお金之助の中にあったことが分かる。

以上で分かる通り、西洋近代思想を受け入れ着々と近代人としての基盤を形成しつつある金之助と、どちらかと言えば未だ江戸の残響の中で自己の位置を模索しようとしていた子規との距離が、ここでにわかに鮮明になってくるのである。しかし、たとえ立場と考えは違うにせよ金之助の「朋友切磋の道」の真剣さは子規にも痛感され、以後、この友人を茶化すような書簡は書かなかった。

二　時代の病としての脳病

大学入学直前の二十三年八月に金之助を襲う厭世、憂鬱もこれを金之助一人の問題と捉えるよりも、時代の青年を襲った一つの病と捉える視点が必要のように思われる。見てきたように時代の転換期にあって新しい西洋近代を受け入れる時、青年の内部に渦巻く葛藤のドラマは現在の我々の想像をはるかに超えるものがあったように思われる。西洋と東洋の中で自己のアイデンティティを求めて苦悩する青春のドラマは逍遙、二葉亭をはじめ鷗外、透谷らの二十年代文学者に共通するものであった。そういう共時性、普遍性で見て行くと金之助の苦悩が一人彼だけのものではなくて、同時代者が共有していたものであることがよく分かるのである。金之助の厭世が一人彼だけに止まらないことはその書簡を見ても知られる。

・山川は不相変学校へは出でこず過日十時頃一寸訪問せしに未だ褥中にありて煙草を吸ひ夫より起きて月琴を一曲弾て聞かせたりいつも〳〵のん気なるが心は憂鬱病にかゝらんとする最中也是も貴兄の判断を仰ぐ（明23・1　正岡常規宛　山川は山川信次郎のこと）

・先日立花より来状小生の二代目となるまで時々は厭世観を生ずる由気の毒の至り小生の二代目が交友間に出来ては大騒ぎに御座候ものにならぬ前御消しとめ被下度候（明28・7・26　斎藤阿具宛　立花は立花銑三郎のこと）

わずか二例であるが、当時、厭世や憂鬱の思いに駆られた学生は多くいたのであり、それからの脱却の方法として禅の流行も考えられるのであるが、そこに移る前にこの厭世、憂鬱の一般的徴候として〈脳病〉なる言葉が幅広く用いられていたことに注意しておきたい。漱石書簡にも「近頃の熱さでは無病息災のやからですら胃病か脳病、脚気、腹下シ抔種々な二豎先生の来臨を辱ふする折柄なれば」（明22・8・3　常規宛）と使用されていて、当時、この言葉が一般化していたことが知られるのであるが、これは子規も使用しているので少し話が面倒になる。

・小生廿一日当地御発輦　中国へ御廻り被遊作州ニ脳病子を吊ふ積りニ御座候へバ東京への御入りハ遅くも廿七八日頃と存候（明23・1・18　金之助宛　脳病子とは大谷是空（藤治郎）のこと）

・二十一年の〈夏は〉素志を果さんと閑静なる地を墨江にトし、此時より初めて勉強したり（若シ勉強といふべくんば）ために三ケ月の後には脳患に陥りたることさへあり。（中略）二人にて話してゐる間は愉快なれど　一人にて読む書物のなき時は脳病を起す位故　どこへ行くにも成るべく一冊の書を携へざれば不安心なり（『筆まかせ』第一編「当惜分陰」　明治二十二年）

・友人是空子、是空子を著はす　蓋し脳病中の作なり（『筆まかせ』第一編「是空子」　明治二十二年）

・私も前月末頃脳病（鬱憂病ノ類）ニ罹り学科も何も手につかす候故十日の閑を偸んで（尤学校ハ大方休ミ也）房総地方へ行脚と出掛申候（明24・4・6　大原恒徳宛）

・病気と申てさしたる事もなく寐る様な事ハもとより少しも無御座候得共脳のわるき時ハ（脳痛頭痛にあらず）狂に近きことあり　又衰弱の時は昼夜の別なくたわひもなく寐ることも御座候（明24・4・7　大原恒徳宛）

・明治二十二年の五月に始めて咯血した。其後は脳が悪くなつて試験がいよ〳〵いやになつた。明治二十四年の春哲学の試験があるので此時も非常に脳を痛めた。ブッセ先生の哲学総論であつたが余には其哲学が少しも分らない。（中略、向島の木母寺で試験勉強）外へ出ると春の末のうら、かな天気で（略）脳病なんかは影も留めない。（『墨汁一滴』明34・6・15「日本」）

・明治二十四年の学年試験が始まつたが段々頭脳が悪くなつて堪へられぬやうになつたから遂に試験を残して六月の末帰国した。（同右十六日分）

右の引用で見る限り、二十一年から二十四年までに〈脳病〉〈脳患〉の語が出てきて、それが外から強制される勉学と相関々係にあるのが注目される。精神的抑圧状態が嵩じて脳病を併発するというふうに読める。因果関係がこれ程、特定できてしまうと本当に子規の言うような鬱憂病かどうか甚だ疑わしくなるが、この語にかなり幅のあったことは例えば「是空子」（『筆まかせ』）の項でも分かる。そこに『是空子』の本文が引用されている。

我ニ父ナク我ニ身ヲ托スベキノ同胞ナク我ニ家ナク我ニ妻子ナク我ニ信ズベキノ神仏ナク我ニ恐ルベキモノナク只我独リ世ニ存ス　然リト雖モ我豈唯我独尊トイハンヤ　何トナレバ我尊キカ賤キカ　敢テ之ヲ知ラズ　身在テ而シテ無キガ如ク　只空漠タルノ感アルノミ　蓋シ名ノ由テ来ル所此処ニアリ

「最後に生死恐るべからず　只是れ空のみと説き　自ら死後の名を作て真如是空居士といふ」の説明があり子規の漢文批評が続く。恐らくここに子規とはかなり異る脳病の真相が活写されていることは疑いない。引用でも分かる通り是空子のそれは内面的、哲学的煩悶に由来し、つまるところ〝己とは何ぞや〟という重い問いに支えられたものであり、この脳病が是空子の自己認識と深く関わっていることは言うまでもない。これが憂鬱病に近い脳病のもう一つの重要な側面である。

明治二十二、三年にこの言葉が既に一般化していたことは例えば「女学雑誌」の次の記事でも知られる。

・書生の肺病、脳痛《のうびよう》、胃病を始めとして凡百の書生病大抵ハ其の粗食に関係せざるなきを知らず（論説「食物改良論」明22・7・27）

・治療、無理におしつけて、三月ほど源氏物語や、其磧自笑物を読んで聞かせ、同時朝熊《あさま》山にあるといふ日本の固有脳病の丸薬二三粒と、草根木皮の煎汁とを、五六ケ月たてつゞけに、服用させねばなりませぬ（雑録「小説病」明23・3・15）

ここで脳病は書生病として一般化されており特に目新しい言葉とは思われない。その証拠に早く「東京朝日新聞」広告（明21・9・16）に「神経脳病特効薬長寿丸」と出ている。地方新聞でも少し時期は下るが、「北國新聞」広告（明26・8・15　創刊は同年の八月五日）に「神経奇方脳病薬　総て神経系《すじ》脳病諸症に用ゐて顕効《ききめ》神のごとし」とある。「朝日」では明治三十七年十一月一日広告に「脳丸　脳病の大敵健康之友」とあり、かなり時代が下がった三十年代でもこの言葉が生きているのが分かる。辞書類はどうなっているかと言えば次の如くである。

【脳病《なうびやう》】

・脳髄ノ病気。（「言海」明24・4）

・漢語。スベテ、脳髄ノ病気。（「日本大辞書」明25・7初版　明28・2五版）

・すべて、脳髄に関したる疾病をいふ。（「帝国大辞典」明29・10）

・脳に発する病の総称。（「ことばの泉」明32・5）

・脳に関する疾病の総称。（「大日本国語辞典」第三巻　大6・12）

おおよそ「言海」を踏襲し「大日本国語辞典」に落ちつき、現在も「広辞苑」や「日国大」がこれにならっているというのが一般的おさえである。ではこれが何時頃から使用され出したかと言えば今一つはっきりしないが、早い例としては中江兆民の『維氏美学』緒言（明16・11）がある。

一、予ノ此ノ書ヲ訳スルヤ中間偶《たまたま》脳症ニ罹リ、頭痛眩暈シテ業ヲ執ルコト能ハズ、故ニ舞踏音楽ノ二篇ハ（略）

この脳症が単なる頭痛か否か決めかねるが、どことなく外国仕込みの言葉であるような雰囲気はある。そのことがはっきりするのは『当世書生気質』に於てである。「ちかごろまたブレイン（脳髄）が不健《わる》くて」（第三回）「ヲヤ又持病のブレイン（脳病）歟」（第八回）とあり、次の表現になる。

いかなる故にや小町田粲爾ハ其頃よりして顔色おとろへ、兎角鬱閉《ふさぎがち》勝の様子あるを、倉瀬其外の信友バらが、こハ脳病の再発ならずハ肺を病みそめしにあらざるかと、いろ〳〵さま〴〵心配して、…（第十一回）

どうやら書生病の二大病である肺病、脳病のうち脳病の起源はここにありそうだ。残念ながらルビは見当たらないが、恐らくbrain disease、あるいはdisease of the brainの訳語であろうと思われる。ただ注意すべきは『当世書生気質』の脳病は現象的な頭痛などを指すのではなく、きわめて内面的な精神性を具えていることである。この脳病に罹りつつあるのが主人公の小町田粲爾であることも重要で、彼の人間的成長、変貌とこの病気は大きく関わるのである。小町田については「性来《うまれつき》疳癪持」「鬱気性《ふさぎしやう》」「ネルウバス（神経質）」「アイデヤリズム（架空癖）」とその性格が形容され、作者によって「一個の見すぼらしき神経質なる未練の少年」とまとめられてはいるが、元からこの性格で一貫しているのではない。陽気で遊蕩にも耽っていた学生が次第に下宿に閉じこもり、自己の内面を見つめるように変貌して行くプロセスが重要であり、のちの『浮雲』、文三の先蹤になっているのである。その内面の変貌が「脳病」という言葉で表現されていて、この言葉に作者もどれだけ意識的であったかは分からないが、恐らく高田半峰が批評した「素とこれ『ヒポコンデリヤ（心経疾）』の一少年たるに過ぎず」（「中央学術雑誌」明19・2）の「ヒポコンデリヤ」に近い意味で使用しているものと思われる。神経病、憂鬱病、神経衰弱と言われる神経性疾患と考えてほぼ間違いない。のちに二葉亭がゴーリキー作品を『ふさぎの虫』（「新小説」明39・1、3）と訳したその〈ふさぎの虫〉（『書生気質』では〝ふさぎしゃう〟とあった）と言い替えてもよい。これが『書生気質』に使用されている「脳病」の内容、意味である。小町田は作品の終りに近づくにつれて自己と向き合う（自己批評を具えた）近代文学の主人公に成長したのである。その意味でそれ以降の近代小説の主人公達は、凡てこの小町田の系譜につながるのである。

ここで、もう一度病名にこだわれば脳病は精神病理学や蘭学の医学書関係の言葉ではなさそうである。『（新訂増補）和蘭薬鏡』（文政十一　宇田川榛斎・宇田川榕庵校補）では既に、「依剥昆垤兒《イポコンデル》」「神思沈重鬱憂病」の語があり、『精神病約説』（明9・2　神戸文哉訳）でも「抑鬱之症」として「依剥昆垤里亜」（Die Hypochondrie）「鬱憂」（Die Melancholie）が挙がっていて、精神病に関してはかなり早くから蘭書を通して正確な知識が入っていたものと思われる。従って、脳病という漠然とした名称はこれを専門書より学んだというよりも、一般的語彙として文学書か辞典類あたりから学んだものと思われる。例として「ブリタニカ」が挙げられる。第九版（一八七五～一八八九）の十三巻（一八八〇年）のINSANITYの項にdisease of the brainの語が見られる。逍遙が『小説神髄』を書くに当たって「ブリタニカ」を参照したことはよく知られているが、脳病の場合もこれを典拠にしているかも知れない。[4]

『書生気質』で使用された脳病は、その後書生病として多くの学生や作家によって使用され広く市民権を得たものと思われる。そのため本来の意味である神経衰弱や憂鬱病の規定からはみ出して、かなり広くこの語が使用された節も窺える。つまり、一つの流行語となり書生ならば誰でも脳病に罹るのが普通であるというあたりにまで拡散してしまって、単なる頭痛までがまことしやかな意味づけを持って脳病にまで格上げされたように思える。流行病である脳病に罹らないでは書生の沽券にかかわる、つまり顰に倣うような脳病もあったものと思われる。しかし、ここで私が問題にするのは正統派脳病であることは言うまでもない。二十年代で最も興味を惹く脳病の系譜の文学者は透谷と二葉亭であるが、その前に樋口一葉に寄り道をしておきたい。

「一葉日記」を見ていると、二十四、五年に「脳痛せん方なければ」「頭痛たえ難ければ」と頭痛に悩まされる記述が頻出して、『頭痛肩こり樋口一葉』(昭59・4 集英社)と井上ひさしが見事に喝破したごとく、頭痛持ちであることがよく知られるのであるが、それは単なる頭痛であろうか。

・(神田表神保町の俵という下宿に桃水を訪ねて) 実ハ小宮山君も俄ニ脳の病ひやしなはんとて此明にかま倉地方へ赴むかれたるをとていと〳〵う気の毒がり給ふ (「若葉かけ」明24・4・25 小宮山は朝日新聞主筆の小宮山桂介のこと)

・三時頃帰宅す 頭いといたくてせんかたもなく苦しければ今宵は十時に床へ入ぬ 夢におそはれておびえなどす かしらのあしければなめり (「わか草」明24・7・25)

・国子と共に安達君へ暑中見舞に行 脳病の物語りをなしたるに伯父君はくれ〳〵読書作文等をなさゝる様にと物語らる 脳は神経の集合する所なれば患はこゝに止まらで余病を引出すこともあり、又ハ充血して不測の禍を生ずることも有べければ小患の中ニよく養へよとて自身をたとへに引て諫めらる 承りて帰る (「わか草」明24・8・5 安達は安達盛貞。則義在世当時からの旧知で官吏)

この引用でも分かる通り、当時、脳病が書生のみならず一般人の間にも流行していたことが知られるが、二つ目の引用は「新編大言海」(昭57・2 冨山房)の解(二)「脳ノ神経ノ衰弱スル病。眠ラレズ、悪夢ヲ見、頭痛、眩暈ヲ感ジ、記憶力ナク、物ニ厭キヲ生ズ」にぴったり照応する。一葉は実際、身体的疾患としての頭痛持ちであったのであろうが、その生の全体、残された作品から判断するとこの病を内的、精神的なものに転化して行ったように思える。作品をあげれば、自分の分身と思える女性を造型し自己の果せなかった夢を仮託しながら破滅して行くまでを描いた『にごりえ』（「文芸倶楽部」明28・9）のお力にその投影がある。結城に「又頭痛でもはじまつたか」と聞かれて「持病が起つたのです」（三）とお力が答えるところがあるが、この持病こそ頭痛から転化してお力の宿痾となりお力を破滅にまで導く当のものである。お力はそれを「三代伝はつての出来そこね」「気違ひ」の家系にまつわる宿縁と取っている。そして宿命の〈丸木橋〉を渡ろうとするのである。この宿痾こそ志を持ちながらもその実現の不可能を知った者の宿世を呪う否定の叫びであろう。お力の脳病は自己の志と現実の余りの落差に絶望した者の厭世の思いに起因するのである。このお力の姿はそのまま女経世家一葉にぴたりと重なる。「我れは人の世に痛苦と失望とをなぐさめんためにうまれ来つる詩のかミの子なり」（「塵之中日記」明27・3・19）「わか心はすてに天地とひとつに成ぬ　わかこゝろさしは国家の大本にあり」（「塵中につ記」明27・3）と雄々しく言挙げし自己を励まし続けていた一葉であるが、ついに「誠にわれは女成けるものを」（「ミつの上」明29・2・20）と言わねばならなかった諦観と軌を一にするのである。その一葉の心中を見抜いていたのが言うまでもなく緑雨であった。『にごりえ』に「泣きて後の冷笑」（「みつの上日記」明29・7・25）を指摘した緑雨には、「すね者」「つむじ曲り」と言われる一葉の中に紛れもない一人の厭世家の棲んでいるのが見えたのである。厭世という毒心を持つが故にこの二人の作家は、会った瞬間に相手を了解するのである。「千年の馴染にも似たり」（「ミつの上日記」明29・5・29）という思いは両者に共通したものであったろう。

緑雨というもう一人の厭世家の内に潜む魔毒を剔抉したのが北村透谷である。その「『油地獄』を読む（緑雨著）」評（「女学雑誌」明25・4・30、5・7、14）で、現代社会の〈不調子《インコンシステンシイ》〉という魔毒と恋愛に潜む

〈弱性《フレールチイ》〉を撃った作としてこれを評価し、その魔毒と弱性を免かれ得ない人間存在への憐憫と同情から詩人は世を厭い世を罵るとする。

> 世を厭ふものを以て世を厭ふとするは非なり。世を罵る者を以て世を罵るとするは非なり。世を厭ふ者は世を厭ふに先ちて己れを厭ふなり。世を罵る者は世を罵るに先だちて己れを罵るなり。己れを遺れて世を遺るゝを知る。己れを空うして世を空うするを知る、誰れか己れを厭ふ事を知らずして真の厭世家となり、己れを罵ることを知らずして真の罵世家となるを得んや。

これが厭世家、罵世家の内に潜む魔毒の本質であった。社会の不調子という魔毒を逸早く認識しながら、それを如何ともし難いという絶望が詩人を厭世家に追いやり、その魔毒を内に抱えこんで自己を罵り世を罵ることになるのである。社会と自己の内の不調子という共通項を抱えこんでしまったのが厭世家であり、この共通項で一葉、緑雨、透谷という三人の詩人はつながるのである。とすれば、一葉の脳病も不調子—厭世と一つにつながるものであったと言える。

では透谷の場合はどうか。有名な明治二十年八月十八日付の石坂ミナ宛書簡に脳病の経緯が詳しく書かれている。少年時代より周りの人間、殊に肉親と齟齬をきたし、「鬱々怏々」として楽しまず次第に激しき「パッショネイトの人物」となり、母から吹きこまれたアンビションの病と相俟って「気鬱病」を発するまでの過程は、明治十年代から二十年代にかけての脳病の一つの典型を示してくれている。

> 明治十八年に入りて生は全く失望落胆し、遂に脳病の為めに大に困難するに至れり、然れども少しく元気を恢復するに至りて生は従来の妄想の非なるを悟り、爰に小説家たらんとの望を起しけり、

十八年の失望落胆とは大矢正夫から朝鮮革命のための非常手段参加を求められ（十一月に発覚する大阪事件）、それより離脱、懊悩したことを指すのであるが、そのために起こった脳病は小説家たらんとしたことで解消

する体のものではなかった。この脳病が透谷の生涯を貫く重要な文学的モチーフであったことを友人の藤村が正確に見抜いていた。

北村君のアンビシャスであつた事は、自ら病気であると云つたほど、激しい性質のものらしかつた。（中略）頭脳《あたま》が悪かつたといふ事は、時々書いたものにも見えるからである。北村君はある点まで自分の Brain Disease を自覚して居て、それに打勝うくと努めた。北村君の天才は恐るべき生の不調和から閃き発して来た。（「北村透谷の短き一生」「文章世界」大1・10）

透谷文学の本質をズバリと言い当てたものである。「恐るべき生の不調和」とは透谷が緑雨を評して使用した〈不調子〉と重なるものであろう。この不調子が彼を文学に駆り立て厭世の極、自殺にまで追い込むものの正体であろう。「妄りに厭世と楽天を談ずる勿れ、凡俗の厭世は忽ちにして楽天たるを得べし、凡俗の楽天は忽ちにして厭世たるを得べし」（『エマルソン』）と世の通俗の厭世、楽天談義には与しなかったが、ゲーテの如く「偉大なる厭世家は、竟に一種の楽天家なり」という心境には到達できなかった。宿痾としての脳病＝不調子＝厭世の深さを知るばかりである。

直接、脳病という言葉は出てこないが、激しい自己格闘の末、行き所を見失い深いニヒリズムに落ち込んだ作家に二葉亭がいる。特に『浮雲』三編執筆中の「落葉のはきよせ　二籠め」（明22・1頃より秋頃まで）と「三籠め」（明23〜27）にはその惨憺たる格闘の跡が歴然としている。『浮雲』を書き損じて激しい自己嫌悪と自信喪失に陥った青年の懐疑主義は、人生の目的、安心、幸福の一切に疑問を投げかけ懐疑からの脱出に成功していない。そこではスペンサーはじめ一切の哲学は意味をなさず、ただ懐疑という否定の精神が猛威をふるい二葉亭を深いニヒリズムとペシミズムに落とし込むのである。袋をつき破る一本の錐は容易に見つからず懐疑は厭世を生むのみである。

とこへなとわれを吹き行け春嵐

こうして見てくると明治二十年代の文学者をつなぐ共通項と言おうか、精神の系譜のようなものが自ずと見えてくる。「脳病」という言葉で捉えられる深い精神の病、あるいは心の傷と共に、厭世の思いから逃れられなかった精神の傾向が看取されるのである。その意味で二十年代とは文学者にとって〈脳病の時代〉〈厭世の時代〉とも言えるのである。各々、個人差がありながら生の不調子と時代の不調子から脳病にとりつかれ、厭世に駆られるというのが一般的傾向であろうか。

この脳病はやがて三十年代後半からは神経衰弱となり、大正期に入り不機嫌という気分に発展して行くものであろう。(5) 四十年代の自然主義時代に無感動という気分もあったが、これらの精神の傾向や気分は日本近代の文学者の精神史を考える場合、重要な意味を持つものと思われる。絶えず、時代と社会との闘いを強いられてきた文学者の一つの傾向がそこに見事に顕在化しているからである。

三　金之助の厭世

以上のような時代の流れの中に置いてみると金之助の厭世もそれほど特殊ではないことが分かる。金之助も二十年代という〈厭世の時代〉の申し子であり、時代に鋭敏に反応した意識的な青年の一人であり、「近代の悲哀と煩悶」(『合本藤村詩集』序)を逸早く経験したのである。その点では透谷に意外と近いものを持っているように思われる。〈恐るべき生の不調和〉で両者共通し、その度合いにおいて二人は突出している。

しかし、金之助の厭世は明確な詩や小説の形をとらなかった分だけ、表面は分かりにくいものになっている。二十三年八月九日の子規宛書簡に始めて見える厭世は「misanthropic 病」の名称の外に、『テムペスト』『ハムレット』『方丈記』『御文』からの引用があり、かなり文学的、情緒的なもので、一般的な厭世観、無常観を述べたものという印象が強い。その点では青年期に一度は潜るべき試練の門と言えるものかも知れない。〃我とは何ぞや〃〃この生存の意義は〃という例の問いにまつわる煩悶である。しかし、そういう一般的性格を具えながらも、この厭世の思いが金之助の胸に巣くい宿痾となって彼を責め続けるというのも事実である。子規に「君痾猶可癒。僕癡不可醫」（明23・8末）と書き送っている通り、金之助はこの宿痾を治癒不可能なものとして認識している。そこに一般的厭世と言い条、金之助の存在の深い根の部分に関わる重い問いかけもあるのであろう。それが恐らく〃父母未生以前の本来の面目〃につながるものであろうことは疑いを容れない。

金之助が自己の厭世を狂と癡と捉える視点を持っていることも注意すべきである。「狂なるかな狂なるかな僕狂にくみせん」（明24・4・20）と子規の詩文に反応しているが、自分で自分をコントロールしかねている激情のほとばしりのようなものが感じられて、感情の振幅の大きさが知られる。不調和の激しい現われが狂や厭世となるが、その不調和の度合いが甚だしい時、このように奔騰する激情のコントロールに自ら手を焼くという事態にもなるのであろう。又、この激情は中世の禅につながる伝統的精神であったことも、ここで思い起こされる。一休に始まる狂愚、狂癡、風狂、狂熱の流れを汲む〃狂なる〃精神である。一般人には全く狂としか思われない異常な心的傾向に自らの存在理由を見ようとする精神である。つまり性情に根ざす宿痾として世と人と相容れない、そのことをたわむれて風狂と呼ぶのであろう。そういう頑固さ、一徹さを指して自ら漱石頑夫と名告り、〈守拙・持頑〉（明28・5・28、12・18）と繰り返すのである。

とすると金之助の厭世とは「何となく浮世がいやになり」という一般的厭世の底に、世と相容れない性格の宿痾（それは時代との不調和が大きいことに起因するが）を潜ませていたものであることが知られる。この性情は永久に変らないもので何かの拍子に頭を抬げ、その厭世をつき上げるのである。この不調子（発作）はいつ金之助を襲うかは予知不能であり、そのため彼の行動を不可解と取った回想がいくつか見られる。例の松山落ちにしても金之助の激情が周りの肉親に理解できず、謎の行動と映ってしまう。それは友人菅虎雄の下宿を飛び出した時も同様であった。(6) 自らコントロールできない激情の発作は厭世と裏腹であり、この激情こそ金之助の脳病の実態であったと言えるかも知れない。

こう見てくると金之助の厭世には新たに狂なるものが加わり、これが性格的宿痾となり生涯、彼を激しく揺さぶり続けることが理解される。

四　進化論と禅の効能

二十三年八月九日に始めて子規に厭世の思いを吐露した金之助であるが、その後、二十四年四月二十日の書簡を経て同年の十一月にやはり「僕前年も厭世主義今年もまだ厭世主義なり」と言っている所を見ると、大学入学後もこの厭世の思いは継続していたと言える。二十七年九月四日の書簡でも「元来小生の漂泊は此三四年来沸騰せる脳漿を冷却して尺寸の勉強心を振興せん為のみに御座候」とあるので、大学入学前後より大学院修了に至るまでこの思いは変らずにあったと思われる。もっとも「沸騰せる脳漿」は厭世のみ意味するものではなく、自己をコントロールしかねている〈狂〉的激情につながることは言うまでもない。そして、それが厭世と裏腹の関係にあることも指摘した。従って単純化すれば、この厭世観との格闘が金之助の学生時代の重要な課題であり、彼の精神史を彩る重要な一齣であったと言える。

前述した如く、この厭世観との闘いは一人金之助だけのものではなく、当時の学生の共通の問題であったことは、例えば「哲学雑誌」を見ても知られる。かつて、このことに触れたことがあるが、(7) 今一度、当時の記事を上げれば次の如くになる。

三十八号（明23・4）
雑録「「ハルトマン」氏の厭世主義《ペッシミズム》
六十五号（明25・7）
雑録「「エモルソン」の楽天主義（翻訳）
七十三号（明26・3）
雑録　ショッペンハワー氏の女子論
七十四号（明26・4）
雑録　厭世教
八十二号（明26・12）
雑録　人生の危機

金之助は二十四年七月より編集委員となり二十六年十月に委員を辞している。この間、ホイットマンや英国詩人について論じたことはよく知られている。右に挙げた雑録記事は大体、金之助が委員であった時期と重なっていて金之助の思想傾向とも多く符合している。編集委員としては藤代禎輔、松本亦太郎、米山保三郎、立花銑三郎、松本文三郎らの名前が見える。いずれも金之助と親しかったことは言うまでもない。その厭世の根拠としてハルトマンやショーペンハウアーらの哲学者の名前が挙がっていて、既に二十年代に厭世の哲学が学生に浸透していることに驚かされる。逆にこの厭世教を打ち砕くものとしてカント、ヘーゲル、スペンサー、エマーソン、ホイットマンらの哲学者、文学者の名前が挙がり、厭世教の時代が去り新しい肯定の哲学の到来を予見して雑録記事は終っている。言うまでもなく官学のイデオローグとなったH・スペンサーの哲学が基本にあり、それに新時代の思想家としてエマーソン、ホイットマンらが加わるのである。

「厭世教」の筆者は米山と思われるが、その教えの「国家を害する」弊を強く攻撃しているところに選ばれたエリートの強い国家意識も窺える。この編集委員に見られる厭世から楽天へという思想の転回は同じ委員であった金之助にも共通する。

これも既に論じたことであるが金之助の学部時代の総決算とも言うべき「老子の哲学」（明25・6稿）「文壇に於ける平等主義の代表者『ウオルト、ホイットマン』Walt Whitman の詩について」（「哲学雑誌」明25・10）「中学改良策」（明25・12稿）、そして「英国詩人の天地山川に対する観念」（「哲学雑誌」明26・3〜6）の四本で共通するのはスペンサーの進化思想に立って物を言っていることである[8]。老子の無為を基本に置く治民の策が退歩主義、消極主義と批判され、独立の精神と平等の理念に支えられた共和制が現段階で最も進化した社会体制とするホイットマンの説が全体的に支持されている。love よりも manly love of comrades を霊魂進化の進んだ段階と説くのも同じ考えによる。二十五、六年の金之助は知の総決算とも言うべき四本の論文で、自己を捉えていた厭世の呪縛より自己を解き放とうと努力し、一見、それに成功したかに見えた。しかし、それはあくまでも知的論理の世界で有効であっただけで永続するものではなかった。知的思弁でしか解決できなかったところに金之助の厭世の本質と深さがあったと言うべきか。論文完成後、暫くして元の木阿弥となったことは二十七年九月の書簡でも知られる。

「理性と感情の戦争益劇しく恰も虚空につるし上げられたる人間の如くにて天上に登るか奈落に沈むか運命の定まるまでは安身《ママ》立命到底無覚束候」と子規に訴える金之助の苦衷は我々の想像を絶するものがある。二進も三進も行かなくなった自己呪縛の状態を「虚空につるし上げられたる人間の如く」と形容しているが、二十三年に続いて彼を襲うこの二十七年の厭世は彼の宿痾が彼自身の性格にも喰い込んだ癒し難いものであることを物語っている。「三四年来沸騰せる脳漿」を冷却せんと二百十日の湘南の海の狂瀾に跳びこむ青年金之助の姿には、自己制御を失い狂奔する牛の狂気と、逆に彼をがんじ搦めにしている暗い厭世の情念が交錯しており、宙吊りそのままの状態が如実に写し出されている。この宙吊り状態からの脱出として金之助が最後に賭けたのが禅であった。

金之助が禅に近づいたのは菅虎雄や米山保三郎らの感化によるところが大きい。菅は明治二十一年に米山は二十二年に鎌倉円覚寺の門を敲いている。当時、学生はじめ大学の教師まで円覚寺に詣でた様子は原武哲『夏目漱石と菅虎雄』（昭58・12　教育出版センター）に詳しい。(9) 禅ブームのようなものがあったことが知られ、そのせいか参禅以前の漱石書簡にも禅語がよく見られ、これら友人達を通して禅に関心を持って行ったであろうことは想像に難くない。この禅ブームの背景には見てきたように、当時の青年を襲った厭世観も大きく関係しているように思える。

この二十年代後半の禅ブームに言及した評論家に田岡嶺雲がおり次の如き評論がある。

・禅宗の流行　「青年文」明28・9・10
・元良氏の参禅日誌を読みて禅に関する我所懐を述ぶ　「六合雑誌」明28・9・15
・禅宗の流行を論じて今日の思想界の趨勢に及ぶ　「日本人」明28・9・20

禅ブームを欧化主義（唯物文明）への反動として国粋主義との関係で捉え、人生の帰宿、安心立命に漸く開眼しつつある国民の真面目を評価しながらも、一方で「禅宗の流行そのものがまた吾国民軽佻に流れ易きの気質を表出せんとする」ことへの警告も忘れていない。元良勇次郎（文科大教授）は金之助と同日の二十七年十二月二十三日に円覚寺に参禅したようであるが、(10) その「参禅日記」は翌年早々に「日本宗教」に発表され、その真摯な態度に敬意を表しながらも禅そのものについての所見を述べないことへの不満を表明している。文科大学教授の参禅にその禅ブームの広がりも知られるのであるが、それらを踏まえた最後の評論は二十年代禅ブームの本質をついた卓説である。

人心此の如く漸く其眼を人生の問題に注ぎて、更に深く其秘密に徹するに及むでや、先づ其瞳子に暎じ来るものは人世の虚偽なり、人生の苦痛なり、人世の如何に悪むべき、人生の如何に寧ろ憐むべきか。人心の外に浮れし時は花は唯美《うる》はしく、月は唯麗《うる》はしからむ、されども心少しくひきしまりて思に沈むに至れば、盛りなる花には散行くを思ひ、くまなき月には缺けなむことを思ふ、近時に於ける思想界の趨勢が厭世に傾くは自然の勢ならずや。今日の文学の如何に悲哀の調を帯び来りたるかを看よ、青年詩人の如何に厭世に傾けるを看よ、厭世に関するの議論が漸く学者間の口に上りたるを看よ、楽天旨義のヘーゲルが哲学今や説く者寡なく、ショッペンハウアー、ハルトマン氏等の厭世論の如何に今日に嘖々せらるゝを看よ。嗚呼旧信仰既に去て新信仰未だ来らず、既に懐疑なる能はずして而かも未だ安慰に就く能はず、徒らに苦悶輾転して人世を厭て人生を哀む。

　近時に於ける禅宗の流行また此思想の趨勢に伴へる一現象に非ざるなきを得むや。

時代が既にヘーゲルの進化（楽天教）の時代ではなく、ショーペンハウアーとハルトマンの厭世の時代であることを宣言している。「哲学雑誌」七十四号（明26・4）で米山保三郎がとなえる説と全く逆転しているのに驚く。あるいは米山の予想通りに思想界が楽天に進まなかったというのが正しいかも知れない。文学界を見ても二十八年は一葉、柳浪、眉山、鏡花らの深刻、悲惨小説の時代であり、厭世の時代と照応している。米山の予見はいかにも知的エリートの楽観論であり、時代を正確に見ていなかったということであろうか。この厭世との関わりで禅が説かれているが、特に禅に注目したのが学生を中心とした知的エリートであったことも気になる。つまり、厭世を禅で解決しようとした節が見られ、あくまでも知的レヴェルでの厭世であり、禅であったようにも思える。ショーペンハウアー、ハルトマンの哲学より厭世に入り、知的な安心立命のために禅に参じたのではないかという疑問も一面ではあるのである。金之助の厭世が禅により解消する類いのものでなかったことは言うまでもないが、これら文科大を中心とした帝大エリートと比較して、二十年代文学の先駆者であった二葉亭、透谷、一葉らにはその厭世を禅で解決しようとするような志向はない。厭世の思想を身を以て演じた文学者には禅などは知的遊戯の暇つぶしにも等しかったであろう。そして、この厭世を体現して生きた文学者の側に二十年代文学の本流があったとも言える。

とは言え、後の鈴木大拙や西田幾多郎の哲学の形成、あるいは漱石の『こゝろ』を見た時、彼らの参禅が単なる知的レヴェルの遊戯と言った次元のものではなく、彼らの存在の根源に関わる重大事であったことを忘れてはならない。殊に金之助の厭世は二十年代文学者のそれと重なり、その呪縛からの解放という重大なモチーフが参禅にあったことは言うまでもない。二十年代の禅ブームとは違った角度からこれら参禅者の意味も考えなくてはならないであろう。

二十年代の厭世は、又、多くの厭世詩人を生んだが、これらの詩人に最も理解の深かったのも田岡嶺雲である。透谷を擁護し藤野古白を擁護したが、主な厭世詩人弁護の論に次のものがある。

・「青年文学者の自殺」　「青年文」明28・5・10
・「詩人と厭世観」　「日本人」明28・7・20
・「楽天と厭世」　「青年文」明28・12・10
・「厭世詩人ハイネ」　「太陽」明29・11・20、12・5、12・20

二十年代の文学者の自殺としては透谷（明27・5・16）と藤野古白（明28・4・12）が特に有名であるが、自殺者でない詩人として中野逍遙の死（明27・11・16）も見逃せない。これ又、嶺雲に「懐逍遙子」（『逍遙遺稿』所収　明28・11）、「多憾の詩人故中野逍遙」（「日本人」明28・12・5、12・20）があり、必ずしも厭世詩人の死とは受けとめてはいないが、この三人を同じ範疇の詩人として見ていることは動かない。初めの二つは「国民新聞」（明28・4・12）が詩人の自殺を〈不健全〉として難じたものに反論を加えたものである。「バイロンや、ハイネや、彼は其安慰の地を得ず、彼は世を悲しみ、世を憤り、世を罵り、世を嘲り、狂ひに狂ふて狂死に死せりき」「二人者は実に十九世紀の初頭に立て、詩人として此十九世紀と戦ひぬ」とした上で、「十九世紀の詩人に厭世観あるを怪むを休めよ、十九世紀の詩人に厭世観なからしめば、寧ろ怪むべきに非ずや」と結んでいる。新しい時代の苦悩の逸早い認識者として時代の先端に立って闘った詩人が、時代と己れとの間の落差に絶望し厭世に陥ったことを必然とし、同情を示している。この中で「シェリー、彼も亦厭世の人のみ、然れども彼は哲理を信ず、彼は其哲理を以てや、其憤りを静めぬ」という箇所は、金之助が明治二十七年九月四日付書簡で「シエレー詩集」を読んで「胸中落付候」という所と対応しているのが注目される。「哲理を以てや、其憤りを静めぬ」というシェリーの方法は漱石に近いものを感じさせる。しかし、哲理で厭世がおさまったのは一時期であるのは見てきた通りであるが、このシェリーが形を変えて登場するのが『草枕』であり、そこでは厭世が非人情の美学で測られている。

時代の苦悩を背負って斃れた詩人中野逍遙に対して、友人ということもあって嶺雲が多大の同情と哀惜の情を示しているのは当然であるが、その捉え方の基本は「志を抱て施すに及ばず、鬱憂疾をなして而して遂に逝く」、あるいは「胸中の鬱勃、抑へんと欲して抑ゆる能はず、発して詩となり、文となる」と言うものである。表面上は憂国の詩人と恋愛詩人が同居している形で「文学界」の浪漫主義に重なるものを多分に持っているが、胸中の鬱懐を言い当て[11]、狂、愚、痴、乱でそれを説明しているのはさすがである。逍遙も激情抑え難い詩人として捉えられているわけで、これは二十年代の〈厭世の詩人〉の一面を正確に突いている。

中野逍遙（重太郎）は明治十七年、大学予備門に入学し二十三年、夏目金之助と同時に文科大学（漢学科）

に入り、二十七年、卒業と同時に研究科に進みその年の十一月に没している。交遊はそれ程密ではなかったのであろうか、漱石書簡では逍遙の名前は見当たらない。ただ『逍遙遺稿』の出版義捐金には子規と共に金壹円を寄付しているので無関係ではなかったはずであるが、この寄付には米山、山川、藤代ら友人の殆どが応じているので特別視する程のものではない。又、『遺稿』の雑録で嶺雲や子規が追悼文を寄せているのに（尤も子規の場合、同郷の愛媛出身であったこともあろうが）、金之助が応じていないことも両者の疎であったことを物語るか。但し二十八年十月末の「正岡子規に送りたる句稿　その三」では次の悼句がある。

弔逍遙　一句

百年目にも参らうず程蓮の飯

逍遙の新盆に詠んだものであろう。「百年目」に禅機がありユーモアも誘うが、その死へのいたわりと同情は深い。同じ句稿に古白を悼んだものがある。

弔古白

御死にたか今少ししたら蓮の花

悼句では同じ意味合いになるが、むしろ藤野古白（潔《きよむ》）の方が金之助には親しかったはずである。東京専門学校講師時代（明25・5～28・3）、たまたま入学してきた古白を教え、彼が子規の従弟であることを知る。金之助の「辞職勧告書」騒動では背景に古白の異常もあったであろうと思われるが、それを意に介する風なく、「古白氏自殺のよし当地にて風聞を聞き驚入候随分事情のある事と存候へども惜しき極に候」（明28・5・28）と子規に書き送っている。その才能を哀惜していることが充分、分かるのであるが、古白の厭世について最も理解を示したのは言うまでもなく子規であった。四つ年下のこの危っかしい才人の生涯については「藤野潔の伝」（『古白遺稿』明30・5）に詳しい。

その生涯を奇矯な言動に出た悪戯時代と、青年期から学生期へかけての「鬱結時代」、脚本『人柱築嶋由来』（明28）完成後の絶望時代に分けている。藤野は二十二年の秋に神経病（脳病）に罹り一時、巣鴨病院に入院しているが、精神の危機的状況は絶えず続いていたようである。自らを「狂を自覚するの狂なり」と醒めた目で捉え、これを痼疾と認識していたようである。子規はその痼疾を正確に「古白の身は譬はゞ火燄を包みたる氷の如し」と指摘している。古白の中にもあった自己抑制の利かない激情と醒めた認識の落差が自らを〈狂〉と自覚させ、その宙吊りがそのまま古白を自殺に追いやったことを子規は深い同情を以て見ているのである。

見てきたように同時代人としての透谷、逍遙、古白の死は楽天と厭世に引き裂かれた代表的な時代の死であり、この苦悩は夏目金之助のそれとも重なっていた。しかし、同時代にあって彼らの死にそれ程強い反応を見せなかったのは、身につまされながらも自己の厭世との格闘に精一杯であったがためであろう。少し距離を置いて自己の青春が見られるようになった八年後の藤村操の死（明36・5・22）には大きな衝撃を受けた。「始めて知る大なる悲観は大なる楽観に一致するを」という「巌頭之感」の最後の一節に、楽天と厭世に引き裂かれた己の青春を見ていたことは間違いない。

五　結

このように見てくると夏目金之助の厭世が、不調子—脳病—厭世という時代そのものの投影であることがはっきりした。そして金之助が深い厭世観に襲われながらも何とか〈慈憐主義〉（明24・11・11子規宛書簡）に傾き、孤立化を回避しようとしながらそれに成功しなかったことも見てきた通りである。この深い厭世の根に己れと社会（時代）との間に横たわる不調子があり、アイデンティティを求めながらも、ついにこれを獲得できなかった者の絶望のあることも述べた通りである。その絶望と苛立ちが彼に〈狂〉や〈癡〉という擬装をとらせ、それがそのまま性格の宿痾の如き〈守拙・持頑〉という生き方をとらせたと言うべきか。かたくななまでに自己の宿痾に忠実であったその生き方は、正直であり自己を偽るものではなかった。この生き方が後の自己本位にまでつながるであろうことは予測され、その芽が既に学生時代にあったことは確認されてよい。

しかし、出口を見出せない者の苦悩の実体は他者には伝達不可能で、僅かに「虚空につるし上げられた」状態としてそれを表現し得ている。この状態こそ彼が厭世に陥ったさまを如実に物語るもので、それは英国から帰朝後の英詩で「この永遠に吊り下げられ、震えている惑星の上で」(明36・8)[12]という表現に直接する。この〈宙吊り〉状態こそ、漱石の厭世の実態であり以後、しばしば作家漱石を襲うものである。従って、漱石の厭世とは一時的なものではなく、生涯にいく度となく彼を襲う不調子という精神の状態を指すのである。英国留学時、英文学理解不可能という不調子にとりつかれ、帰国後はその延長と家庭・社会の不調子に悩まされ、その厭世は増幅されるばかりであった。『猫』にも憎人厭世の思いは深く、『文学評論』(明38・9〜40・3、「十八世紀英文学」の名で講義されたもの)でも「スヰフトと厭世文学」の一章が設けられている。はじめ漠然とした厭世感であったものが、その後、色々の経験と思索を踏まえて厭世観にまで成長し漱石文学を形成する一つの中心哲学、思想にまで発展しているように思えるが、続稿は他日を期したい。

注

(1) 「天王寺畔の蝸牛廬」(「ホトトギス」明35・9・20)で『当世書生気質』を「読んだ時の驚きと喜びとはどんなであつたらうか」とあり、その時の感動が素直に表現されている。それを裏付けるものとしては柳原極堂「子規の『下宿が

へ』に就て」（『同人』昭11・6〜同12・9）がある（『子規全集』第十巻）

（2）三島由紀夫「尾崎紅葉・泉鏡花」（『日本の文学』4　昭44・1　中央公論社　のち『作家論』所収）

（3）原本未見（国会図書館所蔵）。『漱石研究年表』では松平康国（破天荒斎）著となっており、一巻は明24・10・22、二巻は明24・10・28、三巻は明24・12・21の刊行。明24・7・1〜11・20「読売新聞」連載とある。『子規全集』第十巻（昭50・5　講談社）では破天荒斎（松平康国）著、第一、二巻は明24・10・21刊、第三巻は明24・12刊となっている。この書に言及したものに谷沢永一「〈探照燈〉62・諭吉と兆民」（『解釈と鑑賞』平4・7）があるが、鈴木光次郎編輯として松平康国の名は挙がっていない。

（4）少し古いが桂洲植村藤右衛門の『病名彙解』全七巻（貞享三　一六八六）では脳のつく病は「脳風」「脳漏」などいくつか見られるが、脳病という総称はない。又、『英和対訳袖珍辞書』（文久二　一八六二）ではBrain sickという項目があり、「脳乱、発狂ナル、惰弱ナル」の訳語が充てられている。

（5）〈神経衰弱〉については既に「女学雑誌」二〇四号（明23・3・15）に「男女生徒の神経衰弱」（藪中筍庵）の記事が見え、「ノイラステニー」（Neurasthenie）の訳語であることが分かる。必ずしも三十年代後半の用語ではないが、よく使用され出すのはやはり『吾輩は猫である』や『青春』（風葉）あたりからと思われる。

不機嫌については既に山崎正和の『不機嫌の時代』（昭51・9　新潮社）があり、文学者の気分の構造が鷗外、漱石あたりから説かれている。

（6）金之助は小石川指ケ谷の菅虎雄宅に明治二十七年九月上旬から約一カ月半同居して、突然漢詩の書き置きをして飛び出し法蔵院に移ったことになっている。それについて狩野亨吉は「漱石と自分」（「東京朝日」昭10・12・8）で「それは菅君が一番詳しく知つてゐる事で、自分が語るべきでない」と言っているが真相は分からない。

（7）本書IIの*1*「『哲学雑誌』と漱石」参照。

（8）「『力《フォース》』としての自然と『美』としての自然」（『金大国語国文』12号　昭62・2）

（9）原武氏の調査では以下の人達の円覚寺参禅が確認される。

菅虎雄（明21）北条時敬（明22・4）米山保三郎（明22・10）松本文三郎・鈴木貞太郎（共に明24・7）西田幾多郎（明25）

鈴木貞太郎は西田より一足早く参禅していたが、西田の参禅で帝大選科の存在を知り選科に入学したようである（西田は明24・9、鈴木は明26・9に選科に入学している）

（10）原武哲『夏目漱石と菅虎雄―布衣禅情を楽しむ心友』（昭58・12　教育出版センター）

（11）のちに藤村は『破戒』の「序にかへて」（『現代長篇小説全集』第六巻　昭4・7　新潮社）で「私は自分の内にも外にも新しく頭を持ち上げて来た鬱勃とした精神でこの作を貫くべく決心した」と述べているが、この〈鬱勃とした精神〉につながるものであろう。

（12）I stand on tiptoe on this planet
Forever pendent, and tremble ――
'Silence' の一部で江藤淳の訳（『漱石とその時代』第二部　昭45・8　新潮社）による。

（付記）
文中、金之助と漱石とを意識的に使いわけた。作家以前の漱石を金之助とし、以後を漱石とした。正岡常規が子規を名乗るのは二十二年五月九日の喀血を機に「時鳥」四十五句を作った時である。金之助が漱石を名乗るのは子規の『七草集』を評した時（明22・5・25）である。表現者としての自己主張がここに成立したことになり、ここを指して両者の作家的スタートと考える向きもある。たしかに子規、漱石という命名に両者の文学者としての本質が見事に出てしまっているのは言うまでもないが、子規に比べ漱石が意識的に表現者の道を進んだかと言えば、必ずしもそうとは言えないであろう。漱石という名を我がものとして作家的スタートを切るには未だ未だ時間が必要であった。作家漱石の誕生とそれ以前にこだわる所以である。

3　漱石と「数」――『カーライル博物館』を中心に

漱石が『カーライル博物館』（「学燈」明38・1）で、「余は倫敦滞留中四たび此家に入り四たび此名簿に余が名を記録した覚えがある」と記したことについては、既に結論が出ているとも言える。即ち、一九〇一年八月三日の漱石の署名以後、直接、署名簿に当たり、一九〇一年九月六日、一九〇二年八月二十七日、同年十一月六日にそれぞれ漱石と深い関わりのある土井林吉（晩翠）、藤井乙男（紫影）、藤代禎輔（素人）の三名のサインを発見された岡三郎氏の調査によって（『夏目漱石研究』第一巻　昭56・11　国文社）、漱石がこれら友人の案内も兼ねて、計「四たび」、博物館を訪れたことが事実らしいことが決定的となった。想像を逞しくすれば、漱石は池田菊苗と明治三十四年八月三日に初めて博物館を訪れているが、これは間もなくやってくる晩翠（八月十五日、ロンドン着）を案内するための下見であったともとれる。[1] もちろん、漱石にはカーライルその人への多大の関心と共感があったことは『カーライル博物館』を読めばすぐ分かるが、[2] 八月三日以前の日記にはやがて渡英してくる晩翠とのやりとりや記述があり（六月二十四日から）、〝晩翠が来たならばカーライル博物館へ〟という強迫観念のようなものがあったのではなかろうか。言うまでもなく晩翠は英文学科の漱石の後輩であり、既に『英雄論』（明31・5　春陽堂）の翻訳があった。漱石は充分、そのことを念頭に置いていたであろう。[3] 日記には記されていないが、九月六日には晩翠を案内して博物館を訪うたことは充分、考えられる。より親しい藤井や藤代の場合は言うまでもないであろう。[4]

という風に考えれば、たしかに岡氏述べる如く小宮豊隆氏以来の宿題に決着がついたことになるが、私はここで漱石が博物館を訪れた回数を問題にしているのではない。たしかに、訪問した回数を確定することはそれなりに意味もあろうが、作品のレヴェルで考える限り、この回数は全く違った意味を持っているはずである。もし、これを事実のレヴェルだけで考える論者は、例えば、「二年の留学中只一度倫敦塔を見物した事がある」(圏点引用者)という『倫敦塔』の書き出しをどう解釈するのであろうか。案内記その他に頼ったとは言え、ただ一度だけの訪問で『倫敦塔』が書かれたとは誰しも思わないであろう。「一度」だけの訪問(一回性)ということが『倫敦塔』で絶対的な意味を持つように、『カーライル博物館』でも「四たび」の訪問は重要な意味を持つ。共に文学(表現)レヴェルの問題であって事実の問題ではないのである。

『カーライル博物館』で「四」が意識的に使用されているということは、注意深い読者ならば誰しも気付くことである。特に顕著と思われる例を挙げれば次の如くである。

1　番地は二十四番地だ。(チェイン・ローの家)

2　往来から直ちに戸が敲ける程の道傍に建てられた四階作の真四角な家である。

3　四千万の愚物と天下を罵つた彼も住家には閉口したと見えて、……。

4　両人がこゝに引き越したのは千八百三十四年の六月十日で、……。

5　(略)クロムエルを著はしフレデリック大王を著はしヂスレリーの周旋にかゝる年給を擯けて四角四面に暮したのである。

6　余は倫敦滞留中四たび此家に入り四たび此名簿に余が名を記録した覚えがある。

7　眼の下に十坪程の庭がある。右も左も又向ふも石の高塀で仕切られて其形は矢張り四角である。四角はどこ迄も此家の付属物かと思ふ。カーライルの顔は決して四角ではなかつた。

8　此炬燵位の高さの風呂に入つて此質素な寝台の上に寝て四十年間八釜敷い小言を吐き続けに吐いた顔は是だなと思ふ。

9　四階へ来た時は縹渺として何事とも知らず嬉しかつた。嬉しいといふよりどことなく妙であつた。ここは屋根裏である。

10　（略）一切の声は悉く彼の鋭敏なる神経を刺激して懊悩已む能はざらしめたる極遂に彼をして天に最も近く人に尤も遠ざかれる住居を此四階の天井裏に求めしめたのである。

11　婆さんは例の朗読調を以て「千八百四十四年十月十二日有名なる詩人テニソンが初めてカーライルを訪問した時……」

事実と正確に見合うのは1の「二十四番地」とロンドンに出た「一八三四年」(4)である（「ブリタニカ」で確認）。建物の「四階」が必ずしも正確でないのは作品の記述からも分かるが、出口保夫『漱石のロンドン風景』（昭60・8　研究社）の写真でそのことははっきりしている。つまり、三階の上に不規則に建て増しされた四階（作品ではアチックと表現されている）で、ここをカーライルは書斎として立て籠るのである。この不規則に建てられた四階の「四」に重要な意味があると思われるが、これについては後述する。他の四に拘泥われれば、まず「四千万の愚物」と彼が罵ったというイギリスの人口についてであるが、これはカーライルの著作か日記、書簡の類にそう書いてあるならばそれの引用ということになろうが、それにしてもこの四千万は不自然である（著作に当たらずにこのようなことを言う不謹慎を愧ずるが）。「ブリタニカ」の九版（一八七五～一八八九）、十版（一九〇二～一九〇三　補充版）に当時のイギリスの人口が出ているが、当時、イギリスはグレート・ブリテン・アンド・アイルランド連合王国を名乗っているので、イギリス全土の人口となればイングランド、ウェールズ、スコットランドの外にアイルランドも含まれることになる。正確に年号が出ていて合計の出るのは一八八一年（カーライルの没年）の約三四九〇万人（内、アイルランドは約五一六万人）と、一九〇一年（漱石のロンドン留学二年目）の約四一四五万人（内、アイルランドは約四四六万人）である。カーライルがロンドンに出た一八三四年の正確な統計はとれないが、約二一〇〇万人強である。以後、産業革命や人口の都市流入等で爆発的に人口が増加したものと思われる。従ってカーライル生存中（活躍中）の人口は約三千万と見ていいのではなかろうか。とすれば、四千万は漱石の創作であろう。無理に事実と合わせれば、この四千万は漱石がロンドンに居た当時のイギリスの人口ということになろうか。しかし、ここはやはり実数などさして意味がなく、「四」の暗号を重視すべきであろう。更にもっと明確な四の操作は8の「四十年間八釜敷い小言を吐き続け」たとある「四十年間」である。一八三四年にチェルシーに移り、一八八一年に亡くなるまで四十七年間、住み暮らしたのである。それをあえて四十年間にしているわけで、ここからも「四」への拘泥わりが意識的であることは動かないであろう。

この「四」という特定の数字への拘泥わりは一種の遊び、ユーモアであろうか。あるいは漱石の偏執狂的《モノマニアック》性格の現われであろうか。両方の面を全く否定するわけではないが、やはり別の意図があったと見るべきであろう。鍵は『文学論』にある。

『文学論』第三編第一章「文学的Fと科学的Fとの比較一汎」で漱石は「数字」について触れている。即ち、「数字は一の記号に過ぎず、しかも其用方如何の説明によりて文学者と科学者の態度を区別するの好例たるを失はず」という前提に立って文学者の用いる数字について言及している。「文学者も亦数字を使ふことあるの事実なりとす、単にありと云はんよりは寧ろ欠くべからざる有勢なる便宜手段として彼等は数字を使用するなり」。それを「物に付帯して之を顕著ならしむるものなり、恰も味を添ふる薬味の如し」とも、又、「古来の詩人は或場所に或る意味に此数字を使用して一種の感興を添ふるを力めたるが如し」とも述べ、具体的にブレイクの「七」の意味に触れている。そして、「文学者は三と云ふ。三本の桜に即し、三人の男に即し、三度の食に即して三の意義を明瞭にせんと欲するに過ぎず」と暗示的に結論づけている。つまり、「三」にそれぞれ含意のあることを強調しているのである。「文学的Fと科学的F」との関係でこの部分は述べられているが、この場合、意識の焦点もしくは観念としてのF（認識的要素）と情緒的要素fとの関係で数字がどのような働きをするのかという所が今一つはっきりしないが、ここはやはり認識的要素に付随する情緒的要素としての数字の意味合いを強調したものであろうか。数字にシンボリックな意味を持たせようとしていることだけは確かなようだ。

『文学論』はその序によれば三十六年九月から始まり三十八年六月に終っているので（「英文学概説」の題目で）、現『文学論』のほぼ半ばに位置するこの「数」についての箇所は、三十七年の暮れには講義し了えていたと考えられる。日程の上からよりも、『カーライル博物館』の数字とこの部分は見事に符合している。理論と実作との関係は必ずしも先後関係ではないが、『文学論』と漱石の初期作品を考える時、両者の対応は予想以上に緊密であり、『文学論』での理論がそのまま実作につながっているように思われる。この点で漱石は方法についてきわめて意識的な作家であり、『文学論』で展開された理論を実験的に初期作品で試みていると言ってもよい。その意味で初期作品には『文学論』の方法的実験という側面がきわめて濃いと言っていいように思われる。

「文学者は四と云ふ」。それでは、「四階作の真四角な家」「四角四面に暮した」というこの「四」は『カーライル博物館』でいかなる意味を持つのか。漱石が四に注目したのは二十四番地の家、一八三四年にロンドンに移り住む、あるいは四階建の家といった、恐らく単純な符丁によるものであろう。しかし、そのような単純な動機で用いられた四であるが、一旦、使用されだすと、あたかも呪文の如くこの作全体を規制して行くのである。その中心に居るのは言うまでもなくカーライルその人である。

四の呪文とは言うまでもなく変則四階造の家（天井裏）で「四角四面に暮した」カーライルその人の象徴《シンボル》である。その生き方の象徴が四であったのである。四角四面に自己を貫き剛直に生きようとした哲人の悲喜劇が何と見事に、この小品に活写されていることか。そしてそのことが最も効果的に描かれているのが四階の屋根裏の書斎である。つまり、三階建の家にわざわざ一階を継ぎ足したことにカーライルその人のすべてが出ているのである。

カーライルは娑婆の喧騒より逃れんとしてアチックを増築し、そこを書斎として立て籠ったのである。たしかに「癇癖」という彼の性格はある。しかし、寺の鐘、汽笛という、主に十九世紀文明を代表する〈声〉がどこまでも彼を追いかけて彼の神経を苛む。言うまでもなく文明からの避難所としての意味を屋根裏部屋は持つのである。[5] そしてこの文明の喧騒に苛立つ人間として、漱石はもう一人、ショーペンハウアーを挙げている。カントの活力論に異議をとなえるショーペンハウアーは、そのまま『倫敦塔』でマクス・ノルダウの退化論を持ち出す漱石と重なる。つまり、文明の喧騒（『倫敦塔』では主に「馬、車、汽車」の交通機関の立てる騒音）に苛立ち、十九（二十）世紀文明にアパシーを感じている人間として、カーライル、ショーペンハウアー、漱石はつながるのである。この時、「四階へ来た時は縹渺として何事とも知らず嬉しかつた。嬉しいといふよりはどことなく妙であつた」という漱石の奇妙に分裂した複雑な感情の意味も理解されるのである。明らかに漱石はこの奇妙な部屋に立て籠って、精神の孤塁を守ろうとしたカーライルに多大の共感を寄せているわけであるが、その精神の牙城にどこか普通でないものを感じたのであろう（表面的にはアチックゆえの落ち着かなさであるが）。要するに文明を拒否し、文明から孤立して生きざるを得ないカーライル、ショーペンハウアーの姿に、文明の中でその居場所を見つけられずにいた漱石が（これはロンドン留学中のことであるが、執筆中の意識も当然入っているであろう）、自己の未来の姿を読み取ったのである。文明を拒否し精神界の牙城に立て籠って生きざるを得ない人間の宿命（それは「天に最も近く人に尤も遠ざかれる住居」＝四階のアチックとしてシンボリックに表現されている）を見て取ったのである。その意味で漱石はこの二人、特にカーライルに自己同一化を図ったのである。

具体的に作品から自己同一化と思われる箇所を拾ってみると、例えば「癇癖」という性分などはピタリ符合する。これについては説明は不要かと思われる。次にカーライルがロンドンに出て住居を決めかね、「夫人の上京する迄手を束ねて待つて居た」というエピソードは、後年であるが『道草』（九十二）の次のような箇所に対応する。

　これに反して健三は甚だ実用に遠い生れ付であつた。
　彼には転宅の手伝ひすら出来なかつた。大掃除の時にも彼は懐手をしたなり澄ましてゐた。行李一つ絡げるにさへ、彼は細紐を何う渡すべきものやら分らなかつた。
「男の癖に」
　動かない彼は、傍のもの丶眼に、如何にも気の利かない鈍物のやうに映つた。

この場合、健三を漱石と重ねると「実用に遠い生れ付」で両者は共通していたのではなかろうか。又、終りの方でカーライルの愛犬「ニロ」（ネロ）と墓標のことが書かれているが、これは晩年になるが漱石の愛犬「ヘクトー」（『硝子戸の中』三）の名前と、[6]「秋風の聞えぬ土に埋めてやりぬ」（大3・10・31作）という追悼句を連想させる。犬好きの漱石がのちにカーライルに自己同一化を図っているともとれる。[7]

このように見てくると『カーライル博物館』で使用された「四」とは何よりもカーライルその人の象徴《シンボル》であり、漱石が「四たび」そこを訪問したという時には、明らかにカーライルへの自己同一化を図るために使用されていたということになろう。それほど漱石はカーライルに共感を持っていたと言うべきであろうか。あるいは同類と認め、孤独な内面世界の共有を図ったと言うべきであろうか。又、日本的慣習からこの「四」に注目すれば、言うまでもなくこれは「忌み数字」であり、あえてそれに拘泥わり使用し続けた所に、漱石頑夫の雅号由来の如く漱石の変人、変物意識が窺えるが、カーライルも変人扱いにして同一化を図っているのは言うまでもない。以上が文学レヴェルに於ける「四」の意味づけである。(8)

私に不思議に思えるのは『カーライル博物館』を論じたもので、この「四」に注目しているのは管見に入った限りでは角野喜六氏の『漱石のロンドン』(昭57・7 荒竹出版) ぐらいである。氏は実際に四度訪問したことを認めた上で、「また、次のような解釈もできるのである」として、「漱石は実際に訪ねた回数に関係なく『四』の字の『類語反復』を楽しんでいるようにも思われる」と述べている。しかし、これだけでは「四」は単なることばの洒落、遊びに終ってしまうのである。この面の意味を否定するものではないが、本当の意味は上述したようなところにあったと考えるべきであろう。

それにしても『文学論』にもあったように、もう少し漱石文学の「数」に対して、意識的であってもよいのではないか。特に『漾虚集』には他にも同様の試みがなされているのである。例えば『倫敦塔』の場合、「二年の留学中只一度倫敦塔を見物した事がある」「『塔』の見物は一度に限ると思ふ」という一、回性は、この作品で意識的に取られた「数」である。ただ一回性においてこそ塔に幽閉された人々とその生を共有できるのであり、ここで体験は絶対化され、心に永遠に封印されるのである。

又、J・グレーのドッペルゲンガーと思しき夫人が子供の手を引き、鴉が五羽居るというこの「五羽」も意識的なものである。この五羽は言うまでもなく、義父ジョン・ダッドレー (ノーサンバーランド公) と四人の兄弟 (その中にJ・グレーの夫、G・ダッドレーがいる) の親子五人を指している。つまり女には五羽の鴉が刑死した義父と夫を含めた親子五人の分身と映るのである。史実を知らない読者には五人の親子が凡て刑死したようにも取れるが、事実は二人である。しかし作品では、あたかも五人が刑死してその化鳥の如く鴉は描かれ、ある効果を上げている。この五羽であるが宿の主人が「五羽居たでせう」と最後に種明かしをするが、実際に飼われていたのは六羽のようである。「ブリタニカ」一九六六年版の TOWER OF LONDON の項には次の如くある。

One yeoman warder has the duty of caring for the *six ravens* with clipped wings which are kept at the Tower.

ロンドン塔に鴉が飼われるようになったのは何時頃かは詳らかにしないが、十一版のブリタニカ（一九一〇～一一）には載っていない。ロンドン塔の項の記述は、未だに絵のようなチューダー朝の衣装を身にまとったビーフイーター（親衛兵）がいるという説明で終っている。しかし、この鴉については一羽でも欠ければ大英帝国は崩壊するという伝説があるため（それ故、羽根が切られているのだが）かなり早くから飼われていたように思われる。そして、その数については七つの海と六つの大陸（六大州）を制覇した、その六ではないかと推測できる。一羽（一大陸）でもいなくなれば、たしかに大英帝国は崩壊するのである。「ブリタニカ」一九六六年版の記述が正しいとした場合、漱石の五羽はやはり意識的な虚構となろう。

『幻影の盾』では三たび、三角、三十日間、三十頭とやたらに三が使用されている。この「三」に特別の意味があるか否かはっきりせず、あえて関係づければ「『愛の庁』の憲法」三十一カ条が支配する時代性として、「三十一ケ条」が活きているのであろうかと予測を立てて、「愛の規則」三十一カ条を見て驚いた。

第三十条　恋スル者ハ孜々トシテ中断スルコトナク恋スル人ノ姿ヲ思ウ。（スタンダール『恋愛論』大岡昇平訳による）

第三十条は右の如くであったのである。ヰリアムとクララの恋は〈幻影の盾〉の中で成就するが、そのことの意味を漱石は前書きで、「一心不乱と云ふ事を、目に見えぬ怪力をかり、縹緲たる背景の前に写し出さうと考へて、此趣向を得た」と語っている。「一心不乱と云ふ事」がテーマであり、それはそれとして何の注釈も要らないことのようであるが、これが実は「愛の規則」第三十条に該当するのである。(9) つまり漱石は中世騎士道物語という枠組の中で、「一心不乱と云ふ」テーマを実践して見せたのである。

三十条以外の「三」に注目すれば次の如くである。

第三条　何人モ同時ニ二ツノ恋ヲナスヲ得ズ。

第十三条　公ケノ恋ハ永続スルコト稀ナリ。

第二十三条　恋ニ悩ムモノハ少ナク眠リ少ナク食ス。

三十一カ条は皆、このように短く恋愛の本質を突いているので、この「三」の付く条項だけが特別視されるわけではないが、『幻影の盾』ではこの三カ条が旨く活かされているように思える。第三条はクララ以外に恋する女はいないので該当しないようであるが、「マリアとも云へ、クラ、とも云へ。ヰリアムの心の中に二つのものは宿らぬ。宿る余地あらば此恋は嘘の恋ぢや」とあり、クララへの愛が聖母マリアへの愛と同一のものであり、絶対的であることが語られ、結果的にこの第三条に該当するのである。第十三条はヰリアムにシーワルド（「シワルド」とも表記）という友人がおり、この恋は全く秘密ではないが基本的には秘めた恋である。そしてこの秘めた恋と「人に語るな語るとき盾の霊去る」と言われる盾の秘密とは重なっている。第二十三条が該当するのは言うまでもない（「山と盛る鹿の肉に好味の刀を揮ふ左も顧みず右も眺めず、只わが前に置かれたる皿のみを見詰めて済す折もあつた。皿の上に堆かき肉塊の残らぬ事は少ない」）。

又、これも重要であるが、第三十一条の「一人ノ女ガ二人ノ男ニ、一人ノ男ガ二人ノ女ニ恋サルルヲ妨グル何モノモナシ」はそのまま『薤露行』につながって行く。『薤露行』がアーサー王伝説を基にしているので、その背景に宮廷恋愛の法則があるのは言わば当然である。

さて、最後に『一夜』について考えてみたい。この作品にも「三」が頻出する。「髯のある男」「髯のない人」「涼しき眼の女」の三人が基本であり、この三から種々の三が派生しているのであろう。その意味では題名を「三人」としても一向おかしくないのである。しかし、この「三」が如何なる意味を持つかについては、なかなか決め難い。「何故三人が落ち合つた？　それは知らぬ」「なぜ三人とも一時に寝た？　三人とも一時に眠くなつたからである」――このラストの部分が判じ物であると同様に、この「三」の意味するものも不可解である。言ってみれば禅の公案に近いものがある。禅と言えば、文中で繰り返される「描けども成らず」は『無門関』（第二十三「不思善悪」）に出典があり、『無門関』に当たると「洞山三頓」「国師三喚」「洞山三斤」「三座説法」「兜率三関」「黄龍三関」と、四十八則中、かなり「三」が多用されていることが分かる。しかし、これらの提唱が直ちに三の解明につながるというものではない。『文学論』で漱石は「文学者は三と云ふ。三本の桜に即し、三人の男に即し、三度の食に即して三の意義を明瞭にせんと欲するに過ぎず」と言った。しかし、『一夜』ではこの「三」の意義を明瞭にせんと努めているとは思われない。逆に『猫』（六）ではこの『一夜』を「朦朧として取り留めがつかない」と東風の口を借りて自解している。あるいは当時の世評をそのまま揶揄気味に肯定しているのかも知れない。しかし、数字の「三」を含めてこの小品を理解するのに、これ以上適確な批評はない。「朦朧として取り留めがつかない」ところに、この小説における「三」の意味があろう。つまり、曖昧で漠然とした含意しかないところに逆説的な意味があると見るべきであろう。先に禅の公案に近いと言ったが、その意味では「一夜」は「三」を中心に据えた禅的小説と言えないこともない。(10)

では「三」にこめられた漠然とした含意とは何かということになる。ここで注意したいのは『漾虚集』全体に流れている西洋的な合理性と東洋的な非合理性という二つの相対立する精神である。簡単に言えば、西洋を舞台にした『倫敦塔』『カーライル博物館』『幻影の盾』の「数」にはそれなりの合理性があったが、『一夜』に至ってはそれが全く見当たらないということである。このことの意味を次のように解したい。

『一夜』の終りに「百年は一年の如く、一年は一刻の如し。一刻を知れば正に人生を知る」とある。この命題は『幻影の盾』の最後でも鳴っていた。『幻影の盾』の場合、そこで「一心不乱」というテーマが成就したのである。が、『一夜』ではそれほど痛切なものはない。一方は明確に恋愛がテーマであるが、他方は雰囲気として恋愛の気分があるのみである。しかし、この相違が重要に思われる。テーマは同一であるが、その恋愛のあり方に大きな違いがあるのである。西洋の一心不乱と東洋の悠揚迫らざる一心不乱。一方には三十一カ条という規程と合理性があり、他方にあるのは禅機のような非合理性である。つまり、愛という観点に立てば西洋の愛を扱った『幻影の盾』『薤露行』と、日本の『一夜』『琴のそら音』『趣味の遺伝』とは著しい対照をなしているのである。西洋の愛が三十一カ条に象徴されるような合理性を具えているのに対して、日本のそれは極めて非合理的なものとして扱われている。『琴のそら音』や『趣味の遺伝』は人間の感応や無意識の世界に触れながら、きわめて日本的な愛の形を提出している。ことは愛に限らないのである。『一夜』では他に美や夢や詩が描かれようとして描かれずに終っている。換言すれば凡てこれらのものが曖昧模糊とした雰囲気として描かれているのである。のちの『草枕』との関連で言えば「一種の感じ」「美しい感じ」が描かれているだけである。そして、恐らくここに「三」の含意もあるであろう。曖昧模糊とした東洋的な愛と美の雰囲気——それを「三」という数でシンボリックに表現したのが『一夜』ではなかろうか。『一夜』で描こうとして成らなかった画（美）が完成するのは言うまでもなく『草枕』に於てである。『草枕』にも「一種の感じ」「美しい感じ」はあるが、それは『一夜』のような漠然としたものではない。〈憐れ〉という明確な形をとった刹那の美である。この美を手中にするには非人情の美学が必要であったのである。従って、『草枕』には「三」が象徴するような曖昧な雰囲気はないが、『漾虚集』に底流していた西洋と東洋の問題が持ちこまれる。

まとめれば西洋を舞台にした『倫敦塔』や『カーライル博物館』、又、西洋の愛をテーマとした『幻影の盾』『薤露行』には、その数が合理的な解釈を許すものとして使用され、東洋の愛を扱った作品ではその数が合理性を拒否するものとして使用され、自ずとそれが西洋と東洋、東西の愛と美のあり方の相違をも暗示するものとなっていたと言えようか。そのように解すれば、この数の問題はそのまま『草枕』の東西文明論につながることになるのである。

「世おのづから数といふもの有りや」と問うたのは『運命』の露伴であるが、その意味するところは異なるが、漱石文学にはたしかに「数」有り、と言えるのである。

注

（1）そうとも取れる根拠の一つに、漱石がロンドン到着（明33・10・28）の約十カ月後に、始めて博物館を訪れていると いう事実が挙げられる。ロンドン塔訪問は到着の三日後（10・31）であり、他の大英博物館やナショナル・ギャラリー、ケンジントン博物館等の著名な個所は十一月上旬までに早々と観て回っているのに較べて、あまりにも遅すぎるからである。

（2）漱石の早い時期にカーライルの名前が出てくるのは、「此休みには『カーライル』の論文一冊を読みたり」とある子規宛の書簡（明22・12・31）であろう。それが何であったかは想定できないが、全集の「漱石山房蔵書目録」で最も古い刊行年のものは一八八八年（明21）の *The French Revolution* である（これは東北大の「漱石文庫目録」には入っていない）。他のカーライルの原書と共にロンドンで購ったものであろうか。独歩の『欺かざるの記』にカーライルの名が頻出するのは明治二十六年になってからであるが、恐らく植村正久らの紹介でもっと早い時期にカーライルを読んでいたものと思われる。漱石の場合も早い時期にカーライルを読みながら、それが自己の中に蓄積され思想として醱酵するまでにはそれなりの年月がかかったものと思われる。独歩同様、漱石の場合もカーライルの思想に共感して行く過程は、漱石文学を解明する上で重要な意味を持つものと思われる。

（3）土井晩翠「漱石さんのロンドンにおけるエピソード（夏目夫人にまゐらす）」（「中央公論」昭3・2）によれば「英国に着いたのは八月中旬、ヴイクトリヤ停車場に漱石さんのお出迎を忝うし、その下宿—クラパム、コンモン付近のとある素人下宿に落ちつきました、純粋の赤ケツトが何かにつけ指導を被つたのは曰ふ迄もなく、今の追懐にも感謝せずには居れません」とあり、その後、「十月の末には都合上ロンドン北西部、翌卅五年三月には其近くのタフネル、パークに転居し、其後病気のため英国南岸ブライトン付近に仮寓したこともあります」という。これによれば七月二十日に移った漱石最後のクラッパン・コモンの下宿近くに落ちついたことになる。十月十三日の日記には「土井氏ト Kensington Museum ニ至ル」とあるので、九月六日に共にカーライル博物館を訪うたことは充分、考えられる。なお、晩翠は翌三十五年九月上旬、漱石の宿を偶然訪れ、様子のただならぬことに気付き下宿のリイル婆さん（老ミスの姉妹二人）の頼みもあって、九月九日から「九月十八日迄クラパムのチェーズ八十一に滞在した」という。

（4）藤代素人「夏目君の片鱗」（漱石全集・昭和三年版月報）によれば、明治三十五年十一月に訪れた時、案内してもらった所としてナショナル・ギャラリー、ケンジントン博物館、図書館（大英博物館）の名が挙がっている。「漱石研究年表」はこれを十一月六日（ナショナル・ギャラリー）と七日のこととしている（根拠不明）。もしこれが事実ならば、十一月六日に藤代の署名のあるカーライル博物館に一緒に行かなかったとする方が不自然である。

その他、親しい友人では芳賀矢一（明35・6・29〜7・4）や大幸勇吉（明35・8か 第五高校の同僚）らが訪ねている。

（5）その意味でこの屋根裏部屋は漱石にとっての倫敦塔に対応する。漱石が倫敦塔に惹かれた理由はいくつかあるが、表面的には文明からの逃避、緊急避難の意味合いが強い。文明への呪詛がそのまま過去の合理化、絶対化につながるというのは、見方によれば文明に適応できない人間のコンプレックスの裏返し、合理化ともとれる。『倫敦塔』には漱石の文明拒否のペシミズムが色濃いが、『カーライル博物館』のカーライルにも同じことが指摘できる。地の喧騒を避け「天に最も近く人に尤も遠ざかれる住居」を「四階の天井裏」に求めるというその行為に、カーライルの厭人を容易に指摘できる。

(6) 「イリアツドに出てくるトロイ一の勇将の名前」であるヘクトーは既に『吾輩は猫である』(八)や『文学論』に出てきており、漱石がこの名前に愛着を持っていたことが分かる。又、犬の名前としては『それから』(「七」)に出ているので『硝子戸の中』が最初ではない。

(7) 『カーライル博物館』を離れてカーライルと漱石との類似点を挙げれば次の三点あたりであろうか。

1 相互の愛情は強かったが、彼らの結婚生活は争いと誤解とに満ちたものであった。

2 彼は大きな恐ろしい試練にはよく耐えたが、日常の小さなわずらわしさには耐えられなかった。

3 習慣性憂鬱症(習慣性の神経症的不機嫌)(「ブリタニカ国際大百科事典」四の「カーライル」の項より 昭47・10)。

特に1の結婚生活については、例えば平田久『カーライル』(〈拾弐文豪〉シリーズ第一巻 明26・7 民友社)にも「二人は常に道を左右にして歩みぬ、されど彼等は愛に於て渝る所あらざりしなり、其の性情の余りに相似たる、近づければ則ち衝突せざるを得ず、而も遠く離るゝに及んでは、絶へず、友愛の情溢るゝ、書簡によつて其の消息を往来する也。彼等はケプレルの法則を破れり、彼等の引力は距離と正比例をなせる也」とあり、夫婦仲の必ずしもしっくり行かなかったことが分かるが、これは漱石の場合とよく似ている。

(8) 『カーライル博物館』における漱石のカーライルへの自己同一化は表面的なものに終っているが、その思想への本質的な共鳴は『吾輩は猫である』で展開されている。この問題は重要であり別稿を用意したいが、一つ言えるのは『衣装哲学』の観念論への共鳴ということである。その三巻八章「自然の超自然性」でも述べられている、「時間と空間とは神でなく、神の創造したもの」であり、錯覚的の仮象中、最大の仮象であるというものである。この時間・空間非在論の背景にドイツ観念論の影響があるのは言うまでもないが、漱石がいつからこの立場に立ったかは重要な問題である。というのは学生時代の友人米山保三郎は実在論の立場にあり、漱石とこの問題について激論を闘わせたはずだからである。IIの*1*を参照。

（9） この第三十条、「一心不乱と云ふ事」に該当する今一人の人物として「バーガンデの私生子」がいる。彼は一四四九年に「清き巡礼の子」（レディ）のため、「ラ、ベル、ジャルダンと云へる路を首尾よく三十日間守り終せた」という。この「三十日間」が「第三十条」に重なるのは明らかであろう。

（10）『一夜』（明38・9）に禅が出てきておかしくないのは、『漾虚集』と表裏の関係にある『猫』二（明38・2）に天然居士が登場し、続いて九、十、十一（明39・3〜39・8）に八木独仙が登場してくるからである。両者とも禅に造詣が深く、殊に独仙の東洋的消極主義の背景には禅の教養が深く関っている。この期における禅的なるものの解明には『一夜』と『猫』の両作を視野に入れなければならないのは言うまでもない。

（付記）

「数」を最も意識的に使った作品は『三四郎』である。このことについては既にジェイ・ルービン氏の指摘があるが、私なりに「解釈と鑑賞」（平成1・6）で触れてみたので御参照いただければ幸いである。

4 『オシアン』と漱石

夏目漱石が『オシアン』から、部分訳ではあるが「セルマの歌」と「カリツクスウラの詩」を訳出していることはよく知られている（共に「英文学叢誌」明37・2）。なぜ『オシアン』からこの二箇所が選ばれたのかというのが当面の私の関心の中心であるが、[1] まず両者の出会いから見てゆきたい。

日記によれば明治三十四（一九〇一）年二月十二日、W. J. Craig の個人教授を受けての帰途、Charing Cross 街の古本屋で「Macpherson ノ Ossian」を購っている。これが現在、東北大学漱石文庫に架蔵されている一七七三年刊行の二巻本であろう。文庫本は未見であるが、全集十六巻によれば一巻目にのみ書き込みがなされているようである。問題の ‘Carric-Thura’ と ‘The Song of Selma’ がこの巻にあるのは言うまでもない。二巻目は、‘Fingal’ と並んで集中の白眉とされる ‘Temora’ を中心とした構成であるが、こちらには書き込みはないようである。

書き込みがいつなされたかは不明であるが、漱石が英国留学中に『オシアン』を購ったことを重視したい。二巻本に集大成された一七六五年版の『オシアン』が刊行されてより十九世紀初頭にかけてヨーロッパ大陸を風靡したオシアン熱はとっくに冷めてはいたが、ここで漱石は十八世紀英文学研究（その序説として）の必要からこの書を購ったのであろうか。一般論から言って、また、『文学論』のあの該博な知識と膨大な読書量を持ち出すまでもなく、その可能性は否定しがたいが、私はここで漱石に Craig を紹介した W. P. Ker

（当時、ロンドン大学教授で中世文学の権威）の存在に注目したい。

明治三十三年十月下旬、ロンドン到着早々、漱石は Ker に面会を乞い、許可を得て十一月七日より十二月末あたりまで講義を聴講している。十一月二十一日の日記には「Ker ノ講義ヲ聞ク面白カリシ」とあり、興味をそそられたようである。もっとも、三十四年二月九日の狩野亨吉ら友人宛の書簡では、多少面白くはあるが日本の大学とさして変ったこともないと記しているので、真相ははっきりしないが、時間の節約もってか、その後は専ら Craig のもとに通うことになる。ここではその講義の内容よりも、Ker との接触を通して古代・中世文学への興味をそそられたのではないかという点を強調したい。蔵書目録には Ker の *Epic and Romance : Essays on Medieval Literature*（1897）と *The Dark Ages*（1904）があがっている（書き込みはないようである）。ロンドン時代に購入できたのは前者でしかないが、そこに『オシアン』への言及があるか否かは未調査である。後者は明治三十七年の刊行であるが、『厨川文夫著作集・上』（金星堂、昭56・2）によれば、そこに的確な *Beowulf* 評がある。『ベーオウルフ』の名は『吾輩は猫である』三章や『文学論』にも見える。

漱石の古代・中世文学への関心は、Ker 教授との出会い以前の学生時代に既にあったものと思われる。J. M. Dixon や Augustus Wood の講義を通して徐々に関心を持って行ったであろうことは、例えば後者の「詩伯『テニソン』」（漱石訳、明25・12～26・3）の中に『アーサー王の死』への言及があることでも知られる。が、古代・中世文学への本格的な取り組みはやはりロンドン時代であり、その一つのきっかけとして Ker との出会いを考えておきたい。Ker と出会った三カ月後に漱石は『オシアン』を購入しているのである。

『オシアン』の読書がどのような結果をもたらしたかは速断できないが、英国時代では次のようなところが気になる。

○ Craig ニ至ル　氏我詩ヲ評シテ Blake ニ似タリト云ヘリ（明34・8・6の日記）
○ Some of Blake's poems, are, I think, influenced by the Ossian.（一九〇四年刊、Leslie Stephen: *English Literature and Society in the Eighteenth Century* の書き込み）

漱石は英詩を作り Craig に添削を乞うているが、その作品が Blake に似ていると言われ、その Blake のあるものが『オシアン』の影響を受けているという漱石の指摘は、やはり注意してよいのではないか。帰国後、明治三十六年十一月を中心に十一編の英詩を作っているが、その古典的典雅さ、浪漫性のよって来たるところに、Blake の背後にある『オシアン』を想定するのは無理であろうか。

さて本題に入らねばならない。漱石が『オシアン』をどのように理解していたかは、たとえば『文学論』の「Ossian の跌宕《てっとう》孤峭《こしょう》」という評や、十八世紀末における Gothic Revival として『オシアン』をあげていることなどからも、おおよそ知られるのであるが、何と言っても『文学評論』（明42・3）の次の一節に尽きる。

又十八世紀の末に『オシアン』が出た。之れはマクフアーソンの胡魔化し物だと云ふが、兎に角之が出た時は非常な評判でゲーテも愛読し、ナポレオンも愛読した。然るに現在の英人は『オシアン』を単に歴史上の一現象として見る以外に何等の興味をも有して居らん。興味を有して居らんのみならず、到底読み切れない抔と特筆する評家さへある。して見ると『オシアン』は出版当時の人気には合ひ、現今の人気には到底合はぬのであるが、日本人が『オシアン』を評する時に十八世紀の人の趣味になるか、又は現今の英人の趣味で読むか、是れも未定の問題である。当時の人が嘖嘖賞讃したからと云うて雷同する必要もないし、又現今の人が唾棄して顧みぬからと云うて其真似をするにも当らんのである。吾々は吾々自身の感じで以て（若し吾々自身の感さへ起るなら）之を評して然るべきである。

（「第一編　序言」）

『文学評論』は、「十八世紀英文学」の題目のもと明治三十八年九月から四十年三月にかけて講義されたものである。この時点では既に『オシアン』の二箇所は訳載済みであるが、学生に、時代の好尚に囚われずに「外国文学を研究する際に成るべく自己に誠実ならんことを希望する」と述べているのは、言うまでもなく二年間の留学で獲得した〈自己本位〉の立場の要請であり、『オシアン』理解でもこの立場が堅持されているのは当然である。

では漱石は時代の好尚に関わりなく、あくまでも自己の趣味から「セルマの歌」と「カリツクスウラの詩」を訳出したのであろうか。ある面では確かにそうなのであるが、一面では必ずしもそうとは言えない。というのは「セルマの歌」の訳出部分に関しては、漱石もその名をあげているゲーテの『若きウェルテルの悩み』（一七七四年九月）の後半部に、この部分がそっくり採られているからである。正確に言えばゲーテの方はより長い引用であり、漱石の部分は完全にその中に含まれる。また、初めの「セルマ」の部分はゲーテでは「コルマ」となっており、英文・独文で確認したところ共に“Colma”であり、漱石の「セルマ」は恐らく誤植による単純ミスと思われる。このコルマの科白のうち、“Such was thy song, Minona, softly-blushing daughter of Torman.” 以下二十行分余りが漱石の訳文では削られている。そこまでがコルマの独白であるから、表現効果を考えれば適切である。『ウェルテル』では、この「セルマの歌」の引用箇所がそのままウェルテルとロッテの宿命の愛に重なり、ウェルテルの苦悩と最後の悲劇につながることを暗示している。特に「コルマ」と「アルピン」の部分は、共にその内容が〈死〉であることにおいて、悲劇的結末を暗示する。「コルマ」は、コルマの恋人サルガーとコルマの兄が互いに闘い、斃れたことを悼んだものである。「讎あるは家と家、敵ならぬ君と我」の宿命の愛と死の悲劇を歌っている。「アルピン」は、勇士モラーの死を父が墓前で嘆き悲しむというものである。「亡者の眠りふかく、土塊の枕わびし。泣けど聞かず。呼べども起たず。冥土に明くる朝なくして、眠れる者長へに覚めず」の訳は、漱石がなぜこの箇所を訳出したかを暗示していて興味深い。

「カリックスウラの詩」との関連でも考えなければならないが、漱石が「セルマの歌」を訳出したのは恐らく、『ウェルテル』に当該箇所が引用されていたためと表面的には思われる。蔵書には英訳『ウェルテル』は見当たらないが、『ウェルテル』のこの箇所は『オシアン』に関心のある人には周知の事実であったと思われる。しかし、そのことは確かに重要ではあるが、この箇所に悲劇的な愛と勇者の死が描かれていたことが、当時の漱石の趣味に訴えるところ大であったことを強調しておきたい。ここに、この部分を訳出した漱石のより切実なモチーフがあったものと思われる。

同じ文脈でいけば、「カリックスウラの詩」の場合も同様である。この箇所は『ウェルテル』のように対応する作品が今のところ発見できないので、漱石の純粋な興味とモチーフから訳出されたと取っておきたい。そのモチーフは「セルマの歌」の時同様、〈死〉である。フィンガル王の勇士コンナルが出征に当たり、妻クライモラに「われ死なばわが為に墓《おくつき》つくれ。石ならべ土盛りて後の世に吾名弔へ」と遺言するが、クライモラも夫と共に出征し「吾等行きてまた還らず。吾等が墓は遙か彼方」と言い遺し、それが現実のものとなる。勇士とその妻の死を悼んだ悲歌という性格は、「セルマの歌」と共通する。このように考えれば、漱石が悲劇的な愛の形と勇者の死というモチーフで『オシアン』の二箇所を訳出していることが分かる。もっとも、このモチーフは『オシアン』全体に流れるもので、この二箇所のみの特質というわけではないが、『オシアン』全体の中でもその特質が際立っている所と言えようか。

さて今一つ漱石の『オシアン』訳で注意しなければならないのは、『漾虚集』（明39・5）との関係である。中でも『幻影の盾』に『オシアン』の影の色濃いことは、既に板垣直子氏の『漱石文学の背景』（鱒書房、昭31・7）に指摘がある。氏は「敵同志の家柄の子女の恋を描く主題」で「セルマの歌」との共通性を見、また、盾との連想で「カリツクスウラの詩」との類似を指摘している。その通りであるが更に細かく言えば、コンナルに与えられる盾は「昔吾父を殺しぬ」（クライモラ）という不吉の盾であり、これは『幻影の盾』の〈呪い〉にそのまま重なる。また、「遠き世の物語である」という書き出しは、"A tale of the times of old! The deeds of days of other years!"（'Carthon'）という『オシアン』の書き出しの一つの常套句のようである。更に決定打は北欧神オーディンの投影であろう。「カリツクスウラ」ではフローハル王の守護神としてフィンガル王の前に立ちはだかるが、フィンガルの名剣に退去を余儀なくされる。『幻影の盾』ではウィリアムの手にする盾が「ワルハラの国オヂン座に近く、火に溶けぬ黒鉄《くろがね》を、氷の如き白炎に鋳たるが幻影の盾なり」という文脈でオーディンが顔を出す。そして、この北の国の巨人から貰い受けた盾には、「呪はれて後蓋天蓋地の大歓喜に逢ふべし」という矛盾する二つの側面があった。この矛盾する両義性にオーディン神の特質のあることを指摘したのは、Thomas Carlyle である。『英雄及び英雄崇拝』の第一講「神格としての英雄」でカーライルは「オーディン・異教、北欧神話」を扱い、オーディンに神々と悪魔という両義性を見出し、そこに異教の本質を見ている。『幻影の盾』はこのオーディンの両義性を巧みに利用している。即ち、巨人は大自然の暗黒なる敵意の象徴であろうが、彼が手にする盾は過去、現在、未来にわたって吾が願いを叶えてくれる〈霊の盾〉である。この両義性に注目すれば、漱石はオーディン神の化身として〈幻影の盾〉を捉えていることが分かるであろう。更にこの両義性は、そのまま〈呪い〉と〈歓喜〉、〈北国〉と〈南国〉、〈白〉と〈赤〉に重なり、作品にみごとな明暗のコントラストの美をなしていることも了解されよう。『幻影の盾』はオーディン神の両義性を巧みに利用しつつ、現実《うつつ》とも幻影《まぼろし》とも分かぬ縹渺とした幻想性を出すことに成功しているが、ここにはカーライルの示唆だけではなく、オーディンや幻想性を含めて『オシアン』そのものが重要な働きをなしていることが納得されよう。

『幻影の盾』は従来、Watts-Dunton の *Aylwin* や、近年では John Rutherford の *The Troubadours* が材源として指摘されてはいるが（岡三郎氏）、基本的にはやはり『オシアン』があると言えそうである。また、『オシアン』の曖昧模糊とした幻想性や死・墓《おくつき》への過度の愛好は『幻影の盾』に止まらず、『漾虚集』全体とも、また、三十七、三十八年の漱石の趣味とも深く関わっていて大きな問題を投げかけている。

なぜ漱石が『オシアン』や『ベーオウルフ』、あるいは『アーサー王の死』のような物語詩、エピック、ロマンスに惹かれたかは、彼の文学的出発と密接に関わっている。『漾虚集』に収められた大半の作品が発表された時、「帝国文学」（明39・2）は〈夢幻派〉として鏡花と並び漱石の名をあげ、『猫』のような写実的傾向以外に伝奇的傾向のあることを指摘した。しかし、その伝奇・幻想への愛好は『猫』の数々のエピソードにも散見するところであり、『猫』には鏡花、ハーンの名が見え、両者の好みそうな怪異趣味譚が多く披瀝されている。このロマン、幻想趣味は、言うまでもなく『オシアン』を中心とした古代・中世文学に共通する特質であり、『漾虚集』全体の特質でもあることは、また、言うまでもない。そしてこの幻想性が、漱石自身によって〈朦朧体〉と規定されていることも注意されてよい。

漱石は自身の『一夜』を、「誰が読んでも朦朧として取り留めがつかない」と『猫』の中で評しているが、この〈朦朧〉は樗牛が藤村らの新体詩を指して呼んだ言わば貶辞である。しかし、漱石はこの貶辞を逆手に取っているような趣がある。あえて朦朧を良しとして、その模糊とした雰囲気に自己の趣味を見出しているものの如くである。三十六年十一月を中心とした十二編の英詩（英国時代の一編を含む）も、基本的にはこの趣味に合うものであろう。つまり漠然とした雰囲気、幻想性、浪漫的趣向という特質が漱石の出発期にあり、その文学的背景として『オシアン』、『アーサー王の死』等が考えられるということである。これは明治三十七、三十八年という時代の好尚とも見合うものであったかも知れないが、基本的には漱石が自己の趣味で掘り当てた世界であろう。自己本位の態度で、『オシアン』を中心とする幻想文学を時代の中に蘇らせたということであろう。

今一つ注意すべきは、『オシアン』訳にあった死・墓所への愛好、傾斜であろう。『オシアン』の当該部はたまたまそのことが強調された箇所ともとれるが、やはりここを訳出したについては漱石の趣味が大きく反映しているものと思われる。同時代の漱石のものとしては、「わが墓」（水彩画、明36・11月頃か）、子規の墓に詣でた時の「無題」（明36）、「水底の感」（明37・2・8　寺田寅彦宛書簡）、「鬼哭寺の一夜」（明37・5）等がさしあたり考えられる。「鬼哭寺の一夜」には先の怪奇幻想趣味もあるが、他は自己の死、友人の死、教え子の死を凝視したものであり、共に死者への篤い共感と断ち難い哀惜の情が充ちている。なぜ、かくも漱石はこの時点で死者への深い思いに囚われたのであろうか。各々の死は偶然であったかも知れないが、その死者への共感は自らも死と眠りの世界に入り、そこに魂の安らぎを得ようとする者の如くである。それは特に「水底の感」に顕著であり、有明海を見下ろす「わが墓」に極まる。

これら一連の作品の背景には、『オシアン』のみならず、墓畔詩人の Thomas Gray や William Wordsworth らの瞑想詩の影響もあろうが、ここで私は、漱石を捉えていた厭世、無常の思いに注目せざるを得ない。「セルマの歌」にあった「亡者の眠りふかく、土塊の枕わびし。泣けど聞かず。呼べども起たず。冥土に明くる朝なくして、眠れる者長へに覚めず」という、あのモラーの父の嘆きにもつながる無常の思いである。ここには、二十三年の学生時代、二十七年から二十八年にかけて彼を襲う厭世観、あるいは留学時と帰国後の神経衰弱と同質のものが色濃く反映しているように思われる。厭世観は常に漱石についてまわる厄介な問題であり、作家的出発に当たっても彼を悩ますが、それが幻想、朦朧体にカモフラージュされて我々によく見えていないというのが実情であろう。『猫』には厭世の思いは、はっきり出ている。また、十二編の英詩にもDreamとLifeに引き裂かれて宙吊りになり、虚空に震えている者（'Silence'）の厭世の思いは深い。厭世観は漱石文学の出発のみならず、その全体を考える上で我々に重要な問題を投げかけているのである。とすれば、『オシアン』は単に幻想、ロマン趣味ということだけではなくて、〈死〉という重いモチーフで漱石を捉えていたと言えるのではなかろうか。

［*Ossian* の原文は熊本大学図書館蔵、Macpherson の編に成る一七九〇年刊行の新版に拠った。］

注

（1） 大澤吉博氏に同じ観点からの言及があるが、私とは論旨が異なる（平川祐弘編『夏目漱石』所収 昭52・11 番町書房）。

（付記）
新版『漱石全集』第十三巻（一九九五・二）所収の「セルマの歌」の出だしの語りは「コルマ」に訂正されている。

5 『草枕』論

『草枕』（「新小説」明39・9）発表に際し、漱石は「天地開闢以来類のないものです」（明39・8・28付）という有名な書簡を小宮豊隆に送っている。この表現に漱石の自信を読みとることは誤りではないが、漱石自身「開闢以来の傑作と誤解してはいけない」と断っているごとく、この自注は「類のないもの」にポイントを置いて読むべきである。往々、漱石の断りにもかかわらず、『草枕』は専ら傑作として受け取られ論じられてきた節がなきにしもあらずである。

傑作たる所以よりも、「天地開闢以来類のない」所以を明らかにしようとするのが本稿の目的である。比類なさの大よその説明はすでに作者によってなされている（「余が『草枕』」「文章世界」明39・11）。「私の『草枕』は、この世間普通にいふ小説とは全く反対の意味で書いたのである。唯一種の感じ――美しい感じが読者の頭に残りさへすればよい」。あるいはそれを在来の「穿ち」を主とする「川柳的」小説に対して、「美を生命とする俳句的小説」と述べている。しかし、これでは少々舌足らずであり、かえって誤解を招く恐れもある。在来の小説を「穿ち」を主とする「川柳的」小説とする捉え方も乱暴であるが、自作を「美を生命とする俳句的小説」と呼ぶのも強引な気がする。「美を生命とする」と「俳句的小説」（「名前は変であるが」と断っているが）とはそんなにすんなり結びつく言葉であろうか。また、「文学界に新しい境域を拓く」という言い方はかなりの自信であるが、それと「人生の苦を忘れて、慰藉するといふ意味の小説」との間には大きな落差が感じられる。談話筆記によるまずさもあろうが、額面通りに受け取れない安易なもの言いがある。にもかかわらず、これを字義通り受け取り『草枕』が「俳句的小説」（「名前は変であるが」という注にもかかわらず）と呼び得るならば、同じ理由で「漢詩的小説」（小宮豊隆）とも「能楽的小説」（古川久）とも呼び得るとするのは、談話筆記の安易なもの言いをそのまま安易に受け取った見方と言う外ない。この観点からは『草枕』の比類なさの説明は出てこない。ただまずい談話筆記ではあるが「美しい感じ」と「美を生命とする」という語句だけは、「天地開闢以来類のない」小説の所以を解く鍵となるものである。

結論を先に述べれば『草枕』は芸術論小説であると言いたい。この期における漱石独自の芸術観に立って（多くその根拠は『文学論』に見出せる）新しい小説の成立を試みたものである。その意味では一つの実験小説の試み[1]と言える。小宮豊隆氏は「漱石の一部の芸術観、人生観を表明したもの」と見ているが、この期においては絶対的な意味を持っていたとみたい。また、佐藤勝氏は「二十世紀における芸術成立の試みとしての「旅」[2]」と規定しているが、これも芸術成立のための一般論であり、独自の芸術観に立った芸術の試みという視点と異なる。新しい芸術の成立の意図に対して漱石は微塵も疑いを持っていなかった。「天地開闢以来類のない」小説とは、この独自な芸術観と密接にかかわっていることは言うまでもない。

では『草枕』の根幹をなす芸術観とは何か。それはレッシングの『ラオコーン』を引き合いに出して展開される一連の芸術論によって知られる。

そこで漱石は（画工の芸術論がそのまま漱石のものであることは「日記及断片」で明らかである）、レッシングの詩＝時間芸術、彫刻・絵画＝空間芸術とする認識の根本義に対して疑義を呈している。すなわち、「感興のさした刻下の心持ち」を表現する場合、「順次に進捗する出来事の助けを藉らずとも、単純に空間的なる絵画上の要件を充たしさへすれば、言語を以て描き得る」とするものである。言語表現における時間の拒否であり、空間の領略である。これは、時間と空間の認識に対する根本的な疑義であり、芸術表現の認識の根本にかかわるものである。

時間と空間の認識に対する疑義は、『草枕』発表後の「文芸の哲学的基礎」(明40・4)においてより明確に述べられている。そこでは時間と空間は意識の連続における「一定の関係を統一して」与えられた客観的存在の異名とされ、「空間と云ふものも時間と云ふものも因果の法則と云ふものも皆便宜上の仮定であつて、真実に存在して居るものではない」「我と物を区別して之を手際よく安置する為に空間と時間の御堂を建立したも同然である」と規定されている。漱石のねらいは我と物の対立を解消させ[3]、これを意識の連続に還元することにある。「只恍惚と動いて居る」(六)に示されるように物我一如の境が漱石の理想である。純粋に意識の連続を享受するために(『草枕』の表現で言えば、「自分の心が、あゝ此処に居たなと、忽ち自己を認識する」こと)、時間と空間の境域を超えようとするものである。

漱石は具体例として作品享受に於ける、作品と享受者の関係をあげている。「文芸の作物に対して、我を忘れ彼を忘れ、無意識に(反省的でなくと云ふ意なり)享楽を擅にする間は、時間もなく空間もなく、唯意識の連続があるのみ」だとする。「無我の境」「恍惚の域」と呼ばれる物我一如の状態である。この作品と享受者の関係はそのまま、物と我との関係のアナロジーとなるであろう。漱石はくり返しこの境を『草枕』で述べている。

まず画工は二十世紀文明に「疲れ果てた後凡てを忘却してぐつすり寝込む様な功徳」を求めて海浜の温泉場にやって来る。二十世紀に必要なものは「睡眠」と「出世間的の詩味」であると言う。画工は画の完成や詩の創作より、まず何より「非人情の天地」という「別乾坤」に「逍遙」することを願っているということは注意すべきである。

当然、「睡眠」と「出世間的の詩味」の内容が問題にされなければならない。まず「睡眠」から見てゆけば、画工は睡眠を欲しながら熟睡できない意識家であることが、たちまち判明する。彼は睡りながら、その眠りを意識しようとする。その状態を「恍惚」「幻境」「寤寐の境」(三)と呼んでいるが、文字通り「熟睡」と「明覚」の「両域」にわたる意識の状態である。睡眠はいつの間にか覚醒に向かっている。

次に画工は「同化して其物になる」(六)ことを欲する。「我を樹立すべき余地は茫々たる大地を極めても見出し得ぬ」境である。一物に化せずとも、その境に近いものとして、「何とも知れぬ四辺の風光にわが心を奪はれて」「只恍惚と動いて居る」境(「冲融」「澹蕩」とも表現されている)にあることを画工は意識している。「窈然として同所に把住する趣き」とも言っている。いわば純粋なる意識の連続の状態である。この点に注目すれば、画工は第一目的を達成しているのである。意識の連続を享受し別乾坤に逍遙している。しかし、これはあくまでも画工の意識の次元であり実感の世界である。第三者の与り知らない世界である。ここでこの世界を客観化すべく表現の問題が起ってくる。はじめ「淵明、王維の詩境を直接に自然から吸収して、すこしの間でも非人情の天地に逍遙」することが、「出世間的の詩味」を享受することの意味であったが、今や表現の次元に問題は発展してきた。実に巧妙な布石である。「睡眠」と言い「出世間的の詩味」と言いながら、それが明瞭な意識の覚醒であることを、漱石は充分意識している。

時間も空間もない意識の連続の表現はいかにして可能か。まず当然のことながら画の表現が考えられる。「感興のさした刻下の心持ち」を「画にするには是非共此心持ちに恰好なる対象を択ばなければならん」。文與可の竹、大雅堂の景色、蕪村の人物等が例として思い浮かぶが、彼らの「一種の気韻」は「あまりに単純で且つあまりに変化に乏しい」ものである。画工のねらいは「もう少し複雑で」、「色、形、調子が出来て、自分の心が、あゝ此処に居たなと、忽ち自己を認識する様にか、なければならない」。それはあたかも画工が雲雀の鳴く音を聞いて「魂全体が鳴くのだ」「あゝ愉快だ」と感ずるごとく表現しなければならない。しかし、「こんな抽象的な興趣を画にしやうとするのが、抑もの間違である」と画工は意外とあっさり、画のモチーフを放棄してしまう。かなりの問題があり飛躍があるように思える。まず、意識の連続を表現しようとする意図と、従来の画のモチーフとの間には相当の距離があるはずで、それは「自己を認識する様にか、なければならない」ではっきりしている。このモチーフと「感興のさした刻下の心持ち」はイコールであろうかという素朴な疑問が湧く。「感興の……」は言葉の表現だけで言えば何も事新しいモチーフではない。すぐ次にその具体的な対象として東洋画、文人画の例が挙がっていることでも明らかである。画工の新しい表現のモチーフが従来の絵画表現で満たされないであろうことは明らかなのに画工は例として東洋画を挙げている。これがまず疑問である。次に「抽象的な興趣」故に画が実現しないとするのは遁辞であろう。画のモチーフは常に「抽象的な興趣」であり、要はその興趣に見合った対象を選び、「色」「形」「調子」でそれを表現することである。ここで画に出来ないのは意識の連続という新しいモチーフをいかに表現するか、その方法がつかめていないからである。つまり、ここには二つのモチーフが混在しているように思われる。従来の東洋画、文人画につながるような「感興のさした刻下の心持ち」というモチーフと、意識の連続を絵画化しようとする西洋画家のモチーフである。先走って言えば、ここで画が完成してしまうのは作品の構成から言ってもまずく、画の完成は最後を待たねばならないが、最後の「憐れ」の点出による画の完成は「刻下の心持ち」の実現なのか、あるいは意識の連続の実現とみるべきか、または両者を止揚したものとみるべきかで作品の評価は大きく分かれる。漱石の芸術論が実現したか否かの問題である。

先を急がず次の言語による表現に移ろう。ここでレッシングが登場し、『草枕』芸術論の中心となる命題が提出される。詩が時間芸術であるという認識からの解放であり、言葉により空間芸術に迫り得るとする立場である。時間・空間を意識の連続に還元し詩画を同一視する見方であり、レッシングの「詩画は不一にして両様なり」の認識に対立するものである。時間の拒否、感興の永久化というモチーフは歴然としているが、ここには言語による新しい芸術創造の芽はあるであろうか。「空間的なる絵画上の要件を充たしさへすれば、言語を以て描き得る」という表現は、何か新しい芸術表現を連想させるようであるが、挙げられているのは漢詩である。絵画の場合と同様の問題がおこる。意識の連続と言いながら、従来の「刻下の心持ち」を活かそうとする古い表現のスタイル（漢詩）である。作品を書き了えて（共に明治三十一年作の「春日静坐」の中にある詩句）画工は「どうも自分が今しがた入つた神境を写したものとすると、索然として物足りない」と断言している。「神境」は言うまでもなく「恍惚の境」であるが、新しい酒は古い皮袋に盛れなかったのである。

認識の転換だけならば問題はない。絵画も詩も一瞬の感興を永遠化しようとするものであり、共に時間より解放されているとするならば、古来、東洋画も漢詩もそのような世界を目ざしてきたわけで特に事新しい認識ではない。しかし、ここに意識の連続というものを如何に表現するかという問題がおこってきた以上、それは何よりも芸術表現の方法の問題にならなければならない。ここにおいて、はじめて言語による空間の領略という大きなテーマも浮かび上ってくる。にもかかわらず第六回ではこの問題について画工は意識的でない。「画にしそくなつたから、一つ詩にして見様」と漢詩が出てくる。「今しがた入つた神境」を叙するのに考えなければならないのは表現の方法であるはずだ。それが何の疑問もなく漢詩につながって行くところに、抜き難い漱石の固定観念を指摘できる。それは、俳句、漢詩を「断面的文学」とする『文学論』（第三編「文学的内容の特質」）の立場である。「一時的の消えやすき現象を捉へて快味を感ずる人は文学者にありても彫刻家、画家に近きものなり」「かの画家、彫刻家の捕ふる問題の如きは常に此『時』なき断面にして」、となって和歌、俳句、漢詩が「断面的文学」として挙げられている。「時なき断面」とは言うまでもなく「感興のさした刻下の心持ち」の「永久化」であり、絵画、彫刻で実現されているところのものを、漢詩、俳句も又実現しているとする。この視点に立てば、画工が理論の実践として漢詩を創作することは必然であり、『草枕』が『文学論』の実践であるとする考えから言っても矛盾するものでないと考えるのが一般である。事実、この断面的文学という視点を重視し、俳句的小説、漢詩的小説という見方も出ているわけである。この考えは誤りではない。しかし、画工のモチーフはこの断面的文学ではおさまりきらないものを持っているのである。単に時の断面を截り取って見せるだけならば、従来の漢詩、または画工の創作した漢詩で充分意図は達成できたはずである。満足できないのは新しいモチーフが断面的文学に付加されたためである。言うまでもなく意識の連続という厄介なモチーフである。新しい感情を盛る方法が検討されねばならない。

画工は実に厄介な問題を背負いこんだのである。「恍惚と動いて居る」境を画にしよう詩にしようとしたところで、所詮、画は画、詩は詩でしかないと言える。画工のねらいは生きている意識そのもの、つまり実感を表現に置き換えようとするもので、これは言わば不可能なテーマである。にもかかわらず、これを実現しようとすれば、画は（詩が失敗に終っている以上）画工の頭の中で純粋にイメージされたものとして完成するしかないであろうということはほぼ予想される。つまり実感を表現するという難題も、言葉で以て描くしかないという認識は始めから見えすいている。と言うより、言葉で以ていかに実感に迫り得るかというところに『草枕』のテーマがあると言っていい。そのための用意は始めから実に周到になされている。

一つは文体である。生きている今の意識を定着させようとするためにとられたのが「歴史的現在」の叙述スタイルである。このスタイルについては『文学論』（第四編第八章、間隔論）で詳述されている。そこで漱石は間隔より生ずる「幻惑」(「文学の大目的を生ずるに必要なる第二の目的」と呼んでいる)を重視している。読者に「幻惑」を生ぜしめるには間隔の短縮が必要で、空間短縮法として第一人称の「余」の設定があり、時間短縮法として歴史的現在の叙述があるとする。『草枕』ではこの二つが共に実現されているわけであるが、特に後者の表現効果については相当の自信を持っていたようである。「余は単に通俗なる修辞の一として数へられたる歴史的現在に付着せる普通の意義に於て之を主張するにあらず」「一般に認識せられたる功力以上のあるものを現在法に見留むるが故なり」でそれが分かる。具体例として *Ivanhoe* の戦況報告シーンが挙げられているが、それは「刻下の状態」を歴史的現在のスタイルで叙述することで迫真性を出そうというもので、「一般に認識せられたる功力」を出ないように思える。

『草枕』で実現されているのは迫真性というものではない。また、単に眼前の景を髣髴たらしめるというだけのものでもない。現在を永遠化たらしめようとする強烈な意志である。連続する意識を言葉で定着させようとする意志である。(4) 画工のモチーフはスタイルではそのまま実現されている感がある。*Ivanhoe* の例をはるかに超えて「一般に認識せられたる功力以上」のものを出している。この点から見ても『草枕』は『文学論』の実践であるが、『文学論』の理論をさらに上回ったふくらみを感じさせる。『文学論』全体を通じて現実と文学との間にある埋め難い距離を感ずるが、『草枕』はその理念に基づきながらもそれを超えようとするものを感じさせる。用意周到に現実の時間を拒否しながら、その時間を言葉で掬い取ろうとする強烈な意志を感ずる。『文学論』の理論がふくらみを以て実践されているとみたいのである。

用意周到の第二点はテーマの巧みな拡大である。画工自身の意識の連続を表現しようとする試みは六回だけを取ってみれば失敗に終っている。しかし、画工がこのモチーフを放棄していないことは、十二回で懲りもせずに漢詩を作っているのでも分かる。「寝ながら木瓜を観て、世の中を忘れて居る感じがよく出た」と嬉しがっているが、画工のモチーフが実現されたとは思えない。とすれば、画工はその本分から言っても画でそのモチーフを完成しなければならない。具体的な画ではなく、言葉によって描かれた画（純粋にイメージ化された）である。テーマは最後の画に至って完成したと見ねばならないが、そのテーマの展開、継承が実に鮮やかである。これは言うまでもなく、叙述のスタイルそのものでテーマを包みこむという見事な方法である。意識の連続を表現しようとする方法が、まず文体で先取りされ、その文体の展開の中で画が完成することで全テーマが完了するという仕組みになっている。

テーマが最後の画の完成に受け継がれたと言えるのは、「椿が長へに落ちて、女が長へに水に浮いてゐる感じ」（十）というイメージにある。もちろんこれは永遠を表わしており、画工がくり返して述べた「感興のさした刻下の心持ち」の「永久化」である。「心持ち」だけを画にするために「恰好なる対象」として池に浮く女がイメージされたのである。と同時に、ここに時間、空間を取り払って「只恍惚と動いて居る」意識の連続の状態がイメージ化されたとみたい。画工の庶幾した実感の絵画化は言葉という仮感の世界で完成する。

画の完成の前に十二回で画家修養論のようなものがあり、かなり気になる。「名画をかき得る人は必ず此境を知らねばならん」と、画工の享受している境界が和尚との対比で論じられている。すぐ後の「あの女の御蔭で画の修業が大分出来た」と同様、現実との距離間、それへの対し方のようなものであろう。非人情的境地に身を置くための修業であり、これがないと画工の理想とする画は完成しない。芸術家のあり方ということで「正」「義」「直」と並び大きな問題を投げかけていると思われるが、これについては後で少し触れたい。

那美と画の完成について述べたい。芸術論に文明論がからみ問題は複雑になるが、那美が文明の観点から捉えられているのは否定できない。

まず画工は那美を救うというイメージで始めから捉えている。夢に長良の乙女がオフェリアになって流れて行くところで、「救つてやらうと思つて、長い竿を持つて、向島を追懸けて行く。女は苦しい様子もなく、笑ひながら、うたひながら、行末も知らず流れを下る」（三）とある。オフェリアと向島ではアナクロニズムであるが（「雅俗混淆な夢」とある）、これも文明批評的に見れば笑えない。文明とのかかわりで女は身を投げ向島を流れて行くのであろう。画工はなぜこの女を救おうとするのか、また、この女を救うというのはどういうことなのか。

ここで二十世紀文明が前面に出てくる。那美は二十世紀文明の毒を一身に浴びた犠牲者であるとするのが画工の捉え方のようである。「芝居気たつぷりな、厭味な、不自然な拵へ物の女」（小宮）と評されるが、それはことごとく文明の毒にあてられた者の有する特質で、そのような那美を画工は「心に統一のない」「不仕合せな女」（三）と呼んでいる。藤尾、美禰子へと続くイプセン系の女の先蹤と考えてよい。その特質がよく出ているのが鏡が池での椿の花のイメージである。「凄み」「人を欺す花」「妖女の姿」「嫣然たる毒」「沈んだ調子」「黒ずんだ毒気」「恐ろしみ」「彼女の魔力」「一種異様な赤」という表現でイメージされている。何か恨みを呑んで死んで行った者が、人を破滅させずにはおかないというような凄みを感じさせるイメージである。たしかに尋常とは言えないが、すぐ前にある「幾代の思を茎の先に籠めながら、今に至る迄遂に動き得ずに、又死に切れずに、生きて居るらしい」「水草」のイメージと重ねる時、さして不自然とは言えない。那美の先祖に身投げした者がいるという事実を考えると、恨みを呑んで死んだ人間の「幾代の思」が咲かせたのが椿の花ということになろう。椿の持つ「魔力」や「毒気」は過去の女たちの恨みと同時に現在の女たちの恨みを表わす。現代文明の中で自己を生かしきれない女たちの恨みである。また、「不快で異様な赤」という椿のイメージは、「思ひ上がれる紫」（『薤露行』）を連想させる。言うまでもなく藤尾のイメージである。「妖女」「魔力」という点でも藤尾、美禰子につながる。『三四郎』で、グルーズの「オラプチユアスな表情」をした女の絵を見せられ、三四郎は「池の女」の目つきを思い出す。「何か訴へてゐる。艶なるあるものを訴へてゐる。さうして正しく官能に訴へてゐる」「見られるもの丶方が是非媚たくなる程に残酷な眼付である」と形容している。他に「御貰をしない乞食」「落ち付いて居て、乱暴だ」等の美禰子の形容はそのまま前二者と重なり合う部分を持っている。一口で言えば『草枕』の終りにあるごとく、イプセン流に個我を樹立しようとする新しい女たちのあがきである。「もとはごく内気の優しい」（二）女であった那美が大きく変貌する原因として「強ひられたる結婚」（九）がある。蹂躙された個性はやがて「第二の仏蘭西革命」を用意する。「個人の革命」は必至である。しかし、漱石は必ずしもこの観点で女性を捉えようとしない。個人の樹立よりも、文明の害毒、刻印をより多く女たちの顔に見るようである。「人を馬鹿にするうすわらひ、勝たう、勝たうと焦る八の字」（十）は、「我《プライド》」「我《プライド》」と叫ぶ藤尾に重なる。この個我の果たされない恨みが、あの池での赤い椿の落ちる無気味なイメージではなかろうか。「又一つ大きいのが血を塗つた、人魂の様に落ちる。又落ちる。ぽたり〳〵と落ちる。際限なく落ちる」（十）というのはたしかに無気味ではあるが、ここから「不安と恐怖」の念を引き出すのはどうであろうか。[5] この「血を塗つた、人魂の様に落ちる」椿は、この世でついにかなわぬ願望を抱いて死んで行った女たちの象徴ではなかろうか。「幾代の思」は消えることなく水底に沈み、それは手向けに石ころを投げ入れた位では救われないのである。この女たちの思い（那美も含む）を救うことが画工の画の完成と密接にかかわるのである。

峠の茶屋で那美の話を聞かされ、画工は「オフエリヤの合掌して水の上を流れて行く姿」を思い浮かべる。

挽歌、鎮魂の賦のイメージであるが、ミレーと同じ画の完成を画工は願っていない。「風流な土左衛門」（七）というのが画工の願望である。これは、「流れて行く人の表情が、丸で平和では殆んど神話か比喩になつてしまふ。痙攣的な苦悶は固より、全幅の精神をうち壊はすが、全然色気のない平気な顔では人情が写らない」（七）の中の最後の項に当たるものであろう。人情の写る表情の範囲をさして風流とみなしているわけである。これに対しミレーのオフェリアは神話に近いものではなかろうか。そこが画工の意図と異なるのであるが、那美はこの神話になることを望んでいる。「私が身を投げて浮いて居る所を――苦しんで浮いてる所ぢやないんです――やす／＼と往生して浮いて居る所を――奇麗な画にかいて下さい」（九）と言っている。「丸で平和な表情」で往生することが那美の願望であり、近々池へ身を投げるかも知れないと言っている。彼女はこの文明から永久に逃れん事（死）を希望している。画工はそれを思い止まらせ、その表情に人情を写し出し画を完成させたいのである。そこへ出てくるのが「憐れ」なのである。「憐れ」という人情を那美の表情に浮かばせることが那美を「救う」ことなのである。「憐れ」は文明の対極にあり、文明の毒より女を救いうる唯一の情趣である。画工にとり那美を救うとはこの女の表情に「憐れ」を点ずることであった。

この「憐れ」は人情にして人情に非ずとする越智氏、平岡氏の説に従いたい。[6]「神の知らぬ情でしかも神に尤も近き人間の情」とあるごとく、単なる人情以上の永遠を志向していることは明らかである。「人間を離れないで人間以上の永久と云ふ感じ」がこの「憐れ」に含まれている。とすれば「憐れ」が浮かんで画は完成するわけであるが、その時の画は鏡が池で「椿は長へに落ちて、女が長へに水に浮いてゐる感じ」でなければならない。このイメージと「憐れ」が結びついて「永遠」というテーマが完成する。これは那美の願望である「神話」と、画工の願望である「人情」の二つが統一されたと考えるべきである。一つは永久を志向し、今一つは現実の文明から那美を救っている。那美を含めて恨みを呑んで行った女たちへの鎮魂の完了である。画工は文明より那美を救い出し、その一刹那を永遠の中に封じこめたのである。

この画の完成は『草枕』全体から見てどう位置づければよいのか。

画工のモチーフから言えば、画の完成によって画工のねらった二つのテーマは成就したと考えるべきである。意識の連続の表現であり、言語による空間の領略の完成である。前者は始め「感興のさした刻下の心持ち」の「永久化」と、生きている実感そのものの表現に分裂していたが、これは恐らく芸術家修業論を媒介して統一されて行ったと思われる。純粋なイメージとして一枚の画を完成させることで、このテーマは完了したと思われる。「憐れ」という抽象的興趣の永久化であり、「長へに水に浮いてゐる」女のイメージは永遠と共に「恍惚と動いて居る」意識の連続をも象徴している。「胸中の画」はこの分裂したテーマを統一している。また、後者の言語による空間の領略は、言葉によって画は描かれたわけであり、永遠の一瞬は定着しテーマは完結したと言える。

また、「憐れ」は多分に文明論的色彩の濃い言葉である。文明の時間に最も遠く位置する情趣であり、「文芸の哲学的基礎」の言で言えば、「感覚物そのものに対する情緒」＝「美」である。文芸の四種の理想の一つであり、『草枕』がこの美的理想の実現であることは言うまでもない。漱石の言った「美しい感じ」の表出であり、「美を生命とする」小説の実現である。文明にかかわりながら芸術論の範疇に戻ってきている。

テーマの全体的まとめとしては、すでに高田梨雨が『草枕』発表直後に、的確な批評を行っている。

「草枕」はレッシングの定めたる詩画の区域を稍々破りたるの観がある。勿論「草枕」には時間的経過の描写を或る範囲迄試みんとしたるの形跡あるも「草枕」全篇の性質を概観すれば、時間的経過の描写は毫も「草枕」の要件を形成してゐない。単に一つのムードを写出して居るのである。或は筆者が故意にレッシングが辛苦の末漸く築き上げた詩画両域間の堅壁を突破せんと試みたのではあるまいか。

（「『草枕』を読む」「報知新聞」明39・9・21～23　原文の読点を適宜、句点に改める）

「一つのムード」とは言うまでもなく、時の永遠化であり、意識の連続であり、「憐れ」という美的理想であり、それらが一つのまとまりとなって漱石の言う「美しい感じ」として写し出されていることを言う。「詩画両域間の堅壁を突破せんと」の「試み」は、言葉で以て一枚の画の如く永遠を定着させることにあった。画は画工の頭の中でイメージとして完成した。その意味で画工の旅は言葉の確認の旅であったと言える。実感と仮感の距離を測り、より一層、言葉の世界を確信することであった。

以上、『草枕』は新しい芸術観を展開し、それを実践した作品だと結論づけたい。併せて「天地開闢以来類のない」小説の所以も述べえたと思うが問題がないわけではない。

漱石の理論は一応、実現されたわけであるが、それが極めてあやうい均衡の上に成り立っているということである。意識の連続を画に封じこめることで「憐れ」という美的理想は完成するが、それは現実とのきわどいバランスの上に成り立った美でしかない。いわば純粋培養的な美である。『草枕』は前半の芸術論に比して、後半の文明論の介入で相当無理を来しているように思える。すなわち、「憐れ」という美的理想は、あくまで嫌悪すべき現実に拮抗すべき理念として出て来たわけであるが、それがよく二十世紀文明と拮抗しえているかどうかということである。「憐れ」はよく現実に迫り、文明に毒された人間達を救っているかどうか。ここで当然、文明の実質が測られねばならない。文明への激しい情念は「正」「義」「直」という言葉となって、所々に噴出している。が、『草枕』ではまだ文明の毒は剔抉されない。意識的に避けているわけであるが、やがてこれを見すえる時、「憐れ」が文明に拮抗し得るかどうかも判然としてくる。

注

(1) 観点は異なるが「実験小説」とする見方はすでに伊藤整氏にある(「夏目漱石」『現代日本小説大系』第十六巻解説 昭24・5 河出書房 『伊藤整全集』第十九巻所収 昭48・9 新潮社)

(2) 佐藤勝「『草枕』論」(「國語と國文學」昭47・4)

(3) 「同化して其物になる」(六)「逍遙随物化」(十二)という言葉が見える。

(4) 寺田透氏は「現在形叙法の完全遂行」という観点で論じている(「『草枕』の文章」『文学その内面と外界』昭34・1 弘文堂)

(5) 玉井敬之「『草枕』の一面」(関西大学「国文学」昭39・6)。なお、越智治雄氏はこのシーンに「永遠の相」を見ている(『漱石私論』昭46・6 角川書店)

(6) 越智治雄「草枕」(「國文學」昭40・8、『漱石私論』所収) 平岡敏夫『シンポジウム 夏目漱石』(昭50・11 学生社)での発言。

6 『草枕』再論——テキストの織物

一 日本の古物語

『草枕』についてはかつて二度論じたことがあるが、[1] 一つは大学の公開講座という性格のため一般に知られることがなかったので、そこで述べたことも視野に入れつつ新しい角度から、もう一度この作品に迫りたい。

『草枕』が「憐れ」という一瞬の美を描こうとする画工の意図と文明の毒より那美を救おうとする二つの意図から出来上っていることは動かない。芸術論と文明論を兼ね備えた実験小説であるという漱石のねらいは疑えない。この目的達成のため作者が文体を始め種々手のこんだ装置を仕掛けているのは言うまでもないが、その一斑は『文学論』で容易に検証可能である。

それらの装置の一つと言えようか、あるいは作者の重要なモチーフと関わるのが西洋と東洋の構図である。西洋と東洋のせめぎ合いの中で画工の意図が達成されるのは言うまでもないが、今までどちらかと言えば西洋文学に力点を置くか、逆に東洋文学に力点を置いてこの作品が論じられてきたきらいのあるのは否定できない。レッシングの『ラオコーン』やオフェリア・コンプレックス、イプセンを強調すれば西洋文学種となり、陶淵明、俳句、禅、「憐れ」、非人情の美学を強調すれば東洋文学種となる。しかし、注意して読めばこの作品が両者の微妙なせめぎ合いと均衡の上に成立していることは間違いなく、又、そこに作者の眼目のあったことも否定し難い。その意味でこの作品にちりばめられた東西両文学のテキストは夫々重要な意味を荷なっており、それらのテキストで織られたのが『草枕』という織物であるとも言える。

前回は西洋のテキストに注目したので今回は東洋のテキストに注目したい。東洋という時、言うまでもなく中国（漢）と日本（和）があり『草枕』では両者が渾然一体となって織り込まれていることに注意したい。その意味では先の言も和・漢・洋のテキストで織り込まれた織物と言い替えた方が正確かも知れない。

日本の古典から始めれば『万葉集』とそれを典拠とした謡曲（特に「求塚」と「松浦鏡」）が、このテキストに織り込まれた重要なサブ・テキストであることは言うまでもない。『万葉集』そのものに入る前に先ず万葉仮名がこのテキストで重要な名詮自性の役目を荷なっていることに触れておきたい。「志保田那美」「那古井」「摩耶島」が代表的なものであるが、「志保田那美」については既に「塩田波」との指摘があり(2)首肯される。海辺の温泉と「浮かば波の上、沈まば波の底」の水のイメージから塩田波の読み替えは動かない。文明の毒に当てられた那美と「塩」も通底するものがあるかも知れない。しかし、名詮自性で言えば「那美」がより重要であり、これが〈刹那の美〉であることはかつて指摘した(3)。那美の表情に浮かぶ「憐れ」がこの〈刹那の美〉であることは言うまでもない。非人情の立場から非人情の美＝「憐れ」を描こうとするのが画工の意図であったから、「那美」という命名の中にその意図がこめられていたことになるのである。それを裏づけるように作品では数箇所に「刹那」が使用されている。

・今一歩を踏み出せば、折角の嫦娥が、あはれ、俗界に堕落するよと思ふ刹那に、緑の髪は、波を切る霊亀の尾の如くに風を起して、莽《ばう》と靡《なび》いた。（七）

・女もしなやかなる体軀を伸せる丈伸して、高い巖の上に一指も動かさずに立つてゐる。此一刹那！（十）

前者は湯殿で画工を驚かすシーン、後者は鏡が池の崖上にすっくと立つシーンで共に那美その人を象徴する瞬間（刹那）が切り取られている。後のあやうい均衡の上に立つ永遠の一瞬＝「憐れ」につながるのは言うまでもないが、禅書を手にする那美の気韻生動とも言える禅機の一瞬が捉えられているのも事実である。

又、「憐れ」に注目すればこの情緒を描出するために『万葉集』と『伊勢物語』が効果的に使用されていることも指摘しておきたい。「長良の乙女」伝説（『万葉集』では日置長枝娘子）では「あきづけばをばなが上に置く露の、けぬべくもわは、おもほゆるかも」（巻八　一五六四）が引用されているが、この乙女の入水譚はそのまま那美の「やすく〳〵と往生して浮いて居る所」（九）という入水願望につながる。那美は万葉のテキストを再び生きようと願望するが、両者をつなぐものは〈露〉というはかない〈憐れ〉のイメージである。同じ機能を果たしているのが『伊勢物語』である。物語の恋愛情趣の残響が『草枕』にあるのは言うまでもないが、その情趣、情緒を一言で言えば「あはれ」であろう。その「あはれ」を代表するのが、例えば「白玉かなにぞと人の問ひし時露と答へて消なましものを」（六段）の歌であろう。この歌と露が長良の乙女の歌につながるのは言うまでもない。ただ、那美は万葉と伊勢の「憐れ」に自己同化を計ろうとするが、この多分に濡れた伝統的情緒では画は完成しないとするのが画工の立場である。画工は「憐れ」という伝統の情緒に新しい息を吹き入れ「神の知らぬ情で、しかも神に尤も近き人間の情」という抽象美にまでこれを押し上げ画を完成させる。その意味では古典の美を踏まえた新しい美の創造であり古典の変容と新生を見事に果たしている。『草枕』がテキストの変容の織物であることがこの一事からでも知られる。

万葉仮名で残る「那古井」と「摩耶島」に言及すれば前者は〈刹那の恋〉、あるいは〈な恋ひそ〉の名詮自性であろう。恋のイメージは画工と那美の間にも雰囲気としてあり、それが非人情の美学で測られている。人情の世界では二人の間に恋は成立しないが、非人情の世界では両者の間にしばしば霊の感応があり、〈刹那の恋〉の成立を暗示していると言える。又、これを現実の次元に引き下ろせば房総半島に那古の地名があり、『木屑録』の旅（明22・8・7〜8・30）の残響があるのかも知れない。事実、『草枕』では「昔し房州を館山から向ふへ突き抜けて、上総から銚子迄浜伝ひに歩行た事がある」（三）とその時の怪しげな一夜のことが回想されているが、この十七年前の記憶が地形と共に『草枕』に投影しているのかも知れない。館山近くに鏡ヶ浦があり、那古と共に地形が重なり記憶のオーバーラップと併せて、ここでも地形と記憶の微妙な変形がなされている。

摩耶島は摩耶夫人に通じ「開化した楊柳観音」（四）となる。那美のもう一つの側面であるが日本版オフェリアは観音ともなるのであり、救いの要素を自ら備えていることになる。

物語の変容で最も重要な意味を持つのは長良の乙女の伝説である。作品では「さゝだ男」と「さゝべ男」に言い寄られた長良の乙女が入水することになっているが、この典拠は『万葉集』とそれに材を得た謡曲「求塚」である。二夫求婚譚は直接には『万葉集』巻九の葦屋菟原処女《うなひをとめ》伝説（「田辺福麻呂歌集」「高橋連虫麻呂歌集」）を踏まえるが、この伝承は「真間手児名」（巻九）や「桜児」「山縵《かづら》の児」（巻十六）、あるいは大和三山伝説と多くのバリエーションを持つ。男の名は万葉では小竹田壮士《しのだをとこ》（千沼壮士《ちぬをとこ》）と菟原壮士《うなひをとこ》であったが、「求塚」では小竹田《ささだ》男、血沼丈夫《ちんのますらを》となっており、この小竹田《ささだ》男から『草枕』の「さゝだ男」「さゝべ男」が連想されたものと思われる。肝心の菟原処女の歌は伝承では見当たらないので巻八の日置長枝娘子の歌が引用され、名前も長良の乙女に改変された。ここにも巧みな作者のテキストの改変の術があり、その改変されたテキストに身を任せようとする那美の姿が透けて見えてくる。

那美の場合、二夫求婚譚は一応の決着を見せてはいるが夫と別れたことで話が複雑になっている。はじめ京都の男と城下の男との間で引き裂かれた那美は入水もせず結婚するが、後に男と別れて那古井に帰ってくる。この出戻りで二夫求婚譚はふり出しに戻るわけではなく、変形したままその影を引きずる。たしかに長良の乙女の話には冷く、「さ、だ男もさ、べ男も、男妾にする許りですわ」と強がってはいるが、これは結婚後の那美の変身を物語るもので本心ではない。強いられた結婚の前には京都の男に心を寄せていたが、離婚後は別れた夫への愛着も捨て難いというのが那美の本心ではなかろうか。二夫求婚譚は二人の男の情熱に惑う娘子の苦衷が中心であるが、那美の場合は一人の男を思いながら、又、別の男性を思う分裂した心が中心とも言える。この二つに分裂した心が罪意識となり入水願望となるのであろうか。元のテキストは変形され自意識の苦悩を罰するという近代の影がさし込んでくる。

今一つ入水願望と関わるものに鏡が池がある。那美の先祖が一枚の鏡を持って入水したのは謡曲「松浦鏡」のテキストを生きたことを意味する。「松浦鏡」は万葉巻五の松浦佐用姫伝説（筑前国司山上憶良作）を踏まえるが、唐に渡る狭手彦が形見として残した鏡を胸に佐用姫が海に入水するところに眼目がある。これを地で行ったのが那美の先祖であり那美もこのテキストを生きようとするが、それが不可能なところにこの作品のイロニーと別の主題がある。つまり那美は万葉や能の古物語（二夫求婚譚と入水説話）の誘惑にからめとられようとしながら、もはやそのテキストを生きられない女性として造型されているのである。古い物語を織るのではなく新しいテキストを生きるところにその眼目があるのである。ここにテキストの変容と新生が指摘できる。それはそのまま古い物語を脱却した近代小説の成立を意味する。

二　王漁洋の神韻説

『草枕』を通読してみて誰しもある一種の雰囲気、即ち、神韻縹渺、曖昧模糊、気韻生動とも言うべき気分に捉われるのではなかろうか。最近、〈朧の美学〉からこの気分に迫った論考があった(4)が何故この美学が採用されたかの説明はなかった。筆者も長年このことを疑問としてきたが最近漸く、それが王漁洋（王士禛、士禎とも。清代の人）の神韻説を踏まえていることが分かり疑問は氷解した。そして神韻説が『草枕』全体に大きな意味を持っていることを改めて認識した。

神韻説を思いついたのは朦朧とした雰囲気や王維の詩の引用にもよるが、他にも詩画一味、詩禅一致が『草枕』にそのまま重なることを知ったがためである。簡単にこの説を概観すると、例えば事典類には次の如くある。

【神韻派】

清の王漁洋の首唱した詩説に基づく詩の一派をいう。沈徳潜の格調説、袁枚（随園）の性霊説に対している。平静・冲淡・清遠を理想とし、文字の外に余情妙韻を寄せるのを主としている。唐の司空図の二十四詩品、宋の厳羽の滄浪詩話を継承し、詩禅一致の説に基づいて、妙悟黙契を貴び、興会神到を求めている。神韻は空漠で、捕捉し難く、それは水中に月を掬し、鏡中に花を探るが如くであるとされている。

（近藤春雄『中国文芸大事典』昭53・10　大修館）

右の説を更に敷衍すれば、厳羽の『滄浪詩話』では特に「興趣」ということが重要視され「水中の月、鏡中の象の如く、言の尽くる有るも意は窮まり無し」として、余情、余韻、含蓄が重んじられる。又、宋代は禅学が流行した時代で詩を説くのに禅が借りられ、詩禅共に「妙悟」にありと禅機めいたものが入ってきて詩禅一致が説かれる。司空図の『二十四詩品』では特に含蓄・冲澹・自然・清奇が重視されている。『草枕』でも「冲融とか澹蕩とか云ふ詩人の語は尤も此境を切実に言ひ了せたものだらう」（六）とあるが、この「冲融」と「澹蕩」が「冲澹」になっているのは言うまでもない。漱石は「只恍惚と動いて居る」物我一如の状態をこの言葉で表わしているが、王漁洋の神韻を「平淡で何の奇も無く、而も何となくうつとりさせられるやうな妙趣」(5)と取れば、画工の恍惚の境はそのまま王漁洋の神韻と重なると見て良いであろう。
神韻説を巧みに解説しているものに高橋和巳の『王士禛』（昭37・9　岩波書店）がある。そこでも「朦朧とした気配」「朦朧の風景」という表現が見えるが、高橋は鈴木虎雄の『支那詩論史』（大14・5　弘文堂書房）を踏まえつつ次の如き要約を行っている。

㈠心理状態における平静《アパティア》の尊重。
㈡鳥瞰的姿勢。
㈢断定せず、ある種のアンビギュイティを残すこと。
㈣物象との不即不離な態度。
㈤淡白さと清遠さを愛すること。

これらの定義はそのまま『草枕』の中心をなす非人情の美学と朦朧とした雰囲気（アンビギュイティ）に重なり、『草枕』の背景に神韻説のあったことは動かない。〈唯一種の美しい感じ〉という『草枕』の意図も含蓄多い「興趣」「神韻」と取れば説明がつく。

王漁洋は神韻派の宗として王維を上げているが、彼の編んだ『唐賢三昧集』では四三人の詩人の四四〇篇が採られている内、王維はトップで一〇九篇、以下、孟浩然、岑参《しんじん》、李頎《りき》と続く。王維は陶淵明と共に桃源に別乾坤を樹立した詩人として『草枕』でも重要な位置を占めるが、この王維を多く採った『唐賢三昧集』（光緒九年、翰墨園重刊、三冊）と『箋註唐賢詩集』（王士禎選本、明38　青木嵩山堂、三冊帙入）が漱石蔵書目録の中にある意味は大きい（東北大文庫未見）。殊に後者は『草枕』執筆一年前の刊行であり、執筆に際してこの書物を利用したのは当然であろう。ここの所で漱石と神韻説の関係は動かないものとなったが、王維その人の作品への反映も見過ごせないものがある。

作品に漱石の漢詩「春興」（明31・3作）と「春日静坐」（同前）が引用されているが、詩そのものは古淡閑遠、冲淡清真の趣を愛した王維に近く、特に「緬邈白雲郷」（「春日静坐」）には象徴的手法として「空」「白雲」をよく用いた王維の心境に近いものがある。そういう詩の類似も見逃せないが南画の祖、詩画一味の境をねらった王維の他の側面がより重要になってくる。この伝統を受けつぐ人物として蕪村がいるわけであるが、『草枕』でも巧みに蕪村が引用され、神韻説と合わせて王維の詩画一味に重ねられている。[6] 王維を継承する人物として蕪村がおり、更にそれを模倣する画工がいるという構図が成り立つ。画工は神韻説と詩画一味を継承しているわけであるが、詩画一味は王維、蕪村ほど単純には行かなかった。

　画工は最終的には言葉で以て画をかくことに成功するわけであるが、ここで〈憐れ〉が浮かぶ一瞬を画であり詩であると取れば難なく詩画一味は達成されたことになる。従来の「感興のさした刻下の心持ち」の「永久化」としての絵画と、「憐れ」の感興を「時なき断面」としての漢詩に近い禅機と取れば、両者は見事に一体化したことになる。しかし、王維や蕪村の場合、画そのものが詩であり詩そのものが画であるのに対して、近代の画工の目ざした詩画一如はそれほど単純ではなく、言葉で以て画そのものを描こうとする所に大きな意識と次元の相違があった。つまりこの背景にはレッシングの『ラオコーン』で展開された「詩画は不一にして両様なり」という認識への挑戦があり、それを東洋の詩画同一論で展開しているのであるが、それは最後の危うい一瞬で成功を見る。その惨澹たる苦心の跡《プロセス》が『草枕』のテキストそのものと言える。

　時間、空間の境域を取り払い、意識の連続をすくいとる点で詩画は同一であるとするこの論は、一見、王維、蕪村の詩画一致に重なるかに見えながら、新しい方法と意識で以てそれが達成されている所に大きな相違があると言える。画工は言葉で以て画を描き、観念的な画で以て永遠の一瞬と意識の連続を定着させたのである。この抽象の画の成立と観念の屹立にこの小説の眼目があるので、そのことを作家の試行実験による新しい小説の成立とも、さまざまなテキストを踏まえた全く別種のテキストの成立と言い替えてもよいのである。日本古典のテキストが読み替えられたように、東洋（中国）文学のテキスト（特に王維の詩画一如）も見事に読み替えられたのである。

では今一つの詩禅一致はどうか。従来、那美が『遠良天釜』を手にし観海寺の大徹和尚の下に通うことの意味が必ずしも明確にされなかったように思うが、これも神韻説とつながる厳羽の詩禅一致を踏まえていると取れば疑問は解ける。但し、那美そのものを詩禅一致と捉えているのは恐らく大徹和尚だけであり、彼は那美を「訳のわかつた女」と取るが、村人は「キ印」、画工は文明の犠牲者と取り那美像に分裂を見せている。恐らく和尚は神韻の別乾坤に遊んでいる人物であるが、現代文明の中に生きる画工と村人はその境は遠い。ここでも一時、神韻の世界に遊んでいた画工がその世界を離れて文明の現実に踏み込んで行くのははっきりしている。つまり、寤寐から覚醒へと『草枕』の新テキストは織られているのである。ただ、詩禅一致をあえて強調すれば、やはりラストの〈憐れ〉が浮かんだ一瞬であろう。そこには禅機に近いものがあり厳羽の言った妙悟に通うものがある。

東洋のテキストを踏まえながらテキストが改変されて行くプロセスと新しいテキストの誕生は以上でも明らかであるが、これに更に西洋のテキスト（特に『ハムレット』）が加わり、和漢洋を踏まえた真のテキストの誕生が完成する。オフェリア・コンプレックス、文明の女についてはかつて触れたので繰り返さないが、西洋を加えた新しいテキストの誕生を象徴しているのは言うまでもなくラストのシーンである。

那美の表情に浮んだ「憐れ」は一見、東洋的情趣ではあるがそればかりではない。たしかにモナリザの微笑に匹敵するものを「憐れ」にこめたであろうことは容易に想像がつくが、那美の表情の背景にオフェリアがおり、イプセンの女がいることも事実なのである。つまり、東洋と西洋のせめぎ合いがここで頂点に達し

「憐れ」の表情が成立するのである。その表情に西洋と東洋が渾然一体化するのは言うまでもない。それは当然、この表情を描写する画家についても言える。この表情を具体化できるのは日本画家ではない。その証拠に画工は洋画家である。画は日本画、南画、西洋画の三つを止揚した第三の描法によって始めて可能なわけであるが、そのようなことは理論的には可能であっても実際には不可能なことである。つまり、純粋の観念として言葉によって描かれるしかないのである。この和、漢、洋を超えた新しい描法、又、和、漢、洋のテキストを超えた新しいテキストの誕生としてこのシーンは象徴的な意味を持つ。未だかつてどこにも存在しなかった新しいテキストの誕生に画工は立ち合ったのである。

しかし、この独創的な試みは持続しなかった。作者はその虚空の一点（新しい小説の成立した場）に永く停まり得ずに直ちに二十世紀の文明世界に突入して行く。とするとこの新しい試みとは一体、何であったのであろう。方法に特に意識的であった漱石の（特に『文学論』時代の）実験小説としての意味しか持ち得ないのであろうか。その面も否定しがたいが多くのテキストより新しいテキストを織り出す方法、視点人物（この場合、芸術家であることが重要）を試練に遇わせながら対象と距離を置いて主体を把持して行く態度（非人情の美学）等はその後の小説の方法、又、漱石の作家態度として常に意識され変容を続けながら『明暗』まで継承されて行ったものと思われる。あるいは『草枕』を書くことによって古い物語のデーモンから解放され（特に浪漫的色彩の払拭）、漸く新しい近代小説作家として出発することが可能になったとも言える。

注

（1）本書IIの5、「『草枕』―非人情の美学」（『金沢大学公開講座60―古典の再発見』昭60・3）

（2）東郷克美「『草枕』水・眠り・死」（別冊國文學『夏目漱石必携II』昭57・5）

（3）　その後、同じ観点からの大津知佐子「波動する刹那――『草枕』論」（「成城国文学」昭63・3）があった。
（4）　秋山公男「『草枕』――朧の美学」（「日本近代文学」第47集　平4・10）
（5）　青木正児「支那文学思想史」（『青木正児全集』第一巻　昭44・12　春秋社）
（6）　蕪村の『草枕』への投影については森本哲郎『月は東に　蕪村の夢　漱石の幻』（一九九二・六　新潮社）に詳しい。初出は「漱石と蕪村――『草枕』を中心に――」（「解釈と鑑賞」昭45・9）

7 『草枕』の蕪村

一

子規が蕪村に注目するようになったのは明治二十六年前後のようだ。「余等の俳句を学ぶや類題集中蕪村の句の散在せるを見て稍其非凡なるを認め之を尊敬すること深し」（子規『俳人蕪村』緒言）とある如く、それまで専ら画家として知られた蕪村を俳人として復権しようとする狙いがあった。それが可能になるのは几董編の『蕪村句集』二巻（天明四年刊）の発見によってである。上巻は明治二十六年四月十八日に村上霽月によって大阪で発見され、下巻は程なく内藤鳴雪の手によって発見された。[1]それまで「歳旦閑話」の「大島蓼太」（「日本」明26・1・5）の項で「明和天明の頃に至りて俳諧再び興らんとする兆あり。與つて力あるもの也有暁台蓼太蕪村闌更の諸大家にして各独得の妙あり」と述べたり、「蕪村風十二ヶ月」という十二句を蕪村に倣って作ってはいるが（五百木瓢亭編「雁かね集　第二」明26・3・3　未刊）、『蕪村句集』の発見と霽月、鳴雪らの熱心な推奨によって蕪村に開眼して行くというのが真相のようだ。[2]「雄壮なる句」（「芭蕉雑談」「日本」明26・12）「天明の五傑」（「俳諧一口話」「日本」明27・5・21）「地図的観念と絵画的観念」（「日本」明27・8・8）「俳諧大要」（「日本」明28・10～12）等を経て断片的に語られた蕪村が、「明治二十九年の俳句界」（「日本」明30・1・2～3・21）では碧梧桐、虚子らの新調説明の根拠とされ、次いで『俳人蕪村』（「日本」明30・4・13

〜11・15）で理論的完成を見るに至る。

『俳人蕪村』では「積極的美」「客観的美」から始まり「履歴性行等」まで十四項目に分類して蕪村の特質を分析しているが、形式的説明に流れ蕪村俳句の際立った特質が必ずしも明瞭ではない。逆にその特質がはっきり指摘されるのは「明治二十九年の俳句界」である。ここでは主に碧梧桐の新調が高く評価されているが、その説明として用いられる評語は蕪村のそれと重なる。即ち、〈印象明瞭〉〈写生的絵画〉〈客観中の小景〉等の評語でまとめられるのは後の所謂〈客観写生〉につながるものであろう。この写生の理論が中村不折を経由した西洋絵画論の応用であったことは今日、よく知られているが、この絵画論の背景に時間、空間論の関っていたこともよく知られている。即ち、子規は時間的芸術としての文学と空間的芸術としての絵画という分類を踏まえつつ（言うまでもなくレッシングの『ラオコーン』による）、俳句を空間的絵画に接近しつつあるものとして、蕪村、碧梧桐の先駆性を買っているのである。しかし、一方、時間的俳句の存在も否定していない。虚子の句を説明しながら、客観的時間、主観的時間、いずれも古人にない新機軸を出していると評価している。

この時間・空間論は溯れば「地図的観念と絵画的観念」にまで行きつく。万物を下に見る抽象性（鳴雪）と万物を横に見る具体性（子規）はそのまま〈時間的〉と〈空間的〉には結びつかないが、子規そのものの中にある二元論的思考の特質をよく表わしている。そして子規の趣味が絵画的空間に強く惹かれていることもよく分かる。

ここで連想は自ずと『草枕』に行く。『草枕』がレッシングの規定した詩＝時間芸術と、絵画・彫刻＝空間芸術という認識への根本的疑義から出発していることは言うまでもない。[3] W・ジェイムズの心理学に拠りながら時間・空間というも意識の連続の別名にすぎず、両者の境域を取り払い詩や画を書こうとするのが画工のねらいであった。ただ、俳句、漢詩については『文学論』にもある通り、〈時なき断面〉〈断面的文学〉という捉え方をしており、時間芸術においても空間芸術に極めて近いことを主張している。この点では子規が俳句の特質を〈絵画的写生〉と理解したのと極めて近い位置にある。

この時間・空間への両者のこだわりは恐らく学生時代にまで溯るのであろう。[4] 学生時代、時間・空間の実在、非在について米山保三郎と漱石らは恐らく激論を闘わせたと考えられるが、その時代の反映は子規にも充分ある。ハルトマンをふりかざした一時期のある子規であることからも、当時、流行のカーライル、ショーペンハウアーらの観念論哲学の影響を受けたことは充分、考えられる。そこで哲学の根本に関わる時間・空間が問い直され、そこからその後の様々な認識が展開して行くと言っても過言ではない。子規はややもすると〈客観写生〉で括られ勝ちであるが、二十年代後半の評論一つを取ってもなかなか理屈っぽい理論家であることが知られる。理想、記実をめぐっての論述も没理想論争の影響ははっきりしているので、その美術論の洗い直しも重要な課題であろう。

さて、『草枕』の蕪村に移らなければならない。論の中心は漱石が如何に蕪村を摂取して行ったかにある。子規が蕪村に興味を持った明治二十六年は漱石が文科大学を卒え、大学院に入る時期と重なる。残念ながら、二十六年の子規宛書簡には蕪村の名は見当たらないが、蔵書目録には何時、手に入れたものか几董編の『蕪村句集』（天保八年　二冊）がある。その他に『蕪村其他　歌仙其他』（安永六年）『蕪村暁台全集』（明31　博文館）等の書名が見えるが、この二本は東北大の『漱石文庫目録』には載っていない。事実考証はさておき漱石の俳句を見て行くと、明治二十六年には俳句はないが二十七年の十三句の中に早くも蕪村の影響が見られる二句がある。[5]

47　烏帽子着て渡る禰宜あり春の川（「小日本」明27・4・20）

48　小柄杓や蝶を追ひ〳〵子順礼（「小日本」明27・4・25）

47番は既に森本哲郎氏に指摘がある如く次の蕪村句と対応する。(6)

烏帽子着て誰やらわたる春の水

48番は類句が見出せないが、道端の清水を呑んでいたところに舞い出た蝶を、子供巡礼が柄杓で追いかける様は蕪村風の一幅の俳画を思わせる。この他に蕪村調を明治二十八年だけで拾って行けば次の如くである。

53　夜三更僧去つて梅の月夜かな
63　明けやすき七日の夜を朝寝かな
70　夕月や野川をわたる人はたれ
72　便船や夜を行く雁のあとや先
84　鶏頭や秋田漠々家二三
104　帰燕いづくにか帰る草茫々
113　お立ちやるかお立ちやれ新酒菊の花
140　簫吹くは大納言なり月の宴
168　春の夜の若衆にくしや伊達小袖
178　鵜飼名を勘作と申し哀れ也
327　武蔵下総山なき国の小春哉
441　応々と取次に出ぬ火燵哉

一々、指摘するまでもないが、例えば53の「夜三更」は子規の『俳人蕪村』にもある如く、漢語を巧みに使用する蕪村的用語法である。「月天心貧しき町を通りけり」の「月天心」と同工。70は「夏河を越すうれしさよ手に草履」の類句。84は「五月雨や大河を前に家二軒」。113の俗語の使用は蕪村の得意とするところ。140は古典、故事の世界。327は「春の水山なき国を流れけり」にヒントを得たもの。441は直接には去来の「応々といへど叩くや雪の門」を踏まえるが、火燵とのとり合わせが蕪村的である。総じて清澄、絵画的、古典趣味、物語的情趣、挨拶、滑稽等、蕪村調と言いながらも、かなり多様な句の試みがなされている。初期創作者の特色と言えるかも知れないが、これらの特質の中で特に物語的情趣にポイントを置いた作品が二十九年に目立ってくる。

546　絶頂に敵の城あり玉霰
553　御車を返させ玉ふ桜かな
557　素琴あり窓に横ふ梅の影
564　源蔵の徳利をかくす吹雪哉
570　氷る戸を得たりや応と明け放し
580　配所には干網多し春の月

このような作品の中で二十九年に特筆すべきは「めさまし草」(明29・3・25)に村上霽月、高浜虚子らの二十句と共に掲載された〈神仙体〉十句であろう。

592　春の夜の琵琶聞えけり天女の祠
593　路もなし綺楼傑閣梅の花

等、十句が並ぶわけであるが、この〈神仙体〉とは和歌、連歌、俳諧で神を扱った神祇に対応する造語であろう。〈神祇体〉でもよかったであろうが、それでは新しさが出せない。明治の新俳句における斬新さを狙ったものであろう。〈神仙体〉の出来るいきさつについては虚子の『漱石氏と私』に記述がある。[7] 二十九年二月、虚子が長兄の病気のために松山へ帰省した折に漱石の発案で成ったようである。[8] 霽月も誘い出来たものを掲載したのが先の「めさまし草」であった。ただ、載せた鷗外としては「金剛杵」欄の正太夫や「司馬温公」欄の露伴が共に都合つかず、その埋草として「景物とも申すべき珍なるもの少々御覧に入れ申候」ということであったようだ。たしかに「珍なるもの」とある通り、一応俳句のスタイルはとっているが、その意図するところ等、鷗外の理解を超えていたようだ。

三人の句を十句ずつ読めば題材を神仙に絞っている所と、そのことによる独得の効果（雰囲気）が際立っていると言えようか。特に漱石のものには物語的浮揚力を感じさせる句が多い。593の「綺楼傑閣」は文字通り仙女（人）の棲む所であろうが、楊貴妃の住んでいる仙界を思わせるものがある。「594　家の棟や春風鳴つて白羽の矢」は古物語によくある人身御供の提供者の家のことであろう。又、「601　催馬楽や縹緲として島一つ」の島は単に雅楽の聞えてくる島だけではなく神仙の棲む島であろう。全体として神仙思想にもつながる神秘性や縹緲とした趣が深い。漱石個人の趣味ともとれるが、時代的には新体詩の試みがなされ、「文学界」一派の詩が〈朦朧体〉呼ばわりされることとも呼応しているのかも知れない。朦朧とした雰囲気、縹緲とした気分、W・エンプソンの言うアンビギュイティに近いものをこれらの神仙体は持っている。又、この雰囲気が十年後の『一夜』や『草枕』に持ち込まれているのは言うまでもない。この神仙体は「めさまし草」には十句だけであるが、自筆句稿にはもう十句あることが新全集で確認できる。前十句と同工であり物語的情趣を感じさせる句が多い。

他に二十九年のめぼしい句を挙げる。

639　春恋し浅妻船に流さるゝ

674　枯野原汽車に化けたる狸あり
741　捲上げし御簾斜也春の月
758　居士一驚を喫し得たり江南の梅一時に開く
764　端然と恋をして居る雛かな
785　永き日やあくびうつして分れ行く
786　わかるゝや一鳥啼て雲に入る
833　尻に敷て笠忘れたる清水哉
842　西の対へ渡らせ給ふ葵かな
897　落ち延びて只一騎なり萩の原
969　凩や海に夕日を吹き落す
1007　かたまつて野武士落行枯野哉
1028　時雨るゝは平家につらし五家荘
1038　どつしりと尻を据えたる南瓜かな

のちに代表作となる名句もあるが、それ以外の句にも捨て難い趣がある。出発期の漱石俳句は多様多彩で端倪すべからざるものがある。その可能性についていち早く指摘したのは、これらの句を受け取った子規である。「明治二十九年の俳句界」（「日本」明30・1・2〜3・21）の「廿一」（明30・3・7）で漱石の特色をいくつか上げている。

一、始めて作る時より既に意匠に於て句法に於て特色を見はせり。其意匠極めて斬新なる者、奇想天外より来りし者多し。

二、漱石亦滑稽思想を有す。
三、漱石の句法に特色あり、或は漢語を用ゐ、或は俗語を用ゐ、或は奇なる言ひまはしを為す。
四、漱石一方に偏する者に非ず。(略)其句雄健なるものは何処迄も雄健に真面目なるものは何処迄も真面目なり。

殆ど毎月と言っていい程、送られてくる漱石の作品を見ていた人だけのことはある。正確に漱石の特長を摑んでいる。意匠斬新、奇想天外、滑稽思想、漢語・俗語の巧みな使用等、当時、子規が主張していた写生の概念に収まりきらないものを持っている。どちらかと言えば子規が『俳人蕪村』で指摘したことと重なる部分が多い。例えば、「蕪村は複雑的美を捉へ来りて俳句に新生命を与へたり。彼は和歌の簡単を斥けて唐詩の複雑を借り来れり。国語の柔軟なる冗長なるに飽きはて、簡勁なる豪壮なる漢語もて我不足を補ひたり。」の部分はそのまま漱石にも当てはまろう。又、「理想は人間の到底経験すべからざること、或は実際有り得べからざることを詠みたるもの」という定義で、記実に偏した芭蕉より蕪村を高く買っているが、この見方から言えば漱石は理想派であろう。その他、精細的美、漢語、古語、俗語使用の用語法、新奇なる材料(狐狸、怪談等の怪異)、擬古(材料を古物語より取る)、漢詩(徂徠説の利用)、南宗画の尊重という時代性も漱石の俳句を考えた時、重なるものを多く持つことが分かる。これら子規の蕪村理解を〈理想的美〉〈複雑的美〉で代表することはできないが、この二点を漱石に重ねて強調すれば漱石の俳句がかなり自由な想像を許すものであることが分かる。つまり、のちに「ホトトギス」一派の〈客観写生〉で代表されるものとは、ずい分、違った方向を目指していたことが分かる。その極端な形が〈神仙体〉で表現されたが、このスタイルの中にも漱石の蕪村受容があるように思われる。

『俳人蕪村』は子規の蕪村理解の到達点であろうが、ここで蕪村が〈客観写生〉で一括りにされていないことは注意すべきである。たしかに、「明治二十九年の俳句界」では碧梧桐の新しさが蕪村と対比され「印象の明瞭なる句」（写生的、絵画的とも）とされ、「印象の明瞭なる句を作らんと欲せば高尚なる理想と茫漠たる大観を避け、成るべく客観中の小景を取りて材料」としなくてはならないと述べているが、これはあくまでも「印象の明瞭なる句」を作らんがための限定であって、俳句全般を指すものではなかろう。又、碧梧桐、虚子の句が凡て客観写生で評価されているわけでもない。そのことは蕪村の影響を受けた碧梧桐の『子規の回想』（昭19・6　昭南書房）でも知られる。「我々の不平不安、心の焦燥、どうともなれ、構ふもんか、と言つた捨鉢的な気分の濃厚な雰囲気に、蕪村の魂が乗り移つた、そんな気のする新調であり乱調であつた。」「（虚子の）これらの作品は当時我々を圧倒して、一誦三嘆を禁じ得なかつたものだ。我々も其驥尾に附して、いづれ劣らじと犇めき合つたのだが、当時の虚子の奔放自在な鋭鋒には、到底当るべからざるものがあつた。」という説明を聞くと、蕪村が若き俳人らに客観写生だけで捉えられていなかったことがはっきりする。

しかし、この蕪村が、やがて理想、大観を否定され客観写生という理念で統一されて行くのが、その後の子規の蕪村受容である。この偏向が正されるのは朔太郎の『郷愁の詩人与謝蕪村』（昭11・3　第一書房）に於てである。そこで彼は子規一派の写生主義が蕪村を「印象的」「技巧的」「主知的」「絵画的」という、言わば「客観主義的芸術」としてしか理解しなかったと難じた。客観の背後にある主観こそが蕪村のポエジイであり抒情詩の本質だと言うのである。そして、「時間の遠い彼岸に実在してゐる、彼の魂の故郷に対する『郷愁』」こそが主観の実体であるとして新しい蕪村像を対置して見せた。その意味でこの両者は蕪村評価で対極をなすが、この両者の中にあって子規の見落した蕪村の可能性を提示しているのが漱石であると言いたい。漱石は蕪村の古典性、浪漫性、物語性を継承し二十七年よりこれを実践している。朔太郎は蕪村の「平安朝懐古趣味」を指摘しているが、趣味に収まらない物語的、空間的広がりと可能性を漱石は蕪村に見ていたようだ。

二

漱石の蕪村趣味は明治三十年以降の作品にも間々見られるが、これが又、物語的情趣を以て再燃してくるのが三十七、八年の連句、俳体詩である。虚子の『漱石氏と私』(9)によれば、三十七年九月に漱石宅を訪問して居合わせた坂本四方太と三人で連句を巻いたのが初めだと言う。この時の歌仙三十六句は「ホトトギス」の明治三十七年十月十日号に載った。「此連句を作つたことがもとになつて、私と漱石氏とは俳体詩と名づくるものを作ることになつた。これは連句の方は意味の転化を目的とするものであるが、十七字十四字長短二句の連続でありながら、意味の一貫したものを試みて見ようといふのが主眼であつて、私はそれを漱石氏に話したところが、氏は無造作に承諾した。さうして忽ち『尼』の一篇が出来上がつた」と述べ、続けて漱石は興が乗り一人で「冬の夜」(「ホトトギス」明37・12・10)「源兵衛」(10)(「ホトトギス」明38・1・1 但し童謡となっている)を作ってしまったと言う。珠に「尼」には『草枕』につながる句があり、この点でも見逃せない。

女郎花女は尼になりにけり　　虚子

右の初句には謡曲「女郎花」のイメージがあり、恋の怨みで共に入水する男女に焦点を置けば入水物語をその底に潜ませる『草枕』に近接する。この外に『草枕』につながる漱石の句を上げれば次のものがある。

川上は平氏の裔の住みぬらん
落ちて椿の遠く流るゝ
物狂ひ可笑しと人の見るならば
古の星きらめくと思ひしが

山を下れば煩悩の里
月もやみね花もやみねと狂ふなり
怪しき星の冥府に尾を曳く
『草枕』では「海棠の露をふるふや物狂ひ」「花の影、女の影の朧かな」「正一位、女に化けて朧月」などの句を作り、何やら〈狂句〉めいていると画工は呟くが、この『草枕』中の俳句は蕪村も踏まえながら俳体詩「尼」の流れを踏襲していることは間違いない。そして、この俳体詩なるものも虚子、漱石の独創ではなく、恐らく「澱河歌」（安永五〜六）「春風馬堤曲」（安永六）「北寿老仙をいたむ」（安永六か）の〈俳詩〉の流れを汲むものであろう。享保、元文の頃、江戸では支考の仮名詩（和詩）や徂徠、南郭らの擬古詩の流行を見たが、蕪村の三詩はその近代性においてこれらを凌駕しており、昭和十三年、潁原退蔵氏により「俳詩」と命名されるようになった。[11] 漱石、虚子の当時、未だ〈俳詩〉という呼び方はなかったので、蕪村の三詩から二人は〈俳体詩〉の名称を思いついたのかも知れない。ここにも蕪村が存在した。
さて、『草枕』に於ける蕪村であるが、『草枕』全体に蕪村が影を落とし「『草枕』は、そのまま蕪村俳句集の『春之部』にぴったり重なってしまう」と指摘したのは森本哲郎氏である。[12] そして、『草枕』を「蕪村的小説」であるとも呼んだ。しかし、これは蕪村の俳句のイメージを小説に取り込んでいるということであって、それ以上のことは意味しない。『草枕』で漱石は蕪村の何を継承しようとしているのであろうか。

1885　海棠の露をふるふや物狂ひ
1886　花の影、女の影の朧かな
1887　正一位、女に化けて朧月
1888　春の星を落して夜半のかざしかな

1889 春の夜の雲に濡らすか洗ひ髪
1891 海棠の精が出てくる月夜かな
1896 御曹子女に化けて朧月

「物狂ひ」「朧」「化ける」「春の星」「洗ひ髪」「海棠の精」という語彙だけを拾っても、謡曲、怪異趣味、恋のイメージが出ており、全体を能仕立てで見ても差し支えはない。ただ、これらの作品には〈狂句〉めいたとある通り、かなり滑稽、おかしみが横溢しており能の如き幽玄美、悲壮美とは程遠い。これらの句はこれから展開するであろう物語の予兆、予感のようなものであり、その意味では漠然とした雰囲気しか指し示していないと言った方が正確かも知れない。その雰囲気が漱石の説明した〈美しい感じ〉にもつながって行くのであろう。

しかし、『草枕』全体が〈入水する女〉の古物語を潜ませているのを考える時、[13]これらの句もこの物語に連なるものを持っていると考えるのが妥当ではなかろうか。これらの句はやはり不可解な言動で画工を煙に巻く那美さんのイメージと密接に関わる。ここで予兆された〈物狂ひ〉をはじめ、さまざまな暗示がこれから始まる那美という女性の物語を約束している。その意味で、これらの句に蕪村的物語世界（物語趣味）[14]の投影を見るのは間違っていない。

今一つ、『草枕』の蕪村を考える時重要なのは神韻説との関係である。これについては前に触れたので詳しく述べないが、[15]大要は次の四点である。

一、神韻説は詩画一味、詩禅一致の説に基づいて妙悟黙契を尊ぶ。
一、平淡で何の奇もなく、而も何となくうっとりさせられるような妙趣を理想とする。
一、王漁洋の編んだ『唐賢三昧集』でトップ採録の王維は南画の祖であり、詩・禅・画一致の代表者である。

一、『草枕』は王漁洋の神韻説を意識して書かれている。

ここに南画＝文人画の祖である王維を継承する画家蕪村がおり、他の詩禅一致においても蕪村はこの立場を受け継いでいる。詩を漢詩ととれば「澱河歌」「春風馬堤曲」をはじめ、他に十四編の漢詩が全集で確認できるが、(16) 蕪村の場合、詩は言うまでもなく俳句であり、禅の方は丹後宮津の見性寺に宝暦四年夏から七年秋まで滞在し、住職で俳僧の竹渓、真照寺の鷺十、無縁寺の両巴らと交遊したことは「三俳僧図」でも知られ、禅とのつながりは深い。『蕪村画譜』(昭59・12 毎日新聞社)を見れば、文人画、南画として当然なことながらその画に禅的な気韻が生動していることが知られる。この蕪村における詩・禅・画の一致については厳密な実証が必要であろうが、理論の上でそのことを提示してくれているのが『春泥句集序』(安永六年十二月)である。

一、俳諧は俗語を用て俗を離るゝを尚ぶ、俗を離れて俗を用ゆ、離俗ノ法最かたし。かの何がしの禅師が、隻手の声を聞ケといふもの、則俳諧禅にして離俗ノ則也。

一、自然に化して俗を離るゝの捷径ありや。答曰、あり、詩を語るべし。

一、画家に去俗論あり、曰、画去《ルコト》レ俗無ニ他ノ法一、多読レ書則書巻之気上升市俗之気下降矣、学者其慎《ナル》旃哉。

それ画の俗を去だも、筆を投じて書を読しむ。況詩と俳諧と、何の遠しとする事あらんや。

一、日々此四老(其角・嵐雪・素堂・鬼貫のこと)に会して、はつかに市城名利の域を離れ、林園に遊び山水にうたげし、酒を酌て談笑し、句を得ることは専ラ不用意を貴ぶ。如此する事日々、或日又四老に会す。幽賞雅懐はじめのごとし。眼を閉て苦吟し、句を得て眼を開く。忽四老の所在を失す。しらずいづれのところに仙化し去るや、恍として一人自彳《たゝず》む。時に花香風に和し、月光水に浮ぶ。是子が俳諧の郷也。

（「日本古典文学大系58 蕪村一茶集」昭34・4 岩波書店）

有名な離俗論であるが、その典拠が清代の『芥子園画伝初集』（五巻）にあるというのは注意されてよい。「去俗」「成家」からの引用もあるが、この画論は随所に〈気韻生動〉が強調されており、唐宋代の詩論の流れ（唐の司空図「二十四詩品」や宋の厳羽「滄浪詩話」など）を汲むものであることは明白で、宋代に盛んであった禅の影響を色濃く反映している。元々、明代に興った南宗画は当然の如く禅宗趣味を反映しており、特に南宗禅の簡略粗放を旨としている。『芥子園画伝』は「江戸時代初期に舶載され、文人画の宝典とされた」（「日本古典文学大系58」解説）という。蕪村の離俗論がこれに多くを負っているのは当然である。(17)

蕪村は離俗の法と離俗の則の二つを挙げているが、これは二つのことではなく一つのことの両面である。「俗を離れて俗を用ゆ」と「隻手の声を聞ケ」という白隠禅師の公案は同じである。即ち、離俗は禅的悟りの境地に近く、その境地に至らないと「俗語を用て俗を離るゝ」ことは困難だとする。この境は禅に通じた芭蕉の「高悟帰俗」（「赤冊子」）とも、又、「俗談平話を正す」にも近い。「俳諧のすがたは俗談平話ながら、俗にして俗にあらず、平話にして平話にあらず、そのさかひをしるべし。此境は初心に及ばずとぞ」（「俳諧山中問答」）という芭蕉の立言にも類似する。俳諧禅とある如く蕪村の俳諧が禅に支えられていたことは明白である。

次に離俗の法として『芥子園画伝』の詩を語ることと読書を挙げている。画論がそのまま俳論（詩論）に応用されているのは子規のことも考え合わされ注目されるが、ここからも詩と画と禅の一致が窺える。書を読み詩を語ることが去俗の法というのは如何にも文人趣味を髣髴とさせるが、『草枕』でも東西の多くの書物が引用され、又、詩も語られている。画工の離俗の法となり、マインドスタッフの錬成にもなっていよう。

最後の四老に会し酒を酌み交わし清談に耽り、ついに四老も亡失し恍惚の境に入る、それを〈俳諧の郷〉

と呼んでいるが、これこそ『草枕』で言われた「冲融」「澹蕩」の境であり、画工が入境した「恍惚と動いて居る」状態であろう。

このように見てくると王漁洋の神韻説と蕪村は重なり、詩画禅の三位一体説はそのまま『草枕』にも持ち込まれていると言える。形式的には詩と画は画工にふりあてられ、禅は大徹和尚と那美にふりあてられている。しかし、これはあくまでも形式的に見てそうなのであって、作品全体ではこれら三者が渾然と融合し合って詩・画・禅一致の雰囲気を醸し出すことに成功している。そのことを象徴するのがラストのシーンである。時間と空間が取り払われた一刹那、恍惚と動いている一瞬においてこのテーマは完結する。尤も禅的悟りには修養が要るので画工は那美から種々、試されて修養を積んだ。離俗に修養が必要なことは蕪村の説くところでもあった。

最後に離俗論と〈非人情〉の関係についても述べておきたい。既に森本哲郎氏に「〝非人情〟も、実をいうと天明の蕪村の説いた〝離俗論〟の明治版なのである。」との指摘がある。この説を首肯するものであるが、論として充分、展開されていないので少し補足しておきたい。

人情にして人情に非ざる美学、〈非人情〉とはそもそも何か。人情から遠く離れた〈別乾坤〉で〈出世間的の詩味〉を味わうことである。それは又、人情の世界を距離をもって眺めることである。そのことが明確に説かれるのは「写生文」(「読売新聞」明40・1・20)に於てである。そこでは写生文家が現実や対象に抱くゆとりある態度が説かれているが、更にこれが「『鶏頭』序」(明40・11執筆)で敷衍されて〈余裕のある小説〉〈低徊趣味〉〈俳味禅味〉となっている。たしかにそれは〈第一義〉の立場ではないかも知れないが、人生や現実に対する芸術家(写生文家)の一つの態度である。そして、この距離の美学こそ、〈則天去私〉に至るまで漱石が決して手放さなかった当のものである。

この距離の美学に禅味、俳味のあるのは言うまでもないが、それは蕪村の「俗を離れて俗を用ゆ」という離俗論と正確に対応している。離俗論も芸術家の現実に対する態度であり、それは余裕をもって現実を見るという距離の美学であることは間違いない。その意味で蕪村の離俗論は漱石の非人情と響き合っている。蕪村の世界と『草枕』の世界は詩・画・禅で一致し、美を生命とすることに於ても共通している。

注

（1）『子規全集』第二十二巻（昭53・10　講談社）の「年譜資料」による。それによると明治二十六年四月十三日に『蕪村句集』抜萃の発見者である片山桃雨に硯を贈り「贈硯辞」を付している。なお、「日本古典文学大辞典」第三巻（昭59・4　岩波書店）の「蕪村」の項で尾形仂氏は「『俳諧発句題叢』（文政三年刊）を通じて蕪村を知った正岡子規は、八方探索の果てに明治二十六年から二十七年にかけて『蕪村句集』上下を相次いで入手」としている。

（2）「明治二十九年の俳句界」（二十）（「日本」明30・3・1）で「最も初に蕪村を学びたるも霽月なり。最も善く蕪村を学びたるも霽月なり」と子規は述べている。

（3）本書IIの*5*

（4）本書IIの*1*

（5）俳句番号は新版の『漱石全集』第十七巻（平8・1　岩波書店）による。

（6）森本哲郎「漱石と蕪村――『草枕』を中心に」（「解釈と鑑賞」昭45・9『月は東に　蕪村の夢　漱石の幻』所収　一九九二・六　新潮社）

（7）大正七年一月、アルス社刊。「ホトトギス」（大6・2〜6・10）掲載。『定本高濱虚子全集』第十三巻（昭48・12　毎日新聞社）による。

（8）『高濱虚子全集』第十三巻々末の松井利彦氏の「解説」による。

（9）『漱石と私』（大7・1　アルス社刊）。「ホトトギス」（大6・2〜6・10）に掲載。

（10）「富寺」（「ホトトギス」明37・10・10）の記憶違いと思われる。
（11）「新潮日本古典集成　與謝蕪村集」（昭54・11　新潮社）の清水孝之氏の注解による。
（12）（6）に同じ。
（13）本書IIIの*4*
（14）前出の「日本古典文学大辞典」で尾形仂氏は蕪村の〈古典趣味〉〈怪異趣味〉〈浪漫性〉を指摘しているが、これらをも含めて蕪村の〈物語性〉〈物語的世界〉と呼びたい。
（15）本書IIの*6*
（16）「蕪村は江戸在住時代に親しく南郭の教を聞いたらしい」という指摘が穎原退蔵「蕪村の離俗論」（『穎原退蔵著作集』第十三巻　昭54・5　中央公論社）にある。
（17）（16）の穎原論文に『芥子園画伝』への言及が多くある。
（18）（6）に同じ。

8 『文学論』の前提——功利主義からの解放

『文学論』の序と『文学論』、あるいは「文学論ノート」と『文学論』を比較、対照する時、『文学論』がその序を微妙に裏切り、又、「文学論ノート」をも多く裏切って成立していることが分かる。あるいは、その序と「文学論ノート」にあったモチーフを充分に活かしきれないままに終ってしまったと言った方が正確かも知れない。それは又、原『文学論』を大きく逸脱して現『文学論』が成立したと言うことでもある。なぜ、このようになってしまったかについては構想の大幅な修正が考えられるが、先ず漱石の初めに意図したもの、漠然と考えられていた方向について検討したい。

『文学論』の序を読めば彼がなぜ『文学論』を構想したのか、その意図が直截に伝わってくる。第一に挙げられるのは英文学とは何かという文学そのものに対する根源的な問いかけである。これは従来、漱石が培ってきた「左国史漢」の所謂「漢学」での文学と、英語における文学との根本的相違に逢着したことを意味する。従来の左国史漢で英文学が解けなかったのは、そこにあった文学観の功利主義が災いしたためである。左国史漢で彼が文学を学んだというのは、平安朝以来、文章家の必読の書とされたこの四本を通してその文学観を形成したと言うことであり、これは近世の儒学者の態度にもつながる極めてオーソドックスな学問の方法であったと言える。『春秋左氏伝』は「経部」に入る儒学の経典であり、『国語』(春秋外伝)『史記』『漢書』は言うまでもなく「史部」に入る歴史書である。この左国史漢から形成される文学観なるものは、所謂、「集部」に入る詩文、小説等の狭義の文学観とは大いに異なるものである。

『春秋』一つをとっても魯国の十二公二百四十二年間を扱い、「列国に起った天災・時変・征伐・会盟、及び国君卿大夫の死生等、種々の事跡に就いて善悪を弁じ、名分を正し、大義を掲げ、天下後世をして尊王の道を知らしめた」（「大漢和」）ものである。ここから予想される文学観とは「修身斉家治国平天下」に代表される経国済民的文学観であり、それを支えるものとして士大夫意識がある。中国の身分制度は中世に至り天子と士大夫と庶民の三つの階層に分かれるが、天子は士大夫階級の意志を無視しては政治を行えず、絶えず彼らの助力を仰いだ。士大夫は後に学問、教養ある文化人一般を指すようになるが、彼らの中には元々あった国家、政治に関わろうとする意識は脈々と流れている。従って、「集部」に入る詩文の世界でも経国済民的意識は当然ながら反映している。

漱石が左国史漢という広義の文学から得た文学観とは、明確な目的意識に支えられた極めて実利的、功利的なものであった。従って、この文学観で英文学に対した時、豆腐に鎹のような無力感と違和感に苛まれたのは間違いない。これは何も漱石一人に限らないことであり、早く、逍遙にも先例がある。明治十三年秋にホートン教授の試験に「王妃ガーツルードの性格を評せよ」と出題され、貞婦二夫に見えず式の解答をしてひどい点をつけられたことは有名な話である。馬琴を中心とした江戸戯作に逍遙がどっぷり漬かっており、当時流行の性格批評ではなく、勧善懲悪式に『ハムレット』に対したことは容易に想像できる。勧懲主義とは文学功利観であり、この功利観からの脱出に『小説神髄』が必要だったのである。二葉亭にもこの功利主義との格闘はあったが、彼の場合、ニコライ・グレーという指導者にも恵まれ、又、ベリンスキーの「美術の本義」を知ったことでこの功利主義から脱却できたと一応は言える。この功利主義からの脱却は明治初期の凡ての青年に課された課題であった。青年金之助も早くにこの問題に直面したわけであるが、どのようにしてこの課題を克服して行ったかに彼の近代意識、あるいは文学意識を検証することができる。

金之助が明確な形で功利主義を意識するのは学生時代であった。学生時代に彼は「老子の哲学」(明25・6稿)「文壇に於ける平等主義の代表者『ウオルト、ホイツトマン』Walt Whitman の詩について」(「哲学雑誌」明25・10)「中学改良策」(明25・12稿)「英国詩人の天地山川に対する観念」(「哲学雑誌」明26・3〜6)の四本の論文を書いているが、共通するのはスペンサーの進化論に立って物を言っていることである。このことについては既に何度か触れ、「老子の無為を基本に置く治民の策が退歩主義、消極主義と批判され、独立の精神と平等の理念に支えられた共和制が現段階で最も進化した社会体制とするホイットマンの説が全体的に支持されている。love よりも manly love of comrades を霊魂進化の進んだ段階と説くのも同じ考えによる(1)」と述べた。官学派のイデオロギーであった進化論が時代をリードし、学生達がその影響下にあったことは言うまでもなく、『小説神髄』がその早い実践例であったことも自明のことである。

この進化論というメジャーを功利主義と言えば、金之助の四論文はこの功利主義の範疇にあると言える。あるいは金之助の場合、既にヘーゲルの名前が出ているので、漠然とした進化論以上の弁証法も念頭にあったとも言える。老子の無為の道に対してヘーゲルの Absolute Idea が対置され、一方の意識を有しない道に対して絶対的に意識を有するイデーの優位性が説かれている。又、ホイットマンの霊魂進化説がヘーゲルに負っていることも指摘されており、その限りでは金之助はドイツ観念論に近づいている。しかし、このヘーゲル理解は文科大学の中島力造講師の講義や友人米山保三郎の知識による所が大きく、どれだけ正確であったかは疑わしい(2)。それは「英国詩人の天地山川に対する観念」でも言える。これは自然に対する詩人の認識が時代と共に如何に進化し、バーンズ、ワーズワスにまで到達したかを論じたものである。特にワーズワスは自然の中に流れる “a spirit” “a force” を感得し、それが人間にも内在するものと捉え、人間と自然の連続性を説いた。"a spirit" "a force"、これは言うまでもなくヘーゲルの説いたAbsolute Ideaに対応するものであろう。しかし、そのイデーが弁証法的構造を持ち、弁証法的運動で展開、発展するという認識には欠けていたようである。『文学論』の基本命題であるF＋fのF（認識的要素）にはそのようなヘーゲルのイデーも弁証法も感じられず、Fの展開が単なる「時代思潮」(Zeitgeist)、民衆の集合意識の変化として捉えられていることでもそのことが分かる。

なぜ、これら四本の論文でスペンサーやヘーゲルが援用されたかについては、今一つ大きな理由がある。それは青年金之助を苦しめた厭世観の問題である。二十三年の大学入学前後に金之助を襲う厭世観は生涯の宿痾となるが、このハードルを如何に越えるかがこの期の金之助の関心事の凡てであった。これは一人金之助の問題だけではなく、学生全体の問題であったことは当時の「哲学雑誌」を見れば明らかなことであり、学生全体は厭世よりの脱出を目指していたと言える。そのために現実肯定の哲学が何としても必要であったのであり、その哲学として金之助はじめ学生が飛びついたのが進化論であり、ヘーゲルの哲学（楽天教と「哲学雑誌」にある）であった。言わば知的レベルでこれをクリアしようとしたのである。このような形で進化論が機能したとすれば、その功利性は免れ難い。しかし、それが時代というものの制約であり、功利主義で育ってきた世代の宿命と言えよう。

この文学観が徹底してヤスリにかけられるのはロンドン時代である。ここで従来の文学観の清算に迫られる。英文学という他者を他者として正面に見据え、これを理解するという困難な作業に立ち向かうのである。その時、功利主義の克服として立ち現われるのが「心理学」「社会学」という科学の方法であった。そのエッセンスの如く煮つめられた伝家の宝刀がF＋fという公式であった。

たしかに現『文学論』を見ると、心理学や社会学を中心に当時の先端の人文科学の知識が総動員され、分析と総合を旨とする科学の方法が駆使され、いとも軽やかに文学功利主義の立場は乗り越えられたかのように見える。しかし、その叙述の隙間から金之助の肉声が洩れてくる所があり、功利主義が完全に払拭されているとは言い難いのである。

長年、培われたモラルや左国史漢的文学観が血肉化されてしまっていると言った方が正確かも知れない。『文学論』を読んで異彩を放っているのがこの肉声の部分である。例えば情緒（f）の中でも重要な位置を占める「恋愛」について論じる時、この文学観、人間観が顔を出す。

而して此基本情緒（注　両性的本能、恋）が果して文学的内容たり得べきや否やに関しては、何人も其答を要せざるべけれど、これには社会維持の政策上許し難き部分あることを忘るべからず。如何に所謂「純文芸派」の輩と云へども恋には文学に容れ難き方面の存在し居ることを是認すべきなり。

（第一編第二章　文学的内容の基本成分）

ここで言う「社会維持の政策上許し難き部分」とは具体的に何を指すか明示されていないが、例として挙げられた Browning の *Love among the Ruins* 中の Love is best や、Keats の *Endymion* を踏まえて次の如き指摘がある。

文学もこゝに至りて多少の危険を伴なふに至るなり。真面目にかくの如き感情を世に吹き込むものあらば、そは世を毒する分子と言はざるべからず。文学亡国論の唱へらるゝは故なきにあらず。

文学亡国論は早くは鉄幹の「亡国の音」（「二六新報」明27・5・10〜5・18）あたりから出ているが、「云く『道徳と文学とは全く別物なり云云』あゝ国を亡す者は必ず此類の愚論者より出でむ」という文脈で使用されている。漱石の亡国論も基本的に同じ。ナショナリズムという時代の制約を強く感じるが、それと共に教育の感化による道義観の存在が大きい。「快感」を「罪」と感じなければ受けた教育への面目がないと言う。

「吾人は恋愛を重大視すると同時に之を常に踏みつけんとす、踏みつけ得ざれば己の受けたる教育に対し面目なしと云ふ感あり」と率直である。続けて「意馬心猿の欲するまゝに従へば、必ず罪悪の感随伴し来るべし」とあり、この「意馬心猿」（情欲）という儒教倫理の枠組みで人間を捉えていることに驚かされる。この枠組みは『小説神髄』を一歩も出ていない。Meredith の『オーモント卿と彼のアミンタ』を評した部分はその極め付きである。アミンタが恋に身を焼き姦通に至ろうとする部分である。

恐らくは、これが真理なるべく、また古往今来かゝる婦人は夥多あるべし。然れども此真理は徒らに吾人を不快に陥入るゝの真理なるのみならず、現在の社会制度を覆へす傾向ある真理なり。現在の社会制度を覆へす傾向ある真理は必要を認めざる限りは手を触れざるを可とす。西洋に於てすら然るべし。東洋に在つては無論ならん。されば作家が如此不法の恋愛を写し、しかも、これに同情を寄するに至りては、到底吾人の封建的精神と衝突するを免れ能はざるなり。

「現在の社会制度を覆へす傾向」とか「吾人の封建的精神」という表現を見る限り、金之助のモラリティがどこにあったかは明瞭である。彼がひたすら守ろうとした社会制度が、明治の家父長制の上に築かれた天皇制国家であることは間違いない。そのことはロンドン時代にマルクスに言及した岳父宛の書簡の存在によってても知られる。この人間観、社会観、道義観に一朝一夕に出来たものではない、固定観念の如き根深さを感じるが、だからと言ってこれで文学の価値を凡て割り切ろうとしているのでもない。「忌まはしと思ふ心と、面白しと興がる心、又は美ししと見る念との釣合」で文学の存在価値は決するのであり、その釣合は時代や社会と共に変化すると説く。しかし、続けて青年が「美的生活」を叫び「道徳」を無視しようとしても、「道徳も遂に一種の美感に過ぎず」と断案を下し青年に注意を喚起している。それは道徳が美の範疇に入るということであれば美は道徳を無視しえないということになろうが、道徳を超越した美の存在を否定するものではない。「文学論ノート」にArtと宗教道徳の関係を論じ、「善ハ美ナリ美ハ善ニアラザルナリ」（文学ノPsychology）と結論を下した所があるのは、その事を言っているのであろう。「不道徳宗教文芸」が挙がっているが、これは善を超えた美の存在を指すのであろう。しかし、総じて金之助が美の範疇にある道徳を高く評価していたのは動かない。

これ以外でも、例えば「古往今来女性とは如此く正義の念に乏しきものにして」（第一編第二章）という表現に見られる如く、かなりあからさまな性差別があり、女性への抑圧という時代の制約を感ぜざるを得ない。背景として、当時、大学に女性はおらず男性のみに語りかけるという状況がこのような不用意な発言となり、金之助を時代の啓蒙家、モラリストに仕立て上げているのであろう。

総じて明治三十六年から三十八年にかけての夏目金之助という個人の古層が紛れもなく出ていると言わざるを得ない。儒教倫理、士大夫意識に代表されるものが近代人金之助を根底で規制しており、最も居心地のよい場所を作っていたように思える。この立場を「功利主義」の一語で括るのは強引かも知れないが、見てきたように極めてそれに近いものである。功利主義を超えようとした『文学論』が、必ずしもそれを払拭できていないという矛盾は『文学論』を考える場合、心すべきことである。もっとも、これは学者としての金之助の矛盾であるが、この矛盾が実作者となった時にどのように展開して行くのかは別のことである。

この功利主義と深く関わるものに文明論がある。現『文学論』では文明論が充分に展開されずに終ってしまったが、「文学論ノート」には「開化」「東西ノ開化」をはじめ、文明批評的視点は濃厚である。文明に対する危機意識と文明との関係で文学を捉えようとする姿勢は鮮明で、「文学論ノート」の「大要」にそのことが明確に出ている。

(1)世界ヲ如何ニ観ルベキ

(2)人生ト世界トノ関係如何・人生ハ世界ト関係ナキカ・関係アルカ・関係アラバ其関係如何から始まり「文芸ハ開化ニ如何ナル関係アルカ進化ニ如何ナル関係アルカ」「日本目下ノ状況ニ於テ日本ノ進路ヲ助クベキ文芸ハ如何ナル者ナラザル可ラザルカ」と展開する。存在論、認識論より出発した『文学論』の構想は遠大であり、文明の開化と如何に関わるかも重要なテーマであったが、残念乍らこの構想は達成されなかった。しかし、「文学論ノート」にはこの観点から、ロンブローゾ、M・ノルダウ、トルストイの著書について頻繁に言及がある。言うまでもなく『天才論』（一八六四）『堕落論』（一八九二～九三）『芸術とは何か』（一八九八）を指す。

『天才論』は天才の病跡学で種々の側面より天才の病跡が論じられ、〈ヒステリー〉と〈癲癇〉という心徴を引き出している。扱っている天才は十九世紀の人物が多く、やはり文明の病の側面が強い。『堕落論』はロンブローゾより出発しており文明の堕落に手を貸す者として、又、その体現者として十九世紀の殆どの芸術家に筆誅が加えられている。典型的な截断批評であり功利主義的文学観に立つ。『芸術とは何か』も同様でサンボリズムに代表される貴族芸術が民衆芸術からは程遠い、わけの分からないものとして截断されている。いい芸術とは宗教的な芸術であり、ごくあたり前の世間的な心持を表わす世界的な芸術であるという。ここにも功利主義は明らかである。三書に共通するのは現代文明の堕落という認識であろう。

『天才論』で注目すべきは〈天才〉と〈能才〉という分類である。これはロンブローゾの創見ではなく、「序文」にBrunetiereの名や参考文献にJürgen-Meyerの *Genie und Talent*（1879）が挙がっており、かなり一般化していたようである。[3] この二種の分類を金之助はそっくり頂いている。早くは英文の「方丈記論」（明24・12・5）でこの分類が見られるが、『文学論』では第五編の「集合的F」で「模擬的意識」「能才的意識」「天才的意識」として使用している。「文学論ノート」にもgenius, talentは頻出するが、未だ「能才」

の語は見えないようである。(4)「文学論ノート」(東西の開化)には音に異常に敏感な例としてショーペンハウアーとカーライルが引用されているが、これは『天才論』でも天才の過敏な聴覚の例として触れられている。ここの所はそのまま『カーライル博物館』でくり返される。天才の病跡学上の特徴は『猫』以後の漱石の作品の登場人物にも指摘できるが、最も早い時期にそのことが指摘できるのは皮肉なことにこの『文学論』の序である。金之助が「神経衰弱」「狂気」と見られたことは、この『天才論』の皮肉な実証になっている。漱石は自己の天才を証する如く、又、文明との関わりで何故、このような天才が出現するのかを自己の作品で検証して行くことになる。

ノルダウの『堕落論』は現在読めば、きわめてラディカルな截断批評であり際物という印象が強い。それを証するようにドイツの「キンドラー文学事典」(一九六四)等は皮肉たっぷり、辛辣にこの書を批評している。「彼が注意すれば、この哲学者(ニーチェ)においてより細かく整理された豊かな堕落の概念を読み取れたであろうに、それをしていない」「基本的にノルダウは荒削りで単純に素朴に開明された理性の立場(素朴な啓蒙家的理性主義者)を代表している」と断定されている。何故このような過激な書が明治後半から大正にかけて日本で読まれたのか、今となっては理解しにくい面もある。

しかし、この書の特質は当時、逍遙によって的確に指摘されていた。日本語訳は中島茂一訳『現代の堕落』(大3・3　大日本文明協会)で刊行されているが、その序で逍遙は指摘している。「其言ふ所矯激に過ぎて批判の正鵠に外れたりと雖も、所謂世紀末の時弊を剔抉せるものとしては、今尚頗る研究するに足るものなり」としながらも、「ロンブローゾは、高き才能ある変質者は何等か社会に貢献する所ありといひたるに、ノルダウは之を否定し、総ての世紀末特徴を社会的には有害にして無益なるものと解したり」と述べ、この書の「帰納的なるが如くにして其実は演繹的に、其科学的に無私なるが如くにして、其実は成心的にして且、余りに功利的なる点」にその特質を見出している。「近世文芸を、多少の反感と成心とを以て、主として功利主義的見地に立つて批判せるもの」というのが、逍遙の受けとめ方の結論であるが、この書の特質はこの言に尽きるように思われる。

しかし、このような正確な逍遙の理解にもかかわらず、当時この書は読まれたのである。やはり、世紀末という現象、文明の急激な膨張、それに伴うデカダン、神経病という時代の病（Zeitskrankheit）を共有した同時代者には、我々には理解できない共感があったのかも知れない。受容史については既に厨川白村、内田魯庵、片山孤村、中澤臨川らの名が報告されているが、(5) これ以外でも異色の系譜がある。

例えば、明治三十八年二月に田岡嶺雲によって創刊された「天鼓」に、六月号から桐生悠々が「吁、澆季の世」のタイトルでノルダウの『堕落論』（悠々は『変型論』と訳している）を訳載し、四十年一月に『現代文明之批判』（隆文館）として刊行している。悠々のみならず、「天鼓」を創刊した時の嶺雲のモチーフがこの『堕落論』にあったことが彼の『数奇伝』（明45・5　玄黄社）で知られる。当時、彼は「非文明」の思想を抱いており、文明が進歩すれば自然の状態より遠ざかり、倫理的、生理的に人間は堕落すると考えていた。その意味では両者ともに文明批評家としてのノルダウに共鳴していた部分が多かったのであろう。

『現代文明之批判』には『堕落論』より第一編の「世紀末」が訳され、他にノルダウの三書からそれぞれ部分訳が載っている。短い著者紹介の序からは悠々がこの書をどう評価していたかは明確ではないが、「マックス、ノルダウ氏は如上激越なる論調に於て、真に天品の才を有せり」と述べ、パリで暴漢に襲われた際、難を逃れたことを神の加護によるものと感謝している。この三十九年十一月の序を見る限り、特にその激しい論調に好感を持っていることが分かる。悠々がジャーナリストであったこととも関係しよう。

悠々で注意したいのは個人誌「他山の石」の終刊の辞（昭16・9・8）で「この超畜生道に堕落しつつある

地球」という表現を行っていることである。明らかにノルダウの『堕落論』の延長線上にある言葉である。当時、昭和十六年という時点で文明が頽落し超畜生道に堕ちつつあるという認識を持っていたものと思われる。その意味で文明退化という思想は悠々に生涯つきまとい、何とかその堕落からこの地球を救おうとした孤軍奮闘の生涯ではなかったかという気もしてくる。同じ考えは嶺雲にもあった。発行直前に発禁となった『壺中観』(明38・4)の冒頭には「悪魔的文明」というエッセイがあり、明治維新以来の文明開化思想がバッサリと斬られている。この「悪魔的文明」なる表現はそのまま「超畜生道の地球」につながるものであろう。

両者の文明に対する危機意識、文明は進化に向かわず退化に向かっているという認識で両者は共通し、ここがノルダウと最も共鳴を起こしている部分のようだ。金之助とつながるのもこの部分のように思えるが、ただ悠々、嶺雲のような極端な断罪のスタイルは取らなかったようにも思える。又、金之助の文明批評は日本の開化の特殊性にポイントを置いた堅実なもので、学生時代から培ったものの延長線上にあり、『堕落論』で文明批評に開眼したというものではない。従って、その後の作品に表明された文明批評を『堕落論』と安易に結びつけることは戒めるべきである。

ただ、ノルダウの成心を持った截断批評は言わば文学の功利主義を代表するものであるが、のちの漱石にこれが無かったとは言えない。例えば自然主義文学批判(特にイプセン、ゾラ、モーパッサン)がそれである。しかし、「文学論ノート」と『文学論』を見る限り、文芸と道徳の関係については極めてバランスの取れたセンスを示しており、功利主義の立場に立っていない。文芸と道徳は道徳が一種の情緒である故、密接な関係にあるが、道徳不在の文学を否定しているわけではないし、文学作品の鑑賞時に思わず道徳分子を忘れることもあるとしている(『文学論』第二編第三章)。「文学論ノート」でもArtと宗教道徳の別物ではないことを強調しつつ、「善ハ美ナリ美ハ善ニアラザルナリ」と断言し、美は必ずしも善を前提にしないと柔軟である。既に藤尾健剛氏の指摘にある如く、ここは「道徳抜きの美は存在しない」とするノルダウと大きく異なる点である。しかし、理論的に美の独立を言いながら心情的に〈道徳〉に大きく傾いている金之助の姿が透けて見えるのも注意しておいて良い。理論における中立が作品を書くことで次第に崩れ、一種の功利主義に立って行くのが後の漱石文学であろう。やはり文明批評というものが必然的に持つ功利性に漱石も囚われて行くのであろう。ノルダウほど極端ではないにしても、これが時代が要請する共通の性格というものであろう。

「文学論ノート」に「『文学論』の序の腹案と草稿」が載っており、そこにトルストイの『芸術とは何か』が挙がっている。「Contagion ニ同意」「pleasure theory ニ反対ニ感服」「illogical 残念」と箇条書きされており、この書への関心の高さを窺わせる。通読して興味を惹くのは初めに見える「趣味」の概念である。トルストイは美の問題をドイツ観念美学から始めてイギリス美学に移り、そこで美を〈趣味〉から考える経験論に触れる。これは快感を与えるものが美であるという主観的な立場である。この態度にもトルストイは与しなかったが、ここで出されている〈趣味〉の概念は金之助に強く影響している。

トルストイの挙げた本の中にアリスンの『趣味の本性と原理』（一七九〇）とリチャード・ナイトの『趣味の原理の分析的研究』（一八〇五）の二冊がある。いずれも〈趣味〉から美に迫ろうとするもので、漱石の〈趣味〉の源流がイギリスにあったことを強く窺わせる。又、他書から「美を美として認めるのは趣味の事柄」であり、「人々の最大の教養だ」という定義も引用されているが、漱石の「趣味」概念に近いように思われる。しかし、それ故にこの趣味の内容は広く、この国の文化全体とも関わる意味の深さと多義性を持つ。

「文学論ノート」（Taste, Custom etc.）に次の記述がある。

〇余ハ英文学ヲ年来研究ス・余ハ英文学ノ趣味ヲ解セズ

○之ヲ解スルニ下ノ原因ノ一カ又ハ一以上ナラザル可ラズ
(1)余ハ趣味ナキ人ナリ
(2)余ハ英文学ヲ読ミ能ハズ（趣味ヲ有スルモ）
(3)余ハ英文学ヲ読ミ理解シ能フモ之ニ伴フ感情ヲ有セズ
(4)東西ノ趣味全ク異ナリ

この部分は重要な意味を持っていると思う。『文学論』のモチーフは「文学とは何」かという問いであったが、その結論として出てきた「F＋f」という科学の方法ではこの問いが完全には解かれていない。「文学とは何か」という問いと「F＋f」の間には大きな溝が出来ているのである。従って、常に「余ハ英文学ノ趣味ヲ解セズ」という答は用意されているのである。「趣味を生命とする文学」で趣味を理解するとは、他者を理解するとは如何なることかという疑問は永遠に残る。やがて、「自己本位」がこの問いへの一つの答えとして出てくることは予想されるが。

文明論との絡みでは民衆芸術からかけ離れたものとして、又、デカダンの極みとしてフランスサンボリズムが徹底的に叩かれている。同傾向の絵画（印象派）、音楽、演劇等も同断である。徹底した截断批評であるが、文学の趣味性から言えば金之助もサンボリズムに余り理解がなかった（第三編第一章）。「朦朧として捕へ難き象徴」という表現もある通り『文学論』でも象徴への言及は少ない。『猫』で自作の「一夜」を揶揄気味に〈朦朧〉体と東風に評させているが、この評は『漾虚集』にも当てはまるだろう。出発期に漱石は夢幻派として鏡花と併称されたが、その指向するものは浪漫主義であってサンボリズムとは言い難い。従って、時代の必然としてサンボリズムが登場してくる背景にも冷淡であった。トルストイ流に言えば「感染する力」（Contagion）がなかったのであろう。(7)

文学の功利主義はある意味では『文学論』で克服されている。それはF＋fという科学の方法によってである。しかし、長年、培われてきた士大夫的文学観、又、文明批評の視点は常に功利主義を用意しており、『文学論』で功利主義が克服されたとは言い難い。又、F＋fという公式と「文学とは何か」の間にも深い溝のあることを今一度、確認しておきたい。

注

(1) 本書IIの2

(2) 大久保純一郎『漱石とその思想』(昭49・12　荒竹出版)

(3) イタリア語の刊行は『天才と狂気』のタイトルで一八六四年、独語訳は一八八七年、英語訳は *The man of genius* で一八九一年である。ロンブローゾが序文で引用しているブランチェールの書は一八八七年、ユウルゲン・メイエルの論文は一八七九年の刊行である。英語版の段階でこれらの書の存在を知ったということであろうか。書誌的に疑問が残る。

(4) 「哲学雑誌」でロンブローゾが紹介され始められたのは六六号(明25・8)の雑録「天才と狂気」あたりからであろう。英訳はかなり読まれていたようで、上田敏の「青燈一穂」(「無名会雑誌」明24・10　全⑥)に「小才《タレント》」「大才《ジニアス》」の語が見える。タレントを「能才」と訳したのは漱石であるか否かは未調査。直、日本での異常心理の先駆者は呉秀三であり『精神病学集要』(明27)の著がある。官報局時代の二葉亭がロンブローゾに興味を持ち、呉氏の門をしばしば叩いたことも知られている。更に調査を要する。

(5)(6) 藤尾健剛「漱石とM・ノルダウ『退化論』」(「香川大学国文研究」15号　平2・9)

(7) トルストイの「感染力」に対応するものは漱石の場合、「幻惑」(Illusion)である。

9 〈森の女〉の図像学

かつて『三四郎』を「愛は尤も真面目なる遊戯である」と断言した『野分』の命題が過不足なく実践された作品であると論じたことがある。[1] これは明治三十九年の「断片」にある「遊離的文素（色々種類ヲ挙グベシ）恋愛ハ serious ナル要素ノ如クニシテ又一面ニハ此遊離的ノ素質ヲ帯ブ。（略）ダカラ此遊戯的ナ量ヲ減ジテ実際ノ生活問題ニ触レタ者ヲ加味スレバ恋愛モ大ニ真面目ナモノニナル。而シテ読者ガ首肯スルヿ受合ナリ」を根拠としたものである。生活問題に触れない点では『野分』『虞美人草』『三四郎』は共通しており、いずれも明治の青春を描きながら、その恋愛に今一つ真面目さが感じられない原因となっている。

特に『三四郎』では日露戦後の現実世界である轢死する女、子供の葬式、火事等を描きながら、それに充分、意識的ではない三四郎達の「燦として春の如く盪いてゐる」「第三の世界」が中心に描かれているので、先の「断片」に照らしても恋愛は遊戯的にならざるを得ない。

そして、それを手助けしているのが多くの外国の思想や文学作品であり（遊離的文素）、そのために逆に『三四郎』は時代を超えて普遍的な青春像を描出することに成功したとも言える。はっきりと原典を挙げることはできないが、『三四郎』はヨーロッパの青春小説のパロディーのような位置を占めている作品と言えるかも知れない。パロディーが悪ければヨーロッパ文学の恋愛のエッセンスが見事に形象化されていると言ってもよい。それがこの小説の遊戯的でありながら、それを単に遊戯として葬り去れない魅力の源泉となっているのであろう。なかなか皮肉なことだ。

ヨーロッパ文学の中でも特に重視したいのはドイツ文学である。F・シュレーゲルの「浪漫的《ロマンチック》アイロニー」が出てきたり、カントやヘーゲルの名も出てくる。しかし、最も注目すべきは〈森の女〉である。

三四郎が〈森の女〉と初めて出会うのは大学構内のこんもりと繁った森の中であった。その時、三四郎は水を湛えた池の辺でしゃがんでいた。のちに〈池の女〉とも呼ばれているように、〈森〉と〈水〉が重要なシンボルとなっており、〈森の女〉と〈水の女〉は重なっている。森の中で女と出会い、〈森の女〉として女は三四郎の前を去って行くが、当初、三四郎によってイメージされた〈森の女〉と最後の〈森の女〉とは意味が大きく異なっている。これについては後に触れるが、今一つ注意したいのは広田の夢の中に出てくる〈森の女〉である。夢の中で森を歩いていて広田は十二、三の少女に出会う。この広田の〈森の女〉と三四郎の〈森の女〉が強烈なコントラストをなしていることも、この作品を読み解く上で重要である。


さて、この〈森の女〉から我々が連想するのはグリム童話やドイツのロマン派詩人達によって歌われたWaldweib や Waldfrau, Waldfräulein である。グリム兄弟が手がけた「ドイツ語辞典」(Deutsches Wörterbuch) を参照するとこれらについては、「森の中に住んでいるか、そこにしばしば滞在する女性のこと」「山奥の深い森の中にはるか昔から一人の霊が住んでいた。小人のような女の姿をした霊はしばしば森の女と言われた」「古い民間信仰によると森の中に住んでいる神秘的な存在」「森の中に生活している女。魔女と考えられた女」という具合に解説されている。そして、「わが友よ、あそこに森の女が頷いているのが見える。青白く痩せて撞木杖にすがりながら、草地の方にのろ〳〵と歩み行く」というハイネの詩(Elster)の一節や、「森の女は私の夫の心を巧みな呪いの言葉と魔力で擒にしてしまった」というガイベルの詩(Juniusl)の一節が引用されている。

又、リーゼンゲビルゲやベーメンの森（ボヘミア）、ハルツ地方によって〈森の女〉の呼称もRüttelweiber, Holzfräulein, Mossweiblein と変化することも書かれており、ドイツに止まらず広く東欧にまでこの伝承が広がっていることが分かる。

これらドイツに古くからある民間伝承を踏まえながら、特にロマン派の詩人達がこれを詩に取り入れ、〈森の女〉を独特のイメージに作り上げて行ったものと思われる。その中で注目すべきは「森の詩人」と呼ばれたアイヒェンドルフの抒情詩「森の語らい」（Waldgespräch）である。

もう日は暮れて、寒さも身にしみてくる、
きみはどうしてただひとり馬で森を行くのだね？
森は深く、きみはひとりぼっちだ、
美しい花嫁！　きみを家まで送りとどけよう！——

「男の方って、とってもずるくて、手管にたけているわ、
わたしの心臓は苦しみのあまり裂けてしまいました、
ほら、狩の角笛の音があちこちから聞こえてきます、
ああ、去るのです！　わたしの素性を知らないうちに」——

女もその乗馬もみごとに飾り立てられ、
女の若々しい姿態はほれぼれするほど美しかった。

今こそわかったぞ――神よ、助けたまえ！
きみは魔女のローレライだろう――

「よくわかったわね――高い岩山から
わたしの城はしずかにライン河を見下しています。
もう日は暮れて、寒さも身にしみてくるのに、
あなたはこの森から二度とぬけ出すことはできません」。
（喜多尾道冬訳[2]）

小説『予感と現在』（一八一五）に挿入されたこの詩（『アイヒェンドルフ詩集』では一八〇七～一〇の制作年に収録）には重要なメッセージが二つ含まれている。一つは一人の騎士が森の中で美しい娘に出会い、これを誘惑しようとして逆に森に閉じこめられてしまうというメッセージであり、今一つはこの〈森の女〉が〈魔女ローレライ〉と重なることである。後者から言えばライン川の難所（Bacharach に所在）に材を得て、始めてこれを詩にしたのはブレンターノであり、Lureley（後に Lore Lay 一八〇一）の作で知られる。これを更に魅力的な詩にしたのがハイネの Lore-Ley（『歌の本』所収の「帰郷」一八二三～二四）であり、ジルヒャーの作曲で世界に広まった。ローレ・ライは「妖魔の岩」（あるいは「待ち岩」とも）の意であるが魔女そのものと一体化した。伝説の背景には恋仲を割かれて早世した女性の未練が男性を死に引き込むという話型もあるようであるが[3]、これが詩人によって黄金の髪を梳り魅惑的なメロディーで舟人達を破滅に引き入れる魔女となってしまった。元々、ギリシヤ神話にあったセイレン（sirens）という水の精の延長線上に位置するものであろう。

『三四郎』でも広田の引越しの二階で画帖の「人魚《マーメイド》」に見入る二人の姿があった。美禰子が無意識に誘っていることは言うまでもない。

ここで男性を破滅の淵に引き入れる魔性の女性という構図が出来上がったことはジェンダー論から言えば重要であろう。詩人によってなぜそのような女性像が作り上げられたのかが問われなければならない。が、その前に今一つのメッセージである〈森の女〉について触れねばならない。

「森の語らい」で騎士を閉じこめてしまう〈森の女〉は〈魔女ローレライ〉そのものであり、一度、この女性に興味を持った男性はその呪縛から逃れられないというのがアイヒェンドルフのメッセージであった。ここには官能的な力（sinnlich）で以て男性を誘惑する女性と、その呪縛から逃れられない男性という対比があり、森に住む女性は誘惑そのもののシンボルとなっている。アイヒェンドルフはカトリックの詩人であるので、この官能力を克服した超感覚的（übersinnlich）世界に到達することを理想とした。言わば霊肉二元の激しい対立、葛藤からの克服を願っているので、ここには女性＝官能＝悪とする女性嫌悪の思想が見れないことはない。又、〈森の女〉＝魔女＝ローレライという図式には男性の魅せられた魂の恍惚と恐怖、いわば愛憎併存の感情が明瞭に刻印されている。

しかし、「森の語らい」を注意して読めば〈森の女〉がかつて手酷い仕打ちを男性から被っていることが分かる。男性の裏切りとそれへの復讐、それが女を森に入らせた原因とも読める。女性にも男性への不信と嫌悪がある。男性は〈森の女〉に誘惑と破滅を見るが、女性はこれに不信と復讐を見る。この図像は女性嫌悪と男性嫌悪を併せ持つという見方も可能であろう。

さて、この〈森の女〉の図像が『三四郎』という作品の中でどのように機能しているかが次の検討課題である。〈森の女〉を誘惑のメタファーとして読めば、美禰子は明らかに〈森の女〉として造型されていることが分かる。
二三日前三四郎は美学の教師からグルーズの画を見せてもらつた。其時美学の教師が、此人の画いた女の肖像は悉くオラプチユアスな表情に富んでゐると説明した。オラプチユアス! 池の女の此時の眼付を形容するには是より外に言葉がない。何か訴へてゐる。艶なるあるものを訴へてゐる。さうして正しく官能に訴へてゐる。けれども官能の骨を透して髄に徹する訴へ方である。甘いものに堪へ得る程度を超えて、烈しい刺激と変ずる訴へ方である。甘いと云はんよりは苦痛である。卑しく媚びるのとは無論違ふ。見られるもの、方が是非媚たくなる程に残酷な眼付である。しかも此女にグルーズの画と似た所は一つもない。眼はグルーズのより半分も小さい。(四)
三四郎の目に映った美禰子の等身大の姿であるが、ここには三四郎の背後にいる語り手の認識の目もあろう。作品中で女としての美禰子が最も露になった箇所であろう。
「グルーズの画と似た所は一つもない」と言いながら「オラプチユアス」な眼付で美禰子と西洋の女とを重ねている以上、美禰子が西洋の女の流れを汲む女性として造型されていることは動かない。そして、この画の背後に〈池の女〉=〈水の女〉=〈森の女〉が重なることは言うまでもない。〈水の女〉と〈森の女〉を結ぶローレライとして美禰子は三四郎の前に立っているわけであるが、その女の誘惑が最も象徴的に出ているのが目である。「オラプチユアス」な目付とは肉感的で妖艶な、なまめかしい目付のことである。官能に訴える「残酷な目付」でもある。この目は〈森の女〉の具える属性である sinnlich なものと正確に見合っている。肉感的に迫ってくる美禰子に三四郎は苦痛を感ずるが、この一瞥で三四郎は完全に美禰子に囚われてしまう。そして、その「残酷な目付」の意味を解こうとして三四郎は森に分け入り、〈森の女〉に翻弄されてしまうというのがこの作品の基本的な読みであろう。

しかし、これ以後、美禰子は三四郎の前で二度とこのような目付をしてみせなかった。偶然、一度だけ露わになった美禰子の〈女〉には隠された意味はないのだろうか。たしかにここには誘惑者、挑発者としての美禰子はいるが、何故、彼女はそのような態度に出るのであろうか。「残酷な目付」の背後に男性への不信、男性社会への挑発を読むことはできないであろうか。「責任を逃れたがる人」野々宮との関係がどのように進行していたかは不明であるが、責任を取ろうとしない野々宮に美禰子が苛立っていることは明らかである。又、「御貰をしない乞食」「迷へる子《ストレイシープ》」という自己規定からも、男性中心社会で自己を活かす道を見出しかねている姿が明瞭に浮かび上がってくる。それらの不信や不満が無意識裏に出たのが三四郎との先の出会いではなかろうか。「残酷な目付」の中に若い男性を誘惑するだけではない、男性への不信、男社会への挑みを読み取ることもそれほど的外れではないであろう。

さて、この〈森の女〉の図像を読み解くにはロマン派の詩人の言説だけでは不充分である。美禰子は現代を生きるイプセン系の女性として造型されており、他にズーダーマン系の女性としての性格も併せ持つからである。個我に目覚めた〈新しい女〉として振舞おうとする美禰子には意識的な面と無意識的な面の両面がある。前者は「意識的な偽善家」「優美な露悪家」と形容され、後者は「無意識《アンコンシャス》な偽善家《ヒポクリット》」と形容されている。それぞれイプセン系の女とズーダーマン系の女を指している。「無意識な偽善家」は小宮豊隆の解では無意識の演技者、誘惑者ということになり、ロマン派詩人の〈森の女〉に接近してくる。

では個我に目覚めた側面はどうか。美禰子は那美や藤尾ほどの強烈な自己主張をしない。市民社会で生きて行く術を心得ているのであろう。尤も、だからと言って不満がないわけではない。広田は「あの女は落ち付いて居て、乱暴だ」と言い、三四郎は「周囲に調和して行けるから、落ち付いてゐられるので、何所かに不足があるから、底の方が乱暴だと云ふ意味ぢやないのか」と解釈するが、三四郎の全発言中、最も気の利いたもので、広田の意図をかなり正確に摑んだ批評ではなかろうか。

この抑圧された個我の解放は具体的にどのような形を取れば完結するのか。『三四郎』の世界では美禰子を活かす場が未だ充分に存在しているとは言い難い。美禰子を受けとめるだけの度量が野々宮はじめ男性側にもなければ社会にもない。女学校を終えて間がない美禰子に可能な選択肢とは、結婚するかしないかのいずれかでしかない。これはよし子とて同様である。結婚をしないという選択も可能ではあるが、やがて結婚するであろう兄のことを考えれば家を出なければならず、職業を持たない女性が一人で生きて行くのは不可能である。やむを得ず結婚を選択しようとする美禰子に意中の人、野々宮は応じようとしない。ならば他の男性を探すよりない。「金縁の眼鏡を掛け」「脊のすらりと高い細面の立派な人」は外見だけで見られているにすぎない。内実は全く分からない。(4) こういう選択が個我の確立とは全く無縁なところでなされていることは言うまでもない。イプセン系の女性として造型されながら、美禰子は当時の男性中心社会の中で挫折を余儀なくされる。

ところで、〈森の女〉が表象する「オラプチユアス」な「残酷な目付」に惹かれて三四郎は森の中に迷い入るが、女は二度とその目付に戻ることはなく男の前から去って行く。霧が晴れて明瞭な顔立ちになったにもかかわらず、三四郎は〈森の女〉の謎に惹かれた。しかし、女性は突然いなくなるわけで自ら〈森の女〉の仮面を脱ぎ捨てたことになる。普通の女になった女が自らを〈森の女〉の画に封じ込めるのはイロニー以外の何物でもない。〈森の女〉を途中で放棄してしまった美禰子に三四郎が言える批評の言葉は「迷羊」でしかない。二人が共有した時間を愛おしみながら、今、はっきりと美禰子が自らを「迷羊」と呼んだ意味を理解したのであろう。そして〈森の女〉が〈森の女〉としてではなく、〈迷羊〉として未来を選択したことをも批評したのであろう。

ここで、作品でもう一個所、〈森の女〉が象徴的に登場するシーンに触れなければならない。それは広田の夢の中で森の中を歩いていて出会う十二、三の少女のことである。広田が二十年前に出会った少女で既に額縁の画となっている。この森とは時間が停止した永遠とも、無垢、純潔とも、自己の再生する場所とも言える。この〈森の女〉は女から最も遠い地点にいる少女であり、男を誘惑する存在ではない。この場合、女は女であってはならず、女になる前の少女でなければならない。なぜならば、この少女と会った翌年の明治二十三年に広田は母の不義を知り、この少女を絶対化するからである。誘惑する〈森の女〉に無垢なる少女を対置した語り手の女性嫌悪は特筆に値する。

ドイツ文学で今一つ注目すべきは〈ロマンチック・アイロニー〉である。与次郎にからかわれた三四郎が早速、図書館で調べてみると、「独乙のシュレーゲルが唱へ出した言葉で、何でも天才と云ふものは、目的も努力もなく、終日ぶら〳〵ぶら付いて居なくつては駄目だと云ふ説だと書いて」あり安心する。ドイツロマン派の理論家の名前が出てくるのに驚かされるが、F・シュレーゲルの唱えた romantische Ironie とは、そもそも何か。ロマンティッシェ・イロニーとは創造しながら自己破壊をくり返すダイナミックな思考と想像力の連鎖であり、決して体系化を伴うことのない精神の運動である。従って、「絶えず自己破壊を続ける文学は、その本性上けっっして完結することがない」ものである。それは又、作品の中に原理的に批評が内在していることでもあり、このような文学をシュレーゲルは「文学の文学」と呼んだ(5)。この精神を三四郎は巧みに翻訳して、洒落た奇抜な解釈を下した。

ある意味で三四郎はこの精神の体現者でもある。LFB低徊家らしくあまりものにこだわらないその生き方は、三四郎の理解した〈ロマンチック・アイロニー〉そのものである。その三四郎が美禰子に囚われるところがこの小説の眼目かも知れないが、囚われ方が又、どことなくイロニーに満ちている。

創造し破壊する精神を象徴するものは「破壊」と「建設」が繰り返されている東京の街の現実であり、「思想界の活動」である。この激しく活動する現実世界から絶えず批評され相対化されているのが三四郎達の世界だとすれば、これは正に〈ロマンチック・アイロニー〉の実践と言わねばならない。

しかし、創造し破壊する精神を最も激しく生きているのは美禰子と言えるかも知れない。雲に憧れる美禰子の喩は野々宮により、雲は「雪の粉」であり「下から見ると、些とも動いて居ない。然しあれで地上に起る颶風以上の速力で動いてゐる」と解かれている。美禰子こそ明治という時代に〈ロマンティッシェ・イロニー〉の精神を最も激しく生きた女性であったと言えるかも知れない。

注

(1) 拙稿「『三四郎』——遊戯する愛——」(「解釈と鑑賞」一九八九・六)

(2) 「シューマンのリーダークライス Op.39 喜多尾道冬訳」(一九九八・五 BMGのCD)による。なお、『予感と現在』は「フリードリヒの遍歴」の訳(神品芳夫)で『世界文学全集』9(昭45・7 集英社)に収められている。

(3) 井上正蔵『ハイネ序説』所収の「ハイネ紀行」(一九九二・八 新装版 未来社)

(4) 中山和子「美禰子とは何か」(「國文學」一九八一・一〇)には「美禰子が結婚によって位置したのは、打算や変節にみちた二十世紀ブルジョア社会であるとみるのが自然である」とあり首肯される。

(5) 久保田功「ドイツ・ロマン主義文学の文学プログラムとしての異種間混成」(「金沢大学文学部論集 言語・文学篇」第22号 二〇〇二・三)や、『世界文学大事典』第二巻(一九九七・一 集英社)の「シュレーゲル」の項、同第五巻(一九九七・一〇)の「ロマンティッシェ・イロニー」の項を参照。

(付記)

稿をなすに当たり、同僚の久保田功教授(ドイツ・ロマン派文学)から懇切な教示を賜った。記して謝意を表したい。

10 『それから』論——臆病な知識人

一 はじめに

『それから』は書き出しの一行から終りの一行に至るまで明晰な文章で貫かれている。どこを切り取っても漱石の理知の光が輝き渡っている。曖昧さ、不透明さというものと凡そ対極をなす文章である。明晰さということからだけではなく、完成された近代口語文体として見ても、漱石作品中のみならず、近代文学史の中で一つの頂点をなすものと言って良いであろう。今、文体に触れる余裕はないが、その文体の明晰さを保証しているものは、言うまでもなく明晰な知性であり論理《ロジック》である。代助の思考はあくまでもロジカルであり、文章の展開もそれに見合ってロジカルである。言わば知的な文章の典型と言えるであろう。しかし、ここに『それから』の長所も短所もあることは武者小路の「『それから』に就て」（「白樺」明43・4）以来、よく言われて来たところである。武者小路は技巧の巧みすぎるところに長所と短所を見ているが、その技巧を支えるものは漱石の知性であり論理である。この短所が出ているのは特に代助と三千代の恋愛のプロセスであろう。あまりにも理につきすぎていて「つくられたもの」（武者小路は『それから』全体をつくられた運河に譬えている）という印象が強い。代助が自己変革の為に三千代に働きかけて行くプロセスは論理的に説明はつくが、両者を結びつける内的必然があったのかとなれば、かなり疑問である。ロジカルに両者の接近が説かれれば説かれるほど、肉体的に両者は離れて行く。頭部《ヘッド》だけで身体の伴わない恋愛という批判が、戦後の安吾にまで継承されて来た所以である。(1) ここに『それから』の一つの問題点がある。次に前半の代助は卓抜な文明批評家であり、知的明晰さで終始一貫しているが、三千代との接近に伴い批評の明晰さを失ってゆく。この場合、代助の文明批評はその意味を失うのか。代助の中で文明批評と恋愛はどのように関わっているのかという、『虞美人草』以来の命題が出てくる。これが問題の第二点である。最後の問題点は以上の二点とも深く関わるが、自己変革を試みようとしての三千代との恋愛ではあったが、何故、最後に代助は混迷の世界に陥って行くのかということである。「つくられたもの」という批判があるにしても、論理で以て漱石が思考実験をしている限り、我々は論理を追う以外に以上の疑問に答えることはできない。その時、この作品の持つ長所、短所も自ずと明らかになるであろう。

二　代助という男

代助とは一体、何者なのか。まずこの問いより始めねばならない。三千代が明確な意味を持って代助の前に立ち現われるまで、代助は己れの哲学に従って明快な行動を取っている。その行動の現われは、作者によって「アービター　エレガンシアルム」（趣味の審判者）「享楽家」「特殊人《オリヂナル》」とさまざまに形容されている。代助によればこれらは自己の内部で矛盾なく統一されているのであろうが、果たしてそうなのか。又、これらの行動を支える彼の哲学との間に何の齟齬も無いと言えるのか。明快な思索と行動を誇る代助に自己欺瞞はないのか。明快な論理には本人も意識しない思わぬ陥穽がある。今、彼の哲学の中核を攻めるのではなく、その周辺からこの問題を考えてみたい。

先ず代助が時代と社会を超えようとしている所に彼の著しい特色がある。(2)「生きたがる男」「肉体に誇りを置く人」と規定されている代助は、例えば、朝の化粧に念入りに時間をかけることを恥とも思わない。そういう意味で「旧時代の日本を乗り超えてゐる」（一）男である。一方、「自分の神経は、自分に特有なる細緻な思索力と、鋭敏な感応性に対して払ふ租税である」（一）という認識を持ち、他方では眠りに入る瞬間までを認識しようとする意識家として描かれている。世の道徳や常識から自由であり、神経と意識に特別の価値を置こうとする所に、近代人代助の面目があるわけであるが、近代人として時代と社会を超えようとする時、代助にとりそれはどこまで可能であったのか。意識の次元に於て代助が時代と社会を超えているのは明瞭であるが、時にそれはハイカラな意匠と見れないこともない。軽薄であって実質が伴わないとも言える。実質的に代助はどこまで時代と社会を超えているのか、この事を考えてみたい。

父、兄、嫂、つまり日本の古い家の構造との関係で代助を捉えるとどうなるか。代助はことごとく父に反発しこれを軽蔑している。口癖の「胆力」「度胸」については、これを「野蛮時代」の遺物と批判し、むしろ「臆病」であることを誇っている。「誠実」「熱心」という徳目については形骸化した儒教倫理と極め付け、むやみにこういうものを振り回す父親を「己れを偽はる愚者」「嘘吐」「偽君子」として嫌っている。ここに明らかなのは二つの世代の対照である。父は代助の生き方に全く無知であるが、代助は父の生き方を明確に認識している（「今利他本位でやってるかと思ふと、何時の間にか利己本位に変つてゐる」というのがその中心であろう）。代助には父から学ぶものは何一つない。二つの世代は完全に隔絶している。このことは漱石作品の中で画期的な意味を持つ。『虞美人草』を見ても明らかなように、明治の二世代はどちらかと言えば親密な関係で捉えられてきたが（というより、甲野に至っては父の精神的影響から抜け出せずにいた）、ここに至ってその関係は崩壊する。二人の間に精神的繋がりは見られず、代助は父の影響から完全に自由な人間として存在する。代助は漱石によって初めて描かれた典型的な明治二代目の人間である。しかし両者、完全に隔絶しながらも、対立、葛藤は起こらず、代助の一方的無視、軽蔑という関係で終始する。代助は闘わずして父を乗り超えているが（もっとも、「十八九の時分親爺と組打をした事が一二返ある位だ」という描写はある）、それはあくまでも意識の次元であって、実生活において必ずしも父の存在からは自由でない。「已を得ず親爺といふ老太陽の周囲を、行儀よく廻転する様に見せてゐる」（三）とあるが、これは見方によれば賢明であるが、やはり自己を瞞着するものである。こういう欺瞞を克服しない限り、代助は真に父親を乗り超えたことにならない。が、代助にしてみれば父を人格の抑圧者と見、これと対立、葛藤するという図が、既に一昔前の古ぼけた構図であり、父を無視し軽蔑するところに時代を超えた新しさを見ていたのかも知れない。たしかにこの父子が対立するには二人はあまりに遠く相隔たっている。ここにも代助のハイカラさがあるわけであるが、それほど新時代を体現し時代を超えようとしている男が、何故、軽蔑している父親の援助を受けることを潔しとするのであろうか。ここが最大の疑問点である。代助には父との約束があったのかも知れないが、言わば当然の権利としてこれを疑っていない。しかし、この点の鈍感さについては嫂から、「貴方は寐てゐて御金を取らうとするから狡猾よ」（三）と鋭く批判される。三千代への金の工面が必要になって嫂を訪れると、更に手厳しい批判を受ける。「一家族中悉く馬鹿にして」いることを認めさせられた上で、「そんなに偉い貴方が、何故私なんぞから御金を借りる必要があるの」（七）と止めを刺される。しかし、これに対する代助の反応は極めて幼稚である。「梅子の云ふ所は実に尤もである。然し代助は此尤を通り越して、気が付かずにゐた」（同）とある。こういう代助の設定は相馬庸郎氏の指摘にもある如く[3]、やはり極端である。何故、このような極端な設定が可能なのか。ここに代助の意識しない盲点があると考えるべきである。即ち代助は父権を中心とした家族制度を暗黙の内に是認し、これを前提にして行動している。長井得が代助の面倒を見るのは父であり、子であるという関係以外にない。代助も父を軽蔑しながらこれに頼ろうとするのは、この関係以外にない。

この前提をとり払えば代助の生活の基盤はたちまち崩れてしまう。代助は時代と社会を超えた新しい人間を自認しているが、生活の根本に於て古い家族制度の枠の中に生きている人間である。いくら父を軽蔑しようとも、その生活の資を父から得ている以上、代助は父から自立できていない人間である。意識の次元に於て時代と社会を超えながら、生活の次元に於てはそれを裏切っているという、この単純な自己矛盾について、代助はあまり自覚的ではない。金の工面での嫂との交渉で「代助は此事件を夫程重くは見てゐなかつたのである」（七）というのが、その事を証している。こういう矛盾を冒して平気でいられるのは、鈍感というよりも代助にそれなりの論理があっての事だと考えるのが自然かも知れない。代助にどのような論理があったのか。

従来、指摘されているように、この小説には漱石の作品としては珍しい社会的事件が多く出てくる。学校騒動、日糖事件の例をはじめ幸徳秋水の名まで出てくる。この事の意味は深く考えねばならないが、一つの見方として代助がそれらを日本文明の歪みとして捉え、その元凶を経済事情に見ているという点である。激烈な競争で日本経済が圧迫を受け、種々の矛盾が露呈して社会事件になっているという認識である。この認識に立てば父と兄の関係している会社も同類で何時、難に遭うか分らない。この点について代助は「父も兄もあらゆる点に於て神聖であるとは信じてゐなかつた。もし、八釜敷い吟味をされたなら、両方共拘引に価する資格が出来はしまいかと迄疑つてゐた」（八）。そして、今更「父と兄の会社に就ても心配をする程正直ではなかつた」（同）とある。これは一寸、看過できない部分である。代助は、父と兄が大分、危ない橋を渡っていることを知っている（二人が急に多忙になることでそれが立証されている）。現在の財産も「人為的」「政略的」に「拵え上たんだらうと」鑑定している。つまり、自分が月々父から貰う金がそれ程きれいなものでないことを、充分承知しているのである。が、このことについて代助の良心は全く痛痒を感じていない。つまり「正直」ではないのである。代助の倫理は自分の使用する金が不正なものであるか否かについて考える程、山出しでも純情でもないのである。代助は明らかに現代社会から得られる利益を汚れたものと認識している。文明が堕落している以上、そこから上る利益は凡て堕落の利益であり、自分一人それに抵抗してみたところで始まらないという「開き直り」が代助にはある。つまり、代助は現代文明の矛盾と堕落に開き直って生きている意識的な露悪家なのである。そこが、なまじ、良心などを持って生きている人間よりも超時代的で新しいのである。こう考えると代助の矛盾は一見、解決したかに見えるが、必ずしもそうではない。代助は文明が堕落しているから働くことを拒否すると言うが、それならば、堕落した文明から上がる金も拒否すべきではないか。堕落した金を一人だけ抵抗しても始まらないとの理由で使用するのならば、同じ理由で働くことを始めねばならない。代助は明らかにここで論理的矛盾を冒している。代助の論理では働かないことの理由づけにも、不正な利益を使用することの理由づけにもならない。依然として軽蔑する父親から生活の資を得る正当な理由は出てこないのである。とどのつまり、そういう矛盾が罷り通るのは、二人が父子であるという以外にない。代助がいかに時代と社会を超えようとしても、この血縁という古い絆が彼を地上に押し止める。先に代助は文明の矛盾と堕落に開き直って生きていると述べたが、その中で代助自身が矛盾撞着をきたして来る。この事について代助がどれだけ自覚的であるかが問題となる所であるが、これが必ずしも明確ではない。ある面ではきわめて潔癖な人間でありながら、他方ではきわめて鈍感である。「少し胡麻化して入らつしやる様よ」（十六）と言う三千代は無意識裏に代助のこういう矛盾、欺瞞に気付いているのかも知れない。代助がこの矛盾をいかに自覚して行くかに、この小説のテーマがなければならない。

父との関係で矛盾をもう一つ指摘すれば、父の妾問題がある。この問題について代助は父を擁護し、「妾を置く余裕のないものに限つて、蓄妾の攻撃をするんだと考へてゐる」（三）。これは「渝らざる愛を、今の世に口にするものを偽善家の第一位に置」（十一）く代助の哲学からすれば、当然の帰結である。ディレッタント、審美家、享楽家《エピキュリアン》というさまざまな性格を形成する彼のハイカラな哲学の結論と、古来、妾を持つ者が絶えず口にする口実とが一致するのは、はなはだ奇妙である。日頃、父親を偽君子と呼んで軽蔑している代助が、妾問題で父を弁護しているのは、この件に関して父が偽善家でないことを逆に立証したことになる。つまり、愛情の問題に関して両者はそれほど径庭のないことが了解される。事実、代助が対象とする女はその哲学からも明らかなように「芸妓《げいしゃ》」だけである。この代助の認識は所謂近代的恋愛観と著しい対照をなす。前近代的な恋愛観ともとれるが（たまたまその現われた形において、父親とは一致するが）、代助のそれは近代の恋愛に潜む虚偽と偽善を憎む余り、意識的に取った露悪家のポーズと見るべきであろう。(4) ハイカラで粋ではあるがかなり無理があるように思われる。この愛の哲学は三千代の出現によって崩壊するが、その原因の無理なポーズもさることながら、この愛の哲学そのものが代助にとってどういう意味を持つかについては充分に書かれていない。代助は近代の恋愛に潜む偽善を憎む余り、享楽家を気取るが、これは盾の両面のようなものである。偽善をなくそうと思えば必然的に享楽家にならなければならないと言うことで、この場合、偽善家とアモラルな享楽家は大同小異である。「渝らざる愛を、今の世に口にするものを偽善家の第一位に置く」代助の哲学が、現代文明の矛盾、堕落に由来しているのは明白である。とすれば、偽善を逃れようとして意識的にとった享楽家のポーズも、所詮、文明の矛盾、堕落を反映するものでしかない。代助の無理な愛の形も、つまるところ文明の堕落の一つの形でしかないのである。このことに代助がどれ程意識的であったか明確ではないが、自己の愛の哲学に確信が持てたならば、「人と人との間に信仰がない原因から起る」「一種の不安」（十）に襲われることはなかったはずである。この享楽の哲学はむしろ「人と人との間に信仰がない」ことを前提としていたからである。つまり、代助は一方において文明の堕落が原因で起る不安に襲われていた以上、その享楽の哲学が破産するであろうことを自覚しなければならなかった。「そんな事を云つて威張つたつて、今に降参する丈だよ」（二）と言う平岡の予言を、代助はどれだけ自分のものとして自覚して行くかに、この小説の展開の中心はかかっている。

父との関係以外でもう一つ気になる嫂との事を考えてみよう。

代助が度々実家に出掛けるのは、必ずしも生活費を貰いに行く為ばかりではない。気さくな嫂、梅子が居る為であり、彼女と無駄話をすることを代助は結構、楽しんでいる。この嫂はなかなか話の分かった夫人で、面倒見もよく代助の花嫁探しに熱心である。この点、少々小煩い所もあるが、さして苦にもならないのであろう。私は漱石作品の女性の型を大雑把に三つに分けているが、嫂はその内の一つの典型である。三つの型とは一つは恋愛の対象になる女（この作品では言うまでもなく三千代）、二つは漱石の断罪の対象となる女で「我の女」と言ってもいい（この典型は藤尾である）。三つ目は上記いずれでもなく、ただ話していて楽しい女である。『三四郎』の野々宮よし子であり、『それから』の嫂等である。この内で三番目が特殊である。恋愛の対象にも、批判の対象にもならず、主要人物との間に緊張関係がなく、逆にアットホームなものが流れている。この場合、多く男性は年下であり、年上の女に一種の甘えの気持を持っている。代助―嫂がその典型である。こういう場合、男性は多く女性に慰安を求めると一般化しても良いが、代助の場合、嫂は文明からの「避難所」（あるいは魂の休息所）であったのではなかろうか。未熟な三四郎には「明治十五年以前の香がする」「立退場」があったが（それはふるさとの母に繋がるものであった）、代助はそれほど初心ではなく、嫂を中心とした家庭の雰囲気の中にそれを求めていたのではなかろうか。文明の過度の刺激と圧迫に疲れた頭脳と身体には、この嫂と子供達（誠太郎と縫）が一番なのである。事実、代助は「誠太郎の相手をしてゐると、向ふの魂が遠慮なく此方へ流れ込んで来るから愉快である。実際代助は、昼夜の区別なく、武装を解いた事のない精神に、包囲されるのが苦痛であつた」(十一)と述べている。嫂を中心としたこの家庭は(父を除く)、代助にとり文明の圧迫から逃れるための格好の避難所なのである。ところで、そのような安息を代助に与える嫂とはどのような女なのか。この嫂について作者は「天保調と明治の現代調を、容赦なく継ぎ合せた様な一種の人物である」(三)と評している。[5] 現代調のハイカラ趣味だけではなく、かなり古風な感受性を身につけている事が窺える。代助はそれをアナクロニズムとは見ていない。むしろ、矛盾するものを併せ持つその性格を愛し、楽しんでいるものの如くである。とすれば、自分を休息させてくれるものの中に、かなり古い要素の入っている事を代助は承知していたはずである。これは文明の最先端を生きるが故に逆に古い天保調に惹かれ、そこを自分の立退場にしていたと言うことであろうか。たしかに嫂の中に文明の振り捨てて行ったものを見るというのは分るが、時代を超えた新しさを絶えず求めていた代助が、過去に惹かれるというのは、やはり矛盾と言えないだろうか。日頃、嫂を多少「馬鹿」にしながら、意識しない所でこれに惹かれるのは何故か。嫂に会うと無意識の裏に武装が解け、地の代助が出てしまうような所があるが、地の代助は多少、軽薄な江戸っ子という性格が強い。こういう人間の原質のようなものはなかなか変らないもので、思わぬ所で顔を出してくる。日頃、ハイカラを気取っていても嫂のような典型的な江戸っ子に出会うと、忽ち地に戻ってしまう。そこが代助にとって最も気の置けない場所であり、自己が帰って行く所なのであろう。[6] 嫂を中心とした家庭に代助が惹かれる根本はこのあたりにあるのであろう。代助が父や兄に根本的に反発できない原因の一つに、この家庭の原質のようなものがあるように思える。一方、この事とも関わるが、古風さを持つ嫂を好く代助が、三千代の中に「古版の浮世絵」(四)を見るのはさして不思議ではない。[7] これ又古いイメージであるが、今言ったことと関係する。実際の三千代は芯の強い女であり、このようなイメージと必ずしも合わないが、「古版の浮世絵」を見たがっているのは代助の方である。これは先程述べた代助の無意識の古層、原質的な古さが出たと考えて良い。代助の中に無意識の内に家庭に慰安を求め、家庭を避難所としようとする考えが窺えないか。この認識が三千代への告白を機に、両者の立場が逆転する原因の一つとなっていはしないか。

以上、代助が時代と社会を如何に超えているかという問題を、主に家族関係の観点から捉えてきたのであるが、見てきたようにかなり否定的要素が多い。家族制度の枠や家庭の古い原質を充分に認識し得ないで、かえってその内に踏み止まっている代助がいる。克服さるべきものであるにもかかわらず、充分、それに意識的ではない。時代や社会を超えているように見える場合も、意識的に露悪家を演じているケースが多く、実質的に時代や社会を超えているとは言い難い。つきつめて言えば、代助は文明の矛盾を克服するという形で時代や社会を超えるのではなく、意識的な露悪家を演ずることで文明の矛盾を回避しようとしている。そして、そのようなポーズを取ることが、とりも直さず文明の矛盾の反映だと気付いていない。文明の矛盾を生きながら、それから逃れているように振るまう所に代助の最大の自己矛盾がある。代助は新しい明治二代目を自認しながら、実質においてそれを裏切っている。自己の矛盾、弱さを明確に認識しそれを克服しない限り、真の二代目の成立はない。

三　「趣味の審判者」

代助は心の内でその人達を軽蔑しながら、家族なるが故にその気持をあからさまに面には出さなかったが、ここにあからさまに代助により軽蔑されている人間がいる。言うまでもなく代助を真似て意気がっている書生の門野である。この門野との関係を見て行くと、逆に代助の優越の根拠、その哲学の本質的なものに行き当たる。代助は「自分の神経は、自分に特有なる細緻な思索力と、鋭敏な感応性に対して払ふ租税である」

「天爵的に貴族となつた報に受る不文の刑罰である」（一）と自負している。こういうプロセスを無視してその形だけを真似る門野は、誰が見ても滑稽な存在でしかない。「牛の脳味噌で一杯詰つてゐるとしか考へられない」「此青年の頭」は、「平民」のそれを代表するものであろう。ここに貴族と平民の対比があり、自己の神経に絶対的優位を置こうとする知的選良の変らぬ認識の方法がある。知に先験的優位を認めるのは知識人の一般であって、漱石自身もこの例から免れていない。[8] ただ不思議なのは代助の優越感が、なぜこれ程の侮蔑感と表裏をなしているかと言うことである。二人の対比はあまりに極端である。元々、門野などは代助から問題にされる程の人物ではないが、代助の存在《レーゾン》 理由《デートル》に少しでも触れてくると手厳しい反撃を食う。代助の中に聖域があって、その世界を共有できる人間のみが代助と対話可能となる。が、作品にはそのような人間は一人も居ない。門野が侮蔑を以て遇せられるのは、代助の存在《レーゾン》 理由《デートル》と聖域に関わることは言うまでもない。代助が一人孤塁を守るその哲学の実体こそ、「趣味《アービター》の審判者《エレガンシアルム》」の名で代表される当のものである。この「趣味の審判者」こそ代助の優越の根拠であり、その哲学の根本である。門野は代助のこの聖域に全く無知である為に、あからさまな侮蔑を受けたのである。では「趣味の審判者」とは一体、何か。

「趣味の審判者」は他の言葉で「趣味の人」「審美家」とも置き換えられるが、要は経済的余裕がある故に知的特権をはじめ、さまざまの特権を享受できる人の謂である。読書家、享楽家、意識家、お洒落、鋭敏な感受性の持ち主等々、さまざまの特質を指摘できる。これら諸々の属性の中で際立っているのは、生に対する認識である。その中に「趣味の人」代助の特質がよく出ている。書き出しの部分で代助は「生きたがる男」「絶対に生を味はひ」たがっている男と規定されている。これは言葉を換えて言えば、生きているという実質を味いたい、命を実感したいということである。しかし、現実にそういう代助の願望を脅すものがある。一つは死の不安であり、一つは言う所の社会的不安である。社会的不安とは文明の中に生きている人間が必然的に被らねばならない文明の矛盾の別名であり、文明に生きていることの証とも言える。代助はこの二つの原因により十全にその生を実感できずにいる。ここで注意すべきは、「絶対に生を味は」うということが「趣味の審判者」代助の根本理念であり、この理念はこの小説を通して一貫して追求されているという事である。三千代との恋愛もこの観点で捉えねばならない。もう一つ注意すべきは、従来、「生きたがる男」「絶対に生を味は」うという事の意味を、専ら、美的な形で生を味うこと、享楽家が味う生の悦楽という意味に解してこなかったかということである。この解釈はこれで全く間違いとは言えないが、以下の点で問題がある。即ち、「生きたがる」の意を美的生の悦楽に限定すると三千代との繋がりが旨く説明できない。又、「三十になるか、ならないのに既に nil《ニル》 admirari《アドミラリ》 の域に達して仕舞つた」(二)という規定とも矛盾して見える。後者は美的生の充足に終始したため「ニル-アドミラリ」に陥ったとも解釈できる。しかし、代助は「絶対に生を味は」っていないのであり、そのために「ニル-アドミラリ」に陥ったと見るべきである。そうすれば「絶対に生を味は」う事の意味は美的生の充足をはるかに超えるものでなければならない。又、三千代との恋愛はこの「ニル-アドミラリ」からの解放であり、全的生の充足でなければならない。美的生の充足は否定され(その意味での「趣味の審判者」は否定されている)、代助の自己回復として、「絶対に生を味は」う事の意味が、三千代との恋愛を通して検証されて行く。少し錯踪したが次のように言い換えてもよい。代助自身は「絶対に生を味は」うことの意味を享楽家の意味に取っていたかも知れない。しかしそういう限定がますます自己を閉塞された生の中に追い込む。そして、「ニル-アドミラリ」という自己矛盾に陥って行く。ここで本当は代助自身が気付かねばならない。そのような自己矛盾に陥った原因は、生の充足を狭い意味に限定したことにあると。又、そのような狭い意味にしか生の充足を捉え得なかった所に、文明の矛盾を生きる自己の投影を見なければならなかった。このことに代助がどれだけ意識的であったかは明確ではないが、作家漱石はこの代助を文明の矛盾を生きる人間として描いている。[9] 代助が「絶対に生を味はひ得」ない所に文明の矛盾の反映を見、それを生の享楽家という形にして描いて見せた。漱石には代助が「絶対的に生を味は」う為には、享楽家としての自己（「趣味の審判者」）を否定せねばならないことが分っていた。漱石がこの一語に全的な生の解放の意味を込めていたのは明らかである。

しかし、この生の全的解放というテーマが如何に困難であったかは作品の結末が如実に物語っている。作品の結末は代助の新しい出発を意味するよりも、彼自身の敗北をより強く思わせる。これは作品の展開から言えば、さほど不自然とばかりは言えない。ここで代助はそれまでの「趣味の審判者」を自ら否定しているわけで、それを自己崩壊と取れば惨めな敗北と言うことになる。しかし、自己否定による自己再生と取れば、これは新しい出発でなければならないが、そう取るにはどこか弱々しいものがある。この原因として三千代との恋愛が大きく関わるが、この問題を含めて結末全体が真赤なイメージに塗り潰されて、あたかも敗北を思わせるように描かれていることと深く関係していると思われる。この赤のイメージであるが、現実の刺激を避け、ひたすら精神の沈静と心の平安を求める代助には最も危険で不吉な色である。代助は青と緑の情緒に浸ることを好んでいる。青木繁の絵であり、青葉若葉の季節であり、君子蘭の緑の葉、茎から滴る緑の液、「蒼い色の付いた深い水の中」という具合である。代助はこの落ち着いた情緒の中でそれなりに生を味い、自足していたのであろう。しかし、これは「絶対的に生を味は」おうとする彼の哲学から見れば、やはり消極的な生の充足でしかない。その主張を実践するためには、自分がそれまで拒否し恐れていた「赤」のイメージの世界に入って行かねばならない。刺激と活力に満ちた現実の世界へである。文明からの逃避で得ていた心の平安を自ら捨て、文明の矛盾を自ら体現することで新しい生の可能性に突き進んで行くという具合に、青・緑から赤への変化は基本的に理解されねばならない。しかし、見るように作品の結末はそのような可能性を裏切るものである。生の崩壊の予感が代助の錯乱と重ね合わされて描かれている。ここから代助の自己崩壊は読み取れても、新しい生の出発を読み取るのはなかなか困難である。その原因として繰り返すが三千代との恋愛の意味が問題となるが、その事とは別に代助自身の中にこのような惨めな敗北を用意するものがあったと考えるべきではないか。一つは代助自身が身につけている本能的臆病さということである。これは殆んど生得的なものであって如何ともし難いという風に作品では書かれている。生を味わおうとする代助は必然的に死を恐れている。生きている事を「僥倖」と考えるほど死を恐怖している。この恐怖心は儒教の感化を受けた父親の「度胸」「胆力」と際立った対照をなす。臆病を恥と思わない代助は自己を偽らない点では正直な人間であるが、その臆病心にどこか病的なものが感じられる。「論理に於て尤も強い代りに、心臓の作用に於て尤も弱い男であつた」(十)という規定にも、その事が感じられる。肉体(生理)と精神の極端な乖離に代助の致命的な弱さがあるようである。それを生理的弱さと呼んでいいが[10]、この弱さが代助という人間を今一つ分りにくくしている原因ではないだろうか。例えば、死を恐れる余り代助はいつしか「発作性」の無い男、ニル-アドミラリな人間になって行く。そのような男が何故、刺激を求める享楽家になるのであろうか。こういう矛盾は旨く説明できないが、つまる所、臆病であり死を恐怖するが故に逆に激しい生を求める、という風にでも説明するしかない。すると、この生理的臆病心が代助を突き動かす行動原理になっているとも言える。臆病心の故に行動し、その結果を又恐れるという悪循環。この例は前述した青・緑から赤のイメージの世界への転換に当てはまる。生理的弱さから言えば代助は青と緑の世界に止まっておれば良いのである。刺激には乏しいが、それなりの生の充足はあるはずである。それが何故、赤の世界に入って行かねばならないのか。それは「絶対に生を味は」う為であり、そう仕向けるのは彼の生理的弱さである。臆病なるが故に死を恐怖し、臆病なるが故に生を希求するという彼の行動の原理は、激しく生に近づけば近づく程、それは又、死にも近づくという矛盾を内包するものである。赤の世界での自己崩壊とも思える代助の錯乱は、このあたりに原因があったのであり、凡て代助の生理的弱さに起因している。代助の赤い世界の描写が代助の臆病心の否定、克服という観点で捉えられずに、専ら生理的臆病心による必然として捉えられている事が、この作品を考える上で特徴的なことである。代助はもはや一人の代助ではない。痼疾のように資質にまで食い込んだこの生理的臆病心は、知識人一般に共通する弱さを象徴するであろう。知識人の弱さを生理の次元にまで下り立って描いた所に、『それから』の一つの画期的な意味がある。

もう一つ最後の代助をひ弱く見せているものに、代助が自分の弱点である観念家（作品では「理論家《セオリスト》」）という宿命を充分、克服し得ていないのではないかという印象がある。これ又、知識人の弱さという問題と関わる。代助は誰が見ても観念家であり、観念に絶対的優位を見ている。眼前の画を頭の中で自分の思い通りに描き直す（三）というのがそれで、自分の観念に現実を合わせるのであって、その逆ではない。そういう観念優位は平岡より「君はたゝ考へてゐる。考へてる丈だから、頭の中の世界と、頭の外の世界を別々に建立して生きてゐる」（六）と的確に批判されている。しかし、この批判は観念と現実の遊離に自己の存在意義を見出していた代助には、余りに当然であって批判にはならない。だが時が経つに従って代助は平岡の批判を認めざるを得なくなってくる。「時々、頭の中心が、大弓の的の様に、二重もしくは三重にかさなる様に感ずる」（十一）ようになってくる。現実からの復讐である。現実と観念の相克、その自己分裂よりの克服に三千代との愛があったはずである。しかし、その恋愛のプロセスを見ても代助はやはり観念の人であるという印象を免れ難い。その恋愛に肉体が欠落している。観念の克服、現実の意味の回復が達成されているとは言い難い。ここにも観念家に終始しなければならない知識人の宿命的な弱さを読み取る事ができる。

四　文明批評

「趣味の審判者」である代助は一方では鋭い文明批評家である。「特有な思索と観察の力」（六）で展開されるその批評は、論理の人代助の面目を躍如たらしめている。前章では知識人の宿命的な弱さについて触れたが、ここでは逆に「論理に於て尤も強い」知識人の、もう一つの側面が強調されている。この作品で漱石は代助という人間を通して、知識人の持つ二つの側面を際立たせて描いているように思える。論理の人対趣味の人という認識が基本にあって、これに頭《ヘッド》対心《ハート》、精神対身体、認識対行動という対応が続く。後の「意志の人」対「自然の児」もこの延長線上にあるであろう。こういう知識人の際立った二元論の分裂と相克を三千代との恋愛を通して描こうとしたのは明白である。では、代助のもう一方の極である文明批評は、この作品でどういう位置を占めるのか。

『吾輩は猫である』から始まった漱石の文明批評は、『野分』『虞美人草』『三四郎』などを経て、この『それから』で一つの頂点に達したように思える。それまで繰り返された文明批評の一つの結論がこの作に出ていると見てよい。漱石は代助の口を借りて「現代日本の開化」（明44・8）やその他の講演で述べた結論を語っている。しかし注意すべきは漱石は代助の文明批評を全肯定はしていないという事である。その文明批評と代助の生き方の矛盾を鋭く指摘している。あわせて自己の文明批評の限界をも正確に見抜いている。

前にも述べたが、この小説には学校騒動をはじめ日糖事件その他の具体的な社会的事件が多く引用されている。日露戦後の日本の疲弊した社会状況が見事に活写されている。漱石は当時の具体的な社会状況を踏まえながら、代助の口を借りて文明批評を行っているという事は、充分に注意されて良い。しかし、ここで文明批評を行っているのは代助であるので、代助の視点に立って見て行きたい。代助の文明認識の根本にあるのは文明の堕落という事実である。友人の寺尾にも「日露戦争後の日本の様に往生しちや詰らんぢやないか」（八）という批評があるが、代助は「日本国中何処を見渡したつて、輝いてる断面は一寸四方も無いぢやないか。悉く暗黒だ」（六）と厳しい断案を下している。これは極めてシビアな文明認識であり、日本文明への絶望を物語るものであるが、問題はこういう認識を代助が自己の生き方にどのように反映させているかという事である。残念ながら代助には文明批評を自己批評に重ねるという視点が欠落している。あくまでも、傍観者、認識者としての立場を崩していない。平岡の粗末な住居を「生存競争の記念」「敗亡の発展」と見、日本文明の矛盾そのものが露呈した格好のシンボルと見ている。哀れな平岡の家のみならず平岡自身をも工場が「生存の為に無理に吐く」煙突の煙と同一視している。この場合、まず「美醜の念」が先立つと説明されている。要するにその文明批評に審美家の眼が入っているのである。代助の文明批評は客観的ではあるが、傍観者的であるという非難は免れ難い。とすれば、文明に対する危機意識を如何に自己のものにして行くかという所に代助の成長がなければならない。代助にそのような成長、意識の変化は可能か。

たとえば、代助は自己にとりついた「倦怠《アンニュイ》」から解放されずに、次第に「身体全体が、大きな胃病の様な心持がし」「大きな胃嚢の中で、腐つたものが、波を打つ感じ」（八）になってくるという個所がある。代助の出口のない生の閉塞状況を物語っているが、見方を変えればこれは日本文明のきわめてシンボリックなメタファになっている。即ち、西洋の圧迫を受けて「精神的、徳義的、身体的に」疲労困憊している日本文明そのもののメタファである。ここで、本来ならば代助は「精神的、徳義的、身体的に」健全でない文明の反映を自己の身体に見なければならないのである。しかし、ここでは未だそういう風には結びつかない。文明の認識が自己にはね返っていない。代助にこの事が意識されるのはいつかというのが、この章の最大の関心である。

先走ってしまったが話を文明批評そのものに戻そう。代助の文明への絶望的認識は具体的に個人の生活にどのような形で現われているのか。平岡と再会した代助は二人が完全に隔絶してしまった事を認識するが、それを「文明は我等を孤立せしむるものだ」(八)と文明一般のせいに帰した。ここでは未だ二人を隔絶させた真の理由に目を逸し、文明にその原因の凡てを見ようとする回避的な態度が窺えるが、文明が個人を孤立させるという認識は代助の中で強く根を張って行くようである。[11] そして、「代助は人類の一人として、互を腹の中で侮辱する事なしには、互に接触を敢てし得ぬ、現代の社会を、二十世紀の堕落と呼んでゐた。さうして、これを、近来急に膨張した生活欲の高圧力が道義欲の崩壊を促がしたものと解釈してゐた」(九)という認識に達した。ここにあるのは文明による人間の孤立状況、疎外状況である。これが個人の生活に反映した文明の実態であった。こういう人間の孤立状況の原因を代助は生活欲の膨張と道義欲の崩壊に求めている。「欧州から押し寄せた海嘯《つなみ》」のような生活欲の攻勢に、「財力」的に乏しい日本経済は太刀打ち出来ずに、なし崩しに道義欲が崩壊して行ったという認識である。その意味で代助が日本文明堕落の原因を「経済事情」(十)に見ているのは自然である。言葉を換えて言えば、「日本は西洋から借金でもしなければ、到底立ち行かない国だ。それでゐて、一等国を以て任じてゐる」(六)、そういう矛盾に文明堕落の原因があるということだ。経済小国が無理に一等国の間口を張った為に、勢い、「牛と競争をする蛙」を演じなければならず、生存競争はますます激化し道義欲の崩壊に繫がって行く。日本は日本の経済事情に見合った間口を張れ、つまり「自己本位」で行けというのが代助の主張であろう。これは「現代日本の開化」での漱石の主張とも重なる。『それから』に漱石の文明批評の一つの到達を見るのは、こういう観点からである。今まで専ら物質文明批判という形で批評がなされてきたが、『それから』に至って文明堕落の原因として、日本の開化のあり方や経済事情というものが具体的に考えられて来た所に、文明批評の深まりがある。精神界の混乱の原因として物質界そのものの有り方、つまり下部構造の矛盾が指摘されたというのは画期的なことである。この作品で具体的な社会事件が取り上げられているのは、そのような下部構造の矛盾の具体的現われと見るべきであろう。日露戦後の現実を踏まえ文明堕落の原因に鋭く迫っている点で、この作は一つの頂点をなすものである。

次に代助の中に一つの変化が出てきたことに注目したい。代助は平岡との対談で「西洋の圧迫を受けてゐる国民」は「揃つて神経衰弱」に罹ると、あたかも他人事のように言ってのけていたが、本人自身、「人と人との間に信仰がない原因から」来る「現代の日本に特有なる一種の不安に襲はれ出」(十)す。「野蛮程度の現象」と説明されてはいるが、代助が初めて不安に襲われ出すというのは重要な変化である。[12] この代助を襲う不安は当時、文学者が好んで口にした不安ではない。それについて代助は「日本の文学者が、好んで不安と云ふ側からのみ社会を描き出すのを、舶来の唐物の様に見傚した」(六)と的確に批判している。『煤煙』の不安も同様である。代助の感ずる不安は、それらとは無縁な、現代日本の文明から必然的に導き出されたものである。ついに代助が文明の矛盾そのものの反映を自己の中に見出すのである。今までの文明の矛盾を批判する人から、矛盾そのものを生きる人への変化がほの見えてくる。本来ならば「精神の困憊」と「身体の衰弱」を指摘した代助は、ここでそれを自己に当て嵌めるべきであった。「身体全体が、大きな胃病の様な心持」がするのは、とりも直さず「身体の衰弱」を意味し、「不安」と「倦怠《アンニュイ》」に襲われるのは一種の「神経衰弱」の症状で、「精神の困憊」そのものに外ならない事を自覚すべきであった。代助の認識は未だここまで進んでいないが、やがて、不安とアンニュイからの解放が代助を内側からつき動かして行く重要な要因となって行く事だけは確かである。

代助の文明批評を見ていて特徴的な事は、文明の堕落を指摘することが、そのまま代助の働かない事の弁明になっているという点である。文明批評そのものが無為である事の自己弁明になっている。こういう免罪符的な文明批評はどこまで有効かという事が最終的に問題になって来る。まず、代助の「働かない者の論理」を検討してみよう。代助は「日本対西洋の関係が駄目だから働かないのだ」(六)と言う。つまり日本文明が堕落している状況で自分が働くことは、文明の堕落に更に手を貸すことになると言うのである。従って代助が働かないのは文明の堕落への消極的な抵抗であり、働かないこと自体が一つの文明批評になっている。これは堕落に手を貸さないことでは潔癖な論理であるが、文明の堕落を阻止するには全く無力な論理でしかない。消極的な抵抗と言うよりは無抵抗に近い。働いている平岡に暇人の戯言と映るのは当然である。代助がなぜこのような極端な論理を展開するかと言えば、その背後に「金の論理」というものがあった事が分る。「働らくのも可いが、働らくなら、生活以上の働でなくつちや名誉にならない。あらゆる神聖な労力は、みんな麵麭を離れてゐる」「生活の為めの労力は、労力の為めの労力でない」「食ふ為めの職業は、誠実にや出来悪い」(六)というのがそれである。ここで代助が主張しているのは「労力の為めの労力」という、言わば純粋労働のような観念である。裏返せば、金という目的に繫がる労働は凡て卑しく「堕落の労力」だという考えである。目的があってする事は凡て卑しいと言うことで、ここでは、労働に於ける「金の論理」(「資本の論理」)が否定されている。このような考え方は労働を神聖視した古典的な労働観であって、近代資本主義社会には馴染まないものである。それなのに何故、あえてここで主張されるかを考えれば、当然、資本主義社会の矛盾に突き当たらざるを得ない。つまり、代助は現代文明の堕落を追求して行って「経済事情」に行き当たり、ついに「金の論理」にまで行きついたのである。文明の堕落の原因が金そのものにあることを言い当てているのである。社会科学的に言えば「労働力」と「価値」の問題である。(13) 漱石は生活実感と論理の力によって資本の論理の矛盾に迫り得たユニークな作家であるというのが私の率直な感想である。

しかし、この代助の純粋労働の論理は資本の論理の矛盾の指摘にはなっても、その矛盾を超え得る論理ではない。現実の資本主義社会の批判としては、実効の伴わない空論でしかない。代助の論理からは次に発展するものが出てこない。従って平岡から、「さうすると、君の様な身分のものでなくつちや、神聖の労力は出来ない訳だ。ぢや益々遣る義務がある」と言われると、「頭を掻」くしか能がないのである。代助の論理もここで行き詰ってしまった。論理のみで割り切ろうとすると、その論理で自らの首を絞めるという矛盾を漱石は描いて見せた。この場合、代助の矛盾を突く平岡と三千代は漱石自身であろう。漱石は代助を通して資本の矛盾にまで迫り得たが、それ以上の論理は自らも用意していなかった。そこで現実に実効の伴わない論理を空論として否定し去った。代助の論理からは働かない事の積極的な意味は出てこない。この条からは論理に生きる人間の意外な脆さが印象づけられる。

さて以上のように代助の文明批評を見てくると、批評自体に聞くべき多くのものがある事が分る。文明の堕落に対する客観的認識があると言っていい。しかし、その文明批評が代助にどのように返ってくるのかとなると必ずしも明確ではない。代助は批評に於ける傍観者的態度を崩していない。対象と自己との間に一定の距離を保っている。ここからは文明の危機意識を自己のものとして生きるという視点が欠落する。しかし、一方で代助は自身が身体的に衰弱し、精神的に困憊していることを充分、自覚している。そういう自己の身体的、精神的状況と文明の状況を重ね合わせて捉えるという認識が代助にはやや弱い。又、働かない者の論理も客観的には破綻したかに見えるが、代助には敗北の意識が薄い。ここにあまり意識的でない代助と、以上の事に充分、意識的である作者という図式を読まねばならないであろう。

代助の「精神の困憊」と「身体の衰弱」は、そのまま精神的、身体的に衰弱している日本社会のアナロジーと見るべきであろう。しかし、代助はそう見ていない。文明の矛盾から一人逃れている例外者のように自己を見ている。平岡との対談で「西洋の圧迫を受けてゐる国民」は揃って「神経衰弱」に陥ると指摘しながら、自分をその中に入れていないようである。これは「現代日本の開化」の言葉を借りて言えば、「虚偽」であり「軽薄」である。ここの所が漱石により批判されるわけである。実際に神経衰弱と胃病を患った漱石は文明の毒を身体で以て体験した人である。そういう人間から見れば自己を偽っている代助は軽薄に見える。自ら傷つくことなく、常に傍観者の立場に居る代助を「少し胡麻化して入らっしやる様よ」(六)と批判した三千代は代助の最も痛い所を突いていた筈である。代助がいかに頑に否定しようとも、代助自身が現代日本文明の矛盾を一身に体現している事は否定できない事実であろう。代助がこの事を認識し、文明の矛盾からの自己回復を計ろうとする所に三千代との問題が出てくる筈である。

五　恋愛

『それから』は文明批評小説であると共に恋愛小説である。あるいは「純平とした一篇の恋愛小説である」(猪野謙二)という風に恋愛にウエイトを置いてもよい。しかし、その場合、代助の恋愛は自己の展開する文明批評と密接に関わっているという視点を見落してはならない。この小説は文明批評と恋愛が緊密な関係を保ちつつ展開する所に大きな特色がある。恋愛だけを見ていては、その実体を見逃す恐れがある。

代助と三千代の恋愛を描くに当たって、漱石が強烈なモチーフとしたものに『煤煙』のあることは明白である。当事者の森田草平の証言もあるが、(14)漱石自身、代助の口を借りてこれを明快に批判している所に、逆に漱石のこの作品に寄せる関心が窺える。代助は主人公達の行動を評して、「彼所迄押して行くには、全く情愛の力でなくつちや出来る筈のものでない。所が、要吉といふ人物にも、朋子といふ女にも、誠の愛で、已むなく社会の外に押し流されて行く様子が見えない。彼等を動かす内面の力は何であらうと考へると、代助は不審である」（六）と分析している。二人を衝き動かすものが「情愛の力」と「誠の愛」であるとは、どうしても代助には思われない。自分の理解を遥か超えたものによって二人は動いているので、その点になると代助は潔く降参し二人の許を立退く。当然、この『煤煙』批判は代助と三千代の恋愛にはね返ってこなければならない。「彼等を動かす内面の力」は「情愛の力」「誠の愛」でなければならない。「特殊人《オリヂナル》」を自認する代助をも納得させる自然さがなければならない。そのような前提に立って二人の恋愛は進行するはずである。

　ところで代助は途中で『煤煙』を放り出しているが、これは漱石の気持ちを率直に代弁しているであろう（漱石が『煤煙』を読了しているのは言うまでもないが）。『煤煙』に対する漱石の不満は草平宛の書簡（明42・2・7付）や日記（明42・3・6）、『煤煙』第一巻序（明43・2・15）に詳しい。先輩作家として小説技法の面より不自然さをたしなめるという色彩が強い。技巧に不自然さが目立つ、会話がハイカラすぎて嫌味である、ケレン味が多い、作者離れが足りない、要吉の性格が出ていない等々である。しかし、本音の所での漱石の批評は、やはり代助のそれに重なると見るべきであろう。一言で言えば漱石にとって『煤煙』は不可解であったのである。『煤煙』はたしかにダヌンツィオの『死の勝利』を下敷にして、代助の皮肉る「現代的の不安」や「世界苦《ヴェルトシュメルツ》」が書かれているのは事実である。[15] しかし、書かれているのはそれだけではない。そこには青春の中にいる男女の愛の葛藤が書かれている。二人を動かすものは「誠の愛」でないかも知れない。時として得体の知れない情念が若い二人を衝き動かす場合もある。互いが互いに不可解であるが故に、より強く相手に引きずり込まれる。そしてこの不可解さが要吉、朋子の両者を山頂にまで運んで行ったのであろう。この小説には現実の事件の生々しい投影があり、読者はそういう事実の重さに引きずられる所が確かにあるかも知れない。しかし、そこには紛れもない青春の血と苦悩があると言うべきであろう。そういうものを感じさせる切実さがある。これを書いた草平の二十八歳という年齢も考えるべきかも知れない。文壇の反応が概ね好評であったことは白鳥の回想でも知られる。[16]しかし、漱石には二人の愛は不可解であった。不可解な情念が若い二人を衝き動かして行くという事自体、不可解であった。年齢もさる事ながら、二人の作家的気質というものの相違を考えるべきかも知れない。代助は『煤煙』を評して門野に「肉の臭ひがしやしないか」（六）と言っている。本能に対する無意識の反発がある。漱石の描く愛はあくまでも理知的であって、男女二人を動かすものは「情愛の力」「誠の愛」でなければならない。『煤煙』の愛にはかなり観念的な所があるが、二人を動かすものは無意識の本能（不可解な情念）である。草平が自然主義に近いのは言うまでもない。二人を衝き動かしているものは無意識の本能（不可解な情念）である。草平が自然主義に近いのは言うまでもない。しかし、漱石は不可解な二人の行動に反発を覚えながらも、一方では『煤煙』から強烈なショックを受けたようである。それは、それまで書いた自己の小説に全く無いものを発見したからである。一言でそれを言えば真剣な恋愛である。『三四郎』までの漱石を考えると、青年男女の愛は描かれていたが、作者は絶えず傍観的にこれに対してきた。勢い、その恋愛は真剣味に欠けた遊戯的色彩が濃いものとならざるを得ず、私はこれを指して恋愛遊戯、恋愛演技と呼んでいる。[17]面白く、悲しく、ある時は皮肉をこめて描かれた青年の愛は、これを教養小説風に見た場合、それなりの意味もあろうが、青年の大部分の読者にはずい分、物足らなかったであろう。そういう読者の不満に応えたのが、ある意味では『煤煙』であったのである。漱石の青年の愛にはない真剣さ、真面目さがあったのである。この小説から受けた漱石のショックは、その批評とは裏腹に如何に大きかったかは想像に難くない。なぜならば、漱石は『それから』に於て始めて真剣な男女の愛を描いて見せたからである。『それから』に於て始めて真剣な男女の愛が描かれたことは、武者小路実篤、阿部次郎、安倍能成の批評によって明らかである。[18]『それから』において何故そのような転換がなされたかについては他にも種々要因があろうが、私は『煤煙』の存在を大きく見るものである。

このように見てくれれば、漱石が『それから』において何を書かねばならないかは明瞭である。真剣であるが不可解でもある青春の愛に対して、真剣で条理ある大人の愛を書かねばならなかったのである。代助と三千代の愛は『煤煙』の愛への批判であると同時に、その真剣さと条理さにおいて遥かにこれを超えるものでなければならなかった。

多くの批評は代助と三千代の恋愛を余りにも作られすぎていると取っている。確かにその恋愛の過程は余りにも理詰めで論理化されすぎている。前の言葉で言えば条理が通りすぎているのである。頭（理性）の恋愛であって肉体が無いと早くから指摘されてきた所以である。肉体の論理で『それから』を最も厳しく批判すれば、「早い話が、代助みたいな繊細な自意識家が、人妻に恋するというような大それた行動にまで、われを忘れて踏みきれようとは、いささか考えにくい。つまり、代助のゆきづまった生活革命の一手段として、恋愛がとりあげられたのではないかという読者の印象は、やはり最後まで払拭しきれないのである」[19]という平野謙の言に尽きるであろう。「ゆきづまった生活革命」として代助が行動に移り行く内的必然は確かに書かれているが、それはそのまま三千代との恋愛に至る内的必然とは重ならない。二人の間に恋愛に至る内的必然性が果たして有ったのか、という事が最大の問題点であろう。

まず、代助が認識者から行為者に移ろうとする内的必然から見て行きたい。

「趣味の審判者」は目的ある行為を一切嫌った。「自己本来の活動を、自己本来の目的としてゐた。歩きたいから歩く。すると歩くのが目的になる。考へたいから考へる。すると考へるのが目的になる。それ以外の目的を以て、歩いたり、考へたりするのは、歩行と思考の堕落になる如く、自己の活動以外に一種の目的を立てゝ、活動するのは活動の堕落になる」（十一）。例の働かない者の論理と同じである。金を目的とした労力は「労力の為めの労力」ではなく、「堕落の労力」であるというものである。「彼は普通に所謂無目的な行為を目的として活動してゐたのである」(十一)。これが言わば審美家代助のレーゾン-デートルであったのである。こういう生活態度が自然と主人公をニル-アドミラリにして行くのは当然である。現実と意識のズレから主人公がアンニュイに囚われるのも又、自然である。言わばニル-アドミラリとアンニュイは、「趣味の審判者」代助が獲得した特権でもあるのである。「神経」の場合と同様、「趣味の審判者」が払わねばならない「租税」であり、受けねばならない「不文の刑罰」であった。しかし、代助はこの境に居るのが次第に苦痛になってくる。目的なく歩きながら、何故自分が歩いているのかを疑い出す。「無目的な行為」を楽しみながら、「活力に充実」していないのに気付いて行かねばならない。「生きたがる男」は自分が生きていない事を認めぬわけにはいかなくなる。これは、それまでの哲学の敗北を意味する。しかし、ここから直ぐに代助の自己更生、自己変革に結びつけるのには飛躍があるように思われる。意識家代助はそれまでの哲学を全否定して、直ちに行為の世界に飛び込む程の単純な人間であろうか。自己の哲学に潜む矛盾や欠陥を見抜けない程の単純な人間であろうか。代助は追いつめられて自己の哲学の敗北を意識する前に、充分に自己の敗北を認識していた。代助はその登場の始めから「もう病気ですよ」(一)と言って、自己の精神的、肉体的敗北をやや自嘲的に予告している。平岡との対談では「何笑つても構はない。君が僕を笑ふ前に、僕は既に自分を笑つてゐるんだから」(六)とその敗北を肯定している(平岡は代助のことを「無形の大失敗」と見ている)。後半でははっきりと「僕の様に精神的に敗残した人間」(十三)と極め付けている。始めから代助が自己の敗北を意識しながら小説が展開して行くというのは、「シニカル」などという一語では片付けられない問題である。一応敗北を意識しながらその哲学を生きるという矛盾は次のように解釈されるであろう。明晰な頭脳で予見していた敗北を身体で以て認識さすことで、その敗北を真に現実的なものとし代助の自己変革へと繋げて行く。あるいは、代助を決定的な敗北に追い込むことで、その哲学と生き方の自己矛盾から解放しようとしたと。この観点からは例えば山室静の「彼の最後に行きついたところを見れば、それが彼の生活の全的な変革であるばかりか、彼の最も誇りをもって高く持して来たその思想・観念の全的な破産を示すものであることを否定できない[20]」という見解が出て来るであろう。たしかにその現われた客観的な形を見れば、代助の転換は「その思想・観念の全的な破産」、「生活の全的な変革」に見える。しかし、代助がその事を果たしてどれだけ明確に認識していたかとなれば話は別である。ここで先程の始めから用意された敗北意識が問題となる。代助は始めから敗北者を以て任じながら、「趣味の審判者」を生きている。敗北を認めながら「趣味の審判者」の哲学に居直っているとも言える。あえて矛盾を生きているのである。そこに強みもある。始めから敗北を意識し、その敗北の居直りに栄光を認めている人間に、どのような敗北が可能なのか。どのような自己変革が必要なのか。彼には喪うものは何もなく、又、つけ加えるべきものもない。敗北者代助に自己変革を迫ることはこのような矛盾を冒すことになる。代助の自己変革のドラマが一見、自然に見えてどこか無理があるように思えるのは以上の原因による。代助が明確に自己変革の意識を持てないのは、無意識の裏に矛盾を冒すことを恐れるからであろう。このように考えてくると、三千代への告白以後の代助の混迷についてある程度、説明が可能になる。彼は結果として行為に出、その事を肯定してはいるが、やはり全肯定できないものが彼の内部にあったと見るべきであろう。代助の中に明確な自己変革の意識があれば、後半であれ程の混迷に陥る事はなかったであろう。「趣味の審判者」は全的に否定されてはいない。後半むやみに「財源の杜絶」を恐れることがそれを証している。「その思想・観念の全的な破産」という認識が代助には欠けている。この転換の曖昧さが後半の混迷の大きな原因の一つとなっている。見方を変えて言えば、代助の転換には意識的な露悪家を自己否定し、「本来の我《われ》」に還るという代助のモチーフと、前者を軽薄として否定し、「本来の面目」に還る代助を肯定しようとする漱石のモチーフが重なり、両者の間に微妙なズレが生じたとも言える。『虞美人草』の小野さんの場合には、ハイカラな軽薄さの断罪と「本来の面目」の重要さが道義の哲学で以てあからさまに主張されたが、『それから』の場合、代助の転換は内発的でありより自然である。しかし、そこに曖昧さが残るのはやはり巧妙な作者の技巧が作用していると見ることができる。

行為の人たろうとした代助の動機づけの第一の要因が、アンニュイ、ニル-アドミラリ、空虚さからの解放であったとすれば、第二のそれは文明に起因する不安よりの解放である。しかし、これは文明批評の所で見てきたように、代助にどれほど明確にその事の意味が認識されていたのかは疑わしい。代助は文明の衰弱、混迷をどれほどわが事として認識し得たかという事である。「日本の社会が精神的、徳義的、身体的に」病んでいると同様に、代助も精神的、徳義的、身体的に病んでいる。しかし、代助は自己の病に意識的でなく、胃病、神経衰弱を文明病一般として捉えている節がある。「もう病気ですよ」という言葉は軽く、文明に起因する不安も「人と人との間に信仰がない源因から起る野蛮程度の現象」（十）と解している。総じてその批評は傍観的であって、吾が身に返る切実さに欠ける。作者は文明の矛盾を代助に見ようとしているが、代助はその認識にやや欠ける。この認識が明確であったならば代助の自己更新の劇はもっと徹底したものになったであろう。文明病を文明に生きる同時代人の宿命と見ようとしている代助に、元々、劇的な自己変革など必要でなかったのかも知れない。

ここで文明批評と恋愛の問題を少し考えてみたいが、若し漱石の意図通り、文明の矛盾からの自己解放という代助のモチーフがそのまま三千代との恋愛に繋がった場合、文明批評と恋愛とは緊密な相関関係をなすと考えるべきであろうか。これは代助の場合には当っている。しかし三千代の場合はそうとは言えない。三千代は文明批評と殆んど関わっていない。恋愛が文明批評と関わるのが代助だけだという所にもこの作の問題はある。文明の矛盾がこの二人を自然に結びつけると言うのであれば、文明と恋愛の関係に一つの必然性も出てくるが、文明が一方にだけ関わるというのでは文明と恋愛の結びつきは弱い。代助は文明批評との関わりで恋愛に移行するが、三千代は純粋に愛情の問題だけで愛の世界に近づいて行く。動機の上でも三千代が純粋であるだけ強く、「生活革命の一手段」と考える代助はそれだけ弱い。代助はその意味でも始めから弱さを持っている。『虞美人草』との比較で言えば、小野と藤尾の恋愛、又、小野と小夜子の結びつきは文明批評との密接な関わりで進行した。文明批評の上から前者は否定され後者が肯定された。『それから』はそれほど両者の関係が密接でも図式的でもない。文明と恋愛の関係がそれ程、単純でなくなった証拠でもあるが、一方にだけ文明批評を絡ませ、又、文明の矛盾からの自己脱出という明確なモチーフを意識させないまま、行動の世界に移行させたところに代助の覆い難い弱さのあるのは否定できない。

代助の転換は認識者から行為者への転換であったが、作品の言葉で言えば「頭《ヘッド》」から「心《ハート》」へ、精神から身体への転換であった。理知（論理）の人から情の人へ、理性の論理から感性の論理への転換であろう。三千代との恋愛は前半の観念優位への自己批判であり、肉体復権の試みであった。現実の三千代との愛でそれはどこまで達成されたのか。

二人の愛が再燃するのは言うまでもなく三千代の上京後である。直接の契機は平岡夫婦の経済問題の背後に透けて見える夫婦の冷えた関係である。加えて三千代の子供を亡くした過去と、現在の病弱への同情である。本文では「彼は病気に冒された三千代をたゞの昔の三千代よりは気の毒に思つた。彼は小供を亡くした三千代をたゞの昔の三千代よりは気の毒に思つた。彼は夫の愛を失ひつゝある三千代をたゞの昔の三千代よりは気の毒に思つた。彼は生活難に苦しみつゝある三千代をたゞの昔の三千代よりは気の毒に思つた」（十三）とある。すぐ続けて「但し、代助は此夫婦の間を、正面から永久に引き放さうと試みる程大胆ではなかつた。彼の愛はさう逆上してはゐなかつた」とあるが、代助が再会した三千代へまず哀憐の情を起こしたのは事実である。[21] この情を強調するために作者は殊更、三千代を淋しく影のある女に描いている。「一寸見ると何所となく淋しい感じの起る所が、古版の浮世絵に似てゐる」（四）とある。チフスで兄と母を亡くし、父が一人北海道で不如意な生活を送っているという設定も与っていようが、漱石好みの女を思わせる。翳りのある女を設定し、更に種々の条件をつけ加えて同情を起こさせるというのは、どこかメロドラマじみているが、二人を結びつける重要な役割を果たしているのは事実である。しかし、こういう条件はあくまでも外的なものであって、二人を結びつける内的必然性ではない。この作での外的条件は外にもあって、一つは行き詰った代助の生活打開であり、他の一つは代助自身の見合話の進展である。代助の場合、外的条件を内的必然に転化させようとする意図はあるのであろうが、やはり充分に強いとは言えない。告白し終って代助が自己の行為を「つまり我儘です。だから詫《あやま》るんです」（十四）と言うのはこの意味で象徴的なことである。[22] 代助は三千代への愛をはっきりとエゴと認めている。即ち、今度の行為を自己の「生活革命の一手段」であると結果的に認めているのである。内的必然に欠ける代助の愛の弱さは、告白後に二人の立場が逆転することに如実に現われている。三千代の代助への愛は、平岡との愛の破綻も手伝ってより積極的で純粋である。内的必然のあるその愛は代助よりも強い。

それにしても告白後の代助の臆病はやはり異常である。一応その理由が分からないではない。人妻との姦通という社会的罪を犯すことに対する社会の制裁、[23] その社会が未だ見えてこない不安、財源の杜絶による凋落への恐怖、というものが主なものであろう。しかし、そういう不安はどこか男として潔くないものを感じさせる。代助はここに至ってまで落魄を恐れているが、三千代に指摘されるまでもなく、自己の未来につい て充分、予見できたはずである。自己の未来については「もし筆を執らなかつたら、彼は何をする能力があるだらう」（十五）と言う如く、第二の寺尾になる以外にないのであり、「其時、彼は穏やかに人の目に着かない服装をして、乞食の如く、何物をか求めつゝ、人の市をうろついて歩く」（十一）以外にないのである。何もオーバーに「自分の影を、犬と人の境を迷ふ乞食の群の中に見出」（十六）す必要はないのである。未来に対して代助の度胸は座っていないのである。始め自己の臆病を意気がって楽しんでいた男は、ここで始めて自己の本質的臆病に気付くのである。つまり、肉体の復権を唱えながらの三千代との恋愛であったが、所詮、観念の劇に終結した事を物語るものである。告白を終えての「万事終る」（十四）という吐息は、告白に至るプロセスに最大の重点のあったことを物語っている。代助は観念の劇として三千代との恋愛を完結させたのである。本来ならばここから第一歩が始まるわけであるが、代助はここでドラマを終結させようとしている。現実の拒否であり肉体の回避である。しかし、それでも現実は迫って来る。代助の肉体は現実を前にして恐れ戦く。

代助が恐れ戦くのは本能的臆病心にもよるが、根源的には自己の「我儘」の行為が果たして是なりやと悩む所にあるのは明白である。代助は「自然の論理」を持ち出して自己正当化を試みるが[24]、それが「天意」であるという保証をどこにも得られない。「天意」もつまりは自分で作り出した「自然の論理」と変らない。自己の行為を「我儘」であるという一方の声を代助は払拭できない。父を利他主義に立つ偽善家と批判しつつも、自己本位に立つ自己の行為を利己でないとは終に言い切れなかったのである。自己回復を目指しての三千代との恋愛であったが、代助は終に自己の正当を信じ得ずに混迷の世界に落ち込んで行く。自己回復の途次で代助はとてつもない大きな問題に突き当たってしまった。それは又、漱石が新しく抱え込んでしまった大きな問題でもあった。

「絶対に生を味は」おうとしての代助の転換であったが、代助の未来に輝かしい生の充実を予想することは困難である。真剣で条理ある大人の愛はある程度、達成されたが、その愛の中に潜む大きな問題が出てしまった。それは代助の自己更新の夢をうち砕き、代助に自己解体を迫るほどの大きな問題であった。

『それから』は当時の青年や新しい世代の作家に大きな刺激を与えたことは、武者小路実篤や阿部次郎の批評を見ても明らかである。代助の生き方、思索、行動が新しい時代の先駆者として同時代人に共感を以て迎えられたのであろう。少し後の世代である芥川も「長井代助」(「新潮」大10・2)でその事に触れている。代助の性格に惚れ込んで自ら代助を気取った人間の少なくなかったこと、めったにいぬような人間であるが故に却って模倣者を生んだのだと言うことを語っている。やはり代助の思索と行動に人を動かすような新しい力があったのであろう。趣味人としての優雅な生活と時代を超える思索、三千代との激しい恋を生きようとする行動家、共に青年を惹きつけるものであったろう。ここで注意したいのは、三千代との恋愛を是とする読者が圧倒的に多かったのではないかと言うことである。終末部の代助の苦悩を理解しながらも、多くの読者はその苦悩を超えて漱石が新しい道を切り拓いて行く事を、疑わなかったのではなかろうか。つまり社会を自然に調和させるであろうと読んだ武者小路と同じように、この小説を理想主義的に読んだのではなかろうか。代助の考え出した自然の論理をそのまま天意と取り、最後の代助の苦悩を現実に入っていく事の苦悩と読む解釈である。その時、自己の行為を「我儘」と取りそれを罪と認識することで、自己解体に陥りかねない程に苦悩する代助という観点は捨象される。ここに読む側の願望と作者の意図との間に齟齬のある事は明白である。読者の期待に反して漱石は代助に暗い未来を背負わせようとしている。その事は「あの結末は本当は宗教に持って行くべきだろうが[25]」と弟子の一人に語ったという証言で明らかであろう。漱石は読者の期待とは裏腹に近代の抱え込んだ最も深刻な問題に行き当たってしまったのである。

最後に『それから』に描かれた自然の意味について少し触れておきたい。作品は春先より始って夏の光の中で物語の輪を閉じる。所々に「今は新芽若葉の初期である」(五)「蟻の座敷へ上がる時候になつた」(十)「何時の間にか、人が絽の羽織を着て歩く様になつた」(十二)というような印象的な季節を感じさせる文章が挿入されている。この作に限らず、漱石が季節の推移にきわめて敏感な作家であることは言うまでもない。季節の推移の中で人間のドラマが展開するのであるが、この季節の推移は作品にどのような意味を与えているのか。自然は一般に巡り行くもの、循環するものと捉えられているが、それに対して人間のドラマの方はどうか。注目すべきは、かつて緊密な関係で結ばれていた代助、平岡、三千代の三者が、三年後に三者三様、全く違った人間として登場してくることである。特に代助と平岡の離れは大きい。残酷とも思える時のもたらした変化である。これを自然に対応させた場合、コントラストは明らかである。巡り行く普遍的な自然の運行に対して、あまりにも残酷な人間界の変化。その中で代助は自己の行為の正当化に「自然の論理」を持ち出す。代助の持ち出す「自然の論理」の恣意性。ある時は天意であり、ある時は意志であり又、エゴである。天然の自然が山川草木より天まで包み込む大きな自然の運行であるのに対し、人間の持ち出す自然は余りにも人工的であり生々しい。「渝らざる愛」を口にするものを偽善家の第一位に置いたのは代助であったが、ここに変らぬ天然自然に帰依しようとする漱石がいる。天然自然に対して人間の自然は余りにも小さい。

注

(1) 坂口安吾「戯作者文学論」(「近代文学」昭22・1 全集第七巻)に「私は漱石の作品が全然肉体を生活していないので驚いた。すべてが男女の人間関係でありながら、肉体というものが全くない」とある。

(2) 山室静「漱石の『それから』と『門』」(「近代文学」昭29・5)に「一口で言えば、代助は典型的な近代人であり、近代人をもって自認している者と言ってよい」という規定がある。

(3) 相馬庸郎「それから」(「國文學」昭40・8)に「代助が自己の生活の物質的基礎について、子供のような盲点を持っているとは、どうしても極端な話だ」との指摘がある。

(4) その意味で代助は「優美な露悪家」である美禰子の一面を継承している。

(5) 集英社版全集の「注解」では(『吾輩は猫である』も参照)、「天保調」は「当時の俳壇用語で、江戸時期末期の低俗で、新味のない俳風をいう。月並俳句とほぼ同義。ここでは、その語を借りて、古風な趣を批評したもの」とある。直、余談であるが、漱石の嫂登世はこの代助の嫂に近いタイプの女性でなかったかと私は思っている。決して恋愛の対象になる女性ではない。

(6) 漱石の文学は「江戸っ子の文学」であると、私はかねがね思っている。本当の江戸っ子でなければ分からない部分があるように思われる。作品の中の遊び、ユーモアはもちろん、余裕派と言われるその態度もこの事と関連している。漱石には身についてしまった江戸の伝統と感受性がある。

(7) 又しても「画になる女」で、漱石のこうした類型的な女性の捉え方にはいささか辟易する。直、先程の登世像を修正すれば、代助の嫂プラス「古版の浮世絵」という事になろうか。

(8) 例えば、「文芸の哲学的基礎」(明40・4)で「思想の乏しい人の送る内生涯と云ふもの」は、「意識の連続は単調で、平凡で、毫も理想がなくて、高、下、雅、俗、正、邪、曲、直の区別さへ分らなくて昏々濛々としてアミーバの様な生活を送ります」とある。

(9) 前掲(3)の相馬論文は「代助の世界は、明治日本の『神経衰弱』的状況の精神的反映だった」「『自然の児』たることを決意し、行動する代助の運命自体が、代助の言にあらわれた明治文明のゆがみの小説的表現になっているととられなければならぬ」と捉えているが、基本的にこの読みを首肯する者である。代助は文明との関係でそれ程自己を意識的に見ていないが、作者は意識的であったと見たい。

(10) 作品では百合の花の匂いや香水など、嗅覚に敏感な代助が描かれている。吉本隆明『言葉という思想』(昭56・1弓立社)によれば、嗅覚は触覚と並び人間の感覚の中で最も原始的な感覚であり、この感覚(つまり、匂い)に敏感な作家、詩人は共通に身体的・生理的弱さを持っていると言う。そして、芥川、堀、立原の三人はこの「生理的にもっている宿命のようなものを文学の高度な運命に転化」させて行ったと言う。代助の中に生理的弱さを見る所以である。又、森田草平も『夏目漱石』（昭17・9　甲鳥書林）で代助の描写を踏まえて「さういふ弱い神経の持主はどうも肉体的にあまり健康であらうと思はれない」「鋭敏で弱い神経の持主であつた代助は、或意味に於て又臆病でもあつた」と述べている。

(11)　これは恐らく『こゝろ』の「自由と独立と己れとに充ちた現代に生まれた我々は、其犠牲としてみんな此淋しみを味はなくてはならないでせう」（上・十四）という認識に繋がって行くだろう。

(12)　作品では文明に起因する不安以外に代助を脅かす様々な不安が書かれている。書き出しの夢に始まり、アンドレーフの「七刑人」の話（四）、ダヌンチオの「青色」「赤色」の部屋（五）、狂気の考察（五）、地震（八）等であり、これら「根源的な生の不安」（猪野謙二）が他の不安と共に次第に代助を追い詰めて行く。

(13)　「漱石山房蔵書目録」に英訳本『資本論』（ドイツ語三版からの翻訳本で一九〇二年、ロンドン刊）があるが、残念ながら書き込みはないようである（岩波版全集十六巻による）。ロンドンよりの岳父中根重一宛書簡に「欧州今日文明の失敗は明かに貧富の懸隔甚しきに起因致候」「カールマークスの所論の如きは単に純粋の理屈としても欠点有之べくとは存候へども今日の世界に此説の出づるは当然の事と存候」（明35・3・15付）とある。漱石の社会科学思想に寄せる関心の一端が窺える。「金の論理」については「『吾輩は猫である』試論」（「島根大学教育学部紀要第十巻」（昭51・12「漱石作品論集成」第一巻に所収。一九九一・三　桜楓社）で触れた。

(14)　森田草平『夏目漱石』によれば「『煤煙』は、この作の中で主人公の代助から好い加減ひやかされる光栄に浴してゐるが、一面に於ては、『それから』の作者をして、ある程度まででも身を投げ出してかゝらせるだけの刺激を与へてゐるのではなからうか」とある。

(15)　比較文学の観点からでは剣持武彦「夏目漱石の『それから』とダヌンツィオの『死の勝利』」（「イタリア学会誌」20号　昭47・1）がある。

(16)　正宗白鳥「夏目漱石論」（「中央公論」昭3・6）によれば「ある日、私は、博文館の応接室で、田山花袋、岩野泡鳴両氏と雑談に耽つてゐるうちに、談たま〳〵『煤煙』の価値に及んで、誰れかゞ非難の語を挿んでゐたが、『しかし、漱石の比ぢやない』と、泡鳴は例の大きな声で放言した。『それはさうだね』と、花袋は軽く応じた。私は、黙つてゐたが、心中この二氏の批評に同感してゐた」とある。

(17) 拙稿「『虞美人草』論」(「近代文学論」10号　昭54・3)参照。
(18) 武者小路実篤「『それから』に就て」(「白樺」明43・4)阿部次郎「『それから』を読む」(「東京朝日新聞」明43・6・18、20、21)安倍能成「『こゝろ』を読みて」(「思想」昭10・11)。例えば安倍は「私が先生の作品に際立つて興味を覚えて来たのは『それから』を以て最初とする。その理由はそれが若かつた私の最も興味を持つた恋愛問題を正面的に取扱つた、恐らく先生の最初の作品だといふことにもあるけれども、私の記憶にして誤なくば、先生のその後の作品に一貫する自然の真実と人為の虚偽との矛盾相剋といふテーマは、既にこの作品に於ても鮮かに取扱はれて居たと信ずる」と述べている。
(19) 平野謙「夏目漱石」(『豪華版・日本文学全集10』昭40・8　河出書房新社、但し『平野謙全集』第七巻による)
(20) 注(2)に同じ。
(21) 吉田精一「『それから』解説」(筑摩版『夏目漱石全集』第四巻　昭46・7)に、代助の三千代への恋愛は「官能をこえた、あくまでも精神的な恋愛である。彼女に対する深い同情と憐憫とから発した情愛である」とある。
(22) この代助の言葉に注目して個人主義の樹立の観点から『それから』を論じたものに金子博「『それから』試論」(都留文科大「国文学論考」15号　昭54・3)がある。
(23) 高橋和巳「知識人の苦悩—漱石の『それから』について」(『文学理論の研究』所収　昭42・12　岩波書店)は明治四十年に制定された刑法に「姦通罪」のある事に注目し、あえてそれを犯そうとする代助の行為に象徴的意味を見ようとしている。(正確には、明40・4・24「改正刑法」公布。明41・10・1　施行。)但し、大岡昇平によりこの説の誤りであることが指摘され、「明治十五年の刑法に同じような条文があり、刑が二年の重禁固から、二年の懲役になっただけの違い」であると訂正された(「姦通の記号学」昭59・1「群像」)
(24) 越智治雄「『それから』論」(「日本近代文学」第五集　昭42・7、『漱石私論』所収)を踏まえる。
(25) 林原耕三「二枚で語る」(「不死鳥」昭45・1　『漱石山房の人々』所収　昭46・9　講談社)

11 ハーンの帝大解任の事情――漱石を視野に入れつつ

漱石がハーンと不思議な因縁で結ばれていたことは今更言うまでもない。五高、東京帝大とその後を襲ったという外形的因縁だけではなく、両者の文学がある類似性をもって結ばれているということは以前から注目されてきた。又、その文学とも深く関るが、両者が共に卓抜した文明批評家であり東西両文明のあり方に鋭い批評の目を向けていたこともよく知られている。西洋に絶望した男と西洋を呪詛し続けた男は、あたかも盾の両面の如く背中合わせに向き合っている。近代文明に於ける東西の問題を考える時、この二人は格好のテーマと典型《モデル》を与えてくれている。その上、人間の資質や趣味、傾向においても両者は極めて近い関係にあることは、少し両者を翻った人には明白であろう。こういう両者の関係については英文学をはじめ比較文学の方面から、最近、注目すべき研究が出されていてその研究の一層の進展が期待される。

次に紹介するのはそのような両者の関係を知る上で基本的資料と思われるので、紹介かたがた述べてみたい。それは「小泉八雲氏の逸事　文学博士井上哲次郎君談」のタイトルで、「國民新聞」に明治三十七年十月十二日、十三日、十四日、十六日の四回にわたって掲載された記事である。ハーン解雇の当事者の談話であるが、昭和女子大「近代文学研究叢書」七巻（昭32・12）や「明治文学全集」四十八巻（昭45・10）の参考文献欄、速川和男「日本におけるラフカディオ・ハーン資料年表」（「比較文学」十六巻　昭48・10）、森亮編『小泉八雲』（「現代のエスプリ」91　昭50・2）のいずれにも採られていないものである。

哲学者井上哲次郎については色々、批評もあるだろうが、この談話を一読すればその話術もさることながら実によく八雲を観察し、その本質をつかんでいることに驚かされる。短くはあるが井上その人の文学的センスも窺え、立派な八雲論になっており、当事者でなければ分からない核心に触れており説得力がある。健康な良識人の目に映った人間八雲の姿が躍如としている。なお、これは明治三十七年九月二十六日に八雲が亡くなり、帝大解雇をめぐってトラブルのあった一方の責任者に記者がインタビューしたものである。
今日では常識になっている「仏教とスペンサーの哲学を調和すると云ふことを以て一生の能事とせられたこと疑ありませぬ」という発言もあるが、ここでは漱石との関係に注目して特に帝大解雇あたりに触れた所を全文引用する。

小泉八雲氏の逸事㈢　明37・10・14

◎大学を解雇しましたのは去年四月のことであります。其際ちよつと新聞紙などにも評判をする者がありましたが、それ等は真に正確なる材料に基いたものでなくして、唯だ世間の噂であつて真偽相半して居るものでありました。小泉氏は日本に国籍の在る人でありますから日本人として待遇されてありました。それで大学の講師と云ふのでまァ資格は他の講師と変つたことはない。それで何故に氏を解雇したかと云ふ理由は全く大学の事務に属することでありますから之を此に述べる訳には行きませぬが、只述べても差支ないと思ひますことは日本の英文学専門家で、其時英国より帰つて来た人があります。で其人にも亦地位を与へたいと云ふ考がありました。が是は純粋なる大学出身の人でありまして教授になつても差支ない資格を具へて居つた者でありますから、大学に入れて英文学の一部を担任して貰ひたいと云ふ考でありまして、其後も其人は大学に這入つて居ります。其際に小泉氏にどうか尚引続いて大学に居つて呉れいと云ふことを言ひましたが小泉氏の之を拒絶した主なる理由は自分一人で英文学を受持てばやるけれども他の人が這入つてはいかぬと斯う云ふ考であつたのでありまして、どうも其点が到底融和し得られぬことであります。何故ならば日本の大学では日本の教育を受けて外国に行つて卒業して来た人が段々と大学に地位を得て専門の学科を受持つと云ふことは是は当然なことであります。それに反対されては甚だ困る次第であります。それが主な理由で有ました。自分からどうも罷ると云ふことに最後に決心したので有ます。

小泉八雲氏の逸事(四)　明37・10・16

◎近頃読売新聞でちよつと見ましたが、和田垣教授が或会で斯う云ふことを述べたと云ふことであります。『大学は小泉氏を虐待したのである、虐待して後之を早稲田に逐込んだのである』と斯う云ふやうなことを演説中に述べたと云ふことでありますが、是は実に乱暴なる言ひやうであります。大学は小泉氏を虐待したなど丶云ふことは寸毫もない。約り小泉氏自ら罷めたいと云ふことで罷めることになつたので、罷めると云ふに就てどうしても引留めることは出来なかつたのであります。手段は十分に尽しまして、なか〳〵優待する条件を本人にまで通知して、居るやうに勧めましたけれどもそれでも居らぬと云ふ本人の決心であつたものだから、どうしてもそれは翻すことが出来なかつたので、約り大学は氏を虐待したなど丶云ふことは寸毫も無いのであります。況や氏が早稲田に行くことになつたのは大学の与り知らぬ所で、本人と早稲田の間に別に相談のあつたことで大学が逐ひやつたなど丶云ふことは少しもない。尤も和田垣教授の性質を能く知つて居る人は聴衆の喝采を博するが為に一時の激語を発したに止まることであらうと察するでありませうけれども、知らない者は或は驚くかも分らぬ、それ故に一言此に明かに弁じて置くのであります。

◎（早稲田とハーンとの一年足らずの薄い関係について述べた部分だが省略）

◎小泉氏の最後の四五年間は従前よりは変つたやうに見受けました。確かに変つたやうであります。それと云ふは大学に氏が来ました後数年間は他の外国教師とも話をしましたし、吾々とも能く話をしましたが段々と自分で人に逢はないやうにしました。それは誰も氏に対して侮辱を加へたと云ふやうな事もなし、又氏と争論をしたと云ふやうな事も無い。何も別に理由と云ふは無かつたのでありますが、唯自分からです。自分から他人に逢ふことが嫌になつたものと見えて、段々と人に逢はないやうにしました。それで従つて外国教師其他の人々と話をするなど丶云ふ機会も殆ど皆無となつて仕舞つたのであります。それで氏はどうして授業に来るかと云ふと、先づ大学の構内の木の下抔に歩いて居つて、授業の時間が来ると教場に入る、授業が終ればば直に車で帰ると云ふことでありますから、まるで交際は無いと云ふやうになつて、氏自ら孤立の状態を為した次第であります。それで往々人はどうもミサントロープの有様であると斯様に批評をしましたが、どうもさう云ふ所が確かにあつたやうであります。それは固より晩年の事であります。

◎それから氏自ら吾々に明かに言ふたことである。それは斯う云ふ事です。外国教師それからして大学総長など皆党派を為して自分に反対して居ると云ふやうな、斯う云ふ考を有つて居りました。それからして吾々は氏に十分弁解をしてさう云ふやうな事はあらう筈はない、又さう云ふ事を何でするか一向お前に対して党派などを作つて排斥すると云ふ必要もなく理由もない、それは万あるべからざる事であると弁解しましたけれども、どうしても氏は一種の疑を霽すことが出来ないのでありました。それで自分に対して党派があつてその党派が自分を排斥しやうとするのであるドライヴエウエイするのであると考て居たのであります。

◎それで尚ほ氏に、どうもさう云ふことのあらう筈はないが何でさう云ふ考を起したかと問ひ詰めた所が、斯う云ふことを言ふたことがある。それは宗教の党派である。耶蘇教の党派が自分を排斥しやうとして居ると云ふやうなことを言ふて居りましたがそれも固より有らう筈はないので、さう云ふやうな党派などは大学の中に出来ては居りませぬし、外国教師の中でも宗教などに一向構はぬ人もありますし、其のやうなことは実際無いのであります。
◎それにもう一つ奇妙なことは、氏が斯う云ふことを言ふた。自分の講義して居る時に黒い衣服を着たレデーが這入つて来た。あれはどうも怪しい、大学総長が申合はせて遣つたに違ひない、彼の女は間牒であると云ふやうに酷くそれを悪く考へて、大学総長と黒い衣服を著た女と一種の党派的関係を拵て、小泉氏の講義の模様を探りに来たと云ふやうに考へて居りました。其黒い衣服を著た女と云ふのは彼の英国の教育家のヒウス氏のことであります。ヒウス氏は唯小泉氏は英国にも固より名の知れた作家でありますから、英文学史の講義の模様を参観に来たものと見える。固より総長の許可を経て行つたのでありませうが、何等の党派的関係など丶云ふもの丶あらう筈は万無いことでありますが、小泉氏はさう云ふ一種の疑を深く懐いて居つた人であります。
◎氏は神経質で余程感じが鋭敏でありまして、実に普通以上の処がありました。吾々が氏を大久保の宅に訪ふた時に氏は斯ういひました。今日は貴君の尋ねて来るのをチャント前から知つて居りました。
◎まァ吾々の公平に見た所を言ひまするとム云ふと、小泉氏は一種の奇人でありました。或点から言へば偏人と言つても差支えないやうな所があつたのです。併しながらそれは寸毫も氏の文豪たるを妨くる次第ではない。古来の文豪とも言ふべき人の事蹟を探ると随分普通の人と変つたことの多いものであります。小泉氏も亦其一人たるを免れないので、なか〳〵一種異つたる性質を懐いて居つた人であると云ふことは何人も疑を容れぬであらうと思ひます。（文中の圏点は省き、多く読点の部分を適宜、句点に改めた。又、明らかな誤字は訂正した。）

大別すれば帝大解雇の事情と晩年の被害妄想的な傾向の二つが述べられているが、まず解雇問題から論じたい。井上は解雇した側の人間であるから世間の風評に対する弁明的側面が無いとは言えないが、素直にこの談話を読めばハーンは自ら職を退いたのであって、大学側が一方的に解雇したのではないということになる。そして、このようなトラブルの背景には日本人教師を採用したいという大学側の意向があったが、それをハーンに充分、理解してもらえなかったということがあろう。つまり、「自分一人で英文学を受持てばやるけれども他の人が這入つてはいかぬ」というハーンの偏屈な性情のために、大学は解雇の止むなきに至ったということである。大学にとっては解雇と言うよりも、自分の希望が容れられずにハーンが自ら去ったということになろうか。こういう問題は両者に言い分があり、なかなか真相をつかみにくいが井上の主張にはそれなりの一貫性がある。帝国大学もそろそろ外国人の手を借りずに独り立ちしなければならない時期にさしかかり、この際それにふさわしい人材を採用して英文学科の充実を図りたいというのが発端ではなかったろうか。(1) 事実、漱石の二年先輩の小屋保治は三十三年七月、帰国と同時に文科大学講師となり(前年に開設された美学講座の担当)、これ又二年先輩で漱石と同時に留学した藤代禎輔(独文学)も帰国後の三十六年三月に文科大学に採用されている。漱石は同年四月採用であるから同時期の人事である。殆ど同時に帰国した二人に同様の人事があったわけであるから、この二人を採ろうとする動きは三十五年の後半頃からあったと見るのが自然であろう。しかし、ハーンは頑に日本人教師の採用に反対したというのが、井上の文脈で読める解釈である。

ところが一般に流布している真相なるものはこれとかなり異る。ハーン解雇に至るまでの経緯を丁寧に追っているのは田部隆次著『小泉八雲』(昭25・6　北星堂)であり、後のハーン年譜は多くこれを踏襲している。即ち、三十六年一月十五日付で文科大学長井上博士の名義、松永書記の手で「明治三十六年三月三十一日限りで終る約定《エンゲージメント・レニュ》をつづける事は、目下の事情不可能《イムポシブル》なる事を遺憾ながら予め通知し置く事の必要」なる旨を綴った一片の通知が郵送されて、ハーンを激怒させたというのである。[2] これを知った学生達が騒ぎ出し、慌てた大学側がハーンに会見を申し入れ、種々説得したが無駄であったというのが田部氏の基本的な押さえである。問題はこの通知書なるものが通説の如く、何の前触れもなく突然届いたのか、あるいは日本人教師の採用をめぐって大学側とハーンとの間にある程度話し合いがなされ、その結果としてこの通知になったのかということである。それによって解釈は大きく違ってくる。まず、結果から逆に次のような類推が可能となる。ハーン解任後、帝大英文科には新たにアーサー・ロイド（明36・4〜44・10死亡）、夏目金之助（三十七歳）、上田敏（三十歳）の三人が採用され、一挙に研究室の充実が図られる。日本人教師二名の外に外国人教師が採用されていることから、ハーンは条件さえ調えばその地位に留まれたはずである。条件とは時間数の削減、減俸とそれと表裏の関係にある日本人教師の採用以外に考えられない。ここで当然、大学側とハーンの間に何らかの交渉があったと見るのが自然であろう。これは大学の側に立つ論理であるが、この立場から発言しているのは伊藤整の『日本文壇史Ⅶ』（昭39・6）である。その第一章の4で日本人教師の採用を前提に伊藤は「ヘルンの月給が経費を大きく占めてゐるために、日本人を傭ふ余裕がなかつた。その結果ヘルンの持ち時間を八時間にして、俸給を減らし、その分を日本人の教授にあてるべきだといふ議題が教授会に出され、承認された」「とりあへずヘルンに向つて、時間数を減らすことを交渉した。だがその案に対してヘルンは不快の情を示し、承知しなかつた。そして文科大学当局とヘルンは対立するに至つた」と述べ、この後に例の通知書が送られたとしている。伊藤の叙述は何を根拠にしているかが示されていないが、かなり大学側の資料を踏まえた上での発言のように思われる。給与に関して言えば二十九年の採用時に週十二時間で月俸四〇〇円の契約を交わしているが、最後の二年間は四五〇円であったと田部著にはある。これでは大学側の負担も思いやられるわけで、時間数を減らして減俸し、浮いた金を日本人教師に充てるというのはきわめて理にかなった措置と言わざるを得ない。恐らく井上の言う「何故に氏を解雇したかと云ふ理由は全く大学の事務に属することでありますから之を此に述べる訳には行きませぬ」[3]というのは、このあたりの事情を指しているものと思われる。事実、次のアーサー・ロイドは月俸二五〇円、漱石は年俸八〇〇円、敏の方は不明だが漱石なみに見積っても、三人で合わせても月四〇〇円に満たない。減俸交渉に至る大学側の意図は充分に理解できる。しかし、ここでハーンが反発を示したのは単に時間数の減少、減俸だけによるものではなかったはずである。言うまでもなく、その背景にある日本人教師の採用が大きな原因であったのである。

ここで俄然、井上証言が大きなウエイトを占めてくるのである。言うまでもなく、ハーンが「自分一人で英文学を受持てばやるけれども他の人が這入つてはいかぬ」と言ったという事実である。減俸にはたとえ応じられても、それと引き替えに他人が入ってくるのは絶対困るというのである。この段階で夏目金之助や上田敏の名が挙がっていたか否かは分からないが、もし挙がっていたとすれば、敏はハーンの教え子でありその才能を「万人中の一人」として激賞していただけに、何とも不可解な反応と言わざるを得ないのである。しかし、ここでこのような反応が出てくる必然性は充分あったのである。それは田部隆次の著書ではっきりしている。即ち、帝大採用に際して外山学長との仲介の労を取ったチェンバレンに対してハーンは三つの条件を示している。

第一　国籍の如何によつて俸給は変らぬ事。

第二　一期限の間雇はれる事。

第三　助手助教授等に外の人を入れぬ事。これは勿論有能の人ならば差支はない、とにかく自分の妨害を

　したり教師学生間を中傷するつまらなくうるさき人を入れぬ事。

第三項が問題になるのは言うまでもない。「但し書き」を見るかぎり、五高で大分、「妨害」や「中傷」に悩まされたようにも思える。ハーンの癇癖も知られるのであるが、この段階では未だ「有能の人ならば差支はない」と余裕を見せているが、六、七年後には、その余裕はなくなっていたと見るべきであろう。こう見てくると「外の人を入れぬ事」という条件は採用時から基本的にあったので、三十五、六年の段階で急に出てきたものでないことが分かる。そして、かつては「有能の人ならば」という気持もあったが、この時点では全くその気持の余裕がなくなっていたと言うことであろう。解雇通告の先後にも問題はあろうが、日本人教師の採用にハーンが理解を示せば契約の更新は可能であったはずである。減俸に関しては「なか〳〵優待する条件を本人に」通知してあるので、この面での不満はさしてなかったはずである。以上のことから考えて、従来通説とされてきた、「突然解雇通知」の説は改められるべきであろう。大体、伊藤説が真相に近く、それを裏付けるのが今回の井上談話であろう。この問題に関してハーンは一見、被害者を装い世間の同情を買うという得な役回りを演じたが、真相はハーン個人の性癖、人間性に由る所が大であったと言うべきであろう。

　ではこの「他の人が這入つてはいかぬ」という頑なさ、余裕のなさをどう理解すべきか。これを偏狭な排他性（狷介さ、度量の狭さ）と取るべきではなかろう。一種の強迫観念、被害妄想にとりつかれていたと見るべきであろう。採用時に既に〈妨害〉〈中傷〉の文言が見えるので、その徴候はかなり前からあったと思われるが、この期に及んでそれが頂点に達したと見るべきであろう。これに関して田部書は理解者外山正一の死（明33・2）、親しい外国人教師の解雇、キリスト教徒（カトリック）に対する被害意識、長男一雄のアメリカでの教育のために賜暇を請求したが容れられなかったこと、等々でハーンは次第に交際嫌いとなり大学とも一触即発の関係にあったと述べている。この事実を裏付けるのが、今回の井上談話である。次第に人間嫌いになって行く様が語られているが、中でも「先づ大学の構内の木の下抔に歩いて居つて、授業の時間が来ると教場に入る、授業が終れば直に車で帰ると云ふことであります」という箇所は、当時置かれたハーンの位置をそのまま象徴するものであろう。この姿は余程皆の目に焼きついていたと見えて、小山内薫「留任」（『帝国文学』明37・11）、金子健二『人間漱石』（昭23・11　いちろ社）、田部の著に凡てエピソードとして引用されている。『三四郎』（三）でも漱石が愛情をもってこのシーンを描いているのは言うまでもない。

ハーンを人間嫌いにし、被害妄想に駆りたてたものの実態については、これを特定できないが、井上の言ではその最大公約数は「耶蘇教の党派」であるという。その中心は外国人教師であるが、彼等が総長と結託して自分を大学から追い出そうとしているという妄想にハーンは取り付かれていたようだ。黒衣の女性ミス・ヒューズをその手先と思い込んでいたようであるが、その誤解であることは田部著に詳しい。こういう状態では、たとえ大学側が日本人教師の必要性を説いても、又、そこに教え子の上田敏がいようとも、これを冷静に受け取めることはできなかったであろう。時間削減即追い出し工作と受けとめたであろうし、ここでの譲歩は全面敗北と変らなかったであろう。ハーンは大学から追われるという被害妄想のゆえに、逆に自らその地位を捨てざるを得なかったというのが、皮肉な事の真相であろう。

ではなぜハーンは耶蘇教（カトリック）に対してそれ程の被害者意識を持ったのか、あるいは敵意を抱いたのであろうか。このことに関しては渡部昇一「スペンサー・ショックと明治の知性」(1)(2)に優れた分析がある。[4] それによればハーンはスペンサー哲学の信奉者で、知の世界では「新しい日本」の進化の状態（仏教での「業《カルマ》」）を認めながらも、情の世界では涅槃《ニルヴァーナ》の状態にある「古い日本」に惹かれており、知と情は乖離の関係にあり、一種のパラノイアの症状に陥っていた。[5] この時、「古い日本」を脅かす外力の象徴とみなされたのがキリスト教、特にカトリックであったと言う。基本的にこの押さえを踏まえながら、被害妄想に至る過程とその意味を漱石とも照らして考えたい。

井上の談話の始めの方㈠にハーンの人物論があり、そこには「唯氏が少年の時より以来一方ならず辛酸を甞めて来た人であると云ふことは、其人に接して察し得られた所でありました」「種々なる逆境に処した無数の感慨を打込んで来た所の精神と思はれる所が確に在つたのであります」と述べられている。この必ずしも幸福とは言えなかった少年時代は漱石のそれと重り、その事は二人の生涯を考える場合、重要な意味を持つ。即ち、肉親の愛を知らず、自己の内面世界と外界が絶えず衝突して齟齬をきたしている少年にとって、唯一の救い（防衛）は他のいかなる人間も触れることのできない強固な砦を築き、そこに立て籠ることである。この砦を強固に鎧うために少年は独特の感受性をもって本能的に外界に対峙する。即ち善悪正邪、美意識に特に鋭敏で独自のモラルを作り上げてしまう。そして、その世界を頑に守り通そうとするのが一般ではなかろうか。後年、ハーンがカトリック（特に僧職者）を蛇蝎の如く嫌ったのは、少年時代に体験したカトリック系の学校での厳格な規律にあったと言われている。しかし、不思議なことに少年ハーンを内面で規制し続けたのは、このカトリックではなかったかというのが私の推測である。カトリックに反発しながらも、カトリックは少年ハーンの内面を強く規制したと取りたい。でなければ、晩年のカトリックへの激しい憎悪の説明が旨くつかないのである。見方を変えれば以下のようになろうか。ハーンは日本に帰化して日本人に自己を同一化させた。そして、スペンサー哲学と仏教を調和させて独特の思想の体系を樹立しようとした。しかし、日本に帰化した時点で、ハーンにはやはり西洋、ことに少年時代より自己を色んな意味で規制してきたカトリックへの負い目のようなものが無かったであろうか。ハーンは確かにある意味では根無し草であったが、根が完全に切れていたわけではなかった。引きずっていた西洋の影（根）に絶えず脅かされた晩年ではなかったであろうか。そのように考えるとハーン晩年の悲劇は、完全に日本人になりきれなかった人間の悲劇ということになろう。西洋に絶望しながら、ひきずっていた西洋の影（亡霊）、つまり、カトリックというシンボルに絶えず怯えていたと言うべきであろう。

ハーンのカトリックへの被害意識に相当するのが漱石の場合、英文学と英国であるのは言うまでもない。これについても渡部氏の〈知と情の乖離〉というハーン同様の分析がある。私流に言い替えれば新しい西洋の合理主義の精神と漱石を培ってきた儒教的精神との対立、葛藤ということになろうか。漱石の悲劇が呪詛、嫌悪しながらも西洋文明と英文学を受け容れざるを得ない所に由来していることは言うまでもない。これ以上の単純化、概説は慎みたい。

注

（1）必ずしも、ハーン解任劇と重ねなくても良いが、のちに漱石は『三四郎』（明41）で日本人教師採用の必要性を述べ、この問題の合理化を図っている。雑誌「文芸時評」に載った与次郎の「偉大な暗闇」（六）と新聞記事の「大学の純文科」（十一）がそれであるが、当時、大学には必ずしもハーンのような有能な外国人教師ばかりではなかったことを漱石はよく知っていたのであろう。

（2）『明治文学全集』四十八巻の平井呈一編の年譜もこの説を踏襲し、「八雲にとっては、まったくの寝耳に水であった」としている。

（3）手元にある『傭外国人教師人名』二冊（丸山国雄氏の稿か）による。ハーンと同時期のケーベル（哲学）の月俸は、それによると五五〇円（明35・8〜38・7）でありハーンより高い。

（4）『漱石と漢詩』（昭49・5　英潮社）所収。のち講談社学術文庫『教養の伝統について』（昭52・11）に再録。

（5）同じ観点は例えば、G・S・フレーザー「ラフカジオ・ハーン」（『現代のエスプリ・小泉八雲』）の「彼は自分の思想を一つの整った形として見せようと努力するあまり、自分の感情に歪みを与えているように感じられます」という叙述にも既に見られる。

（付記）

その後、井上哲次郎著『懐旧録』（昭18・8　春秋社松柏館）なる書の存在を知った。そこに「小泉八雲氏と旧日本」の一章があり、八雲の帝大解任に至るまでの経緯が書かれている。「國民新聞」の記事そのままではないが、これを大きく外れることはない。注目すべき新事実は「小泉氏の十二時間を八時間にして四時間か六時間夏目氏に英文学講義を担任して貰ふことになつた」ということと、「小泉氏は早く青年時代から猜疑心に富んで居り、それが晩年益〻ひどくなり、何となく同僚から迫害されるやうな強迫狂（Verfolgungswahn）のやうな一種の感情を抱いて居つた」というところであろうか。前者が伊藤整の『日本文壇史』の根拠であろう。後者の方は「強迫狂」（追跡症）なる病名を充てて注目される。

ただ、英文学教授採用に当たって「日本の大学は日本人の教授すべき大学で、植民地の大学とか何とかいふものとは大いに違ふのである」と述べているのは、明治三十五年の状況というよりは、この本が出版された昭和十八年という時代の反映があると考えるべきであろう。

「國民新聞」にあった「自分一人で英文学を受持てばやるけれども他の人が這入つてはいかぬ」の言は『懐旧録』では見当たらないが、この発言の重みを考えた時、ハーンの死直後の発言だけに記事の信憑性はきわめて高いと言わなければならない。

III 鏡花

1　女人成仏、草木成仏のこと——『薬草取』考

『薬草取』（明36）については既に代表的な論考がいくつかあり[1]、その様式についても複式夢幻能形式を踏まえるという指摘が早くからあり、大体、論じ尽くされたかの感がある。しかし、どの説にも瑕瑾があり補いきれていない部分がある。特に能については専ら時空を自由に往き来する夢幻能という形式のみ注目されているが、この作品では能の重要な精神が見事に形象化されていることに論者は気付いていない。そこに至る前にいくつかの前提が必要となる。

一　地誌

作品の終末部、美女ケ原で花を摘みつつ高坂が口ずさむ、「鈴見の橋、鳴子の渡、畷の夕立、黒婆の生豆腐、白姥の焼茄子、牛車の天女、湯宿の月、山路の利鎌、賊の住家、戸室口の別」の十のシーンは、あたかも絵巻物の各シーンを見る如く眼前に髣髴とする。「金沢十景」（池田九華）「浅野川八景」（森春岳）等の例に倣って言えば「医王十景」の趣があり、二十年前に母のために薬草を求めて山中に迷いこんだ彷徨夢譚が、風景・風物・場面となって鮮やかに蘇ってくる。少年高坂の脳裏に一つ一つ、強烈に焼きついたイメージやシーンを物語ることで青年高坂は癒され、浄化されて行くのであろう。と同時に語る今の時点では過去は充分に対象化されているので、語られた少年時の一つ一つのシーンが少年の通過儀礼ともなっていることも容

易に理解できる。

本来ならば、『一之巻』〜『誓之巻』、『照葉狂言』あたりから始まった各章立てのスタイルでこの作品も語られて然るべきであったが、それでは過去と現在が巧みに重なり、溶解する時制の自在さが壊れるために「一」「二」の章立てになったのであろう。

ここで注目したいのは「鈴見の橋」と「鳴子の渡」である。もっともそこに至るまでに少年は小立野台の薬師堂で一夜を明かし、「八坂《はっさか》」を下り鈴見の橋に到達している。鏡花小説の地名、地誌が現実のそれと重ならないのは言うまでもないが、しかし、微妙にズレながら独特の時空間を作り上げているその美学には、思いがけない仕掛けが隠されていることがある。

まず「小立野の薬師堂」であるが、これは「牛坂薬師堂」（『金沢古蹟志』巻十一）が対応しそうである。小立野台で薬師如来を祀った寺はいくつかあったかと思われるが、医王山信仰の関係では医王寺などが考えられる。『加能郷土辞彙』では「波着寺境内」建立とあるが（波着寺は泰澄山波着寺で本尊は十一面観音、医王寺は本尊観音と薬師仏を安置）、その後、上野八幡神社（現小立野二丁目）近くに移る。『金沢古蹟志』では「此後山伏医王寺、社辺に居住し奉仕せし処、明治二年に神仏混淆御廃止に付復命し、大井修理と称し、神職と成りたり」とあり医王寺は消滅したようである。薬師如来は一般に大医王仏、医王善逝とも言われ、医王寺と名のつく寺の本尊であるのが一般であり小立野台の医王寺もこの例に漏れなかった。

牛坂薬師堂は『金沢古蹟志』では「馬淵高定の武家混目に云ふ。当国牛坂の薬師堂は、源牛若十四歳の時御参詣ありし処なりと、里俗の口に云ひ伝へたり」とあるが、「牛」の類推からのこじつけのように思われる。牛坂は「練兵場の前通りより若松の方への坂路なり」とある通り、元々、小立野台へ上る坂路であり、この坂の名より村名も起こったのであろう。当時坂を下りた一帯は石川郡崎浦村の小字で牛坂《うつさか》と呼ばれていた。現在の旭町である。この坂の方の牛坂は現在、鶴間坂の名で呼ばれているが、この「鶴間坂付近に、加賀騒動で処罰された、六代藩主前田吉徳の三男勢之佐利和を幽閉した土牢があった（崎浦郷土史）。また村内に薬師堂があり、勢之佐の土牢の悪霊を鎮めるため日蓮宗経王寺の日当（日塔が正しい）が観音像を安置した（同前）」（角川「日本地名大辞典」17〈石川県〉昭56・7）という記述がある。勢之佐は近くの珠姫の寺、天徳院脇の座敷牢に幽閉されたとも言われ一定しない。又、右の記述では観音像が薬師堂に安置された如くであり、そうすれば薬師堂は坂の中腹にあることになるが、この薬師堂がどこにあったのか現在は不明である。平地にあった可能性の方が高い。ただ、この坂の途中からは霊水の清水が湧き出し疫病に効力があったと言うから、この伝承と薬師信仰が関係しているのかも知れない。

今、仮に薬師堂が平地にあったとした場合、それをわざわざ小立野台地に設定した意味は小さくない。作品で少年が平地から小立野台地に登ることは、再び平地から医王山に登ることのアナロジーであろう。小立野台地の薬師堂はそのまま医王山山頂の薬師仏に重なる。少年は初めの行動をなぞるのである。そして興味深いことはこの台地から「八坂《はっさか》と言ひます、八段《やきだ》に黒い瀧の落ちるやうな、真暗な坂を降り」ることである。小立野台から浅野川側に下る坂はいずれも急坂で、それぞれユニークな名のついた坂が多い。「八坂」も国立金沢病院裏に実在する坂であるが、この坂では地形的に合わなくなるので名前を借りただけであろう。急坂で昼なお「真暗な坂」と言えば実際には鶴間坂しかないであろう。現在も竹藪が鬱蒼と繁り、縫うように坂は続くが無気味なること金沢随一の坂であろう。坂自体のイメージに加えて加賀騒動の浅尾の蛇責め、勢之佐の幽閉が絡まるので無気味さが倍加される。この暗闇坂を下ることが少年にとって異界への通過儀礼の第一関門であった。

坂を下りて浅野川べりに出れば、すぐに実在の鈴見村の入口に当たる鈴見橋である。しかし、鶴間坂を下りて実際に突き当たるのは鈴見橋より一つ上の若松橋である。鈴見橋に直結する坂は天神坂である。天神坂も急坂で鶴間坂にも近いが、この坂に添って椿原神社（田井天神）がある。境内に月読社なる小祠があり石の狐が一対置いてある。月読神は勢之佐を祀ったもの、それに真如院を命婦神（稲荷神）として合祀したものという。(2) 坂上に経王寺があり真如院の墓がある。いずれの坂を下りても加賀騒動につながり金沢の魔所と言えないことはない。坂は鶴間坂の方がイメージに合うが、橋を若松橋とせずに鈴見橋としていることにも鏡花の作為がうかがえる。言うまでもなく、そこは鏡花が母鈴と出会う場所であろう。少年は橋の袂で母のため医王山に登る決意をするが、そのことを語る二十年後の高坂には母は亡い。高坂にできるのは少年の日に重ね橋の袂に佇むことであろう。

しかし、少年は橋は渡らずに引き返し堤防《どて》伝いに川上へと進み、「岩淵の岩」を対岸に見て「鳴子の渡」に辿り着く。橋を渡らなかったのは戸室の石山の麓が川岸に迫り、そこで路が尽きているからである。しかし、これは現実の地形に合わない。医王山に登るには江戸時代以前から鈴見と田上から登る路があり、巌山が切岸になって迫る所まで行く必要はない。逆に浅野川を左岸沿いに溯ると小立野台地が切岸の絶壁となって川に迫り、それ以上、歩行不能な地点がある。そこに下田上橋が架かっており、ここでこの橋を渡らざるを得ない。ただ、絶壁下の浅野川は水量の少ない川には珍しい青淵を作っており、ここのイメージが鳴子の渡に活かされているのかも知れない。

少年が橋を渡らないのは月の位置で山の方向を見失わないためのようであるが、そのことで却って「鳴子の渡」という難所を渡らなければならない羽目になる。ここにも寓意が隠されている。後述するが、「月」はやはり母のイメージであろう。母が先導者となり少年を導くのであろう。「鳴子の渡」は勿論、実在しないが、命名は鈴見の縁語として生まれたのであろう。鈴見、鳴子で「母」と「子」が含意されている。作品自体もそうであるが、母恋いのモチーフが命名にまで及んでいる。

浅野川は水量は豊かではなく手持の資料でも「河川には浅野川あれども、水量少く流勢激しきを以て殆ど舟筏を通ぜず、只堤防修繕等の際、小舟を用ひて其材料を下流より銚子口に至る間に溯上し得るに過ぎず」（『河北郡誌』大9・11）とか「此河水勢弱く、泥鰌ありて、其魚犀川に亜ぐ」（『亀の尾の記』幕末）とある。それでも幕末期のものかと思われる河北郡絵図を見ると、鈴見橋上流には若松橋、田上橋、銚子口橋、下荒屋橋、市ノ瀬橋などが架かっており、渡し場を要したとは思われない。ここからでも作品の鳴子の渡が虚構であることは明瞭であるが、それにしても老船頭の船に乗り中空に渡された綱に摑まって対岸に渡るという描写（「綱に摑まつて、宙へ釣されるやうにして渡つた時」「到底此の世の事とは思はれなかつたらう」）は如何にも仰々しい。なぜこのような大仰な設定をしたのであろうか。

この第二の通過儀礼で少年は完全に異界へ踏み込むのであるが、その事を強調するため、この渡しの様を此岸から彼岸へ渡るための難所（魔所）としたものであろう。このイメージに力与っているのが越中庄川峡にかかる「籠の渡し」であろう。加賀騒動を扱った『北雪美談金沢実記』に大槻の家老をしていた高桑政右衛門が大槻の配所の五箇山に潜行しようとして、この「籠の渡し」で引き返すところがある。「この籠の渡しというのは、庄川の急流の上を、太い藤蔓の大綱に掛けられた籠に乗って、蜘蛛の糸を伝うように対岸に渡る仕掛け」を言い、庄川筋に十一カ所もあったという。「罪人の流刑地とした五箇山を、隔絶地としておくために」藩の取った手段だと言う。[3] 加賀騒動に通暁していた鏡花にしてみれば、この「籠の渡し」は親しいものであった筈だ。「やがて綱に摑まつて、縋ると疾い事！雀が鳴子を渡るやう、猿が梢を伝ふやう、さら〱、さつと。」とあるが、これは川を舟で渡る説明ではない。籠の渡しのそれであろう。ここでも加賀騒動のイメージがつきまとう。

異界に入った少年が辿りついた所は「清水谷の温泉」場である。そこで会った娘は「姥の娘で、清水谷の温泉へ、奉公に出て居たのを、祭に就いて、村の若い者が借りて来て八ケ村九ケ村を是見よと喚いて歩行いたものでせう」（「牛車の天女」のシーン。この語句は作品のラストで重要な意味を帯びて甦る）とあるので、元々、清水谷の村に母娘在住していて娘が奉公に出ているのか、他村から温泉場に奉公に来ているのかはっきりしない。娘が湯女らしいというのも重要な意味を持つ。この温泉場は現実に対応させれば湯涌温泉（元々、一帯は「湯ノ谷」と呼ばれていた）しかない。『由縁の女』でも白菊谷として登場しており、鏡花には加賀藩の隠し湯とされたこの温泉への思い入れは強い。

しかし、作品では温泉は右岸に位置するが、湯涌は左岸であり、距離的にも清水谷温泉は湯涌よりかなり下流に位置することになる。でなければ旨く医王山に登れなくなる。

その医王山に登るコースであるが、これも現実と旨く合わない。恐らく、地図のみをたよりに鏡花は小説を書いているものと思われる。地名としては「戸室口」（山上の美女ケ原まで辻堂で二晩明かしている）「美女ケ原」、山上の「千蛇が池」が出てくる。戸室山は実在の山で、この「戸室口へ廻つて、攀ぢ上つたものと見えます」という説明では、清水谷の温泉は上中町あたりになろうか。湯涌温泉からでは自然に見上峠に出て頂上を目指せばよく、戸室口へ出るのは見上峠から逆に下ることになる。高坂は二十年前と同じコースを辿っているとすれば、二俣から登ってくる娘と出会うには戸室山の北麓をめぐって田島《たのしま》に出なければならない。このルートではないが田島へ出るコースを辿り若き日の犀星も医王山に登っている。[4] 山上の「千蛇が池」は実在の「大沼」（一般には「大池」と呼んでいる）を指す。現在、この池の前面は大池平と呼ばれる平地で、かつて真言の四十八カ寺が伽藍を競ったという伝承の地である。しかし、ここを「美女ケ原」とすれば、ここからは「十里南の能登の岬、七里北に越中立山、背後に加賀が見晴せ」（又しても能登が南に位置するという鏡花美学！）るという眺望は窪地ゆえに全く利かない。この眺望の利く所と言えば大池に下る手前の「覗《のぞき》」であろう。その手前には現在、「桔梗が原」の地名の原が広がっている。龍胆と見間違えてこの名がついたようであるが、残念ながら現在、多くの低木と藪で蔽われ薬草の生い繁るイメージからは遠い。しかし、麓から二日という行程を考えれば、鏡花は桔梗が原の連想から美女ケ原をそのあたりに設定したものであろう。

　史実として気になるのは医王山そのものについての記述である。作品では「名だたる北国秘密の山」、「要《かなめ》石」を踏み外すと「半年経歴《へめぐ》つても頂に行かれない」という樵夫の証言に加えて、「昔から御領主の御《お》禁山《とめやま》」であったと花売りの娘は言う。前者はたしかに現在では自動車道路も整備され（昭和三十八年、医王スカイラインの開通）、医王山の麓まで車で登れるがそれまでは金沢方面からは登りにくい山とされた。古い時代よりいくつかの古道はあるものの、一般には森本から二俣に上り、それより頂上を目指すのが最も安全なルートであった。それだけ二俣からのルートが整備されていたのであろう。二俣は和紙の生産で知られるが江戸時代から御料紙として前田藩の厚い庇護下にあった。早くから福光へ抜ける二俣街道が発達したが、かつて福光から小又までの旧道を十三代藩主斉泰が参勤交代の帰りに通り、「殿様街道」の名が残っている。(5) 二俣街道は金沢への近道でもあったが、一向宗の拠点である井波瑞泉寺に睨みを利かす意味もあったのであろう。

　この金沢側から登りにくいことと、真言の山岳密教の山として開かれてきたことに伴う霊山意識が里人を拒んでいるのかも知れない。女人禁制であったことは諸書に見えており、最大のタブーであったかも知れない。作品は最早、女人禁制の時代ではないが、閉ざされた異界へ入ることに特別の意味が込められている。「御領主の御禁山」というのは明確に古文書には見えないが、山の中腹の集落を中心に種々の「御定書」が出され草一本、木一本にも厳しい詮索があった。「御定書」は中村健二氏の労作『山の民物語』（平6・11

北国新聞社）に収録されているが、上山村の項には次の如きやりとりがある。

一、木草或茸等に而も取申儀難レ成留山有レ之候哉、御尋被レ成候。河北郡北袋村・上山村・小菱池村・大菱池村之内に、御林山《はいはいやま》御座候に付、木草取不レ申候。茸等之儀者、御貪着無二御座一候。此外留山与申儀者無二御座一候。

（『改作所旧記』）

御林と呼ばれる藩の留山がいくつかあり、特に指定された七木の伐採は御法度であった。そこで生える茸の類は問題ではなかったが、草木は採ってはならないというものであった。医王の山全体が御林であったわけではないが、厳しい制約の下に農民が暮していたのは事実である。

薬草については古老の話として、見上峠の左上方に前田藩の薬草園があったと言うことである。それを二俣村から分家した田子島村の農民が管理していたらしい。たしかに薬草と言っても漠然と山中の薬草を採取するのでは効率が悪く、意識的に栽培し手入れした方が収穫も多く、この話には説得力がある。

山麓の村で薬草が注目されるようになったのは古くからのことであろう。近代に入っても大阪道修町の薬種問屋では加賀黄蓮の名で医王の黄蓮（健胃）が取り引きされたという。村々で副業として採れた薬草は多く金沢の薬種店に運ばれた。しかし、この薬草の効果はせいぜい健壮、鎮痛、利尿、解熱、鎮咳あたりが主であり、即効性は少なく難病治療にはほど遠い。

従って、高坂少年が摘む「芍薬の花」の中に咲く真紅な一輪とは、具体的に芍薬を指したり他の何かの花を指すものではない。芍薬が出てきたのは薬師信仰との関係で薬草のシンボルとして出たまでであろう。作品の花は母の病いがたちどころに治る摩訶不思議な神秘幻想の花ととればよい。ただ「石楠花」については、「種類により不老不死の霊薬とされてゐる」（『山の民物語』）という伝承があり、神秘幻想の花の実在も一概には否定できない。『兼六公園誌』(小川政成著　明27・6)の「医王山」の項にも「山中薬草奇卉多く、石楠花謝して盛夏なほ深谷に雪を蔵せり」とあり、ここにも石楠花が出てくる。

なお、「戸室の麓、岩で城を築いた山寺に、兇賊籠る」と報じられた山賊については近代では確認できないが、先の『兼六公園誌』では「天正の頃越中の土賊山寨を設け、山麓湯ケ原(正しくは湯谷原)の険に拠り、横暴なりしかば、(佐久間)盛政撃て之を走らせたり」と戸室山の項にあり、このイメージの残像がありそうにも思える。

総じて「御領主の御禁山」のイメージが現在にまで尾を引き、女人禁制も含めてこの山を神秘不可思議のベールで包み、異界の雰囲気を出すのに役立っている。

二　白山信仰との関わり

医王山が古来修験道の山であり、既に鎌倉期には白山修験道圏内にあり、白山—医王山—倶利伽羅山—能登石動山のルートが成立していたことは今日知られている。[6] 又、『白山禅頂私記』(一五〇八)では加賀馬場が盛んになったため、加賀馬場に引きつけた泰澄信仰が生まれ、中でも医王山に大師が移り住み下方の戸室山に従者の臥行者を使い、飛鉢によって生活の資である米を得させたことが述べてある。このことからも医王山が白山修験道の信仰圏にあったことが分かる。

『薬草取』では「千蛇が池」と「美女が原」の地名が注目される。「千蛇が池」が大池を指すことは述べたが、この池が白山頂上に実在することは良く知られている。泰澄が山中に横行する悪蛇三千匹の内の千匹を閉じこめた池である。霊山の神が元来、蛇体、竜体であることは泰澄が翠ケ池で観念をこらすと白山神が九頭竜の姿で出現したことでも知られる。のちに人格神が一般化することで蛇体神が悪蛇として池に封じ込まれたようである。[7]このことより医王山にも竜神信仰を考えようと鏡花はしているが、事実、大池には大蛇が住んでいるとか、難病治療のため禁を犯して登山した油屋の娘が大池の水を呑もうとして大蛇に変身して池に沈んで行ったという伝承もある。[8]大池のすぐ下方に「三蛇ケ滝」と呼ばれる滝もあるが、この命名にも千蛇ケ池（一般にはこの表記）と同様の意図が感じられる。又、この池の水は城端町の縄ケ池にも通じていると言われるが、縄ケ池も竜神信仰で知られる。江戸時代から旱魃には山麓の村々で両池に雨乞いをしたことが報告されている。更に奥医王山の方にも小さな池が三つあり、その中に竜神池がある。これも旱魃時と長雨時に村人が祈願したと言う。

さて、『薬草取』は〈紅の花〉一輪を求める探花行の物語であるが、この〈紅の花〉に対して〈蒼い小な花〉が印象的である。その葉の汁《つゆ》を嚙めば一斗ばかりの水を飲んだように寒くなるという。恐らく、露草、桔梗あたりのイメージであろうが、霊山に咲く霊草の趣が深い。この花などは先の石楠花に相当するであろうが、白山に結びつければ、やはり菊であろう。白山比咩は菊理媛とも呼ばれるがこれは江戸時代の付会であるという。[9]しかし、この菊理媛から菊の露を飲み不老不死を得たという菊慈童が容易に連想され、加賀の菊酒、菊水の呼称も思い出される。霊山に咲く花は数多いが、この菊理媛の菊花のアナロジーとして医王山の〈蒼い花〉も〈紅の花〉も捉えられているのであろう。

白山とのアナロジーで最も注目すべきは「美女ケ原」である。美女の命名に注目すれば白山に「美女坂」があり、立山に「美女平」「美女杉」があり共に同根の地名起源説を持つ。女人禁制の山に女性が登り杉や石にされた場所として美女平、美女坂が残る。この類推で言えば、「美女ケ原」も禁を犯した女達が眠るトポスであろう。そして、その女達の化身の如く〈紅の花〉〈蒼い花〉と種々の花が咲き乱れるのであろう。何よりも「美女ケ原」とは美しい女達の眠っている場所である。女人禁制を逆手に取った女人成仏のトポスであろう。白山御前峰の本地は十一面観音であり、垂迹神は貴女＝伊弉冉尊＝菊理媛である。ご神体は女人であり、このアナロジーが医王山にも持ち込まれている。鏡花は医王山をミニ白山と捉えているのであろう。女体を本神とする山に女性が眠っているという設定はきわめてシンボリックな意味を持つ。

三　女人成仏のこと

『薬草取』が法華経薬草喩品の経文から始まり薬王品の読誦で終っていることは言うまでもない。そして、法華経が重要な位置を占めていることについては既に藤澤秀幸氏の論考があるが、私はこれにいくつかの補足をしておきたい。

法華経信仰を基にしてこの作が書かれたと見れば、『薬草取』は一種の法華経讃仰の法華文学とも言える。とすれば、これは鏡花の独創ではなく、『源氏』はじめ王朝文学で見られる法華八講（四日間で法華経全八巻を読誦すること）をはじめとした法華経讃仰のスタイルを踏襲したものと言うことになる。仏教と文学が密接不可分につながっていた時代の伝統が、そのまま明治に蘇ったとも言える。

『今昔』はじめ説話の世界にも法華経は多く取り入れられているが、王朝貴族のみならず一般民衆にも受け入れられていたことを端的に示すものとして、平安末期の歌謡集『梁塵秘抄』がある。『徒然草』や『平家物語』でその存在は知られていたが、明治四十四年に巻二が、次いで巻一の断簡が発見され、印行を見たのが大正元年八月である。注目されるのは二巻目の法文歌二百廿首中の法華経廿八品百十五首である。廿八品凡てについて内容要約的な讃歌が二、三首から五、六首、多い時には十首ついている。これらは巧みに法華経の教えの中心を今様に移し替えたものである。

『薬草取』執筆時の明治三十六年には未だ『梁塵秘抄』の存在は明らかではなかったが、作品と対照させると鏡花の正確な法華経理解に驚かされる。作品では虚空から桜の花片がハラハラと舞い落ちるシーンが幾度かあるが、これは「序品第一」にある、釈迦が霊鷲山で法華経を説こうとした時に空から降り来る曼陀羅華、曼殊沙華等の花であろう。

空より華降り地は動き、仏の光は世を照らし、弥勒文殊は問ひ答へ、法華を説くとぞ予て知る

鷲の御山の法の日は、曼陀羅曼殊の華降りて、栴檀沈水満ち匂ひ、六種に大地ぞ動きける

『薬草取』で天界から降りそそぐ桜の花とは、この天界の花、曼陀羅曼殊の喩であろう。

さて、『薬草取』はいきなり高坂光行の「薬草喩品」の読経から始まる。この部分は法華経七喩中の第三の喩、「三草二木の譬」として有名な箇所であり、岩波文庫本の当該部分を見ても大凡の意味は了解できる。その部分を『梁塵秘抄』は巧みに今様にしている。

釈迦の御法は唯一つ、一味の雨にぞ似たりける、三草二木は品々に、花咲き実生るぞあはれなる

我等は薄地の凡夫なり、善根勤むる道知らず、一味の雨に潤ひて、などか仏に成らざらん

「大地には種々雑多な草木・叢林・薬草が育生するが、密雲が普ねく大地を覆うて一時に雨を降らす時には、草木は大小を簡《え》らばず、普くその潤を受ける」(文庫本解説)とある如く仏の慈悲の普きことを述べるが、「衆生の根性の差別のために、三乗五乗の区別を生ずる」が、悉くこれを導いて一仏乗に入らしめるのが法華経であるという。一味の雨が三草二木を茂らせる喩とは仏の慈悲の普きことを指すが、ここからは謡曲を支える根本思想とも言える「草木国土悉皆成仏」が導き出される。この語句が作品で重要な意味を占めていることは後述するが、ここでは薬草に代表される草木の成仏が初めに述べられていることに注意を促したい。

鏡花が「薬草喩品」以外に「薬王品」を出したことについては、藤澤氏に女人成仏の指摘がある通りである。経文には「若し女人有りて、この薬王菩薩本事品を聞きて能く受持せば、この女身を尽くして後に復、

受けざらん。若し如来の滅後、後の五百歳の中にて、若し女人有りて、この経典を聞きて、説《おしえ》の如く修行せば、ここにおいて命終して、即ち安楽世界の阿弥陀仏の、大菩薩に囲遶せらるる住処に往きて、蓮華の中の宝座の上に生れん」とある。この「薬王菩薩本事品」は前半に薬王菩薩の捨身供養の功徳が説かれ、次に十喩をもって法華経の最勝なることが説かれ、最後にこの経を受持し読誦し解説する者の功徳を説いて終る。この最後の部に女人成仏が説かれているので、藤澤氏の言うように薬王菩薩の捨身供養の如き自己犠牲の故に女人が救われるという文脈ではない。ただ物語の文脈から言えば藤澤氏の説も捨て難い。薬王品が女人成仏根拠の重要な一巻であったことは『梁塵秘抄』(薬王品四首)でも知られる。

　女の殊に持《たも》たむは、薬王品に如くは無し、如説修行年経れば、往生極楽疑はず

しかし、女人成仏と言えば法華経では「提婆達多品」の龍女成仏が有名である。八歳の龍女が刹那の間に菩提心を起こして成仏できたとする文殊に対して、五障の身である女人の成仏など思いもよらぬことと反論する智積の前に龍女が現われ、忽ち変成男子となり成仏したと言う。この「提婆達多品」は「薬王品」と並んで女人成仏の根拠となり女人に崇拝された。『梁塵秘抄』には「提婆品十首」が載る。

　女人五つの障り有り、無垢の浄土は疎けれど、蓮花し濁りに開くれば、龍女も仏に成りにけり
　凡《おほよ》す女人一度も、此の品誦する声聞けば、蓮に上る中夜まで、女人永く離れなむ

「提婆品」を見る限りでは女性は即身成仏が叶わず、一旦、男子に身を変えて成仏することになっているが、「注釈家達によれば成仏の本質は、女人に即しての成仏、即ち女人即成と見るのであって、男子に生まれ変って成仏するとは見ない」(文庫本解説)とのことである。この理解で平安の女性達も即身成仏を願ったのであろうが、経文を見て行けば、やはり、「変成男子」の語が引っかかる。又、「薬王品」でも、女人成仏を説き乍ら、巻首に浄土には女人はいないと説いている。女人成仏と言い条、諸手を上げてそのことを説い

ているわけではない。例外的事例として扱われているわけで、基本的には五障三従の身である女人という認識は法華経でも変っていない。ここに法華経を含めた仏教の抜き難い女性蔑視、女性差別の思想（というより修行の妨げとなる女性の排除の論理）があると言わざるを得ない。

この偏見と差別に立ち向かおうとしたのが『薬草取』であろう。差別、偏見で貶められた女性の救済という所にこの作のモチーフもテーマもあるのであろう。それ故に、近い過去まで女人禁制であった山を選び、その山を女神の山と想定し、その女神に抱かれる如くかつて非業の死を遂げた娘や、十五年前に逝った母たちが眠っているトポスとして美女ケ原があると考えてよい。ただ、唯一、女人成仏を説く法華経を基に仏教批判を行っている所が苦しいと言えば苦しい。

仏教の持つ女性蔑視の思想に対する異和がよく出ている作品に『海神別荘』がある。ラストで公子が美女に「女の行く極楽に男は居らんぞ」「男の行く極楽に女は居ない」と言うセリフがあるが、これは仏教の極楽観を反映するものであろう。浄土には男しかいないとすれば、成仏した女人はどこへ行くのであろうか。言うまでもなく女だけが棲む極楽であろう。この男女差別の極楽観に仏教の浄土観を見ているのであろう。鏡花は男女共棲のユートピアを夢見ているのであろう。(10)

四　謡曲の女人成仏

『薬草取』は複式夢幻能形式を踏まえる。二十年という時の流れを挟んで九歳の少年が薬草を採りに山に入る前場と、現在の青年高坂が山に分け入る後場とが絶妙に交錯し、時空が重なりつつズレる妙はこの能の形式を措いては考えられない。巧みな現代小説への応用であるが、重要なのは能の形式だけではない。能の重要な精神である草木成仏と女人成仏がこの作では活かされており、その精神を支えるものとして法華経がある。

　謡曲の詞章の重要なタームの一つとして「草木国土悉皆成仏」がある。例えば「朝顔」「采女」「杜若」「西行桜」「殺生石」「鵺」「芭蕉」「仏原」「遊行柳」などに見られ、枚挙に暇がない。「杜若の花も悟りの心ひらけて　すはや今こそ草木国土　すなはち今こそ　草木国土　悉皆成仏の　御法を得てこそ　失せにけれ」（「杜若」）という具合に使用される。この慣用句は非情の生物の成仏を意味するもので、諸注釈では『中陰経』に見えるとするが実際には見当たらないようだ。それよりもこの慣用句が「薬草喩品」を基にしている所が重要であろう。「芭蕉」の詞章に「シテさてはことさらありがたや　さてこそ草木成仏の謂はれをなほも示し給へ　ワキ薬草喩品あらはれて　草木国土有情非情も　みなこれ諸法実相の」とあり、仏の慈悲の広大無辺なることとして、非情なる草木の成仏を説いている。新潮日本古典集成『謡曲集』（上・中・下　伊藤正義校注）の注によれば、『法華経直談抄』に「此ノ品（薬草喩品）ニ至リ非情草木ノ成仏ヲ明ス」とあり、「薬草喩品」の三草二木の喩が草木成仏の根拠になっていることは動かない。又、ここはたまたま「薬草喩品」であったが、他の謡曲を見れば「方便品」「観音品」はじめ「法華経」が重要な仏典として引用されており、謡曲の人間観、仏教観の形成に多大の影響を与えていることが分かる。あえて言えば謡曲の大半は法華経の教義を具体化したものであり、法華経文学と言って差し支えない側面を持つ。

　さて、この草木成仏がどのような形で謡曲にとり入れられているかと言えば、多くは草木の霊が後ジテとなって登場するというケースが多い。「杜若」（杜若の精）「西行桜」（老桜の精）「定家」（シテではないが定家葛）「芭蕉」（芭蕉の精）「遊行柳」（柳の精）などがそうである。「杜若」は『伊勢物語』を素材にしているので二条后が杜若の精であるが、「西行桜」の老桜の精の性別は不明。芭蕉の精は前シテが女性であるので女であろう。「遊行柳」は前シテが老翁であるから男性であろう。草木の霊の性別は一定しないが、何らかの執着・

執心を現世に持っているので成仏できないでいる。しかし、仏の慈悲で救済されることをこれらの非情の草木を借りて説いているのである。

草木の登場以外で草木国土悉皆成仏が説かれているのは、「朝顔」「采女」「梅枝」「江口」「殺生石」「定家」「鵺」「仏原」などである。ここでの共通点は「殺生石」「鵺」を除いてシテは皆、女性であることである（玉藻の前の女狐を女性と取れば「殺生石」も同じ）。「草木国土悉皆成仏」で重要な点は草木成仏の他に女人成仏が加わることである。「このおん経を聴聞申せば　われらごときの女人非情草木の類ひまでも頼もしうこそ候へ」（「芭蕉」）と両者が並列される。女性は多く『万葉集』や『源氏』『伊勢』、あるいは『平家』に取材したり、西行上人や定家など歌人に関わる場合が多いが、いずれも現世への執着心の故に成仏できないでいる。成仏を願うには法華経にすがるしかない。

女人成仏と草木成仏が渾然一体となった作としては「杜若」「定家」「芭蕉」あたりが考えられる。女人成仏と草木成仏は罪深い女性、非情のものにまで仏の慈悲が注がれることの証であるが、天台本覚論の立場では草木成仏が重視され、「草木非情といへども、非情ながら有情の徳を施す。非情を改めて有情と云ふにはあらず。故に成仏と云へば、人々、非情を転じて有情と成ると思ふ。全くしからず。たゞ非情ながら、しかも有情なり」（『三十四箇事書』）と言う。[11] これで行けば、女人成仏も変成男子とならずに即身成仏ができることになる。

おおよそ、結論が見えてきたかと思う。『薬草取』は五障の身の女性は成仏し難いとする仏教的女性観に一矢を報いようとするものであった。二十年前に真紅の花を手折ってくれたにもかかわらず、帰りに盗賊に「手活の花」にされ、そのまま美女ケ原に埋められた娘に対する回向となるのが結末であるが、高坂はワキ僧の役に終始している。この成仏できない女性が花売りの娘の前シテとして登場し、高坂は過去を語ることでその女性が真紅の花の精であることを知る。

殆ど絶望して倒れようと為た時、思ひ懸けず見ると、肩を並べて斉しく手を合せてすらりと立つた、其の黒髪の花唯一輪、紅なりけり月の光に。（五）

たしかに女は黒髪に紅の花を挿したのであろうが、その時、女は花そのものになっている。〈紅《くれない》の花〉の精として女は立っている。ここに法華経を基にした女人成仏と草木成仏がみごとに一体化しているのである。そして、その方法は見てきたように鏡花の独創ではなく、謡曲に先蹤があったのである。謡曲そのものの持つ思想性が現代小説に蘇ったのである。すると、美女ケ原に眠る女性とは直接には清水谷の娘であろうが、その背後には母を始め多くの名も知れぬ女性達が眠っていることは明白であろう。

今一つ、女人成仏で指摘しておきたいのはラストのシーンである。

立つて追はうと為ると、岩に牡丹の咲重つて、白き象の大なる頭の如き頂へ、雲に入るやう衝と立つた時、一度其の鮮明な眉が見えたが、月に風無き野となんぬ。（五）

この「白き象」とは法華経を護持しようとする者を保護しようとして、たえず「六牙の白象」に乗って現われる普賢菩薩の喩であろう（「普賢菩薩勧発品第二十八」）。文殊と共に釈迦如来の脇侍で女人成仏の証人でもある。[12]「法華経」最後の経典を作品の最後に置いた意図も巧みであるが、ここのシーンは恐らく謡曲「江口」を踏まえるであろう。

『謡曲大観』（二）の解説によれば、「江口」は西行と江口の遊女の説話（『撰集抄』第九、『新古今和歌集』巻十）と、書写山の性空上人が神崎の遊女の普賢菩薩となって顕現するのを見る説話（『十訓抄』『古事談』『撰集抄』第六）を結びつけたもので、そのためストーリーの展開にやや無理がある。しかし、曲の眼目は江口の遊女の亡霊が二人の遊女と舟に乗って現われ、遊女の舟遊びを見せ乍らその身を嘆き、やがて「実相無漏、随縁真如」の悟道を舞い「これまでなりや帰るとて　すなはち普賢菩薩と現はれ　舟は白象となりつつ　光とともに白妙の　白雲にうち乗りて西の空に行き給ふ」と終るラストにある。遊女が普賢となり舟が白象になるシーンが『薬草取』のラストで活かされている。即ち医王山が白象となり、花売りの娘が普賢菩薩となってチラと眉を見せて西の空へ消えて行くのであろう。

なぜ遊女が普賢菩薩になるかについては、『十訓抄』（第三の十五）に「仏・菩薩の悲願、衆生化度の方便によりて、かたちをさまざまに分ちてしめし給ふ道までも、賤しきにはよらざる事、かやうのためしにて心得べし」とある通り、これ又、貴賤上下、女人、草木を問わない草木国土悉皆成仏の範疇に入ることであろう。しかし、穢れているものこそ聖性を得るという逆説は洋の東西を問わずにあり、「江口」も無意識にこのことを実現しているのかも知れない。『薬草取』で重要なのは少年を案内してくれた娘は清水谷の「湯女などであつたかも知れない」と高坂が類推しているところで、湯女であったが故に「江口」同様、娘は普賢菩薩になったのである。このようなラストになるであろうことは、例えば祭りの日に若者達に担がれ牛車に乗せられた時、「天女のやうな扮装《いでたち》」と形容されたことからでも予想された。この〈牛車の天女〉がラストの白象に乗る普賢菩薩に重なることは言うまでもない。

それにしても、胸に一輪の花があるとは言え、女が消えた後、ひたすら経を読む高坂の姿は一切が夢と消え化幻の顕世にとり残される能のラストに似て、空漠とした闇の世界に読者を放り込む。皓々たる月の光がさしてはいるが、カタルシスは本当にあったのか。ここには女性を差別し続けた男性の原罪意識のようなものが反映しているのであろうか。

作品を読んでいて気になるイメージとして月光がある。はじめ、少年と娘が美女ケ原で真紅な一輪を見つけるのは月光の下であるし、二十年後、再び真紅の花を見つけるのも月光の下である。過去と現在がみごとに重なるのであるが、この一致は何を意味するのか。

「薬草喩品」の〈日光掩蔽〉の一句で作品は始まるが、初めから日光は遮断され、空にかかる日輪は「秋見る昼の月の如く」に眺められている。それだけ月への偏愛が窺えるが、それは法華経と言うよりは仏教的装飾によるものであろう。法華経では日光と月光は平等、無差別に衆生を導く如来の理智の喩とされたり、法華経の諸経中の王たることを称える喩として使用されている。この点で日光と月光は同等であり差別はない。このことを証する如くこの作で重要な位置を占める薬師如来の脇侍は、日光菩薩と月光菩薩である。しかし、それでも月光にポイントがあるのは〈真如の月〉のイメージが強いからであろう。迷妄の世界から仏教的悟達の世界に入る象徴として〈真如の月〉がある。月は月そのものであるだけでなく、〈仏〉そのものを象徴しよう。

冥きより冥き道にぞ入りぬべき
　はるかに照らせ山の端の月

この和泉式部の歌なぞがそのことを端的に表現している。宗教的悟達に至ろうとするモチーフは〈高坂光行〉という名前にもよく出ている。〈月の光〉＝〈真如の光〉を求めようとする名詮自性であろう。又、「江口」では月光の下に絢爛たる遊女たちの舟遊びが展開する。橋姫同様、舟の上で一生を送る「流れの君」たちゆえ、舟遊びは自然であるが、やがてこの舟が白象となり遊女が普賢菩薩となって昇天するラストシーンは、真如の月を善知識として仏教的救済の世界に入ることを暗示している。

仏教以外ではこの月に母のイメージがあることが注意される。少年が彷徨い出すのは六月十五日の誕生日の日である。言うまでもなく望月の日であり、誕生日からはすぐ母が連想される。美女ケ原で花売りの娘が一輪の花を簪にして立った時、その美しい気高さに高坂は「唯九ツばかりの稚児《をさなご》に成つた思ひ」で佇む。これは少年と娘が美女ケ原に立った二十年前のシーンと重なるが、それだけではないであろう。この時、高坂は九ツの少年に還り母を眼前にしていたのであろう。『薬草取』は娘への鎮魂だけではなく、母への鎮魂と母恋いの歌を潜ませていたのである。

犀星の詩に「良い心」（『いにしへ』所収　昭18・8）がある。「月のごとき母は世にあるまじ」の一行に始まり、「何時かまた月のごとき母に逢はなむ」で終る。月に母を重ねるのはかなり一般的なように思える。井上靖にも老耄の母に若き日の母を重ねた母恋いの記、『月の光』（「群像」　昭44・8）がある。月には仏と母が重なっていると言える。

注

（1）　小林輝治「鏡花における『自然と民謡』の問題」（「福井大学国語国文学」19号　昭51・5）「加賀地方の子守唄」（「北陸大学紀要」6号　昭57・12）「鏡花における伝承童謡の受容——『花折りに』を中心に——」（「日本歌謡研究」25号　昭61・2）、田中励儀「鏡花『薬草取』覚書」（「同志社国文学」23号　昭59・3）、藤澤秀幸「『薬草取』——泉鏡花の想像力と『妙法蓮華経』——」（「國文學」平3・8）等が代表的なものである。

（2）　若林喜三郎『加賀騒動』（昭54・1　中公新書）による。

（3）　（2）に同じ。

（4）　裁判所の給仕時代で十七歳。裁判所の上司川越風骨を中心に十三名で登山した時の様子は風骨の「医王山行」（「北國新聞」　明39・6・2、3、5、6）に詳しい。それによれば五月二十日、午前二時半に鈴見橋に集まり若松より山径に入るとあるので、角間より二俣への道をとり田ノ島に出ていると思われる。そこで案内者を雇い大池、鳶岩、白兀山、頂上に達し下山している。帰宅は夜の八時、十二里の行程としている。所用時間、約十八時間。

（5）　医王山文化調査報告書『医王は語る』（平5・3　福光町）

(6)(5)に同じ。
(7)広瀬誠『立山と白山』(昭46・2 北国出版社)
(8)中村健二『山の民物語』(平6・11 北国新聞社)
(9)山岸共「白山信仰と加賀馬場」(『白山・立山と北陸修験道』所収 昭52・9 名著出版)
(10)この箇所に言及したものに須田千里「龍女と摩耶夫人――鏡花における仏教――」(「國語國文」平9・6)がある。氏はここに美女が「進んで人身を捨てて龍女となることを喜ぶ、もう一つの『極楽』」を見、そこに仏教的世界観への皮肉を見ている。なお、この論文は法華経と鏡花を考える際、多くの示唆を含む。
(11)新潮日本古典集成『謡曲集』(上)の「杜若」頭注による。
(12)『平家物語』「灌頂巻」では大原の女院の部屋に阿弥陀三尊の外に普賢の画像が掛かっている。

(付記)

他に気になるイメージとして「黒婆の生豆腐」「白姥の焼茄子」があったが次回を期したい。又、『薬草取』とノヴァーリスの『青い花』との関係では、久保田功「『青い花』を求めて」(『日本における『翻訳』による外国文学受容の研究』(昭61・3 金沢大学文学部)があることを紹介しておきたい。

なお、作品のラストが「江口」を踏まえることを最初に指摘してくれたのは、当時、文学部国文科の学生であった中野亮子さんであることを付記しておきたい。

更につけ加えれば、「医王十景」は娘と母に会うことを追体験したいがための高坂の退行現象であったと言える。又、加賀騒動の犠牲者、真如院や浅尾が美女ケ原に眠っているのは言うまでもない。

2 『風流線』の背景

鏡花文学の背景に地元金沢の民譚・民謡（童謡《わらべうた》、手鞠唄の類）の所謂民間伝承をはじめ、金沢の地誌、白山の山岳信仰等が密接に関っていることは今更言うまでもない。この観点からの研究は最近、漸く地元の研究家を中心に盛んになりつつあり、その一層の進展が期待される。郷土との関りが様々な角度から解明されれば鏡花文学は又、違った光彩を放って我々に迫ってくるであろう。ただ、これらは文字通り伝承の部分に多くを負っているため、これを活字で追って行くには自ずと限界がある。元々、民間伝承とは活字化されることの少ない制度、習慣等であるわけだから、活字で追えない部分があるのは当然と言えば当然である。加えて鏡花が活字本を目にしたとした場合、それが如何なるものであるかを断定するのはなかなか困難である。現在、分かっている蔵書数が少いということもあるが、[1]彼が目にしたであろう少・青年期のものが如何なるものであったかを想定するのは類推の域を出ない。従ってその典拠調べに慎重を期さねばならないのは言うまでもない。又、書物以上に実際の見聞や伝聞が作品に多く活かされているわけで、この面からの解明も不可欠である。

今回、『風流線』[2]を取り上げたのはこのような観点からこの作品に迫りたいという意図の外に、既にこの作品について「文学」に三回に亙って連載された笠原伸夫氏の論（特に第一回）[3]に若干、疑問を持ったからである。

以下、項目的にこの作品の背景となった事実、伝承、地誌等について触れたい。

一　大巌の傾斜地蔵

「御覧《ごらう》じまし、細ッこい此の谿川の流の岸は、恁うやつて巌が屏風を立てましたやうでござりませう。其の上へまた巌がいかいこと押かさなりました中から、一個《ひとつ》、円《まんまる》になつて飛出して居りますのが、直ぐお顔でござりまして、三丈ばかり、見上げるやうな自然石《じねんせき》へ、御像《おすがた》が刻んでござりますが、路傍《みちばた》の如意輪様見たやうに、何でも願をかけます事を、合点々々の形で、頭《つむり》を傾《かし》げて在《い》らつしやいます、其処で人が傾斜《かたがり》地蔵と申すでござります。え丶、むかし其の、豪い貴い坊様がお刻みなさりましたさうで、なあ、合棒、何とかいふ坊様だッけや。」

「泰澄様よ。」（七）

写真(1)　白山町地内の傾斜地蔵

駕籠屋の要蔵と良助が龍子を乗せて村岡不二太の居る鞍ヶ嶽に向かう途中での会話である。場所は白山比咩《しらやまひめ》神社近く、谿川の流れが狭まり巌が屏風を立てたようになっている所である。そこに三丈ばかりの磨崖仏、傾斜地蔵があるのである。鶴来町の地理を知らない読者は架空の地蔵としてここを読み過ごすであろうが、現地の地理に少し通じた読者ならばすぐに思い当たるはずである。傾斜地蔵は今も実在する地蔵であるが、鏡花が目にした頃の位置にはなく白山比咩神社下の県道を南に進んだ白山《しらやま》地内の道路わきにある（写真(1)参照）。元はどこにどのようにあったかと言えば、鶴来町今町より石川線加賀一の宮駅に至る間の舟岡山麓の岩壁に刻まれていた磨崖仏である。明治三十六年、「舟岡山と手取川の中間のせまい箇所に七ヶ用水が建設され、同時に新道が開設されたので(4)」岩壁より切り取られ白山町地内に移されたものである。ここには他にも波切不動や地蔵の磨崖仏が彫られていたが、なぜそれらの石仏群が彫られていたかと言えば、元々「舟岡山の西側急斜面が手取川に落ち込むこの地区は、急坂路もあって白山本宮に至るまでの一つの難所とされ、神域に足を踏み入れるための大切な関門でもあった。白山本宮に参詣を志す人は、先ず、この地点で手取川の清流で精進潔斎したといわれている。その岩壁に不動明王や地蔵菩薩が刻まれてあった。それはこの地点が地蔵菩薩の結界の聖地とされていたからに外ならない(5)」という理由に依るものであるらしい。『風流線』の時代設定は北陸線の小松・金沢間が開通する直前ということであり（明治三十一年四月一日開通。作品にも登場する手取川橋梁の完成は三十年九月である(6)）、この時点では未だ磨崖仏は元の位置にあったわけである。作品発表は明治三十六年十月からであるが、そのはるか以前にこの磨崖仏群を目にしていたであろうことは容易に想像がつく。粟生、辰口あたりの描写、鶴来街道より白山下にかけての描写、実在の中宮温泉、木滑村あたりの地名、位置関係の捉え方にはそこを一度踏査した者でなければ分からない正確さがある（尤も地図の上からだけでも分かる部分もあるが）。恐らく辰口温泉の叔母(7)の家で紅葉の「夏痩」を読んで上京する明治二十三年以前のことではないであろうか。辰口は鶴来街道も利用したのであろうか(8)。

鏡花が目にした傾斜地蔵が舟岡山麓にあったということは重要な意味を持つ。この山麓に泰澄大師が修行したと伝えられる「妙法の石室」があったとされる（写真(2)参照）。両者の関係については『加賀志徴』（巻九）では「此石室は、今神主町より鶴来へ出る往還脇なる、船岡山の麓の塔の辺なる岩窟にて、岩に仏像を彫刻せり、此仏像かたがりたる故に、カタガリ地蔵と称し、塔の辺なれば九重塔の穴ともいへり。此仏像は地蔵のさまに似たれど、能見るに地蔵にあらず。彼泰澄が像にて、此石室に行ひ居たる比、自から彫刻したるよしいひ伝へり」としている。この説明では妙法の石室の中に傾斜地蔵が刻まれていたことになる。又、傾斜地蔵のいわれを単にかたがっているためとしているが、これは実物を見ればはっきりすることで全体に少し左にかたがっている。鏡花が「何でも願をかけます事を、合点々々の形で、頭を傾げて在らつしやいます」としているのはそのような伝承があったともとれるし、全くの創作ともとれる。現在、延命地蔵ということになっているが「齲歯に苦しむもの箸を捧げて祈ると治すといふ信仰」（『加能郷土辞彙』）もあるようである。ただかたがっているというだけの無粋な地蔵に鏡花らしい意義づけを行ったととりたいところである。

さてこの地蔵、高さは四尺八寸で（地蔵横の説明書きによる。『加賀一ノ宮郷土誌』では左足下から一・六七メートル、坐高一・二四メートルとなっている）、「三丈ばかり」という大きさとは一致しない。従ってこれは名のみ借りて勝手に鏡花が見上げるばかりの大きさにしてしまったともとれるが、事実はそうではないであろう。鶴来地内に三丈に近い（正確には二丈五尺余り）有名な磨崖仏があるのである。それは一閑寺（一閑院とも）の不動明王である（写真(3)参照）。これは金剣神社からさほど離れていない本町四丁目地内に実在する。寺の簡単なパンフレットによる

写真(2)　「妙法の石室」があったとされる九重塔の坂の上り口に建つ波切不動尊。

写真(3)　一閑寺の不動明王

とやはり泰澄が自然石に刻んだ不動明王が起源である。天保年間、火災に遭い新たに石工文助、七右衛門兄弟が崖石に三年三ヵ月がかりで刻んだものが現在の不動明王で、自然石では日本一の磨崖仏であるという。加賀藩十三代藩主斉泰の信仰が篤く寺には明治十六年五月の日付が入った扁額が掛かっている。恐らく鏡花はこの不動明王と白山地内の傾斜地蔵を組み合わせて大巌の傾斜地蔵を作りあげたものと思われる。

作品では「正面の巌石一座、苔滑かなる法衣を絡ひ、蔓葛を袈裟にかけて緑青の色堆《うづたか》く、暗き山かと立たせ給ふ」とあるように、このイメージは一閑寺の不動明王よりも現存の傾斜地蔵のそれに近い。写真でもお分りのように傾斜地蔵は半伽趺坐の坐像で立像ではないので、「立たせ給ふ」というのは不動明王から借りたものであろう。実在の傾斜地蔵の方は右手に錫杖、左手に宝珠を持ち、肩から胸部にかけて法衣の線がはっきりと見て取れる。古来、泰澄の自像と言われている。が、その制作年代について地元の郷土史家は「鎌倉時代末期から室町時代初頭であって、延文元年（一三五六）に舟岡山麓に新路をつけた（講中録）以前とはしがたい」[9]としている。これで判断すると傾斜地蔵という名称もそのイメージも実在の傾斜地蔵から取っていて、その三丈に近い高さと立像という点だけは一閑寺の不動明王から借りてきているということになる。ただ両者に共通するのは共に白山開祖の泰澄大師と深い関りがあるという伝承である。このことの意味は後で考えるとして一閑寺についてもう少し触れれば以下のことが疑問として残る。

作品では傾斜地蔵が野ざらしであったのを前年の夏に小屋掛けをして雨露からこれを守ったのが巨山であるという設定になっているが、これは一閑寺の大屋根（現在は立派な御堂になっている）とは無関係であろうか。現在の庵主に問い合わせてみたが屋根が出来たのは何時のことか正確には分からないとの事であった。鏡花が実際に見た時に既に屋根があったのかどうかということは作品の虚構に関ることで、鏡花の小説作法を知る上で欠かせないが現在、決め手はない。野ざらしに近い状態であったかも知れないという想像を許すものとしては「明治の初め金沢宝円寺地内へ移転し、今は寺跡百姓家と成たり」（『加賀志徴』巻九）という記述ぐらいである。

その他、『加賀志徴』には一閑寺と加賀藩との結びつきを示す記述もある。「貞享二年由来記に、当院開基。宝永八年に宝円寺五世泰山和尚芳春院様（注　利家夫人）御取立之長老故。放二石川郡鶴来村一山林致二拝領一建立仕」とある。寺のパンフレットではこの説を採っていないが、加賀藩主とのつながりについては斉泰のことが触れられ前述した扁額のことも述べられている。寺院再興に藩主の力があったのであろうか。小説との関りで言えば龍子は旧藩主の三女という設定であるから時代的に符合するのは十五代利嗣ということになる。なぜなら小松原侯爵となっているから、華族令が制定された明治十七年七月に該当する者ということで十五代目となる。無理に史実と合わせれば曾祖父の寄進した扁額のある寺のイメージが傾斜地蔵に活かされているということになる。

作品を読めば手取川流域の地理、ことに鶴来地方に関して相当詳しいことが分かるが、これは実際に鶴来街道を往来したということにも依ろうが、もっと辿って行けば更に溯れるので恐らく小学校時代に目にしたであろうと思われる『改訂加賀地誌略』に行き当たる。これは明治十四年十月に発行された「地学」の副読本で三宅少太郎[10]編輯となっている。河北、石川、能美、江沼の四郡についてその地誌を分かり易く論じたものである。そこに「鶴来路ハ地黄煎町ヨリ南、山ニ傍ヒ、沿路高尾村ノ東ナル山上ニ富樫氏ノ故塁アリ、又額谷村ノ南ニ鞍嶽ト名クル山アリ」とある通り、明治の鶴来街道は金沢より山科・窪・高尾・額谷・四十万《しじま》と山添いについていたもので(現在は旧道と呼んでいる)、鏡花もこの道を通り辰口へ趣いたのであろう。今、問題にしている傾斜地蔵については「鶴来ヨリ三宮村ニ至ル間、舟岡山ノ麓ニ巨石ノ磊々タル処アリ、其中最大ナル者ニ頭ヲ傾ケタル僧像ヲ雕ス、俗傾斜地蔵ト呼ヘリ、古僧泰澄カ白山ノ神ノ霊験ヲ祈リシ妙法石室ハ、是処ニシテ、像ハ即澄ナリト云」という記述があり「傾斜地蔵」という表記も鏡花のものに合っている。又、「頭ヲ傾ケタル僧像」とあるのも鏡花の作と一致する。地蔵の見方は人により異なるかも知れないが、現存のものは頭を傾けているとは思えない。とすればこの書物の記述に拠っているのであろうか。鏡花は明治十三年四月、東馬場養成小学校に入学しているが、地理のテキストに何が使用されたのか不明なため断定はできないが、粟生や辰口、手取川上流の地誌についても手に取るように簡潔に記述されてあるので、『風流線』の地形図を考える時、しきりにこの書物がダブって見えるのである。鏡花の遠い記憶の底にこの書物があったのではないかと想定しておく。

さて一番問題となる泰澄伝説について考えてみよう。傾斜地蔵が元々あった所は『加賀志徴』では泰澄大師が籠っていた妙法の石室ということになるが、この泰澄伝承については次の如きものがある。

霊亀二年ニ下白山ノ舟岡ノ辺リ妙法ノ石室ニ入テ、観念マコトヲイタシ呪遍劫ヲツミ、天ニ仰キ地ニフシテ霊験ヲ祈リ玉フ所ニ、夢中ニ貴女ノ白馬ニノッテ今ノ拝殿ノマヘノヒラ岩ニ立テ、和尚ニマミヘテ告テ云、我トヨアシワラノ国トナリシヨリ以来、此舟岡ニスミナシ、西河ノ深淵ニアソフ。汝カ結界庄厳ノ道場ヲマツコトステニ久シト、言モヲヘヌニカクレ玉フト見テユメハサメ玉ヒケリ。和尚奇特ノヲモヒニ住シ、安久濤《アクト》ノ淵ニノソミ、大音声ヲアケテ礼拝念誦シ玉フ祈念ニコタヘテ、亦夢中ニ貴女瓔珞庄厳巍々トシテ、紫雲中ニ御質ヲアラハシテ云ク、汝今コヽニ来ル、吾願亦満ストノ玉ヘリト見テ、亦夢サメ玉フ。時ニ元正天皇御在位養老元年丁巳四月一日戊午ノ日、和尚ノ御年卅六。マタ貴女直ニ形ヲ現シ告テ曰ク、吾此ノ安久濤ノ淵ニスミ、和光同塵ノ垂跡ヲ示シ、濁世末代ノ不浄汚穢ノ輩ヲ済度セン。然則此処ヲ中居トシテ、上ミ一人ヲ守リ下万民ヲナツヘシ。（中略）吾カ本地ハ雪ノミ子ノ禅頂ニコレアリ、ユイテ拝見スヘシト云テ、貴女ノスカタウセ玉フ。和尚喜悦ノヲモヒヲナシ、同ク養老元年六月十八日ニ、貴女ノツケニマカセテ白山禅頂ニノホリ、転法輪ノ岩室ニイリ、緑ノ池ニ向テ持念端坐シ玉フ。時ニ池ノ中ヨリ九頭ノ龍王現ス。和尚ノ云ク、コレハ是方便ノ示現ナリ。本地ノ真身ニアラストテ深ク祈念シ玉ヘハ、良有テ十一面観世音大慈大悲ノ玉体忽チ現シ玉フ。妙相マナコニサヘキリ、光明身ヲカヽヤカス。コヽニ和尚感涙面ニソヽキ歓喜胸ニミツ。稽首帰命イトフカシ。舟岡山安久濤ノ淵ニテハ垂跡貴女ノ霊体ヲ拝見シ、白山禅頂ミトリノ池ニテハ本地救世ノ玉体ヲ瞻仰ス云々（「白山禅頂私記」[11]）

貴女、龍神と姿を変えた白山の本地が十一面観音であったことが説かれているわけであるが、この白山比咩の神・貴女・龍神が鏡花文学と密接な関りを持つのは言うまでもない。それに入る前に舟岡山の妙法の石室で泰澄が修行し、安久濤の淵で白山比咩の神（貴女）を拝したというこの「白山禅頂私記」の記述は歴史家によって否定されている事実に触れておきたい。泰澄伝説として最も古いとされる金沢文庫本「泰澄和尚伝」（正中二年の書写）では大師は越前麻生津の生まれで、その修行した地は越知峰（山）とされる。貴女が夢に現われるのもここで、その霊夢の導きで養老元年、三十六歳の時白山登山の途につき、「大野隈苔（筥）川（九頭龍川のこと）東伊野原」で再び貴女のお告げに遇い、林泉（平泉寺）で祈念を凝らすと貴女が又現われ、貴女の妙理大菩薩であることを知り白山天嶺禅定に達するという展開になっている。「白山禅頂私記」では越知峰が医王山に、伊野原が妙法の石室に、林泉が安久濤の淵に書き替えられている。これは「越前の泰澄伝承が広まって、泰澄の権威が確立された後、加賀側にひきつけて改作した、いわば泰澄伝承の加賀版[12]」ということになるようだ。

　鏡花がこのような史実を正確に把握していたかどうか定かではないが、白山信仰と泰澄伝承について相当詳しかったことは作品から窺える。例えば『夜叉ケ池』であるが「夜叉ケ池」は「越の大徳泰澄が行力で、龍神を其の夜叉ケ池に封込んだ」（『夜叉ケ池』）と言われ、その池に棲む白雪姫が白山山頂の「千蛇ケ池」に棲む若殿に逢おうとする物語である。泰澄によって封じ込められた龍神は夜叉ケ池にのみ棲むのではなく千蛇ケ池にも棲むのである。そしてこの龍神は白山の神でもあるのである。千蛇ケ池については「泰澄が白山を開いたとき、山中に三千匹の悪蛇が横行していたので、泰澄は最悪の一千匹を切り殺して蛇塚に埋め、次の一千匹を千蛇ケ池にとじこめ、万年雪でフタをして永久に出られぬようにした。最後の一千匹は刈込池にとじこめた[13]」という伝承がある。この悪蛇封じ込めの伝説は「ごく古い時代、神は蛇の姿をして池や川に住んでいるものと考えられていた。ところが、神の観念が進むにつれて、人格的な神を考えるようになった。そうなってくると、蛇体神というものの存在がジャマになってきて、これを悪蛇にしてしまい、封じこめという形で始末した[14]」というのが真相のようだ。従って翠ケ池の湖上に白山神が九頭龍となって出現したように、霊山の神は本来、蛇体・龍体であるという古い信仰があったようだ。そのように見れば泰澄によって封じ込められた蛇が龍神となって天に舞い上り、恋の思いを遂げるという設定には、元々蛇体であった白山神のその後の整序された山岳信仰への反逆ともとれる、原始信仰の持つ荒々しいエネルギーが感じられる。龍神となり天に上り山麓の村々を大水で浸すという伝承は、水神のおどろ〳〵しい一面を物語る。農耕神として田畑を潤すだけでなく、時に多くの被害をもたらす側面がこの龍神昇天説話にある。この龍神の持つ二つの性格の側面は『夜叉ケ池』では百合と白雪という二人の女性に代表されているようである。穏和なる神と凶暴なる神として。又、百合が龍神として捉えられていることは「神官《かんぬし》様の嬢様さあ、お宮の住居にござつた時分は、背中に八枚鱗が生えた蛇体だと云つけえな」という描写からも分る。

さて、鏡花は実在した傾斜地蔵や妙法の石室、又、安久濤の淵を目の当りにして舟岡山麓に広がる泰澄伝承に改めて心動かされたのではなかろうか。その時受けた刺激が後に白山信仰につながる一連の作品となったのではなかろうか。『風流線』にも白山神の性格が巧みに利用されている。まず小松原龍子の名がそれであり、時に山媛と呼ばれるその呼称もここから来ている。つまり、名前に龍神、水神の寓意がこめられ白山神の化身ともとれる名詮自性になっている。山媛が更にこれを決定づける。そしてこの龍子の役割に注目すれば、白山神の荒ぶる性格の一面を確かに荷なっているのである。水上規矩夫のため芙蓉館の美樹子を奪取しようとして、芙蓉潟に龍巻を起こさせる秘術を駆使する者は龍子を措いて考えられない。それは「龍巻を見て、巨山が憤怒の相を顕したのは、帳簿に記した、辰之部の龍子の名を、想ひ聯ねたに因ってである」(「続」三十)とあることでも明らかであろう。巨山の怒りは単なる連想からだけではないはずだ。龍巻シーンは美樹子奪取のための単なるトリックともとれるが、やはり背景に悪の巨魁、巨山への懲罰的意味があることは動かないであろう。そういう懲罰神的役割を荷なって龍子が機能していることは否定できない。

次に鞍ケ嶽より手取川に雲に乗って飛翔する龍子・不二太の姿は、そのまま泰澄の夢の中で安久濤の淵に現われた白馬に乗った貴女のイメージと重なろう。飛翔する天女のシーンはわが国でも古来、法隆寺金堂内陣壁画、「玉虫厨子」や竹取物語、羽衣伝説にも出てきて馴染み深いが、元をただせば敦煌莫高窟壁画の飛天あたりに行きつくのであろう。仏教思想の反映のみならず神仙思想の反映もあるのであろう(伏羲・女媧の創生神をはじめ、西王母、嫦娥、麻姑などの仙女のことが考えられる)。従って近代小説にも空飛ぶ女性が出てきても不思議ではないので、これを「山中の靄のなかで二人がかざした松明の炎が、かれらの姿を空中に投影したというのであって、靄による光の屈折異常でもあるのか[15]」と取る必要はない。「人の影」（屋島）「あんな雲」（水上）と取りようはまちまちであるが、やはりここは「空中に飛行する、男女二柱の神」（四十一）と工夫が取ったように実際に二人が飛行したと取るべきであろう[16]。そのような超自然の霊力を有する故、二人はアナーキーな工夫集団の「守本尊」となり、風流組の「精神《こゝろ》」を支配するものともなりうるのである。白山信仰と結びつければ白山比咩大神《ひめのおおかみ》は生きとし生ける者の「いのち」の祖神《おおかみ》であり[17]、二人が工夫集団に「いのち」を注ぐ存在となりうるのである。アナーキーな集団は「いのち」（魂）を与えられることで一つの目的を持った集団となるのである。集団に魂が入れられ、初めて「風流組」という精神を具えた集団に生まれ変るのである。

　白山信仰との関りで龍子の意味を考えて行く時、引っかかるのは作品の最後の描写であろう。「芙蓉館の焦土のあと、今や妙なる島となんぬ」「たゞ市人の漕いで近《ちかづ》くものある時は、其船立処に覆る、浪裡に白跳の怪あり、島に禽獣の女王あり」がそれである。龍子はなぜ「禽獣の女王」となったのか、そしてそのことは何を意味するのか。ここで一つの解釈を示せば「妙なる島」と言い、「禽獣の女王」と言い、これは人間不在の理想の島（理想郷）で、禽獣と永遠の生命（不老不死）を得るという神仙思想につながるものではなかろうか。「白山女神シラヤマヒメ神は神仙信仰の流れを汲む呪術者からは神仙の山の仙女として説かれていた可能性があるであろう[18]」という学説から推して、白山媛の化身のような龍子に「神仙の山の仙女」（山媛）を見るのはそれほど不自然ではないであろう[19]。この仙女の性格が最後に出て人間界を離れた別天地に理想を求めるという結末になったのであろう。龍神（水神）、山神という複合した白山神の性格が巧みに使い分けられて作品に独特の効果を上げながら、最後に両者が見事に合体して終っている。

二　鞍ケ嶽

『風流線』で重要な意味を荷なって登場する「鞍ケ嶽」が鶴来の北東に位置する倉ケ岳（現在の表記であるが、古くは鞍ケ嶽と併用された。標高五六五メートル）を基にしていることは動かない。これはまず位置関係から言ってもここしか考えられないからである。

作品では「手取川の対岸、鶴来の南、（略）異霊の一山あり。鞍ケ嶽と名づく」（二十五）とあり、これを重視してそれは現在の倉ケ岳ではなく、更に鶴来を山間に入った所（南）にその所在地を考えようとする意見があるが、[20] 鏡花の方向感覚にはかなり問題があるように思われる。ここでは鶴来の南になっているが別の箇所では「鶴来路を北に入った、鞍ケ嶽の山続き、黒髪谷と人呼んで、恐れて近づくもののない」（「続」六十四）と正確に鞍ケ嶽の位置が記されている。全く正反対にその位置を記しているので単純なケアレスミスかとも思えるが、[21] 次のような描写に出会うと首をかしげたくなる。

背けた顔は、湖を遥に南に、向う岸は花の村、木津は桃の名所なれば、夕日を籠めた雲の色、靄に宿《やど》つて夏の末を、もみぢに早く彩つたが、真北に白山の雪を迎へて、胡粉を薄く、桃の花今を盛りの風情。
（「続」七十二）

写真(4)　倉ヶ岳の絶壁と大池

芙蓉潟の南に桃の名所の木津村が位置し、[22] 真北に白山が位置するというこの地形はどうみても逆である。尤も芙蓉潟は実在の湖ではないので問題はあるが、作品では粟生という実在の地より更に二里半川下に下った手取川河口近くに位置するとなっているので、正確に言えば白山は湖の東南に位置することになる。又、木津が湖の南に位置しておかしくはないが、白山と真反対に位置するとしている所から、これも正しくは北西に位置するのが妥当のようである。大ざっぱに言ってそれぞれ南北の位置関係が逆であると言ってよい。実在の地名を念頭に入れて考えると、このような全く逆の位置関係が鏡花の作品にはしばしば見られるようである。例えば『蛇くひ』（明31・3「新著月刊」）の冒頭。

> 西は神通川の堤防を以て劃《かぎり》とし、東は町尽《はずれ》の樹林境を為し、南は海に到りて尽き、北は立山《りふざん》の麓に終る。此間十里見通しの原野にして、山水の佳景いふべからず。

ここでも現実の地形図に照らし合わせると、日本海と立山の位置が逆になっていることは誰でも気づく。この方向感覚で言えば当然、東西も逆に考えなければならなくなる。現実の地形図と真反対のこの方向感覚を考えた場合、我々は最早、これが単純なケアレスミスであるとは考えられなくなる。鏡花の中に立山、白山は北に位置するという独特の方向感覚があったとしか思われない。霊山は北に位置し川は南に流れるという言わば固定観念があったのではないか。これは鏡花の独特な感受性もあるが「北」に対して持つ日本人一般の感受性とも関係があるかも知れない。「北風」「北向きの部屋」「北枕」などで連想される寒冷、冬、夜、暗黒、死など、忌避と恐れがないまぜになっているのが北の一般的イメージであり、恐らくそれが自然の脅威としての高山や信仰の対象としての山岳・霊山という連想に結びつくのではなかろうか。ここの所は民俗学の考察が必要かと思われるが、神仙、仙女が飛び交い、あるいは魔物が谺《こだま》、魑魅《すだま》となって息づく神仙と魔界の空間はやはり北のイメージにふさわしい。向日的な南のイメージにはそぐわない。そのように考えれば、鏡花の中に北方という方角に寄せる無意識の民族の記憶《レミニセンス》があったと言えるかも知れない。とすれば白山の

「取着《とツつき》」にある実在の鞍ケ嶽（倉ケ岳）の位置も白山と同方向の北にあるとしなければならない。その方が鏡花の小説美学に適っている。ただ作品では鶴来という具体的な地名が入ったため、これを挟んで白山と鞍ヶ嶽が相対するので、白山を北とすれば鞍ケ嶽は南となるのである。しかしこれは「鶴来の南」が正しいとした時の仮定であって、作品では「鶴来路の北」ともあるのでこちらが正しいとした時は一般の方向感覚でものを言っていると取るべきである。従ってどちらとも決めかねるのであるが、どちらにしても実在の倉ケ岳を指していることだけは動かない。

　鞍ケ嶽を実在の倉ケ岳としなければならない今一つの理由は巨山や駕籠屋によってなされる説明である。作品の始まりである粟生の茶店で店の媼と巨山によって語られる鞍ケ嶽のイメージは、実に凶々しいものであり暗黒・恐怖の対象以外の何物でもない。かつ深山幽谷のイメージとして捉えられている。良夫《をつと》を尋ねて鞍ケ嶽へ行くという龍子の言に茶店の媼が「お前様、御亭主さ、天狗様か、魔物か」（三）と仰天するそのようなイメージである。これは更に巨山によって増幅され魔の棲む手取川の「総本家」（四）と捉えられた上で、北陸線の敷設と重ねられ、「何と可恐《おそろし》い、二条《ふたすぢ》の鉄の線《はりがね》は、ずる〳〵と這ひ込んで、最うそれ、昨日一昨日のあたりから此の川上で舌なめづり、丁ど貴女が行かれるといふ、鞍ケ嶽の麓は、鎌首を抬げる処ぢや、私《わし》の留めるのは此の事だで、はい。」（四）と止めを刺される。手取川下流域に住む人間にとっては鞍ケ嶽は魑魅魍魎の棲む魔界そのものとして恐れられ、忌み嫌われているようであるが、この異常とも思える恐怖心には平地に住む人間の山岳・山間という未知なる空間への、実体を知らないが故の過剰反応があるように思える。[23] 明治という時代の平地の民が山岳に寄せる一般的イメージを代弁しているともとれる。粟生や辰口あたりから眺められる鞍ケ嶽の山容は馬の鞍を置いたように際立ち、富樫政親滅亡伝説と相俟って平地人には一層の無気味さを呼び起こしたのかも知れない。従ってこの恐怖心はかなり割引いて考えるべきだと言える。それと同時に巨山の恐怖の背景には山そのものの持つイメージよりも、新しい鉄道敷設に関る部分がより大きいことも考え合わさねばならない。巨山は文明のシンボルである鉄道敷設に関して異常な恐怖心を持っている。それは二本の線路を蛇体のイメージで捉えていることに顕著である。鉄道が敷設されて文明（近代）が金沢の街に進入してくると巨山には不都合があるらしいのである。未だ開明されない半封建的土壌こそが巨山には好都合なのである。文明の進入によって自己の悪が発かれることを極度に恐れている。従って「鞍ヶ嶽の麓は、鎌首を抬げる処ぢや」と言って龍子をたしなめるのである。この場合、恐らく鞍の形をした山容を蛇が鎌首を抬げた様に形容し、その麓に近づくことを諌めているのであろう。線路と鞍ヶ嶽が等価なものとして捉えられている。このように異常とも思える恐怖心で鞍ケ嶽が捉えられていることに注意すべきである。

ここで少し横道に逸れるが、鉄道敷設と鶴来町とは現実的には無関係であるのに、作品ではあたかも鞍ヶ嶽の麓を鉄道が通るようになっている。鏡花がこの作品を執筆する時点では既に北陸線の小松・金沢間は開通しており（明31）、手取川鉄橋は河口に近い美川に架設されていた。従って現実の舞台となれば手取川河口近くの美川あたりが登場しなければならないのに、工夫達が屯する河原は遥か上流の辰口あたりを思わせる。辰口温泉に奉公していた湯女が凌辱されるのは「傾斜地蔵の鶴来路」であり、鞍ケ嶽の麓の三宮村では「鉄道の工夫ちうが、遣つて来るで、是からもう、多時《しばらく》夜歩行《よあるき》さ出来ましねえとよ」（十三）と村人達は怯える。村長九郎次も「追つて此の辺へもな、鉄道が敷けて汽車が通る、それ、陸蒸気《をかじようき》といふ機械ぢや」（十三）と、まるで村の近くに鉄道が通るようなことを言っている。この連想で行けば鏡花は北陸線を加賀平野の東の果て、つまり山麓を縫って金沢に通そうという幻の線路を描いていたことになろうか。手取川鉄橋も今あるよりも遥か上流に架せられることになり、そうなれば工夫達が鶴来路に出没するということもあり得ることと

なる。鏡花の想像空間は現実のそれとは異り、やはり二重の地形図を我々は考えなければならないであろう。(24)

さて、問題を鞍ヶ嶽の位置に戻そう。茶店の媼と巨山の説明に対して駕籠屋の要蔵、良助の説明には誇張はない。「鞍ヶ嶽は其三方ヶ岳、奥三方なんぞの、取着《とッつ》きの難所でござりまして、申さば入口の山門でござります」(六)という説明は現在の倉ヶ岳の位置を説明している。倉ヶ岳(五六五)、後高山《しりたかやま》(六四七)、口三方岳(一二六九)、中三方岳(一三〇六)、奥三方岳(一六〇一)と稜線づたいに更に奈良岳、笈ヶ岳、三方岩岳と進めば白山山頂に至るのである。現在の倉ヶ岳がその「取着き」にあることは確かである。又、作品では大巖の傾斜地蔵(鶴来今町から一の宮駅に至る九重塔の坂に場所を想定できる)を経て三宮村を経由し鞍ヶ嶽に至ることになっている。三宮村も架空の村であろうが、現在、白山比咩神社があるのが三宮《さんのみや》であるから、恐らくこれより借用したものと思われる。傾斜地蔵の所在地を九重塔の坂とすれば、現在の三宮を経て倉ヶ岳に至ることはコースとしても可能である。現在、鶴来町より倉ヶ岳に至るには坂尻町よりのもの、月橋町よりのもの、朝日町よりのものと三つのコースがある。傾斜地蔵の位置を九重塔の坂とするコースは朝日町よりのものに限定される。駕籠屋の二人は「取着の森一ツ」で駕籠を諦め後は松明で「七ツ谺の番小屋」まで案内したとあり、その間「路なら五六里」(三十八)と言っているが、これは粟生あたりから現実の倉ヶ岳までの距離と大体、見合っている。鞍ヶ岳は大きな森を五つ六つ越さなければ到達しない深山と形容されてはいるが、(25)現実の地形図に照し合わせれば実在の倉ヶ岳とピッタリ合うのである。又、神仙、仙女となって月や星と遊ぶ崇高・崇峻な魔所と違って、「取着の此の鞍ヶ嶽、千蛇ヶ池あたりに居るのは、皆僕のやうな駈出しの悪魔、邪鬼外道の輩だ」(三十二)と村岡が言う如く、このイメージからも実在の倉ヶ岳と捉えた方が適切だ。いずれにしても五太夫や茶店の媼の捉える鞍ヶ嶽が、対象を知らない故にいたずらにその恐怖心が増幅されていたのに対して、駕籠屋、村岡の鞍ヶ嶽はその山を踏査しているだけに現実味があり実態を伝えていると言うべきである。

以上、くどくど述べてきたが鞍ケ嶽が実在の倉ケ岳に重る決定的な根拠は「鞍ケ嶽」（二十五）の書き出しである。即ち、「伝へ聞く富樫政親、地の巉峻巌嶮《ざんしゆんがんけん》なるを相し、城《きづ》いて詰の丸となしけるが、長享の年中、土寇大《おほい》に起りて、果は此処をも抜きし時、政親最後の決戦に、敵の勇士、水巻小助忠家と引組んで、馬ながら諸ともに堕ちて失せしとなむ、頂《いたゞき》に大湫あり。知らず此の池、それよりして朱の鞍ありて、ともすれば水に浮ぶとかや」(26)という口碑伝承は倉ケ岳にちなむものとして、地元では誰一人知らぬ者のない程、有名なものである。鏡花はその大湫を「浮鞍ケ池」と命名し(27)、倉ケ岳の地名発生伝承の有力な説を踏襲している。
長享二年（一四八八）六月の富樫政親一族の滅亡と鞍ケ嶽の伝承については「加能郷土辞彙」などの載せるところであり、それには富田景周《とだかげちか》の『越登賀三州志』（当該の「鞬櫜《けんこう》余考」は寛政十年、「故墟考」は寛政十三年）が典拠として挙がっているが、他にも『三州奇談』（成立年未詳、著者の堀麦水は天明三没）『三州名蹟誌』（安政二）、近くは『加賀志徴』（森田柿園の遺稿を昭和十二年に刊行したもの）などがこれに触れている。但し、政親が水巻小助と相組んで大湫で果てたというのは、あくまでも伝承であり、「加能郷土辞彙」にもある通り史実では政親は高尾城で果てたことになっている。「官地論」（寛永十六）では高尾城で自刃とある。しかし、鏡花は史実よりも伝承を取り小説にふさわしい舞台設定として利用している。その時鏡花の拠ったものが『三州奇談』（巻三の第三話）であることは対応する箇所がいくつかあることで知られる(28)。まず作品に「朱の鞍ありて、ともすれば水に浮ぶとかや」とあるのは、「其後此池に朱ぬりの鞍ありて、往々水上に浮ぶ」に対応する。次に「水脈は遠く鶴来なる、金剣《かなつるぎ》の宮の境内、砥ノ池といふに相通じて、此処に灯《ひとも》して高く翳《かざ》せば、彼処に其の影映るといへり」とあるのは、「此池鶴来村の金剣宮砥の池に水通ず。故に糠を蒔きて見るに、必ず数里の山谷を隔て、浮び出づと云ふ」に対応する。笠原氏は前掲論文で村岡、お龍が空中を飛行する図を、鞍ケ嶽でかざした松明の炎が靄によって屈折した光現象ではないかと類推していたが、「此処に灯して高く翳せば、彼処に其の影映るといへり」という鏡花流の原典変形を重視すればあり得ないことではない。たまたま砥の池（これも金剣宮に実在する。天の真名井とも。写真(5)参照）が手取の河原になったままでである。又、「恰も其の処谺の奇、一声高く富樫と呼べば、三ツ四ツ七ツまで続けざまに山彦を返す由」とある「七ツ谺」の奇は、「次の池は大きなる堤にして、山彦に奇怪あり」からヒントを得ているのであろう。[29] 尤も『龍潭譚』（「文芸倶楽部」明29・11）には「九ツ谺」が既にあるので、この山彦の怪の出典は別にあるのかも知れない。とに角、鞍ケ嶽にちなむ伝承を『三州奇談』から巧みに取り込んでいる事実は動かない。従って作品の鞍ケ嶽が実在の倉ケ岳を基にしていることもこれで動かないであろう。

写真（5）　金剣宮境内の砥の池（天の真名井）

三　芙蓉潟

鞍ケ嶽が実在の山だとすれば、これに対応している芙蓉潟はどうなのかということが次の問題である。作品では粟生から下流約二里半となっている。粟生より「船で下つて来て、手取川の支流《えだながれ》から分《わか》れて入つて、湖《うみ》の入口で上つたの」（十九）とある通り、手取川の支流に位置するがこの支流は洪水で「大川が切れ込んで」出来たとあるところより、手取川の北岸に位置すると考えられる。古来、その地形より手取川の氾濫で大きな被害を蒙ったのは北岸が圧倒的であり、殊に川北町は甚だしかった。この芙蓉潟は美称であって本来の名を「獺潟」というが、この湖が出来たのは「近い頃」で「白山と一所に、古歌に詠まれて居るのではない」

ということである。距離から言って、又、潟とある通り海に近くなければならないので現在の美川町近辺に位置するように思えるが、そのような名称の潟、湖は存在しない。現在、石川県立図書館に江戸時代の手取川扇状地の古地図（加賀国総図）があり最も古い元禄十五年のものより、寛政年間、天保四年のもの、年代不祥のものと目にすることができたが、手取川は幾度か川筋を変えてはいるものの河口近くに湖、潟の類を発見することはできなかった。明治以降にもそのような湖、潟は存在しなかったようである。従って河口近くに芙蓉潟に当る湖は実在しないということになるが、あえてそれらしきものを無理に探せば、海岸寄りの蓮池村の蓮池（『加賀志徴』巻八）あたりがその位置に近いであろうか。書物には小池とあるので湖、潟とは比較にならないが後に述べるように池の名に意味がある。

「越の白山《しらやま》の名は解けて、山陰《やまかげ》に月の隠るゝ時も、此処には雪の色を湛《たゝ》へて、芙蓉の花の湖一輪、朝は醒めたる高士の如く、夕は酔へる美人に似たり」（十九）とある如く、白山の雪が湖に溶けてその化身の如き芙蓉の花を咲かせている。この花に芙蓉美人＝美樹子が重ねられているのは言うまでもない。とするとここにも白山と湖が密接につながっていることが知られる。白山がもし芙蓉峰であればそれに対する芙蓉潟で、両者はピタリと対応する。これは言うまでもなく中国山東省の芙蓉峰とその下にある芙蓉湖を意識したものである。日本で芙蓉と言えば一般に富士山の美称であり（蓮嶽とも）白山のことではないが、芙蓉潟から類推すれば鏡花は白山を芙蓉峰に見立てているようである。[30] これは先程の引用の白山の雪と芙蓉の花が重なることからも知られる。白山を芙蓉峰と見立てた場合、それに対する芙蓉湖は河北潟のようである。それは『湖のほとり』（『新小説』明32・4）に「此石川県河北郡の八田潟（注、河北潟の異称）、其の花の形に似て居るから芙蓉の湖ともいふ」とあることから明らかである。[31] 河北潟は蓮湖、大清湖の美称があり、芙蓉は蓮の花の異名でもあるので、蓮湖が芙蓉湖になるのはきわめて自然と言える。しかし、芙蓉峰の時と同じく河北潟の美称として芙蓉潟（湖）を確認することができなかったので、これも鏡花の独自の命名と考えたい。芙蓉湖を河北潟とすれば、湖の対岸にある桃の名所の木津村は現在も河北潟の北に位置するので、地形的にはピタリと合う。しかし、『湖のほとり』では河北潟が芙蓉湖になっているが、『風流線』ではそう取ると全く地形的に合わなくなる。位置関係から言っても『風流線』では手取川の河口近い美川周辺に芙蓉湖を想定せざるを得ない。その時、先程の蓮池（美川からも近い）が芙蓉との連想で挙がってくるのである。実在の河北潟より手取川との関りで架空の湖を河口近くの海辺に持ってきた鏡花の小説美学に我々は改めて舌を巻く。芙蓉湖は白山に水源を持つ手取川の流域でなくてはならない。鞍ケ嶽が白山につながっていたように、この湖も白山につながっているのである。「芙蓉の雪の精」の如き美人、美樹子は龍子と並んで白山神のある一面を受け継いでいる女性と言っていいであろう。かつて「湖の女王《クヰン》」が君臨した島に「禽獣の女王」が君臨するというラストは、白山神の二つの違った側面を表わしていることになるであろう。

さて芙蓉潟は美称であって実際の名は獺潟であるという、この湖の名称についても両義性が考えられる。白山信仰につながる神秘性（高貴性）と民間信仰につながる土俗性（民俗性）である。土俗性から獺潟を見れば、この潟の由来は異類婚姻譚の変形となろうか。庄屋の娘に懸想した獺のため、毎年、獺が魚を祭る頃、庄屋では初物の大鮭を供えたという。娘が十九の年の祝言の夜、奥庭に怪しいものの影を認めて鉄砲で射止めたところ六尺余りの獺であり、疵から血が流れ出すと一緒に雨が降り出し、七日目に洪水となり大川が切れ込んで湖が出来たという（十九）。この伝承と同じものが地元の手取川河口か、若しくは全国のどこかにあるか詳らかにしないが(32)、これに近い話は『三州奇談』（後編巻二）に載せるところである。

「藤塚の獺祭」として出ているもので、舞台は美川（「加州本吉は古の名は藤塚なり」とある「本吉」のこと）、蓮池（「一里を去りて蓮池と云ふ里あり」）、石立村（「此浜伝ひを又一里去りて石立村あり」）と称する日本海に面した所である。

此辺り（注 藤塚・蓮池・石立一帯のこと）は水多き地にて、大川の海に入る横曲りにあたれば、水獺多くして狗に類す。又人を誑らかすことなし。此二三里の間の村長のもとに、古へより云ひ伝へて獺の魚を献ずる家あり。其家主は笠間氏にして、家の中を一小川流れ下る。此庭の石の上へ、年毎に二月の始め、獺鱒の魚を喰へ来て備へ置く。今は其事絶えたるに似たれども、亭主替る時には、必ず其年の二月は、此献魚の事ありて絶ゆる事なし。予此地に遊びて此事を尋ぬるに、隣村の医師阿閉氏なる男、我に語りて云ふ。子獺の魚を天に祭り、狼の獣を天に祭る、其所以を知れりや。予曰く知らず、只季候の然らしむるならん。阿閉氏曰く、七十二候の云ふ所誤ならざるに似たれども、爰に一僻見あり。密かに子に告げん。獺の魚を祭るは天を敬するにあらず、女を求むるなり。我れ能く是をためし置けり。依りて思へば、狼の獣を祭るも、又婬を求むるに極まれり。（中略）偖笠間氏の家の話を聞くに、百年許り先の事にや、此家の下の長獺、いかなる事にか、此家の婦人に戯れし。此婦人の水に臨む毎に、此長獺出迎ひて戯る。頻りに近寄りて帯に取付く程に、婦女大に呼はり恐る。家僕ども驚き打合へども、此獺放れ難きが如くにして去らず、終に生捕らる。奴僕共打殺さんとす。婦女ふしぎに相憐む心起りて、僕共に詫びて此獺を赦さしむ。是よりして魚を献ずる事斯の如しと云ふ。人は云ふ、命の礼なりと。予は思ふ、此老獺猶婬心を含むに依りて、此行ひをなすか。年毎の三四月に至り、魚多き時は衆獺も皆之を得。爰に至りては奇とするに足らず。春寒猶厚氷ありて魚少なき間に初めて得れば、是を衆獺に示し、婦に誇りて婬を求むる媒とす。伝へ聞く、戎主吏に絃歌の術なし、纔に黄雀を射て婦女に媚を云ふ。夫是に近きか。

はじめの「此辺りは水多き地にて、大川の海に入る横曲りにあたれば、水獺多くして」とあるのは、現実の手取川河口の地形と正確に見合っており、かつ獺が多いと言うのは獺潟ができたという小説の叙述と旨く照応している。獺潟の生成、その位置（美川、蓮池、石立あたりの一帯）から言っても、鏡花が『三州奇談』を基にしていることはまちがいない。小説と伝承の相違は獺潟が小説にあって伝承にないことと、魚を祭るのが家人か獺かの相違である。伝承にない潟を作り上げたのは鏡花の想像力であるが、その原因となった獺の婬心については麦水の説を踏襲している。ただその婬心の表現として獺が自ら魚を祭るのと、婬心をなだめようとして家人が犠《にえ》を供えるのとでは、人に与える効果が全く違う。この獺の無気味な婬心を巧みに虚構化して、湖まで作り上げた鏡花の想像力には原話にない凄味がある。手取川の淵一つ一つに主が棲むという川のイメージとこの湖の生成譚とはよく合っている。魔の巣くう鞍ケ嶽に対してこの芙蓉潟にも主の棲む手取川のイメージが色濃く投影しているのである。(33) 鞍ケ嶽と芙蓉潟といういずれも伝説を背景にした、一つは実在の山、一つは架空の湖を配して鏡花が切り結ばせようとしたものの実体は何であったのか。

四　救小屋

『風流線』の中心テーマが鏡花の痛烈な金沢批判にあることは動かない。友人唐沢新助の口を借りて展開される水上規矩夫の金沢批判は、底に凄まじい怨念を秘めていて無気味である。「我が鉄道の線路を役して、故郷の人の肉を破り、血を流さんと欲するのである」「一度鉄道が渠等の眼界に顕る丶時は、渠等故郷の人々は、恐るべき大蛇が、蜿々として山野を圧して、巨頭其の頭に臨むが如く感ずるであらう」（「続」三十七）と語られる水上の真意を汲み取るには、作品の文脈だけでは理解できない不可解な情念の突出があることが分る。この不可解なものは言葉では旨く説明がつかず、鏡花自身の幼少年時に受けた怨念がそのままここに投影していると見ていいだろう。複雑に屈折した情念は鏡花文学全体からその意味を探らねばならない。それはさておき、新しく敷設される鉄道を蛇体で捉え、それで故郷の人々に一矢報いようとする水上の意はっきりしてくるはずである。『風流線』で鏡花は二人の悪人の企みを作品の構図として表象し、それを正確に読み取っている人物が一人いるのである。言うまでもなく巨山五太夫であり、彼は「二条《ふたすぢ》の鉄の線《はりがね》」を蛇体とみなし「鞍ケ嶽の麓」を「鎌首を抬げる処」と捉えている。巨山は鉄道が現実の彼の存在基盤を揺るがすものであることを直感的に知っており、これを蛇蝎の如く忌み嫌うのである。言うまでもなく疚しいからである。自己の偽善が見破られるのを極度に警戒しているがためである。とすれば偽善を糾弾する鉄道線路とは、とりも直さず近代＝文明＝善の象徴でなければならない。そのような意味を作者は『風流線』というタイトルに込めているはずである。(34) 一種の勧懲の意味をこめて風流線は使用されている。新しい文明の力で旧い封建的、前近代的なものが裁かれようとしている。その意味では鏡花は近代主義、開明主義の立場に立つわけであるが、最後に近代主義が勝ちを占めているかと言えば、必ずしもそうとは言えないであろう。水上は最後に残るが彼は果して勝者と言えるのか。水上と際立つ龍子は反近代の島と思しき禽獣の島に閉じこもって作品は終る。単純には言えないが、ここでは金沢批判の手段として近代が使用されているように思われる。

さて、〈風流線〉によって糾弾される対象は広く言えば金沢人凡てであるが、狭くは言うまでもなく巨山五太夫の慈善事業である。金沢人の糾弾されるべき性質の凡てがこの慈善事業に凝縮されているのである。

慈善家、裏を返せば実は偽善家という構図はさして珍しくはなくよくあることである。そうではなくても、そのように誤解される要素はそのような事業に携わる者についてまわる宿命としてある。慈善、偽善は紙一重で見る者によって評価の分かれるのは致し方のないところである。しかし、鏡花は一見、慈善と思われる公的な組織一般が催す行事については、生理的な不信感を抱いていたようである。偽善、欺瞞を直観的に見抜いてしまっているようなところがある。そのような作品に『貧民倶楽部』(明28・7)(35) があり、この作品あたりが慈善家の偽善を発いた始めかと思われるが、このテーマの設定については一葉の『うもれ木』(「都の花」95・96・97号　明25・11・20、12・4、12・8）があったのではないかと推定できる。[36]一葉との関係については文体をはじめテーマの設定など、その影響関係が云々されるが、この場合もそれが言えるであろう。「今日細民困窮のあり様、見るに腸たえずやある」と、「孤身奮ひ起す愛世済民の法」として博愛医院を建てようとする篠原辰雄は、実は稀代のペテン師であったというこの小説の設定は、経世家一葉、女侠一葉という観点から見れば極めて皮肉なものがあると言える。貧民救済について田辺巡査と語らい、又、久佐賀義孝にもその方面の援助をねらって近づいたと言われる一葉にとり、そのような偽善家を設定すること自体、自己の理想に対するイロニーであったはずだ。このようなペテン師の設定で、逆説的に事業の困難さと理想の高さを強調したものであろうか。又、実際にこれに類した事件が当時あり、社会事業一般に対する民衆の胡散臭さのようなものがあったのかも知れないが、何とも痛烈な自己批判になっている。一葉の苦い思いが透けて見える。一葉のこの激しい批評精神が鏡花にも継承されているようである。鏡花は正面から慈善に潜む偽善を暴くという挙に出た。

　では巨山五太夫が主宰する金沢の救小屋の時代的、社会的背景は如何なるものであったのか。この問題を論ずる時、どうしてもモデル問題が起こり、現実とフィクションの峻別、かね合いの困難さが正面に出てくる。鏡花がどれほど現実のモデルに意識的であったか、これを正確に把握するのも困難であるが、作品で判断する限り鏡花はかなりこのモデルを視野に入れていた節が窺える。

　現実のモデルは言うまでもなく小野慈善院（現在、「社会福祉法人陽風園」、金沢市三口新町所在）の創設者小野太三郎（天保11・1・15～明治45・4・5）である。「金沢の救小屋」の名称で他に連想される人物はいない。この小野慈善院について概略を示すとほゞ次の通りである。[37]

　元治元年（一八六四）は凶作の年で、金沢では多くの人が飢餓に苦しんでいた。これをみてあわれんだ金沢中堀川町の小野太三郎は、自宅を開放し、自費で貧民救済をはじめた。その後、明治維新になって座頭座が廃止されたため、盲人の中で困窮する者ができたことから明治六年（一八七三）、木ノ新保に一軒の家宅を買い求め、ここに二〇余人を収容した。このころ貧民を収容していた撫育所が廃止になったため、またまた数百の貧民が路頭に迷うこととなった。なかでも不具《ママ》・廃疾者など生活できない人たちは小野家を訪れて救助を求めたので、太三郎はさらに隣家の一軒を買い、およそ一〇〇人を収容した。さらにまた明治十二年（一八七九）ごろから士族の没落が目立ちはじめ、とくに未亡人などの零落は目に余るものがあったため、さらに私費四五〇円を投じて彦三二番丁七に家宅六軒を購入してこれらの人々を収容した。その後もしばしば改築、増築を行ない困窮者を収容したが、明治三十七年（一九〇四）には開所以来延べ一万人余を救助したといわれる。

明治三十八年（一九〇五）一月、県はこのような施設の風紀と衛生の向上をはかって「救育所取締規則」を公布した。このころの小野収容所は、「衣食住ニ至リテハ四壁蕭然、人ノ堪ヘサル処ノモノアリ。蓋シ其家ハ陋隘ニシテ檐壊レテ月敗床ヲ照ラシ、庭荒レテ蛇、破壁ニ栖ミ、僅ニ以テ膝ヲ容ルルニ足リ、衣ハ僅ニ以テ寒ヲ防キ体ヲ掩フニ足リ、而シテ食ハ僅ニ以テ口腹ヲ飽カシムルニ足ルノミ」（「財団法人小野慈善院[38]」）程度のものであったから県の救済規則からついに閉鎖の運命にあった。（中略）が、有志が相談の結果、根本的な組織の改善をはかり、日露戦争戦勝の記念行事をかね、法人として存続することにし、常盤町二一二番地（卯辰山麓）に三一〇〇余坪の敷地を求め、ここに平屋建の収容施設を建設し、貧民一四九人を収容した。この年、市は明治二十七年（一八九四）以来卯辰山に経営していた救育所を小野収容所に合併した。（略）翌三十九年（一九〇六）財団法人の許可を受け小野慈善院と改称された。昭和九年三月、現在の三口新町に移転、同二十九年、小野陽風園と名を改めた。

以上が大凡のあらましである。少し説明を加えれば「座頭座」は盲人訓育事業として前田藩が「お小屋」と並んで開設した窮民救済事業である。明治維新以前の救済事業としては寛文十年（一六七〇）に建てられた非人小屋があり、「もともと貧窮人を収容し、かれらを農業労働力として再開発することが目的であったが、元禄以降は救貧施設同様となり、慶応三年に撫育所と改められ、生活困窮者の収容所となった。また天保九年十月には笠舞非人小屋のほかに妙義芝居小屋跡・田井新町・浅野中島の三ヵ所に貧民収容所である〝お救小屋〟が開設されている。明治元年、撫育所は前田慶寧の命により卯辰山内に移された。卯辰山撫育所は八棟からなり、家族持ちのはいる株小屋、男子専用の男小屋、女子専用の女小屋に区別された。また、藩末に壮猶館から独立した卯辰山養生所は明治三年、卯辰山貧病院と改められ、貧窮市民や獄中の病人などの診療にあたった」（『金沢市史』）と言われる。江戸時代から加賀藩は窮民の救済に力を注いだようで、特に五代綱紀が意欲的で非人小屋を創設し、徂徠をして「加賀の国には非人一人もなし」と嘆賞せしめたという（『石川県史』㈡参照）。尤もその小舎の構造は厩を思わせ、有事の日に備えたという二重構造のような仕組みは藩の時代からあったようである。又、その呼称の非人小屋についても諸説あるが、「非人小屋と称せらるといへども、寧ろ貧民小屋といふを適当とし、特種《ママ》の技能を有するもその産を治むる能はざるが為、乞丐に堕落する恐あるものをも収容したりしなり」（『石川県史』㈡）というあたりが妥当のようである。非人小屋の非人は所謂、被差別部落のそれではない窮民を指すものである。[39]

綱紀についで貧民救済に積極的であったのが十四代慶寧で、慶応三年卯辰山を開拓し、養生所（病院）撫育所（貧院）を建て事業に当たった。[40]「福沢諭吉著す所の西洋事情を繙き、欧州貧院及病院の制を説くを見て感ずる所あり、乃ち綱紀以来笠舞の地に置く所の非人小屋の組織を拡張して貧院病院となし、城東卯辰山の地を開拓して之を建てしめんことを欲す」「（慶応三）十月病院成る、之を養生所と曰ひ、医学館及薬圃を付

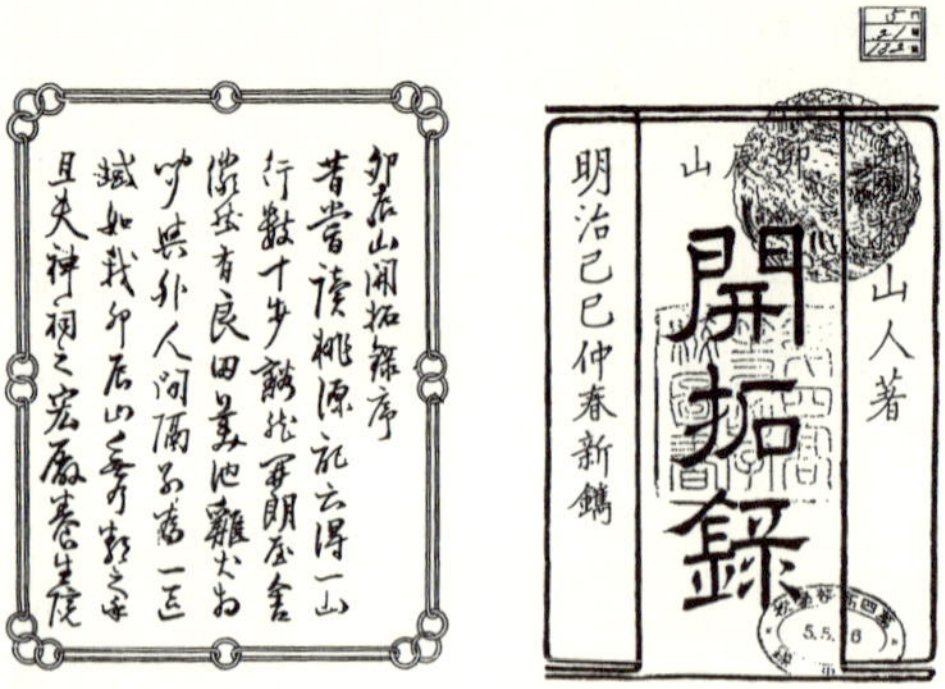

写真(6)　『卯辰山開拓録』表紙見開き（金沢大学図書館本）

属す、翌年春貧院成る、之を撫育所と曰ひ非人小屋の窮民を移す」と「加能紀要」にある由である（『稿本金沢市史　市街篇第一』大5・6より引用）。撫育所の成立についても諸説あり、市史・県史等で微妙な違いがあるが、『卯辰山開拓録』（写真(6)参照）では次の如くである。

撫育所　養生所続き北の平ら大谷といふところを開拓してこゝに移せり　撫育所は養生所と同時の起元にはあらず　国祖以来非人小屋と唱へ三州の貧民取救のため笠舞村領に一郭を建置かれ元非人小屋の地元今小屋筋を取払撫育人の為に生産を計る場所となす　数百年来連綿たる御仁政の場所なりしが明治元年春病院貧院は撫育のすぢ一体なればとて此地に移されたるなり　其頃非人の号ハ当らすとて撫育所と改名を命ぜらる

つまり五代綱紀以来の伝統を踏まえた慶寧の試みは『卯辰山開拓録』の序にもあるように、一種の〝桃源郷〟を卯辰山に夢み実現させようとしたものであったが、維新と共にその夢ははかなくも潰え去ったのである。この加賀藩の窮民救済の伝統、精神を受け継いだのが小野太三郎の慈善院であったと言えるであろうか。

その後の小野慈善院の歩みがいかに至難であったかは金沢市史でも触れるところであるが、県史にも明治三十年代後半の様子を「老幼二百余を収容するに拘らず、屋舎腐朽して雨露を凌ぐに足らず。人は即ち襤褸を纏ひ、僅かに兵営の残飯を得て饑餓を免る丶に過ぎず」と描写している。恐らくそれまで県の援助とてなく私費で経営してきた院の形容としては実情に近いのではなかろうか。事実、この惨状を裏付けるような証言が横山源之助の『日本之下層社会』(「北陸の慈善家」の項　明32・4　教文館)に載っている。即ち「食物は営所の残飯を以て充つと雖も、不足なるを以て尚日に六七斗の米麦を購ひつゝあり、残飯料日に五六貫目(概ね一斗二三升)、月々営所に払ふ金額三十五円に出づ、氏撫然として曰く、此頃残飯の払下に競争が激しくて困りまする」とある。『日本之下層社会』が日本近代社会の暗黒部を剔抉した書として、松原岩五郎の『最暗黒の東京』(明26・11　民友社)と並んで著名なことは言うまでもないが、この書に「北陸の慈善家」として小野慈善院がとり上げられていることに注目したい。横山が隣県富山の魚津出身であったことも多少、関係があるのかも知れないが、明治三十年代の初めには小野慈善院が相当世間に知れ渡っていたからであろう。「北陸の慈善家」と並んで「大阪の慈善家」小林佐平なる人物が取り上げられているが、その取り上げられ方、人物への好意等を比較すると小野の方が格段に上である。人物の概略は和田文次郎の『小野君慈善録』(明23・8)に拠っているが、横山のルポ記事では慈善院の有様、人物が具体的に描かれている。その人柄については「氏極めて謙譲、自己を吹聴すること深く之を避くるを以て、其の詳細は聴くを得ざりし」としながら、「紙より薄き当今の人情社会に於て、個人として小野氏其人の如きは寔に異数ならずや」「都会の人よ、記憶せよ、北越の慈善家、小野太三郎氏は実に斯の如き人なり。齢五十八。」と締め括っている。この人物論は概ね『小野君慈善録』の立場を踏襲しているように思われる。「加越能時報」二四二号(明45・5)の「彙報欄」には、四月五日に亡くなった小野について「慈善翁小野太三郎氏」として紹介記事を載せているが、これもその経歴・人柄については『小野君慈善録』に拠っている(「北國新聞」明45・4・6、7、9日に関連記事が載っているが、これも全く同じである)。人物そのものについては、その徳の顕彰を目的とした『小野君慈善録』が専ら典拠とされているため、他の角度から小野を捉えたものがなく、その実像に迫ることはなかなか困難となっている。従って、小野個人の人柄、風評等については、当時発行の新聞、雑誌等に拠らねばならないが、この面の検索を今回怠っているので、実証的に人柄を裏付けることができなかった。ただ『風雪の碑』（昭43・8 北国新聞社）で、「世間では太三郎を『山師だ』『変わり者』などウワサし、なかなか消えなかった」という風評があるのを見つけ、そういう風評は多分、ついてまわったであろうと想像される。慈善家についてまわる宿命かも知れない。「変わり者」的側面は例えば妻を七人変えたということでも知られる。『小野君慈善録』では「皆其操に合はず、醜汚を言《こと》となして去る」とあり、七人目の島崎せん（仙千子とも、明32没）は「夙に婦徳に富み淑婉温雅、性亦慈善なり、君を助けて古着古道具を商ふ」と「貞婦の鑑」にされている。これとて離縁の原因が凡て「醜汚」にあったかどうかは定かでない（現「陽風園」の職員の証言ではそのうちの二人は死別であったという。なお、前出の「北國新聞」死亡記事では喪主の妻の名は小野シケとなっている）。ここで「君幼にして跌蕩疎放、人のために羈約せらるゝことを好まず、却りて間ま人を凌虐することありて、君を識れるものは皆な君を弾指せざるはかなかりしとぞ」という幼少年時代の性格が問題になってくるのかも知れない。とに角、一筋縄では行かない人物であったようである。しかし、ここでいくら人物をあげつらっても余り意味がないかも知れない。人物論は両極端に評価が分かれることも珍しくはなく、実像に迫ることなど始めから無理なことのようだ。従って小野太三郎その人の人となりを知るよりも、鏡花が実在のモデルを念頭に置きながらどのような仮構を加えたか、そちらの方を知るのが肝心であろう。今、一応、符合するものを挙げて検討を加えてみたい。

まず外貌。「年配四十有余、商とも見えず、工とも見えず、農とも見えない、面に大人の風あつて、身装《みなり》は山家を其まゝの、雑と是村夫子」（四）と作品にあるが、実在のモデルは執筆時の明治三十六年では満六十三歳、手取川橋梁完成の三十年九月あたりならば五十七歳となる。作品を読んでいて巨山の年齢が四十有余とはとても思えなく、五十代後半のような感じを持つ。「大人」「村夫子」のイメージは、『小野君慈善録』

の「隠然長者の風あり」「識らざるもの往々誤て傖夫野人《さうふやじん》《いなかもの》となす」の形容にピッタリ対応している。

巨山の救小屋の存在意義中、最たるものとして「第一ね、此の土地は、乞食ツてものが出来ないんですとさ。皆巡査が引立てて、其の小屋へ投込《ほふりこ》む、直にお粥で養つて、然うして仕事をさせるんですもの。偶《たま》に遁げようとするものがあつても、直に見付つて、其筋なり、何処からなり、又巨山の方へ戻されて了ふんです」「土地で食ふに困るものを、他国へ出しては、石川県の恥だつてね、何だか一寸道理《もつとも》のやうに聞えるぢやありませんか」（「続」十五）というのがある。これはかなり痛烈な皮肉、批判を鏡花が行っている所である。古来、加賀は「加賀乞食」という言葉があるくらい乞食の多い所とされる。荒蕪な土地、自然の災害、苛斂誅求な前田藩のとり立て等で棄民したり、乞食となって都会へ出かけるのである。この伝統は明治に入ってもあったらしく、例えば先の『日本之下層社会』で大阪の天満紡績で女工が同盟罷業を行った理由として（明30・8・16）、「社員中石川県人は加賀乞食なるを以て度外に使役し給金低薄にするも可なりと言ふを聞きしに因る」とあるのでも分かる。詳しい実態は分からないが加賀乞食は確かに存在したようで、為政者にとっては何とも不名誉で屈辱的な言葉であったであろう。作品ではこの乞食を一掃するために救小屋が大きな役割を果しているのである。言わば乞食隔離政策であり、それは見せかけの善政にすぎず偽善以外の何ものでもない。その偽善を巨山個人のみならず、県（警察）も演出に協力しているという設定に抑え難い鏡花の怒りが感じられる。又、この乞食隠しという専ら体面を繕い真実を隠蔽しようとする施策は、明治の金沢にのみあったわけではないようだ。徂徠をして「加賀の国には非人一人もなし」（「三州志来因概覧」）と嘆賞せしめた江戸時代においても実情は変らなかったであろう。寛文九年、綱紀が始めた非人小屋も表面的には窮民救済策であろうが、その造りから言って有事には厩舎に早変りするものであった。前田藩の表裏二面的外交政策が如実に出ている。従って若し現実の小野慈善院を批判する形で鏡花が筆を執ったとするならば、それは当然、加賀藩の救済政策にまで及ぶべきものであったが、鏡花はそこまで厳しく追及はしていない。逆に女主人公の一人である龍子を藩主の娘として設定している。旧藩主への絶対的信頼と旧藩主の施策を継承する巨山への徹底的嫌悪、侮蔑は際立っている。鏡花の痛烈な社会批判と権力への姿勢には大きな矛盾が出てしまっていると言わざるを得ない。

又、小屋生活者の実態については『小野君慈善録』や『日本之下層社会』を踏まえながら、巧みに虚構化を行っているようである。

主食の粥については「お飯《まんま》と申しますのが、形のある菩薩でもあることか、法華念仏の差別《けじめ》もない、どろ〳〵の粥でござりますが。はい、三度々々」「然も生のあるお米から拵へるではござりません。不残《のこらず》な、兵隊屋敷の残飯を買込んで使ふでござりますで、米磨水《しろみづ》の生温《なまぬる》いやうな粥の中から、沢庵の尻尾やら、鮒の天窓《あたま》やら、車麩《くるまぶ》の食欠《くひかけ》から、不図すると貴女様、漉返《すきかへ》しの紙屑が、舌苔へ、ぬる〳〵〳〵」（「続」七）という形容がなされている。これは「君が窮民に給する食は従来常人の食と異ならざりしも頃《このご》ろ米価騰貴し、加ふるに救養を請ふもの日一日より繁きを以て、止むことを得ず、姑く濃粥《のういく》を用ゆるに至れり」「今や金沢衛戍（戍）連隊兵の残肴餕飯は、窮民の食餌として特別に君に払下ぐることとなりしかば君これによりて稍君が食餌の苦心を減じたり、而して其の残肴などハ、固と滋養に富めるを以て大に窮民の健康に益すといへり」という『小野君慈善録』と対応している。これによれば残飯の兵舎からの払い下げは相当早い時期から行われていたことが分かるが、その「滋養に富める」か否かの解釈で両者は大いに異るわけである。同様の記述は『日本之下層社会』にも見られる。又、小屋の者が外で稼ぐ賃仕事については賃銭を凡てまき上げてしまうと作品ではなっているが、『日本之下層社会』では「強健にして業を執るに堪ふべき窮民には、男女老幼の別なく各自の望により労働せしめ、金五拾銭より多からず十五銭より少からざる資金若くは物品を与ふるなり。其の業務は人足、車夫、按摩、機織、養蚕等の外或は煙草、飴菓子、八百物玩弄物等を行商せしめ、或は笠紐を縫はしめ或は肥料を売買せしむ」「救養費は氏の所有なる千歩許りの田畝より得る処と、健全なる被養者が労働して得たる額の中より幾分を出せる等を除けば、他に収入なし」となっている。これも『日本之下層社会』を脚色したことになるが、事実がどうであったかは判断し難い。

さて、実在の小野慈善院を念頭に置きながら、かなり自由に空想をはばたかせて救小屋を創作した鏡花であるが、その意図はどこにあるのであろうか。

前述したように救小屋の存在は痛烈な金沢批判と密接不可分の関係にある。鏡花が救小屋を柱に展開した金沢批判の中心的なるものは、言うまでもなく金沢に残る半封建的なるものの存在であろう。「因循姑息」「階級の甚しい」こと等が具体的な内容として挙がってきているが、徳川三百年の間に培われた住民の意識が糾弾の対象になっているのである。その最たるものが裏・表の極端にある住民意識であろう。これは何も石川県人に限ったことではないが、対象や相手によって言動をがらりと変えるその態度は、県民性として顕著のように思われる。これは外様でありながら雄藩であった前田の幕府に対して執った外交政策（面従腹背的な二重外交）が、住民の意識に大きく反映したためと思われる。その意味では慈善と偽善が表裏一体となって描かれている巨山の行動は、必ずしも巨山個人をではなく金沢人一般を批判しているものと取るべきであろう。

今一つ封建的なものとして「階級の甚しい」ことが上げられる。竪川昇が「爰だ、村岡、六十余州広しと雖も、恐らく我が県といふものほど、国柄と、家柄とを尊んで、一銭一厘の高下に因つて、人に等級を設ける国は他にあるまい、従つて人爵を重んずることも非常なんぢや」（「続」六十七）と述懐するシーンは蓋し鏡花の実感であったであろう。それは彼の幼少期から肌で感じて知ったもので、『照葉狂言』など持ち出すまでもないことである。そしてこの階級の甚しさが最も顕著にかつ倒錯的に出たのが、巨山が秘かに隠し持つ「救小屋非人控」(41)であろう。「巨山はね、養ふ人を、内証で皆畜生にして、其を楽《たのしみ》にして居るのです」（七十三）と美樹子が述べる通り、救小屋に収容された窮民を「馬之部」「牛之部」「犬之部」と凡て動物に見立てて分類しているのである。この非人、動物にアクセントを置いて見れば、収容者を被差別部落民視していることにもなる。又、見方によれば加賀藩が設けた非人小屋の非人ともとれる。つまり、馬之部、牛之部の中に士族がいるので、この事実を重視すれば「非人控」の非人とは非人小屋の非人となろう。しかし、事実はそうであってもその元士族を被差別部落民視することは巨山の自由である。従って非人の解釈には非人小屋の非人ととるか、事実はどうであろうとも被差別部落民視しているかのいずれかである。差別をより強調すれば、後者の解釈の方が徹底することになる。とも角、巨山は見せかけの活仏《いきぼとけ》という仮面の下に陰湿、陰険な歪んだ差別意識を潜ませている極端な二重人格者であった。このことから差別する巨山自身が被差別部落出身者ではなかったかという穿った意見もあるが(42)、これは当らないのではなかろうか。小説の事実としても「仮名倶楽部」という地方名士の会に所属し、地元で活仏と崇められている人物の出自が不明ということはまず考えられない。それからより決定的なことは、もし巨山を被差別部落民とすれば逆に被差別民への偏見を持った差別小説に作品はなってしまうからである。被差別民へのシンパシーは鏡花文学に一貫して流れているわけで、この点から考えても巨山を被差別民ととるのは適切ではない（尤も被差別民の中に悪玉がいておかしくはないが）。それよりもこのように倒錯した極端な差別意識の構造そのものを問題にすべきであろう。巨山の陰険で陰湿な差別意識は、とりも直さず鏡花が幼少期から肌でもって感じた金沢という土地柄が有する差別意識ではないのか。鏡花は巨山の救小屋を通して金沢人の持つ差別の構造を撃とうとしているのである。表と裏、慈善と偽善を巧みにないまぜにし、内に陰湿な差別意識を飼い太らせた二重人格者、そのような金沢人一般の性格、処世法を巨山を通して糾弾しているのである。「巨山氏の慈善事業の如き」は、「寧ろ其の随一たるものかも知れない」（「続」四十）と激しく糾弾される本当の意味はここにあったのであろう。でなければ、水上の口にする「我が鉄道の線路を役して、故郷の人の肉を破り、血を流さんと欲するのである」（「続」三十七）という激しい呪詛、怨恨の情は説明がつかない。ただ、ここでも問題はあるので、このように激しく差別の構造に迫る鏡花が、その差別の頂点にある加賀藩主については全くこれに触れず、というよりその権力を絶対視していることである。鏡花の差別観の最大の矛盾点というべきであろう。

　このように見てくると鏡花の想像力の自在さには唯、感嘆する外ないが、その想像力の根源に意外と現実の事実、事件が介在していることに改めて驚かされる。想像力の天才も無から有を生み出すことができなかったと言うことか。あるいはその想像力の天才の秘密が現実の巧みな変形にあったと言うべきか。今まで見てきたものほどではないが、現実の裏打ちがあると思われるものに以下のものがある。

　水上規矩夫を中心とした北陸線敷設の工事人夫の集団、「風流組」は屋島藤五郎の命名によるが、のちに「精神《こころ》」を支配する守本尊、村岡不二太、龍子の加入で集団としての形を整える。「風流」に痛烈な批評の意味が籠められていたのは見てきた通りである。その風流組の頭領である村岡が立てた立札の文言はきわめてアナーキカルで不穏なものである[43]。このようなアナーキーな集団が出現する現実的な基盤があったのであろうか。県史を繙くとアナーキーではないが急激な改革を行おうとした一派が幕末にいたことが分かる。長連弘を中心とした黒羽織党と呼ばれる集団《グループ》である。弘化・嘉永年間、十三代斉泰の治政下、財政整理、人員削減で藩財政の建て直しを計り見るべき成果を上げたという。この一派「公務の余暇相会して事を議する時は、皆兼房染の羽織を着するを常とせり。是を以て時人彼等の一派を称して黒羽織党といひ、而して黒羽織党の為す所往々にして奇矯に亙るものありしかば、之を嫌厭するもの漸く非難の声を放つに至たりき。或は曰く、黒羽織とは河豚の異名にして、他を毒せずんば止まざるの意なりと」（県史(二)）とある。又、「ふぐに似てその黒羽織いぶかし、おのれも人を殺すたぐひか」という狂歌が「加能郷土辞彙」に載っている。このグループは幕末の政情不安な情勢の中で、その意見が容れられたり、排斥されたりしたようである。[44]現実の機構改革集団とアナーキーな破壊集団とではその性格も異るが、黒羽織を着用し時に奇矯の挙にも出たその精神は、風流組の直接行動につながる側面を持っていたように思われる。

又、村岡不二太は藤村操を踏まえているが、明治三十六年五月に起きた事件をすぐに小説に組み入れたことで、鏡花の現実への敏感な反応が知られる。藤村操らしき人物を作品化したものに漱石の「水底の感」（明37・12）『草枕』（明39・9）、藤村の『津軽海峡』（明37・12）、風葉の『青春』（明38・3～39・11）などが考えられるが、偽装自殺という鏡花の発想はどの作家と比べてもユニークである。そして、最後に死に場所を見つけて自裁するというその死にざまに、風流組の「精神《こゝろ》」を果し了えた者の安堵があると言うべきか。それにしても不二太の死はどこか空しい。

次に「仮名に因んで、四十七字の四日、七日、月に六度《むたび》が例会で。高等官、教育家、豪商乃至有志の紳士が、互に懇談茶話するといふ」（「続」三十二）「かな倶楽部」の存在であるが、これは「仮名」に「金」を掛けているのであろう。金沢の金と金の金の両方とれるが、両方かかっているであろう。金沢の金満家、金権の集いあたりの寓意であろうか。実際に仮名倶楽部が存在したか否かは不明であるが、同時代には「加越能倶楽部」や「加能倶楽部」の名が見える。前者は東京の前田家を中心とした県人会組織のようで、名称は変るが「久徴会同窓会雑誌」（明21～28）「加越能郷友会雑誌」（明32～40）「加越能時報」（明40～大11）「加越能郷友会会報」（大13～昭18）を刊行している。加能倶楽部は明治三十六年十一月十二日、立憲政友会を解散してできた政治結社である（明治四十一年解散）。[45]石川県は古来、「激しい政争をもって鳴り、難治県として有名」[46]

であり、保守政党の離合集散は枚挙に暇ないが、そのような政治風土も若しかして鏡花の念頭にあったのかも知れない。つまり、絶えず徒党を組む党派性、偏狭性、排他性が金沢批判の一項にあってもおかしくはないのである。この会合には県警部長十時猛連も絡んでいるわけで、政治と官憲のつながりについては当時の地方政治史を繙けば明らかである。ここにはお偉方の集まり、党派性、お上を奉る守旧性等の風刺がこめられているのかも知れない。

その他、気になるものとして鞍ヶ嶽の黒髪谷にある櫛の神（祠）（「続」六十四「黒髪谷」）の存在が、全くのフィクションなのか史実によるものかは未調査である。暴主の夫人と不義を犯した男、仲立ちしたという奥付の三人の女中という設定は、六代吉徳の愛妾真如院と密通した大槻伝蔵、それを仲介した女中浅尾という、所謂加賀騒動の人物設定と基本的には変らない。従って、加賀騒動の一変形ともとれるが、『照葉狂言』や『由縁の女』の場合のように、それとははっきり分る形で書かれていないのが気になる。

又、七夕を祭るのに上げられた七箇の池（「続」八十二）――鞍ヶ嶽の浮鞍ケ池、比咩神社の鏡ケ池、傾斜地蔵の渓川《たにがは》、首なし地蔵の清水、砺波山の縄ケ池、白山の千蛇ケ池、兼六園の亀ケ池――についてであるが、浮鞍ケ池は大池のこと、鏡ケ池は比咩神社の背面に小さな池があるがそれを指すのであろうか。神社の説明では昔から名前はなかったというから鏡花の命名であろうか。首なし地蔵については「礫やら、獄門やら、放火《ひつけ》盗賊人殺し、何百と数知れず、此処でお処刑《しおき》に逢ひました、其の印に立てた忌はしい石仏」（「続」二十三）「町端れの、獄門台の番をする、首なしの因果地蔵」（「続」六十六）とあるから処刑場跡に建てられた地蔵と分る。「藩政の初、重罪を犯せる者の処刑場を、犀川・浅野川両大橋詰に設け、之を刑法場と唱へたり」（『稿本金沢市史　市街篇第四』大9・6）ということで、ここは前後関係より浅野川詰めと思われる。しかし、森田平次『金沢古蹟志』（全三十四巻）にも「首なし地蔵」は見当らず鏡花の創作と思われる。[47] 縄ケ池は富山県東砺波郡城端町蓑谷地内に実在する池でミズバショウの群生地として知られる。但し山は砺波山ではなく高清水山（一一四五メートル）の麓である。青木北海の『越中地誌』（文化・文政年間　昭48・10『越中資料叢書』として歴史図書社より刊行）に、「同書云伝云昔俵藤太秀郷此池へ蛇ヲ放シ所其蛇此池ノ主トナリタリト云リ井波ヨリ城端へ行道ノ向ノ山ノ半腹ニアリ池ノ廻リ廿六七丁ニシテ水清ク此池へ鉄器ヲ投入レハ晴天忽チ曇リテ数日カ間此池アル丶ト云リ」とある（「縄ケ池」については『三州奇談』の続編と言われる村文澄の『奇事談』―明和・安永年間か―にも「縄池之龍」として載っている。但し俵藤太は登場しないが、池に金気の物を投ずるのを防ぐため張り番を建てるという所は『風流線』の浮鞍ケ池の場面にそのまま踏襲されている）。鞍ケ嶽山頂の千蛇ケ池と同様の伝承であり龍神伝説の池と言える。白山の千蛇ケ池は言うまでもなく実在する池である。兼六園に亀ケ池なる池は存在しない。最も大きな霞ケ池には蓬莱島（亀甲島とも）があり、鶴・亀の置石があるというからこの池のことかも知れない。又、園内の金沢神社近くに放生池《ほうじようち》があるのでこの方を指すのかも知れない。

五　韓非子

最後に今までと少し性格は異るが、龍子が護符の如く身につけていた『韓非子』の意味について考えておきたい。作品では三十二、続四十二、同六十六、同七十、同八十四と五回この書名が出てくる。龍子の愛読書であったのは言うまでもないが、最後に竪川昇と決闘するため不二太になり代った捨吉が、項から脇にかけて縮緬の緋の扱帯《しごき》で結わえていることになっている。竪川は身代りとも知らず、捨吉に「其の刑名の書を棄てて、己の手に渡して遁げい」（「続」七十）と叫ぶ。この「刑名の書」に韓非子の凡てがある。「刑は形と古字通用する。刑名とは、名実の意で、群臣の説く所を名といひ、其の実功を実といふ。即ち、其の名（群臣の説く所）を以て実（群臣の実功）を責めて毫も仮借する所の無いことをいふ。刑名の説は法術に配して刑名法術の学ともいふ」と「大漢和」にある。『韓非子』では「形名参同」「形名審合」の語が見える。

○有レ言者自為レ名、有レ事者自為レ形、形名参同、君乃無レ事焉、帰二之其情一。（「主道」）

（言有る者は自ら名を為し、事有る者は自ら形を為す。形名参同せば、君乃ち事無くして、其の情に帰す。）

○人主将レ欲レ禁レ姦、則審二合刑名一者、言与レ事也。（「二柄」）

（人主将に姦を禁ぜんと欲せんとせば、則ち刑名を審合すとは、言と事となり。）

（「中国の古典九『韓非子』」内山俊彦訳より　昭57・10　学習研究社）

右の小節からも分る通り、形名が一致するかどうかを基準として所謂、名実一致、信賞必罰で以て臣下に当たるのが君主たるべき者の務めであると『韓非子』は説いている。権力者の臣下操縦法の中心が形名参同の説ということになるが、この説を『風流線』に当てはめるとどうなるか。言葉（名）と実績（実）の一致が問われているわけで、これに該当する人物は巨山を措いてない。もちろん、凡ての登場人物に名実が一致しているか否かを問えるわけであるが、その名実が著しく懸け離れている人物として巨山が挙がってくるのである。言うまでもなく慈善の影に隠れて偽善を働くその二重人格が断罪されようとしている。では君主に代って巨山を罰するのは誰か。水上とも村岡とも龍子とも作者とも考えられるが（勧懲の構図があるので善玉は凡て罰する側に立つ資格はある）、この場合、龍子が『韓非子』を所持していることを重視したい。『韓非子』は法家思想の集大成の書物であり、君主の臣民統治をテーマとしているが、この所持者が旧藩主の娘（三女）であるというのは何を意味するのか。かつての藩主に代り信賞必罰を執り行うもの、あるいはそのような権力機構に結びつくものという意味になってしまう。巨山を裁く頂点にかつての藩主とその後裔がおり、そのために刑名の書が伝家の宝刀の如く抜かれるというのではアナクロニズムも甚だしい。しかし、そのようなものを感じさせてしまう作品の構成になっている。巨山を金沢批判の中心に置きながら、その背後にあって住民の意識を決定している旧権力の伝統について、全く触れないというのでは片手落ちである。というより、その権力を絶対視していると言うべきか。旧藩主のお姫様が形を変えて鏡花作品に登場するのである。鏡花文学最大のアキレス腱かも知れない。

このことも深く関係するのが風流組の立札で、「県下に限り人を殺さむとして能はざる御方」「県下に限り火を放たむとして能はざる御方」と限定される文言である。「風流組」の主張も鏡花の批判も凡て石川県下、特に金沢に限定されていることである。彼の文明批評が狭い地域にのみ限定されていて、同時代的、社会的広がりを持ちにくいという欠点がある。(48) 金沢のみを強く批判する背景には彼の幼少年期の体験が深く関っていようが、しかし、それだけでは単に個人的恨み、つらみの復讐に終ってしまう虞がある。又、この場合もこの県下を統治した過去の為政者の治世の伝統というものに鏡花の目が向いていないのも不思議である。士族意識への反感を言うのならば、自然とそれは幕藩体制そのものに向かわなければならない。この旧い体制にあえて目を瞑っている所が鏡花にはある。

今一度、刑名の問題に戻れば、このことが強く問われる今一人の人間として村岡不二太がいる。華厳の滝に偽装投身自殺を図り、以後、自己の死に場所を求めて放浪する村岡は、何の信念があって風流組の仲間となり潔く自害して行くのか。一応、村岡の口を通して語られる理由としては、龍子を思い切れずに哲学的煩悶に偽装して自殺と見せかけたことへの自責の念、世を欺いた者の罪意識が根底にあり、(49) そのような自己を処罰するために生きながら悪魔・外道となり下り、悪の限りを尽して何者かに滅ぼされたい、そのために人殺し集団に入ったというのである。このように見れば村岡の生き方も世を欺くものとして巨山のそれと表面は変らないのであるが、村岡はそのような自己を処罰するために地獄の劫罰を自らに課するのである。しかし、そこにこそ村岡の真の狙いがあったと言える。つまり、村岡は始めから死に場所、死に甲斐を求めて放浪していたのであり、何が真に死に値するかを突きとめようとしていたのである。死の尊厳を自ら実証しようとしたのである。そしてそれは巨山夫人美樹子を自らの手にかけ、言わば「巨山夫人を善智識として」ピストル自殺を遂げることで完結するのである。ここの論理にはやや強引さがあり素直に頷けない面もあるが、死の尊厳を自らに体した美樹子にうたれて村岡は後を追うことができたのであろう。と見れば、一見、世を欺くかに見えたその生き方は、実は自己の死の哲学を全うしようとした村岡の逆説であったと言える。この生き方を刑名の説に照らし合わせば、巨山の生き方と明確な対照をなすのは明らかであろう。巨山は世を欺き自らをも欺いたが、村岡は一時的に世を欺いたとは言え、自らを欺くことはなかった。その生き方は名実一致していたのである。

今、刑名の観点からのみ『韓非子』を捉えてみたが、他にどのような意味が付随しているかは今後の調査に俟ちたい。『韓非子』が鏡花の愛読書であったことはその蔵書目録（旧全集月報14号　昭16・12）に、「乾道本韓非子（木）五冊」「韓子識誤（木）二冊」の書名が挙がっていることで知られる。又、面白いことに秋声もこの書の愛読者であったことが『光を追うて』によって知られる。[50] 同時代人として共通の趣味が両作家にあったというのも興味深い。

以上、鏡花の想像力の源泉を追ってみたが、所謂、鏡花研究家ではないため文献の読み落しもあり、言わずもがなのことを言ってきたのかも知れない。私としてはここ二、三年温めていたことをまとめてみたにすぎず、大方の御批正をいただければ幸いである。

注

（1）現在、鏡花の蔵書目録は旧版全集月報14号（昭16・12）と19号（昭17・4）で大凡の内容を知ることができる。新版全集月報29号（昭51・3）では草双紙関係四十八部のみが現存蔵書として挙がっている。又、同月報によると鏡花の蔵書は元、一六七部八三六冊であったと言う。

（2）「続」も併せると明治36・10・24〜37・10・5「国民新聞」連載と言うことになるが、越野格「『風流線』論II」（「福井大学教育学部紀要」昭59・11）によれば明治37・10・5の「黒髪谷」第六十五で連載は中絶しているとあり、筆者も「国民新聞」で確認した。題名については『泉鏡花事典』に適切な解説がある。

（3）「『風流線』の地形図」（昭59・8）「『風流線』の行動原理」（昭59・11）「『風流線』のエロスと様式」（昭60・2）を指す。

（4）『加賀一ノ宮郷土誌』（昭58・10　一ノ宮公民館）

（5）林信一『白山信仰と加賀』（昭60・10　能登印刷出版）

（6）『日本国有鉄道百年史　(3)』（昭46・8　日本国有鉄道）

（7）新保千代子「鏡花新出書簡考——上京時をめぐる年譜への疑問——」（「鏡花研究」創刊号　昭49・8）によれば叔母は中田千代（孫惣未亡人）である。ただ千代の長女ふみの嫁いだ伊藤久兵衛家の子孫に当られる方（血縁関係はない）が辰口におられ、その伊藤家の人達の証言では叔母は中田ぬひであると言う。但し、伊藤久兵衛の妻であるというから、ふみと離婚後の後妻であろうか。とすれば、やはり叔母は千代ということになろうか。

（8）小説『海の鳴る時』（「太陽」明33・3）では北陸道の本街道から粟生の橋を渡り辰口へ行ったことになっている。粟生の茶店で休むのが習いとなっていたようだ。

（9）（4）に同じ。

（10）秋声の『光を追うて』（昭13・1〜13・12）に「彼等は学校では、文章軌範と史記の講義を聴いてゐるのだったが、史記の受持の教師は特に文字の詮索の恐ろしく喧ましい先生であつた。三宅少太郎といふ此の先生の該博な知識には帝大の文科の博士も惘れたほどだが、不幸にも博士の学位を授けるには学歴がなさ過ぎるのであつた。彼は本屋の小僧からすばらしい学者にまでなつたが、その生活はたゞ朝から晩まで部屋の三方に天井まで積みあげられた支那の古典のなかに埋まつて、寝食も忘れて本を見ることより外なかつた。等はずつと年取つてから、本郷あたりの古本屋の店頭で、時に紋付の羽織を著た先生の老いぼれた姿を見たこともあつたし、本を何千円か売つたといふ話も耳にしたが、学校で史記の講義をしてゐた頃の三宅先生は、生徒からは何時も字引だとか、紙魚《ほんのむし》とかいふ言葉で侮辱されつゞけてゐた」（十五）とある三宅少太郎がその人と思われる。

（11）『白山比咩神社文献集』（昭10・6　石川県図書館協会）に拠る。永正五年（一五〇八）のものを六年に書写したものと末尾にある。

（12）広瀬誠『立山と白山』（昭46・2　北国出版社）

（13）（12）に同じ。

（14）（12）に同じ。

（15）笠原伸夫「『風流線』の地形図」（「文学」昭59・8）

（16）あるいは一歩譲って、泰澄の夢中の霊感に呼応して貴女が現われたという伝承を重視すれば、夢とも現とも分かぬ境に「男女二柱の神」が現出したととれば、鏡花文学独特の神秘・幻想性がより強調されようか。

（17）「白山本宮加賀一ノ宮白山比咩神社略由緒」（神社拝殿前の由緒書立看板）

（18）山岸共「白山女神と仙女信仰」（「加能民俗研究」12　昭59・3）。「シラヤマヒメ神は恐らく土地の地母神信仰から生まれた神であろうが、山上の女神として四方の広い山麓地域から仰がれるに至る過程には、中国で土地の支配者が名山名川をまつったことや、高山を神仙の境域として仰ぐ信仰の影響を受けていることと思われる」という記述もある。

（19）作品全体に神仙思想の影響のあることは随所に窺える。例えば「白山の俊秀、手取川の端麗、常磐木の緑、雪の装あつて、容姿、風丰、人界に超絶して、神媛仙妃と称つべく、其の尊さ、懐しさ、慕しさは、正に恋人と同断である」（「続」三十七）という記述など説明を要しない。又、鞍ケ嶽で行を積む村岡不二太にも神仙境への憧れがあるようだ。それは「魔所といつても場所に因つては、崇高な処もある、俊秀な処もある、雲に超然として高く、神仙となり、仙女になつて、月と語り、星と遊んで澄したもんださうだけれど、取着の此の鞍ケ嶽、千蛇ケ池あたりに居るのは、皆僕のやうな駈出しの悪魔、邪鬼外道の輩だ」（三十二）「彼処は神仙、此処は妖魔」（三十四）という記述を見ても明らかである。

（20）（15）に同じ。

（21）単純なケアレスミスとしては始め若杉幸之助であったものが後に杉坂幸之助になるといった例が挙げられる。

(22) 桃の産地として知られる木津は実在の地名で河北潟の北に位置する。「加能郷土辞彙」にも「木津の桃」として出ている。

(23) 笠原氏は前掲論文(15)で「農業民対非農業民、山民対平地の民という図式」を見ている。

(24) 前掲笠原論文に「いま鏡花の前に正確な地形図が拡げられている。かれはその上に二つの空間を仮構する。現実の地形図に重ねて、想像の地形図が提示されようとしているのである」とある。

(25) 倉ケ岳は「城山《じょうやま》」「門口《もんぐち》」の名が今も残り山城があったことをしのばせる(「石川県大百科事典」)とある通り地勢は険しく、古書にも「地勢峻聳」「誠に要害堅固の地勢なれども、狭隘嶮峻其の不便なる事劇し」(『越登賀三州志』)とある。『三州志』あたりは当然目にしていたと思われるので、これらが基になって深山幽谷のイメージになったとも思われる。

(26) 先に述べた『加賀地誌略』に「額谷村ノ南ニ鞍嶽ト名クル山アリ、頗巉峻ナリ、山上大、小ニ湫アリ、其大湫ニ臨ミテ城址アリ、富樫政親、地ノ巌険ナルヲ以テ、焉ニ城ケリ、長享中、土寇之ヲ陥レシト、政親、水巻忠家ト相搏チ、大湫ニ堕チテ死セリト云」という記述がある。傍線部で分かる通りこれらの語彙が凡て『風流線』で使用されている。大湫、土寇などはいいとして、「地の巉峻巌険」になるとこれは同書から引用したとしか思われない。鏡花の手元に同書があったものと想定しておく。

(27) 倉ケ岳頂上の二つの池は現在、大池、小池という無粋な名で呼ばれている(写真(4)参照)。作品では他に「千蛇ケ池」の名も使用されている。「其の凄さの故に、土地の者は称《とな》ふるのであらう、千蛇ケ池は、同国医王山の頂にもある筈であつた。けれども恁る名に呼ぶを以つて、何時の時よりか誤つて、一度、長虫の鱗を腐らす鉄気《かなけ》の、針一本だに投ずれば、立処に山海嘯《やまつなみ》、十万の家を浸し」(二十五)とあるように、土地の者がそう呼ぶとしている。そして、その千蛇ケ池は医王山にもあると言うのである。医王山にも泰澄伝説があり、龍神伝説の大池がある。又、引用後半の龍神昇天説話はそのまま「夜叉ケ池」につながる。つまり、夜叉ケ池、浮鞍ケ池、千蛇ケ池(医王山)は龍神伝説でつながり、この総元締めが白山々頂の千蛇ケ池となる。

(28) 小林輝冶「『袖屏風』の成立過程――鏡花と『三州奇談』(一)――」(「金沢大学語学・文学研究」10号　昭55・2)にも「鞍岳の墜棺」(巻三の第三話)が引かれている。

（29）『三州名蹟誌』（加州部・倉ケ嶽村）に「此嶽の下西南の方に堤有り此堤の前にて人々物云へは谺の音明らか也名所也」とある。

（30）笠原氏は前掲論文（15）で「白山は古く天山とも芙蓉峰とも呼ばれたという」と述べられるが、私が調べた範囲ではこれを裏付ける資料は見当らなかった。特に江戸時代に白山を詠じた漢詩類に目を通してみたが無駄であった。近代では『四高寮歌集』（昭41・10）に「西に漲る塵雲の　この聖域を訪ひて　東芙蓉の峰高く　浄雪千古の節操《みさを》しも　威す憂の迫る時　立ちて誇の英姿かな」（「剣道部々歌」）というのがあって、この芙蓉を白山ととれないこともないが、やはり「東」という位置、万年雪の山頂（浄雪千古）という点に注意すれば、これも富士と取るのが穏当のようである。

（31）「泉鏡花事典」に既に指摘があるように、『湖のほとり』と『風流線』とは密接な関係がある。『風流線』の重要な構図は『湖のほとり』に既にあり、『風流線』の原型が『湖のほとり』であると言える。

（32）『柳田国男全集』別巻五の「獺」の項や、『日本昔話集成』11資料編（昭55・9　角川書店）等に当たってみたがこれに類したものはなかった。獺はよく人を騙すというのが中心的話型である。

（33）笠原氏は前掲論文（15）で魔的な鞍ケ嶽と開明的な芙蓉潟を対照させつつ、芙蓉潟（館）は「開明的な河口にふさわしい近代性を帯びつつ、同時に手取川の淵の闇の民俗的な想像力と深く切り結ぶ」と指摘している。

（34）『風流線』以外に鏡花作品では『風流蝶花形』（明30・6）『風流後妻打《うわなりうち》』（明34・1）と「風流」の冠せられているものがある。これは『風流京人形』（明21〜22）の紅葉や『風流仏』（明22）の露伴らの影響もあり、明治二十年代文学を「風流」との関りで見直す必要のあることをかつて述べたことがあるが（「『舞姫』論争注解二、三」「近代文学論」14号）、鏡花の場合もこの流れを汲むものと思われる。憶測であるが鏡花の「風流」には美と倫理が一体化してあるように思える。その後、岡崎義恵に『風流の思想』上・下（昭22・11、昭23・6　岩波書店）のあることを知った。

（35）新保千代子「新資料紹介」（「鏡花研究」五号　昭55・5）に『貧民倶楽部』の名称、又、東京三大貧民窟の一つ鮫ケ橋に取材したことについては、松原岩五郎の『最暗黒の東京』（明26・11　民友社）が下敷きになっているとの指摘がある。又、「北海道新聞」に連載後、「新著月刊」（明30・12）にその初めの部分が載った時、タイトルは「慈善会」であったと言う。

（36）『うもれ木』はじめ一葉の初期の幾編かについては、その発想・文体に露伴の影響のあることが、塩田良平はじめ諸家によって指摘されている。

(37)　『金沢市史（現代編）』下（昭44・5）より引用。他に文献としては『財団法人小野慈善院』（大6・5）『財団法人小野慈善院要覧』（昭12・9）『石川県史』四（昭6・3）などがあり、小野太三郎その人については和田文次郎輯『小野君慈善録』（明23・8　共潤会）天谷元太郎著『小野太三郎翁伝』（昭46・1　社会福祉法人陽風園）がある。なお、「小野慈善院」と呼ばれるようになったのは、明治三十八年八月に常盤町に新舎が竣工されてからであり、それまでは「小野収容所」であったようである。脱稿後、鶴来町在住の郷土史家石橋文吉氏より太三郎の出身地は通説の金沢中堀川町ではなく、越中西砺波郡今石動町（『加越能郷友会誌』一三六号　明34・1）である旨の御教示を頂いた。当該誌では「自己の出産せる郷地の付近西砺波郡今石動町」となっている。この説を裏付けるものとしては「北國新聞」明45・4・9の記事に八日行われた太三郎の葬儀に西砺波郡五位山村字小野大谷派西照寺住職小野世雄師が門徒のゆえに参列した旨が見える。この村の所在、事実関係を調査していないため断定はできないが、かなり有力な説のように思われる。

(38)　この部分はそのまま『小野君慈善録』からの引用であるが、小野収容所の有様ではなく小野その人の衣食住についての形容である。しかし、収容所とて大同小異であったであろう。

(39)　非人小屋は貧人小屋を呼び誤ったものだというのは謬見にすぎないと森田平次は批判している（『金沢古蹟志』巻十二参照）。非人の実態は貧人、乞食であったようだが、なぜ非人（小屋）と称されたのかはよく分らない。中には県史が説くように非人清光と呼ばれた特殊技能（刀工）を具えた人物もいた（『金沢古蹟志』巻十二にとり上げられている）。

(40)　卯辰山開拓については開拓山人（内藤誠斎）の『卯辰山開拓録』（明2）があり、開拓の様子を知る上で貴重である。実物は県図、市図にもあるが『稿本金沢市史　市街篇第一』（大5・6）や北村魚泡堂『卯辰山』（昭47・2　北国出版社）に活字化されている。

(41)　この「非人控」の名称は言うまでもなく綱紀が開設した非人小屋から来ているであろう。又、『小野君慈善録』に「君ハ『貧民救助簿』と題したる簿冊一二を蔵すといへども簡疎散漫にして、悉く皆これを記載せざれば、是等の調査も、亦僅に簿冊の載するところに拠りたるものに外ならず」とあり、この「貧民救助簿」あたりが「非人控」のヒントになっているのかも知れない。

(42)（2）に同じ。
(43)この物騒な集団は一応、「仮に〔応〕といへる一種異様の乞食ありて、郷屋敷田畝を徘徊す」とある『蛇くひ』の〈応〉の流れを汲むと言えようか。
(44)風流組は〈風〉と〈流〉と染めぬいた黒の「半被《はっぴ》」を着用していた。
(45)「仮名倶楽部」の名が始めて見えるのは「五十六」であり「國民新聞」には明36・12・31付で掲載されている。
(46)石林文吉『石川百年史』（昭47・11　石川県公民館連合会）
(47)あえてそれらしきものを探せば浅野川大橋上流右岸に寿経寺があり、そこに七稲地蔵が祀ってある。安政五年、米価高騰の時、七月十一日、十二日の夜卯辰山に登り生活難を絶叫した科により処刑された七名の霊を弔うためのもので、七体の地蔵が安置されているが、いずれも首はある。又、犀川河畔だとすれば初め処刑場は蛤坂の辺にあったが、次第に民家が建てこんできたため今の野町因徳寺の地に遷ったが、三たび泉町養清寺の隣地に遷ったという。「今の地蔵堂は処刑場ありたる頃より存在したるやうにいひ伝へり」と『稿本金沢市史』にある地蔵堂のことであろうか。現在、養清寺の門脇に地蔵堂があるがこの地蔵も首はある。ただ、江戸時代の小塚原刑場跡（現、荒川区南千住の回向院）に刑死者の菩提を弔うための「首切り地蔵」があり、これは首のある普通の地蔵である。当時、どこの刑場にもこのような名称の地蔵が一般に建っていたものか。供養の本来の意味から言っても首があって当然であるが、そのいわれから「首切り地蔵」「首なし地蔵」と呼ばれたのであろうか。なお、高室信一『金沢・町物語』（昭57・11　能登印刷出版）によれば犀川河畔の野町刑場（泉野刑場とも）は元々因徳寺の地にあったもので蛤坂ではなかったという。
(48)笠原伸夫「『風流線』の行動原理」（「文学」昭59・11）に既に「明治人鏡花の反権力志向が、《石川県》という地域に限られている点をこころに留めておくべきだろう」という指摘がある。
(49)藤村操の死の根底に哲学的煩悶の外に恋の悩みがあったのではないかという推定は、既に安倍能成『わが生ひ立ち』（昭41・11　岩波書店）にあったが、最近、操から馬島千代宛に送った書簡と『滝口入道』への書き入れ本が見つかったことで、その推定が正しかったことが判明した（昭61・7・2「朝日新聞」参照）。鏡花も操の死に直観的に恋の悩みを嗅ぎつけたのであろうか。なお、当時の新聞に当ってみると既に失恋説は出ていて「北國新聞」（明36・7・8）「東奥日報」（明36・7・9）は共に菊池文相の令嬢をその相手としている。

(50)「(老子、荘子)列子、孫子、墨子、楊子といつたやうなものを通読したのも、太田の家の蔵書であり、中にも尖鋭な列子には殊に感服させられた。禁止の厄に逢つたといふ藩儒津田鳳郷の註解に成れる韓非子は、その説がレアレスチックな刑政論である点で、殊に畏怖の念を以つて読み耽つた。ちやうど其れ以前、専門学校の教課として、雲田といふ漢文の先生によつて、孟子の文章の精密な分析《アナリシス》に殊に興味を惹き、その巧妙な論理に感心したこともあつたが、その孟子や孔子よりも、其等諸子の諸書から受けた影響の方が、多くのものを彼の生涯に与へたことも争へなかつた。」(「光を追うて」十五)

(付記)

少年時代の数年間を私は鶴来で過ごした。手取川の蒼い水に魅入られたように友の一人は天狗橋の下で溺死した。一つ一つに主が棲むと鏡花が形容した蒼い淵が今でも目に浮かぶ(今は手取川も濁りが激しくかつての面影はない)。この淵の蒼さは倉ヶ岳の池の蒼さにも通じる。晴れた日には富樫正親の鞍が浮き上がると言われるその湖は、見るだけで吸い込まれそうな眩暈を少年の私に感じさせた。この山上から鶴来の町や加賀平野、手取の流れを眺めた日のなつかしさは今も私の中に消えずに残っている。

なお、地元倉ヶ岳町の人達の伝承では正親の鞍が浮き上がるのは年に一度、お盆の真夜中であるという。

3　小野太三郎の出生地——『風流線』補遺

鏡花の『風流線』（明36～37）に金沢の救小屋を主宰する巨山五太夫なる人物が登場する。文字通り城下の貧窮民を救済するための施設を建てて世人から活仏、活如来と崇められている人物である。明治期の福祉事業について多少関心のある方、あるいは陽風園（かつては小野慈善院、小野陽風園の名で知られた）の存在を知っておられる方には、この巨山五太夫なる人物が陽風園の創設者小野太三郎その人をモデルにしていることは容易に理解されるところであろう。(1) しかし、この小野をモデルにした巨山なる人物を鏡花はよくは書いていないのである。慈善の仮面を被った偽善者、表裏二面のある二重人格者として厳しく断罪しているのである。小説におけるモデル問題は複雑なものがあり単純には言えないが、小野その人について多少の知識がある人が読めば、この巨山なる人物はかなり実在の小野その人を念頭において書かれていることが分かるはずである。これは明治初期に彦三にあったとされる救養所を鏡花が実際に見て育ったということと深い関わりがあるであろう。幼少期の見聞とその後の伝聞が巨山の造型に大いに与っているものと思われる。

私としては県の社会福祉事業の先駆者とも思われる人物が果して鏡花が描く程度の人物でしかなかったのかという疑問から出発し、できれば太三郎の名誉回復も図れれば……という気持で小野その人について調べてみた。そして驚いたのはその出生の地が一般に言われている金沢市中堀川町ではなく、富山県西砺波郡五位山村小野《この》（現高岡市福岡町小野）であるというのを知ったことであった。以下このことについて触れたい。

太三郎について書かれた大抵の書物は元より陽風園裏の墓誌（元々、宝円寺境内にあったのを崖崩れのため移したもの）や瓢箪町小学校横の崇禅寺にある顕彰碑でも太三郎は「加賀金沢の人」になっている。前者は大正三年のものであるが後者は太三郎生前の明治三十四年五月に建てられたものである。そこにははっきりと「天保十一年正月十五日生住於堀川町後移於彦三三番丁」と刻まれている。この碑文は太三郎と親交があったと言われる同寺廿三世訥応思閑（高僧永平悟由の弟子）の撰になっている。思閑もいちいち質したわけではないかもしれないがやはり気になる碑文である。

金沢出生説の典拠を辿って行くと和田文次郎輯『小野君慈善録』（明23）に行きつく。これは太三郎について書かれた最初のもので以後の書は凡てこれを踏まえる。その書き出しは「小野君名は太三郎、加賀金沢の人。中堀川町三十一番地に棲む」とあり生年がこれに続く。ここで和田は「棲む」と生地を同一視しているのか、あるいは別と捉えているのか判然としないが、以後この書に拠るものは凡て中堀川町を生地と捉えてしまったようである。そのようにも取れる文の続きであり、これより金沢生まれが定説化して行ったようである。しかし、この説に対して漠然とした疑問のあったことは陽風園発行の『小野太三郎翁伝』（昭46）に「一説には富山県西砺波郡の一山村に生れたといわれており、詳らかではない」としていることでも明らかである。この書を手にして薄い霧のようなものがかかったのは事実であるがさして気にも留めずにいた。すると偶然の機会から鶴来町在住の郷土史家石林文吉氏を識り、氏より「金沢の慈善家小野太三郎氏」（「加越能郷友会雑誌」明34・1）なる記事の教示に与った。それは「北陸中央新聞」（当時そのような紙名の該当紙はない）に載った横山源之助の記事の抄録となっており、そこに「金沢の名物たる小野太三郎老は是れ最も人物に欠乏し居る越中出産の人なることを余輩は先づ読者に記憶せられんことを望む」「老は目下自己の出産せる郷地の付近西砺波郡今石動町に明治六年以来老が救養の下に没去せる数千人の憐れむへき者の為に一大無縁塔を建立せんと計画しつゝ有り」とあったのである。この記事を私は大きな驚きを持って読んだが俄には信じ難かった。というのはこの魚津出身のジャーナリストには『日本之下層社会』（明32）という有名なルポルタージュがあり、その中に「北陸の慈善家」として太三郎が紹介されてあるのを既に目にしていたからである。経歴は専ら『慈善録』によっており新しい発見とてなく太三郎その人と事業については「氏極めて謙譲、自己を吹聴すること深く之を避くるを以て、其の詳細は聴くを得ざりし」と述べている。もっともこの記事の初出は明治三十年六月の「毎日新聞」であり、その時点では横山は太三郎の出自をよく知らなかったのかも知れない。が、横山が魚津の出身であるぐらいは自己紹介したであろうし、もし太三郎が富山の出身であるならばここでうち明け肝胆相照らす仲となったかも知れないのに、太三郎はそのことをほのめかしていない。その素っ気なさがやはり引っかかっていた。

しかし横山がこれだけ確信を持って述べている以上、何かあるはずだと思い太三郎が亡くなった明治四十五年四月の「北國新聞」に当たってみた。すると九日の項に八日宝円寺で行われた葬儀に越中西砺波郡五位山村字小野大谷派西照寺住職小野世雄師が翁が門徒たるの故を以て参列した旨が記されていた。この村と寺の所在を確かめる以外にないと腹をくくった。

福岡町から少し石川寄りの山間に入った所にその村と寺は実在した。戸数は三、四十軒ばかりであろうか。地名の小野は「この」と読み、お寺の姓小野は「おの」と読む。早速、世雄師の息薫雄住職にお会いし尋ねてみた。確かに太三郎はこの村の出身でありこの寺の檀家であったという。門を入った前庭にポツンと「小野太三郎之墓」があり裏に明治三十三年十月建之と刻まれていた。これは前年の十一月二十六日に亡くなった妻泉子（千子、仙子とも書かれるがこれはセンを種々漢字表記したためである）のために建てたことによるものであろうか。過去帳にはっきりと泉子の没年月日と釈尼妙宗の法名が記載されていた。その上、墓前に「十方至聖三界萬霊等」と達筆に刻まれた小さな石碑があり、側面に「小野太三郎書」と書かれたのを目にして太三郎とこの寺とのつながりは動かぬものとなった。念のため太三郎の忌日が過去帳に載っていないか調べて頂いたが記されていなかった。これは当然かも知れない。「北國新聞」明治四十五年四月六日の太三郎死亡広告に「生前ノ遺言ニヨリ宝円寺ニ於テ葬儀執行ス」とあり、宝円寺の増田雪巌師が導師を勤めたため以後、西照寺との繋がりが絶たれたものと思われる。導師をめぐり世雄師との間にトラブルのあったことを現住職よりお聞きした。ここで一つの疑問が生まれた。小野家と利家の創建になるという宝円寺との繋がりである。小野一族の墓は元、宝円寺にあったことは前述したが現在のものは側面に明治四十三年六月建之の文字が見え、自身のものを除いては太三郎が死ぬ二年前に建てたことが分る。しかし太三郎の墓誌（大正三年四月五日、雪巌撰文）を見ると仙子（墓誌表記）は遺言で宝円寺に埋められ墓前に香花が絶えないことから、自然と雪巌は太三郎と識り合うようになったとある故、仙子が死後直ちに宝円寺に葬られたのは間違いない。そうすると宝円寺と出身地の西照寺の二箇所に墓を建てたものであろうか。「北國新聞」の記事では小野家の菩提寺は元々、平折町（現森山町）西方寺であったというから宝円寺との繋がりは仙子の出た島崎家にあったのであろうか。西照寺の過去帳に泉子の名がある以上、導師は西照寺が勤め墓地だけを宝円寺に求めたということになろうか。この間の事情はともかく、太三郎が西照寺との繋がりを大切にしていたことは「千子」（陽風園裏の墓碑表記）の墓誌の撰文を小野世雄が行っているという事実にはっきりしている。明治四十一年十一月一日と日付が刻まれ越中西砺波郡城尾山西照寺住職の名がはっきりと読みとれる。亡妻の十年目の忌に撰文を依頼し十三回忌に一族の墓を新築したものと思われる。そしてこの碑文は恐らく太三郎が生前ただ一つ残した富山県出身であることを自ら証したものであろう。

さて肝心の太三郎出身の田畑家は寺と道路を隔ててすぐ隣にあることを教えられて訪うた。訪ねる相手の安太郎さんは明治三十六年生まれの八十四歳。果して旨く来意が通じるものやらと心許なかったが家人に近くの道路脇の炭窯にいると言われ驚いた。翁はここで三十年間炭を焼いていると言われ山から切り出した炭木の整理に余念がなかった。その仕事の合間に私が聞き取ったのは以下の事実である。太三郎は安太郎氏の祖父又九郎と兄弟であり（弟と承ったが何人兄弟かは不明）、幼くして西照寺に少時《しばら》く預けられ後に大阪に出て米屋を始め、そこでかなりの財をなし金沢へ移りその金を基に救養所を始めたという。姓の小野は出身地から採ったものであろうという。又、面白いエピソードとしては西照寺境内に大きな碑用の石と台座の石があったが、それは生前太三郎が村人を使って山から運び出したもので、それで自分の碑を建てるように頼んだものだと言う。その石は何も刻まれないまま境内の隅に持て余され気味の格好で置かれていた。このエピソードをどう取るかは自由であるが既に明治三十四年に崇禅寺に顕彰碑が建てられていることから推して、故郷にもという気持が働いたものであろうか。あるいは可能性としては先に引用した横山の文に今石動町に一大無縁塔を建てようとしたとあるからその為の石であるとも考えられる。

翁は昨年の暮れ、はじめて陽風園を訪い太三郎の出身地の訂正を申し入れたと言われたが、その時職員が翁の顔と太三郎の写真をつくづく見較べて「似ている」と言ったという。私も話を伺っている間中その事を思った。太三郎の意志堅固、精悍そのものの顔つきと安太郎さんの顔はやはりどこか似通うものがあった。

さてここから本題に入るのである。太三郎の出身が小野であり大阪に少時く居たという伝聞が正しいとした場合、これがなぜ堀川町の生まれ、あるいは在住となったのかということである。大阪から金沢に移り住んだとすればそれはいつなのかという問題も出てくる。天保十一年生まれが正しいとするならば維新の時は二十八歳となり、一財産を作り戻るには不足のない歳である。ところがここでの問題点は『慈善録』の記述であり幼少時よりの事蹟が年を追って逐一、記されていることである。特に「年十三に及びて加賀侯に仕へ卒方小者組なり」、あるいは維新時に前田侯より十円の下賜に与ったという記述などは見逃せない。軽輩とは言え加賀藩士の末席を汚していたことになる（『永平悟由禅師法語集』では士分ではなくお長屋もので、脇差一本を許された位とある）。ここからは大阪はもとより県外に出るなどは思いもよらないことである。では大阪に出たという伝聞は虚偽かと言えば必ずしもそうとは言えないように思える。

「北國新聞」明治三十三年十一月五日の救養所寄付広告に多くの県内人にまじって県外の三名の名が見える。二名は大阪市東区谷町市井次三郎、市井清一なる人で夫々、五円、五拾銭の寄付を行っている。他の一名は石動町の人である。明治三十三年の時点でわざわざ大阪より寄付を行う人が太三郎と無関係であるとは思えないというのが私の推測である。それはともかくとして、ではいつから太三郎は堀川町に住むようになったのであろうか。この謎を解く鍵は太三郎の両親にありそうだ。現在、一族の墓の中に父「八十八之墓」（弥三八とも表記）と母「静子墓」が並んである。太三郎の建立になるものだから名前に間違いないと思われるが、『慈善録』では母は千代で岸氏の出とあり太三郎の墓誌もこの説を踏襲している。この八十八、静子は果して太三郎の実父母であろうか、それとも養父母であろうかというのが私の疑問とするところである。太三郎の墓誌には八十八は「藩之割場付小者」となっており、この記述が正しければ父はかなり早くから加賀藩に仕えていたことになり、富山の小野在の出身者とは考えにくくなる。つまり養父母の確率がきわめて高くなるのである。太三郎が幼少より堀川に住んだとすれば富山から何らかの縁で養子として貰われてきた可能性が高い。『慈善録』の「弟妹二人あり」や、太三郎葬儀記事に見える岸某と呼ばれる絶交同然の実弟が一人いるという記述などはこの事と関係するのではなかろうか。ただその場合、小野姓はどうなるのかという問題は残る。

さてこのあたりであまり勝手な憶測は慎まねばならない。私としては太三郎が富山県生まれとほぼ確定した今、なぜその事実が正確に伝わらなかったのかということが不自然な疑問として残るという事だけを言っておきたい。そのことに太三郎が責任があるのか否かということも実のところよく分からない。これも推測になるが実父母、養父母を問わず幼少時から堀川町に住んだとすれば、太三郎自身にも五位山村の記憶は殆どなく無意識に故郷のことを忘却したままでということになろう。

ただ幾年か大阪で修業し金沢に移り住むことになったという安太郎氏の証言を重視すれば、五位山村出身であることに余り触れたがらなかったということであろうか。しかし、その出身を全く秘密にしていたというわけではないことは、前述の横山源之助の記事ではっきりしているし、晩年ではあるが明治四十三年、妻の墓石に出身村の寺と住職の名を刻んだことでも分かる。しかし、そのことが皆に周知徹底するようには語られなかったというのが事の真相であろう。この出生の問題一つとっても又、金沢在住に至った経緯をみても小野太三郎とは謎の多い人であり、今となってはよく分からないというのが少しこの人物をかじってみての本音である。

ついでに言えば、この謎を作り出している元凶は意外と『慈善録』そのものであるとも言えるかも知れない。明治二十三年という早い時期に書かれながら伝聞に頼る所が多く信憑性に今一つ欠けるように思われる。例えば島崎仙子と結婚するまで七人もの女性と結婚したことになっているが（「皆其操に合はず、醜汚を言となして去る」とある）、これは仙子を「貞婦の鑑」とするための虚構であろう。太三郎を「慈善翁」として祀り上げるのに急で、この種の書の常として往々誇張に走り首肯《うなず》けない所も多い。

さて以上の事実を『風流線』とつき合わせるとどうなるのか。鏡花は巨山を二重人格者として断罪しているが、巨山はその登場の初めから何となく胡散臭い人物として描かれていた。この胡散臭さをモデルの小野その人に重ねると今回明らかになった出自の曖昧さにまで行きつくであろう。無論、鏡花は太三郎の出生地など知る由もなかったであろうが、結果的にはこの人物の秘密を直観的に嗅ぎ当てていたことになる。げに恐るべきは作家の直観である。と同時に金沢で何かことを始める場合、やはり遠所者《えんじょもん》では駄目であるという金沢の土地特有の排他性が小野にそのような処世術を執らせたとも取れ、そうであるならば金沢の土地柄、風土性が問われることになる。つまり二重人格的処世法を促すものがこの土地にあるということであろう。今回、小野の出自の二重性という事実により、鏡花が批判の対象とした金沢人の有する二重人格性が逆証明されたことになる。

又、『慈善録』では太三郎は加賀藩の軽卒になっているが、事実においてもその墓所を利家の創建になる宝円寺に求め加賀藩とのつながりを強調しようとする意図が強く窺える。これも小説の事実と重ねると興味深い問題を提起している。即ち、小説には龍子という加賀藩主の娘が登場し巨山の偽善を発き、これを懲罰するという役割を演じている。作品には典型的な勧懲の構図があるわけであるが、懲罰側の頂点に加賀藩主の権威というものが君臨しているのである。何やら大時代めき鏡花の権威への姿勢が問われるわけであるが、ここで皮肉なことは巨山の慈善事業は主に五代綱紀に始まった加賀藩の貧民救済事業（「お小屋」「お救《たすけ》小屋」）をそのまま継承していることである。つまりその精神において全く同じであるにもかかわらず、鏡花は巨山の事業を偽善と見なすのである。加賀藩の精神を受け継ぐかに見えて実は騙りにすぎないと喝破しているのである。これ又、加賀藩との意識的なつながりを強調しようとした太三郎へ結果的には冷水を浴びせかけるものである。たしかに小野の当時の風評は鏡花が小説で直観的に見抜いたようなものであったかも知れない。しかし作品で鏡花が巨山を批判する時、藩主の権威というものを盾に取るというやり方は、たとえ相手が偽善者であろうとも権威主義的でいただけない。幼少時に差別を身を以て体験した人が今度は逆差別に出たとも取れるわけで、鏡花の正義感の奇妙な分裂と言わざるを得ない。つまり、住民や巨山に二重人格を強いるものの存在に鏡花は目を瞑っているのである。この原因の大本は幕藩体制そのものにあり二重外交策をとり続けた加賀藩の伝統こそ糾弾の対象とされねばならないのである。にもかかわらず巨山は専ら二重人格の体現者として断罪されているのである。元凶を叩かずに末端が叩かれている。その意味で巨山は割を食っている。モデルに還元すれば小野は人身御供にされたのである。『風流線』は金沢人の二重人格性を断罪しながらも、鏡花の権威主義というものが図らずも出てしまった作品と言っていいのではなかろうか。

なお念のため疑問点を福岡町役場に問い合わせてみたところ、田畑安太郎さんの祖父又九郎の名前のみ確認できただけで他は一切不明であった。

注

（1）　モデル問題については秋山稔「『風流線』の一考察――巨山五太夫のモデルについて」（「三田国文」四号　昭60・10）が詳しい。

4 物語の古層＝〈入水する女〉――『草枕』と『春昼』

一 時代の影

『草枕』（「新小説」明39・7）と『春昼』（「新小説」明39・11、12）は発表された雑誌が同じく、又、発表時期が近いということもあり作品の類似と影響関係が云々されてきた。(1)『草枕』が何らかの影響を『春昼』に与えていることは間違いないことであろうし、むしろ、影響大なるものを感じるが両作品の持つ雰囲気はまるで違っている。やはり両作家の個性の似て非なることを感じる。今回、殆ど同時に発表された両作品が時代の影を内に抱えこみつつ共通の物語的世界を形成し、その古層に『万葉集』以来の〈入水する女〉を継承していることを論証するのがねらいであるが、結果的に同じ〈入水する女〉を描き乍ら両作品の志向するものはかなり違っていることが判明する筈だ。

時代の影として両作品が抱えこむものとは藤村操の死である。明治三十六年五月の投身自殺から三年を過ぎてはいるが、藤村の投げかけた影は両作家にも時代の影（『合本藤村詩集』序の表現で言えば「近代の悲哀と煩悶」）として強く意識されていた。漱石には早く「水底の感」（明37・2・9 寺田寅彦宛）がある。

水の底、水の底。住まば水の底。深き契り、深く沈めて、永く住まん、君と我。

藤村操を女性に見立て操の視点でその思いが語られているかの如くであるが、「黒髪の、長き乱れ。藻屑もつれて、ゆるく漾ふ」あたりは作者の客観的視点の導入があり、最後の「愛の影ほの見ゆ」に至りそのことがはっきりする。藤村操は長い「黒髪」の女性を慕い求め水底で永遠の愛を夢見る如くであるが、勿論、それは仮想現実。又、この場合、操は女性であるので男女相愛による〈愛の感応〉の図を見ようとする立場が透けて見える。この時点で藤村の自殺の背景に失恋があったという情報は当然のことながら漱石に入っていた。当時の情報としては「東奥日報」（明36・7・9）や「北國新聞」（明36・7・8）などに菊池文相の娘松子（民子の仮名）の名が挙がっており、かなり一般に流布していたものと思われる。近年、新たに馬島千代説が紙面を賑せたが（「朝日新聞」東京版昭61・7・1夕刊）、その説は早く安倍能成『わが生ひ立ち』（昭41　岩波書店）や伊藤整『日本文壇史　巻七』（昭53　講談社）で主張されていた。先の新聞報道では千代に与えた書き入れ本『滝口入道』と添え書きという動かぬ証拠があり、馬島千代説が重みを増したように思う。

藤村操は三十六年四月から一高の教壇に立った金之助の前に二度ばかり顔を出したが、その時予習を怠ったので金之助から叱責された学生であり、金之助にも強い印象を残していた。「巌頭の感」が新聞に発表され「万有の真相は唯一言にして悉す。曰く、『不可解』。我この恨を懐きて煩悶、終に死を決す」や「始めて知る、大なる悲観は大なる楽観に一致するを」を目にした時、金之助には操の死が他人事ならず理解できた筈である。言うまでもなく楽観と悲観に引き裂かれ、厭世の思いに苛まれていたのが金之助の青春そのものであったからである。(2) 金之助が操の死に已れの青春を重ねて見ていたことは間違いない。又、「我この恨を懐きて煩悶」の条は操自身の〈恨み〉であることは当然であるが、「水底の感」に重ねると〈愛の影〉を胸に抱きながら入水した操女子の女の〈恨み〉であることも忘れてはならない。

『草枕』でも藤村操への言及がある。自己の趣味を貫かんがために飛瀑に身を投じた行為自体は壮烈であり、その壮烈は人格的に劣等な人間には理解できず彼らに操を笑う資格はないというものである。この壮美の体現に操の人格、趣味を見ているる点で前後の〈正・義・直〉という道義と結びつけて考えられているのは明らかで、画工を借りた漱石の激しい自己主張がうかがえる。しかし、画工は操の死の動機に至っては不可解とし、それ以上立ち入ろうとしない。そこで出来る唯一の手向けの法とは鎮魂の譜としての〈賛〉を作ることである。

雨が降つたら濡れるだろ。
霜が下りたら冷たかろ。
土のしたでは暗からう。
浮かば波の上、
沈まば波の底、
春の水なら苦はなかろ。

この「土左衛門の賛」の背景にはミレーのオフェリアがあり、「やすやすと往生して浮いて居る」那美があり、何よりも湯船につかっている画工の願望（水・眠り・死）[3]がある。この願望は又、水の底に眠っている藤村操女子の願望と重なる。〈水の女〉として操は水底に眠っているのであり、その水底からの呼び声に引かれる女が那美なのである。

では鏡花の場合はどうか。鏡花は既に『風流線』（「国民新聞」明36・10〜37・10）で藤村操を登場させていた。風流組の頭領、村岡不二太がそれである。「不二」は「藤」であり「村」と組み合わせれば「藤村」になる。華厳の滝で哲学的煩悶に見せかけたが、実は龍子への思いを断ち切れずに偽装自殺を図ったという設定はきわめてトリッキーであるが、これは藤村の遺体がなかなか上がらなかったため（遺体が浮かび上がったのは七月三日）偽装自殺説が出たことを巧みに踏まえる。世を欺き多くの人を死なせた罪で（後追い自殺）自ら外道に墜ち、今は風流組という無頼集団の頭に納まってはいるが、死に場所を求めて彷徨するという設定は悪漢小説仕立てとも言え、操はただ利用されたかの如くに見える。しかし、巨山美樹子を善知識としてピストル自殺を遂げるその結末は、鏡花なりに時代の煩悶を表現したものであろう。

『春昼』では藤村の死は重要な意味を持つ。時代の悩める青年として「中にはそれがために気が違ふものもあり、自殺するものさへあるぢやありませんか」（七）と簡単に触れられているが、実はこの操の「霊魂の行方」が大問題になっているのである。作品では客人の「男は真先に世間外に、はた世間のあるのを知つて」「幽冥に趣いた」（三十五）が、みをはそれを確信できずにいる。『春昼』は男の霊魂の行方を追う物語となっており、その在所が水底であることが確信されるに至り〈水底の歌〉は完結する。「みを」に重要な含意があるが今、「みさを」を踏まえると言うに止める。

須田千里氏は『春昼』における水底の安息（死）のモチーフは他に類例に乏しく、又、鏡花文学における「水」は多く世界を侵犯する水の恐怖であり、『春昼』の水の例外的であることを指摘しているが、[4]これも明治三十六年の藤村操の死を念頭に置けば謎は解ける。

二　『草枕』

時代の共通の影を作品の底に沈めている二作品であるが、それだけではなく日本の古物語の影の部分を継承している点で共通した特徴を持つ。影の部分と言うよりはその基層に日本の古物語を無意識の裡に潜ませていると言った方が正確かも知れない。『草枕』から見ていこう。

物語の古層にあるのは長良の乙女の伝説である。峠の茶屋の婆さんの口にする古歌は言うまでもなく万葉集（巻八　一五六四）を踏まえる。[5]

秋づけば尾花が上に置く露の消ぬべくも
　吾は思ほゆるかも

類歌の多い変哲もない歌であるが、作者の「日置長枝娘子」から「長良の乙女」が派生したのは言うまでもない。長枝娘子がなぜ長良乙女になったかと言えば、これは恐らく『古今集』序の「『今は、富士の山も煙たゝずなり、長柄《ながら》の橋も造るなり』と聞く人は、歌にのみぞ心をなぐさめける」とある「長柄」から来ており、『草枕』でも多く引用されている蕪村の「やぶ入や浪花を出て長柄川」（「春風馬堤曲」）も念頭にあったものと思われる。「長枝《ながえ》」から「長柄《ながえ》」、「長柄」から「長柄《ながら》」→「長良」になったものであろう。この歌で今一つ注目すべきはこの一首は相聞歌であり相手は大伴家持である。この場合、家持であることはさして意味を持たないが、消え入るばかりの恋の思いに焦れ悩んでいるところが眼目であり、これが二人の男に思われ入水に至るという妻争い（二夫求婚譚）につながって行く。この話型は万葉の「菟原処女《うなひをとめ》」から『大和物語』の「生田川」へ、更に謡曲「求塚」へと発展、継承されて行き変容を遂げて行くのは言うまでもない。そして『草枕』に至って新たに再生するというのが基本的な押さえである。

「田辺福麿歌集」（巻九）「高橋連虫麿歌集」（巻九）では名前こそ小竹田壮士《しのだをとこ》・菟原処女、血沼壮士《ちぬをとこ》・菟原処女・菟原壮士となってはいるが、物語の構図は変らない。この場合、女や男がどういう死に方をしたのかは書かれていないが、同じ話を踏まえた家持の歌には「家離り　海辺に出で立ち　朝夕に　満ち来る潮の　八重波に　なびく玉藻の」（巻十九　四二一一）とあるので、恐らく処女は入水したものと思われる。又、同様のテーマを扱ったと思われるものに真間娘子の伝承があるが（巻三　四三一〜四三三　巻九　一八〇七〜八）、これも表現から入水したものと思われる。[6] 経死した桜児の伝承（巻十六　三七八六）を除けば、万葉の女性は自殺の時は入水したと見るのが一般的のようだ。[7] 縵児《かづらこ》の場合、「池の上を彷徨《たちもとほ》り、水底《みなそこ》に沈み没《い》りぬ」（巻十六三七八八詞書）とはっきり書かれている。ここで〈入水する女〉が一般化するが、入水、溺死を含めて水に浮く（沈む）女のイメージを最も強烈に表出しているのは人麿の次の歌である。（巻三　四三〇）

八雲さす出雲の子らが黒髪は吉野の川の沖になづさふ

これも入水であるかも知れないが、死体発見後の状況であろうか、川中に流れ漂う女の黒髪が鮮烈であり『草枕』の那美のイメージにつながる。

さて、この万葉の説話が十世紀中頃の『大和物語』ではかなり変容する。一つは二人の男も女の後を追い、入水自殺を遂げることである。男の入水は万葉集では見られないという。[8] 今一つは異国の和泉国の男（血沼男）の復讐譚が加わることである。親が愚かであったため太刀を埋めてもらえず、死後の世界でも菟原男に嬲りものにされていた血沼男が旅人から太刀を借りて恨みを晴らすという説話が加わっている。妻争いが単なる入水譚、哀傷という枠組みを超えて、死後の世界まで争いが続くおどろおどろしさを持ってくる。人間の執念、妄執がここでクローズアップされたことになる。この妄執は次の「求塚」では更に迫力をもって描写される。

「求塚」では小竹田男《ささだをとこ》が登場するので、この命名から『草枕』の「ささだ男」「ささべ男」が出てくるのは間違いない。その意味では万葉も引かれてはいるが、中世の謡曲のイメージで妻争いが捉えられていることの意味は大きい。菟名日処女の悲劇はわれ故に命を落とした鴛鴦、二人の男の凡ての科を一身に負わねばならないところにある。鉄鳥に変身した鴛鴦の鉄の嘴や足で脳髄を突かれ、地獄の責苦の中で更に小竹田男、血沼《ちん》の丈夫に「来れ来れ」と両腕を取られて責め立てられる。このような理不尽な目に何故遭わねばならないのかということであろう。恋の妄執ゆえの罪は二人の男も犯しているが、この場合責められているのは専ら女である。菟名日処女でなくとも「そもわらはがなせる科かや、恨めしや」と叫びたくなる。存在するだけで罪を犯すということであれば男女の差はない筈であるが、ここでは女性の存在が、女性そのものが罪を背負った存在だという考えがあろう。恐らく仏教に見る女性の罪深い存在、救い難い存在という意識の反映があろう。[9] 何とも理不尽な差別である。「恨めしや」の怨言は女性の声を代弁したものであろう。

　万葉集から始まった妻争いに見る入水説話はただ三人の死を哀傷するという単純な構図から、次第に仏教的色彩を強めて恋の妄執という所に焦点が移り、終に中世に至り女性の存在自体が妄執を生む原因として罪悪視され、女性が無間地獄に堕ちて永遠の劫罰を受けるという恐るべき結末を見るに至るのである。

　この〈恨み〉はその後、永遠に封印されて救済されることがなかったのではなかろうか。入水した女たちの恨みが永遠に封印されたトポスとして『草枕』で登場してくるのが「鏡が池」である。

　鏡が池のシーンは不気味である。「細長い水草が」「幾代の思を茎の先に籠めながら、今に至る迄遂に動き得ずに、又死に切れずに、生きて居るらしい。」「すかして見ると、三茎程の長い髪が、慵《ものう》げに揺れかゝつて居る。」これは言うまでもなく女性の水に横たわるイメージである。第一にこの池に入水した那古井の嬢様のことが考えられるが、ここはやはり、万葉以来、さまざまの入水した女達のイメージを踏まえていると見るべきであろう。作家の個性だけでは捉えられない集合的無意識の反映と見るべきであろう。次に注目すべきは椿である。

　余は深山椿を見る度にいつでも妖女の姿を連想する。黒い眼で人を釣り寄せてしらぬ間に、嫣然たる毒を血管に吹く。欺かれたと悟つた頃は既に遅い。（十）

他に「黒ずんだ毒気のある、恐ろし味を帯びた調子」「一種異様な赤」「人魂の様に落ちる」等の表現に注目すれば、これは男を破滅の淵に引きずり込まずにおかない〈宿命の女〉〈世紀末の女〉の喩であることは直ちに了解される。男を破滅に導く花として〈椿〉は捉えられている。椿の詩学から言えば万葉、八代集時代を通して椿そのものにそのような毒々しいイメージはない。江戸時代に一般の家庭に植えられるようになって、その落花のさまが首の落ちるイメージと重ねられて縁起の悪い花とされるようになったようである。[10]川柳の「祐経は椿の花のさかりなり」（『柳多留』）が代表的なものである。このイメージが鏡が池でも踏襲されているのであろう。この椿の落花シーンに〈恨み〉を呑んで死んで行った女を重ねるのはたやすい。その恨みが男をも誘惑するのであろう。何故、女のみが地獄の責苦を負わねばならないのか、男も同罪だとすればこれはそのまま「求塚」の処女の恨みと重なるであろう。又、このシーンは那美のイメージとも重なる。那美は「個人の革命」を主張するイプセン系の女として造型されている。しかし、「盲動する汽車」に象徴されるように那美は実に危なっかしく個我を主張している女で、言わば二十世紀文明の毒を一身に浴びた犠牲者でもある。そのことは那美も意識していて二人の男のことよりも、現代文明からリタイアして眠りたい〈死〉という願望を持っている。しかし、文明の女は唯では眠らない。男性の犠牲者を要求することで〈宿命の女〉の性格も帯びる。しかし、この那美を眠りの淵から目覚めさせ文明の毒から救おうと言うのが画工のモチーフであった。その救済のイメージは「椿が長へに落ちて、女が長へに水に浮いてゐる感じ」として捉えられ、その表情に〈憐れ〉を点ずることであった。ここにも画工の眠りたい願望が透けて見えるが彼は覚醒の側に立とうとしている。

このように見てくるとこの「鏡が池」はきわめてシンボリックな意味を持った池であることが分かる。[11]万葉の菟原処女の伝説以来、多くの入水した女たちが眠っている池なのである。『草枕』では長良の乙女であり志保田の嬢様である。これに西洋の女、オフェリアが加わるのは言うまでもない。この女達の気持ちを極端な形で代弁しているのが「求塚」の菟名日処女であり、〈恨み〉そのものを強烈にアピールしている。これらの女達の思いを継承しているのが文明の女、那美であり、那美は入水して果てた女たちを代表している。

その女たちの魂鎮めには池に石を投げたり、「南無阿弥陀佛」の六字の名号を唱えただけでは不充分である。その表情に〈憐れ〉を点ずることでこの女たちへの鎮魂は始めて完了する。その意味では僧の回向で女の霊魂が鎮まる狂女ものとも通底しており、能の様式が巧みに採用されていることも分かる。『草枕』はその意味では日本の古典の様式を踏襲しており、又、その古層に古典の数々の物語を沈めていたことが分かる。ここに漱石流の古典の変容と新生があったことが分かる。

三 『春昼』

『春昼』もある意味では魂鎮めの物語であり、又、魂求めの物語でもある。この作品も多くの物語をその古層に沈めているが、既に諸家の指摘がある如く、基本的には小野小町の一首の歌と和泉式部の一首の歌から成り立っている歌物語である。[12] しかし、物語の古層にはこれ以外の重要な古典が存在していることに特に注意を促したい。

『春昼』は女主人公「玉脇みを」の名前に凡てがあるというのがわが見解である。「みを」から行けば前述した如くこれは「みさを」を踏まえる。客人が藤村操のイメージで捉えられている如く「みを」もそれを引きずっている。詳しい意味づけは後に譲るが、それ以上に重要なのはこの「みを」＝水脈＝澪が「みをつくし」を踏まえる点である。既に前出の須田千里氏に百人一首の「難波江のあしのかりねの一夜ゆゑ身をつくしてや恋ひわたるべき」（皇嘉門院別当）を踏まえるとの指摘があるが、これ以上に適切なのが、これ又百人一首の「わびぬれば今はた同じ難波なる身をつくしても逢はんとぞ思」（元良親王　後撰集巻十三）である。この一首にこだわるのは源氏との縁である。源氏の十四帖が「澪標」であり、この巻名の基になっているのが元良親王の歌だからである。明石から帰京後の源氏が住吉詣に出かけた折、たまたま明石君の一行が来かかり源氏と知って慌てて舟に逃げ帰るシーンがあるが、これを知った源氏が哀れに思って「いまはた同じ難波なる」とうち誦し、惟光の機転で歌の贈答が行われるところで互に「みをつくし」の語が詠み込まれる。恐らく「みを」にはこの源氏の印象深いシーンが重ねられていると思われる。又、「澪標」は辞典の図解にある如く逆三角形の形をした水深、水路案内の標識である。この三角形の標識が重要な意味を持つのが、『春昼』の舞台で展開される客人とみをとの二人芝居のシーンである。客人がみをの背中に△を書き、次に□、最後に○を書くシーンである。従来、色々読み解かれてはいるが私は単純にこれを客人の愛の告白と読む。即ち、「みをつくしても逢はんとぞ思ふ」の記号と考える。△が「みをつくし」、□が「逢ふ」（一筆書きで書けば起点から曲折して最後の終点で再び逢うから）、○が「思ふ」（○は心のシンボル）の記号である。ただ、「みを」が自解しているように、○が海で、△が山で、□が田圃であっても一向に構わない。元々、単純な意味の記号であったものが、一旦、記号化されてしまうとそれが肥大化してしまって伝達不能なメッセージを伝えることがある。この記号もそれで、「三角形」＝「奇怪なる地妖」という表現もある通り、単純な言葉以上の何かを指し示してしまったと言えるかも知れない。

今一つの「玉」の意味が解明されることで「玉脇みを」が見事な名詮自性となっていることが判明する。そのためには和泉式部の「君とまたみるめおひせば四方の海の水の底をもかつき見てまし」の一首が重要な鍵となる。この歌は「君とまたみるめ生ひせば四方の海の底のかぎりは潜《かづ》きみてまし」（『和泉式部続集』）が正確で（「君とまた」は「君をまた」の誤りかともある）、「水の底をも」は鏡花の意識的な改変であろう。敢て「水の底」に固執したようである。漱石の「水底の感」ではないが、「水底の歌」を歌うところに鏡花のねらいがあったかも知れない。

さて、この一首は単なる一首ではない。この一首は『和泉式部日記』で重要な意味をなす帥宮敦道親王の死を悼んだ帥宮挽歌群一二二首中の一首なのである。

なき人の来る夜と聞けど君もなしわが住む里や魂なきの里

はかなしとまさしく見つる夢の世をおどろかで寝る我は人かは

なけやなけわがもろ声に呼子鳥呼ばば答へて帰り来ばかり

これら哀切極まる挽歌群中の一首として詠まれているわけで、帥宮への限りない思いが込められているのは言うまでもない。挽歌群の中からこの一首を引用した鏡花の戦術はまことに鋭く巧みである。和泉式部の帥宮への思いをそのままみをは踏襲しようとしているのである。又、この一首で注目すべきは「海の底」（鏡花では「水の底」）という言葉が使われており、この一語が重要な役割を果たしていることである。この歌のすぐ後に次の一首があるが、これも水の底への思いを述べているものと思われる。

思へども悲しき物は知りながら人の尋ねて入らぬ淵かな

「人の尋ねて入らぬ淵」とは恐らく帥宮が眠っている所であろう。それが水の底であり死の世界ということになるのであろう。ここで何故、海底や水の底が出てくるのであろうか。

単純にして最大の理由は「みるめ」（海松布）という語彙との関連である。浅海の岩石に着生する食用の海草の「みる」と「見る」が掛けられ、縁語として海や水底のイメージと結びつく。例歌としては次のようなものがある。

伊勢のあまの朝な夕なに潜くてふ見るめに人を飽くよしも哉（『古今集』巻十四）

伊勢の海に遊《あそぶ》海人ともなりにしか浪かきわけて見るめかづかむ（『後撰集』巻十三）

わたつうみの底に生れたるみるめをば三年漕ぎてぞ海人は刈りける（『平中物語』）

凡て恋の歌であるが単なる掛け詞としてだけではなく、水底や海底にこの世とは違った別世界（「世間外の世間」）のあることも、これらの歌からほのかに感じられる。このことが明確な形を取ってくるのが例えば『大和物語』である。『草枕』でも引用した「生田川」の章段がここでも重要な意味を持つ。妻争いの物語が終り、それを絵にして故后の宮に奉り皆が物語の男女になり代り歌を詠んでいる。

伊勢の御息所、男の心にて、

かげとのみ水のしたにてあひ見れど魂なきからはかひなかりけり

女になりたまひて　女一のみこ、

かぎりなくふかくしづめるわが魂は浮きたる人に見えむものかは

また、宮、

いづこにか魂をもとめむわたつみのここかしこともおもほえなくに

「生田川」では結果的に二人の男も入水して果てたわけであるが、これらの歌はいずれも男が先に入水した女の魂を求めて彷徨う設定になっている。水底に恋しき人の魂は眠っているのである。ここにもやはり現実とは違った別世界の存在が暗示されている。このことを決定づけるのが最後の歌であろう。この歌は言うまでもなく「長恨歌」を踏まえる。臨卭の道士が方術を尽して方士に楊貴妃の魂魄を求めさせるシーン。

排空馭気奔如電
昇天入地求之遍
上窮碧落下黄泉
両処茫茫皆不見
忽聞海上有仙山
山在虚無縹緲間

海上の仙山の楼閣に楊貴妃の魂魄は生きていたのである。この仙山は仙界であり、現実の世界でも死後の世界でもないその中間に魂は生きているのである。とすれば、この仙界は海上にあろうと海底にあろうとさして問題はない。浦島の竜宮も仙界であろう。この「長恨歌」の魂求めが「生田川」に流れ込んでいるのである。「長恨歌絵巻」に似せて「生田川絵巻」のようなものが作成され、「長恨歌」を踏まえて魂求めの歌が作られたのであろう。従って、最後の一首の「わたつみのここかしこ」は海上であっても海中であってもさして問題にはならないが、生田川の物語の中では水中に魂が沈んでいるとするのが自然であろう。

ここで「魂のありか」「霊魂の行方」という重要語句の背景に「長恨歌」のあったことが明らかになったが、これを更に決定づけるのが『源氏物語』である。「桐壺」の巻で更衣の死後、帝が長恨歌の屏風絵に書かれた伊勢や貫之の和歌、漢詩を倦くことなく話題にし夜を更かすシーンがある。そして更衣の里に遣わされた靫負の命婦の返り言を聞きながら次の描写になる。

かの送り物御覧ぜさす。亡き人の住みか尋ね出でたりけむしるしの髪ざしならましかば、と思ほすもいとかひなし。

尋ねゆくまぼろしもがなつてにても玉のありかをそこと知るべく

「しるしの髪ざし」は楊貴妃が別れに際し方士に与えた「金釵《さ》」（二つに割いた一方）を踏まえる。そして帝の歌は言うまでもなく更衣の霊魂を探してくれる道士を求めているわけであるから、「長恨歌」を直接に踏まえる。亡き人の「玉のありか」「玉のゆくへ」（「幻」の巻に「大空を通ふまぼろし夢にだに見えこぬたまの行くへ尋ねよ」がある）を求めるという、源氏はじめ多くの王朝の魂求めの歌は『白氏文集』に載った「長恨歌」に由来していることは明らかである。とすれば、『春昼』に出てくる「霊魂の行末」「霊魂の行方」という言葉も、ここに由来すると考えるのが自然である。「みを」が客人の「霊魂の行方」を求めるという主題と方法は小町と式部の歌に隠れて見えなかったが、実はその底に「長恨歌」と『源氏』を秘めていたことが判明した。

とすれば「玉脇みを」の名詮自性とはもはや明らかである。「玉」は「みを」の縁語で表面は水の玉、涙などであるが本当に指示するものは「魂《たま》」である。霊魂の行方を指し示す澪標という寓意をその名前は持っていた。謡曲「楊貴妃」にも「魂のありかはそことしも　なみぢを分けて行く舟の」という詞章があるが、玉脇みをはこの寓意そのものである。自らが霊魂の行方を求める舟であり、標識でもあり、そこに霊魂に巡り会いたいという強い意志（身をつくしても）が窺える。その霊魂が水底深く沈んでいることは和泉式部の歌で明らかである。

では、ここで何故、源氏や「長恨歌」が出てくるのであろうか。「鏡花蔵書目録」には木版の『源氏物語』五十五冊が挙がっており、一般教養書として鏡花が当然の如く読んでいたとすればそれまでのことであるが、ここはやはり師紅葉の存在を考えるべきではなかろうか。源氏、「桐壺」と言えば言うまでもなく『多情多恨』（「読売新聞」　前篇明29・2～6　後篇明29・9～12）である。愛妻を亡くした鷲見柳之助の悲嘆はそのまま桐壺帝のそれに重なっている。二十九年の鏡花は漸く『照葉狂言』を発表して自己の鉱脈を掘り当てた頃であるが、『多情多恨』からは古典を現代小説に再生する方法のようなものを学んだ筈である。江戸戯作だけではなく中古の古典そのものへの開眼のようなものがあったのではなかろうか。でなければ十年後に小町、式部が出てくるわけがない。しかし、師を畏怖し続けた鏡花である。師の生存中に『源氏』を作品に活かす等ということは思いもよらなかったのではなかろうか。三十六年十月の紅葉の死以降、漸く束縛が解け、源氏の「桐壺」をそれも人に分からぬように、そっと作品にはめ込んだというのが真相ではなかろうか。

ところで、玉脇みをは「霊魂の行方」が分かるためになぜ角兵衛獅子の幼き命の犠牲を必要としたのであろうか。庵の客人とみをとの間には「不可思議の感応で、夢の契があつた」ことになっている。〈二人同夢〉

で同じ夢を見たのであり、みをには客人の霊魂が海底にあることは自明のことではなかったのか。しかし、「もしあるものと極りますなら、地獄でも極楽でも構ひません。逢ひたい人が其処に居るんなら。さつさと其処へ行けば宜しいんですけれども」（三十二）「婦人《をんな》は未だ半信半疑で居るのは」（三十五）とある通り、夫人には未来は不確かであったようだ。この時、不確定な未来を確信するものとして何かが必要であった。それがこの場合、観世音の力でなかったであろうか。

この作品の中心の舞台が久能谷岩殿寺の観音堂ということもあって、大慈大悲の観世音菩薩の存在が重要な意味を持ってくる。特に前半での散策子と寺僧の問答に注意すべきものがある。寺の丸柱に懐紙で書き留められたみをの歌（小町のもの）に触れて寺僧は次の如く言う。

かすかに照らせ山の端の月、と申したやうに、観世音にあこがるゝ心を、古歌に擬らへたものであつたかも分りませぬ。——夢てふものは頼み初めてき——夢になりともお姿をと言ふ。（八）

この「かすかに照らせ山の端の月」は言うまでもなく和泉式部の次の古歌を指す。

冥きより冥き道にぞ入りぬべき
　はるかに照らせ山の端の月（『和泉式部集』上）

詞書に「播磨の聖の御許に、結縁のために聞えし」とある通り、性空上人に贈ったものであり上人を悟りに導く月（善知識）に喩えているのであろう。この歌は元々『法華経　化城喩品第七』の「従冥入於冥　永不聞佛名」を踏まえる。ただ、ここでは「山の端の月」が「観世音にあこがるゝ心」と捉えられている所が注意される。引用のすぐ次にも「若有女人設欲求男」の経文があり（鏡花は意識的に「男」をそのままの意で使用しているが、本来は男児の意味である）、この出典も『法華経　観世音菩薩普門品第二十五』から採られている。ここでは恋愛を契機として仏果を得る例として式部や小町が挙がっているが、背景に見え隠れするのは観世音信仰である。そのものずばり「観世音菩薩普門品第二十五」の「念彼観音力」がこの作品を支えているものである。

僕はかの観音経を読誦するに、「彼の観音力を念ずれば」といふ訓読法を用ゐないで、「念彼観音力」といふ音読法を用ゐる。蓋し僕には観音経の文句――なほ一層適切に云へば文句の調子――其ものが難有いのであつて、その現してある文句が何事を意味しようとも、そんな事には少しも関係を有たぬのである。この故に観音経を誦するも敢て箇中の真意を闡明しようといふやうなことは、未だ嘗て考へ企てたことがない。否な僕は斯くの如き妙法に向つて、斯くの如く考へ斯くの如く企つべきものでないと信じて居る。僕は唯かの自ら敬虔の情を禁じ能はざるが如き、微妙なる音調を尚しとするものである。（「おばけずきのいはれ少々と処女作」「新潮」明40・5）

『春昼』が発表されて間がない談話である。「念彼観音力」への信仰には絶大なものがある。この観音力が鮮やかに顕現するのが最後の角兵衛獅子の水浴シーンである。

手でなぐつて、足で踏むを、海水は稲妻のやうに幼児を包んで其の左右へ飛んだ。――雫ばかりの音もせず――獅子はひとへに嬰児になつた、白光は頭を撫で、緑波は胸を抱いた。何等の寵児ぞ、天地の大きな盥で産湯を浴びるよ。（三十五）

まさに「一一光明。偏照十方世界。念佛衆生。摂取不捨」（『観無量寿経』）の「光明遍照」の世界である。少年は光童子、光明童子の如き趣であり観音の化身そのものである。「白光」も恐らく極楽国土にある七宝の池、その池中の蓮華を形容した「青色青光。黄色黄光。赤色赤光。白色白光。微妙香潔」（『阿弥陀経』）によるものであろう。ここは阿弥陀如来の光が遍く十方を照らし衆生を済度するシーンであるが、観音力と矛盾しない。和泉式部にとり山の端の月が観音力であったように、みをには水浴童子がそれに相当するのであろう。但し、このシーンにみをは立ち会っていないが、童子の溺死したことを知り、この童子が善知識となったことは確かである。みをはこの観音力により霊魂の行方を確信するに至ったのであろう。

ただ、ここで注意すべきは男の魂の行方だけではなく、みを、童子の魂の行方も重要な意味を持つことである。童子の「顔が玉のやうな乳房にくッついて」いることから、この二人が擬制の母子と捉えられていることは間違いない。その意味では玉脇の「玉」は乳房に通じ、擬制の母子に導くための水脈《みお》である一面も「みを」は持つ。[13] 又、客人も入れれば擬制の親子関係の構図も成り立ち、この構図の中で霊魂の行方が仙界であることも決るのではなかろうか。

今一つ『春昼』で注意すべきは「あくがれいづる魂」の問題である。従来、影の病、離魂病と呼ばれてきたものである。特に玉脇みをのそれを離人症と捉え、そこに鏡花の実体験の反映を見る吉村博任氏の見解が早くからある。[14] 精神病理学の専門家の意見は充分に尊重されねばならないが、私はここにも日本文学の伝統の反映があることを指摘しておきたい。

たしかに、幻の舞台で御新姐と背中合わせになった客人が見る自己像幻視とは古来、離魂病、影の病として日本文学でも馴染みのものである。決して西洋経由のものではなく、元をたどれば古く中国の古典にあるものである。例えば、『広文庫』十九巻（大5・12）の「離魂病」や「影の病」を見るとさまざまな文献が引かれ、その中に「倩女離魂事、亦出二唐人小説一、雖二怪甚一、然六朝此類甚多」とある。この「倩女離魂」の出てくる唐人小説とは陳元祐撰の『離魂記』である。これは倩女の魂が肉体から抜け出し許婚の王宙と蜀に逃げ世帯を持ち二子を設けるが、真の倩女は病臥しており、最終的に身と魂が一体化する物語であり所謂、自己像幻視ではない。この類の離魂譚は六朝志怪書にも多く珍しくはない。この離魂病は影の病とも呼ばれ同日に論じられているようだが、自己像幻視には別の意味があるようだ。

『広文庫』にも引かれている「温知叢書奥州波奈志」の北勇治の例には「是れ迄三代其の身のすがたをみて病つきて死したり、これやいはゆる影の病なるべし」とあり、死に至る病であることが分かる。(15)『春昼』でも自分の姿を見た客人が「真個なら、其処で死ななければならんのでした」と語っているので、この影の病のことを鏡花が知っていたことになる。この自己像幻視は心理学的に、又精神病理学的に種々の意味づけがなされる所であろうが、ここでは抑圧されたイドとエゴの葛藤という形で捉えられないであろうか。客人の願望がみをとの夢の感応となったのであり、客人は霊魂の実在を信じ夢に殉じたのである。つまり、エゴがイドに殉じたのである。ここでの自己像幻視は自我の分裂→影の病いという道筋を辿らないのではないか。但し、『星あかり』(明31・5)の自己像幻視は完全な影の病いとして捉えられており、「人は恁ういふことから気が違ふのであらう」とある通り、統合失調症から死に至ることが暗示されている。

　ところで女の方は客人程、一途に夢と霊魂の実在を信じることが出来なかったらしい。エゴがイドに殉ずるまでにはかなりのコンフリクトがあったようだ。女の離魂は男の場合のように単純には行かない。

「気疾《きやみ》」をしているみをが散策子に語る春の日に捉われる気分は独得なものである。とろけるような春の日の気分、それを「恍惚《うつとり》」と表現しているが、この語彙は『草枕』でも重要な意味を持っていた。ここでは「骨を抜かれますやうで」とか、「肌が蕩けるのだつて言ひますが」「今しがたは、すつかり魂を抜き取られて、ふは〱浮き上つて、あのまま、鳥か、蝶々にでもなりさうですね」(三十)とか形容されながら、一方、「私は心持が悪いんでございます」「此のしんとして寂しいことは」「楽しいと知りつつも、情けない、心細い、頼りのない、悲しい事なんぢやありませんか」と逆の心持ちが述べられている。ここの所をどう解釈するかにかかっている。

　一応、ここは古代の歌人が「うらうらに照れる春日に雲雀あがりこころ悲しも一人し思へば」と歌った心情に通ずる〈春愁〉というレヴェルで理解される面もあるが、みをの〈春愁〉はもっと複雑である。家持の歌は雲雀と歌人の寂しさがコントラストをなし、雲雀が寂しさの喩にもなっているが、『春昼』の〈春愁〉は意識がとろけ出すような恍惚感と、それに反発する意識が鋭くせめぎ合うところから出ている。両者はアンビヴァレントな関係に立つ。

意識が溶け出すような恍惚感とはフロイト流に言えば抑圧された自我（イド）の解放であろう。作品でこれに対応しているのが李賀の「宮娃歌」である。「鎖阿甄」同様に後宮の美女も幽閉されており、いつかは仙人のように魚に乗り水しぶきを上げて解放される日を夢見ている。玉脇の家造もみをの為には「牢獄」の如くであるから、みをがそこから脱出を願っているのは明らかである。古歌でこのような心の状態を歌った歌人に和泉式部がいる。

ものおもへば沢のほたるもわが身より
　あくがれいづるたまかとぞ見る

これは『正集』『続集』いずれにも収められていないが、『後拾遺集』（雑六）、宸翰本・松井本と呼ばれる『和泉式部家集』に載っている著名な歌である。「あくがれ」は「吾処離れ」であると寺田透氏が言うように、[16]魂が「本来あるはずの所を離れてさまよい出る」（『日国大』）ことを言う。ここは典型的な遊離魂のことを言っており、古代においてはごく日常的であったようだ（『新潮日本古典集成　和泉式部集』頭注）。「日国大」でも「あくがれすぐす」「あくがれただよふ」「あくがれまどふ」などの類語が多く見られ、『とりかへばや』『夜の寝覚』『源氏』などからの引用が挙がっている。寺田氏の『和泉式部』を見ても遊魂体の例歌は式部以外にも多く、中古文芸では極めて一般的であったことが知られる。とすれば『春昼』におけるみをの恍惚状態も、所謂、「離魂病」と捉えるのではなく魂の「あくがれいづる」状態と捉えた方が正しいように思う。

では魂のあくがれ状態を体験しながら、みをはなぜ寂しく心持が悪いのか。それはうっとりと恍惚状態に入ろうとする意識を押し止めようとする抑止力（スーパーエゴ）が働くとしか思えない。

「もしか、死んで其れつ切りになつては情ないんですもの。」（三十二）

みをを地上に押し止めようとするものの正体は良くは分からないが、その抑圧の強さに驚く。現代では抑圧は常に女性に重くのしかかるのであろうか。しかし、抑圧から解放されるまでのたゆたいと心の揺らぎにこの小説の眼目があるのかも知れない。

又、これを現実の鏡花に重ねれば、自筆年譜に「『春昼後刻』を草せり。蝶か、夢か、殆ど恍惚の間にあり」とある通り、鏡花自身、特殊な精神状態の中でこの一編を書き上げたことが分かる。書くことが現実の抑圧と葛藤からの解放になったことも頷ける。「蝶か、夢か」は荘周の蝴蝶の夢を踏まえるが、この恍惚感は玉脇みをのそれとも重なる。ただ、ここで注意すべきは作者鏡花と主人公みをは重なりながらイコールではないという点であろう。現実の鏡花は離人症を病んでいたかも知れないが、みをの遊離魂体験は古く日本文学の伝統に根ざすもので病気ではないと言うのが私の結論である。

このように見てくると『草枕』『春昼』という物語の底には日本の古物語や中国古典の伝統が脈々と流れており、それらを踏まえながら二人の作家が現代の物語に再生させたことが分かる。共通する構図に〈入水する女〉があったが、漱石の方は特に謡曲の伝統に立って入水した様々な女達を救済するという鎮魂（たましずめ）に力点があった。一方、鏡花の〈入水する女〉は背景に『源氏物語』があるということもあって「浮舟」のイメージを踏襲しているように思われる。特に入水に至るまでの心のたゆたいには、はっきりと入水が書かれていない「浮舟」の面影が揺曳している。『春昼』の場合も鎮魂の意図はあるものの、より強く「たまの在所（ありか）」にポイントが置かれていた。水の底に眠る男の魂を求め、ついにその後を追うというストーリーにはこの世以外の別世界の存在を信ずるに至った者の強い信念が感じられる。『草枕』でも朧ろに感じられる神仙思想が『春昼』では強く窺え、そこに力点を置けば、『春昼』は日本の古物語よりも中国の古典、特に「長恨歌」の系譜につながっていると言えるのではなかろうか。

注

(1) 代表的論文に小林輝冶「漱石から鏡花へ―『草枕』と『春昼』の成立―」(「鏡花研究」創刊号　昭49・8　石川近代文学館)がある。
(2) 本書IIの2
(3) 『草枕』に底流するこの願望を最初に指摘したのは東郷克美「『草枕』水・眠り・死」(別冊國文學「夏目漱石必携II」昭57・5)である。
(4) 須田千里「『春昼』の構想」(『論集　泉鏡花』第二集　一九九一・一一　有精堂)
(5) 以下の古典の引用は適宜、「日本古典文学大系」(岩波書店)「日本古典文学全集」(小学館)「新日本古典文学大系」(岩波書店)による。
(6) このことについては石破洋『説話と説話文学』(一九九一・一〇　近代文芸社)が詳しい。
(7) 中西進『旅に棲む―高橋虫麻呂論』(一九八五・四　角川書店　但し、一九九三・二の中公文庫本による)参照。既にこの書の中に〈入水する女〉の一章がある。
(8) (7)に同じ。
(9) 女性の持っている五種の障害を五障と言い、梵天王・帝釈・魔王・転輪聖王・仏身になれないことを言う。『梁塵秘抄』巻第二に次の代表的今様がある。
女人五つの障り有り、無垢の浄土は疎《うと》けれど、蓮花し濁りに開くれば、龍女も仏に成りにけり
(10) 椿の文化史的意味づけについては柳田国男「椿は春の木」(『豆の葉と太陽』所収　昭16・1　創元社　全集二巻)に詳しい。

（11）「鏡が池」の名称は那美の先祖が一枚の鏡を懐に入水したことによるが、これは謡曲「松浦鏡」を踏まえる。全国にこの名のついた池は多いが鏡は女性の魂を象徴するもので、名称自体にシンボリックな意味がこめられている。

（12）早く山田有策「『春昼後刻』の構造」（「解釈と鑑賞」昭56・7）にその指摘がある。

（13）この原稿は一九九五年十二月二日に開かれた日本近代文学会北陸支部大会での発表を基にしている。その時の越野格氏の発言による。

（14）吉村博任『泉鏡花　芸術と病理』（昭45・10　金剛出版新社）

（15）江戸中期の『和漢三才図会』巻六十一に「洽《ス》㆓離魂病《ヲ》㆒」薬石として「辰砂」が挙がっている。「離魂病」には「カゲノワヅラヒ」のルビが振ってある。

（16）寺田透『和泉式部』（昭46・4　筑摩書房）

（付記）

『春昼』の背後に藤村操の死のあったことを指摘したものに高桑法子「『春昼』『春昼復刻』論」（『論集　泉鏡花』一九八七・一一　有精堂）のあったことを失念していたので申し添えておく。なお、同論文は『幻想のオイフォリー』（一九九七・八　小沢書店）に収められている。

5 鏡花作品における〈白山〉――『山海評判記』を手がかりに

鏡花と白山信仰との結びつきについては山媛伝説や龍神信仰を持ち出すまでもなく、両者が密接に関係していることは言うまでもない。作品では『龍潭譚』『薬草取』『風流線』『夜叉ケ池』『天守物語』『伯爵の釵』『山海評判記』等がすぐに挙る。これら以外でも何らかの形で白山と結びつけようとすれば、かなりの作品名が挙るであろう。これらの作品例で顕著なのは、白山神が傲慢な人間そのものを罰するという懲罰神的役割を荷なっている場合が多いということである。

白山神の特質にも触れながら述べれば、例えば『風流線』。風流組の頭領村岡不二太が恋人龍子と雲に乗るシーン。ここには飛天以来の天翔ける天女のイメージがあるが、元をただせば白山開祖の泰澄が夢の中で見た安久濤《あくど》の淵に現われた白馬に乗った貴女の姿に重なろう。そしてこの二人が罰しようとするのは地元の偽善家巨山五太夫である。あるいは巨山に代表される地元金沢人の事大主義、権威主義そのものであろう。最後に凡てが死に絶えたのち、龍子だけが生き残り「妙なる島」で「禽獣の女王」となるシーンは、不老不死の神仙思想につながり、これは「白山女神シラヤマヒメ神は神仙信仰の流れを汲む呪術者からは神仙の山の仙女として説かれていた可能性がある」(1)という学説とも重なる。白山媛の化身のような龍子(九頭龍からの命名)に「仙女」を見るのは妥当なところであろう。

『夜叉ケ池』は「越の大徳泰澄が行力で、龍神を其の夜叉ケ池に封込んだ」と言われ、その池に棲む白雪姫が白山山頂の「千蛇ケ池」に棲む若殿に逢おうとする物語である。白雪姫は龍神の化身であり、神との約束を破った村人達を懲らすために大洪水を起こして村を壊滅させる。百合も白山神の化身であり、ここに山媛の両義性がみごとに出ている。白雪姫のおどろ〳〵しい側面と百合の穏和な側面。これは元々、白山神が蛇体であり九頭龍神であったものが、十一面観音に変換されて行く山岳信仰の変遷のプロセスに由来する。時代と共に龍神が抑圧され人格神が尊重されるようになる。従って、白雪姫が龍神となって天に舞い上り恋の思いを遂げるのは、元々、蛇体であった白山神のその後の整序された山岳信仰への反抗ともとれ、原始信仰の持つ荒々しいエネルギーが感じられる。白山神の性格から言っても龍神信仰と十一面観音信仰が同居しており、これら矛盾する性格はある時は禍々しい神となり、ある時は聖なる山媛となって顕現することとなる。この両義性は鏡花文学の女性像の原型をなすものであり注意を要するが、白山信仰との結びつきで言えば、『薬草取』のような聖なる女性としての顕現は稀で、どちらかと言えば『夜叉ケ池』のように禍々しい懲罰神として現われる場合が多いようである。

今、この問題を『山海評判記』を中心に考えてみたいが、それに入る前に押さえておきたいことが一、二ある。

『山海評判記』（昭4）は鏡花が昭和四年五月に初めて能登和倉温泉に遊んだ時の見聞を基にしている。従って、初めて触れた能登の自然、風物、人情への挨拶として書かれたという側面が多分にある。それが「評判記」というタイトルになっているのであろう。江戸時代、遊女や役者を中心に多くの評判記ものが出されたが、名所評判記のようなものはなくこれに匹敵するのが『名所図会』や紀行、遊覧記の類である。『国書総目録』では『能登一覧記』『能登紀行』『能登日記』『能登名跡志』などの書名が多数挙っている。作品でも、

道心のおこりは花のつぼむ時　去来
能登の七尾の冬は住みうき　凡兆

の『猿蓑』が引用されたり、七尾城陥落時の謙信の漢詩が引用されている。文人墨客の風雅にも配慮している通り、これら先人に敬意を表しつつ鏡花は新たに能登の自然、風物へ讃歌を贈ろうとしている。鏡花が能登の山海の奇に敬意を表しようとしたものは二つある。一つは富来（増穂ケ浦）の歌仙貝であり、今一つは西保村（鳳至郡大沢村）に残る「長太貉」（作品では狸）の民譚である。山海と民俗で鏡花は能登を代表しようとしている。歌仙貝は小見出しにもなっており、歌枕の如くその地に立って能登の山海に敬意を表するのを作品の大きな目標にしていたはずだ。

此国に浦々の渚に敷く、梅の花貝、桜貝。玉子紋の紫貝。馬刀の馬方、袖貝の草刈娘。千草貝、妹背貝、子安貝。苫屋の炊ぎに海松の添ふ、時雨の浜の板屋貝。霞む真珠の阿古屋貝。烏帽子、蘇芳の貝の名は、国の長者、里の女、村の家、伏屋茅屋を象徴して、深遠、怪奇なる連山と波濤の間に、幽艶、明媚の、姿と色を、優しく鏤刻し、点綴する。……　（「長太居るか」）

こゝはみごとな貝尽しで貝名を読み込みながら、それがいつしか海浜に住む人々や家屋へとつながり、能登の山海への讃歌となっている。この作品の出だしは「歌仙貝」の章で開花する。

1. こひしさはおなじ心にあらずとも今宵の月をきみ見ざらめや　（妹背貝）
『拾遺和歌集』巻十三恋三　（源信明）
『三十六人集』では作者は中務

2. 琴の音に峰の松風かよふらしいづれのをよりしらべそめけむ　（袖貝）
『拾遺和歌集』巻八雑上　（斎宮女御）

3. 秋の野の萩のにしきをふるさとに鹿の音ながらうつしてしかな　（千種貝）
『元輔集』　（清原元輔）
公任撰『三十六人撰』では傍線部は「我宿に」となる。　（書陵部本）
4. 桜ちる木のした風は寒からでそらにしられぬ雪ぞふりける　（紫貝）
『拾遺和歌集』巻一春　（紀貫之）
5. 和歌の浦に汐みちくればかたをなみあしべをさして田鶴なきわたる　（片貝）
『万葉集』巻六　（山部赤人）
6. みわの山いかに待ち見むといふともたづぬる人のあらじとおもへば　（伊勢）
『古今和歌集』巻十五恋五
「とい」は「とし」の誤り。鏡花の読み誤りか校正ミス。
7. さをしかの朝たつ小野の秋萩に玉と見るまでおける白露　（撫子貝）
『新古今和歌集』巻四秋上　（大伴家持）
『万葉集』巻八では傍線部は「野辺」
8. 鶯のこゑなかりせば雪消えぬ山ざといかで春を知らまし　（梅貝）
『拾遺和歌集』巻一春　（藤原朝忠）
『三十六人撰』では作者は中務。『新古典文学大系七・拾遺和歌集』（岩波書店）注でも作者は中務かとする。

作品では和歌と貝名が記されているだけであるが、松下大三郎・渡邊文雄編の『国歌大観』で作者名や歌集名はすぐに判明する。「こゝばかり三十六の歌仙に合せて、貝を数へて、歌数の揃ふ名所と聞く」とある通り、歌は三十六歌仙の八首である。公任撰『三十六人撰』の全一五〇首は『群書類従 第七輯（和歌部）』（明26・11翻刻、以後版を重ねる）で簡単に確認することができる。ただ3の「ふるさとに」が「我宿に」になっているため、群書類従本以外の本文を見たことが考えられる。同じ公任の『三十人撰』では「ふるさとに」となっているので、この本文の入ったものかも知れない。ここでの鏡花の創意は歌仙の好みの歌と各種の貝とを巧みに組み合わせたことである。

しかし、地元には古くから歌仙貝と共に「富来歌仙」が伝わる。これには「前歌仙」と「後歌仙」があり、貝を詠み込んだ歌と貝名が歌仙よろしく三十六首並ぶ。この体裁の出版は大枝流芳著『貝尽浦の錦』（寛延二年、二冊本）が最初で、これをまねた富来の伴花庵月円が同名の書を文化八年に刊行している(2)（原本未見）。これらの歌の作者は西行、順徳院、俊頼等であり、敦忠、人丸を除き三十六歌仙以降の人達が中心である。特に『夫木和歌抄』に入った西行の作品が多く採られているが、これは『山家集』所収の、

潮染むるますほの小貝拾ふとて
　色の浜とは言ふにやあるらん

をはじめ、西行が海浜を歩き多く貝類を詠んでいることと関係があるのであろう。

従って、能登の歌仙貝と言えば、一般には貝尽しとも言える「富来歌仙」を指すものと思われるが、鏡花はこの事実を知っていて、わざとこれを無視して三十六歌仙を取り挙たものか、そのことを知らずに偶然、三十六歌仙の歌を挙たかは判然としない。いずれにしても貝そのものを詠み込んだ歌よりも、三十六歌仙というカノンを選択し好みの歌と貝を組み合わせることで鏡花独自の美学を提出していることだけは確かである。この美学は王朝の風流、風雅につながり鄙の富来の海浜への最高の讃辞となっている。

又、同じ「歌仙貝」の章で僧遍昭の歌が三首引用されている。「天つ風雲の通ひ路吹きとぢよをとめのす

がたしばし止めむ」（『古今和歌集』巻十七雑上）「するの露もとの雫や世中のをくれ先立つためし成らん」（『三十六人撰』）「名にめでて折れるばかりぞ女郎花われ落ちにきと人にかたるな」（『古今和歌集』仮名序、巻四秋上）の三首であるが、それぞれ『百人一首』『三十六人撰』『古今和歌集』序という具合に時代を溯る配置になっている。つまり、六歌仙↓三十六歌仙↓百人一首が逆に辿られている。

ここで鏡花が遍昭を出したのにはいくつかの意味が考えられる。矢野自身、自らを遍昭に見立てて風流を楽しもうとしていること。「馬に乗つて女郎花で……われおちにきと人に語るなか。とに角——意気な人さ。」がそれである。『古今集』序では「嵯峨野にて馬より落ちてよめる」とある通り、遍昭の意気（粋）を決め込んでいる。勿論、李枝は女郎花に見立てられている。鏡花の蔵書目録には木版の『古今和歌集』があるので、古今の世界には相当、親しんでいたと考えてよい。今一つ、百人一首の「天つ風」が重要な意味を持つのは、この天女のイメージが本作では姫沼綾羽（漢羽呉羽、クレオパトラ）やラストの「白山権現、おん白神、姫神様」につながり、最後には李枝をも掬い取るように機能していることである。作品は白山の女神を矢野が仰ぎ見るようなシーンで終る。

しかし、歌枕探訪風に始まった矢野・李枝の道行はその歌枕の地を見ずに終ってしまう。見果てぬ夢として風雅の世界（雅）は消え去るが、読者の心には歌仙貝の浜は強烈な印象として残る。能登讃歌の意味は失われていない。矢野の足元を掬ったのは意外にも地元富来の馬士達（俗）であった。矢野は何物かに復讐されるわけであるが、このことと深く関わるのが能登の民譚の「長太貉」である。

「七年前の夫の仇」という不気味な呪文がリアリティを持つのは、「富来の巌窟《さや》」に籠った義経、静御前の物語を予想させるからであろうが、作品はそのようには展開せず、この災難を引き受けさせられるのは矢野その人である。長太貉の底暗い民譚は歌仙貝の明部に対して暗部を用意するが、作品では井戸覗きをする三人の女となって現われる。安場嘉伝次のくりぬき絵芝居の予告はあったが、矢野も同じ体験をし、巫女の忠告を容れなかったばかりに三人の妊婦は腹の子どもも生命を落とす羽目になったようだ。矢野にはこのことがトラウマとなる。

絵解き風に言えば矢野が鉈打峠で難に遭うのは、三人の生命を見限ったことに対する三人の女達（背後に姫沼綾羽を頭領に頂くオシラ信仰の巫女集団がいる）からの復讐である。三人の女が願をかけた三匹の子雀を犠牲から救うという小さなヒューマニズムが偽善として罰せられるのであろう。長太貉は自然を侵犯する人間への異界・異類からの復讐であろう。矢野への復讐は三人の女の復讐であると共に、背後にある自然神、オシラ様からの懲罰とも言える。

『山海評判記』は能登の山海への挨拶に始まり、最後に加賀白山の評判記に収斂すると見れば、やはり白山が作品の中心に坐ると見るべきであろう。

姫沼綾羽を頭領とする白山信仰の流れを汲む集団は、オシラ神を主神として東北を中心に活動する。この背景に柳田国男（邦村柳郷）の学説が反映していることは作品でもはっきりしている。『巫女考』中の「オシラ神」（大2・7）にはオシラ神と白山との結びつきが説かれていて、直接にはこの論考が参考にされたのであろう。ここで注目したいのは馬士たちと李枝との関係である。作品にもあるようにオシラは通常、二体で一対と考えられ、一方が姫頭でもう一方は牡の馬頭である。オシラ祭文にもある如く背景に馬娘婚姻譚があり、この悲劇がオシラ信仰の元にある。ここにポイントを置けば李枝を凌辱しようとする二十三人の馬士はこの物語を繰り返そうとしているので、本文でも馬士の顔が馬の顔に変じ、「馬の鬣を被つた人間の顔となつた」とある。馬士たちは婚礼の儀式を挙げようとしている。その意味では李枝はオシラ神になるための洗礼を受けようとしているとも取れる。しかし、これは愛情の結果ではなく、一人の女性が二十三人の男性に凌辱されようとしていることに変りはない。オシラ神の擬似代受苦譚としてこのシーンが読者に記憶されるだけで、李枝を救う手立てを矢野は持ち合わせない。

この時、デウス・エクス・マキナとして登場するのが女工に身をやつした白山の媛神の使者である。姫沼綾羽を頭領とする白山信仰団の一員である。この姫沼綾羽は雅名を呉羽と言い、「早い処は、唄の賤織《しづはた》にあるね、勿論、くれはとりあやにこひしきといふ、漢織《あやは》呉織《くれは》から出たものなんだけれども」とある通り、「あやはとり」「くれはとり」と関係する。『日本書紀』巻十四の雄略天皇十四年正月の条にあるように、漢氏《あやうじ》の出であったり、呉国から渡ってきた織工集団であったりで（絹織物も指す）、渡来人の系譜につながる人々である。又、四字の命名は白山媛そのものを連想させる。沼は白山々頂の翠池であってもよいし、美しい色彩の羽を意味する彩羽は飛翔する天女を思わせ、共に白山媛につながる。

漢織呉織の帰化人系から白山神が元々、大陸の系譜につながる神であるとの説もある。[3] と同時に下層民との結びつきも強いようだ。白山の使者は「私は曲馬の娘です」と言っている。又、柳田国男宛のネフスキー書簡（大9・9・20付）にも、地方により白山権現を奉ずる者に被差別部落の住民のいることが指摘されている。かつ、白山神が移動の激しき性格を有することが柳田によって指摘されている。[4] これらを総合すると姫沼綾羽の統べる集団は遊芸や放浪の芸人達をも包みこんだ、かなりアナーキーな集団のようにも思える。その性格が最もよく出ているのがラストのシーンであろう。自由自在に悪漢どもを懲罰する白山の使者の活躍はピカレスク小説仕立であり、活劇そのものである。

最後は超自然力が働き白山の使者の勝利となるが、無力な矢野はその霊力の前にひれ伏し、恐らく李枝を失うことになるのであろう。綾羽の集団に組み込まれる李枝を失って矢野はほんとの復讐に遭うのであろう。オシラ神の土俗に背を向けた矢野が遭う復讐とは、そのまま、白山神の近代人への復讐と重なろう。罰せられるのは矢野に代表される近代人の傲慢と、馬士たちに代表される人間の下劣さ（獣性）であろう。そして、残ったのは能登の自然、天地とそれを統べる自然神の象徴としての白山神であろう。人間が懲らしめられ自然が崇められるところに変らぬ鏡花美学があり、芥川の言で言えば「詩的正義に立つた倫理観」の反映があろう。

鏡花文学の中心に美と倫理を統一した如き自然神、白山媛が厳然と存在する。

注

（1）山岸共「白山女神と仙女信仰」（「加能民俗研究」12　昭59・3）

（2）大枝流芳『貝尽浦の錦』は『江戸時代女性文庫』第百巻（平10・12　大空社）に所収。「富来歌仙貝」については『石川県史』第五編第二章第六節（昭8・3　石川県）、吉村永治『富来歌仙貝』（昭22・6　富来町）、谷口信男「富来歌仙について」（「能登の文化財」31輯　平9・8）を参照。

（3）吉村博任「夢魔のレトリック」（「解釈と鑑賞」一九七七・八）

（4）高桑法子「泉鏡花『山海評判記』—暗喩による展開として—」（「日本近代文学」第32集　昭60・5）

6　桐生悠々と金沢――交遊の周辺

今回（一九九一年）の「桐生悠々没後五十年記念特別展」（九月六日〜三十日　石川近代文学館）で地元の我々にとって最も興味深かったのは悠々に宛てた日置謙《へきけん》（昭8・12・8）、国府犀東（昭11・5・19）、暁烏敏（昭16・9・10）の書簡ではなかろうか。それぞれ、「関東防空大演習を嗤ふ」（昭8・8・11　信濃毎日新聞）、「他山の石」創刊二周年記念（昭11・6・5）、「『他山の石』廃刊の辞」（昭16・9・8）という悠々にとって大きな節目となった時期に友人達が悠々を励ますために送ったものである。この内、日置謙のものが最も面白く興味を惹くが内容については後で触れたい。

特別展を見る前に私には〝あるいは〟という予感はあった。たまたま、今夏、『石川近代文学全集』の「近代詩」の巻を編集し終り、悠々と犀東、敏が急に近しいものになった。というのは全集ではこの三人が巻頭を飾ることになり、それぞれ『山高水長』（明31・1）『花柘榴』（明34・10）『迷の跡』（明36・6）という詩集から何篇かの作品を採ったがためである。これらの三人は奇しくも明治三十年代に詩集を刊行し、石川近代詩の黎明を告げた詩人であったのである。詩集は東京の出版社から出され、刊行時には三人共、東京に在住していたのである。悠々と国府は共に明治六年の生まれで、四高、東京帝大法科大学では国府が一年先輩であったので、二人が親しかったのは言うまでもない。暁烏も明治三十三年に上京しているので悠々ともあるいは交友があったかと予想した。共に、詩集を刊行しているので（『山高水長』は十二人の合同詩集であるが）、この面からの接触も予想された。「暁烏敏日記」では東京時代に悠々の名前は出てこないが、その交友関係から東京で接触があったのではないかと考えている。そこで、この二人の書簡を会場で目にして〝やはり〟と合点した次第である。

日置謙は全く思いも及ばなかったが、『第四高等学校一覧』で調べてみると、この著名な郷土史家も明治二十七年七月に文科を卒業しているのである（明治六年生まれ）。悠々は翌二十八年七月に法科を出ているわけで、これ又、四高で親しかったことが分かる。

このことからも四高時代、東京帝大法科大学時代の交友や同郷人とのつながりがいかに緊密であったかということが自ずと知られるのである。これは一人悠々に限ったことではなく、明治の青春を生きた青年に共通してあったことのように思われる。

悠々は四高で言えば明治二十年代に輩出した秀才グループのしんがりを務めた人物と言えようか。二十三年七月の卒業生（文科）の中に松本文三郎、藤岡作太郎の名が見え、三タローの他の二人である西田幾多郎と鈴木貞太郎はそれぞれ二十三年五月頃と二十一年初め頃に退学している。家庭の事情もあるが西田の場合、初代校長に薩摩人の柏田盛文を迎えてから（明20・9）、「規則づくめな武断的な学校」になったため、これへの反抗から「行状点欠少」となり落第し、下級生と席を同じくするのを潔しとせず理科に転ずるという経緯があり、そういう学校への不満から退学に至るのである。ここには悠々ともつながる反骨の精神が見え我々の興味をひく。

三タローは石川県専門学校時代から席を並べて親しかったが（共に明治三年生まれ）、第四高等中学になり鈴木が欠け、他の二人は仲間と「我尊会」を結び（明22・5）文集を出し切磋琢磨した。藤岡が亡くなった時、西田に「若かりし日の東圃」があり二人の友情の程が偲ばれる。藤岡が最も順調にエリートコースを歩んだことになるが、途中、挫折した二人が名を成すに至るまでの経緯も忘れてはならないものがある。尤も藤岡も虚弱で喘息持ちであったことが一つの発奮の材料になったとも言える。

明治二十年代の東京帝大は文科大学だけをみても実に錚々たる人物が在籍していた。文科大学の第一期黄金時代のような気がする。尤もこの二十年代が最も華やかで後は下降線をたどると言った方が正確かも知れない。藤岡が国文学科に入学した二十四年九月には研究科（大学院）に狩野亨吉、哲学科二年に米山保三郎、松本文三郎、国文学科三年に芳賀矢一、二年に正岡常規、一年に藤井乙男、英文学科二年に夏目金之助、漢学科一年に中野重《しげ》太郎（逍遙）、そして選科（「大学一覧」では撰科）の哲学科には西田幾多郎、得能文（富山の人）、漢学科に田岡佐代治（嶺雲）がいた。当時、大学院の六名を加えて文科大学の学生は三学年全体で五十一名であった。これに選科の六十六名を加えても百二十名足らずであった。当然、殆どが顔見知りであったと言ってもよい。ここで米山と松本に注目したい。米山は加賀藩の数学者の家系の出で、一高から帝大に入るが一高時代より夏目金之助と相識であった。哲学科で空間論を専攻していたが、その超俗ぶりと奇人ぶりは『猫』の天然居士の描写に詳しい。漱石の建築科志望を文学科志望に転じさせ、その死に際して「同人の如きは文科大学あつてより文科大学閉づるまでまたとあるまじき大怪物に御座候」（明30・6・8書簡）と漱石をして言わしめた人物であった。松本文三郎は金沢の出身で米山の死に際し「哲学雑誌」に追悼の記事を書き、「漱石の思ひ出」も書いている。後に京都文科大学長になった時、四高時代からの友人である西田を学習院から呼び寄せた人である（明43・4）。その前、西田が四高を罷免された時、恩師の北条時敬《ゆき》（山口高校長）に拾われ、北条の四高校長転任に伴い四高へ復職する。西田の重要な人生の節目に金沢時代の恩師や友人の助けがあったことも忘れ難い。

それはとも角、明治二十年代には郷土から有能な人物が帝大を目ざし一つの勢力をなしていたことを特記しておきたい。二十五年九月発行の『帝国大学一覧』には大学院を含めた法・医・工・文・理・農の六分科大学の「学生生徒府県別人員表」なるものが付載してある。一九五名の東京をトップに七七名の石川、五三名の新潟、五二名の山口と続く。京、大阪は下位であり二位の石川が目を惹く。加賀藩は確かに明治維新に乗り遅れたという事情があり、立身出世の方法として没落士族が競って子弟を上級学校に進学させたということもあろうが、ここには加賀前田藩の学問を奨励したその伝統も大いに与っていると考えざるを得ない。これは加賀藩に限らないことかも知れない。明治二十年代に秀才達が輩出した背景に当然、江戸時代までの知の蓄積があり、それが時代の転換期で見事に花開いたということがあろう。その時、中心になったのは新政府に容れられなかった各藩不平士族や平民の子弟であったと言ってよいであろう。彼らは学問によって新政府に抵抗したとも言えるので、既にそこに共通する反骨の根はあったと言えるかも知れない。

　今一つ注意すべきは先の一覧に「学生生徒」とあった如く、在学生には二種類あり正科生以外に選科の制度があったことである。西田幾多郎（明24・9～27・7）鈴木貞太郎（明26・9～28・7）田岡佐代治（明24・9～27・7）の他に、悠々と関係の深い得能文、宮井安吉も選科の出であった。「撰科規程」では「一課目又ハ数課目ヲ撰ヒテ専修セント欲シ入学ヲ願出ル者ハ各級正科生ニ欠員アル時ニ限リ撰科生トシテ之ヲ許可ス」とあり、正規の高等学校卒業の資格のないものが多くこの制度を利用した。六年間の在学が許可され単位修得も認められるが、卒業論文はなく従って、卒業、学士号の取得は認められなかった。年譜によく選科卒業という記述があるが、卒業の制度はなく何単位取ったかが認められるだけである。又、制服制帽の着用も許可されず、学生は何回か大学側に交渉を持っているが認められなかった。二十四年の六十六名は正科生よりも多く異常であるが、次第にこの選科生も厳しく制限され大正十四年に募集は中止される。以上で分かる通り非常な差別待遇を受けていたのである。この点については西田にも「二階が図書室になってゐて、その中央の大きな室が閲覧室になつてゐた。併し選科生はその閲覧室で読書することがならないで、廊下に並べてあつた机で読書することになつてゐた。三年になると、本科生は書庫の中に入つて書物を検索することができたが、選科生には無論そんなことは許されなかつた。それから僻目かも知れないが、先生を訪問しても、先生によつては閾が高い様に思はれた。」（「明治二十四、五年頃の東京文科大学選科」）という回想がある。作太郎はいいとしても、自分より劣っていたと思われる四高の同窓生を目にすれば言い難い屈辱を感じたであろうことは想像に難くない。鈴木貞太郎は西田の勧めで選科に入ったようであるが、これら若き日の屈辱の思いはその後の彼等の学問形成を考える場合に看過できないことのように思われる。尤も田岡嶺雲などは選科生でありながら藤岡、藤井、笹川臨風、大町桂月らと親しく交わり、嶺雲の下宿は「夜鬼窟」と呼ばれ友人達が始終、屯していてさながら梁山泊の雰囲気があった。やはり中江兆民、植木枝盛、幸徳秋水を出した土佐の反骨の血が嶺雲にも流れていたのであろう。選科生にも型破りで面白い人物のいたことは『三四郎』でも知られる。狂言回しの佐々木与次郎は文科の選科生であった。嶺雲はのちに悠々と大きなつながりが出てくるので記憶されたい。

悠々が四高時代、影響を受けた教師として狩野亨吉（心理学）と北条時敬（代数学）の名を挙げているが、狩野は理科大学で数学を専攻し文科大の哲学科に編入した変り種である。二十五年七月から二十七年三月まで在職しているが、本部教長の地位にあり教頭代理のような役目を果たしたようだ。漱石と親しかったことは『狩野亨吉日記』に詳しい。残念なのは二十六年の夏、漱石が大学を卒業した時点で狩野が漱石に金沢赴任を勧めたが実現しなかったことである。山口高校にも友人がいて二十八年の初めの頃迷ったようであるが、報酬の面で松山中学に決めたようである。松山中学の外国人教師待遇が魅力だったのである。若し、漱石が金沢に来ておれば全く違った『坊つちゃん』が成立したことであろう。中学と高校の相違があり、学生も

「さうぞな、もし」などと悠長に対応してはいなかったであろう。箱根の山を越えた漱石にはいずこも同じであったかも知れないが、金沢で一年過ごしたとしてあれ程面白い『坊つちやん』になったかどうかは怪しい。やはり伊予人《びと》の間延びした悠長さが、あのユーモアを引き出すことにもなっているように思える。松山の人達が悪口を言われながらもそれを漱石の愛情表現と受けとめているのは懐が深い。それに引き替え漱石の胸像を公園に建てようとしてロンドン児の反発を買っているのは、いかにも分からず屋のイギリス人という気がする。人種的偏見もあるのであろうが、それにしてもユーモアの本場はイギリスではなかったのかと言いたくもなる。

さて、肝心の悠々の出番である。悠々が交友の輪を広げるのは言うまでもなく上京後、宮井安吉の紹介で大橋乙羽に会い博文館で百科全書の仕事をするようになってからである。そこに国府犀東がおり、鏡花が同じ仕事で大橋乙羽邸に住み込んでいた。当然、鏡花と親しくなり弟の斜汀や三島霜川に英語を教えることになる。又、二年ぶりで秋声とも再会を果たす。鏡花は早速、「百物語」（「北國新聞」明29・7・26）で悠々をからかっている。大橋邸より小石川大塚の借家に移り、初めて一家を構えた頃が背景になっている。お化けの運座も果て「なかにも原町の悠々はくらがり坂の要害あり、犬の吠えるのが恐ろしとて真昼間通るにも逆手《さかて》に取りの、すてツきを放たぬほどの弱虫なり」という具合である。かなりの間柄になっているように思われる。この鏡花を悠々は畏敬していた。花袋を含めて三人の逸話をいつか語りたいと述べながら、それは果たされなかった。

その鏡花の交友であるが、これ又不思議な人脈を持っていた。『湯島詣』（明32）の冒頭に本郷の寄宿舎であろうか、数人がだべっている所に窓下から顔を覗かせ、許しを得てひらりと室に躍り込む学生のシーンが印象深く書かれているが、この躍り込む学生が柳田国男、部屋にいたのが吉田賢龍、笹川臨風、姉崎嘲風、高山樗牛あたりということになっている。この交友は鏡花の「竹馬の郷友」、吉田賢龍（明27・9哲学科入学）が居たことから生じたものである。言うまでもなくすず夫人を落籍した時、力になった友人であった。柳田以下、鏡花文学のよき理解者であったことは言うまでもない。鏡花は作品でよく独逸語教師を登場させ、これに絶大な権力を付与しているが、これは学歴がなかったことの裏返しともとれるが、これら大学生を通して垣間見た学問への尊敬と取れないこともない。やや大仰なのがご愛敬である。吉田は三十三年に真宗東京中学の校長となり、この年に上京してきた暁烏と知るようになる。「暁烏敏日記」は何度か「吉田賢龍君来、快談し去る」の記述が見える。

こういう各人の交友の中で金沢の文人達を一つにつなぐ蝶番の役目を果たした人物がいた。それが藤岡作太郎と特に親しかった田岡嶺雲である。作太郎とのつながりで「北國新聞」にも何度か投稿している。藤岡にも「嶺雲をおくる」歌十首（「北國新聞」明29・7・16）があるが、これは嶺雲が志を得ず作州津山中学に都落ちするのを悲しんだ送別の歌である。

今日よりはわびつつも寝ん秋風のまづぞ吹くてふ西にむかひて

以下九首、佳人が恋人を思いやる手弱女の風情である。

この嶺雲が鏡花、一葉の才能をいち早く認めたのは有名な事実である。「泉鏡花」（「青年文」明28・7）で『夜行巡査』『外科室』を認め、「鏡花の近業」（「天鼓」明38・4）に至るまでその作品を正確に批評してきたことはよく知られている。又、一葉についても「青年文」二号（明28・3）からくり返しその作品を取り上げ批評したこともよく知られている。鏡花はそのことを徳として生涯、この恩人に敬意を表した。

秋声も又、博文館に籍を置いて嶺雲に見出された一人である。二十八年六月、「青年文」に投稿した小文が載り、続いて九、十、十一月と「断片」が掲載される。若き日の秋声の気骨が充分に窺えるものであるが、それは秋声の「等は其の後色々の人に逢つてみて、田岡くらゐ腹が綺麗で、しかも一片の奇骨をもつた人を見なかつた」(『光を追うて』)という記述と見合うものであろう。

これら金沢人が嶺雲を縁に一同、顔を揃えるのは嶺雲の自伝『数奇伝《さっきでん》』(明45・5)に於てである。その年の九月に迫った死ということもあって、この嶺雲の著に十六名の文人が序を寄せている。その中に雪嶺、鏡花、秋声、犀東がいるのである。残念ながら悠々の名がないのは彼が「信濃毎日」にいた距離的事情もあるのではないかと推測する。ここに悠々の名があってもおかしくない因縁は充分にあるのである。その前に、鏡花と秋声が脊髄病で寝たきりのこの友人を茗荷谷の新居に訪い、その序で「君は神州の男児也」(鏡花)「兄は恐らく天成の一種の人格である。一面玲瓏玉の如き心胸を持てると共に、一面熱烈な革命的気分を有つた時代の反抗児である。」(秋声)と述べていることを紹介しておきたい。

悠々と嶺雲であるが、秋声、鏡花いずれのつながりからでも両者の関係は予想されるが、現在、確認できるのは「青年文」(明29・6、9)に十句の俳句を載せていることと、三十八年二月に嶺雲が創刊した「天鼓」に六月号からマックス・ノルダウの「吁、澆季の世」(『退化論』、『堕落』とも)を訳載し(三十九年十二月に『現代文明の批評』として刊行)、三十九年二月号に小説『一縷の望』を載せていることである。「天鼓」には雪嶺、秋声、鏡花、犀東も寄稿しているので、ここでも金沢の文人が一堂に顔を揃えることになるのである。嶺雲の気骨に金沢の文人が応えたわけであり、双方に響き合うものがあったことは明白である。

ここで注目したいのはマックス・ノルダウの『退化論』である。これを悠々が訳しているだけではなく、嶺雲が岡山より上京して「天鼓」を出した時の中心的拠り所としていることが『数奇伝』で知られる。当時、彼は「非文明」の思想を抱いており、文明が進歩すれば自然の状態より遠ざかり、倫理的、生理的に人間は堕落すると考えていた。この考えの背景にカーペンターの文明論とマックス・ノルダウの『因習的虚偽』、

『堕落』のあったことを明言し、非文明の主張を旗幟として「天鼓」を創刊したと述べている。その雑誌に悠々が『退化論』の訳を載せるわけであるから二人の考えは基本的に一致していたものと思われる。尤もこの『退化論』は明治三十年代から大正にかけて知識人に広く読まれたようで、漱石の『猫』と同時に発表された『倫敦塔』(明38・1)にもその名が見える。明治三十八年という時点で三者がこの書に注目していることに時代の共通性も感じられる。

ただ、ここで強調したいのは悠々が「他山の石」廃刊の辞で「この超畜生道に堕落しつつある地球」という表現を行っていることについてである。明らかにこれはノルダウの『退化論』の延長線上にある言葉であると思われる。当時、昭和十六年という時点で文明が頽落し超畜生道に堕ちつつあるという認識を悠々は持っていたものと思われる。その意味で文明退化という思想は悠々に生涯つきまとい、何とかその堕落からこの地球を救おうとした孤軍奮闘の生涯ではなかったかという気もしてくる。同じ考えは嶺雲にもあった。発行直前に発禁となった『壺中観』(明38・4)の冒頭には「悪魔的文明」というエッセイがあり、明治維新以来の文明開化思想がバッサリと斬られている。この悪魔的文明なる表現はそのまま超畜生道の地球につながるものであろう。

文明論に限らず嶺雲と悠々の生涯と思想を比較する時、何とこの二人はよく似ていることであろうかという感慨を覚える。たまたま悠々の生き方が嶺雲に似たのか、あるいは悠々が嶺雲を意識したかは分からないが、結果的に嶺雲の志を継ぐことになったと言えるのではなかろうか。嶺雲は純粋なジャーナリストとは言えないかも知れないが、「萬朝報」(明30・11)記者をふり出しに新聞「いばらき」「九州日報」「中國民報」(明33・8〜37・11)と主筆を勤めた七年間の記者生活があった。この間、「中國民報」時代、教科書収賄事件で県知事を攻撃し官吏侮辱罪で起訴され重禁錮二カ月の刑に服した。出版した本は『壺中観』『壺中我観』

（明39・3）『霹靂鞭』（明40・10）『病中放浪』（明43・7）等、殆どが発禁となった。『明治叛臣伝』（明42・10）は自由民権運動の生存者河野広中、奥宮健之らの聞き書きを集めたものであるが、謀反こそ歴史の原動力という史観があり、その反骨ぶりは一貫している。このあたりは悠々の何度かの筆禍事件や度重なる「他山の石」の発禁、削除の検閲と対応している。

又、現在、嶺雲は「明治文学全集」の中の『明治社会主義文学集（二）』に収められているが、幸徳秋水のような明確な社会主義者でなかったことは『数奇伝』で自身、認めるところである。「予の思想は或は一種の社会主義的であるかも知れぬ」が、理論や学説ではなく、「感情の上に建てられた」「芸術的社会主義」だと述べている。ここのところは悠々の「私は社会主義者であるけれども、徹底的の社会主義者ではなく、マルキストのいふところ『社会改良家』位の範疇に属するものであり」、社会主義者であるけれども貴族的民主主義者であるというところと対応している。両者ともリベラリストということで共通するようである。

悠々年譜を見ると大正十四年五月に『婦人と文明』を出版し婦人参政権を唱えていることも注目される。彼の教養の背景に多くの欧米思想家たちの著作のあったことが知られているが、女性解放の思想もあったのであろうか。嶺雲もこの方面では明治四十年に『女子解放論』の構想があったようである。このように見てくると、この二人の反骨のジャーナリストはその思想から実際の行動に至るまで、実に多くの符合するものを持っていたことが分かる。今後、この嶺雲との思想の連続性をどう考えるかに悠々研究の一つの課題があろう。嶺雲と相似形なのか、あるいは彼を超えるものを悠々が持っていたかということである。

さて、ここでいよいよ始めの本題に返らなければならない。今回の悠々展で最大のヒットは何と言っても日置謙の書簡であった。日置謙がこんな洒脱な手紙を書く人だとは今回、初めて知った。その人を食った内容であるが、ここには悠々同様、紛れもない金沢人の反骨の真骨頂と呼ばれるものが脈々と流れている。反骨は悠々一人に限らなかったのである。雪嶺にも幾多郎にも秋声、鏡花、犀東、日置謙、敏にも流れていたものである。

殊に秋声に触れたところなど秋声の面目躍如（あるいは日置謙の?）、出色の秋声論になっている。「年齢にも似合はぬ若いことを」と言うのは、言うまでもなく昭和初めの山田順子とのことや、昭和五年二月の衆議院選挙での立候補騒ぎ、あるいは〝ダンス・ダンス・ダンス〟に明け暮れる日々を指すものであろう。このあたりの秋声の行状は、あの「いぶし銀のような」と称される彼の文学とは旨く合わないところであり、秋声研究家もお茶を濁している。しかし、見てきたように「青年文」への投稿や気骨ある嶺雲に共鳴した青年期の秋声を思い浮かべれば、ここのところもそれ程、違和感なくつながるのである。常識人に納まっていない稚気愛すべき反骨の精神が秋声の中にも流れていたと見た方が自然である。悠々も大正十三年の総選挙に立候補しているが、この点でも明治人の二人は共通したものを持っているので、秋声の行為を不思議がることはない。

この反骨意識の由って来たる所以として没落不平士族ということが指摘され本人も認めるところである。たしかに維新に乗り遅れ、裸一貫で放り出された加賀藩士族の怨み辛みを想像しただけで、さこそとも思われるのであるが、この士族意識、明治人のシッポのようなものではなはだ厄介なのである。

夏目家は士分ではないが代々名主を勤めた家柄で漱石にもこの意識は反映している。学生時代には商工の子弟よりも士家の子弟が上だと言った子規に噛みつき（明24・11・7　書簡）、平等主義者のホイットマンに共鳴しながらも『猫』では成金の商人金田を「素町人」と切り捨てている。『坊っちゃん』では「是でも元は旗本だ。旗本の元は清和源氏で、多田の満仲の後裔だ。こんな土百姓とは生まれからして違ふんだ。」と中学生を相手に啖呵を切らせている。これはそのまま漱石と重ならないにしても漱石にもこの尻尾はブラ下がっているのである。

悠々の場合、明治三年に初めて士族に取り立てられた家柄で（一葉の父が慶應三年に同心の株を買って直参になったのとよく似ている）、それこそ辛うじて士族を名乗れるに過ぎない。しかし、ここは「育ちより氏」なのであろう。阿部信行の紹介で陸軍省の新聞班長を訪ねた時「貧乏だが、これでも士族である」と言ったというが、〝悠々哀れ〟である。言いたくないがそういう事をひけらかすのは、やっと士分に取り立てられたような家柄・家系の人に多いのは周知のこと。彼はマロック一派の主唱するアリストクラシー（これを「傑族主義」と訳してはいるが）の理論に共鳴していたようであるが、これが士族意識＝エリート意識の裏返しでないことを祈る。士族意識も反骨だけに作用せず、おかしなエリート意識となった場合、ものには両面がある、あるいは功罪相半ばするというあの世間智に落ち着くのである。しかし、このことは悠々だけに当てはまるのではなく、士族出身の明治人の大半に当てはまるということで明治人のシッポと言ったのである。

この哀れなシッポに噛みついたのが言うまでもなく鏡花である。彼が傲慢不遜な士族意識を徹底して嫌ったことはその作を読めばすぐに了解されよう。短いものならば「自然と民謡に」（大4）というエッセイをお薦めしたい。彼が「加賀ツぽ」「癪にさはる」と忌み嫌ったものとはこの士族意識の別名であったのである。こうなると金沢人の反骨とは士族意識だけでは割り切れなくなってくる。鏡花のそれは反士族意識であり、悠々らとは正反対になってくる。しかし、一筋縄で行かないように見えて実は両者、重なってくるのである。共に世に容れられない不遇時代を持ち、人生に対して何らかの挫折感、脱落感（負の意識）を共通して持っているのである。犀東の言う〈薄幸英才〉の苦労人なのである。この境遇からの脱出のバネとしてある時は士族意識が、又、ある時は反士族意識が働いたと見るべきであろう。

しかし、この士族意識・反士族意識だけでは単純である。金沢人の反骨にはそれらを含めて「金沢人の特性の一つ」（日置）として、何か共通するものがありそうだ。〝頑固もん〟〝偏屈もん〟という言葉はどこにもありそうだが、それらの意も含んだ〝いちがいもん〟という言葉が金沢人の反骨を表わすのに最もピッタリするような気がする。これも漢字で書けば一概者となり、意味も頑固一徹、強情と辞書的になってしまうが、〝いちがいもん〟にはもう少しふくらみがあるような気がする。素直でないので皆に煙たがられながら、一目置かれている、いざという時になると何か言ってくれそうなそんな期待も持たれている、という所ではなかろうか。悠々の生涯を見た場合、この言葉が最もピッタリするような気がする。

悠々が乃木殉死を批判し米騒動報道禁止に抗議し、関東防空大演習を嗤ったのは、きわめて真っ当な行為であり主張であった。ただ、物が充分に言えない時に、あるいはそれへの反発が予想された時代に敢て言った所に悠々の偉さと反骨があるのだろう。こういう人間は叩かれれば叩かれる程、ムキになり意地になってくるのである。理屈に合わないことは絶対にゴメンだという合理主義に意地が加われば、後はひたすら〝いちがいもん〟の道をひた走るのみである。従って、昭和という悪時代が完璧な〝いちがいもん〟を作り上げたとも言える。戦争の時代でなければ彼はあるいは違ったタイプの思想家になったかも知れない。アリストクラシーの論、マルキシズム批判、明治天皇崇拝（「他山の石」には「五箇条の誓文」や「教育勅語」が載る）という悠々の他の側面を強調すれば、彼を反軍、反戦思想家としてのみ捉えるのはやはり問題があるように思われる。ただ戦争の時代であったからこそ彼は〝いちがい〟をプラスに徹底できたわけであり、それがなければこの〝いちがい〟はマイナスに作用していたかも知れない。

ただ悠々の名誉のために強調しておけば、彼はあらゆるものを嗤った自由人であり、ここにこそ〝いちがいもん〟の真骨頂があったと言えるかも知れない。彼が嗤ったのは軍部だけではなかったのである。何かに凝り固まった石頭、あるいは制度、世の常識・権威の一切を嗤い飛ばしたのである。激しいマルキシズム批判も時代の権威を嗤ったと取れば説明がつく。自由を求めることにおいて大正ほどストレートで過激な時代はなかった。悠々もこの自由の洗礼を充分受けた中の一人であった。その自由への希求が彼の思想の根底にあり、それに金沢人の〝いちがいもん〟がくっつき自由人悠々を作り上げたのである。従ってこの自由人の背景には古い金沢人の気骨の外に、多くの西洋近代思想家の思想があったことを忘れてはならない。

現在、ともすれば悠々は反軍、反戦思想家としてのみ祭り上げられ、その前に香を焚かれようとしているが、こういう権威主義ほど悠々の思想に遠いものはない。悠々はそれを最も嫌ったはずだ。その面を強調することに異は唱えないが悠々はもっと懐が深くて面白い人物ではなかったかという気がする。明治人に共通の気骨に加え、誰にでも分かる矛盾をさらけ出している思想的、人間的大らかさをもつと総体的に捉えるべきではないかという気がする。少しこの人物を齧ってみて、良くも悪くも〝明治人・悠々〟という印象を強く持った。

最後に金沢論へ。日置謙は金沢へ来いと言っているが来なかった悠々が賢明であった。金沢には〝いちがいもん〟は多いがこれを受け容れる土壌はどういうわけか少ない。皆さん外へ出て行かれる。悠々の仕事は長野、名古屋だからこそできたのであろう。このことの意味を考えなくてはならない。

悠々の援助者として四高出身の友人達が多かったようであるが、国府犀東、暁烏敏の援助も興味深い。二人は共に悠々の反骨を愛した気骨の士であったが、犀東は職業柄、開戦の詔書に手を加えたと言われ、又、暁烏も次第に国家主義者となって行くことは説明するまでもない。人は人、我は我とも言いたいが、このあたりを踏まえて三宅雪嶺の「加州の人」（「日本人」明30・2・20）でしめくくりたい。

加藩一百万石、人物なし、人物あり、則ち加藩の養はざる所、商の銭屋五兵衛、力の阿武松、学の太田錦城、以て見るべし。蓋し前田氏の治や、大を忌む所の幕府を恐れ、強に抗する所の宗徒を恐れ、民衆を管着して敢て或は各自の特長を発揮するを得ざらしめぬ、為に永く太平を致しゝと雖、又為に人心を屈せしめしや少からず、習の性と為るの久き、従来学に入る者頗る多きも、法政を修むれば、則ち政閥の爪牙と為り、技芸を修むれば、則ち財閥の手足と為り、更に屹然特立して正を履むなきに至れり。所謂加州根性なる者固より得の在るあらんも、而も失亦実に之れ有り、滔滔として相率ゐて失を之れ事とせんか、加州の地、其れ永遠に人物を出さゞらんか。新加州の人断して勢に阿るべからず、新加州の人断して安を偸むべからず、夫の福島静斎の短命の若き、豈憾むべからざるか。

あとがき

ここ二十余年にわたって書き溜めておいたものを、ここらあたりで形にしておきたいという気持に漸くなった。これも歳のせいであろう。

勤務校の論集を中心に書いてきたものが大半であるが、このことで思い出されるのは、かつて谷沢永一氏が〈紙のつぶて〉で言い放った「くたばれ！大学紀要」の一句である。この一句はなかなか痛快で大学院生であった当時、いたく共感した覚えがある。「競争と相互批判のないところに学問の発展はない」と谷沢氏は喝破しているが、全くその通りであり、これは今も変わらぬ真理であろう。

ところが、大学の教師になって書き出してみると、この論集というスタイルが私のような怠惰者には何かと便利であり、書き心地が良かった。「『航西日記』の性格」は四〇〇字で一六六枚の枚数であり、これを一挙に載せるには論集しかなかった。こういう気ままを大学の論集は許してくれたので、すっかり、私はこの形式が気に入り、大いにこれを活用した。しかし、研究者としていつか公表する義務があると常日頃感じていたので、このあたりで世に問うべきだと決断した。

二十年前のものなど、かなり古びてしまって綻びも目立つが、手を加えることはしなかった。気付いた点は「付記」の形でつけ加えたり訂正したりしておいたが、必ずしも充分ではない。

「実証の糸」という文言をタイトルに入れたが、果たしてどれほど厳密な意味で実証の精神が貫徹しているかは読者の判断に俟つしかない。心苦しいが実証でない論も二、三入っていることも断っておきたい。

実証には先行研究が不可欠であるが、充分にフォロー出来ているという自信はない。例えば「松本白華航海録」がそうである。あえて掲載に踏み切った理由については「付記」でも述べたが、これに類することは他にもあるであろう。ご指摘頂ければ幸いである。

『航西日記』と没理想論争についての論考は大学院の授業で取り上げたものを基にしている。適切な指摘や、いいヒントを与えてくれた院生に感謝したい。院生に限らず学生たちから学んだことは大きい。『草枕』と神韻説との関係を最初に指摘してくれたのは都竹美和子さん（一九九一年卒）であった。中国文学史の授業で神韻説を知ったようであるが、それを『草枕』と結びつけたのは彼女の才能である。そこからヒントをもらって一、二本書いてはいるが、未だ漱石研究家に神韻説は認知されていないようである。新版漱石全集の注解を見てもそう言える。しかし、はるか以前に既にこのことを指摘した方がいるかも知れない。実証にはそういう怖さが付きまとう。

実証と言っても完璧な実証など恐らく不可能であろう。しかし、不可能ながらもこの道を地道に行けば、まだまだ解明しなければならない問題は山積しているが、宝も埋まっている。それらの成果の一つが全集の注解であろう。筑摩版の八巻全集や『鷗外歴史文学集』全十三巻（岩波書店）があるとは言え、より完全な鷗外全集の注解も必要であろうし、鏡花なども注釈ではやりがいのある作家であろう。

一本にまとめるにあたり、学恩を蒙った多くの師と諸姉諸兄に心から敬意を表したい。ここまでやってこられたのも多くの方々の励ましによるところが大きい。

最後になりましたが出版を快く引き受けて下さった今井肇、静江ご夫妻に深く感謝申し上げます。また、校正を手伝ってくれた院生の入江誠、沖怜香、紅林健志、福島万葉子の諸氏にも感謝申し上げる。

二〇〇六年五月

上田　正行

初出一覧

I 鷗外

1 『航西日記』の性格　「金沢大学文学部論集　文学科篇」9号　一九八九・二
2 航西と還東の間　『近代文学論の現在』（蒼丘書林）一九九八・一二
3 松本白華航海録　金沢大学附属図書館報「こだま」92、93号　一九八九・一、四
4 没理想論争小解　「金沢大学文学部論集　文学科篇」6号　一九八六・二
5 因明の論理―鷗外の戦術　『深井一郎教授退官記念論文集』（若草書房）一九九〇・三
6 『徂征日記』に見る鷗外の戦争へのスタンス　「金沢大学文学部論集　言語・文学篇」23号　二〇〇二・三
7 エリーゼは「伯林賤女」であったのか―山崎國紀氏に反論する　「富山大学国語教育」30号　二〇〇五・一一

II 漱石

1 「哲学雑誌」と漱石　「金沢大学文学部論集　文学科篇」8号　一九八八・二
2 夏目金之助の厭世―虚空に吊し上げられた生　「金沢大学文学部論集　文学科篇」13号　一九九三・三
3 漱石と「数」―『カーライル博物館』を中心に　「言語と文芸」105号　一九九〇・一
4 『オシアン』と漱石　「英語青年」（研究社）一九八九・八
5 『草枕』論　『吉田精一博士古稀記念論文集』（角川書店）一九七八・一〇
6 『草枕』再論―テキストの織物　「島大国文」21号　一九九三・三

7　『草枕』の蕪村　「金沢大学文学部論集　言語・文学篇」21号　二〇〇一・三
8　『文学論』の前提―功利主義からの解放　「金沢大学国語国文」23号　一九九八・三
9　〈森の女〉の図像学　「解釈と鑑賞」二〇〇五・六
10　『それから』論―臆病な知識人　「金沢大学文学部論集　文学科篇」4号　一九八四・三
11　ハーンの帝大解任の事情―漱石を視野に入れつつ　「金沢大学文学部論集　文学科篇」10号　一九九〇・二

III　鏡花

1　女人成仏、草木成仏のこと―『薬草取』考　「金沢大学文学部論集　言語・文学篇」18号　一九九八・三
2　『風流線』の背景　「金沢大学文学部論集　文学科篇」7号　一九八七・二
3　小野太三郎の出生地―『風流線』補遺　金沢大学附属図書館報「こだま」86号　一九八七・七
4　物語の古層＝〈入水する女〉―『草枕』と『春昼』　「国語教育論叢」6号　一九九七・三
5　鏡花作品における〈白山〉―『山海評判記』を手がかりに　「解釈と鑑賞」二〇〇五・二
6　桐生悠々と金沢―交遊の周辺　「石川県社会運動・旧友の会会報」53号　一九九一・一二

【著者略歴】
上田正行（うえだ　まさゆき）
1943年　大阪市生まれ
1972年　東京教育大学大学院文学研究科博士課程満期退学
都立江北高校、静岡英和女学院短大、島根大学を
経て1983年より金沢大学に勤務
現在、文学部教授
編著に『石川近代文学全集』16巻「近代詩」
（1991　石川近代文学館）がある

鷗外・漱石・鏡花—実証の糸

発行日	2006年 6 月 24 日　初版第一刷
著　者	上田正行
発行人	今井 肇
発行所	翰林書房
	〒101-0051 東京都千代田区神田神保町1-14
	電 話 (03) 3294-0588
	FAX (03) 3294-0278
	http://www.kanrin.co.jp
	Eメール● Kanrin@mb.infoweb.ne.jp
印刷・製本	シ ナ ノ

落丁・乱丁本はお取替えいたします

ISBN4-87737-231-8